DROEMER

*Über die Autor*innen:*
Liv Amber, geboren in Stockholm, absolvierte Auslandsaufenthalte in Sydney, Auckland und Wien. Sie studierte Jura und Germanistik und arbeitete als Anwältin, bis sie ihre Leidenschaft fürs Schreiben zum Beruf machte. Heute lebt sie in Hamburg und Berlin.
Alexander Berg, Medizinprofessor, geboren im Südwesten Deutschlands, Studium Tübingen und Mainz, verschiedene Publikationen zur Psychiatrie im 20. Jahrhundert. *Pandora* ist sein erster Roman, er lebt mit Familie in Berlin.

AMBER & BERG

PANDORA

AUF DEN TRÜMMERN
VON BERLIN

Kriminalroman

DROEMER

Besuchen Sie uns im Internet:
www.droemer.de

Aus Verantwortung für die Umwelt hat sich die Verlagsgruppe Droemer Knaur zu einer nachhaltigen Buchproduktion verpflichtet. Der bewusste Umgang mit unseren Ressourcen, der Schutz unseres Klimas und der Natur gehören zu unseren obersten Unternehmenszielen. Gemeinsam mit unseren Partnern und Lieferanten setzen wir uns für eine klimaneutrale Buchproduktion ein, die den Erwerb von Klimazertifikaten zur Kompensation des CO_2-Ausstoßes einschließt. Weitere Informationen finden Sie unter: www.klimaneutralerverlag.de

FSC www.fsc.org
MIX
Papier aus verantwortungsvollen Quellen
FSC® C014496

Vollständige Taschenbuchausgabe Juni 2021
Droemer Taschenbuch

Ein Imprint der Verlagsgruppe
Droemer Knaur GmbH & Co. KG, München

Ein Projekt der AVA international GmbH Autoren- und Verlagsagentur
www.ava-international.de
Covergestaltung: FAVORITBÜRO, München
Coverabbildung: Ullstein Bild; Arcangel / Roy Bishop
Satz: Adobe InDesign im Verlag
Druck und Bindung: GGP Media GmbH, Pößneck
ISBN 978-3-426-30779-3

2 4 5 3 1

Prolog

Sie kämpfte minutenlang dagegen an, aber es half alles nichts. Ein heiseres Bellen kam stoßweise aus ihrer Brust. Ihr sicheres Todesurteil. Sie schloss die Augen und wollte nicht glauben, dass es derart profan zu Ende gehen würde. Nicht nachdem sie die Bombennächte, den russischen Soldaten, den Hunger und so vieles mehr überlebt hatte. Sie meinte zu hören, wie sich die Stimmen der betrunkenen Männer ihrem Versteck hinter der Buchsbaumhecke näherten. Krampfhaft versuchte sie, die Luft anzuhalten, aber das funktionierte nicht. Ihr wurde schwindlig. Sollte sie versuchen, auf allen vieren davonzukriechen? Doch ihr fehlte jede Kraft. Nicht einmal den Finger konnte sie beugen. Auf dem Weg hierher hatte sie das Fieber überlisten können, aber nun setzte es ihren Körper schachmatt. Nein, es war wirklich aus und vorbei. Jemand hatte sie einmal »die Katze« genannt, weil sie sich so leise und geschmeidig bewegen konnte. Sie hatte all die geschenkten Leben nicht gezählt, aber das hier war höchstwahrscheinlich das siebte, und ein achtes würde es nicht geben. Immerhin wusste sie schon, wie es sich anfühlte, dem Tod in die hässliche Fratze zu sehen. Und vielleicht war das Ende auch die bessere Lösung. Wer weiß, was noch kommen würde. Noch mehr Hunger, noch mehr Siegertiere, die mit Gewalt ihre Beute packten. Nein, es gab kein Entrinnen.

Sie schloss die Augen und zählte rückwärts von zehn. Als sie bei eins angekommen war und immer noch keine Pranke nach ihr gegriffen hatte, öffnete sie abrupt die Augen. Das Bild, das sich ihr bot, ließ sie am ganzen Körper erzittern. Nun, da der Husten sie nicht verraten hatte, war es das Geräusch ihrer unkontrolliert aufeinanderklappernden Zähne, das sie nicht abstellen konnte. Sie biss sich auf die Lippen und schmeckte das Eisen, das mit dem Blut in ihren Mund rann. Jetzt herrschte Ruhe. Friedhofsruhe. Das Einzige, was sie hörte, war ihr laut pochendes Herz. Die beiden Männer aber warfen nicht einmal einen Blick in ihre Richtung. Sie hatten ihre Schiebermützen tief ins Gesicht gezogen. Nur die Münder konnte sie erkennen. Der eine besaß einen schmalen Strich, wo bei dem anderen wulstige Lippen hervorstachen.

Dafür sah sie die Panik in den Augen der Frauen, die am Lastwagen wie Schlachtvieh dicht gedrängt nebeneinanderlehnten, die Hände über dem Kopf verschränkt. Eine von ihnen schluchzte. Sie war so jung und fast noch ein Kind … Der mit dem schmalen Mund näherte sich ihr und schob ihr mit der freien Hand den Rock hoch, in der anderen die Schnapsflasche. Der mit den fleischigen Lippen lachte dröhnend, bevor er dem anderen die Flasche aus der Hand riss und einen kräftigen Schluck nahm. Dabei rutschte ihm die Mütze vom Kopf, entblößte einen kahlen Schädel und ein grobes Gesicht. Er besaß eine breite Nase und wild wuchernde dunkle Augenbrauen. Nur die runde Brille stand in einem befremdlichen Kontrast zu der ansonsten brutalen Ausstrahlung.

Der Schmallippige verdeckte die junge Frau jetzt mit seinem Körper und schien an seiner Hose zu nesteln. Dann sah sie nur noch seinen weißen nackten Hintern. Um nicht laut aufzuschreien, biss sie sich die Zunge blutig.

Die junge Frau wimmerte wie ein verletztes Tier, doch da ließ er fluchend von ihr ab. Er versetzte ihr eine Ohrfeige und drehte sich wutentbrannt um.

Sie konnte sehen, wie er sich die Hose über das schlaffe Glied zog. Sie spürte die Gefahr, die von ihm ausging, in jeder Pore, weil er vor Zeugen versagt hatte. Sie kannte die Unberechenbarkeit solcher Kerle. In dem Moment spuckte ihm eine der Frauen vor die Füße.

Als der Kahlschädel eine Pistole hervorholte und sich den Frauen näherte, ahnte sie, wen sein Zorn treffen würde. Er hielt ihr die Waffe an die Schläfe.

»Das wirst du bereuen, du räudige Hündin!«, zischte er.

Sie drehte in ihrem Versteck hastig den Kopf zur Seite und übergab sich lautlos, doch als sie keinen Knall hörte, wandte sie sich wieder dem Geschehen zu.

Der andere Kerl brüllte die Frauen an: »Los, lauft! Haut ab!«

Tut es nicht!, flehte ihre innere Stimme. Sie bemerkte, wie ihr vor lauter Angst das warme Nass die Beine hinunterlief, aber sie machte keinen Mucks. Sie durften sie auf keinen Fall finden. Damit wäre den Frauen auch nicht geholfen. Denn dann würde sie in ebenso großer Gefahr wie die anderen schweben. Sie roch den Angstschweiß der Frauen bis zu ihrem Versteck. Oder war es ihr eigener? Aber vielleicht würde auch gar nichts Schlimmes geschehen, versuchte sie sich zu beruhigen. Der Beifahrer hatte die Frauen doch lediglich aus dem Lastwagen, diesem völlig verrotteten Haufen Blech, getrieben. Und der mit den wulstigen Lippen hatte doch gar nicht abgedrückt. Die Frauen sahen einander ratlos an und rührten sich nicht vom Fleck.

»Lauft endlich!«, schrie der Schmallippige noch einmal.

Tut es nicht!, hämmerte es in ihrem Schädel. Tut es nicht! Sie spürte, wie ihr das Blut aus dem Kopf wich. Das war der Hunger. Sie hatte seit Tagen keinen Bissen zu sich genommen. Sie durfte auf keinen Fall ohnmächtig werden, auch wenn sie sich gleichzeitig wünschte, dass sie nicht mit ansehen müsste, was nun geschehen würde. Es gab kein Entrinnen vor dieser schrecklichen Zeugenschaft. Das Grauen lag in der Luft. Es war nur noch die Frage, in welcher Gestalt es sich zeigen würde. In dem Moment, in dem sich die fünf Frauen wie in Zeitlupe in Bewegung setzten, den Männern den Rücken zudrehten und dann davonstolperten, wurde ihr schwarz vor Augen. Während sie in sich zusammensackte, drang wie durch eine Nebelwand der erste Schuss an ihr Ohr.

1. TEIL

1

Das klapprige Fahrrad, mit dem Kommissar Hans-Joachim Stein an diesem Augustmorgen des Jahres 1948 von dem Haus in Charlottenburg, in dem er eine Dachkammer bewohnte, zu seiner neuen Arbeitsstelle in der Kreuzberger Friesenstraße fuhr, hatte er auf dem Schwarzmarkt erstanden. Gegen eine Goldmünze Sovereign mit dem Konterfei von George V, die sein Onkel John ihm zum vierzehnten Geburtstag geschenkt hatte. Er erinnerte sich an das Datum des Geschenks deshalb so genau, weil er an jenem Tag beschlossen hatte, sich in Zukunft bei allem, was er tat, an seinem Ziehvater und nicht an seinem Erzeuger zu orientieren.

Er hatte insgeheim gehofft, dass er sich im Westsektor der Stadt heimischer fühlen würde als im Ostteil, aber auch hier erinnerte nichts an das Berlin seiner Kindheit. Viel war ihm ohnehin nicht im Gedächtnis geblieben außer dem Geschmack von Hamanns Bitterer und dem Tag, an dem sein bester Freund von den »roten Falken« Pimpf beim Jungvolk geworden war. Alles andere lag hinter einem undurchsichtigen Schleier und blitzte nur manchmal in Träumen hervor, um am nächsten Morgen wieder in dem Dunkel zu verschwinden, über welches das Bewusstsein keine Macht besaß. Besonders der Tag, an dem seine Mutter gestorben und er mit jenem Mann allein zurückgeblieben war, der vielleicht ein guter Genosse, aber ein miserabler Vater gewesen war.

Im britischen Sektor hatte sich Hans-Joachim bislang überwiegend in Charlottenburg aufgehalten. Vor allem im *Café Wien* und in der nur mit einem Vorhang abgeteilten Absteige in einem Nachbarhaus, in die lediglich ein Bett und eine Waschschüssel passten. Ein Kellner hatte sie ihm besorgt. Nicht umsonst, versteht sich. Obwohl Hans-Joachim seit seinem Wechsel zur Stummpolizei, wie sein Vater die neu gegründete Polizeibehörde West, deren Präsident der Sozialdemokrat Dr. Johannes Stumm war, abfällig nannte, die Bleibe in der Tauentzienstraße hatte, trafen Mary und er sich jeden Mittwoch am späten Nachmittag in dieser Absteige, denn in seiner Dachkammer herrschte Damenverbot. Stein wäre liebend gern in seiner kleinen Wohnung am Prenzlauer Berg geblieben, aber die hatte man bereits ein paar Tage nach seinem Wechsel zur Polizei West beschlagnahmt und ihm den Zutritt verboten. Sicherlich auch ein Werk seines Vaters.

Manche Straßenzüge, durch die ihn sein Weg führte, rochen immer noch nach Tod und Verderben. Wie riesige Gerippe erinnerten die Häuserfronten, die das Inferno überlebt hatten, an den untergegangenen Größenwahn der Nazis. Hans-Joachim aber spürte keine Wurzeln in dieser Stadt, in der er geboren und seine Kindheit verbracht hatte. Er war Londoner. Nicht nur Berlin war ihm fremd, sondern auch die Menschen hier, allen voran sein Vater Hermann, der im Exil nichts von seiner deutschen Mentalität verloren hatte. Wenn Hans-Joachim ihn beleidigen wollte, musste er ihn, den eingefleischten Kommunisten, nur ein »Muster preußischer Tugend« nennen. Es gab überhaupt nur eine Sache, die er seinem Vater hoch anrechnete: dass er nach dem Reichstagsbrand 1933 seiner Verhaftung zuvorgekommen und mit Hans-Joachim zu seiner Schwester nach London geflüchtet war. Dass er für die »gute Sache« sein Kind dort nur abgeladen hatte, um weiter an die Brennpunkte der politischen Kämpfe reisen zu können, hatte dem Vater zu keinem Zeitpunkt Kopfzerbrechen bereitet. Deshalb hatte sich Hermann Stein anfangs auch tatsächlich eingebildet, dass Hans-Joachim vor zwei Jahren nur zur Berliner Polizei gekommen war, weil sein Vater ihm dort einen guten Posten besorgt hatte, nachdem er nach Kriegsende selbst ein enger Mitarbeiter von Polizeipräsident Markgraf geworden war. Dabei war sein Vater das stärkste Argument für ihn gewesen, nicht nach Berlin zu gehen.

Nein, es war allein Mary, die Hans-Joachim dazu bewogen hatte, seinen hochgeschätzten Job bei Scotland Yard aufzugeben und sich in diese Trümmerwelt zu wagen. Und vor allem in dieses Wespennest der Berliner Polizei, wo nur die Genossen etwas galten. Deshalb war er ihr ja auch nicht gleich nachgereist, aber dann schließlich hatte ihn die Sehnsucht nach dieser Frau gegen alle Vorbehalte nach Berlin getrieben. Er konnte nicht ohne sie sein. Aber auch nicht mit ihr. Jedenfalls nicht so, wie sie es sich wünschte. Gerade gestern erst, am Mittwoch, hatte sie ihm versichert, sie werde Tom nicht nach London folgen, wenn man ihn demnächst aus der Kommandantur nach England zurückberufen würde, wenn Jo, wie sie Hans-Joachim nannte, sie ernsthaft darum bitten würde, zu bleiben. Doch das kam ihm so nicht über die Lippen. *Ich liebe dich mehr als mein Leben, aber im Mief der Kleinbürgerlichkeit gehe ich ein,* hatte er ihr geschworen, aber das genügte ihr nicht. Sie wollte etwas anderes. Eine Versicherung, dass er für sie und das Kind sorgen würde. Als Ehemann und Familienvater. Die Vorstellung ließ ihn frösteln.

Hans-Joachim versuchte nun, den Gedanken an Mary abzuschütteln. Am nächsten Mittwoch würde er ihr vorbehaltlos alles versichern, was sie hören wollte, wenn sie ihn nur nicht verließ. Er konnte nicht ohne ihr Temperament und ihren schlanken biegsamen Körper leben. Keine Frau hatte sich ihm je so leidenschaftlich hingegeben wie Mary. Mit keiner hatte er je solche tiefsinnigen Gespräche führen, mit keiner je so beredt schweigen können.

Das laute Brummen einer Douglas C-54 riss den Kommissar aus seinen gleichsam süßen wie schmerzhaften Gedanken an Mary. Er hob den Kopf, konnte das Flugzeug aber gegen die Sonne nur schwer erkennen. Nachdem die Sowjets die Stadt von der westlichen Strom- und Lebensmittelversorgung über Land und Wasser abgeschnitten hatten, hatten die Westalliierten eine Luftbrücke eingerichtet. Hans-Joachims Vater war der Meinung, die Sowjets sollten diese Ami-Flieger einfach abschießen, um die Westmächte zu zwingen, in Berlin weiterhin nur die eine Währung zuzulassen … außerdem könnten die Leute ja im Osten einkaufen. Sie müssten sich dort nur registrieren lassen. Im Ostteil der Stadt wurden zu diesem Zweck extra Lebensmittel gelagert.

Hans-Joachim war auch in dieser Sache anderer Meinung als er und fand es richtig, dass nun auch in Berlin die D-Mark als Währung anerkannt wurde, wenn auch nicht uneingeschränkt. Geldscheine waren in Berlin anders als im übrigen Deutschland mit einem »B« gekennzeichnet.

Hans-Joachim hatte den Gedanken noch nicht zu Ende geführt, als er stürzte und sich auf dem harten Straßenpflaster wiederfand. Er war mit dem Vorderrad in ein Schlagloch geraten und hatte sich überschlagen. Passanten blieben stehen und wollten ihm aufhelfen. Eine junge Frau deutete mit schreckensweiten Augen auf seinen Kopf. Intuitiv fasste Hans-Joachim mit der Hand dorthin. Sie war voller Blut. Ein älterer Herr beugte sich zu ihm hinunter. »Ist nur oberflächlich. Eine Platzwunde. Da habe ich in Demjansk ganz andere Wunden gesehen. Da war das Gehirn …«

»Gehen Sie bitte weiter!«, herrschte Hans-Joachim den Mann in scharfem Ton an und rappelte sich auf. Er war weniger über die Wunde bestürzt als darüber, dass er ins Straucheln geraten war, denn er verlor nur ungern die Kontrolle. Ganz besonders nicht gegenüber seinem Vater, wie es ihn in diesem Moment durchzuckte. Eine Erinnerung, die für zusätzliches Unwohlsein sorgte.

Ein anderer Mann reichte ihm ein sauberes Taschentuch, das sich der Kommissar auf die Wunde drückte. »Danke!«, sagte er und versuchte, das Rad mit einer Hand zu schieben. Am Ende der Straße sah er bereits die ehemalige Kaserne auftauchen, das neue Polizeipräsidium West. Er hielt inne und betrachtete das Taschentuch. Es war blutgetränkt. Was hatte ihm sein Vater noch zum Abschied mitgegeben? An dem Abend, bevor er wie Tausende andere schon Wochen vor ihm zur Westpolizei gewechselt hatte? »Bluten wirst du für deinen Verrat, du verdammter Stupo!« Letzteres war das Schimpfwort der Vopos für diejenigen, die für den neuen Polizeipräsidenten arbeiteten.

Entschieden setzte Hans-Joachim seinen Weg fort. Geblutet hatten die halben Kinder, die in einem feuchten Keller auf Befehl seines Vaters vernommen worden waren. Blut war der Grund, warum er die Seiten gewechselt hatte. Aber nicht sein eigenes! Genauso wie er jetzt hatte sein Vater geblutet, nachdem der ihn mit Gewalt davon hatte abhalten wollen, zu gehen. An dem Tag hatte Stein das fünfte Gebot in einer Form verletzt, die er sich schwerlich verzeihen konnte, obwohl es Notwehr gewesen war. Aber er hatte die Kontrolle verloren. Etwas, was ihm noch nie zuvor auch nur annähernd passiert war und was ihm Angst einflößte. Wie oft träumte er von den Augen, die seinen so ähnlich waren und aus denen sein Vater den Sohn mit ungläubigem Entsetzen angestarrt hatte, während er blutend zu Boden gegangen war.

2

Die junge Schreibkraft Lore Krause war der »Sonnenschein« in der neuen Mordinspektion MI 3 unter Leitung von Kommissariatsleiter Curt Krüger. Jedenfalls nannte ihr Chef sie so. Sie war eine fröhliche Person, die mit ihrer Herzlichkeit über all das hinweglächelte, was sie in ihrem jungen Leben bereits Schmerzhaftes hatte erfahren müssen, wie etwa ihr Einsatz als blutjunge Sanitätshelferin. Und noch etwas, an das sie um keinen Preis erinnert werden wollte. Und über das sie niemals redete. Nicht einmal mit ihrer Mutter, die zusammen mit ihr in dem Bunker verschüttet gewesen war. Wie durch ein Wunder waren die beiden in letzter Sekunde gerettet worden. Lore hatte nach ihrer Genesung beschlossen, fortan jeden Tag zu feiern, als wäre es der letzte. Sie war Krüger äußerst dankbar, dass er sie als Schreibkraft eingestellt hatte, obwohl sie die Handelsschule erst im Krieg abgeschlossen und zuvor noch nicht in ihrem Beruf gearbeitet hatte. Die Mordkommission war ganz nach ihrem Geschmack, denn es fiel ihr gar nicht so leicht, dem langweiligen Alltag unter den Fittichen ihrer strengen Mutter jene Lebensfreude abzugewinnen, die sie sich damals geschworen hatte. Aber Mord und Totschlag, das versprach Spannung und Abenteuer. Ihre Mutter war entschieden gegen diese Stellung gewesen und hätte ihre Lore lieber in der Stadtverwaltung als bei den »Kriminalen« gesehen, aber in diesen Zeiten musste man nehmen, was einem geboten wurde. Wie gut, dass ihre Mutter nicht ahnte, dass Lore insgeheim davon träumte, eines Tages selbst weibliche Kriminalbeamtin in der MI 3 zu werden. Diese Inspektion für Strafsachen gegen Kinder, weibliche Jugendliche und Frauen in Sonderfällen war die einzige in der Friesenstraße, in der Frauen arbeiteten und die von einer weiblichen Kommissarin geleitet wurde.

»Guten Morgen, Fräulein Krause.« Zu Lores großem Unmut blieb Ernst Löbau von der Sitte vor ihr stehen und musterte die

Stenotypistin wohlwollend. Offenbar glaubte er, dass er ein Recht hatte, ihr sehr privat zu begegnen, seit er bei ihrer Mutter zur Untermiete wohnte. Dabei war sie zu ihm nur nett, weil sie zu allen Menschen freundlich war. Ihre Mutter meinte hingegen, er wäre ein idealer Ehemann für sie, weil man in diesen Zeiten nicht allzu wählerisch sein durfte als Frau. Allein bei dem Gedanken schüttelte es sie. Der stämmige Ernst ging ihr gerade einmal bis zur Schulter. Natürlich war es unklug, es sich mit ihm zu verscherzen, denn wenn einer ein gutes Wort bei der MI 3 einlegen konnte, dann er. Aber ihm aus lauter Kalkül Hoffnungen zu machen widerstrebte ihr zutiefst.

»Guten Morgen«, entgegnete sie knapp und setzte ihren Weg fort. In dem Moment kam ihr ein hochgewachsener und ungewöhnlich gut aussehender Mann entgegen. Allein seine Körperhaltung schlug sie in Bann. Er ging gerade und aufrecht, und doch wirkte er lässig und entspannt, fast schlaksig. Ein wohltuender Kontrast zur Mehrzahl der leicht gebeugten Männergestalten, die ihr ansonsten im Präsidium begegneten und fast immer Verschlossenheit und Misstrauen ausdrückten. Sie schätzte ihn auf Anfang dreißig. Sein blondes Haar schimmerte im Licht eines Sonnenstrahls, der durch ein Fenster auf den düsteren Gang fiel, fast golden. Auf dem Kopf trug er keinen dieser üblichen Herrenhüte, sondern eine elegante flache Schirmmütze. Er sah wirklich gut aus, verdammt gut. Und dieser Mantel erst. Lore kannte sich aus mit Stoffen. Wenn sie nicht alles täuschte, war das ein Burberry-Trench. Und das bei dieser Wärme, dachte sie noch, als sie den Blutflecken und den Schmutz auf seinem Ärmel sah und dann erst das Taschentuch, das er sich auf die Stirn presste. Mit einem Satz war sie bei ihm.

»Um Himmels willen, was ist Ihnen denn passiert?«, rief sie aus. Ungefragt nahm sie ihm das Taschentuch aus der Hand und blickte abwechselnd auf das Blut und auf seine Stirn. »Das muss sofort desinfiziert und verbunden werden!«

Der Fremde stutzte, doch dann lächelte er. »Sind Sie Krankenschwester?«

Lore schüttelte den Kopf. »Nein, aber ich weiß, wo unser Krankenzimmer ist, und da bringe ich Sie sofort hin. Wenn die Wunde nicht versorgt wird, ist das gefährlich.« Und schon hatte sie ihn am Ärmel gepackt. »Was ist geschehen?« Sie musterte besorgt die Schürfwunden auf seiner Hand.

»Bin mit dem Rad gestürzt.«

Was für eine elegante Erscheinung trotz der Verletzung, dachte Lore, während sie ihn in das Krankenzimmer zog.

»Setzen Sie sich«, befahl sie, während sie sich an einer Schublade zu schaffen machte und eine Mullbinde hervorzog.

»Oh, bitte, tun Sie mir das nicht an«, flehte er. »Ich kann doch nicht als Invalider meinen Dienst antreten«, fügte er lachend hinzu.

Lore blickte ihn irritiert an. »Was meinen Sie, wie viele Kriegsversehrte es hier gibt? Bei Ihnen sind ja immerhin noch Arme und Beine dran.«

Während sie ihn dabei unverwandt anlächelte, bemerkte sie, wie er leicht zusammenzuckte.

»In welche Abteilung wollen Sie denn?«

»MI 3. Ich suche meinen neuen Vorgesetzten, einen Kommissariatsleiter Krüger … ach, mein Name ist übrigens Hans-Joachim Stein.« Er streckte ihr seine Hand hin. Sie nahm sie an und verspürte einen angenehmen Druck. Nicht zu weich und nicht zu fest. Und was für gepflegte Hände er hatte. Ganz anders als die meisten anderen Männer mit ihren groben, rissigen Pranken. Kein Wunder, er konnte eigentlich nur der neue Kommissar sein!

»Das ist ja nett. Dann arbeite ich für Sie. Ich bin auch bei der Mordkommission. Sie sind also der Englän…?« Sie unterbrach sich hastig. »Ich meine, der Neue.«

Er nickte.

»Ich bin Lore Krause, Ihre Schreibkraft.«

»Sehr erfreut«, entgegnete er höflich.

Jetzt wurde ihr einiges klar. Seit Tagen wurde von nichts anderem gesprochen als von dem englischen Kommissar, der mit Wuttke zusammenarbeiten sollte. Eigentlich hieß es ja immer, ein alter und ein neuer Kommissar, aber nach ihrer Schätzung lagen allerhöchstens fünf Jahre zwischen den beiden. Aber vielleicht zählte seine Berufserfahrung bei Scotland Yard doppelt, mutmaßte Lore, während sie ihm nun eifrig den Kopf verband. Als sie fertig war, hielt sie ihm einen Spiegel hin.

»Professionelle Arbeit«, bemerkte er anerkennend.

»Na ja, das habe ich als Sanitätshelferin hundertfach machen müssen«, sagte sie beinahe entschuldigend. »Aber Ihnen steht sogar noch ein Verband!«

»Danke für das Kompliment«, lachte er und stand auf. »Bringen Sie mich jetzt zum Chef?«

Sie hakte sich bei ihm unter. »Nicht dass Sie mir unterwegs kollabieren. Wenn ich Sie heil nach oben bringe, versprechen Sie mir, dass Sie diese scheußlichen Irrenhaus-Morde aufklären …« Sie hielt inne und hoffte, er hätte das überhört, denn wer weiß, wie er reagierte, wenn er erfuhr, dass sie in den Akten schnüffelte.

»Von welchen scheußlichen Morden sprechen Sie?«, fragte er da bereits interessiert nach.

»Ach, ich sollte die Akte zur MI 3 bringen und wollte sie Ihnen auf den Tisch legen, da ist sie runtergefallen, und ich habe zufällig die Fotos gesehen und …« Sie stockte.

Er lächelte. »Fräulein Krause, ich schätze Ihr Interesse an meinen Fällen. Meine Londoner Mitarbeiterin hat jede Akte gründlich studiert, bevor ich sie in die Hände bekam.«

»Das heißt, Sie haben nichts dagegen, wenn ich mal einen kleinen Blick hineinwerfe?« Sie wollte ihm lieber nicht verraten, dass Krüger den Schreibkräften ausdrücklich untersagt hatte, in den Akten zu stöbern.

»Nein, vielleicht können Sie mir erzählen, was mich erwartet?« Er sagte das in einem zugewandten Ton, sodass Lore ihm glaubte, und schon platzte es aus ihr heraus. Bereits eine schlaflose Nacht habe sie die Akte *Dalldorf* gekostet. Dieser grausame Haufen Knochen, diese zerfallenen Kleidungsstücke, die Blechmarken und vor allem die Schädel.

»Ich habe Schreckliches im Lazarett gesehen, aber mir bereitet stets mehr Angst, was ich nicht sehen kann und mir dann in meiner Fantasie ausmale«, verriet sie ihm aufgeregt.

»Und was, wenn diese Toten Opfer des Krieges geworden sind?«

Lore schüttelte energisch den Kopf. »Das einzige Kleidungsstück, das dieses dunkle Grab überlebt hat, war ein Rock aus Fallschirmseide.«

Kommissar Stein legte die Stirn in Falten. »Und Sie glauben, das beweist, dass die Morde erst nach Kriegsende begangen wurden?«

»Meine Mutter hat mir erst nach dem Krieg ein Kleid aus Fallschirmseide genäht«, erklärte sie ihm eifrig. »Und die stammte von einem abgeschossenen Tommy.«

Sie schlug sich erschrocken die Hand vor den Mund. Der Kommissar aber verzog keine Miene.

»Ich werde alles in meiner Macht Stehende tun, um diese Morde aufzuklären. Dazu bin ich hier. Werde mich gleich in die Akte vertiefen. Und halte Sie auf dem Laufenden«, versprach er Lore mit einem Lächeln.

Das war mehr, als sie sich je in ihrem Beruf erträumt hatte. Der Mann sah in ihr jedenfalls nicht nur eine Tippmamsell. Lore war fest entschlossen, sich bei dem Neuen unentbehrlich zu machen. Wie sie das genau anstellen sollte, wusste sie noch nicht, aber das war doch schon mal ein gelungener Anfang.

3

Max Wuttke ließ das Donnerwetter an sich vorüberrauschen. Er konnte mittlerweile auf Durchzug schalten, wenn sein Chef seine cholerischen Anfälle bekam. Die waren schon damals legendär gewesen. Nur mit dem Unterschied, dass der kleine Feldpolizist sich vor Angst fast in die Hose gemacht hatte, wenn Oberleutnant Krüger wie ein wild gewordener Tobsüchtiger herumgebrüllt hatte. Das war vorbei. Er zuckte nicht einmal mehr zusammen, wenn der Chef lauter wurde. Ihm hatte mal jemand im Vertrauen gesteckt, dass er dieses hitzige Temperament einem Granatsplitter aus Verdun zu verdanken hatte, doch das rechtfertigte in Wuttkes Augen nicht, wie unbeherrscht der Mann wütete, wenn ihm etwas gegen den Strich ging. Besonders das eine würde er ihm im Leben nicht verzeihen … Gerade regte Krüger sich darüber auf, dass eine Akte, die er aus der Abteilung für unbekannte Tote angefordert hatte, verschwunden war und beschuldigte ihn, sie verschlampt zu haben.

»Verdammt, schaffen Sie mir die Dalldorf-Akte her, und zwar zack, zack!«

Eigentlich hätte Wuttke dem Kerl irgendwie auch dankbar sein müssen, aber dieses Gefühl wollte sich nicht einstellen. Wuttke hatte es nämlich Krüger zu verdanken, dass er nun auf diesem vergleichsweise gut dotierten Posten in der Mordkommission untergekommen war, nachdem er sich nach seinem Rausschmiss aus der Markgraf-Truppe mit Gelegenheitsarbeiten für die Amerikaner herumgeschlagen hatte.

Krüger hatte nach dem Krieg etwas von seinem Schrecken eingebüßt. Max hatte immer noch einen gewissen Respekt vor ihm, aber er fürchtete ihn nicht länger. Vor allem fühlte er sich nicht verantwortlich für die Verteilung der Akten. Das musste ein anderer Idiot gewesen sein, der diese Akte nicht wie angefordert auf den Schreibtisch des Chefs gelegt hatte. »Aber selbstverständlich sehe ich überall nach, wer versehentlich die Dalldorf-Akte zum Bearbeiten bekommen hat«, erklärte Wuttke in einer Atempause seines Vorgesetzten.

Der klopfte hektisch mit dem Zeigefinger auf dem Holz der Schreibtischplatte herum. »Die gehört hierher, verstanden! Das ist Chefsache!« Sein unangenehmer Kommisston hatte nichts an Schärfe verloren. »Aber das ist streng geheim! Verstehen Sie. Es soll keiner wissen, dass ich den Fall bearbeite. Kein Wort zu niemandem!«

Max nickte müde.

»Junge, Junge, pass bloß auf mit der Panzerschokolade. Du frisst das Zeug doch nicht mehr in Mengen wie damals, oder?«

Max schüttelte den Kopf. »Chef, nein, wie kommen Sie denn darauf?«

»Du machst einen seltsamen Eindruck. Als wäre dir alles völlig egal. Keine Dynamik mehr, Mensch! Im Krieg haben die Pillen dich wenigstens wieder munter gemacht, aber jetzt? Du musst auf Zack sein, wenn der Engländer kommt.«

»Ja, na klar, Chef, ich bin auf Zack. Der Kerl soll auf schnellstem Wege zurück in sein London, wenn es ihm bei uns nicht gefällt!«

»Du weißt genau, warum ich den nicht in meiner Abteilung will. Der Tommy gehört auf seine Insel. Basta!«

»Jawohl, Chef, aber was, wenn er nicht freiwillig wieder geht? Er ist einer von Stumms Protegés.«

»Ja, ja, als einen Mann mit weißer Weste, einen lupenreinen Demokraten, einen aufrechten Polizisten hat Stumm ihn mir angepriesen. Genau die Art von Kollegen, die wir hier nicht gebrauchen können.«

»Und ich habe läuten hören, dass dieser Stein dem Stumm von einer mit einem hohen Offizier verheirateten Dame in der britischen Kommandantur ans Herz gelegt worden sein soll.«

Krüger machte eine abwehrende Handbewegung. »Ja, ja, er war eine Empfehlung von den Tommys. Und vor lauter Beziehungen und Lobhudeleien stolpert keiner über seinen Vater, Hermann Stein, Markgrafs Kettenhund. Ich bin sicher, der Sohn ist von denen eingeschleust worden zum Ausspionieren. Gerade weil er so eine unverdächtige Biografie vorzuweisen hat. Und das herauszufinden ist Ihre Sache! Verstanden?«

Bevor sich sein Chef allzu heftig ereifern konnte, versprach Max ihm hoch und heilig, seinen neuen Kollegen so lange zu bespitzeln, bis er ihnen einen Grund lieferte, ihn bei Stumm zu denunzieren. Dabei war er wie alle anderen mächtig gespannt auf den Neuen, dem sein Ruf schon vorausgeeilt war. Offenbar hatte er bei Scotland Yard eine glänzende Karriere hingelegt. Doch genau das hielt Krüger für hochgradig verdächtig. Wie konnte einer, der eine gute Stellung im unversehrten London besaß, freiwillig in die Trümmer von Berlin kommen? Max hütete sich davor, seinen Chef zu belehren, dass auch die Londoner Opfer von Bomben geworden waren. Für Krüger gab es nur ein Opfer des Krieges: das zerstörte Deutschland.

»Wollten Sie noch was sagen?«, fragte Krüger lauernd, als würde er Max' Gedanken lesen können.

»Nein, nein, ich werde den Engländer auf Schritt und Tritt überwachen. Genau, wie Sie es angeordnet haben«, erwiderte Max nachdrücklich, bevor er aufstand und zur Tür ging.

»Wuttke, Gewissensbisse sind was für Feiglinge!«, hörte er Krügers Stimme im Nacken, und ihm wurde übel. Genau diese Worte hatte sein Chef benutzt, als Max damals im Krieg beinahe durchgedreht wäre. *Gewissensbisse sind was für Feiglinge!* Max schaffte es gerade noch auf die Toilette, bevor er sich in einem Schwall erbrach.

4

Stein war sichtlich erleichtert gewesen, als nach geschätzten fünf Minuten seines Gesprächs mit Krüger, dessen knarzende Stimme mit dem rollenden R ihn unangenehm an die Hetzansprachen von Goebbels und Konsorten erinnerte, die er gelegentlich mit Schaudern im britischen Rundfunk gehört hatte, der erste Einsatzbefehl gekommen war. Männliche Leiche in Grunewald. Zusammen mit diesem Milchgesicht, das er gerade mal auf Mitte zwanzig schätzte und das sich ihm als Max Wuttke vorgestellt hatte, einem Fotografen und einem in Kriminaltechnik geschulten Kollegen war er sofort zum Tatort gefahren. Dort trafen sie den Gerichtsarzt, der bei Mordfällen in Berlin grundsätzlich hinzugezogen wurde. Es war ein alter, weißhaariger Herr, der sich als Dr. Kern vorstellte. Der Tatort, die spätklassizistische Villa in der Hubertusallee, hatte die Bombenangriffe im Gegensatz zu dem Nachbarhaus offenbar unbeschadet überstanden.

Am Klingelschild stand der Name des Opfers: Carl Braunke. Die Tür wurde ihnen von einem Dienstmädchen geöffnet. Sie trug die Kleidung einer Hausangestellten aus der Jahrhundertwende, was im absoluten Gegensatz zu ihrem Gesicht stand. Sie war stark geschminkt und hatte eine brennende Zigarette in der Hand. Außerdem war der Rocksaum weit übers Knie gerutscht, was Stein zu der Vermutung Anlass gab, dass die junge Dame dem Hausherrn zu ganz anderen Diensten gestanden hatte. Doch diesen Verdacht behielt er erst einmal für sich.

»Entschuldigen Sie, aber ich bin so durcheinander. Ich habe ihn gefunden und Sie gleich angerufen«, stieß das Dienstmädchen statt einer Begrüßung hervor.

Bevor Stein sich noch weitere Gedanken über die wahre Aufgabe dieser Frau machen konnte, erregte der Eingangsbereich der Villa seine ganze Aufmerksamkeit. Er hatte noch nie dermaßen viel hässlichen Plunder und schöne Dinge auf einem Haufen gesehen: antike Möbel, Biedermeier, Gründerzeit, Jugendstil, Kerzenleuchter, Obstschalen, Sammelfiguren, Tassen, Becher, Bilderrahmen, ein Regal voller Schnapsflaschen und eines mit Zigarettenstangen.

»Hier wohnt ein Schwarzhändler«, flüsterte Wuttke ihm zu.

Er hat recht, dachte Stein, und sicher kein kleiner Fisch, sondern einer von denen, die eine große Schieberkarriere gemacht hatten. Sein Blick fiel auf eine zerbrochene Schnapsflasche, deren Scherben sich auf dem Dielenboden verteilt hatten. Es roch aufdringlich nach Weinbrand. Offenbar war die Flasche voll gewesen. Stein stieß mit dem Fuß gegen eine große Scherbe, auf der das Etikett klebte. Asbach Uralt aus dem Jahr 1942. Allein dass dieses Malheur nicht entfernt worden war, sprach für seine Vermutung, dass die Dame nicht wirklich als Haushaltshilfe bei Braunke tätig war.

Die als Dienstmädchen verkleidete Blondine führte sie nun in den Salon, der ebenfalls nur so vor Geschmacklosigkeit strotzte. Als hätte der Bewohner mithilfe des zusammengewürfelten Interieurs die stilvolle Villa in ein Märchenschloss nach seinen Vorstellungen verwandeln wollen.

Offenbar schien Wuttke ähnlich zu empfinden wie Stein, denn er murmelte: »Lieber in einer Trümmerbude ohne Möbel als in diesem Kitsch hausen.«

»Scheußlich, oder?«

»Geschmacklos!«

Das waren die ersten Worte, die die beiden Männer nach ihrer Begrüßung miteinander wechselten. Steins erster Eindruck von seinem neuen Kollegen war nicht besonders gut gewesen. Die erweiterten Pupillen, der unruhige Blick und das Flattern der Augenlider ließen seiner Meinung nach nur einen Schluss zu. Dass viele deutsche Männer die synthetisch hergestellte Kriegsdroge Pervitin mit der aufputschenden Wirkung, auch Hitler-Schokolade genannt, noch nach dem Krieg konsumierten, war hinlänglich bekannt. Aber bei einem Kollegen, auf den man sich in gefährlichen Situationen verlassen können sollte, keine schöne Vorstellung.

Und inmitten dieser gesammelten Geschmacksverirrungen befand sich der Tote auf einem grässlichen Orientteppich, auf dessen Ornamenten sich das Blut in bizarren Mustern verteilt hatte. Er lag auf dem Bauch, trug eine Schlafanzughose, und in seinem Rücken klaffte ein Loch. Darüber, zwischen den Schulterblättern, stand in roter Schrift der Name des Opfers geschrieben: Carl Braunke. Neben der Leiche lagen ein bestickter seidener Morgenmantel und ein Kopierstift ohne Hülle. Offenbar hatte der Täter damit sein Opfer beschriftet.

»Exitus«, stellte Dr. Kern lakonisch fest. »Brauchen Sie mich noch?«

Offensichtlich hatte es der Gerichtsarzt eilig, den Tatort wieder zu verlassen. Stein war es recht, denn er hatte es in der Mordkommission im Osten häufig erlebt, dass die Mediziner ihnen permanent in die Ermittlungsarbeit hereingeredet hatten.

»Danke, wenn wir noch Fragen haben, melden wir uns«, antwortete Stein und wandte sich wieder der Leiche zu. Sein Blick blieb an der Schrift auf dessen Rücken hängen.

»So was habe ich ja noch niemals gesehen«, murmelte er.

»Wer macht denn so was?«, bemerkte Wuttke angewidert. »Ich habe ja schon mit Ochsenblut beschmierte Leichen gesehen, aber mit einem Kopierstift den Namen des Opfers auf die Schulter klieren? Das ist krank!«

Stein nickte zustimmend. Den Kopierstift musste der Täter zuvor angefeuchtet haben, dachte er. Sonst wäre er zu trocken gewesen, um dieses Schriftbild zu erzeugen.

»Das Einschussloch sieht nach neun Millimeter aus. Schätze, Walther P.38«, murmelte Wuttke und ließ den Blick schweifen. Offenbar suchte er nach der Waffe.

Stein holte indessen einen Schreibblock hervor und zeichnete mit ein paar klaren Linien, welches Bild sich ihnen da auf dem Teppich bot. Wuttke war so neugierig, dass er seinem Kollegen über die Schulter linste und einen anerkennenden Pfiff ausstieß.

»An Ihnen ist ein Künstler verloren gegangen! Sogar den Kopierstift haben Sie mit drauf.«

Stein winkte ab. »Ich habe früher immer selbst die Fotos gemacht, aber beim Zeichnen bekomme ich sofort ein Gefühl dafür, worauf ich besonders achten sollte. Für das, was nicht zusammenpasst, was nicht stimmt.«

Wuttke tippte sich gegen die Stirn. »Bei dem, der das verbrochen hat, stimmt hier oben gar nichts mehr«, stieß er verächtlich hervor. »Die Leiche zu beschriften, wer macht denn so was?«, wiederholte er. »Und gucken Sie sich mal das kleine *r* an. Kunstvoll geschwungen.«

»Das ist in der Tat seltsam. Und dann ist er auch noch von hinten erschossen worden!«

»Das ist in der Tat eher selten. Brust, Kopf und Bauch sind gängiger. Das hat was Feiges oder zeugt von Angst, dem Opfer ins Auge zu blicken. Komisch, mein erster Gedanke war, es könnte eine Frau gewesen sein. Und dazu das hübsche *r*.«

»Das war auch mein erster Gedanke. Oder der Mann wollte vor dem Täter flüchten«, sinnierte Stein. Wuttke nahm den Morgenmantel zur Hand und stellte fest, dass er keine Beschädigung am Rücken aufwies.

»Aber zieht er dazu vorher den Morgenmantel aus?«, bemerkte er skeptisch.

Stein war in diesem Moment geneigt, sein Vorurteil gegen den Kollegen zu revidieren. Offenbar war er doch kein drogensüchtiger Kriegsversehrter, wie er anfangs befürchtet hatte. Vor allem, als er sich jetzt abrupt dem falschen Dienstmädchen zuwandte: »In was für einem Verhältnis stehen Sie zu dem Toten, denn den Fummel da tragen Sie bestimmt nicht zum Putzen, oder?«

»Scharf geschossen, Herr Kommissar«, flötete sie anzüglich. Offenbar hatte sie den Schock, den Toten gefunden zu haben, inzwischen überwunden.

Wuttke holte seinen Notizblick aus der Jackentasche.

»Name, Adresse, Beruf? Was machen Sie schon am Vormittag in diesem Haus? Wann haben Sie ihn gefunden?«

»Ich bin Margot. Und eine Freundin des Hauses! Ich lebe am Savignyplatz und arbeite gelegentlich im *Pandora* …«

Sie unterbrach sich und musterte Wuttke durchdringend in einer Art, die den Kollegen verlegen zu machen schien. Vor allem wirkte sein Blick plötzlich so, als würde er die Frau wiedererkennen.

»Ich denke, damit müsste Ihre Frage nach meinem Beruf beantwortet sein, oder?«, flötete sie, was Wuttke nur noch peinlicher zu berühren schien.

Stein beobachtete das Geplänkel zwischen der »Freundin des Hauses« und Wuttke interessiert, wobei ihn am meisten die Frage beschäftigte, warum Wuttkes Wangen rot angelaufen waren, seit diese Margot ihren Arbeitsplatz erwähnt hatte. Für Stein gab es inzwischen kaum noch Zweifel, dass sie im horizontalen Gewerbe tätig war.

»Sagen Sie, kennen wir uns nicht?«

»Nein!«, widersprach Wuttke energisch.

»Merkwürdig, dann muss ich Sie wohl verwechselt haben. Ich meinte, Sie öfter mal im *Pandora* gesehen zu haben«, säuselte sie.

»Kenne ich nicht, den Laden«, sagte er in einem derart trotzigen Ton, dass es einem Geständnis gleichkam. Keine Frage, der Kollege kannte das *Pandora* besser, als er zugeben wollte, aber warum log er der Frau dreist ins Gesicht? Sie machte einen glaubwürdigen Eindruck, zumindest in diesem Punkt. Ob sie auch die Frage, was sie hier am helllichten Tage im Haus des Toten machte, wahrheitsgemäß beantwortete, blieb abzuwarten. Doch es gehörte sich nicht, den Kollegen vor der Dame der Lüge zu bezichtigen.

»Wären Sie bitte so freundlich, unsere Fragen zu beantworten«, mischte sich Stein stattdessen ein. Die junge Frau schenkte ihm ein Lächeln. »Aber gern doch. Wenn Sie mich darum bitten, immer! Sie sollten mal ins *Pandora* kommen, wenn ich dort arbeite. Dann können Sie sich was Nettes aussuchen, falls Ihnen die Hausangestellte nicht zusagt.« Sie drehte sich um die eigene Achse, um ihren Rock zum Schwingen zu bringen. »Vielleicht wollen Sie lieber die Krankenschwester? Oder die Gefängniswärterin?«

»*Shut up!*«, zischte Stein. Das ging in seinen Augen zu weit, dass eine deutsche Hure frivol mit der Rolle einer Gefängniswärterin kokettierte. Mehr noch, das widerte ihn an. An Wuttkes Blick war unschwer zu erkennen, dass ihn dieser Ausbruch seines Kollegen zu irritieren schien. Stein sah in seinen Augen eine Mischung aus Erstaunen und Bewunderung.

Der vorlauten Dame hatte es jedenfalls die Sprache verschlagen, und sie machte jetzt eher den Eindruck eines kleinen Mädchens, dem man eine Strafpredigt gehalten hatte.

»Am besten kommen Sie morgen früh um neun in die Friesenstraße 16, und wir vernehmen Sie dort als Zeugin«, schlug ihr Stein nun vor.

»Dann kann ich jetzt gehen?«, fragte sie verschüchtert.

Stein nickte. »Und wissen Sie, ob noch jemand im Haus ist?«

»Ja, ich glaube, seine Ehefrau. Ich habe sie gestern Abend zwar nicht gesehen, aber sie bewohnt in der oberen Etage ihre eigenen Räume. Die beiden leben in Trennung, soviel ich weiß.«

»Sie waren also gestern Abend schon hier und haben im Haus übernachtet?«, hakte Wuttke nach.

Die junge Frau räusperte sich, bevor sie antwortete. »Also, gestern fand hier im Haus eine größere Gesellschaft statt, wenn Sie verstehen, was ich meine, Herr Kommissar.« Sie guckte dabei Stein an.

Er zuckte mit den Schultern. »Vorstellen kann ich mir so einiges, aber vielleicht könnten Sie etwas mehr ins Detail gehen«, bat er sie höflich.

»Es waren eine Handvoll Herren anwesend, und genauso viele Mädchen aus dem *Pandora* …« Nun warf sie Wuttke einen intensiven Blick zu. »Es wurde viel getrunken, und dann verteilte man sich im Haus.«

»Also eine Sause, die die Herren sich etwas haben kosten lassen«, bemerkte Stein.

»Ja, natürlich gehen wir nicht umsonst mit den Herren auf die Zimmer. Ohne Geld machen wir es nur ausnahmsweise mit Polypen.« Erneut fixierte sie Wuttke mit stechendem Blick. Stein musste sehr an sich halten, um keine Fragen zu stellen, die Wuttke womöglich noch mehr in Verlegenheit brachten. Er hatte erneut einen hochroten Kopf bekommen, seit Margot das *Pandora* erwähnt hatte und sich in Anspielungen ergangen war.

»Und haben noch andere Herrschaften der sogenannten Gesellschaft im Haus übernachtet?«, fragte er stattdessen.

»Nur ich, weil Braunke mich die ganze Nacht für sich gebucht hatte.«

»Sie waren also heute Nacht bei ihm?«, hakte Stein nach.

»Nicht ganz! Ich bin früher als er ins Bett gegangen und habe einen tiefen Schlaf, wenn ich etwas getrunken habe. Deshalb trage ich auch immer noch meine – äh … Uniform. Erst heute Morgen habe ich bemerkt, dass er nicht neben mir lag. Dabei habe ich mir aber nichts gedacht und bin noch einmal eingeschlafen. Als ich wieder aufgewacht bin, bin ich ihn suchen gegangen und habe ihn hier im Salon gefunden.«

»Können Sie mir bitte alle Namen Ihrer Kolleginnen notieren?«

Stein nahm seinen Notizblock und einen Stift zur Hand. Er bemerkte aus den Augenwinkeln, wie fasziniert sie auf seine Zeichnung schielte, bevor er zu schreiben begann. Ihm entging auch nicht, dass Wuttke zunehmend nervöser wurde, nachdem sie die Namen aller Frauen preisgegeben hatte. Da hörte er sie raunen: »Keine Sorge, sie ist als Erste gegangen.« Stein überlegte kurz, ob er an Ort und Stelle nachfragen sollte, von wem hier die Rede war, oder Wuttke lieber später unter vier Augen mit seinem Verdacht konfrontieren sollte, dass er ganz offensichtlich ein Geheimnis mit dieser Margot teilte, die er wohl nicht zum ersten Mal sah. Er entschied sich für Letzteres.

Allerdings näherte er sich, kaum dass die Frau fertig war, dem Tisch und nahm den Block an sich.

Nachdem Margot wenig später in ziviler Kleidung das Haus verlassen hatte, hielt er Wuttke die Liste demonstrativ hin. »So, mein Lieber, und jetzt raus mit der Sprache, welche der Damen kennen Sie näher?«

Wuttkes Gesichtsfarbe wechselte von feuerrot zu kalkweiß. »Ich, ich kenne gar keine der Damen!«

»Um das zu behaupten, müssten Sie aber erst einmal einen Blick auf die Liste werfen. Sie haben ja gar nicht hingeguckt.«

Mürrisch heftete Wuttke die Augen auf den Block. »Ich sagte doch bereits, ich kenne keine von denen näher!«

»Dann haben Sie sicher nichts dagegen, wenn Sie mich jetzt anschauen, während ich Ihnen die Namen noch einmal einzeln vorlese.«

Wuttke tippte sich an die Stirn. »Ich hatte immer Hochachtung vor Scotland Yard, aber wenn ich gewusst hätte, was für ein Kindergarten das ist!«, bellte er. Mit jeder Unmutsbekundung, die Wuttke von sich gab, bestätigte er Stein in seinem Verdacht nur noch mehr.

»Mich angucken, habe ich gesagt!«, befahl er.

Widerwillig wandte Wuttke ihm seinen Blick zu.

»Paula Hanke …« Stein legte eine Pause an und musterte den Kollegen durchdringend, doch der zeigte bei diesem Namen keinerlei Reaktion. So ging das auch bei allen weiteren Namen. Erst beim vorletzten auf der Liste begannen seine Augenlider zu flattern. Lena Kowalke.

»Und woher kennen Sie diese Lena? Aus dem *Pandora?*«

»Passen Sie mal auf, Sie arroganter Schnösel. Ihnen habe gar nicht Rede und Antwort zu stehen. Sie sind nicht mein Chef!«

»Gute Idee. Dann werde ich wohl den Chef bitten, Sie nach Ihrer Bekanntschaft mit Lena Kowalke zu fragen, wenn Sie die Wahrheit nur Vorgesetzten mitteilen wollen.«

»Tun Sie sich keinen Zwang an. Gehen Sie zum Chef, wenn das bei den Tommys so üblich ist, Kollegen hinzuhängen!«

»Mannomann, Sie benehmen sich fast so verdächtig, als wären Sie der Täter. Ich denke, ich werde mich heute Abend mal selbst im *Pandora* umsehen«, entgegnete Stein in ruhigem Ton.

»Das kommt gar nicht infrage, dass Sie da allein schnüffeln gehen. Ich begleite Sie natürlich. Ja, und wenn Sie es genau wissen wollen, ich bin schon ein paarmal dort gewesen. Sind Sie jetzt zufrieden?«

»Nicht ganz. Mich würde noch interessieren, wie gut Sie diese Lena kennen!«, erwiderte Stein grinsend.

»Gar nicht, Sie Idiot!«, schimpfte Wuttke.

Was für ein lausiger Lügner, dachte Stein, bevor er den Kollegen aufforderte, mit ihm gemeinsam den Toten umzudrehen. Um das allein zu schaffen, war der Mann zu massig. Ein seltener Anblick in dieser Zeit, in der den Menschen auf der Straße das jahrelange Hungern in den ausgemergelten Gesichtern geschrieben stand.

Nachdem sie den Körper auf den Rücken gewuchtet hatten, schienen ihn die weit aufgerissenen toten Augen, die zu einem – Stein fiel spontan nichts anderes ein – Pfannkuchengesicht gehörten, regelrecht anzustarren. Die austretende Kugel hatte ihm fast den gesamten Brustkorb zerfetzt.

»Neun Millimeter, wie ich gesagt habe«, murmelte Wuttke, nachdem er eine Patrone vom Boden aufgehoben hatte. Steins ganze Aufmerksamkeit galt allerdings weniger dem Kaliber als vielmehr Wuttkes erschrockenem Blick, den dieser gerade auf den toten Körper gerichtet hatte und den er nun abrupt abwandte. Keine Frage. Sein Kollege kannte nicht nur die Zeugin, sondern auch das Opfer!

5

Das Obergeschoss der Villa war im Gegensatz zur unteren Etage stilvoll eingerichtet. Im Treppenhaus hingen diverse Werke alter Meister. Wuttke kannte sich nicht aus mit Kunst, aber das eine Bild hatte er schon einmal in der Zeitung gesehen. Im Zusammenhang mit einem Kunstraub. Die sparsam drapierten Möbelstücke passten erstaunlicherweise gut zueinander. Hier erinnerte nichts an den protzigen Trödelladen von unten. Hier lebte jemand mit Stilempfinden und Geschmack.

Wuttke kam sich wie ein Eindringling vor, denn auf ihr lautes Rufen hin hatte sich keiner gemeldet. Offenbar war die Dame des Hauses doch nicht da. Wuttke spürte immer noch den Zorn auf den Tommy in sich wallen. Was bildete sich der Kerl eigentlich ein? Was ging ihn sein Privatleben an? Aber noch größer als die Wut auf Stein war sein Ärger über Lena. Geahnt hatte er bereits, dass sie nicht nur als Bardame im *Pandora* arbeitete, die lediglich in Ausnahmefällen mit einem Mann in der oberen Etage verschwand, wie sie ihm ständig weiszumachen versuchte. Aber dass sie sich von diesem Widerling in sein Haus zur Gruppenorgie bestellen ließ, das hätte er sich selbst in seinen schlimmsten Fantasien nicht ausgemalt. Denn obwohl sie ständig betonte, dass sie für keinen der Freier etwas empfand, war er eifersüchtig auf alle anderen Kerle, die sich ihr näherten. Lena hatte ihm eingeschärft, diese Gefühle in der Bar nicht offen zu zeigen. Besonders nicht vor dem Boss. Dass der Tote Carl Braunke der Betreiber des *Pandora* war, war ihm allerdings erst in dem Moment klar geworden, als er diese erblondete Margot wiedererkannt hatte. Sie war ihm bislang nur als schwarzhaariger Vamp begegnet, und das auch nur flüchtig. Mit ihr hatte er nie näher zu tun gehabt. Genauso wenig wie mit den anderen – bis auf Lena. Woher wusste diese Frau, dass Lena sich nicht von ihm bezahlen ließ, dass sie nicht seine Hure war, sondern seine … er war unsicher, wie er sie nennen sollte: Freundin? Geliebte? Vertraute?

Er bereute bereits, dass er dem Engländer seine Begleitung ins *Pandora* förmlich aufgedrängt hatte. Dabei hatte er nicht bedacht, dass er vorher keinerlei Gelegenheit haben würde, Lena auf ihr Erscheinen am Abend vorzubereiten. Nun konnte er nur hoffen, dass sie heute freihatte. Ansonsten war die Gefahr groß, dass ihr Verhältnis vor Stein nicht länger zu leugnen war.

Allerdings hatte Lena ihm eingeschärft, sich stets als zahlender Gast auszugeben, sollte Braunke ihn einmal auf ihr Verhältnis ansprechen. Das war aber in den Monaten, in denen das mit ihnen beiden schon lief, nie geschehen. Im Gegenteil, der bullige Bar-Besitzer machte eher einen Bogen um Wuttke. Offenbar scheute er den Kontakt zu ehemaligen Polizisten. Und seit Wuttke seinen Dienst in der Friesenstraße angetreten hatte und wieder im aktiven Polizeidienst arbeitete, war der Kerl ihm noch nicht wieder über den Weg gelaufen. Aber natürlich wusste er so einiges über die Leiche da unten. Dinge, die seinen Kollegen brennend interessieren dürften. Braunke war nicht irgendein kleiner Schieber, sondern bereits 1945 der berüchtigtste Schattenhändler der ganzen Stadt gewesen. Man munkelte, dass er gleich mehrere unliebsame Konkurrenten für immer hatte verschwinden lassen. Und als ob er geahnt hätte, dass eine Währungsreform kommen und den Schwarzmarkt über Nacht so gut wie bedeutungslos werden ließ, hatte er sein Geld noch rechtzeitig in einen heruntergekommenen ehemaligen Herrenklub investiert. Das Etablissement, dem er den Namen *Pandora* gegeben hatte, lag versteckt in einem Hinterhaus am Savignyplatz. Ganz schnell war es zu den Adressen aufgestiegen, in denen es angeblich die besten Frauen der Stadt gab. Auch viele Angestellte der Kommandanturen in der geteilten Stadt waren Stammgäste dort. Und nicht nur Mitarbeiter der Westalliierten. Carl Braunke hatte es geschafft, auch hohe Sowjets für seine deutschen Fräuleins zu begeistern.

Wuttke verabscheute diese ausländischen Gäste im *Pandora* zutiefst. Nicht weil sie keine Deutschen waren, sondern weil sie den Mädchen Geschenke machen konnten, die er von seinem schmalen Gehalt im Leben nicht hätte bezahlen können. Es gab ihm jedes Mal einen Stich, wenn Lena eines der wertvollen Präsente eines

Gastes annahm und sich mit Küsschen bedankte, bevor sie mit dem Kerl in der oberen Etage verschwand. Das waren dann die sogenannten Ausnahmen.

»Na, Wuttke, überlegen Sie gerade, wie Sie mir die Wahrheit sagen können, ohne Ihr Gesicht zu verlieren?«, fragte Stein ihn in einem provokanten Ton, der ihn erneut gegen den Engländer aufbrachte. Trotzdem kam er nicht umhin, sein Wissen preiszugeben, jedenfalls soweit es für den Fall relevant war.

»Carl Braunke war der Schieberkönig von Berlin, bis er Anfang des Jahres auf … auf … na ja, eben das *Pandora* übernommen hat.«

»Sprechen Sie es ruhig aus. Sie wollten sagen, bis er Anfang des Jahres auf Zuhälterei umgesattelt hat, oder?«

»Sie sind ein Korinthenkacker, Stein!«

Stein schien diese Beleidigung einfach zu überhören. Wuttke war auf die Schnelle nichts anderes eingefallen, aber er hatte das Gefühl, er müsse sich gegen diesen Kerl wehren, der unbedingt alles auf den Punkt bringen wollte. Und dem mit Sicherheit nicht entgangen war, dass er mauerte. Obwohl Wuttke sich von Stein in die Enge getrieben fühlte, empfand er auch eine gewisse Hochachtung vor dessen kriminalistischen Fähigkeiten. Er war das komplette Gegenteil von Krüger, der glaubte, der Wahrheit nur mit überkippender Stimme auf die Spur zu kommen. Stein besaß hingegen eine angenehme Art zu reden, was Wuttke neidlos zugeben musste. Nicht nur seine Stimme besaß einen guten Klang, sondern auch seine gewählte Art, sich auszudrücken, zeugte von einer gewissen Vornehmheit. Das alles passte zu dem Spitznamen, den Wuttke dem neuen Kollegen insgeheim verpasst hatte, bereits bevor er ihn persönlich kennengelernt hatte: der Duke.

»Erzählen Sie mir mehr von Braunke.« Stein sah Wuttke herausfordernd an.

»Er gilt als skrupellos, er soll in der Schieberszene Konkurrenz aus dem Weg geräumt haben. Allerdings habe ich keine Ahnung, was er vor Kriegsende getrieben hat. Wie gesagt, ich kenne ihn nicht persönlich, sondern nur von meinen gelegentlichen Besuchen im *Pandora*.«

»Gut, dann sollten wir den Tatort unseren Kollegen überlassen und ins Präsidium zurückkehren.« Stein musterte Wuttke prüfend, während er das sagte. »Waren Sie ein Nazi?«, fügte er mit einem Mal an.

»Was ist denn das für eine Frage? Nein, ich war nicht in der Partei!«

»Habe ich mir gedacht. Es gab ja keine Nazis in Deutschland«, bemerkte Stein mit unüberhörbarer Ironie.

Wuttke überlegte noch, was er dem Kollegen auf diese Unverschämtheit antworten sollte, als hinter ihnen eine empörte Frauenstimme ertönte.

»Was machen Sie in meinem Haus?«

Die Kommissare fuhren herum. Wie ein Gespenst stand eine Frau in ihrem bodenlangen Nachthemd im Türrahmen eines Zimmers, das vom Flur abging.

Stein stellte sich ihr höflich vor und fragte, ob sie Frau Braunke sei.

Die Frau nickte. Sie musste einmal eine Schönheit gewesen sein, mutmaßte Wuttke, denn obwohl ihr Gesicht ein wenig aufgequollen war, konnte er ihre ebenmäßigen Züge noch immer erahnen. Außerdem schimmerte im Gegenlicht eine gut geformte Silhouette durch den dünnen Stoff ihres Nachthemds.

»Polizei, das kann ja jeder behaupten.« Ihre Stimme klang leicht verwaschen.

Stein und Wuttke zückten zugleich ihre roten Dienstausweise und reichten sie der Frau, die aber nicht einmal einen flüchtigen Blick darauf warf, sondern mit der Hand wedelte, als wollte sie lästige Fliegen verscheuchen.

»Was führt Sie in mein Haus?« Ihre Stimme war rau, und ihr Atem roch so intensiv nach Schnaps, dass Wuttke beinahe einen Schritt zurück gemacht hätte.

»Dürfen wir reinkommen?« Stein deutete auf das Zimmer.

»Wenn's unbedingt sein muss«, brummte sie und ließ die beiden Männer eintreten. Auch dieser Raum war geschmackvoll eingerichtet. Wie in amerikanischen Vorkriegsfilmen, dachte Wuttke und fragte sich, wie diese Leute es geschafft hatten, den Krieg ohne Schaden zu überleben, anders als die hunderttausend Berliner, die 45 weder ein Dach über dem Kopf noch etwas zu essen hatten. An diesem Haus war das Inferno offenbar spurlos vorübergegangen. Und doch hätte Wuttke in diesen Mauern keinen Tag leben wollen. Ihnen wohnte ein morbider Schatten inne, der ihn regelrecht anekelte. Parasiten waren diese Leute, widerliche Parasiten … Wuttke erschrak über seine eigenen Gedanken. Das Wort erinnerte ihn an tagelange Schulungen, in denen seinen Kollegen und ihm die Abscheu vor »dem jüdischen Parasiten« eingetrichtert worden war. Nein, das Wort wollte er nicht einmal mehr denken. Er war weiß Gott kein überzeugter Nazi gewesen, sondern ein feiger Mitläufer, aber das würde er dem Tommy gegenüber im Leben nicht zugeben. *Gewissensbisse sind was für Feiglinge,* dröhnte es plötzlich in seinem Kopf.

Sie hatten sich gerade in eine Sitzecke aus weißen Polstern begeben. Wuttke war plötzlich entsetzlich schlecht, und er fragte sich, wie sie wohl aussehen würden, wenn er sie erst vollgekotzt hatte. Er konnte sich nicht helfen. Er verabscheute dieses Haus mitsamt der fetten Leiche dort unten und dieser gelangweilten Person, die sich wahrscheinlich den ganzen Krieg über in dieser sauberen Etage die Schnapsflaschen des Schiebergatten durch die Kehle hatte rinnen lassen und nur einmal kurz gezuckt hatte, wenn sich die brummenden Bomber genähert hatten, um ganze Stadtteile in Schutt und Asche zu legen.

»Ihr Mann liegt unten im Salon. Er ist erschossen worden. Haben Sie etwas gehört, irgendetwas gesehen?«, fragte Wuttke in scharfem Ton, was ihm einen kritischen Blick des Engländers einbrachte.

Die Ehefrau verzog keine Miene. Stattdessen erhob sie sich wortlos, ging zu ihrem Nachttisch und holte sich ein Glas, in dem sich eine bräunliche Flüssigkeit befand. Asbach Uralt, vermutete Wuttke, denn auch ihm war die kaputte Flasche in der Diele nicht entgangen. Noch im Stehen trank sie das Zeug in einem Zug aus.

Wuttke warf Stein einen fragenden Blick zu. »Wollen Sie oder soll ich weitermachen?«

»Frau Braunke, Ihr Mann liegt tot im Salon. Begleiten Sie uns bitte nach unten!«, forderte Stein sie auf.

»Ich will aber nicht. Lassen Sie mich schlafen.«

Frau Braunke machte Anstalten, sich auf das Sofa zu legen, aber Wuttke packte sie am Arm und zog sie hoch.

»Frau Braunke, Ihr Mann ist ermordet worden. Haben Sie das verstanden?«, fragte er.

»Sie irren, Herr Kommissar, das war kein Mord. Das war die Rache des Herrn. Der Beweis, dass es doch einen Gott gibt. Verstehen Sie?« Mit diesen Worten schlug die Braunke Wuttkes Hand weg und stolperte aus dem Zimmer.

6

Als sie die Treppe hinuntergingen, wankte die Braunke leicht, sodass Stein sie unterhakte, was sie sich widerstandslos gefallen ließ. Er führte sie zur Leiche und stützte sie vorsichtshalber, denn es konnte nur noch eine Frage der Zeit sein, wann sie zusammenbrechen würde. Der Spurensucher hatte sich zwar inzwischen erbarmt, dem Toten die Augen zu schließen, aber einen schönen Anblick bot er trotzdem nicht. Der wabbelige tote Bauch quoll ihm über die Schlafanzughose, und sein teigiges Gesicht war wachsweiß.

Die Frau aber starrte an der Leiche vorbei und fixierte den Kopierstift.

»Diese Stifte sind lebensgefährlich. Wissen Sie das?«, murmelte sie, ohne den Blick abzuwenden.

»Inwiefern?«, fragte Stein vorsichtig nach.

»Vor dem Krieg habe ich für meinen Vater Handelsbriefe kopiert, und einmal habe ich mir damit in den Finger gestochen. Ich bekam eine schwere Vergiftung und wäre beinahe daran gestorben. Bitte nehmen Sie mir den Stift aus den Augen!«

Stein nickte Wuttke aufmunternd zu als Zeichen, dass er den Kopierstift von der Leiche entfernen durfte. Wuttke reichte ihn dem Spurensucher, einem stillen jungen Mann, der ganz in seine Arbeit vertieft war.

»Frau Braunke, wann haben Sie Ihren Mann zum letzten Mal lebend gesehen?«, versuchte Stein die Befragung fortzusetzen.

Sie zuckte die Schultern. »Gestern oder vorgestern.« Plötzlich fing sie an zu kichern. »Was für ein Geschenk. Nun muss ich ihn nicht mehr erschießen, wenn er schon tot ist.«

»Haben Sie ihn vielleicht erschossen? Kann es sein, dass Sie zu viel getrunken hatten?«, hakte Wuttke nach. »Woran erinnern Sie sich noch von gestern? Geben Sie es doch zu: Sie sind aufgewacht von dem Lärm unten, haben gewusst, was Ihr Mann hier treibt, haben gewartet, bis die anderen fort waren, und dann haben Sie ihn erschossen, weil Sie es nicht ertragen konnten, dass er in Ihrem Haus mit anderen Frauen schläft, oder?«

Die Braunke tippte sich kurz gegen die Stirn, bevor sie auf eine Anrichte zusteuerte und die obere Schublade aufzog. Dabei murmelte sie wiederholt: »Wo ist sie denn?«, und fing hektisch an herumzukramen.

»Was suchen Sie?«, erkundigte sich Stein, der ihr interessiert auf die Finger guckte.

»Na, seine Pistole. Das ist das Einzige, womit man ihm Angst machen kann. Er hat sie mir erst neulich aus der Hand gerissen.« Sie schob die Ärmel ihres Nachthemds hoch und entblößte ihre Oberarme, auf denen zwei große Hämatome prangten. »Das war er!«

»Tja, dann würde ich sagen, wir nehmen Sie mit und Sie erzählen uns das alles ganz in Ruhe, wenn Sie wieder nüchtern sind«, erklärte Wuttke eifrig, aber Stein warf ihm einen missbilligenden Blick zu. »Nein, Frau Braunke, Sie schlafen erst einmal Ihren Rausch aus, und zwar in Ihrem eigenen Bett. Und morgen früh holt Sie jemand ab und bringt Sie in die Friesenstraße. Und dann erzählen Sie uns alles, was Sie wissen.«

»Oder wollen Sie lieber vorher ein Geständnis ablegen?«, fragte Wuttke lauernd.

Die Braunke musterte ihn entgeistert. »Glauben Sie wirklich, ich hätte meinen Mann umgebracht?«

»Sie haben doch selbst zugegeben, dass Sie die Pistole schon einmal zuvor auf Ihren Mann gerichtet hatten. Und dass Sie ihn lieber tot als lebendig sehen wollen«, insistierte er.

Die Braunke schürzte verächtlich die Lippen. »Ich kann doch gar nicht mit dem Ding umgehen … Deshalb hat er ja so eine Panik, wenn ich es auf ihn richte. Dass sich versehentlich ein Schuss lösen könnte. Dann sehe ich die Angst in seinen Augen. Dann fürchtet er um sein Leben …« Sie wirkte jetzt fast nüchtern.

»Und hat sich dieses Mal versehentlich ein Schuss gelöst? Frau Braunke, geben Sie es ruhig zu, das wäre ja dann kein Mord«, hakte Wuttke nach.

»Unsinn. Er hat die Patronen doch rausgenommen.« Sie begann, erneut in der Schublade zu wühlen, und zog eine kleine Schachtel heraus, die sie triumphierend hochhielt.

Wuttke machte sich sofort daran, die Patronen zu zählen.

»Es sind nur fünf. Und wo sind die anderen drei?«, fragte er sie lauernd.

»Die habe ich versteckt! Und die Pistole auch.« Sie brach erneut in lautes Gekicher aus.

»Wo haben Sie die Waffe?«

»Weiß ich doch nicht!«

»Sie haben eben gesagt, dass Sie die Waffe versteckt haben.« Wuttke warf Stein einen genervten Blick zu. »Die verschaukelt uns doch«, zischte er.

»Gut, Frau Braunke«, sagte Stein. »Sie geben also zu, dass Sie die Waffe schon einmal auf Ihren Mann gerichtet haben, oder?«

»Nicht nur einmal. Deshalb habe ich sie ja auch an mich genommen.«

»Dann verraten Sie uns jetzt sofort, wo die Knarre ist!«, bellte Wuttke.

Die Braunke aber ignorierte ihn völlig und warf stattdessen einen Blick auf den Toten. Ehe sich die Kommissare versahen, hatte sie auf die Leiche ihres Mannes gespuckt. Mit loderndem Hass in den Augen.

»Sind Sie wahnsinnig?«, brüllte Wuttke sie an.

»Keiner weint um ihn. Nicht mal seine Huren, die gestern Nacht unter meinem Dach wieder Kunden bedient haben, die im *Pandora* nicht gesehen werden wollen, diese Feiglinge!«

»Sie haben also doch etwas von dem Treiben hier mitbekommen!«, bemerkte Wuttke triumphierend.

»Ja, oben vom Fenster aus habe ich sie kommen sehen, die illustre Gesellschaft, ich glaube, den einen habe ich schon mal in der Zeitung gesehen. Alte Seilschaften meines Mannes.«

»Und Sie waren nicht unten im Salon? Auch nicht, nachdem die Herrschaften gegangen waren? Sie müssen doch einen Zorn auf Ihren Mann gehabt haben, weil er solche Gesellschaften unter Ihrem Dach veranstaltet hat?«, hakte Wuttke listig nach.

Sie aber schüttelte energisch den Kopf. »Mir doch egal.«

»Gut, Frau Braunke, machen wir an dieser Stelle eine Pause. Sollen wir Sie vielleicht zu Ihrer Familie oder Freunden bringen …«, fragte Stein.

»Familie?«, schnaubte sie. »Die hat er mir genommen!« Sie zeigte mit dem Finger auf den Toten. »Er ist schuld!«

»Wir müssen sie mitnehmen!«, schnaubte Wuttke, aber Stein ignorierte seinen Einwand.

»Gut, dann werden Sie morgen um zehn Uhr abgeholt, und wir sorgen jetzt dafür, dass Ihr Mann ins Leichenschauhaus nach …« Stein stockte und wandte sich Hilfe suchend an Wuttke. »Wo befindet sich das?«

»Krankenhaus Moabit. Wir haben noch kein eigenes!«, entgegnete Wuttke mürrisch. »Kollege Stein, können wir kurz mal unter vier Augen sprechen?«, fügte er mit drohender Stimme hinzu.

»Wir haben gleich im Wagen genug Gelegenheit dazu«, erwiderte Stein in einem Ton, der keinen Widerspruch duldete, bevor er sich von der Braunke ausnehmend höflich verabschiedete. Er konnte Wuttke ansehen, wie der um seine Fassung rang. Offenbar passte es dem Kollegen überhaupt nicht, dass er die Verdächtige nicht gleich mit in die Friesenstraße nahm. Trotzdem folgte ihm Wuttke zögernd nach draußen.

Der aufgebrachte Kollege konnte sich allerdings nur noch beherrschen, bis die Haustür hinter ihnen ins Schloss gefallen war. »Sind Sie noch ganz bei Trost, Mann? Sie hätten sie verhaften müssen!«

»Warum?«

»Warum? Weil sie ihren Mann umgebracht hat! Darum!«

»Hat sie nicht!«

»Was macht Sie da so sicher?«

»Meine Menschenkenntnis!«

Wuttke schnappte vor Empörung nach Luft. »Und ich hatte, bevor Sie hier aufgetaucht sind, wirklich einen Heidenrespekt vor Scotland Yard!«

»Vorschlag zur Güte: Wenn die Braunke flüchtet oder morgen

nicht vernehmungsfähig ist, dann nehme ich das auf meine Kappe. Versprochen! Aber ich bin mir sicher. Sie wird uns noch verraten, was sie gesehen hat!«

»Wie, gesehen? Sie hat es getan!«

»Nein, aber sie ist eine wichtige Zeugin. Sie hat etwas gesehen. Dessen bin ich sicher!«

»Sie sind doch gestört, Mann. Der Fall ist so klar wie Kloßbrühe. Sie hat ihn erschossen!«

»Ich würde gern noch woanders nach dem Täter suchen«, bemerkte Stein süffisant.

»Und wo bitte?«

»Zum Beispiel im *Pandora!*«

Stein konnte dabei zusehen, wie sich das zornige Rot im Gesicht des Kollegen in eine wächserne Blässe verwandelte. Volltreffer, dachte er triumphierend.

»Spielen Sie sich bloß nie wieder als mein Chef auf!«, schnauzte Wuttke ihn nun an. »Wir treffen Entscheidungen gemeinsam. Verstanden!«

Solange du knietief in diesem Sumpf watest und dich plump auf die Braunke als Täterin versteifst, um von dir abzulenken, spiele ich nicht bloß deinen Chef, dachte Stein. Er war fest entschlossen, den Kollegen so lange unter seiner Kontrolle zu behalten, bis er klarer sah, woran er bei ihm wirklich war.

7

Als Stein den winzigen, muffigen und bis auf ein winziges Guckloch fensterlosen Raum betrat, den Wuttke ihm mit einem leichten Grinsen auf den Lippen als ihr Büro präsentiert hatte, spielte er mit dem Gedanken, sich in das nächste Flugzeug nach London zu setzen und einen endgültigen Schlussstrich unter seine Berliner Polizeikarriere zu ziehen. Hatte er es wirklich nötig, sich in eine solche Hundehütte abschieben zu lassen? Ihm fehlten plötzlich die klare Struktur, die er von London her gewohnt war, sein stets loyaler Kollege Peter und sein helles, freundliches Büro. Doch da weckte die rote Akte auf dem wackeligen Tischchen, das ihm als Schreibtisch dienen sollte, seine ganze Aufmerksamkeit und hielt ihn davon ab, seinem spontanen Fluchtimpuls zu folgen. Sie zog ihn geradezu magisch an. Er atmete ein paarmal tief durch, bevor er sich auf seinen Stuhl setzte, den man in Scotland Yard allenfalls in der Kantine vorgefunden hätte, schließlich handelte es sich um einen Küchenstuhl.

Wuttke schien sich jedenfalls insgeheim köstlich über Steins Entsetzen angesichts dieser mangelhaften Büroausstattung zu amüsieren, denn er streute noch Salz in die Wunden, indem er sich scheinheilig erkundigte, ob sein Büro in London komfortabler gewesen sei. Aber so schnell war Stein nicht zu provozieren. Statt sich über die Häme des Kollegen zu ärgern, wollte er endlich einen Blick in die rote Akte werfen, aber selbst das schien ihm Wuttke verwehren zu wollen.

»Ist das etwa die Dalldorf-Akte?«, fragte er und machte Anstalten, sie Stein unter den Händen wegzuziehen, doch der hielt sie fest.

»Ich denke schon. Fräulein Krause hat sie jedenfalls so genannt. Und es steht ja auch auf dem Deckel.«

»Ach, dann war sie es, die sie versehentlich auf Ihren Schreibtisch gelegt hat. Wuttke streckte die Hand nach der Akte aus, doch Stein machte keine Anstalten, sie ihm auszuhändigen.

»Habe Fräulein Krause versprochen, den Fall aufzuklären«, sagte Stein grinsend. Dann wurde er sofort wieder ernst. »Ich würde gern einen Blick hineinwerfen.«

Wuttke schien verunsichert zu sein, denn er ließ seine Hand nun sinken. Stein merkte ihm an, dass er ihm die Akte unbedingt abnehmen wollte, doch bevor er ihn fragen konnte, was er dagegen einzuwenden hatte, dass er einen Blick hineinwarf, klopfte es an der Tür, und Krüger steckte seinen Kopf herein.

»Kommen Sie mal, Wuttke«, sagte er, ohne Stein auch nur eines Blickes zu würdigen. Wuttke zögerte, doch dann verließ er eilig das Kabuff.

Stein klappte die Akte auf und sah sich zunächst einmal die Fotos an. Fräulein Krause hatte recht. Eigentlich nichts als ein Haufen Knochen, und doch ließ ihn dieser Anblick frösteln. Besonders die Schädel!

Er vertiefte sich in den Bericht der Kollegen, die diesen Fund dokumentiert hatten, nachdem ein Hund in einem Waldstück in der Nähe des Friedhofs der Wittenauer Heilstätten einen menschlichen Knochen ausgebuddelt hatte. Dann hatten sie das Grab mit den fünf Schädeln gefunden. Zwei von ihnen wiesen Einschussspuren am Hinterkopf auf. Die Toten waren offenbar nur notdürftig verscharrt worden. Steins erster Gedanke war der, den er auch schon Fräulein Krause gegenüber geäußert hatte: dass es sich um Kriegstote handelte. Es wäre an dieser Stelle für ihn hilfreich, Dokumente zu sichten, die über die Lage der Wittenauer Heilstätten in den letzten Kriegstagen Auskunft gaben, aber wie hatte Krüger ihm bei seinem kurzen Antrittsgespräch mit lauter Stimme im Duktus einer Kriegserklärung verkündet? *Wir fangen hier bei null an, Kommissar Stein, keine Unterlagen, keine Kartei, kein Archiv. Alles, was wir überhaupt noch an Dokumenten hatten, ist drüben geblieben bei den Genossen.* Dann hatte er Stein eine Abschrift der offiziellen Bekanntmachung des Polizeipräsidenten auf den Tisch geknallt, in der verkündet worden war, dass sich die bisher in der Elsässer Straße und Dircksenstraße untergebrachten Dienststellen seit dem 28. Juli im Dienstgebäude SW 29 in der Friesenstraße 16 befänden. Es folgte die telefonische Sammelnummer, die Stein sich sofort eingeprägt hatte. 660017.

Das ist hier kein gemachtes Nest wie Ihr Scotland Yard!, hatte er noch hinzugefügt. Seine ehemalige Dienststelle schien die Kollegen hier ja mächtig zu beschäftigen. So als müssten sie sich ständig rechtfertigen, dass in Berlin die Uhren anders tickten als in London, aber das brauchten sie ihm mit Sicherheit nicht unter die Nase zu reiben. Diesen Unterschied erlebte er geradezu schmerzhaft am eigenen Leib. Im Osten hatte ihn am meisten gestört, wie man versucht hatte, sie alle politisch auf Sowjetkurs einzuschwören, in der Friesenstraße nun waren es das Chaos und ein Vorgesetzter, der im Sprachduktus der Nazis agierte und die Mordinspektion offenbar mit der Front verwechselte.

Es würde ihm wohl gar nichts anderes übrig bleiben, als den Wittenauer Heilstätten einen kleinen Besuch abzustatten, wenn er mehr über die Dalldorfer Toten erfahren wollte. Zumindest erschloss sich ihm nach der flüchtigen Lektüre der Akte der Name Dalldorf. Offenbar war das ein anderer, älterer Name für den Ortsteil Wittenau.

Nach dem jetzigen Stand der Ermittlungen, die bislang vom Kommissariat für unbekannte Tote, der MI 4, geführt worden waren, handelte es sich um fünf Frauen, wie sich aus den Resten der Kleidung schließen ließ. Und offenbar waren sie erschossen worden. Davon zwei von ihnen mit Kopfschuss. Doch dann lenkte etwas anderes seine ganze Aufmerksamkeit auf sich: Fotos von vier Blechmarken mit eingestanzten Nummern, die man bei den Toten gefunden hatte. Doch im Bericht fand er kein einziges Wort darüber, dass diese Marken eventuell der Identifizierung der Toten dienen konnten. Merkwürdig, die Kollegen kamen in dem Bericht zu dem Ergebnis, dass es sich um unbekannte Tote handelte.

Dann blieb sein Blick an einer handschriftlichen Notiz hängen, die seine inneren Alarmglocken schrillen ließ. *Ermittlungen abgeschlossen. Akte bitte dringend an die MI 3 weitergeben.* Unterschrieben von: *Kommissar Wolf Eikner.* Aber was sollten sie in der Mordinspektion mit einem bereits abgeschlossenen Fall? Und weshalb hatten die Kollegen die Ermittlungen eingestellt, ohne zu prüfen, was es mit diesen Blechmarken auf sich hatte und ob sie nicht doch geeignet wären, dabei zu helfen, die Identität der Opfer herauszubekommen? In dem Zusammenhang fiel ihm ein, wie vehement Wuttke gerade versucht hatte, ihm die Akte wegzunehmen. Keine Frage, die sollte er nicht in die Finger bekommen. Das war der größte Unterschied zwischen dem Yard und der deutschen Kriminalpolizei. In London hatten sie vereint gegen einen Feind gekämpft, nämlich die Verbrecher dort draußen, hier begannen die Kämpfe bereits am eigenen Schreibtisch. Das war im Osten nicht anders gewesen. Keiner traute dem anderen über den Weg. Misstrauen beherrschte das Arbeitsklima. Und er selbst traute, wenn er ganz ehrlich war, auch keinem Menschen, der noch vor dreieinhalb Jahren »Heil Hitler!« gebrüllt hatte. Und von denen war er nun umzingelt. Da hatte Markgraf noch so viele Kollegen aus dem Polizeidienst entlassen und Stumm noch so sehr betonen können, dass es in der Polizei West nahezu keine Nazis mehr gab, irgendwo mussten sie ja abgeblieben sein. Und Stein war fest entschlossen, jede kleinste Unstimmigkeit in der Richtung scharf im Auge zu behalten. Er klappte die Akte zu und ließ sie in seiner Aktentasche verschwinden. Solange er das dumpfe Gefühl hatte, dass an der Einstellung dieser Sache etwas faul war, musste er die Ermittlungen wohl im Alleingang führen.

8

Na, was halten Sie von Ihrem neuen Kollegen?«, wollte Krüger lauernd von Wuttke wissen, kaum dass sie sein Büro, ein geräumiges Zimmer mit Fenstern und einem ordentlichen Schreibtisch, betreten hatten.

Max verzog verächtlich das Gesicht. »Glaube kaum, dass der feine Pinkel zum Spionieren rübergekommen ist. Der hat doch viel zu viel zu Schiss, dass er sich den Mantel verhunzt.«

»Wuttke, das ist nur Maskerade. Lassen Sie sich ja nicht beschuppen!«

Max antwortete mit einem zackigen »Heil Hitler, Oberleutnant!«.

»Idiot!«, zischte der Kommissariatsleiter. »Wenn du nicht bald die Finger von dem Gift lässt, kann ich für nichts mehr garantieren«, fügte er drohend hinzu. Er ging jedes Mal ins vertrauliche Duzen über, wenn er Wuttke daran erinnerte, dass er schon immer der Chef gewesen war.

Wuttke nahm diese Drohung allerdings nicht besonders ernst. Krüger drohte ständig mit seiner Entlassung, wenn ihm sein Verhalten nicht passte. Aber sein Vorgesetzter brauchte ihn. Das hatte Wuttke inzwischen begriffen, und auch diese Erkenntnis hatte ihm etwas von der Angst vor diesem Mann genommen. Bis auf den einen wunden Punkt! Dagegen halfen nicht einmal die Tabletten.

»Ganz im Ernst, Chef, Stein ist sicher kein Markgraf-Spitzel. Der ist eher so eine Ausgeburt von Tugend. Einer, der nie fünfe gerade sein lässt. Außerdem spielt er sich als Chef auf. Stellen Sie sich vor, er hat die Hauptverdächtige im Fall Braunke nicht verhaften lassen.« Er berichtete Krüger nun eifrig von seinem Verdacht gegen die Ehefrau des ehemaligen Schieberkönigs.

»Aha. Da könnte man ihm vielleicht einen Strick draus drehen. Wenn die Frau die Biege macht, dürften auch Stumm die Argumente ausgehen, warum er uns unbedingt einen Tommy ins Nest setzen muss.« Wuttke zuckte leicht zusammen, denn Krügers Stimme hatte schon wieder völlig grundlos an Lautstärke zugelegt.

»Abwarten! Wenn sie abhaut, dann war's das mit dem Duke. Und wenn die Braunke morgen in der Friesenstraße auftaucht, bringe ich sie dazu, ein Geständnis abzulegen!«, verkündete Wuttke vollmundig.

»Duke?« Krüger brach in schallendes Gelächter aus. Er lachte höchst selten, aber wenn, dann so dröhnend, wie er auch redete. »Duke! Köstlich!«

»Na ja, Sie wissen ja, dass ich einen Hang zu Spitznamen habe«, erklärte Wuttke, der froh war, dass Krüger ihm abgenommen hatte, dass er Stein genauso dringend loswerden wollte wie er selbst.

»Dann willst du mir sicher verraten, welchen du mir gegeben hast, oder?« Krüger lachte nicht mehr.

»Für Sie habe ich keinen«, schwindelte Wuttke, denn wenn er zugab, dass er Krüger insgeheim »den Brüll-Fatzke« nannte, wäre der Mann stocksauer, weil ihm jegliche Selbstironie abging.

»Gut, dann nageln Sie die Frau morgen fest. Natürlich hat die ihren Mann abgeknallt. Sie hat kein Alibi, war zur Tatzeit im Haus, hat schon mehrfach die Waffe auf ihn gerichtet … Wir brauchen diesen Erfolg. Ich sehe schon die Schlagzeile im Tagesspiegel *Schnelle Ermittlungserfolge der Mordinspektion Friesenstraße.* Da werden die Jungs da drüben schnauben vor Wut.«

»Ich werde mein Bestes versuchen«, erwiderte Wuttke bescheiden.

»Vielleicht können wir der Presse die Täterin schon gleich morgen präsentieren«, ereiferte sich Krüger.

Wuttke aber kamen in diesem Augenblick ernsthafte Zweifel daran, ob die Sache wirklich so einfach war, wie er sie Krüger eben verkauft hatte. Außerdem war ihm völlig klar, wie unterschiedlich ihre Motive waren. Er selbst glaubte ernsthaft an die Schuld der Braunke, während es Krüger nur um eines ging: seine Karriere, denn mit spektakulären Erfolgen in der Tasche schielte es sich leichter nach dem Posten des Leiters der Mordinspektion, der eines nicht so fernen Tages vakant wurde. Dass Oberleutnant Krüger ein ehrgeiziger Aufsteiger war, der sich in die feine Gesellschaft eingeheiratet und nach der Pfeife seiner neuen Familie tanzte, hatte schon in Polen für reichlich Häme in der Polizeitruppe gesorgt.

»Ich gebe Ihnen Bescheid, sobald wir die Frau vernommen haben.«

»Sehen Sie zu, dass der Tommy nicht dabei ist!«

Wuttke nickte schwach. Das war typisch für Krüger, dass ihn Vorschriften nicht die Spur kümmerten, wenn er sein Ziel erreichen wollte, denn Vernehmungen fanden üblicherweise zu zweit statt.

»Wuttke? Sie haben doch nicht etwa Manschetten vor dem Tommy, oder?«

Wuttke spürte sofort einen Anflug von Unwohlsein. Wenn Krüger jetzt bloß nicht diesen fatalen Satz aussprechen würde, doch das brauchte er gar nicht. Allein dass Wuttke ihn im Kopf hatte, genügte, um ihn aus dem Tritt zu bringen. Er benötigte dringend eine von seinen Tabletten.

»Chef, ich muss gehen. Wir müssen noch den Bericht vom Tatort fertigstellen und …«

»Wuttke! Reißen Sie sich verdammt noch mal zusammen!«, brüllte Krüger. »Und wo ist diese verdammte Dalldorf-Akte hin?«

Wuttke zögerte, aber dann zuckte er mit den Schultern. »Ich habe sie noch nicht gefunden. Soll ich mal in der MI 1 und MI 2 nachfragen?«

»Sie sollen keine Reden schwingen, sondern diskret herausfinden, wo die Akte sich befindet, und sie genauso diskret an sich nehmen und auf meinem Schreibtisch deponieren!« Krügers Stimme überschlug sich vor lauter Erregung.

Wuttke wusste auch nicht, warum er das jetzt tat. Dass er Krüger nicht verriet, dass sich die Akte in Steins Besitz befand. Und auch nicht, dass dieser großes Interesse an dem Fall bekundet hatte. Im Übrigen hatte er nur noch das eine Ziel: eine einzige kleine Tablette! Er hatte zwar beschlossen, damit aufzuhören, aber der Schalter zu Himmel und Hölle zugunsten der Vernunft ließ sich nun einmal nicht so einfach umlegen.

9

Die MI 4 hatte mit ihrem Büro auch nicht das große Los gezogen, wie Stein feststellen musste, als er den Kollegen von der Vermisstenstelle, die ebenfalls für unbekannte Tote zuständig war, aufsuchte. Der Raum war zwar größer als sein Büro und besaß ein Fenster. Dafür hockten sie hier zu sechst, und zwar dicht gedrängt.

»Guten Tag, Kollegen, wer von Ihnen ist Kommissar Eikner?«

Alle Augen waren auf ihn gerichtet. »Der Duke gibt sich die Ehre«, bemerkte ein vorlauter Mitarbeiter, der sich sogleich den strafenden Blick eines gemütlich wirkenden älteren Kollegen einfing. Das musste Eikner sein. Aber wie kam der Jungspund, der sich jetzt auf seinem Stuhl ganz klein machte, ausgerechnet auf den Spitznamen »Duke«?

»Der bin ich«, sagte der ältere Kollege und bot ihm einen Stuhl an. »Haben Sie sich schon eingewöhnt, Kommissar Stein?«

»Kann ich nicht gerade behaupten«, erwiderte er freundlich.

»Das kann ich verstehen. Dagegen herrschte drüben im Osten die reinste Ordnung.«

»Sie waren auch bei Markgraf?«, erkundigte sich Stein höflich.

»Es gibt kaum einen in der Friesenstraße, der vorher nicht bei den Vopos war. Ich kenne Sie sogar vom Sehen. Sind Sie nicht der Sohn vom alten Stein?«

»Ich kann es leider nicht leugnen«, erwiderte Stein und senkte die Stimme. »Aber ich wäre froh, wenn das hier nicht jeder wüsste.«

»In Ordnung. Was kann ich für Sie tun?«

»Ich habe da eine Akte auf den Tisch bekommen. Die Dalldorf-Akte …«

Eikners offener Blick zog sich zu.

»Na und? Wir haben doch befolgt, wozu man uns aufgefordert hat: die Ermittlungen eingestellt und die Akte an die MI 3 weitergereicht, und zwar als Chefsache …«

»Also an Krüger persönlich?«

»Wird das wohl heißen«, entgegnete Eikner ausweichend.

Stein versuchte, sich seinen Triumph nicht anmerken zu lassen. Er hatte ins Schwarze getroffen. Krüger stand hinter Wuttkes Versuch, ihm die Akte zu entreißen.

»Ich hätte da nur eine Frage.«

Eikners Blick blieb skeptisch.

»Die wäre?«

»Wissen Sie zufällig, wo sich die Blechmarken befinden, die bei den Toten lagen? Ich nehme mal an, so etwas wie eine Asservatenkammer West ist wohl noch nicht eingerichtet, oder?«

»Einmal abgesehen davon, dass wir tatsächlich noch keine haben, wären die Sachen dort ohnehin nicht hingekommen, weil der Fall abgeschlossen ist. Die wären auf Krügers Anordnung im Müll gelandet, aber Sie haben Glück, noch sind sie hier.« Er erhob sich schwerfällig, und Stein erkannte sofort, dass der Mann eine Beinprothese trug. Auf den Straßen hatte sich Stein schon an den Anblick all dieser Männer mit fehlenden Gliedmaßen gewöhnt, aber bei der Polizei waren ihm bislang wenige Kriegsversehrte begegnet. Eikner öffnete einen Stahlschrank neben seinem Schreibtisch, aus dem er eine mittelgroße Kiste holte, die er Stein auf den Schoß stellte.

»Können Sie sich gern anschauen, aber nicht mitnehmen. Krüger hat befohlen, die Sachen umgehend zu vernichten, weil wir jeden Millimeter Platz in den Schränken benötigen.«

»Gut, gut, aber ich hätte diesbezüglich noch eine Frage. Was, wenn es sich bei diesem Fall um Mord gehandelt haben sollte? Der verjährt doch nie. Dann wären ja alle Beweisstücke vernichtet.«

Eikner setzte sich zurück hinter seinen Schreibtisch und musterte Stein über den Rand seiner Brille hinweg prüfend. »Da sollten Sie Ihren Kommissariatsleiter fragen. Der war auch der Meinung, dass wir uns nicht unnötig mit den Kriegstoten belasten sollen. Es gäbe gerade genug zu tun in der Stadt, und da hat er nicht ganz unrecht. Die vielen Banden, die wie Pilze aus dem Boden geschossen sind und sich den Zwist zwischen den Vopos und uns zunutze machen. Und dann diese Entführungsfälle, wenn die Vopos bei und mitten am Tag Leute kidnappen und gen Osten verschleppen.« Er hielt erschöpft inne.

Das mochte ja alles sein, aber eine überzeugende Antwort auf seine Ausgangsfrage war das nicht, dachte Stein. Im Gegenteil, Eikners Redeschwall nährte geradezu seinen Verdacht, dass dieser Fall faktisch gar nicht abgeschlossen werden sollte.

Stein fasste in die Kiste und fühlte einen glatten Stoff. Das war der Rest des Rocks aus Fallschirmseide, den Fräulein Krause erwähnt hatte.

»Und wer sagt, dass es sich um Kriegstote handelte?«

Eikner zuckte die Schultern. »Auf dem Gelände der Wittenauer Heilstätten gab es Ende April 45 noch erbitterte Kampfhandlungen zwischen den vorrückenden Russen und jungen Burschen der Wehrmacht. Da liegt es nahe, dass diese Toten ebenfalls Opfer jener Kämpfe geworden sind.«

»Aber es sind doch ganz offensichtlich Frauen gewesen!«, wandte Stein ein.

»Keine Ahnung, wie die in die Kampfhandlungen geraten sind. Es herrschte überall Anarchie. Vielleicht waren es Insassen der Klinik.«

»Und was ist mit den Resten des Kleidungsstücks aus Fallschirmseide? Deutet das nicht eher darauf hin, dass der Rock nach dem Krieg hergestellt worden ist? Das Material gab es doch vorher noch nicht. Jedenfalls nicht in Berlin, oder?«

»Und ob. Es gab in den späten Dreißigerjahren um Berlin herum sogar etliche Bauern, die weiße Maulbeeren angepflanzt haben, um sich von den Raupen der Seidenspinner die Fallschirmseide spinnen zu lassen«, belehrte Eikner ihn mit Nachdruck. Das versetzte Steins Optimismus, den Fall erfolgreich und im Alleingang aufklären zu können, einen schweren Schlag. Und er fragte sich, ob er nicht doch etwas zu skeptisch seinen deutschen Kollegen gegenüber war, indem er überall Lüge und Vertuschungsversuche witterte.

»Ich darf doch, oder?«

Als Eikner nickte, sammelte Stein die Blechmarken zusammen, die einzeln am Boden der Kiste lagen. Es waren vier an der Zahl. Ganz offensichtlich hatte man eine nicht am Tatort gefunden. Er betrachtete sie intensiv und musste feststellen, dass der Rost die Nummern fast vollständig zerfressen hatte, doch bei einer war sie noch halbwegs zu erkennen.

»Kann ich die behalten?«

»Ja, wenn Sie die nicht unbedingt Ihrem Chef unter die Nase reiben!«

»Keine Sorge. Aber haben Sie vielleicht eine Idee, was das sein könnte?« Er reichte Eikner die Blechmarke.

Der warf nur einen flüchtigen Blick darauf. »Nein, aber dieses eingestanzte Loch in der Mitte deutet darauf hin, dass es irgendwo befestigt war …«

»An der Kleidung der Frauen vielleicht«, mutmaßte Stein.

»Kollege, der Fall ist abgeschlossen. Schon vergessen? Und jetzt wäre es nett, wenn Sie Ihre Nachforschungen in dieser Sache abkürzen würden. Ich möchte keinen Ärger mit Krüger.«

»Dann schaue ich mal ganz kurz durch, ob ich noch etwas Spannendes finde, und gehe wieder, damit ich Ihnen keinen Ärger beim Chef einhandle.«

Eikner musterte Stein über den Rand seiner Brille kritisch. »Ich kusche nicht vor Krüger, falls Sie das meinen, aber ich will ihn auch nicht mutwillig provozieren. Er kann sehr ungemütlich werden.«

»Das haben Sie jetzt gesagt!«, erwiderte Stein mit einem Grinsen auf den Lippen.

»Also, spätestens in fünf Minuten sind Sie verschwunden!«

Stein untersuchte eifrig den restlichen Inhalt der Kiste und stellte fest, dass es keinen Anhaltspunkt gab, der darauf hindeutete, dass die Opfer erst nach Kriegsende ermordet worden waren. Er wollte innerlich bereits aufgeben, als er etwas entdeckte, das ihm den Atem stocken ließ. Genau so ein Feuerzeug hatte er schon einmal gesehen. Und es war ausgeschlossen, dass es vor Kriegsende an diesen Ort gelangt war. Stein ließ sich nicht anmerken, wie ihn dieser Fund aufwühlte, zumal er bezweifelte, dass man dieses Detail übersehen haben konnte. Ein starkes Indiz dafür, dass die Frauen von Dalldorf erst nach dem Krieg gewaltsam zu Tode gekommen waren. Ohne eine Miene zu verziehen, gab er Eikner die Kiste zurück, nachdem er das Feuerzeug unauffällig in seiner Jackentasche hatte verschwinden lassen. Er dachte jedenfalls, dass Eikner das nicht bemerkt hatte, aber in dessen Blick lag eine gewisse Verwunderung. Stein überlegte kurz, ob er dem Kollegen erklären sollte, warum er das getan hatte, doch er entschied sich, so zu tun, als wäre nichts geschehen. Obwohl er den Mann auf den ersten Blick für anständig hielt, wollte er sich in dieser Angelegenheit lieber nicht auf seine Menschenkenntnis verlassen. Wenn er ihm seinen Verdacht offenbarte, würde er sich vielleicht doch genötigt sehen, es an Krüger weiterzugeben. Nein, Stein würde lieber schweigen. Selbst auf die Gefahr hin, dass dieser Alleingang ihn Kopf und Kragen kostete. Wer wusste besser als Stein, dass einsame Ermittlungen Risiken in sich bargen. So ein Vorgehen hatte ihn bereits im Osten auf die Spur einer Riesenschweinerei geführt, die seine Kollegen im Gegensatz zu ihm allerdings toleriert hatten. Damit hatte er sich bei den Markgraf-Getreuen endgültig ins Abseits befördert. Dieses Mal war es zwar kein geheimer Verhörkeller, auf den er dabei gestoßen war, aber er befürchtete, dass er sich in dieser Angelegenheit seinen Vorgesetzten, wie zuvor Abel, ebenfalls zum Feind machen würde. Für ihn aber kein Grund aufzugeben. Im Gegenteil, wenn es um die Aufklärung eines Unrechts ging, war er nur einer einzigen Instanz verpflichtet: der ungeschminkten Wahrheit.

10

Das *Pandora* war um diese Zeit noch halb leer, die Beleuchtung schummrig, die Möbel alt und fleckig, und die roten, schweren Samtvorhänge an den Wänden wirkten überladen. Aber sie erzeugten jene schwülstige Atmosphäre, in der schwitzende Herren mittleren Alters und die knapp bekleideten Damen der Anbahnung ihrer Geschäfte nachgehen konnten. Stein und Wuttke waren mit Abstand die jüngsten Männer in diesem Etablissement. Wuttke hatte seinen Kollegen in eine plüschige Ecke geführt. Sie hatten sich noch nicht einmal hingesetzt, als sich schon zwei der Animiermädchen zu ihnen gesellten, denen Wuttke wenig charmant zu verstehen gab, dass sie kein Interesse an ihnen hatten. Er versuchte, so wenig wie möglich zu jenem roten Vorhang hinüberzulinsen, durch den die Frauen das Lokal von den Garderoben her betraten. Er war ein paarmal hinter den Kulissen gewesen, wo die Mädchen sich schminkten und umzogen. Es gab mehrere Räume, in denen sich Spiegel und Kleiderständer befanden und auch je ein Sofa. Eigentlich waren die nicht für Gäste gedacht. Die Zimmer für diesen Zweck befanden sich in der ersten Etage des Hauses über dem *Pandora,* in die eine geschwungene Treppe führte. Aber einmal hatte Lena eine Ausnahme gemacht. Wuttke musste unwillkürlich an das eine Mal denken, als Lena ihm ohne Ankündigung in einer Art zu Diensten gewesen war, von der er zuvor nicht einmal zu träumen gewagt hatte. Wie oft hatte er sie nach diesem Erlebnis angefleht, sich noch einmal in der Garderobe ohne Vorspiel vor ihn hinzuknien.

»Wuttke? Was wollen Sie trinken?«, hörte er Steins Stimme von fern fragen. Eines der Mädchen in einem schwarzen Kleidchen, das gerade eben den Hintern bedeckte, fragte Stein lasziv nach seinen Wünschen.

»Ich nehme einen Gin«, sagte er.

»Und ich einen Bourbon.« Wuttke hatte jedes Mal, wenn er im

Pandora einen Teil seines Monatsgehalts für ein alkoholisches Getränk ausgab, ein schlechtes Gewissen. Dann musste er unwillkürlich an seine Eltern denken, die er am Morgen des 5. März 1947 in ihrer Weddinger Laube, in die sie gezogen waren, nachdem sie ausgebombt worden waren, verhungert und steif gefroren aufgefunden hatte. Nie würde er das Leichentuch aus Eiskristallen vergessen können. Seitdem kam er sich jedes Mal, wenn er derartigem Luxus frönte, wie ein Verräter vor.

Doch seine Gewissensbisse wurden jäh unterbrochen von seiner Erregung, als sich der rote Vorhang bewegte und Lena hervortrat. Sie sah umwerfend aus in ihrem roten Kleid und dem hochgesteckten blonden Haar. Das war ihre ganz persönliche Note. Im Gegensatz zu den anderen Frauen wirkte sie stets etwas unnahbar und nicht so leicht zu haben, was auf einige der Herren anziehender wirkte als eine offene Zurschaustellung ihrer Reize. Sie wirkte wie eine elegante Dame. Wuttke lächelte bei dem Gedanken, was für eine atemberaubende Vorstellung sie gab, denn nicht nur er starrte zu dem Vorhang. Auch einige der anderen Gäste hatten nur noch Augen für sie. Sogar der sonst so kühle Kollege Stein schien die Dame in Rot mit seinen Blicken zu verschlingen.

Jetzt sah sie in Wuttkes Richtung, aber sie verzog keine Miene, sondern steuerte auf einen älteren Herrn in Uniform am Nebentisch zu, der sie ungeniert auf seinen Schoß zog. Sie strich ihm aufmunternd über den kahlen Schädel. Es kostete ihn einige Überwindung, sich nicht anmerken zu lassen, wie die Eifersucht von ihm Besitz ergriff. Jedenfalls bildete er sich ein, seine Emotionen verbergen können.

»Kaum auszuhalten, oder?«, hörte er nun Stein raunen.

Wuttke fuhr herum. »Ich weiß nicht, wovon Sie reden«, fauchte er.

»Davon, dass Sie mit ansehen müssen, wie Lena, denn die Dame dort ist doch wohl Lena Kowalke, sich von diesem Major der Berlin Brigade unter den Rock fassen lässt.«

»Schnauze!«

»Wuttke, sehen Sie lieber mich an. Quälen Sie sich nicht unnötig!«

Wuttke war sich nicht ganz sicher, ob Stein das wirklich ernst meinte, aber aus seinen Worten war nicht die Spur von Ironie herauszuhören. Also folgte er seinem Rat und wandte sich dem Kollegen zu.

»Ist Ihre Frage nach Lena damit denn endlich hinreichend beantwortet?«, fauchte Wuttke.

»Hinreichend würde ich nicht sagen, aber immerhin so umfassend, dass ich die Vernehmung dieser Zeugin durchführen werde. Sie sind ganz offensichtlich befangen. Kennen Sie die Dame schon lange?«

»Etwa ein Jahr, aber ich habe sie nicht hier kennengelernt, wenn Sie das meinen.«

Stein zuckte die Schultern. »Ich glaube, Sie haben da ein völlig falsches Bild von mir. Ich bin alles andere als ein Moralapostel.«

Wuttke konnte nichts dagegen tun. Der Duke wurde ihm auf eine gewisse Weise immer sympathischer. Er hatte so gar nichts Falsches und Hinterhältiges an sich und besaß dabei eine natürliche Autorität. Wuttke musste an das Gerücht denken, das im Präsidium über Steins Privatleben kursierte. Dass er angeblich eine verheiratete Geliebte hatte, deren Ehemann ein hohes Tier in der britischen Kommandantur war. Man munkelte sogar, es wäre die Frau des stellvertretenden Kommandanten.

Allerdings bezweifelte er, dass Stein wirklich zupacken konnte, wenn es darauf ankam. Wahrscheinlich würde er einen möglichen Angreifer eher höflich bitten, die Finger von seinem feinen Jackett zu nehmen, statt ihm eins aufs Maul zu geben.

»Ich wollte damit nur klarstellen, dass ich sie nicht bezahle. Unser Verhältnis ist rein privater Natur. Verstehen Sie?«

»Ja, aber, was ich nicht verstehe, ist, warum Sie in der Villa so plump gelogen haben. Ich meine, das sogenannte Dienstmädchen hat Sie doch erkannt und Sie die Dame auch. Sie sollten eins wissen: Ich kann es nicht leiden, wenn man mich für blöd hält.«

Wuttke fühlte sich ertappt. Er war immer schon ein schlechter Schauspieler gewesen und damit auch ein hundsmiserabler Lügner. Er atmete tief durch, weil sich schon wieder der Gedanke an

Krüger und Polen einschlich, der sofort Übelkeit in ihm auslöste. Das war jetzt kein passender Zeitpunkt, dem nachzugeben. Er musste sich einen Moment aufs Äußerste konzentrieren, konnte so aber das Schlimmste abwenden.

»Ich fand das keinen guten Einstand für uns beide. Unser erster Tatort, und ich kenne nicht nur die Prostituierte, die dem Kerl das Dienstmädchen gegeben hat, sondern auch das Opfer, einen stadtbekannten Schieber, der nun ein stadtbekanntes Bordell betreibt, mit dessen schönster Hure ich ein intimes Verhältnis habe.«

Stein grinste. »Wuttke, Mensch, Sie haben ja Humor, den sollten Sie viel häufiger rauslassen.« Doch dann wurde er sofort wieder ernst. »Ich denke, ich sollte mir Ihre Lena jetzt schnappen, bevor Sie mit dem Officer entschwindet ...« Er stand auf und ging an den Tisch.

Wuttke beobachtete nicht ohne Schadenfreude, dass diese Störung dem Amerikaner ganz und gar nicht behagte. Er konnte nicht hören, was Stein sagte, aber er sah mit einer gewissen Befriedigung, wie der Mann wutentbrannt aufsprang, als Stein ihm seinen roten Dienstausweis unter die Nase hielt. Auch Lenas Zorn war unübersehbar. Sie bekam dann immer diesen gewissen Schmollmund, der Wuttke in einer anderen Situation sofort erregt hätte.

In dem Augenblick kehrte Stein zurück an den Tisch. »An die Arbeit, Kollege, wir vernehmen die Damen von der Liste, die heute Abend hier sind, gemeinsam. Sie halten sich schön im Hintergrund, aber vier Ohren hören mehr als zwei. Ich erkundige mich mal bei dem Kerl an der Bar, wo wir hier ungestört reden können. Wer ist das eigentlich? Kennen Sie den?«

»Noch nie gesehen!«, entgegnete Wuttke.

Erneut huschte ein Grinsen über Steins Gesicht. »Und das glaube ich Ihnen sogar. Sie haben nämlich keinen roten Kopf bekommen.«

»Spinner!«

Doch da war Stein bereits zum Tresen gegangen. Wuttke nutzte das, um in Lenas Richtung zu sehen. Ihre Blicke trafen sich. Lenas

Augen funkelten vor Zorn, doch als er hilflos die Schultern hob zum Zeichen, dass er unschuldig an ihrem unverhofften Aufeinandertreffen war, meinte er wahrzunehmen, dass ihr Blick etwas weicher wurde.

11

Der schlaksige rothaarige Mann hinter dem Tresen kniff angriffslustig die Augen zusammen, als Stein ihm unaufgefordert seinen Dienstausweis hinhielt.

»Und was wollen Sie hier? Unser Chef ist noch nicht mal ganz kalt.«

»Genau, das ist der Grund meines Besuchs. Ihr Chef ist ermordet worden, und in der Nacht vor seinem Tod waren einige der hier arbeitenden Damen bei ihm zu Hause.«

»Ja und? Ich habe sie sogar dorthin chauffiert.«

»Waren Sie auch im Haus?«

»Nein, ich sagte doch, ich war der Chauffeur, aber was sollen diese Fragen? Nach den Mädchen und mir? Die haben ihn nicht kaltgemacht!«

»Und woher wissen Sie das so genau?«

»Weil es die Männer von Luden-Paule waren. Das weiß doch hier jeder! Die haben angedroht, ihm das Licht auszupusten!«

Stein runzelte die Stirn. Er hatte auch schon in Erwägung gezogen, dass der Mord an Braunke in Verbindung mit einem der aus der Vorkriegszeit übrig gebliebenen, einst legendären Ringvereine stehen könnte.

»Diese Burschen schrecken tatsächlich vor nichts zurück«, murmelte er. »Wenn man bedenkt, dass diese Vereine einst zur Unterstützung ehemaliger Strafgefangener gegründet worden sind und mittlerweile die größten Gangster vereinen. Zu welcher Bande gehört denn dieser Luden-Paule?«

»Ich sage gar nichts mehr!« Er verschränkte trotzig die Arme vor der Brust, um seinen Entschluss zu unterstreichen, was Stein allerdings völlig ignorierte

»Gehörte Braunke zu einem dieser Vereine?«

»Vorsicht!« Der Kerl machte eine drohende Geste mit der Faust. »Braunke macht seine Geschäfte grundsätzlich allein! Außerdem hat er noch niemals eingesessen! Sie werden keine Vorstrafen finden.«

Dass man Braunkes Vorstrafenregister nicht finden würde, dessen war sich Stein ganz sicher, aber aus einem anderen Grund als der Kerl hinter dem Tresen. Die einschlägigen Akten waren entweder im Osten geblieben oder den Bomben zum Opfer gefallen.

»Den Namen des Vereins! Und zwar dalli!«

Der Mann stutzte, doch dann spuckte er verächtlich aus. »Sparverein Zoo. Das ganze Milieu um den Bahnhof wird schon von diesen Jungs kontrolliert. Natürlich ist ihnen das *Pandora* ein Dorn im Auge, weil die Männer bei uns keine Syphilis bekommen und weil wir hier ganz andere Preise …« Er stockte.

»Sie können mit mir getrost frei Schnauze über das Geschäft reden. Ich bin nicht von der Sitte. Es geht um Mord, und dass Braunke ein Lude gewesen ist, das ist uns bekannt.«

»Und ich habe ihn noch gewarnt, wenn wir das mit dem *Pandora* durchziehen, wird sich Luden-Paule das nicht gefallen lassen.«

»Und Sie glauben, dass er Braunke deshalb aus dem Weg geräumt hat?«

»Der macht sich doch die Hände nicht schmutzig. Das waren seine Leute. Alles ehemalige Sträflinge.«

»Im Gegensatz zu Braunke und Ihnen, die noch nie ein Gesetz übertreten haben«, bemerkte Stein spöttisch. »Und wo finde ich diesen Luden-Paule?«

Der Mann kritzelte hektisch etwas auf einen Bierdeckel und reichte ihn Stein.

Der steckte ihn ein und zückte seinen Block. »Und nun zu Ihnen. Ihren Namen und in welchem Verhältnis standen Sie zu Carl Braunke?«

»Emil Weber. Bin Geschäftsführer im *Pandora.* Mit dem Toten nicht verwandt und nicht verschwägert.« Der Mann verzog das Gesicht zu einem breiten Grinsen, das den desaströsen Zustand seiner Vorderzähne offenlegte.

»Gut, Weber, dann trommeln Sie mal alle jungen Damen von

dieser Liste zusammen, die heute Abend hier arbeiten. Bis auf das Dienstmädchen. Das haben wir gesondert einbestellt.«

Webers Grinsen verschwand so plötzlich, wie es gekommen war. Mit grimmiger Miene überflog er die Liste.

»Die meisten kann ich jetzt nicht bei der Arbeit stören. Und ich habe Ihnen doch gesagt, wer Braunke weggepustet hat! «

»Aha, und woher wissen Sie das mit dem Wegpusten?«

»Mannomann, von Margot«, zischte er genervt.

»Dann sagen Sie mir jetzt mal, in welchen Zimmern wir die Damen finden können. Das erledigt dann mein Kollege. Und wir hätten für die Vernehmung gern einen Raum, in dem wir ungestört sind.«

»Wo soll ich den denn herzaubern?«, knurrte Weber.

»Geben Sie uns eine der Garderoben«, mischte sich Wuttke ein, den Stein gar nicht hatte kommen sehen.

Weber warf Wuttke einen irritierten Blick zu.

»Gut, aber machen Sie schnell. Die werden gebraucht. Sie müssen durch den roten Vorhang gehen und dann die halbe Treppe …«

»Ja, ja, machen wir!«, entgegnete Wuttke eifrig.

Stein fragte sich, ob Wuttke ihm damit, dass er jetzt zielstrebig auf die Garderoben zusteuerte, demonstrieren wollte, wie gut er sich in Wahrheit im *Pandora* auskannte.

»Sollen wir gleich mit ihr anfangen?« Wuttke deutete auf Lena, die jetzt allein an dem Tisch saß und eine Zigarette rauchte.

»Gute Idee«, erwiderte Stein und blieb zusammen mit Wuttke vor Lena stehen.

»Das ist Kommissar Stein, er wird dich gleich in deiner Garderobe vernehmen«, teilte Wuttke ihr in förmlichem Ton mit. »Und wir brauchen deine Fingerabdrücke.«

Lena zog nur verächtlich die Augenbrauen hoch und blickte ihn aus halb geschlossenen Augen träge an.

Stein war sich nicht ganz sicher, ob er sie wirklich schön finden sollte. Ihr Gesicht war leicht asymmetrisch, ihre Nase zu groß für das schmale Gesicht, und sie besaß diesen gewissen Schlafzimmerblick, dem sein Kollegen Wuttke offenbar gnadenlos verfallen war. Zweifelsohne hatte sie etwas Undurchsichtiges an sich, so als hätte sie viele Gesichter, von denen sein Kollege wahrscheinlich nur einen Teil kannte.

Lena stand provozierend langsam auf und ging voran zu ihrer Garderobe. Ihre Figur war perfekt, musste Stein zugeben, und er fragte sich zugleich, was diese Frau wohl an einem Mann wie Wuttke fand. Er war kein unattraktiver Kerl, aber neben dieser Frau wirkte er schlichtweg durchschnittlich. Stein hätte nicht genau sagen können, was ihn an dieser Verbindung irritierte, außer, dass sein Kollege mit einer Hure schlief, die sich nicht von ihm bezahlen ließ, aber was das konkret auch immer sein mochte, Wuttke war zweifelsohne der schwächere Part in dieser Beziehung.

Wie verabredet hielt sich Wuttke bei der anschließenden Vernehmung zurück und überließ Stein das Reden.

Lena gab sich wortkarg. Sie antwortete in knappen Sätzen und ließ keinerlei Emotion erkennen. Auch nicht, als Stein sie direkt fragte, ob der Tote auch sie für persönliche Liebesdienste gebucht habe.

»Nein, mich kriegt er nicht. Das weiß er! Wenn überhaupt, dann hat er sich Margot bestellt.«

»Und wann haben Sie die Villa an dem Abend verlassen?«

»Ich bin schon vor allen anderen gegangen. Ich hatte eine Auseinandersetzung mit einem Kunden und musste weg.« Lena steckte sich eine Zigarette an.

»Und weiter!«

»Er wollte mich nicht gehen lassen und ist mir gefolgt. Wir sind Braunke noch auf dem Flur begegnet. Er war verärgert, dass ich nicht bereit war, die Wünsche meines Kunden zu erfüllen …«

»Was wollten Sie denn nicht?«

Lena musterte ihn abschätzig. »Ich denke, das ist nicht für Ihre Ohren bestimmt!«

»Wie ich Weber schon versicherte, ich bin nicht von der Sitte. Sie können also ganz offen sprechen.«

»Das geht die Polizei einen feuchten Kehricht an, worauf dieser Kerl steht. Das fällt unter die Schweigepflicht.«

Stein runzelte die Stirn.

»Aber Braunke war doch sicher nicht besonders erfreut darüber, dass Sie vor einem Kunden weglaufen wollten, oder?«

»Natürlich nicht! Und mit dem Kunden hat er sich auch angelegt, weil der nicht zahlen wollte. Da hat es noch einen Streit gegeben, aber dann hat der Kunde nachgegeben. Er wollte es sich wohl nicht mit Braunke verscherzen.«

»Und könnten Sie mir den Namen …« Er warf einen prüfenden Blick auf Wuttke, der wie versteinert in einer Ecke stand und sich nicht rührte.

Stein reichte ihr seinen Notizblock und einen Stift. »Könnten Sie mir den Namen des Herrn bitte hier aufschreiben?«

Ohne eine Miene zu verziehen, folgte sie seiner Anordnung und notierte einen Namen. Als Stein ihn las, klingelte bei ihm etwas. Ferdinand Langner war seines Wissens Richter am Kammergericht. Steins Vater hielt ihn für einen der schlimmsten Verbrecher, die in der Justiz ihr Unwesen trieben. Seiner Ansicht nach gehörte er zusammen mit den anderen ehemaligen Parteibonzen an den Galgen.

»Wenn Sie ihn befragen, tun Sie das bitte diskret. Er hat in seiner Dienststelle nicht nur Freunde. Und seine Frau sollte davon auch nichts erfahren, dass er Frauen unbedingt als Aschenbecher benutzen möchte«, bemerkte Lena ungerührt.

»Ich werde mich bemühen. Er muss ja nur bestätigen, dass Sie die Villa verlassen haben, als Braunke noch lebte«, versicherte ihr Stein.

»Gut. Dann kann ich jetzt wohl gehen, oder?«

Stein nickte und beobachtete, wie aufreizend Lena durch den Raum stöckelte und Wuttke dabei im Vorbeigehen streifte.

»Wollen wir das gleich heute erledigen oder morgen?«, fragte Stein seinen Kollegen, der Lena immer noch hinterherstarrte, und hielt ihm den Zettel mit der Bordelladresse am Zoo unter die Nase.

»Luden-Paule? Ist der überhaupt wieder draußen? Ich dachte, der sitzt in der Lehrter Straße ein.«

Stein zuckte die Schultern. »Vielleicht sollten wir das überprüfen, denn der Kerl da meint, seine Leute hätten Braunke umgebracht.«

»Ich mache das allein, es sei denn, Sie wollen mich unbedingt begleiten.«

»Gehen Sie ruhig schnell los, wenn Sie so dringend allein zurück in den Laden wollen, um Lena unter vier Augen zu sprechen …«

»Ich sollte Sie in Zukunft Sherlock nennen«, knurrte Wuttke.

»Der Duke gefällt mir besser. Der ist doch von ihnen, oder?«

»Woher wissen Sie denn das schon wieder?«

»Ich weiß alles«, erwiderte Stein. »Aber mein Bedarf an Bordellen ist für heute gedeckt. Außerdem habe ich hier noch eine ganze Liste von Frauen, die ich vernehmen muss. Statten Sie inzwischen dem Schuppen da einen Besuch ab.«

Nachdem Wuttke die Garderobe verlassen hatte, setzte Stein sich an Lenas Garderobentisch und dachte darüber nach, wann er wohl Zeit finden würde, den Wittenauer Heilstätten einen Besuch abzustatten. Ihm war völlig klar, dass der Braunke-Fall absolute Priorität hatte, aber trotzdem musste er Zeit finden, Licht in das Dunkel der toten Frauen von Dalldorf zu bringen. Sein Blick blieb an einem Foto hängen, das an dem an einigen Stellen blinden Spiegel klebte. Es zeigte eine Halbwüchsige zusammen mit einer etwa Zwanzigjährigen, die sich an den Händen hielten. Beide hatten blondes Haar. Sie machten einen vertrauten Eindruck. Erst auf den zweiten Blick erkannte Stein in der Halbwüchsigen Lena wieder. Auf dem Bild schien sie unbeschwert in die Kamera zu lächeln.

»Was haben Sie denn hier noch zu suchen?«, hörte er in dem Moment ihre erboste Stimme zischen.

»Ist die Frau Ihre Schwester? Es besteht eine gewisse Ähnlichkeit«, entgegnete er neugierig.

»Lena, bitte, ich habe das wirklich nicht gewusst …« Wuttke war ihr offenbar hinterhergerannt.

Stein musterte Wuttke prüfend. »Wollten Sie nicht zum Zoo?«

»Ja, ja, ich wollte schon längst weg sein«, erklärte der Kollege entschuldigend und verließ die Garderobe.

»Und, wer ist das nun auf dem Foto?«

Lena aber verschränkte abwehrend die Hände vor der Brust und machte nicht die geringsten Anstalten, Steins Frage zu beantworten. Und in ihrem Blick lag eine Eiseskälte, die ihn frösteln ließ.

12

Stein war mit einem der wenigen Polizeifahrzeuge nach Reinickendorf gefahren, nachdem er die Vernehmung von Margot Schöller hinter sich gebracht hatte. Sie hatte zwar kein Alibi für die Tatzeit, weil sie angeblich allein in dem Zimmer geschlafen hatte, aber er hielt diese Frau ohnehin nicht für verdächtig. In dieser Einschätzung stimmte auch Wuttke mit ihm überein, sodass die Befragung nicht lange gedauert hatte. Stein hatte sich im Hintergrund gehalten. Fräulein Krause hatte die Aussage protokolliert. Sie hatte wie immer gute Laune verbreitet und sich bei Stein ganz arglos nach der Akte Dalldorf erkundigt. Er hatte ihr versichert, dass er sich um das Schicksal der toten Frauen kümmern würde, sobald sie im Fall des Schattenhändlers vorangekommen wären. Fräulein Krause schien etwas enttäuscht zu sein, dass Stein ihr nicht so viel Aufmerksamkeit schenkte wie bei ihrer ersten Begegnung, aber dann hatte sie wieder ihr Lächeln gezeigt.

Die Schöller hatte ihm jedenfalls bestätigt, dass Lena vor ihrem Freier hatte flüchten wollen, denn diese Auseinandersetzung war nicht gerade leise gewesen. Zu dem Zeitpunkt war sie gerade auf dem Weg zum Schlafzimmer gewesen. Sie konnte sogar bezeugen, dass Lena das Haus Türen knallend verlassen hatte. Auch hatte sie Lenas Aussage bekräftigt, dass es zwischen Braunke und Lenas Freier einen kleinen Disput gegeben habe. Stein beschloss nun, den Richter nicht mehr zu befragen, da es eine Zeugin dafür gab, dass Lena das Haus lange vor dem Mord verlassen hatte. Diese Bestätigung benötigte er nicht doppelt. Und das war ihm ganz lieb. Juristen zu befragen war nie besonders ergiebig. Bei ihnen hatte man als Polizist stets das Gefühl, dass sie von vornherein im Recht waren. Und einen Strafrichter damit zu konfrontieren, dass eine käufliche Frau vor ihm geflüchtet war, weil er ihr Zigarettenkippen auf der Haut hatte ausdrücken wollen, barg ohnehin die Gefahr, dass der Mann leugnen würde, die Frau überhaupt zu kennen, nach dem Motto: Mein Wort gegen das einer Hure!

Ilse Braunke hatte schon am Morgen per Telefon ausrichten lassen, dass sie nicht abgeholt werden wolle, sondern durchaus in der Lage wäre, allein im Präsidium zu erscheinen, es aber erst um 15 Uhr schaffen würde. Krüger hatte daraufhin einen Tobsuchtsanfall bekommen und seine Hauptverdächtige bereits im Ausland vermutet. Wuttke hatte ihn gerade noch davon abhalten können, sofort jemanden zu ihr zu schicken und sie verhaften zu lassen. Er war wie Stein der Meinung, die Braunke würde wohl kaum im Präsidium anrufen, wenn sie ihre Flucht plante. Kein stichhaltiges Argument, aber Krüger hatte es geschluckt.

Jedenfalls hatte Stein die Zeit genutzt, den Wittenauer Heilstätten einen Besuch abzustatten. Nicht zuletzt hatte er diesen Entschluss Fräulein Krauses Enttäuschung darüber, dass er die Aufklärung des Falls ihr gegenüber so weit von sich geschoben hatte, zu verdanken.

Das parkähnliche Gelände kam ihm riesig vor, und er stellte den Wagen ganz in der Nähe des Haupthauses ab. Beim Anblick des imposanten dreistöckigen Baus mit seinen Rundbogenfenstern im ersten Stock kam ihm sofort der Gedanke an verborgene düstere Geheimnisse, trotz der hellen Backsteine und der den Eingangsbereich zierenden beiden Türmchen, die über den Dachfirst hinausragten und eine filigrane Verspieltheit vermittelten.

Es war sehr warm an diesem Tag, sodass er sogar seinen Mantel im Wagen ließ und sich nur im Jackett und seiner Aktentasche unter dem Arm auf den Weg durch die lange Allee machte, die zu beiden Seiten mit alten Kastanienbäumen gesäumt war. An deren Ende sollte nach einer Zeichnung in der Akte der Fundort der Toten liegen. Doch der Weg führte direkt in einen Wald. Stein, der selten schwitzte, wischte sich den Schweiß von der Stirn, denn die Sonne brannte in der Mittagszeit erbarmungslos vom Himmel. Auf dem Pfad, auf dem er jetzt weiterging, gab es immerhin Schatten. Nach ein paar Metern hatte Stein Sorge, er würde sich im Dickicht der Sträucher verlaufen, und er holte die Akte hervor, um sich auf der Zeichnung zu vergewissern, dass er auf dem richtigen Weg war. Wenn ihn nicht alles täuschte, musste er ganz in der Nähe des Friedhofs sein.

Da hörte er ein leises Schluchzen, das von jenseits einer Buchsbaumhecke kam. Er eilte einige Schritte an der Hecke entlang, bis er an eine Pforte kam, die ihn tatsächlich auf den Friedhof führte. Jedenfalls vermutete er, dass es das Friedhofsgelände war, wenn er auch so gut wie keine Grabsteine sah. Auf einer Mauer saß eine Frau und wiegte ein Kind im Arm. Stein näherte sich ihr behutsam und wollte sie fragen, ob er ihr helfen könne, denn sie weinte immer noch still vor sich hin.

»Entschuldigen Sie, nicht erschrecken«, flüsterte er, doch die Frau fuhr herum und ließ vor Schreck das Kind fallen, das keinen Mucks tat. Erschrocken bückte sich Stein und erstarrte. Es war kein Kind, es war eine große Puppe, die nur ein Auge besaß und in deren Kopf ein Loch klaffte. Die Frau sah ihn aus schreckensweiten Augen an. Er vermutete, dass sie eine Patientin war, die sich auf den Friedhof verirrt hatte, und wollte ihr gerade anbieten, sie in die Klinik zurückzubringen, als er hinter sich eine Frauenstimme in scharfem Ton sagen hörte: »Was machen Sie hier?«

Stein drehte sich um und sah in ein Frauengesicht, das ihn auf den ersten Blick in den Bann zog. Es war der Kontrast zwischen ihrem durchdringenden Blick aus wachen blauen Augen, so als würde sie auf Anhieb genau wissen, wer er war, und einem sinnlichen Mund, der zum Küssen einlud. Sein zweiter Gedanke galt Mary. Ja, diese Fremde hatte eine gewisse Ähnlichkeit mit seiner Geliebten. Das konnte allerdings an dem Rotblond ihres Haars liegen. Er wusste gar nicht, wie eine solche Haarfarbe auf Deutsch hieß. In England gab es einen Namen dafür, hatte ihm Mary einmal erklärt: strawberryblond. Es war ihm bislang nur ein einziges Mal passiert, dass eine Frau ihn auf den ersten Blick fasziniert hatte. Bis jetzt! Aber er vermochte sich kaum vorzustellen, dass es allein an der Haarfarbe liegen konnte. Auch von ihrer Ausstrahlung her besaßen die beiden Frauen eine gewisse Gemeinsamkeit. Sie wirkten zerbrechlich und stark zugleich. Keine Frage, Stein war fasziniert.

Sein Gegenüber aber funkelte ihn wütend an. »Gehen Sie! Sonst rufe ich die Polizei. Wir dulden keine Herumtreiber, die sich an willenlosen Patientinnen vergehen, und wenn Sie …«

Stein holte seinen Dienstausweis hervor. »Ich habe hier beruflich zu tun und hörte ein Wimmern. Da wollte ich helfen.«

»Ich bin Dr. Keller. Es ist leider wiederholt passiert, dass Patientinnen und Mitarbeiterinnen hier im Park unsittlich belästigt wurden«, teilte sie ihm knapp mit, bevor sie sich der Frau zuwandte: »Vera, komm zurück mit mir ins Haus. Du brauchst keine Angst zu haben.« Das klang für Steins Geschmack fürsorglich, aber nicht besonders empathisch, doch die Frau ließ sich willenlos von Frau Dr. Keller von dem Mäuerchen ziehen. Nur als die Psychiaterin, für die Stein sie hielt, die Puppe auf der Erde vergaß, begann die Frau zu schreien. Stein bückte sich rasch und drückte ihr das Spielzeug in die Hand, das sie wie ein Kind an sich drückte.

»Die Patientin hat ihr Baby bei einem Luftangriff verloren und glaubt, dies wäre ihr Kind«, raunte Frau Dr. Keller Stein zu.

»Ist eine Lüge«, brüllte die Patientin. »Sie haben mir in Wiesengrund mein Kind gestohlen!«

»Vera. Magst du ein Bonbon?« Dr. Keller holte hastig eine Pillenschachtel aus der Tasche ihres weißen Kittels und reichte der Patientin eine kleine grüne Tablette, die diese widerstandslos hinunterschluckte.

Stein wollte wissen, was für ein Mittel sie der Patientin verabreicht hatte, doch die Ärztin lehnte eine Auskunft vehement ab.

»Und was ist Wiesengrund?«, wollte er wissen

»Die städtische Nervenklinik für Kinder und Jugendliche.«

Stein sah ein, dass sich diese Frau nicht ohne Weiteres von ihm ausfragen ließ. Dennoch konnte ihm nichts Besseres passieren, als zufällig einer Psychiaterin der Wittenauer Heilstätten über den Weg zu laufen.

»Frau Dr. Keller, ich hätte da noch ein paar Fragen an Sie.«

Die Patientin fing erneut an zu wimmern.

»Sie sehen doch, dass ich beschäftigt bin«, entgegnete sie unwirsch. »Kommen Sie in einer halben Stunde in mein Dienstzimmer im Haupthaus der Klinik. Worum geht es denn?«

»Um einen Fall, an dem ich gerade arbeite«, sagte er ausweichend.

»Ein bisschen mehr müsste ich schon darüber wissen, Herr Kommissar.«

»Es geht um fünf unbekannte tote Frauen, die man jüngst …«

Weiter kam er nicht, weil sie ihn schroff unterbrach. »Zu der Sache kann ich Ihnen gar nichts sagen!« Sie hob abwehrend die Hand, während sie mit der anderen den Arm der Patientin fest umklammert hielt. Die Art und Weise, wie sie das tat, löste in Stein ein gewisses Missfallen aus, aber er würde sich um keinen Preis von ihr abwimmeln lassen.

»Wie lange arbeiten Sie schon in den Wittenauer Heilstätten?«

Dr. Keller blieb ihm eine Antwort schuldig und zog stattdessen die immer noch leise wimmernde Patientin mit sich fort.

»Ich bin bei Ihnen. In einer halben Stunde!«, rief er ihr hinterher und warf einen Blick auf die Zeichnung des Fundorts. Wenn er den Friedhof in Richtung Norden verließ, müsste er in ein paar Minuten am Fundort sein.

Sonderbare Frau, dachte er, während er sich fragte, wie alt sie wohl sein mochte und ob sie genug zu essen bekam. Ihr Kittel hatte ihr jedenfalls um den mageren Körper geschlottert. Und das, obwohl die schlimmsten Hungerjahre in der Stadt wohl vorüber waren, dachte Stein, als er wieder einmal das typische Geräusch einer Douglas am Himmel brummen hörte. Oder auch nicht, fügte er in Gedanken hinzu. In diesem Punkt beeindruckte ihn die Berliner Bevölkerung. Nicht einmal die Sowjets, die bei dieser Blockade mit der Angst der Berliner vor dem Verhungern spielten, konnten die Menschen damit noch in die Knie zwingen und sie dazu bringen, sich im Ostteil der Stadt mit dem Nötigsten zu versorgen.

Stein setzte entschlossen seinen Weg fort. Nichts und niemand würde ihn davon abbringen, die Ärztin weiter zu befragen.

13

Lore Krause hatte große Mühe, zu verbergen, dass Steins Desinteresse sie enttäuscht hatte. Sie hatte sich schon in die Rolle seiner Assistentin geträumt.

In diesem Moment klopfte es, und bevor sie antworten konnte, stand Krüger vor ihrem Schreibtisch.

»Na, wer hat Ihnen denn die Laune verdorben?«, fragte er.

Obwohl der Chef immer nett zu ihr war, ganz im Gegensatz zu seinem Umgang mit den anderen Mitarbeitern des Kommissariats, war er jetzt der Letzte, dem sie ihr Leid klagen wollte.

»Was halten Sie von einer Bulette mit Mostrich?«, fragte er, ohne eine Antwort abzuwarten. »Ich kann das nicht durchgehen lassen, dass es bei meinem Sonnenschein regnet«, fügte er vertraulich hinzu.

»Das kann ich mir nicht leisten«, entgegnete sie hastig.

»Aber Fräulein Krause, Sie sind natürlich eingeladen.«

Lore überlegte fieberhaft, wie sie diese Einladung möglichst taktvoll ablehnen konnte.

»Herr Kriminalrat, danke, ich habe bereits zu Mittag gegessen. Meine Mutti hat mir ein paar Stullen eingepackt. Außerdem kommt gleich die Frau Braunke, und da muss ich bei der Vernehmung von Kommissar Stein mitschreiben.«

»Was würden wir nur ohne Sie tun? Dann muss ich wohl allein gehen.«

Lore wollte schon erleichtert aufatmen, als Krüger sich noch einmal zu ihr umwandte und sie durchdringend musterte. »Sagen Sie, haben Sie vielleicht eine Ahnung, wo die Akte Dalldorf geblieben ist. Bei mir auf dem Schreibtisch ist sie jedenfalls nicht gelandet.«

Lore zuckte vor Schreck zusammen. In der Aktennotiz hatte doch gestanden, dass die Akte an die MI 3 weiterzugeben sei, nicht an den Chef persönlich. Sie befürchtete nun, dass der Chef einen seiner gefürchteten cholerischen Ausbrüche bekam.

Sie beschloss, ihm die Wahrheit besser zu verschweigen und die Akte still und heimlich aus Steins Büro zu holen und auf Krügers Schreibtisch zu deponieren.

Doch er durchbohrte sie bereits förmlich mit seinem Blick. »Fräulein Krause, Sie wissen doch bestimmt, wo die Akte ist. Hat sie etwa dieser Engländer?«

Das klang so bedrohlich, dass Lore um keinen Preis der Welt zugeben würde, dass sie die Schuldige dieser Verwechslung war.

»Nein, Herr Kriminalrat, Sie irren sich. Ich habe keine Ahnung, wo sich die Akte befindet.« Sie sah ihn mit einem Unschuldsblick an, während ihr Herz bis zum Hals pochte.

»Mädchen, du weißt also nicht, wo die Akte Dalldorf ist? Noch hast du die Chance, mir die Wahrheit zu sagen, ohne dass du deine Arbeit verlierst und deiner armen Mutter auf der Tasche liegst.«

Lore erschrak. So böse hatte sich Krüger ihr gegenüber noch niemals benommen. Es arbeitete fieberhaft in ihrem Hirn. Offenbar war er dermaßen erpicht darauf, die Akte in die Hände zu bekommen, dass er ihr nicht den Kopf abreißen würde, wenn sie ihm doch noch verriet, wo er sie finden würde. Andererseits wollte sie es sich keineswegs mit Stein verscherzen. Sie spürte, dass es zwischen den beiden eine Konkurrenz um diese Akte gab. Außerdem würde das ihre Aussicht, doch noch mit Stein an der Lösung des Falls zu arbeiten, zunichtemachen. Krüger legte jedenfalls nicht den geringsten Wert auf die kriminalistische Mitarbeit seiner Schreibkräfte. Im Gegenteil, ihr war ja offiziell sogar untersagt, die Akten zu studieren, geschweige denn, sich inhaltlich zu den Fällen zu äußern.

»Akte Dalldorf? Entschuldigen Sie, Chef, das habe ich noch nie gehört. Sie wissen doch, dass für mich eine Akte so rot ist wie die andere. Ich meine, von außen.« Zur Bekräftigung ihrer gespielten Unwissenheit senkte sie bescheiden den Blick.

»Gut, Fräulein Krause. Ich glaube Ihnen ja. Sie sind viel zu aufrichtig, um mir etwas vorzumachen. Aber von jetzt an: Augen auf! Gehen Sie durch alle Büros und suchen Sie bitte auf allen Schreibtischen nach dieser Akte. Dalldorf. Können Sie sich das merken?«

Lore nahm einen Zettel. »Ich werde mir das lieber aufschreiben«, verkündete sie mit Unschuldsmiene.

»Auf keinen Fall. Das merken Sie sich bitte. Und hopphopp. Gehen Sie durch alle Büros, und am besten fangen Sie bei Stein an. Hören Sie. Stein ist der Letzte, der diese Akte in die Hände kriegen darf!«

»Jawohl, Chef«, flötete Lore und atmete erleichtert auf, als endlich die Tür zur Schreibstube hinter ihm ins Schloss fiel. Wenn sie es sich richtig überlegte, war Krügers Verhalten befremdlich. Er sollte sich doch freuen, wenn Stein ihm die Arbeit abnahm, aber offensichtlich sollte der die Akte gar nicht in die Finger bekommen. Sie musste ihn unbedingt warnen, dass Krüger die Dalldorf-Akte suchte.

Sie erhob sich und eilte zu seinem Büro. Zu ihrer großen Enttäuschung war nur Wuttke im Raum, der sie angespannt musterte.

»Sie kommen wie gerufen. Ich muss mal kurz weg. Es kann sein, dass ich nicht rechtzeitig zur Vernehmung der Braunke zurück bin, aber Sie protokollieren das Ganze ja.«

»Mache ich, aber wissen Sie, ob Stein gleich wiederkommt?« Sie ließ den Blick suchend über den Schreibtisch schweifen, aber dort lag keine einzige rote Akte. Sie widerstand der Versuchung, Wuttke nach der Akte zu fragen. Vielleicht ergab sich später nach der Vernehmung der Braunke die Gelegenheit, mit Stein unter vier Augen darüber zu reden.

»Wir schaffen das schon allein«, sagte sie und bemerkte erst jetzt, wie fertig der Kommissar aussah. Seine Haut war aschfahl, und sein braunes Haar hing ihm strähnig in die Augen. Er schien zu schwitzen, und seine Hände zitterten.

»Wollen Sie sich nicht lieber krankmelden?«, fragte sie fürsorglich.

Wuttke schüttelte energisch den Kopf. Beim Aufstehen kam er leicht ins Wanken.

»Bin in zwei Stunden zurück«, sagte er bemüht forsch, bevor er aus dem Zimmer wankte.

Lore Krause sah ihm besorgt hinterher, bevor sie sich daranmachte, den Schrank und die Schreibtischschublade nach der Akte zu durchsuchen. Vergeblich! Sie war nicht wirklich unglücklich darüber, dass sie nicht fündig wurde. Im Gegenteil, was, wenn Stein die Akte vor Krüger verbarg und sie dann ein Geheimnis mit dem Kommissar teilen konnte. Der Gedanke gefiel ihr außerordentlich gut.

14

Wenn Wuttke geahnt hätte, dass es so schlimm werden würde, er hätte das halb volle Röllchen mit den Pervitin-Tabletten niemals gestern Nacht noch in den Landwehrkanal geworfen. Nach dem Besuch im Etablissement von Luden-Paule, wo er erfahren hatte, dass der Zuhälter zurzeit tatsächlich einsaß, hatte es ihn noch einmal ins *Pandora* getrieben in der Hoffnung, wenigstens ein paar persönliche Worte mit Lena zu wechseln, was sie ihm jedoch strikt verweigert hatte. Sie nahm ihm offenbar übel, dass er in Begleitung Steins unangemeldet im *Pandora* aufgetaucht war. Doch statt ihre Unstimmigkeit beizulegen, hatte sie sich, kaum dass er die Bar betreten hatte, einem Kerl auf den Schoß gesetzt und sich von ihm befingern lassen. Seine Anwesenheit hatte sie offenbar noch dazu beflügelt, so zu tun, als würde sie das erregen. Natürlich wusste er genau, dass dies ein Teil ihres Spiels war, ihn zu bestrafen. Aber doch nicht so! Der Anblick Lenas, wie sie den Kopf nach hinten bog und lustvoll stöhnte, während sie über den Stoff seiner Hose strich, um den Grad seiner Erregung zu fühlen. Nein, das war für ihn nicht der süße Schmerz, den er empfand, wenn sie ihn für seine Verfehlungen züchtigte. Er hatte zuvor nie das Bedürfnis gehabt, sich von einer Frau schlagen zu lassen, aber unter Lenas strafenden Händen fiel alles von ihm ab. Er konnte sogar das vergessen, was ihm am meisten auf der Seele lag, und sich seiner strengen Zuchtmeisterin mit jeder Faser seiner Seele und seines Körpers hingeben. Danach hatte er sich gesehnt, während sie alles gegeben hatte, um diesen alten Sack in Wallung zu bringen. Allein der Anblick seines dümmlichen Gesichtsausdrucks, während es ihm offenbar nur durch die Berührung ihrer Hände durch den bloßen Stoff schon kommen wollte, machte ihn so wütend, dass er am liebsten aufspringen und sie von seinem Schoß reißen wollte. Stattdessen hatte er das *Pandora* fluchtartig verlassen und war von dort aus nach Nordosten über die Carmerstraße und den Steinplatz durch die Fasanenstraße zum Landwehrkanal gegangen.

Der frische Wind, der ihm entgegenwehte, hatte sein erhitztes Gemüt ein wenig abkühlen können. Sein Verlangen nach einer Tablette hatte die Kühle der Nacht jedoch kaum lindern können. So hatte er sich ins Gras ans Ufer gesetzt und das Röllchen hervorgeholt, um sein Bedürfnis zu befriedigen. Doch in dem Augenblick war ein alter Mann auf ihn zugekommen mit einem Messer in der Hand. Wuttke hatte wie betäubt auf die Waffe gestarrt. Er war nicht einmal in der Lage gewesen, die drohende Gefahr abzuwenden. Erst als der Mann direkt vor ihm stand, sprang er auf und stieß ihn zu Boden.

»Mensch, Kerl, ich wollte doch nur fragen, ob du Feuer hast«, jammerte das schmächtige Männchen im fadenscheinigen Anzug, bevor es sich aufrappelte und fieberhaft etwas im Gras suchte. Dann hatte der Mann es gefunden und hielt Wuttke eine Zigarette hin. In dem Moment begriff er, was geschehen war. Es war genau das passiert, wovor ihn der junge Mediziner damals in Polen gewarnt hatte, nachdem Krüger ihm eine Tablette aufgedrängt hatte. Damals, nachdem er tagelang versucht hatte, das Grauen mit Alkohol zu bekämpfen, und nur noch ein antriebsarmes Wrack gewesen war. »Damit du wieder Mann wirst, du Memme!«, hatte Krüger gesagt. Der junge Arzt war Zeuge dieses Gesprächs geworden und hatte Wuttke später unter vier Augen über den Segen und Fluch der Pervitin-Pillen aufgeklärt. Depressionen und Wahnvorstellungen hatte er genannt und von einem Soldaten erzählt, der im Rausch einen Kameraden erschossen hatte.

Der arme Mann hatte sich inzwischen hastig von ihm entfernt, doch dann blieb er stehen und sah sich um. Er schüttelte kurz den Kopf und eilte weiter.

»Keine Sorge, ich nehme nur die eine, um vom Alkohol loszukommen«, hörte Wuttke sich damals in Polen dem Arzt gegenüber versichern. Und auch dessen skeptische Miene, die zu sagen schien: Junge, das sagen sie alle!, hatte Wuttke in dem Augenblick vor Augen gehabt, als er das Röllchen in den Landwehrkanal geworfen hatte.

Und nun war er ohne die Tabletten völlig aufgeschmissen. Nach dem Krieg war es wesentlich schwieriger geworden, legal an die Pillen zu kommen. Sie waren zwar schon 1941 rezeptpflichtig geworden, aber damals hatte es genügend Mediziner gegeben, die, ohne mit der Wimper zu zucken, Pervitin verordnet hatten. Neuerdings konnte er den Stoff über einen Bekannten von Lena bekommen, worauf er aber bislang nur ein einziges Mal in der Not zurückgekommen war. Denn ihn beschäftigte schmerzhaft der Gedanke, wer dieser Mann wohl war, aber er ahnte, dass es ein Apotheker war, der zu Lenas »Ausnahmekunden« gehörte, die mit ihr in die erste Etage gehen durften. Am gestrigen Abend hatte ihn sein Stolz noch zurückhalten können, zurück ins *Pandora* zu gehen und Lena um Nachschub anzubetteln. Aber seit er eben im Präsidium beinahe zusammengeklappt wäre, hatte er keine andere Wahl.

15

Als Stein Dr. Keller in der Klinik aufsuchte, schien sie wie ausgewechselt. Sie entschuldigte sich sogar für ihr schroffes Verhalten auf dem Friedhof und erklärte dies mit der Tatsache, dass sich im Park der Klinik häufig Landstreicher und anderes Gesindel herumtrieben. Und sie erzählte ihm, dass sie die Patientin eigentlich nicht unbeaufsichtigt nach draußen lassen durfte, aber dass sie Vera ab und zu entwischen ließ, weil sie doch immer nur zu dem Mäuerchen auf dem Friedhof ging und das Gelände der Klinik niemals verlassen würde. Dabei schenkte sie ihm ein Lächeln. Stein hatte Mühe, sie mit professionellem Blick zu betrachten, was ihn dazu bewog, wenigstens nach außen ganz der Kommissar zu bleiben.

»Was meinte die Patientin eigentlich damit, als sie sagte, man habe ihr das Kind gestohlen?«, hakte er nach.

»Sie leidet unter Wahnvorstellungen«, entgegnete Frau Dr. Keller knapp und strahlte sofort wieder diese Unnahbarkeit aus wie auf dem Friedhof. Das missfiel ihm sehr, hatte er sich doch eingebildet, die Frau wäre ein wenig aufgetaut.

»Habe ich etwas Falsches gesagt?«

»Nein, aber ich darf mit Ihnen eigentlich gar nicht über meine Patienten sprechen. Vergessen Sie am besten, was ich Ihnen über Vera gesagt habe«, entgegnete sie ohne die Spur eines Lächelns. Im Gegenteil, sie wirkte angespannt. Stein ermahnte sich, keinen weiteren Gedanken daran zu verschwenden, was sie wohl denken oder fühlen könnte. Das trübte seinen Ermittlerblick, und Derartiges kam bei ihm überaus selten vor. Doch diese Frau hatte ihn von der ersten Sekunde an mehr in den Bann gezogen, als er es für sachdienlich hielt.

»Schon geschehen. Ich bin ja auch wegen etwas ganz anderem hier.« Stein holte geschäftsmäßig die Blechmarke aus der Tasche und hielt sie ihr hin.

»Wissen Sie, was das sein könnte?«

Frau Dr. Keller warf nur einen flüchtigen Blick darauf und schüttelte mit dem Kopf. »Keine Ahnung.«

»Sehen Sie diese Nummer?«

Stein spürte regelrecht, wie sich Frau Dr. Keller bei seinen Worten mehr und mehr verschloss, doch es verunsicherte ihn nicht länger. »Sehen Sie die Nummer?«

Widerwillig nahm die Keller die Blechmarke zur Hand.

»Keine Ahnung«, wiederholte sie.

»Sie haben so eine Blechmarke also noch niemals gesehen? Sie stammt also Ihres Wissens nicht von hier?«

»Ich weiß es nicht«, erwiderte sie ausweichend.

Sie weiß mehr, als sie zugeben will, dachte Stein.

»Wie lange arbeiten Sie schon in den Wittenauer Heilstätten? Und dieses Mal bitte ich um eine Antwort auf meine Frage!« Er fand seinen scharfen Ton selbst befremdlich, aber es war für ihn die beste Methode, um sich von dieser Frau abzugrenzen.

»Ich wüsste nicht, was das damit zu tun haben sollte.« Mit diesen Worten drückte sie ihm die Blechmarke in die Hand.

»Das weiß ich auch noch nicht so genau«, gab er zurück. »Aber ist es so schwer, mir zu verraten, seit wann Sie in diesem Haus arbeiten?«

»Seit 38«, entgegnete sie.

Entgegen seinen Vorsätzen, keinen privaten Gedanken mehr an diese Frau zu verschwenden, versuchte er, im Kopf zu überschlagen, wie alt sie wohl sein konnte, wenn sie schon 1938 als Fachärztin hier tätig gewesen war, aber er wurde von Dr. Keller dabei unterbrochen.

»War das alles, was Sie wissen wollten? Dann müssten Sie jetzt bitte gehen. Ich habe einen wichtigen Termin in der Stadt.«

»Sie können also beschwören, solche Blechmarken noch nie gesehen zu haben«, hakte er nach und sah sie dabei durchdringend an.

Die Keller hielt seinem Blick nicht stand und starrte an ihm vorbei.

Gleich wird sie mir verraten, woher sie solche Blechmarken kennt, vermutete Stein.

Nun hatte sie die Stirn in Falten gelegt und machte den Eindruck, als würde sie darüber nachdenken müssen.

Stein ließ sie gewähren. Es war nur eine Frage der Zeit, wann er endlich die Bestätigung seines Verdachts bekam, dass diese fünf Frauen nicht zufällig auf dem Gelände der Heilstätten gefunden worden waren, sondern dass es sich um Patienten oder Mitarbeiterinnen der Klinik gehandelt hatte.

»Mir fällt da gerade etwas ein. Ich meine mich zu erinnern, dass solche Blechmarken bei den Patienten an der Kleidung angebracht wurden, bevor man sie in andere Häuser verlegt hat.«

»Warum wurden sie verlegt? Und um welche anderen Häuser hat es sich dabei gehandelt?«

»Keine Ahnung! Im Krieg wurden dauernd Patienten irgendwohin verlegt, Anstalten mussten verletzte Soldaten aufnehmen, und der Platz war knapp. Aber ich müsste jetzt wirklich dringend wieder an die Arbeit.«

»Ich werde Sie nicht mehr lange aufhalten. Nur noch eines: Es ist also denkbar, dass diese Frauen, deren Überreste man neulich gefunden hat, Patientinnen in Ihrer Klinik gewesen sind, und zwar solche, die man in eine andere Anstalt verlegen wollte, bevor sie auf dem Klinikgelände ermordet worden sind?«

»Mord?« Die Keller tippte sich an die Stirn, aber Stein ignorierte ihre Empörung.

»Sie haben nicht zufällig fünf Patientinnen vermisst? Vor drei Jahren etwa? Jedenfalls sagen das die Experten, dass sie ungefähr so lange dort gelegen haben.«

»Ich weiß ja nicht, in welcher Welt Sie gelebt haben. 1945 tobten hier erbitterte Kämpfe. Patienten starben wie die Fliegen an Hunger und Entkräftung, weil wir selbst nichts hatten. Die sind wahrscheinlich Opfer des Krieges geworden!«

»Das habe ich schon einmal gehört«, sagte Stein ganz ruhig. »Aber was macht Sie da so sicher? Sie könnten ja auch nach Kriegsende ermordet worden sein.«

»Hören Sie, da war die Lage vor Ort nicht besser. Von Kriegsende bis zum Dezember sind hier Tausende verhungert. Das ging bis ins Jahr 1947. Die Toten wurden mit Karren zum Friedhof gebracht und in Massengräbern verscharrt!«

»Das tut mir leid. Aber diese Frauen wurden erschossen! Das ist Mord. Und es gibt stichhaltige Beweise, dass diese Taten erst nach Kriegsende begangen wurden, falls Sie noch einmal auf die Kämpfe um die Klinik verweisen wollten!«

Stein konnte sehen, wie die Ärztin um ihre Fassung rang.

»Und welche Beweise sollen das sein?«, fragte sie beinahe vorwurfsvoll.

»Das werde ich Ihnen nicht verraten, bevor Sie mir nicht endlich die Wahrheit sagen!«, konterte er.

Dr. Keller zog demonstrativ den Kittel aus. »Ich muss jetzt gehen«, sagte sie mit Nachdruck. Stein kam nicht umhin, einen Blick auf ihre Figur zu werfen, denn in Rock und Bluse wurde sichtbar, wie dünn sie wirklich war. Das löste bei Stein einen Beschützerinstinkt aus, gegen den er wehrlos war. So wie bei Mary, als sie nach einem Bombenangriff auf London weinend durch die Trümmer geirrt war und er sie einfach bei der Hand genommen und in einen Park gebracht hatte. Spätestens auf der Bank hatte er geahnt, dass die Frau sein Schicksal war. Auch in diesem Moment verspürte er den Impuls, die Keller in den Arm zu nehmen und in Sicherheit zu bringen. Er konnte die Gefahr nicht benennen, in der sie sich befand, er wusste nur eines: Er wollte sie retten, bevor es zu spät war.

Doch statt sie in den Arm zu nehmen, fragte er: »Also, Sie haben weder im Krieg noch nach dem Krieg fünf Patientinnen vermisst?«

»Nein!«

»Gut, wenn Sie jetzt gehen müssen, komme ich einfach wieder!«

»Ich wüsste nicht, warum!«

»Das lassen Sie getrost meine Sorge sein. Aber vielleicht sollten wir uns lieber gleich verabreden.«

»Ich wüsste nicht, womit ich Ihnen weiterhelfen kann!«

»Ich auch nicht. Noch nicht! In welcher Abteilung waren Sie eigentlich 45 tätig?«

»Bei den forensischen Frauen«, sagte sie, ohne die Miene zu verziehen.

»*Café Wien,* übermorgen, 19 Uhr«, entgegnete er und verließ den Raum, ohne ihre Antwort abzuwarten.

Hätte er sich in diesem Augenblick noch einmal umgedreht, hätte er die Gewissheit gehabt, dass diese Frau etwas zu verbergen hatte, denn sie ließ sich zitternd auf einen Stuhl fallen und sah um Jahre gealtert aus.

16

Wuttke hatte sein Ziel erreicht, ein Haus in der Nähe des *Pandora.* Dort besaß Lena ihr privates Zimmer, in das sie ausschließlich ihn mitnahm, wie sie jedenfalls stets behauptete. Sie konnte es allerdings gar nicht leiden, wenn er unangemeldet vor ihrer Tür stand. Schon gar nicht mitten am Tag. Deshalb zögerte er, doch dann schlüpfte er durch die Tür und quälte sich durch das düstere Treppenhaus in den fünften Stock. Der Schweiß lief ihm in Strömen den Rücken hinunter. Mit letzter Kraft klopfte er an ihre Tür. Es blieb alles still, sodass er schon befürchtete, umsonst hergekommen zu sein. Obwohl er nicht wusste, ob sie wirklich allein war, hatte er eine brennende Sehnsucht nach einer Umarmung Lenas, nach einem freundlichen Wort, nach einem Kuss vielleicht. Zu mehr war er ohnehin nicht in der Lage. Deshalb klopfte er noch einmal. Wieder blieb alles still.

Er wollte gerade den Rückzug antreten, als sie die Tür öffnete. Barfuß und nur mit einem Nachthemd bekleidet.

»Was machst du denn mitten am Tag hier?«, fragte sie in unfreundlichem Ton.

»Ich brauche was«, erwiderte er und hatte bereits seinen Fuß in der Tür. Lena ließ ihn eintreten. Das Zimmer war nicht besonders groß, aber der Platz reichte für ein Bett, einen Kleiderschrank, einen Tisch mit zwei Stühlen, eine Wasch- und eine Kochecke.

Wuttke ließ sich auf einen der Stühle fallen und wischte sich mit der Hand den Schweiß von der Stirn.

»Du siehst entsetzlich aus«, sagte sie und holte aus ihrem Schrank zielsicher eine Rolle mit Tabletten, die sie ihm reichte. Mit zitternden Händen nahm er das Röllchen entgegen. Lena holte ihm ein Glas Wasser. Gierig schluckte er die Pille hinunter.

»Max, wenn du so weitermachst, verlierst du deine Stellung.«

Wuttke war dankbar, dass sie wieder mit ihm redete. »Keine Sorge, ich habe das im Griff.«

»Das sehe ich«, murmelte sie. »Komm, leg dich aufs Bett und ruhe dich einen Moment aus.«

Das ließ sich Wuttke nicht zweimal sagen. Nachdem er seine Schuhe ausgezogen hatte, legte er sich angezogen auf ihr Bett und bat sie, sich neben ihn zu legen. Lena zögerte einen Augenblick, aber dann setzte sie sich auf die Bettkante und musterte ihn prüfend.

»Es tut mir wirklich leid, dass ich dich gestern im *Pandora* überfallen habe, aber der Kollege wäre sonst allein bei euch aufgetaucht. Da dachte ich, es ist besser, wenn ich mitkomme.«

Lena zündete sich eine Zigarette an. »Ist schon in Ordnung. Aber eigentlich hättest du eine Strafe verdient, du böser Junge.«

Allein die Ankündigung, die sie mit ihrer rauchigen Stimme machte, hätte an anderen Tagen genügt, um ihn zu erregen, aber er fühlte sich körperlich so erschöpft, dass sich nichts bei ihm rührte. Er schenkte ihr ein müdes Lächeln.

»Ich muss gleich zurück ins Präsidium.«

»Geht es um Braunke?«

»Das darf ich dir eigentlich gar nicht sagen.«

»Ich weiß«, flötete sie.

»Wir haben die Braunke einbestellt.«

»Verdächtigt ihr sie etwa?«

»Na ja, sie hat ein Motiv und war zur Tatzeit im Haus. Sie weiß, wo er seine Waffe hat, und zeigt keinerlei Emotionen …«

»Dass sie nicht um das Schwein trauert, verstehe ich gut. Man munkelt, er habe sie misshandelt.«

Wuttke war etwas irritiert über die Heftigkeit, mit der Lena ihrer Abneigung gegen Braunke Ausdruck verlieh.

»Weißt du mehr über diese Frau?«, fragte er.

Lena blies graue Kringel in die Luft, bevor sie ihm eine interessante Information über Ilse Braunke lieferte. Ihr Vater war ein überzeugter Nazi gewesen, der sich Ende April 1945 gemeinsam mit seiner Frau auf dem Dachboden seiner Villa erhängt hatte, nachdem auch er nicht länger leugnen konnte, dass das Dritte Reich untergegangen war.

»Hast du eine Ahnung, wie diese Frau, die scheinbar aus gutem Hause stammt, an einen grobschlächtigen Kerl wie Braunke geraten konnte?«

Lena zuckte die Schultern.

»Ich meine gehört zu haben, dass sie als junge Frau schwanger von ihm geworden ist und ihn deshalb geheiratet hat.«

»Die beiden haben ein Kind?«, hakte er eifrig nach.

»Es ist im Krieg gestorben.«

»Aha, und wie?«

»Keine Ahnung, es war jedenfalls behindert, und sie haben es weggegeben.«

»Und wohin?«

Lena drückte ihre Zigarette aus und setzte sich rittlings auf ihn. »Süßer, soll das ein Verhör sein? Das kostet aber«, gurrte sie.

Wuttke spürte, wie seine Lebensgeister zurückkehrten und damit auch seine Lust. Eigentlich sollte er auf schnellstem Weg ins Präsidium zurückkehren, aber die Versuchung, sich seine Bestrafung abzuholen, war in diesem Augenblick übermächtig.

»Ich war ein böser Junge«, stieß er heiser hervor.

Lena musterte ihn mit diesem gewissen Blick, der ihm eine dieser Lektionen ankündigte, die er nicht vergessen würde.

Dafür vergaß Wuttke alles andere, als Lena sich von ihm löste, um das zu holen, was bei diesem Ritual nicht fehlen durfte.

17

Stein kommentierte Wuttkes Verspätung lediglich mit einem Stirnrunzeln. Er fragte auch nicht, mit wem sich der Kollege in der Pause getroffen hatte. Ein nicht zu übersehender blauer Fleck an seinem Hals ließ kaum einen Zweifel daran, dass es sich um eine private Begegnung gehandelt hatte. Oder er war von einem Vampir angefallen worden, fügte Stein in Gedanken spöttisch hinzu. Auf jeden Fall schien es dem Kollegen gut bekommen zu sein. Seine Haut war nicht mehr so aschfahl wie zuvor.

»Haben Sie die Braunke auf dem Flur gesehen?«, fragte Stein. »Sie müsste eigentlich schon lange da sein. Es ist schon weit nach vier.«

Wuttke schüttelte den Kopf. »Aber ich kann ja mal nachsehen.« Mit diesen Worten verließ er das Büro.

Sofort war Stein in Gedanken wieder bei der Ärztin. Er verstand selbst nicht, was ihn an dieser Frau so magisch anzog, aber sie beherrschte sein Denken, seit sie ihm auf dem Friedhof zum ersten Mal begegnet war. Plötzlich fiel ihm seine Tante Claire ein. Die Schwester seines Vaters war keine besonders schöne Frau gewesen, aber sie hatte ihm die Wärme gegeben, die er als Dreizehnjähriger und Halbwaise in einem fremden Land damals dringend gebraucht hatte. In ihr Bett hatte sie ihn allerdings nur gelassen, wenn sein Stiefvater beim Nachtdienst im Yard gewesen war. Wie ein Kind hatte sie ihn in den Arm genommen, aber er hatte auf die Berührung mit ihrem knochigen Körper nicht wie ein Sohn reagiert. Er hatte sich häufig gefragt, ob Claire das damals wohl verborgen geblieben war. Wenn nicht, dann hatte sie ihn nicht spüren lassen, dass sie sein kleines schmutziges Geheimnis kannte.

»Die Braunke ist nicht da!«

Mist, dachte Stein, er hätte jeden Eid geschworen, dass sie freiwillig kommen würde. Nun gab es allerdings keine Argumente mehr dagegen, sie zur Vernehmung abzuholen.

»Sagen Sie es Krüger, oder soll ich es tun?«, fragte Stein, während er aufsprang und seinen Mantel griff, den er grundsätzlich nicht an die Garderobe, sondern stets akkurat über seinen Stuhl hängte. Tante Claire hatte ihm das gute Stück kurz vor dem Krieg geschenkt, und zwar an dem Tag, an dem er seine Ausbildung beim Yard begonnen hatte. Steins innere Alarmglocken läuteten Sturm, seit er begriffen hatte, dass Ilse Braunke nicht mehr im Präsidium auftauchen würde. Jedenfalls nicht freiwillig!

»Weder noch. Warum sollen wir ihn einweihen, bevor wir wissen, was los ist?«, erwiderte Wuttke entschieden.

Das kam Stein natürlich sehr entgegen, denn nach dem Gezeter Krügers stand ihm so gar nicht der Sinn. Und dass er ihm Vorwürfe machen würde, war so sicher wie das Amen in der Kirche. Damit hatte Wuttke ihn noch ein Stück mehr für sich eingenommen. Er erwies sich zunehmend als fairer Partner. Es wäre für Wuttke ein Leichtes gewesen, ihn bei Krüger hinzuhängen, weil allein Stein es zu verantworten hatte, dass man nicht schon am Morgen bei der Braunke aufgekreuzt war. Aber Wuttke unternahm rein gar nichts, um ihn zu diskreditieren. Wenn das allerdings eine Taktik sein sollte, um sein Vertrauen zu gewinnen, war sie genial, aber Stein hielt Wuttke nicht für einen Spieler.

Auf dem Weg zum Grunewald gab auch Wuttke seinem unguten Gefühl Ausdruck angesichts der Tatsache, dass die Braunke nicht zur Vernehmung erschienen war.

»Sie halten sie also immer noch für die Täterin?«, erkundigte sich Stein.

»Es käme mir sehr entgegen, wenn sie heute ein Geständnis ablegen würde«, entgegnete er ausweichend.

»Weil die MI 3 Erfolge braucht?«, fragte Stein spitz.

»Nein, weil sie ein Motiv hat, kein Alibi und die Tatwaffe versteckt! Wir sollten übrigens das Haus nach der Walther durchsuchen lassen, sobald wir sie verhaftet haben.«

»Wuttke, die Frau hat jede Menge Unsinn geplappert. Wir müssen doch erst einmal herausfinden, was dem Alkohol und was der Wahrheit geschuldet ist.«

»Stein, die Frau hat es getan! Was wollen Sie eigentlich noch für Beweise?«

»Sie wollen sie also gleich mitnehmen?«

»Natürlich. Wo denken Sie hin? Die lasse ich nicht noch einmal aus den Fingern, wenn sie sich nicht eh bereits aus dem Staub gemacht hat.«

Stein aber hörte Wuttke gar nicht mehr zu, weil er rechter Hand Flammen in den Himmel emporzüngeln sah.

»Oh, mein Gott«, murmelte er entsetzt.

»Verdammt, es ist Braunkes Haus«, schrie Wuttke.

Stein gab Gas. Mit quietschenden Reifen hielten sie vor der Villa und konnten das Inferno aus nächster Nähe sehen: Braunkes Haus brannte lichterloh. Auf bizarre Weise erweckte das Feuer den Anschein, als ob der Krieg zurückgekommen wäre.

Stein und Wuttke sprangen zugleich aus dem Wagen und rannten los. Es bot sich ihnen ein jämmerliches Bild. Eine Handvoll Feuerwehrmänner versuchte, dem Feuer mit einem viel zu kleinen Schlauch Herr zu werden. Die Pumpe im Vorkriegsmodell eines Opel Blitz ratterte, ächzte und quietschte, als würde sie den Dienst gleich ganz einstellen. Ein ungleicher und hoffnungsloser Kampf.

In dem Moment schrie einer der Männer: »Da oben ist einer!« Auf einem Fenstersims balancierte eine brennende Fackel, die keinen Laut von sich gab. Gespenstisch, dachte Stein, als die Gestalt im nächsten Augenblick wie ein Feuerschweif durch die Lüfte sauste, um dann aufzuschlagen und reglos am Boden liegen zu bleiben.

Der Mann war schon tot, als Stein an der Stelle ankam. Er hatte schwere Verbrennungen erlitten und sich offenbar beim Sturz auch noch das Genick gebrochen. Es bot sich ein grauenhaftes Bild, denn das Haar und die Hose der verrenkten Leiche brannten noch. An den Händen hing die Haut in Fetzen herunter, dahinter schimmerten blutrot die Fleischlappen.

Als sich Stein, ohne zu zögern, seinen Trench auszog und ihn benutzte, um damit die letzten Flammen, die am Toten züngelten, zu löschen, schnauzte ihn ein Feuerwehrmann an, dass das zu gefährlich sei, doch Stein machte einfach weiter. Erst als der Tote nicht mehr brannte, holte er seine rote Dienstmarke aus dem lädierten Mantel und hielt sie ihm entgegen, bevor er aufsprang und in Richtung Haus eilte.

»Da drinnen ist vielleicht noch eine Frau«, brüllte Stein in der Hoffnung, man ließe sie passieren, aber ein anderer Feuerwehrmann hielt ihn auf. »Da drinnen, guter Mann, ist kein Leben mehr. Setzen Sie also Ihres nicht aufs Spiel.«

»Stein, lassen Sie es bleiben, wenn sie besoffen im Haus rumgelegen hat, dann kann sie das nicht überlebt haben«, sagte Wuttke.

Stein atmete ein paarmal tief durch. Ein Blick auf das Haus bot ein Bild völliger Zerstörung. Der Dachstuhl war eingestürzt. Die lodernden Flammen hatten ganze Arbeit geleistet. Aus der einst imposanten Villa war eine weitere Berliner Ruine geworden.

»Gut, aber lassen Sie uns das Grundstück absuchen. Vielleicht finden wir irgendetwas Brauchbares.«

Wuttke runzelte die Stirn, wollte ganz offensichtlich etwas dagegen sagen, aber dann folgte er seinem Kollegen stumm. Sie durchquerten den völlig verwilderten Garten, bis sie hinter dem Haus ankamen. Die steinerne Terrasse war noch als solche zu erkennen, aber die Fenster und die Tür zum Haus waren völlig zerstört. In dem Moment meinte Stein, ein heiseres Bellen zu hören. Als er sich der Veranda näherte, spürte er einen Schmerz am Oberarm. Wuttke war ihm gefolgt und hatte ihn unsanft angepackt. »Sie gehen da nicht rein!«, fauchte er.

»Lassen Sie mich los. Hier muss ein verletztes Tier sein oder …«

Der röchelnde Husten wurde lauter. Jetzt nahm auch Wuttke es wahr und suchte im hohen Gras nach Spuren.

Stein aber näherte sich den Resten der Terrasse noch ein kleines Stück, bis er eine am Boden liegende zusammengekrümmte Frauengestalt entdeckte. Mit einem Satz war er bei ihr. Die Braunke hatte die Augen geschlossen und wand sich in Hustenkrämpfen. Ihr Haar war ein wenig angesengt, ihr Rock voller Brandlöcher, die Bluse von der Asche grau und ihr Gesicht schwarz vor Ruß, aber sie schien die Flammenhölle einigermaßen unbeschadet überlebt zu haben. Allerdings zitterte sie am ganzen Körper. Stein legte ihr seinen Trench oder besser das, was von ihm noch übrig war, über die nackten Beine, die bis auf ein paar leichte Verbrennungen unversehrt geblieben waren.

Erst jetzt registrierte er, dass sie eine Blechkassette fest umklammert vor die Brust hielt. Sie stöhnte leise. Dann öffnete sie die Augen und lächelte ihn schief an.

»Herr Kommissar, ich wollte doch zu Ihnen kommen. Wieso haben Sie sich auf den Weg gemacht und …?«, fragte sie mit schwacher Stimme. Ein keuchender Husten unterbrach ihren Satz.

»Ich sage den Männern Bescheid. Sie sollen einen Krankenwagen holen«, sagte Wuttke.

Ihr bellender Husten hörte abrupt auf.

»Ach, das Bürschchen, das glaubt, ich hätte meinen Mann umgebracht, ist ja auch da. Was wollen Sie wissen?«

Sie versuchte, sich aufzurichten, aber sie schaffte es nicht. Stöhnend ließ sie sich zurück auf den Rasen fallen. Wieder wurde sie von einem quälenden Husten geschüttelt.

Wuttke rannte los, während Stein sich neben ihr ins Gras kauerte.

»Gleich kommt Hilfe«, sprach Stein beruhigend auf sie ein.

»Lasst mich doch sterben«, murmelte sie. »Ich will nur noch sterben, aber nicht im Feuer. Das tut so entsetzlich weh.«

Stein beobachtete, wie sie die Kassette noch fester umklammerte.

»Sind das Ihre Wertsachen?«, fragte er vorsichtig.

Sie nickte.

»Darf ich die mal sehen?«

Ilse Braunke schüttelte heftig den Kopf.

»Keine Angst«, entgegnete Stein und verschränkte zum Beweis, dass er ihre Sachen nicht gegen ihren Willen anrühren würde, die Hände auf dem Rücken.

Die Braunke hatte inzwischen aufgehört zu husten. Ihre Augen waren nun geschlossen, und sie wirkte teilnahmslos. Stein hatte Sorge, dass sie einschlafen und womöglich in den Tod hinüberdämmern könnte.

Deshalb fragte er sie in einem fort, wie sie sich fühlte, sodass sie antworten musste. Das ging Dutzende Male hin und her.

Es kam ihm wie eine halbe Ewigkeit vor, bis der Rettungswagen eintraf, der ganz offensichtlich ebenfalls aus der Vorkriegszeit stammte. Als die Braunke endlich von zwei Sanitätern auf eine Trage gehoben wurde, verdrehte sie plötzlich unnatürlich die Augen und ließ mit einem Stöhnen die Kassette fallen.

Die Sanitäter schoben die bewusstlose Frau hektisch in den Krankenwagen.

»Ich fahre mit!«, rief Wuttke Stein zu, bevor er zu ihr in den klapprigen Krankenwagen kletterte, der nun mit lautem Sirenengeheul davonfuhr.

Steins Blick fiel auf die am Boden liegende Kassette. Er hob sie auf und stellte fest, dass sie verschlossen war. Ohne zu überlegen, bat er einen Feuerwehrmann um eine Zange. Mit diesem Werkzeug schaffte er es schließlich, sie zu öffnen. Er wusste auch nicht, was er sich davon versprach, aber sein Gefühl signalisierte ihm, dass die Kassette keine Goldbarren enthielt, sondern einen Hinweis auf die Lösung des Falls.

Mit gemischten Gefühlen warf er einen Blick hinein. Zuoberst lag ein Foto. Es zeigte ein süßes, rundliches blondes Mädchen, das eine Puppe an sich drückte. Erst bei näherem Hinsehen entdeckte Stein, dass der rechte Arm des Kindes missgebildet war und die Hand fehlte.

Stein drehte das Bild vorsichtig um. *Gerda beim Puppenspielen, Sommer 1942*, stand dort in gestochen scharfer Schrift geschrieben. Das berührte ihn sonderbar. Hatten Braunke und seine Frau ein Kind gehabt und wenn, wo war es abgeblieben? Er griff nach einem Brief, dessen Kopf seinen Herzschlag beschleunigen ließ. Es war das Schreiben einer Kinderklinik Wiesengrund an das Ehepaar Braunke. Die Botschaft selbst war in knappen Worten formuliert: Das Kind Gerda Maria Braunke, geboren am 5. Juni 1939, ist am 15. Mai 1944 im Krankenhaus an Typhus verstorben.

Wiesengrund? Stein musste unwillkürlich an die Frau vom

Friedhof denken, die behauptet hatte, man hätte ihr das Kind gestohlen.

Aber da entdeckte er noch etwas, eingewickelt in Packpapier, am Boden der Kassette. Schon als er das Päckchen hervorholte, ahnte er, was die Braunke noch in ihrer Kassette verwahrte. Eine Waffe! Braunkes Waffe? Und tatsächlich, es handelte sich um eine Walther P.38. Vorsichtig öffnete Stein das Magazin. Es enthielt genau drei Patronen. Die drei Patronen, die aus der Schachtel verschwunden waren, mutmaßte er. Ein weiteres Indiz, dass die Braunke ihren Mann nicht erschossen hatte. Die Frage war nur, warum sie ihm seine Pistole und drei Patronen gestohlen hatte? Die Kassette würde er ihr auf schnellstem Wege zurückgeben. Allerdings ohne die Waffe. Die ließ er in seine Jackentasche gleiten.

Bevor Stein veranlasste, dass die unbekannte Leiche, die immer noch in der Einfahrt der abgebrannten Villa lag, in die Pathologie nach Moabit gebracht wurde, fertigte er eine Zeichnung des Toten an. Während er jedes noch so entsetzliche Detail auf seinem Block verewigte, blieb sein Blick an einer Anstecknadel am Revers der ledernen Kutscherjacke des Toten hängen, die den Brand halbwegs unbeschadet überstanden hatte. Die Nadel war arg verformt, und Stein konnte nicht mehr erkennen, was für ein Emblem auf ihr zuvor abgebildet war. Aber er wusste, wo Klubnadeln als unverzichtbares Erkennungszeichen galten, und hatte damit einen wichtigen Hinweis, aus welchem Milieu der Mann stammte.

18

Wuttke hatte sich durch seine spontane Bereitschaft, mit in die Klinik zu fahren, in eine missliche Lage gebracht. Im Martin-Luther-Krankenhaus hielt man ihn fälschlicherweise für einen Angehörigen der Braunke und hatte ihn gebeten, auf dem Flur zu warten. Über eine Stunde saß er nun schon vor der Tür mit der Aufschrift *Für Unbefugte Betreten verboten*. Dahinter waren die Sanitäter mit der ohnmächtigen Braunke verschwunden. Sie waren sehr besorgt gewesen. Offenbar hatte sie eine gefährliche Rauchvergiftung erlitten.

Ein paarmal spielte Wuttke mit dem Gedanken, einfach zu verschwinden, aber die Vorstellung, sie könne aufwachen und wäre dann doch vernehmungsfähig, ließ ihn durchhalten. Er fragte sich immer wieder, ob es nicht die Braunke selbst gewesen war, die das Feuer im Haus gelegt hatte. Vielleicht hatte sie Spuren verwischen wollen, aber dann verwarf er seine Theorie wieder. Die Frau war doch nicht so verrückt, sich selbst in Gefahr zu bringen … Er stockte mitten in dem Gedanken: Und was, wenn sie sich auf diese Weise aus der Affäre hatte ziehen wollen und diesen furiosen Abgang gewählt hatte? Das passte nicht, dachte er, diese Person war ihm eher phlegmatisch vorgekommen. Um einen Brand zu legen, benötigte es einiger aktiver Vorbereitungen. Und warum war sie dann letztendlich doch noch aus dem Haus geflüchtet? Nein, das passte alles nicht recht zusammen.

Als sich die Tür öffnete, schöpfte er erneut Hoffnung, dass die Braunke in den Flur geschoben wurde. Stattdessen war es ein Arzt in einem gestärkten weißen Kittel, der mit ernster Miene direkt auf ihn zukam.

»Ist sie, ich meine, ist sie tot?«, fragte Wuttke.

Der Arzt hob beschwichtigend den Arm. »Nein, ganz im Gegenteil. Ihre Frau …« Er stockte. »Entschuldigen Sie. Oder ist die Dame Ihre Mutter?«

Wuttke wollte gerade protestieren und die Sache richtigstellen, als ihm einfiel, dass er wahrscheinlich gar nicht zu ihr durfte, wenn er zugab, Polizist zu sein und die Patientin vernehmen zu wollen.

»Tante«, sagte er knapp.

»Sie hat eine Kohlenmonoxid-Vergiftung, und wir müssen sie noch ein paar Tage hierbehalten.«

»Und könnte ich sie wohl noch einmal kurz sehen?«

»Wir haben strenge Besuchszeiten. Am besten, Sie kommen morgen wieder.«

»Und wenn ich nur ganz kurz vorbeischaue?«, insistierte Wuttke.

»Nun gut. Ausnahmsweise und weil Frau Braunke in einem unserer Privatkrankenzimmer liegt.«

»Wo ist denn ihr Zimmer?«

»Sie müssen in den ersten Stock, Zimmer 13, aber wirklich nur ganz kurz, denn wir wissen nicht, ob innere Organe geschädigt sind oder nicht. Sie braucht auf jeden Fall Ruhe.«

»Das verstehe ich natürlich!«, heuchelte Wuttke und eilte die Treppe hinauf, bevor der Arzt es sich noch anders überlegen konnte.

Die Braunke lag in einem kleinen Zimmerchen, dafür war sie allein. Sie wirkte unversehrt, als Wuttke sich ihrem Bett näherte.

»Na, wie geht es Ihnen?«, erkundigte er sich höflich.

»Mir ist da noch was eingefallen, Herr Kommissar«, entgegnete sie statt einer Begrüßung.

»Zu dem Brand?«

»Nein, zu der Nacht, in der mein Mann gerichtet wurde.« Ihre Stimme klang dünn.

»Sie sagen das so, als wäre das eine Hinrichtung gewesen.« Wuttke bemühte sich aus Rücksicht auf ihren angeschlagenen Gesundheitszustand, nicht in seinen gewöhnlichen Verhörton zu verfallen.

»Ich wollte mir eine Flasche von unten holen, da habe ich den Schatten auf der Terrasse gesehen.«

»Und? Wer war das? Haben Sie jemanden erkannt?«

»Ich sagte doch, es war ein Schatten, der sich der Terrassentür genähert hat.«

»Was für ein Schatten? Was haben Sie genau gesehen?«

Die Braunke zuckte mit den Schultern.

»Wo ist meine Kassette ?«, fragte sie nun völlig zusammenhanglos.

Wuttke spürte, wie eine gewaltige Gereiztheit in ihm hochkroch. Das überkam ihn neuerdings in regelmäßigen Abständen. Er machte sich nichts vor. Die Tabletten waren schuld. Er atmete ein paarmal tief durch.

»Könnten Sie wohl meine Fragen beantworten?« Es kostete ihn enorme Mühe, seinen Unmut darüber zu verbergen, dass sie nicht bei der Sache blieb.

»Ich will sofort meine Kassette wiederhaben.«

Wuttke atmete wieder ein paarmal tief durch. Die Frau war eine verdammte Herausforderung für sein angeschlagenes Nervenkostüm. Es verunsicherte ihn zutiefst, wenn er sein Gegenüber nicht einschätzen konnte. Und die Braunke hatte ihn schon bei der ersten Vernehmung kirre gemacht. Sie wirkte unberechenbar, und er hatte keinen Schimmer, ob sie ihn verschaukelte oder ob sie nicht ganz richtig im Kopf war. Betrunken war sie jedenfalls nicht.

»Woran erinnern Sie sich bei dem Schatten?«, fragte er bemüht freundlich.

»Welcher Schatten?«

Wuttke spürte, dass er kurz davorstand, die Beherrschung zu verlieren. Er sprang auf und rannte im kleinen Zimmer auf und ab wie ein Tiger im Käfig. Als er am Fenster angekommen war, warf er einen flüchtigen Blick nach draußen. Dort unten auf dem Parkplatz stieg gerade Stein aus dem Dienstwagen. Wuttke war regelrecht erleichtert, dass der Kollege nun übernehmen konnte, denn er hielt diesen Unsinn hier keine Sekunde länger aus. Er riss das Fenster auf und rief Stein zu: »Zimmer 13, aber sagen Sie am Empfang, dass Sie Ihrer Tante die Waschsachen bringen!«

Stein tippte sich gegen die Stirn.

»Nehmen Sie ausnahmsweise einmal den Rat eines Kollegen

an!«, brüllte Wuttke zurück, aber da war Stein bereits zum Eingang geeilt.

»Ich will meine Kassette wiederhaben«, wiederholte die Braunke in einem quengelnden Ton.

Wuttke setzte sich auf den Stuhl neben ihrem Bett und versuchte es erneut auf die sanfte Tour. »Frau Braunke, wollen wir nicht erst mal über den Schatten reden, den Sie angeblich gesehen haben?«

»Welchen Schatten?«, murmelte sie.

»Sehen Sie, es gab gar keinen Schatten. Das habe ich mir gedacht. Haben Sie den erfunden, um davon abzulenken, dass Sie Ihren Mann erschossen haben?«

»Gut, wenn Sie unbedingt wollen, bekommen Sie mein Geständnis, aber dann lassen Sie mich bitte schlafen. Ich bin nämlich sehr müde.«

»Sie wollen also den Mord gestehen? Na, dann erlauben Sie wohl, dass ich mitschreibe? Ich beeile mich auch, damit Sie endlich Ihre Ruhe haben.«

Ohne ihre Antwort abzuwarten, holte Wuttke einen winzigen Schreibblock aus seiner Jackentasche und einen Stummel von Bleistift.

»Dann erzählen Sie mir mal, was in der Nacht passiert ist!«

»Ich wollte mir noch was zu trinken holen. Ich bin leise über den Flur gegangen mit der Flasche in der Hand, aber die habe ich fallen gelassen …«

Mit jedem dieser Worte, die in seinen Ohren nun endlich einmal vernünftig klangen, zumal das die kaputte Flasche in der Diele erklärte, entspannte Wuttke sich zunehmend. Krüger würde Hurra schreien, wenn er ihm eine Täterin auf dem Silbertablett servierte.

»… erst war es mir unheimlich, als ich den Schatten auf der Terrasse gesehen habe, aber als er ins Haus getreten ist, da wusste ich, das ist der Henker.«

»Frau Braunke, wir wollen doch nicht schon wieder fantasieren, oder? Sie haben niemanden gesehen außer ihrem Mann im Salon?

Und dann haben Sie die Pistole aus der Schublade geholt und geschossen.«

»Nein, verdammt! Ich habe mich versteckt und alles mit angesehen. Ich habe seine Angst gerochen, sein Blut spritzen sehen, das Schwein wurde endlich abgeschlachtet. Und ich war dabei. Es war berausch…« Ein Hustenanfall unterbrach sie.

»Hören Sie doch endlich auf mit diesem Theater! Sie haben Ihren Mann erschossen. Sagen Sie einfach nur Ja!«, schnauzte er sie entgegen all seinen guten Vorsätzen an.

In dem Moment trat Stein, ohne zu klopfen, ins Krankenzimmer. Unter dem Arm trug er eine grüne Kassette.

Als die Braunke sie erblickte, verzog sie das Gesicht zu einem schiefen Lächeln und breitete die Arme aus. »Ich will meine Kassette!«, jammerte sie.

Stein reichte sie ihr, woraufhin die Braunke ganz ruhig wurde und die Kassette wie ein Kind im Arm wiegte.

»Wie die Frau auf dem Friedhof«, murmelte Stein.

Als Wuttke nachfragte, was er damit meinte, machte Stein eine abwehrende Handbewegung. »Erzähle ich Ihnen mal in Ruhe.«

Wuttke musterte Stein durchdringend. »Machen Sie Alleingänge? Ich denke, wir sollten keine Geheimnisse voreinander haben. Jedenfalls beruflich«, bemerkte er spitz.

»Alles zu seiner Zeit. Wenn Sie mir verraten, warum Sie mir neulich die Akte der Frauen von Dalldorf entreißen wollten und ob Krüger dahintersteckt, weihe ich Sie auch in das Ergebnis meiner Ermittlungen in dieser Sache ein.«

Ein gellender Schrei unterbrach ihren Disput.

Stein versuchte, die Braunke zu beruhigen, und redete auf sie ein, aber sie brüllte nur noch lauter. Auch als Wuttke sie am Arm packte und sie anfuhr, sie solle den Mund halten, machte sie unvermindert weiter und schob die Kassette unter die Bettdecke. »Du kriegst sie nicht!«, schrie sie, doch dann drang aus ihrem Mund nur noch ein röchelnder Husten.

Erst als eine Diakonieschwester, gefolgt von dem Arzt, der Wuttke vorhin erlaubt hatte, seine Tante zu besuchen, in das Zimmer stürmte, ebbte der Husten ab, und die Braunke begann, leise zu wimmern.

»Wer sind Sie und was machen Sie hier?«, herrschte der Arzt Stein an.

Der zeigte ihm die rote Dienstmarke, was den Arzt nur noch mehr aufzuregen schien.

»Sie sind wohl von allen guten Geistern verlassen!«

Die Schwester war indessen an das Bett der Braunke gestürzt und gab ihr eine Spritze.

»Wie kommen Sie dazu, diese Frau, die gerade eben dem Tod entronnen ist, zu belästigen?«, fügte der Arzt in schneidendem Ton hinzu.

»Sie ist die Verdächtige in einem Mordfall!«, versuchte sich Wuttke zu rechtfertigen, doch der Arzt funkelte ihn wütend an. »Ach, der Neffe. Haben Sie das nötig, sich hier hinterrücks einzuschleichen? Das ist immer dasselbe mit euch. Stupos oder Vopos, ihr seid doch alle gleich. Und jetzt raus hier!«

Wuttke warf Stein einen fragenden Blick zu, doch der Kollege nickte leise.

»Wir kommen wieder, Frau Braunke«, sagte Wuttke, aber die Frau hatte aufgehört, sich zu artikulieren. Kein Laut drang mehr aus ihrem Mund, und sie wirkte völlig apathisch.

»Ich werde mich bei Ihrem Vorgesetzten beschweren«, bellte der Arzt, doch da waren die beiden Kommissare bereits aus der Tür.

»Was war in dieser Kassette?«, wollte Wuttke wissen, kaum dass sie auf dem Flur waren.

»Ein Foto ihrer Tochter und ein Schreiben, dass sie in Wiesengrund verstorben ist.«

»Wiesengrund? Was ist das?«

»Eine Kinderklinik in Wittenau. Dort ist mir auf dem Anstaltsfriedhof eine Frau begegnet, die sich ähnlich auffällig verhalten hat wie die Braunke eben.«

»Sie haben Ihre Ermittlungen also bereits aufgenommen. Ohne mich!«, stellte Wuttke verärgert fest und versuchte zugleich, vor dem Kollegen zu verbergen, in was für Gewissenskonflikte er ihn damit gebracht hatte. Wenn Krüger erfuhr, dass er sehr wohl wusste, wer die Akte in seinem Besitz hatte, und dass der Kollege bereits eifrig in der Sache ermittelte, würde er wohl nicht länger zögern, seine Drogenabhängigkeit öffentlich zu machen. Dann war Wuttke weg vom Fenster.

»Warum machen Sie das?«

»Weil Sie die Akte verschwinden lassen wollen, damit Krüger verhindern kann, dass der Fall je aufgeklärt wird. Deshalb!«

Wuttke spürte, wie ihm das Blut in die Wangen schoss.

»Unsinn!«, bellte er.

»Ihr Ballon spricht eine andere Sprache, Mann«, erwiderte Stein in süffisantem Ton.

Wuttke ahnte, dass er sich schnell entscheiden musste zwischen der Wahrheit und der Macht, denn in diesem Augenblick traf ihn blitzartig die Erkenntnis, dass nicht Krüger derjenige war, der etwas zu verbergen hatte, sondern nur der Handlanger für jemand ganz anderen war.

19

Stein war müde und erschöpft, als er an diesem Abend sein Büro verließ und sich zu seinem Fahrrad begab. Sosehr er auch darauf brannte, die Keller zu treffen, hatte er keine große Lust, in diesem abgekämpften Zustand noch zum *Café Wien* zu fahren. Wuttke und er hatten sich die vergangene Nacht um die Ohren geschlagen und im Milieu recherchiert, wer wohl der Tote aus der Hubertusallee war. In dem Bordell, das vom Sparverein Zoo kontrolliert wurde, waren sie, wie Stein erhofft hatte, tatsächlich fündig geworden. Die Anstecknadel hatte ihn auf die richtige Spur gebracht. Eine der Frauen war beim Anblick der Zeichnung von dem Toten zusammengebrochen und hatte ihnen versichert, es handele sich um ihren Freund Ludwig. Noch in der Nacht war Stein mit der Frau in die Pathologie Moabit gefahren und hatte ihn identifizieren lassen. Ludwig Messmer, rechte Hand von Luden-Paule, wie Stein der völlig aufgelösten Frau hatte entlocken können. Für den Kommissar gab es keinen Zweifel, dass der Mann der Brandstifter gewesen war, aber war er auch Braunkes Mörder?

Und dann die Sache mit der Braunke und ihrem dramatischen Ende. Der Arzt hatte sich tatsächlich bei Krüger über sie beschwert. Der hatte sie gleich am nächsten Morgen zu sich beordert und zusammengeschrien, was ihnen einfiele. Doch als Wuttke ihm versichert hatte, er hätte beinahe ein Geständnis von der Braunke bekommen, war Krügers Stimmung auf ganzer Linie gekippt. Er hatte von ihnen verlangt, dass sie sofort ins Krankenhaus fuhren, um die Verdächtige erneut zu vernehmen. Und dieses Mal ganz offiziell. Stein hatte gewagt einzuwenden, dass der Fund der Pistole samt der drei Patronen doch eher ein Beweis für ihre Unschuld war, da sich alle drei Patronen unbenutzt in der Waffe befanden. Da war ein derartiges verbales Gewitter über ihm niedergegangen, dass Stein am Geisteszustand seines Vorgesetzten ernsthaft zweifelte. Offenbar hatte Krüger Steins Verachtung ihm gegenüber gespürt und begriffen, dass er ihm keine Angst machen konnte, denn Krüger hatte sich zu der Drohung hinreißen lassen, er werde schon dafür sorgen, dass Stein hier kein Bein mehr auf die Erde bekäme und froh sein würde, wenn er wieder beim Markgraf unterkriechen könne. Als Stein daraufhin nicht einmal mit der Wimper gezuckt hatte, hatte Krüger ihn aus seinem Büro geworfen.

Wuttke war geblieben und wenig später noch fahler im Gesicht aus der Besprechung mit dem Vorgesetzten zurückgekehrt, als er ohnehin schon war. Wuttke hatte ihn dann barsch und ohne Umschweife dazu aufgefordert, ihm unverzüglich die Akte Dalldorf auszuhändigen. Stein war diesem Befehl zu Wuttkes offensichtlichem Erstaunen widerstandslos gefolgt. Dass Stein eine zweite Dalldorf-Akte in der Tasche hatte, konnte der Kollege ja nicht ahnen. Das war knapp gewesen, denn Stein hatte sie erst wenige Minuten zuvor erhalten. Seit dem Gespräch, das sie gestern auf dem Krankenhausflur geführt hatten, war sich Stein so gut wie sicher, dass Krüger Wuttke so lange Druck machen würde, bis der ihm die Akte beschaffte. Was Stein allerdings verwunderte, war die Tatsache, dass Wuttke Krüger offensichtlich nicht verraten hatte, dass er die Akte in seinem Besitz hatte. Trotzdem blieb ihm nichts anderes übrig, als weiterhin im Alleingang zu ermitteln. Nicht ganz allein allerdings, denn Stein hatte Unterstützung von ganz anderer Seite bekommen. Fräulein Krause war sichtlich geschmeichelt gewesen, als er sie gleich am Morgen mit den geheimen Abschriften der mageren Dokumente aus der Akte beauftragt hatte. Und er hatte sie gebeten, diese Arbeit zügig und diskret zu erledigen, weil er eine Ahnung hatte, dass man ihn im Laufe des Tages dazu auffordern würde, die Akte herauszugeben. Mit dem Ergebnis, dass die Akte auf Nimmerwiedersehen verschwinden würde.

Fräulein Krause schien es jedenfalls zu genießen, dieses Geheimnis mit ihm zu teilen. Sie war sichtlich stolz gewesen, als sie ihm vorhin zwei Dalldorf-Akten ins Büro gebracht hatte. Fräulein Krause war die einzige Person in der Friesenstraße, der Stein vorbehaltlos vertraute. Er hatte kurz mit dem Gedanken gespielt, sich über Krüger bei Stumm zu beschweren, der sich gerade erst heute

Mittag bei einer flüchtigen Begegnung auf dem Flur erkundigt hatte, ob er sich schon in der Friesenstraße eingelebt habe. Stein hatte das höflich bejaht. Nein, sich beim Polizeichef zu beschweren war nicht Steins Art. Und woher sollte er überhaupt wissen, wer zu alten Seilschaften gehörte und wer nicht? Bei Stumm selbst gab es allerdings nicht den geringsten Anlass, an seiner politischen Aufrichtigkeit zu zweifeln. Es war bekannt, dass die Nazis ihn 1933 aus dem Polizeidienst geworfen und er bis 1945 nicht in seinem Beruf hatte arbeiten können. Wahrscheinlich würde er es gar nicht gutheißen, dass eine Akte verschwinden sollte, aber dies würde Krüger im Ernstfall mit Sicherheit bestreiten. Nein, in dieser Sache konnte er sich wirklich nur auf sich verlassen – und auf Fräulein Krause.

»Kommissar Stein?«, hörte er sie in dem Moment, als er gerade sein Fahrrad besteigen wollte, hinter sich rufen. Er drehte sich um. »Hat Ihnen meine Arbeit geholfen?« Fräulein Krause musterte ihn erwartungsvoll.

»Und wie! Keine fünf Minuten später wurde mir die echte Dalldorf-Akte abgeknöpft.«

»Wenn Sie mich brauchen, ich bin jederzeit für Sie da«, versicherte die junge Frau eifrig. »Das mit der Frau Braunke ist ja eine grauenvolle Sache. Und Sie Armer haben sie gefunden, oder?«, fügte sie mitfühlend hinzu.

Sofort tauchte vor Steins innerem Auge der am Fensterkreuz des Krankenzimmerfensters baumelnde Körper auf. Frau Braunke hatte die Bettlaken zu einem Strick geknöpft und sich erhängt.

Stein hatte sie sofort abgeschnitten, aber es war kein Hauch von Leben mehr in ihr gewesen. Wuttke hatte ihm dann mit den Worten: »Wenn wir den nicht gefunden hätten, wäre ihr Suizid ein Geständnis«, den an die Polizei gerichteten Abschiedsbrief gereicht, nachdem er ihn überflogen hatte. In seiner Miene hatte Stein seinen Impuls gelesen, das Schriftstück tatsächlich einfach zu vernichten.

»Denken Sie nicht mal daran, Wuttke!«, hatte Stein unmissverständlich erwidert.

Stein hegte keinen Zweifel daran, dass die Braunke die Wahrheit geschrieben hatte. Warum sollte eine Frau, die beschlossen hatte, sich umzubringen, so dreist lügen? Außerdem ergaben ihre Zeilen einen Sinn.

Ich weiß, wer es war, meine Herren. Das werde ich Ihnen aber nicht verraten. Und nun können Sie mir keine Fragen mehr stellen, weil ich mein Geheimnis mit ins Grab nehme. Er hat seine Strafe bekommen dafür, dass er mir Gerda genommen und sie nach Wiesengrund gebracht hat, weil sie nicht von ihm war, sondern von einem anderen. Deshalb habe ich dieses Schwein überhaupt geheiratet, weil mein Vater und er es beschlossen haben, damit niemand je erfährt, dass ich das Kind von einem verheirateten Offizier habe, der in Polen gefallen ist. Das Schwein hat damals als Transportunternehmer für meinen Vater gearbeitet. Daher kannten sich die beiden. Und er war schon lange hinter mir her, aber mit so einem hätte ich mich niemals freiwillig eingelassen! Ich habe es Gerdas wegen getan, damit die Witwe und die erwachsenen Kinder meines Geliebten keinen Verdacht schöpfen. Das Ehepaar gehörte dem Bekanntenkreis meiner Eltern an. Man ahnte, dass Georg mir mehr zugeneigt war, als es sich für einen zwanzig Jahre älteren Offizier gehört hätte. Wenn ich ein uneheliches Kind bekommen hätte, wäre nicht nur mein Ruf, sondern auch der meines Geliebten und der meiner Eltern ruiniert gewesen. Braunke hat sich damals als Retter meiner Ehre aufgespielt. Aber ich habe ihn verachtet. Und er hat es mir heimgezahlt, dass ich ihn verachte. Und er hat sein Versprechen, »unsere« Tochter zu beschützen, gebrochen. Sie war nicht in Sicherheit, wie sie mir haben weismachen wollen. Und ich habe mir geschworen, sie zu rächen, bevor ich ihr in den Tod folge. Wenn Sie mir die Pistole nicht gestohlen hätten, dann hätte ich sie lieber dazu benutzt als mein Bettlaken. Ich habe sie eingesteckt, als er schon tot war. Für mich, nicht, um ihn zu töten. Dazu bin ich leider zu feige gewesen. Aber der Herr hatte ein Erbarmen und hat mir einen Henker geschickt. Nun werde ich endlich bei meiner Tochter sein und sterbe mit

Freuden bei dem Gedanken, mit angesehen zu haben, wie das Schwein gejagt und geschlachtet worden ist. Jetzt habe ich meinen Frieden.

»Starker Tobak, oder?«, hatte Wuttke bemerkt, nachdem Stein den Brief hastig in seine Tasche gesteckt hatte. Er befürchtete wohl weiterhin, dass sein Kollege ernsthaft in Erwägung zog, das Schriftstück verschwinden zu lassen.

»Das Geständnis einer höheren Tochter, das uns aber wenig nützt«, hatte Stein sarkastisch hinzugefügt.

»Kommissar Stein? Ist Ihnen nicht gut?« Mit diesen Worten holte Fräulein Krause Stein wieder in die Realität zurück.

»Entschuldigen Sie, ja, ich habe sie am Fensterkreuz baumeln gesehen. Kein schöner Anblick«, murmelte er.

»Glauben Sie, dass das ein Schuldeingeständnis war?«

»Nein, sie hat einen Brief hinterlassen, in dem sie versichert, Zeugin des Mordes an ihrem Mann geworden zu sein. Aber sie hat uns keine Hinweise auf den Täter gegeben, weil er offenbar das vollendet hat, was sie in Gedanken bereits Dutzende Male selbst durchgespielt hatte.«

»Das ist ja schrecklich. Wie kann man denn den eigenen Mann so hassen?«

»Ich denke, sie hatte ihre Gründe.«

Plötzlich verfinsterte sich Fräulein Krauses Miene. Sie deutete nun auf die andere Straßenseite.

»Ich glaube, da drüben ist jemand für Sie.«

Stein folgte ihrem Blick, und da sah er sie. Halb versteckt hinter einem Baum. Mary! Sein Herzschlag beschleunigte sich. Er hatte Sorge, dass etwas Schlimmes geschehen war, weil sie sich doch erst für Mittwoch verabredet hatten.

Nun winkte sie ihm verhalten zu. Stein war verunsichert. Das passierte ihm selten, dass er nicht so recht wusste, wie er mit der Situation umgehen sollte, denn eigentlich musste er sich schnellstens auf den Weg zum Café machen. Andererseits würde er es nicht über sich bringen, seine Geliebte wegzuschicken.

»Also ich geh dann mal. Sie wissen, wenn Sie noch einen Auftrag für mich haben, jederzeit …«

Das brachte Stein auf eine Idee. »Es gibt da etwas, das Sie für mich tun können, Fräulein Krause.«

»Alles, was Sie wollen.«

»Ich habe mich um 19 Uhr im *Café Wien* mit einer Ärztin der Wittenauer Heilstätten verabredet. Ich wollte Frau Dr. Keller zu den Frauen von Dalldorf befragen, aber nun ist mir etwas dazwischengekommen. Ob Sie vielleicht zum Kurfürstendamm 26 fahren und der Dame sagen könnten, dass ich verhindert bin und sie gleich morgen in der Klinik aufsuchen werde.«

»Aber gern doch. Das ist ja um die Ecke. Wir wohnen in der Kantstraße. Ich mache mich gleich auf den Weg«, erwiderte sie eifrig. »Und sie ist wirklich wunderschön, die Dame«, fügte sie hinzu, bevor sie sich umdrehte und auf ihr Rad schwang.

Stein atmete noch einmal tief durch, bevor er die Straße überquerte.

20

Lore Krause fuhr mit gemischten Gefühlen zum *Café Wien*. Einmal abgesehen davon, dass sie es nicht gewohnt war, allein Lokale zu besuchen, ging ihr diese Frau nicht aus dem Kopf. Wer die Dame wohl sein mochte, für die der stets pflichtbewusste Kommissar sogar eine Vernehmung sausen ließ? Andererseits war sie sehr geschmeichelt, dass Stein ihr derart vertraute, und sie kam sich selbst wie eine richtige Dame vor, als sie das imposante Gebäude am Kurfürstendamm 26 betrat. Sie war in ihrem ganzen Leben nur ein einziges Mal im *Haus Wien* gewesen. Ende vergangenen Jahres, als Bruno, ein Untermieter ihrer Mutter, sie Silvester ins dortige Kino eingeladen hatte. *Die Mörder sind unter uns*. Den Film würde Lore nie vergessen. Und auch nicht Brunos Behauptung, er selbst hätte das Konzentrationslager nur knapp überlebt. Bei einem Glas Bier an der Bar hatte er ihr schließlich zugeraunt, dass auch der Besitzer des *Café Wien* und dessen Frau im Konzentrationslager gewesen seien und man dort ihre beiden Kinder umgebracht hätte. Und dass es tapfere Menschen wären, weil sie sich ihre Betriebe nach dem Krieg zurückgeholt hatten. Bruno war dann leider wenige Tage nach ihrem Ausflug ins *Haus Wien* einfach fort gewesen, ohne sich von ihr zu verabschieden. Dabei hätte sie noch viele Fragen an ihn gehabt. Lore befürchtete, ihre Mutter habe ihn rausgeworfen, denn sie hatte empört reagiert, weil er sie in »dieses infame Machwerk«, wie sie den Film bezeichnete, geschleppt hatte. Auf Nachfrage hatte sie zwar behauptet, der junge Mann habe sich, ohne zu zahlen, aus dem Staub gemacht, aber das nahm Lore ihrer Mutter nicht ab. Seitdem sah sie ihre Mutter und deren Ansichten wesentlich kritischer. Vor diesem Film hätte sie wahrscheinlich eine Akte Dalldorf auch nicht so brennend interessiert. Es gab dunkle Geheimnisse in der Vergangenheit. Dessen war sie sich sicher. Da konnte ihre Mutter noch so gebetsmühlenartig versichern, es wäre alles nur der Hitler gewesen, der böse Dinge ganz allein verbrochen hätte. Lore glaubte ihr einfach nicht mehr. Bruno hatte zwar nicht viel über das Lager reden wollen, aber er hatte ihr eine Nummer gezeigt, die ihm auf den linken Unterarm tätowiert worden war. Allein das hatte Lore eiskalte Schauer über den Rücken gejagt, denn die Vorstellung, dass Menschen anderen wehrlosen Menschen solche Grausamkeiten zufügten, konnte sie kaum ertragen.

Als Lore den großen Saal mit den hohen Säulen, den Kronleuchtern und den weiß eingedeckten runden Tischen, die allerdings nur zur Hälfte belegt waren, betrat, fühlte sie sich etwas deplatziert. Die Gäste trugen feine Kleidung und machten einen vornehmen Eindruck.

Da blieb ihr Blick an der einzelnen Dame hängen, die unverwandt an ihr vorbei in Richtung Eingang starrte. Auch sie trug ein hübsches Kleid und hatte eine Frisur, die sie an die Haarpracht von Filmstars erinnerte. Und auch an die hübsche Dame, die heute auf Kommissar Stein gewartet hatte. Keine Frage, das musste die Ärztin sein.

Lore steuerte zielstrebig auf ihren Tisch zu. »Frau Dr. Keller?«

Die Frau nickte, wirkte aber nicht besonders freundlich.

»Und wer sind Sie?«

»Ich bin die Assistentin von Kommissar Stein. Der ist leider verhindert und hat mich geschickt, um Sie zu befragen. Darf ich?«

Ohne eine Antwort abzuwarten, setzte sich Lore auf den Stuhl der Frau gegenüber.

Der Ärztin reagierte mit aggressiver Abwehr.

»Nein, dürfen Sie nicht!«

Lore war klar, dass sie sich äußerst ungeschickt verhielt. Sie hätte wissen müssen, dass die Dame mit der kühlen Ausstrahlung ganz sicher nichts von plumper Vertraulichkeit hielt.

»Ich habe auch nur ein paar Fragen an Sie«, sagte Lore so freundlich, wie ihr nur möglich war.

»Sagen Sie Kommissar Stein, er soll einfach in die Klinik kommen, wenn er noch Fragen an mich hat. Und es missfällt mir außerordentlich, dass er mich herbestellt hat und nicht selbst erscheint.«

»Das tut ihm auch sehr leid, aber es ist etwas Schreckliches passiert. Die Frau eines Mordopfers, Frau Braunke, hat sich heute umgebracht …«

Lore beobachtete, wie sich die Ärztin nervös durch das Haar fuhr.

»Gut, dann werde ich jetzt gehen. Es gibt sowieso nur Senfeier mit Kartoffelpulver, wegen der Blockade«, murmelte die Keller, trank ihr Bier mit einem kräftigen Schluck aus und wollte gehen.

Lore überlegte, wie sie die Ärztin am Tisch halten konnte. Die Rolle als Überbringerin der Botschaft, dass Stein nicht erscheinen würde, war ihr zu wenig, zumal sie das Gefühl hatte, Keller sagte der Name Braunke etwas.

»Kannten Sie Ilse Braunke oder Carl Braunke vielleicht?«, fragte Lore direkt.

»So, mein Fräulein, jetzt machen Sie mal halblang. Ich lasse mich doch von Ihnen nicht ausfragen.« Sie winkte nach dem Kellner. »Ober, zahlen!«

Lore suchte fieberhaft nach den richtigen Worten, um die Ärztin zu besänftigen, aber nachdem die Frau ihre Lebensmittelkarten aus der Handtasche gekramt hatte, wurde sie plötzlich weiß wie eine Wand. Lore wandte sich um und sah sofort den Grund an dem Nachbartisch sitzen. Ein in ihren Augen schon älterer Mann, der zusammen mit einem anderen, einem jüngeren Herrn, der ihr irgendwie bekannt vorkam, aufgeregt zu debattieren schien, lächelte der Ärztin zu. Jedenfalls sah es wie ein Lächeln aus, aber die Augen sagten etwas ganz anderes. Sie fröstelte, denn hinter seiner freundlichen Fassade blitzte etwas Gefährliches durch. Der andere Herr blickte hingegen finster drein. Es wollte Lore nur partout nicht einfallen, wo sie ihn schon einmal gesehen hatte. Im Präsidium oder in der Wochenschau? Jedenfalls nicht privat. So viel war klar. Solche gut gekleideten Herren gehörten nicht zu ihrem Bekanntenkreis, wobei sie das Einstecktuch in der Brusttasche des Älteren der beiden eher albern fand, aber es passte zu seinem gepflegten Äußeren.

Dann ging alles ganz schnell. Der ältere Mann stand auf und

kam an ihren Tisch, ohne den Blick von der Ärztin zu lassen. Sie schien wie versteinert.

»Frau Dr. Keller, schön, Sie hier zu treffen. Wir haben uns Jahre nicht gesehen«, sagte er mit diesem falschen Lächeln auf den Lippen.

»Drei Jahre und zwei Monate etwa«, erwiderte sie. Lore meinte, ein leises Beben in ihrer Stimme zu hören.

»Und wollen Sie mir Ihre Begleitung gar nicht vorstellen?«, fragte er lauernd.

Eine gute Gelegenheit, Frau Dr. Keller doch noch freundlich zu stimmen, dachte Lore, denn dass die Ärztin die Begegnung mit diesem Mann missfiel, war nicht zu übersehen. Vielleicht sollte sie ihn vergraulen.

»Guten Tag, ich bin Mitarbeiterin bei der Mordinspektion MI 3 und gerade mitten in einer Befragung zu einem Mordfall an fünf Frauen in der Klinik von Frau Doktor«, erklärte sie mit Nachdruck. »Das passt jetzt gerade gar nicht!«

Dem Mann entgleisten die Gesichtszüge. Er ließ seine aalglatte Maske fallen und funkelte Lore wutentbrannt an.

»Es gibt bei der MI 3 keine Frauen!«, zischte er. »Wer sind Sie wirklich?«

»Ich bin dort Schreibkraft«, entgegnete Lore, während ihr Herzschlag sich merklich beschleunigte. Der Kerl machte ihr Angst.

»Dann raus hier. Und zwar schnell! Das wird Konsequenzen haben!«

Lore warf der Keller einen Hilfe suchenden Blick zu, aber die Züge der Frau waren wie versteinert. Daraufhin nahm die Stenotypistin all ihren Mut zusammen. »Sie haben mir gar nichts zu sagen. Wer sind Sie überhaupt?«, fragte sie und schaffte es, das Beben in ihrer Stimme zu unterdrücken.

Der Mann beugte sich ganz tief zu ihr hinunter, sodass sie seinen alkoholgeschwängerten Atem riechen konnte. »Ich zähle jetzt bis drei, und wenn Sie bis dahin nicht verschwunden sind, passiert ein Unglück. Verstanden?«

Lore zuckte zusammen. Genauso nahe war ihr der Kerl im Bunker gekommen. »Wir werden alle sterben!«, hatte er ihr alkoholgeschwängert zugeraunt. In dem Augenblick hatte sie gewusst, dass eine Katastrophe drohte. Sekunden später hatte die Erde gebebt, und das Inferno war ausgebrochen. Jetzt spürte sie es wieder. Es war keine leere Drohung. Zitternd am ganzen Körper erhob sie sich, griff nach ihrer Tasche und rannte, ohne sich noch einmal umzudrehen, aus dem Saal. Erst draußen auf dem Kurfürstendamm blieb sie keuchend stehen. Obwohl sie panische Angst verspürte, konnte sie es kaum erwarten, Stein zu berichten, dass die Keller sich hochgradig verdächtig verhalten hatte. Und nicht nur sie, sondern auch dieser widerliche Kerl. Sie würde nicht ruhen, bis sie herausfand, wer er war … In dem Moment fiel es ihr wie Schuppen von den Augen, wo sie ihn schon einmal gesehen hatte. Nicht den unheimlichen Kerl, sondern den anderen! Damals im Lazarett. Er war es, der den Schüttler ins Strafbataillon geschickt hatte! Dieser stechende Blick aus stahlblauen Augen. Der hatte ihr schon damals kalte Schauer über den Rücken gejagt. Und dazu diese unangenehm strenge Stimme. Sie konnte sich noch gut an den jungen Soldaten erinnern, einen Feingeist, der so schön Goethe zitieren, aber keine Waffe mehr halten konnte. Die fiel ihm einfach aus der Hand, weil er so sehr zitterte. Unbarmherzig ins Strafbataillon hatte er ihn geschickt, dieser Arzt, von dem man hinter vorgehaltener Hand behauptete, man merke, dass er das Amputieren nicht gelernt habe, weil er eher ein Doktor für die Nerven sei. Leider wollte ihr sein Name partout nicht mehr einfallen.

21

Wuttke teilte die Tage, seit er von dem Zeug abhängig war, in Himmel- und Höllentage. Seit er Krüger die Akte zurückgegeben hatte und sein schlechtes Gewissen mit einer ausreichenden Dosis Tabletten betäubt hatte, befand er sich auf der Himmelsseite des Lebens. Er brauchte kein Essen, keinen Schlaf und fühlte sich stark. Dass darauf unweigerlich die Hölle folgen würde, wusste er. Und nur die immer wieder unausweichlichen Abstiege in die Hölle waren der Grund, warum er versuchte, davon loszukommen. Gäbe es nur den Himmel, er würde nicht so mit sich hadern.

Während Stein bei der nächtlichen Recherche ein paarmal beinahe die Augen zugefallen wären, hatte Wuttke die schlaflose Nacht dank der Pillen unbeschadet überstanden und auch am Tag keinerlei Müdigkeit verspürt. Doch seine Gewissensbisse hatte das Wundermittel nicht gänzlich betäuben können. Aber was hätte er tun sollen? Dieses Mal hatte Krüger ihn vor die Wahl gestellt: Kündigung oder Akte! Was ihn allerdings immer noch wunderte, war die Tatsache, dass Stein ihm die Akte widerspruchslos ausgehändigt hatte. Das passte gar nicht zu dem sturen Burschen. Es machte Wuttke allerdings am meisten Kopfzerbrechen, dass er sich zum Handlanger einer ihm unangenehmen Macht hatte degradieren lassen. Er wusste nicht viel über Krüger, nur so viel: Man hatte schon damals in Polen gemunkelt, dass er einen Schwager hatte, der ein Hundertprozentiger war.

Als Wuttke das *Pandora* betrat, fiel ihm als Erstes die Stille auf, dann die Leere. Keine Musik, kein Geplauder, keine Frauen und keine Gäste. Nur der rothaarige Kerl stand hinter dem Tresen und starrte ihn fragend an.

Wuttke ging auf ihn zu und wollte wissen, was los war. Weber erklärte ihm, dass bis vor einer Stunde im *Pandora* die interne Trauerfeier für Braunke stattgefunden und er deshalb eben erst den Laden für die Öffentlichkeit geöffnet hatte.

»Wissen Sie, ob Lena heute Abend noch zur Arbeit kommt?«, fragte Wuttke und versuchte, einen beiläufigen Ton anzuschlagen.

»Nein, Lena hat sich freigenommen. Sie war auch nicht auf der Trauerfeier. Wollte ihre Nichte treffen.«

»Nichte?« Das hörte Wuttke zum ersten Mal, und er musste sich sehr zusammennehmen, um Weber sein Erstaunen nicht spüren zu lassen. »Ja, gut, dann gehe ich mal wieder«, fügte er in lockerem Plauderton hinzu.

»Haben Sie noch einen Augenblick Zeit, Herr Kommissar?«, fragte Weber. Erst jetzt bemerkte Wuttke, was für einen überaus verunsicherten Eindruck der Mann machte. Beim letzten Mal war er ihm eher dummdreist vorgekommen. Aber bestimmt nicht verängstigt.

»Privat oder beruflich?«, hakte Wuttke nach und bestellte sich ein Bier. Das hatte er sich nach diesem Tag redlich verdient.

»Herr Kommissar.« Weber beugte sich über den Tresen. »Jemand hat es auf mich abgesehen!«

Wuttke war sich nicht sicher, ob er den Kerl ernst nehmen sollte. Verschaukelte der ihn nach Strich und Faden, oder wollte er wirklich seine Hilfe?

Webers Miene sprach allerdings dafür, dass es ihm bitterernst war. »Bitte helfen Sie mir. Könnten Sie nicht jemanden schicken, der mich unauffällig beschützt?«

»Nun mal langsam. Jetzt bin ich ja hier. Ihnen kann gar nichts passieren. Also, spucken Sie mal aus: Was ist los?«

»Das fing mit dem Brand im Keller an.«

»Brand?«, wiederholte Wuttke.

Weber nickte. »Ich habe ihn rechtzeitig entdeckt, weil ich Flaschen aus dem Keller holen musste, aber es hatte jemand neben unseren Reinigungsmitteln Feuer gelegt. Wenn ich nicht gekommen wäre, dann wäre das *Pandora* explodiert.«

»Sie können sich beruhigen.« Wuttke berichtete ihm nun, nicht ganz den Dienstvorschriften zur Verschwiegenheit entsprechend, von dem toten Ludwig aus dem Sparverein Zoo, der in der Villa Braunke aller Wahrscheinlichkeit nach Opfer seiner eigenen Brandstiftung geworden war.

Weber aber machte nach dem Abschluss von Wuttkes Schilderungen keinesfalls den Eindruck, als ob ihn diese Nachricht beruhigen würde. Im Gegenteil, ihm stand die Panik ins Gesicht geschrieben.

»Wenn er tot ist, kann er heute kaum diesen Zettel geschrieben haben«, raunte Weber und zog aus seiner Tasche ein zerknülltes Stück Papier. Darauf war mit Rotstift ein Kreuz gemalt, darunter der Name Webers und das Datum des heutigen Tages. Wuttke wollte Weber gerade beruhigen und ihm weismachen, das wäre ein Scherz, als ihm einfiel, wo er diesen speziellen roten, ins Violett gehenden Ton neulich gerade erst gesehen hatte.

»Geben Sie mir bitte mal ein Glas Wasser«, forderte er Weber auf, ohne den Blick von der Schrift zu nehmen.

Vorsichtig träufelte er einen Tropfen Wasser auf den Zettel und hielt die Luft an. Wenn sich die Schrift verfärbte, dann hatte er recht. Die Farbe wurde nicht viel dunkler, aber ein wenig schon. Keine Frage, das hier war mit rotem Kopierstift verfasst worden.

»Wann haben Sie den Zettel bekommen?«

»Heute Abend, als wir uns hier getroffen haben, um auf unsere Art Abschied zu nehmen, da kam ein Dreikäsehoch von der Straße und fragte nach mir. Dann hat er ihn mir in die Hand gedrückt und einen schnellen Abgang gemacht. Ich bin noch hinterher, aber der Bursche war spurlos verschwunden. Was, wenn ich auf der Liste der Nächste nach Braunke bin?«

»Nun machen Se mal nicht so viel Winde mit Ihr kurzet Hemde«, rutschte es Wuttke heraus. Das passierte ihm nur noch höchst selten, dass er in den Dialekt zurückfiel, den er sich mühsam abgewöhnt hatte, um nicht mehr an die Herkunft seiner Familie aus dem Weddinger Mietskasernenelend erinnert zu werden. Daran merkte er, dass ihn das Ganze in Wirklichkeit gar nicht so kaltließ, wie er tat.

»Ich habe heute Abend nichts vor und werde vorerst bei Ihnen sitzen bleiben. Aber so ein Stück Papier ist völlig ungefährlich …«

»Es ist nicht nur das Stück Papier, Herr Kommissar«, flüsterte Weber, während er sich suchend nach allen Seiten umsah.

»Jetzt sehen Sie aber Gespenster, oder?«

»Schön wär's, aber ich habe vorhin Geräusche hinten aus den Garderoben gehört, und dann auch unten aus dem Keller«, stöhnte er.

Widerwillig rutschte Wuttke von seinem Barhocker. »Gut, dann geh ich mal das Lokal inspizieren. Wenn was ist, ich bin in Ihrer Nähe.«

So unheimlich Wuttke der mit Kopierstift geschriebene Zettel auch war, die Geräusche hielt er für pure Einbildung. Der Mann war nervös. Keine Frage. Er sollte ihn unbedingt fragen, ob er denn einen Grund hätte, sich zu fürchten, ganz unabhängig von dem Zettel.

Mit festem Schritt durchquerte Wuttke das Lokal und verschwand hinter dem Vorhang. Er schaltete das Licht an und durchsuchte eine Garderobe nach der anderen. Sogar hinter die Garderobenständer warf er einen Blick. Nichts. Nachdem er Lenas Garderobe durchsucht hatte, blieb sein Blick an einem Foto hängen, das seine Liebste in jungen Jahren mit einer hübschen Frau zeigte, die eine gewisse Ähnlichkeit mit ihr besaß. Wenn Lena eine Nichte hatte, war das da vielleicht ihre Schwester, aber warum hatte sie die ihm gegenüber noch niemals erwähnt?

In dem Augenblick vernahm er ein klirrendes Geräusch und erstarrte. Es hörte sich an, als wäre Glas zersprungen. Mit einem Satz war er auf dem Flur und durchforstete jede der Garderoben noch einmal. Wieder vergeblich. Dennoch war er sich sicher, dass außer ihm und Weber noch jemand im *Pandora* war.

Er eilte zurück, um nach Weber zu sehen. Der war gerade damit beschäftigt, einen Berg Scherben zusammenzukehren.

»Sie Idiot, waren Sie das eben mit dem Geklirre?«

»Mir ist das Tablett runtergefallen, weil da wieder dieses merkwürdige Geräusch aus dem Keller kam. Da bin ich erschrocken!«, gab er unwirsch zu.

»Ja, ja, ich sehe auch im Keller nach, aber nun machen Sie sich wegen des Zettels nicht in die Hosen. Sie hören wahrscheinlich die Flöhe husten, Mann! Wo geht es in den Keller?«

Weber deutete auf eine Holztür hinter dem Tresen.

Wuttke trat entschieden hinter den Tresen, öffnete die Kellertür und erstarrte. Eine Holztreppe führte hinunter in ein dunkles Loch. Erst da begriff Wuttke, dass er zu forsch vorangeprescht war und dabei seine eigene Angst vor dunklen Kellerräumen für einen Augenblick völlig vergessen hatte. Nun lähmte sie ihn förmlich. Aber er konnte wohl kaum einen Rückzieher machen. Wie sollte er das Weber auch erklären, wenn er nicht preisgeben wollte, wie man ihn in Polen in so ein Rattenloch gesteckt hatte, nachdem er den Befehl, auf die Flüchtenden zu schießen, verweigert hatte? *Gewissensbisse sind was für Feiglinge*, hatte Krüger gezischt, bevor die Tür hinter ihm ins Schloss gefallen war. Diese Nacht würde er nie vergessen. Er hatte sich die Seele aus dem Leib gekotzt, sich heiser geschrien und schließlich auf den Knien versprochen, jeden Befehl zu befolgen.

Wuttke versuchte, das Grauen zu verdrängen, und suchte nach einem Lichtschalter. Als er ihn fand und die Treppe in fahles Licht getaucht wurde, war ihm wohler. Zügig stieg er die Stufen hinab und kam in einen großen Vorraum. Nur noch der muffige Geruch nach altem feuchten Gestein erinnerte ihn an seine eigene Tortur.

Zwei Türen gingen vom Vorraum ab. Zuerst öffnete er die Holztür und fand an der Wand einen Lichtschalter, den er hastig betätigte. Der Raum war vollgestellt mit Regalen, auf denen Getränke und Putzmittel standen. In der Ecke lag ein verkohlter Berg alter Zeitungen. Weber hatte nicht gelogen. In diesem Raum hatte jemand versucht, ein Feuer zu machen. Ob der Tote aus der Villa Braunke zuerst hier sein Unwesen getrieben hatte?

Aber außer ihm war kein Mensch im Keller. Dessen war er sich sicher. Er schloss die Tür, um sich dem zweiten Raum zuzuwenden. Die andere Tür war aus Stahl. Wuttke vermutete, dass der Raum als Ersatzluftschutzkeller für diejenigen Bewohner gedient hatte, die es nicht mehr geschafft hatten, in die öffentlichen Bunker zu gelangen.

Die Tür war verdammt schwer. Er schaffte es schließlich, sie zu öffnen, aber in das dunkle Loch würde er im Leben nicht freiwillig gehen. Wuttke tastete die Mauer neben der Tür nach Lichtschaltern ab, als ihn ein heftiger Stoß in den Rücken zum Stolpern brachte und er unsanft auf dem Boden des Kellerraums aufkam. Ihm gelang es nur mit Mühe, sich aufzurappeln, doch gerade als er wieder auf seinen Beinen stand, schlug die schwere Tür hinter ihm zu.

22

Stein hatte große Mühe, sich auf die Vernehmung von Luden-Paule zu konzentrieren. Einmal abgesehen von der stickigen Luft im Besuchszimmer der Haftanstalt an der Lehrter Straße, ließ sich das schmächtige Kerlchen, das ihm gegenübersaß und so gar nicht dem Bild entsprach, das er sich vom Chef eines Ringvereins gemacht hatte, viel Zeit mit jeder Antwort. Gerade war wieder so eine ellenlange Pause, in der Paul Schulz, wie der Gangsterboss mit bürgerlichem Namen hieß, darüber nachzugrübeln schien, seit wann er in der Lehrter Straße einsaß und warum.

Stein konnte nichts dagegen tun, dass er mit den Gedanken an die unverhofft gemeinsam verbrachte Nacht mit Mary abdriftete. Seit London hatten sie keine ganze Nacht mehr miteinander verbringen können, weil Mary vor Mitternacht wieder in ihrer Wohnung in der Nussbaumallee in der Villenkolonie Westend sein musste. Stein ließ sie niemals allein durch die Nacht gehen. Eine Stunde Fußmarsch hin und eine Stunde zurück. Erst nachdem sie sich am Morgen voneinander verabschiedet hatten, war ihm eingefallen, dass er sie gar nicht gefragt hatte, warum sie dieses eine Mal die ganze Nacht Zeit gehabt hatte und mit zu ihm gegangen war. Sie hatten sich mit einer solchen Intensität immer wieder geliebt, dass er sich einbildete, noch immer ihre weichen Lippen auf seinem ganzen Körper zu spüren. Und in zwei Tagen schon würden sie einander wiedersehen. Mittwoch sage ich dir, wie ich mich entschieden habe, hatte er ihr geschworen. Ihm war keineswegs ihr enttäuschter Blick entgangen, als er wieder nicht zu einer klaren Aussage in der Lage gewesen war. Er hätte doch nur Ja sagen müssen. Ja, ich möchte, dass du bleibst und mit mir und unserem Kind zusammenlebst. Schon allein der Gedanke verursachte ihm Beklemmungen. Er kannte das kleine Mädchen doch gar nicht, hatte nur ein einziges Mal einen flüchtigen Blick auf das im Kinderwagen liegende Wesen riskiert. Das war in einem Park in London gewesen. Selbst da waren keine Vatergefühle in ihm aufgekommen. Damals war es ihm nicht unlieb gewesen, dass Marys Ehemann so unbedingt der Vater des Kindes hatte sein wollen. Damals? Nein, es hatte sich nichts geändert. Er wollte Mary mit Haut und Haaren. Er wurde krank vor Sehnsucht, wenn er sie länger als eine Woche nicht sah, er verzehrte sich nach ihr. Nach ihrem Körper, ihren Händen, ihren Lippen, ihrer Hingabe ... Die Vorstellung, mit Mutter und Kind den Alltag zu teilen, war mit heftigem Unwohlsein und undefinierbarer Angst verbunden. Es war ihm, als würde er von einer riesigen Welle erfasst und hin und her gewirbelt, ein Mensch, den Elementargewalten hilflos ausgeliefert. Trotzdem würde er am Mittwoch ihr gegenüber das Gegenteil behaupten, damit sie nicht mit ihrem Mann nach London zurückging. Diese Angst, sie zu verlieren, war größer als alles andere. Er musste es am Mittwoch endlich über die Lippen bringen! Wie, das wusste er selbst noch nicht, aber es war seine letzte Chance!

»Seit drei Monaten wegen Zuhälterei!«, hörte er Schulz wie aus der Ferne murmeln.

»Nun gut. Wahrscheinlich betreiben Sie Ihre Geschäfte jetzt von hier drinnen, oder?«

Schulz hob drohend den Finger. »Nee, nee, so nich!«

»Sie haben also Ludwig Messmer nicht den Auftrag gegeben, Braunkes Bude abzufackeln.«

»Hat Ludwig das etwa behauptet?«

Schulz wusste also gar nicht, dass seine rechte Hand elendig umgekommen war, dachte Stein und beschloss, sich das zunutze zu machen.

»Doch, er hat gesungen. Aber der Brand interessiert uns gar nicht sonderlich. Wir glauben nur, dass dieser Brandstifter auch Mörder ist«, behauptete Stein.

»Quatsch mit Soße!«, schnaubte Schulz. »Warum sollten wir dem denn den Schädel wegpusten?«

»Das wissen Sie besser als ich. Wahrscheinlich hat er Ihnen ins Revier gepinkelt!«

»Nee, nee, mit dem Mord haben wir nix zu tun! Den hängen Sie uns nicht an. Da können Sie einen drauf lassen!«

»Das mit der Brandstiftung nehmen Sie also auf Ihre Kappe.«

»Ich? Ich sitze im Bau! Wie soll das denn gehen?«

»Indem Sie Ludwig Messmer diesen Auftrag erteilt haben!«

»Den habe ich ewig nicht gesehen!«

»Herr Schulz, er war einen Tag nach dem Mord an Braunke bei Ihnen! Und jetzt fragen Sie nicht, woher ich das wohl weiß«, bemerkte Stein spöttisch.

»Na und?«

»Messmer hat gesungen, mein Lieber. Er hat uns gesagt, dass Sie ihm den Auftrag erteilt haben, Braunkes Haus anzuzünden«, log Stein. »Und das ist Anstiftung zum Mord!«, fügte er genüsslich hinzu.

Das saß. Schulz wurde sichtlich nervös.

»Mord? Hat es Tote gegeben?«, fragte er.

»Einen«, erwiderte Stein.

Der Zuhälter schien mit sich zu kämpfen, ob er reden oder lieber schweigen sollte.

»Hören Sie zu. Ich habe nichts von Abfackeln gesagt! Er sollte den Keller etwas aufräumen. Verstehen Sie? Der Mann hatte sich da unten eine Bar für seinen Luxuspuff eingerichtet.«

»In der Villa befand sich also ein Bordell?«

»Jedenfalls trafen seine Damen dort regelmäßig Herren, die sich lieber nicht im *Pandora* haben sehen lassen, und diese Herren gehörten vorher zu unseren Kunden!«, entgegnete Schulz eifrig.

»Ich verstehe. Braunke hat Ihnen die feineren Herren abgejagt, die sich nicht in öffentlichen Bordellen aufhalten mochten. Und das haben Sie ihm so übel genommen, dass er auch nach Braunkes Tod dort aufräumen sollte?«

»Hören Sie. So was, was Braunke da abgezogen hat, ist doch wohl verboten!«

»Ach so, Sie wollten unsere Arbeit machen. Ich verstehe«, murmelte Stein freundlich, bevor er mit einem Griff sein Gegenüber am Kragen packte und vom Stuhl zog. »Haben Sie ihn dazu angestiftet?«

Luden-Paule sah den Kommissar aus schreckensweiten Augen

an. Stein hielt ihn nicht für besonders ängstlich, aber offenbar hatte er ihm nicht zugetraut, dass er lauter werden konnte. Stein setzte diesen Überraschungseffekt äußerst selten bei Vernehmungen ein, aber wenn, dann stets mit Erfolg.

Schulz gab nun zu, dass er Messmer beauftragt hatte, in der Kellerbar des Luxusbordells zur Abschreckung ein kleines bisschen zu zündeln, damit Braunkes rechte Hand Weber erst gar nicht auf den Gedanken kam, dort weiterhin diesen Luxus für sogenannte Honoratioren anzubieten. Außerdem verriet er Stein, dass sie es auf Braunkes gigantische Waffensammlung abgesehen hatten, die der angeblich in der Villa lagerte. In seinen Kreisen munkelte man, er habe ein ganzes Arsenal von Ordonanzwaffen erbeutet und in seinem Keller versteckt. Schulz war ehrlich betroffen, als er erfuhr, dass dieser Auftrag seine rechte Hand das Leben gekostet hatte. Aber von dem Mord distanzierte er sich in einer Weise, die Stein für glaubwürdig hielt. Damit konnte er mit den Ermittlungen in Sachen Braunke wieder bei null beginnen. Die einzige Zeugin war tot, und alle Beweismittel, die man vielleicht noch in der Villa gefunden hätte, waren den Flammen zum Opfer gefallen. Auch die Waffensammlung, wenn es sie denn wirklich gegeben hatte.

Auf dem Weg zurück ins Präsidium schweiften seine Gedanken erneut zu Mary und ihrer gemeinsamen Zukunft. Im Grunde genommen konnte er sich sofort auf die Suche nach einer Wohnung für die Kleinfamilie machen, denn die Liebesnacht mit Mary hatte ihn das Zimmer in der Tauentzienstraße gekostet. Sie waren am Morgen liebestrunken der Vermieterin in die Arme gelaufen, die ihm sofort fristlos gekündigt hatte. Er hatte das Zimmer nur noch einmal betreten dürfen, um seine wenigen Sachen zu packen, die er in einem großen Koffer verstauen konnte. So war er heute Morgen mit der Straßenbahn gekommen, weil er den großen Koffer nicht auf dem Rad hatte transportieren können.

Als er wenig später den Eingang zum Präsidium betrat, schüttelte er die privaten Gedanken ab und beschäftigte sich mit der Frage, wie er sich dem Kollegen Wuttke gegenüber verhalten sollte, wenn sie gleich im Büro aufeinandertrafen. Der war nämlich zu Steins großem Ärger heute Morgen nicht zum Dienst erschienen. Auch wenn er nicht sein Chef war, würde er ihm gern mal die Meinung sagen und seine laxe Dienstauffassung ansprechen. Neulich Mittag hatte er sich nicht zum stundenlangen Verschwinden des Kollegen geäußert. Aber gerade verspürte er große Lust, Wuttke ein paar passende Worte zu sagen. Natürlich spielte dabei auch Steins Unmut eine Rolle, weil der Kollege ihm derart dreist die Dalldorf-Akte abgenommen hatte. Also legte er sich auf dem Gang über den langen Flur zurecht, wie er die Kritik an dem Kollegen am besten an den Mann bringen konnte.

Doch als er schwungvoll die Tür öffnete, blickte er in ein leeres Zimmer. Wuttkes Schreibtisch war weiterhin unbenutzt. Steins aufgeheizte Stimmung verwandelte sich sogleich in Sorge. Er klopfte bei den Kollegen im Nebenzimmer an und fragte, ob jemand etwas über Wuttkes Fernbleiben vom Dienst wusste, aber keiner konnte ihm weiterhelfen. Das ließ ihm keine Ruhe. Er fragte in der gesamten Abteilung nach, aber das machte ihn auch nicht schlauer.

Wuttke war weder zum Dienst erschienen noch hatte er angerufen. Als Stein auf dem Flur beinahe mit Krüger zusammenstieß, weil dieser mit zornentbrannter Miene und ohne rechts oder links zu gucken aus seinem Zimmer gestürzt kam, überlegte er, ob er sich beim Chef erkundigen sollte, doch da blaffte ihn Krüger mit den Worten: »Da stecken Sie doch dahinter! Wer denn sonst?«, an. Bevor Stein überhaupt einen Ton herausbringen konnte, war Krüger bereits weitergeeilt und stürmte, ohne anzuklopfen, in das Zimmer der Schreibkräfte. In dem Moment fiel Stein siedend heiß ein, dass er Lore nachher unbedingt zum Mittagsimbiss beim Wurstmaxe am Mehringdamm einladen sollte als kleines Dankeschön für den Gefallen am gestrigen Abend.

23

Lore Krause schwante Übles, als Krüger wie ein wütender Stier in das Schreibzimmer platzte. Sie hatte eine schlaflose Nacht verbracht, war immer wieder aufgeschreckt vor dem, was ihr blühte.

»Fräulein Krause, kommen Sie bitte mit in mein Büro!« Das war ein Befehl, keine Bitte. Mit zitternden Knien erhob sie sich und folgte ihm.

Krüger hatte die Bürotür noch nicht ganz hinter sich zugezogen, als er sie bereits anbrüllte, was ihr einfiele, sich als Polizistin auszugeben. Der Mann vom Nachbartisch hatte also keine leeren Drohungen ausgestoßen, sondern sie offenbar sofort beim Richtigen angeschwärzt.

Lore Krause hielt es für das Beste, Krüger mit gesenktem Kopf zuzuhören und nichts zu ihrer Verteidigung vorzubringen. So war die Chance am größten, ab morgen nicht stempeln gehen zu müssen. Aber da hatte sie sich gründlich verrechnet. Das missfiel ihrem Chef nämlich außerordentlich.

»So, Fräuleinchen, schauen Sie mich gefälligst an, wenn ich mit Ihnen rede, und beantworten Sie meine Frage! Wer hat Sie ins *Café Wien* geschickt? Und kommen Sie mir nicht damit, dass das auf Ihrem Mist gewachsen ist.«

Lore wand sich. »Doch, ich, ich hatte in der Akte gelesen und …«

Das Geräusch seiner Faust, die nun auf den Schreibtisch knallte, ließ sie zusammenzucken.

»Das habe ich Ihnen verboten!«

»Ich weiß, aber aus der Akte ist ein Foto gefallen, und als ich es zurücklegen wollte, konnte ich nicht widerstehen. Das tut mir leid.«

»Aha, Sie hatten die Akte in der Hand. Und wem haben Sie die dann ausgehändigt? Bei mir ist sie jedenfalls nicht angekommen!«

»Das weiß ich gar nicht mehr, ich …«

»Wem?«

»Ich, also …«

»Den Namen!«

»Ich glaube, Kommissar Wuttke oder seinem Kollegen …«

»Fräulein Krause! Verkaufen Sie mich nicht für dumm! Haben Sie Stein die Akte auf den Schreibtisch gelegt?«

Lore zog es vor zu schweigen.

»Ich höre nichts!«, brüllte Krüger.

»Ja.«

»Lauter!«

»Ja, ich glaube, ja.«

»Gut, dann mache ich Ihre Papiere fertig.«

»Aber im Vermerk stand nur, dass die Akte an die MI 3 gehen soll«, versuchte Lore sich zu verteidigen.

»Sie hängen also an Ihrer Arbeit?«

Lore lief es eiskalt den Rücken hinunter. Sein Ton war jetzt lauernd. Und das war fast noch schlimmer als das Geschrei. Sie nickte.

»Dann will ich mal ein Auge zudrücken. Wenn Sie zugeben, dass Stein Sie ins *Café Wien* geschickt hat, dann können Sie Ihre Stellung behalten.«

Lore kämpfte mit sich. Sie traute Krüger nicht. Vor allem wollte sie auf keinen Fall, dass Stein ihretwegen Ärger bekam. Sie hatte doch den Fehler gemacht, nicht er! Erneut verfluchte sie sich für ihr vorlautes Mundwerk. Wäre sie Steins Anordnungen gefolgt, wäre nichts geschehen, aber so?

»Es war falsch, mich als Polizistin auszugeben«, stöhnte sie.

»Das war eine impertinente Unverschämtheit – und ein Dienstvergehen!«

»Ich weiß, aber ich würde so gern bei der Sitte eine Ausbildung zur Polizistin machen. Und da ist es mit mir durchgegangen«, gab Lore zu und hoffte, damit von Stein abzulenken, aber Krüger war wie ein Terrier. Wenn er einmal zugeschnappt hatte, ließ er nicht mehr locker.

»Da könnte ich ein gutes Wort für Sie einlegen …«, er machte eine Pause, »… wenn Sie mir verraten, ob Sie in Steins Auftrag im *Café Wien* waren.«

Eine innere Stimme warnte sie davor, ihm zu glauben, aber in diesem Moment dachte sie an ihre berufliche Zukunft. Und überhaupt, was konnte Krüger Stein schon anhaben, wenn er die Akten bearbeitete, die er auf den Schreibtisch bekam?

»Die Dame im Café wollte mit Stein reden, aber ihm ist etwas Wichtiges dazwischengekommen. Ich sollte ihr nur Bescheid sagen, dass er verhindert war. Na ja, und dann … es tut mir wirklich leid.« Obwohl Lore in diesem Augenblick gar nicht zum Heulen zumute war, verzog sie das Gesicht zum Weinen. Eine Träne rollte ihr die Wange hinunter. Das funktionierte nicht immer, aber damit hatte sie schon als Kind so manches Mal den Vater erweichen können, bevor der ihre Mutter und sie für immer verlassen hatte.

»Kindchen, nicht weinen, bitte. Wenn Sie mir versprechen, das nie wieder zu tun und nie wieder in einer Akte zu schmökern, lasse ich fünfe gerade sein.«

»Ich verspreche es«, hauchte Lore.

»Gut, dann gehen Sie zurück an die Arbeit, und kein Wort zu niemandem über diese kleine Unterredung.«

Kaum hatte Fräulein Krause das Büro des Inspektionsleiters verlassen, schlüpfte sie, ohne anzuklopfen, in Steins Zimmer.

»Fräulein Krause, schön, Sie zu sehen. Ich würde Sie gern zum Wurstmaxe einladen. Zum Dank, dass Sie mir gestern aus der Patsche geholfen haben.«

Lore lief rot an. »Ich, ja, nein, wir sollten uns in der Mittagspause nicht zusammen sehen lassen«, stammelte sie. Und dann berichtete sie Stein von ihrem Gespräch mit Krüger. Sie ließ nichts aus, auch nicht ihre ungeschickten Versuche, Frau Dr. Keller zu »vernehmen«.

Sie merkte genau, dass ihn daran eigentlich nur eines wirklich interessierte: wer der Kerl war, der zu der Ärztin und ihr an den Tisch gekommen war und diese Drohungen gegen Lore ausgestoßen hatte.

»Fräulein Krause, es ist mein Fehler. Ich habe Sie doch erst in die missliche Lage gebracht. Ich hätte Sie da nicht mit reinziehen dürfen.«

»Kann Ihnen Krüger denn daraus einen Strick drehen?«

»Nein, Fräulein Krause, das kann er nicht. Ich weiß ja offiziell noch nicht einmal, dass ich in der Sache nicht mehr ermitteln darf. Mir hat das noch keiner mitgeteilt. Das Dumme ist nur, dass er nun ahnt, dass ich dranbleiben werde, bis ich weiß, wer diese Frauen getötet hat und warum. Und er wird alles tun, damit ich nicht dahinterkomme. Das ist ein Spiel, bei dem er jetzt bessere Karten hat als zuvor«, erklärte Stein ihr ungerührt.

»Wir finden das raus. Versprochen!«, verkündete Lore Krause im Brustton der Überzeugung.

»Nein, nicht wir, Sie müssen mir was anderes versprechen: Sie bringen sich aus der Schusslinie, vergessen die Dalldorf-Akte und lassen mich allein ermitteln!«

»Wie Sie wollen, Herr Kommissar!«, erwiderte Lore, obwohl sie mehr denn je entschlossen war, ihren Fehler auszubügeln und ihm bei der Aufklärung des Falls hilfreich zur Seite zu stehen. Vorerst allerdings wohl eher im Geheimen.

»Und gut gemacht, dass Sie behauptet haben, Frau Dr. Keller wollte etwas von mir und nicht ich von ihr«, fügte Stein hinzu.

»Na ja, ich dachte, das führt ihn auf eine falsche Fährte«, entgegnete sie geschmeichelt. »Vielleicht könnten Sie mich ja mitnehmen, wenn Sie die Ärztin nun treffen. Vier Ohren hören mehr …«

»Fräulein Krause. Ich denke, ich habe mich klar genug ausgedrückt. Der Fall Dalldorf existiert nicht mehr. Jedenfalls nicht mehr in Ihrem Kopf!«, erklärte Stein in strengem Ton.

»Natürlich, Herr Kommissar«, versicherte ihm Lore, während sie bereits darüber nachgrübelte, wie sie am besten herausbekommen könnte, wer wohl der widerliche Kerl am Nachbartisch gewesen war. Wenn sie Stein den Namen lieferte, würde sie sein Vertrauen zurückgewinnen, hoffte sie.

Da fiel ihr Blick auf seinen Koffer. »Wollen Sie verreisen?«, fragte sie neugierig.

»Nein, mir wurde mein Zimmer gekündigt, und das sind meine Sachen.«

»Haben Sie schon eine neue Bleibe?«

Stein schüttelte den Kopf.

»Bei meiner Mutter ist ein Zimmer frei. Wenn Sie das haben möchten …«

»Bis ich eine Wohnung gefunden habe, wäre das natürlich wunderbar.«

»Dann sehen wir uns nach Dienstschluss einfach unten am Eingang. Ich nehme Sie gleich mit in die Kantstraße.«

Lore konnte ihr Glück kaum fassen. Wenn sie erst unter einem Dach wohnten, war es doch nur noch eine Frage der Zeit, wann er sie wieder an seinen Ermittlungen teilhaben ließ. In ihrer Euphorie fiel ihr plötzlich auch wieder der Name des Arztes aus dem Lazarett ein. Dr. Bader hatte er geheißen. Sie verabschiedete sich hastig, um im amtlichen Fernsprechbuch von Berlin nach ihm zu suchen.

24

Stein hatte schlecht geschlafen in seiner neuen Bleibe bei Frau Krause. Lores Mutter war eine mürrische Frau, aber das Zimmer war für die ungenügenden Wohnraumverhältnisse, die angesichts der Zerstörung durch den Krieg und des Zustroms von Menschen aus dem Osten in den Westteil der Stadt vorherrschten, ein wahrer Luxus. Offenbar war es einmal Lores Zimmer gewesen, die sich nun mit ihrer Mutter das Schlafzimmer teilte, wie sie ihm offenherzig anvertraut hatte.

Sein Zimmer lag nicht zur Straße, die Fenster führten zu einem ruhigen Hinterhof, in dem sogar noch auf einer kleinen Fläche einige Strauchpflanzen wuchsen und etwas Grün in die Trostlosigkeit brachten. Auf dem Dach des Hauses wurde Salat angepflanzt, hatte ihm Lore stolz berichtet, damit sie etwas Frisches zu essen bekamen. Das Bett war bequem, und trotzdem hatte er sich hin und her gewälzt, weil er keine Ruhe hatte finden können. Er ahnte, welche Last ihm den Schlaf raubte. Morgen musste er Mary endlich die von ihr lang ersehnte Zusicherung geben, dass er die Verantwortung für Frau und Kind nicht länger scheute. Überdies hatte ihn der Fall Braunke schwer beschäftigt. Er wusste überhaupt nicht mehr, in welche Richtung er genau ermitteln sollte. Bei einem so verhassten Mann wie Braunke gab es sicherlich noch einige andere, die ihm nach dem Leben getrachtet hatten, aber die zu finden war gar nicht so einfach. Vielleicht waren diese exklusiven Treffen zwischen den besonderen Freiern und den Damen aus dem *Pandora* der Schlüssel. Stein beschloss, noch einmal jene Frauen zu befragen, die in der Tatnacht in Braunkes Villa gewesen waren. Schade nur, dass von der Villa kaum mehr etwas übrig geblieben war, was ihn auf eine brauchbare Spur bringen konnte. Aber die Freier würde er wohl doch noch vernehmen müssen, sogar den Richter.

Auch der Gedanke an Dr. Keller hatte nicht zu seiner Entspannung beigetragen. Im Gegenteil, er brannte darauf, sie in der Klinik aufzusuchen, um sie endlich zum Reden zu bringen. Die Tatsache, dass seine geheimen Ermittlungen aufgeflogen waren, war auch nicht gerade besonders schlaffördernd gewesen. Wer wohl Lore Krause bei Krüger angeschwärzt hatte: die Psychiaterin selbst oder jener Mann, der seine Schreibkraft im *Café Wien* verbal bedroht hatte? Kein Wunder also, dass er in einer Nacht, in der er von solchen Problemen gefangen gehalten wurde, nicht in den Schlaf fand. Dafür hatte ihn auch der für Blockade-Verhältnisse reichlich gedeckte Frühstückstisch mit Trockenobst, Büchsenfleisch, Tubenkäse und echtem Kaffee nicht entschädigen können. Lore hatte ihm verraten, dass ihre Mutter einen guten Draht zu einem Arbeiter in Tempelhof besaß, der ihr wöchentlich mehr besorgte als das, was ihr zustand, und überdies auch in den Genuss von Carepaketen kam. Leider hatte Stein wenig Appetit gehabt, aber immerhin hatte ihm der Kaffee über das schlimmste Tief hinweggeholfen.

Er war gemeinsam mit Fräulein Krause zur Friesenstraße geradelt. Sie hatte ihm ein altes Fahrrad gegeben, das der Vormieter im Keller hatte stehen lassen. Aus gutem Grund, wie Stein schmerzhaft hatte feststellen müssen, denn viel Polsterung war vom Sattel nicht mehr übrig. Fräulein Krause hatte ihm während der Fahrt durch die an manchen Stellen mehr und an anderen weniger in Trümmern liegende Stadt berichtet, dass sie jetzt wisse, wo der Arzt praktiziere, der mit dem Herrn am Tisch gesessen und der die Keller im *Café Wien* so vertraulich angesprochen hatte. Und sie hatte ihm wieder angeboten, den Kerl aufzusuchen und unauffällig auszuhorchen. Das Angebot hatte Stein erneut genauso entschieden abgelehnt wie abends zuvor und ihr noch einmal das Versprechen abgenommen, sich nicht mehr in die Ermittlungen einzumischen. Sie hatte ein wenig beleidigt reagiert und mit Schmollmund etwas übertrieben fragend hinzugefügt, ob sie ihm dann auch nicht verraten sollte, dass Frau Dr. Keller das Ehepaar Braunke offenbar bekannt gewesen war. Stein hatte ihr ihren Triumph gegönnt, als er zugeben musste, dass ihn das sogar brennend interessierte.

Stein fühlte sich wie gerädert, als er nun an seinem Schreibtisch saß und noch einmal seine Zeichnung vom toten Braunke betrachtete. Wie am Tatort selbst, fiel ihm der Kopierstift ins Auge. Wenn er wüsste, warum der Täter sein Opfer markiert hatte – es erinnerte ihn an eine bürokratische Registrierung –, wäre er schon ein gutes Stück weiter. Es sprach jedenfalls alles dafür, dass hier jemand nicht etwa blind gewütet hatte, sondern geplant vorgegangen war. Vielleicht sollte er einmal überprüfen, ob es im *Pandora* Kopierstifte gab.

Das Klingeln seines Telefons riss ihn aus seinen Gedanken. Die Dame in der Zentrale teilte ihm mit, dass sie eine Frau in der Leitung hatte, die nur ihn sprechen wollte. Mary!, war sein erster Gedanke.

Es knisterte laut in der Leitung, was es ihm erschwerte, die Worte zu verstehen. Auf jeden Fall war es eine Frauenstimme, aber nicht Marys, was er sofort erkannte. Plötzlich war das Rauschen verschwunden.

»Hier ist Lena, Lena Kowalke. Hören Sie mich?« Das klang wie ein Hilferuf, und vor Steins innerem Auge lief sogleich ein Film ab: Er sah Wuttke von Muskelkrämpfen geschüttelt im *Pandora* um sein Überleben kämpfen.

»Wissen Sie, wo er ist?«, fragte er deshalb, ohne Lena weiter zu Wort kommen zu lassen.

»Herr Kommissar, Sie müssen sofort ins *Pandora* kommen. Es ist etwas Schreckliches passiert«, flehte sie an ihn.

»Lena, nun beruhigen Sie sich doch und schildern, was …«, doch da übertönte wieder dieses Rauschen in der Leitung alles andere.

»Lena?«, rief Stein in den Hörer, aber die Verbindung war bereits abgebrochen.

Widerwillig erhob sich Stein. Sein Blick blieb an Wuttkes leerem Stuhl hängen. Er war hin- und hergerissen, ob er einen anderen Kollegen mitnehmen sollte, falls es sich doch um einen offiziellen Einsatz handelte, aber er wollte lieber nicht riskieren, Wuttke in irgendeiner Weise auszugrenzen oder gar zu blamieren.

Vorsichtshalber bereitete er den jungen Kommissar Brauer, der im Nachbarzimmer saß, darauf vor, dass er eventuell gleich zu einem Einsatz gerufen würde, da sein Kollege Wuttke erkrankt sei. Brauer, ein freundlicher junger Mann, versprach ihm, sich bereitzuhalten.

Stein überlegte, ob er einen Dienstwagen nehmen sollte, aber bei der Unsicherheit darüber, was ihn im *Pandora* erwarten würde, fuhr er lieber mit der S-Bahn. Er musste morgen nach seinem Treffen mit Mary unbedingt sein Fahrrad in der Tauentzien abholen, denn es stand noch immer vor dem Haus. Zwar hatte er es mit einem Schloss und Kette an einem Zaun befestigt, aber das hielt die Fahrraddiebe, die in Berlin mittlerweile zu einer echten Plage geworden waren, nicht davon ab, die Sicherung zu durchtrennen und das Rad mitzunehmen.

Mit einem merkwürdigen Gefühl im Magen stieg Stein am Savignyplatz aus der Bahn. Von dort waren es nur wenige Schritte zum *Pandora*. Als er sich der Eingangstür näherte, wirkte alles friedlich. Bei Tage besehen, hatte das Etablissement so gar nichts Anrüchiges an sich. Von außen wirkte es ohnehin eher wie eine Altberliner Hinterhof-Kaschemme.

Die Tür war nicht abgeschlossen, und Stein betrat zögernd das Innere des Lokals. Seine Augen mussten sich erst einmal daran gewöhnen, aus der Sonne nun in die spärlich beleuchtete Kaschemme zu kommen. Immerhin gab es Licht, was in diesen Zeiten auch nicht selbstverständlich war. Oft hatten die Stadtteile nur zwei Stunden am Tag Strom. Und gerade war offenbar Charlottenburg dran. Stein musste blinzeln, um Lena zu erkennen, die reglos auf einem Barhocker am Tresen saß.

»Lena, was ist passiert?«, fragte er sie.

Sie stieß einen tiefen Seufzer aus. »Ich bin gerade von einem kleinen Ausflug nach Köpenick zurückgekommen und wollte etwas aus meiner Garderobe holen, da habe ich ihn gefunden.«

Steins Herzschlag beschleunigte sich. Wuttke! Es konnte nur Wuttke sein.

»Jetzt machen Sie es nicht so spannend. Wen haben Sie gefunden?«, herrschte er sie an.

Lena rutschte von ihrem Barhocker und bat Stein, ihr zu folgen. Mit einem unguten Gefühl ging er hinter ihr her bis zu dem Vorhang.

»Kein schöner Anblick«, murmelte sie, während sie den schweren Stoff beiseitezog.

Steins Augen hatten sich inzwischen an das Schummerlicht gewöhnt und nahmen jedes Detail auf. Vor ihm auf dem Boden lag ein regloser Körper mit dem Gesicht nach unten in einer riesigen Blutlache. Sofort kamen Stein die Bilder von Braunke in den Sinn, denn der Rücken des Opfers war entblößt, und zwischen den Schulterblättern stand mit rotem Kopierstift geschrieben: Emil Weber, geb. 5.8.1900. Stein hatte auf den ersten Blick wegen des roten Schopfs des Liegenden begriffen, dass es sich nicht um Wuttke handelte. Aber im Gegensatz zu Braunke hatte das Opfer keine Einschusswunde im Rücken.

»Wer macht so was?«, murmelte Lena.

Das fragte sich Stein in diesem Moment auch, und er bat Lena, im Präsidium anzurufen und Brauer, einen Fotografen und den Spurensucher ins *Pandora* zu beordern. Er beugte sich nun hinunter, um zu überprüfen, ob noch ein Rest von Leben in Emil Weber war, aber er war tot. Bei dem Ausmaß der Blutpfütze wäre es auch ein Wunder gewesen, wenn er das überlebt hätte. Mit ein paar Strichen skizzierte Stein den Tatort.

Er spürte dabei die Erleichterung darüber, dass es nicht sein Kollege Wuttke war, der da am Boden lag. Vorsichtig drehte er die Leiche um. Im Gegensatz zu Braunke war er ein Leichtgewicht. Seine Augen waren weit aufgerissen, und sein offener Mund zeugte von Panik. Todesangst, dachte Stein. In Webers nackter Brust klaffte ein großes Loch. Es hatte ähnliche Ausmaße wie das bei Braunke. Offenbar hatte der Täter dieselbe Waffe benutzt. Neun Millimeter, hatte Wuttke am Tatort Braunke festgestellt. Neun Millimeter. Stein hätte viel darum gegeben, wenn Wuttke in dieser Situation an seiner Seite gewesen wäre …

25

Wuttke war immer noch speiübel, obgleich er nichts mehr im Magen hatte, so oft, wie er sich hatte übergeben müssen. Eine halbe Ewigkeit hatte er sich an der Wand entlanggetastet, um einen Lichtschalter zu finden, aber vergeblich. Es war schummrig in diesem Loch, in dem er immer noch hockte. Nur durch einen winzigen Lüftungsschlitz ganz oben im Mauerwerk drang so viel Licht in den Raum, dass er gerade eben erkennen konnte, dass er sich im Getränkekeller befand. Natürlich hatte er überlegt, wie er den Schlitz erreichen könnte, aber es gab keine Leiter und keine Regale, die er hinaufklettern konnte. Nur ein paar Kisten voller Schnaps. Asbach Uralt aus Braunkes Schieberbestand. Obwohl es hier unten bitterkalt war, plagten ihn immer wieder Schweißausbrüche. Was würde er darum geben, eine Pille zu schlucken, aber die waren in seiner Aktentasche, und die hatte er nicht mitgenommen ins *Pandora*. Er war schließlich so durstig und unruhig, dass er sich nicht mehr von den Weinbrandflaschen lösen konnte. Als einzig verfügbares Ersatzmittel. Aber es half. Jedenfalls hatte er das Gefühl, dass die Panik verschwunden war. Und er meinte, er sei sogar kurz eingenickt. Der Alkohol wärmte ihn für eine gewisse Zeit von innen, bevor er sein Gehirn erreichte, das er mit einer gewissen Gleichgültigkeit durchtränkte. Es erleichterte ihm, aufs Sterben zu warten, denn er glaubte nicht mehr daran, dass er diesen Raum lebend verlassen würde. Er würde verhungern, verdursten oder mit einer Alkoholvergiftung hinüberdämmern in den Himmel, oder wahrscheinlich doch in die Hölle, wenn er bedachte, was er verbrochen hatte. Auf eine Rettung hoffte er jedenfalls nicht mehr. Vielleicht war das auch die Strafe für sein Verbrechen. Wuttke war nicht besonders fromm und keiner, der in die Kirche ging, aber in diesem Augenblick glaubte er wirklich daran, dass er mit diesem schleichenden Tod für seine Taten büßen musste. Wenn ihnen oben im Lokal der Schnaps ausging und sie Nachschub brauchten, war es sicher zu spät für ihn. Außerdem musste er davon ausgehen, dass Emil Weber ihm diesen Stoß gegeben hatte. Offenbar hatte der Mann ihn in eine Falle gelockt. Aber warum? Das hatte er sich immer und immer wieder gefragt, bis er eine plausible Antwort hatte. Weber hatte den Braunke auf dem Gewissen und Angst, dass Wuttke ins *Pandora* gekommen war, um ihn zu überführen. Seine ganze Furcht vor dem Unbekannten, der sich angeblich im Lokal aufhielt, war nur gespielt gewesen. Und den Zettel hatte er selbst geschrieben. Wenn er dafür diesen Kopierstift benutzt hatte, dann musste er auch Braunkes Mörder sein … Dass er darauf nicht gleich gekommen war. Weber hatte seinen Chef aus dem Weg geräumt, um ihn zu beerben. Wenn Wuttkes Theorie stimmte, dann öffnete der diese Tür erst wieder, um seine sterblichen Überreste fortzuschaffen.

Erneut nahm er einen Schluck aus der Flasche und spürte, wie ihm die Flüssigkeit durch die Eingeweide rann und im Bauch ein wohliges Gefühl erzeugte. So grausam seine Aussichten auch waren, er war dankbar, dass er innerlich zur Ruhe gekommen war. Das war ihm damals in Polen nicht gelungen. Da hatte er der Panik nichts entgegensetzen können, sodass er Krüger alles versprochen hätte, um aus dem Loch lebend herauszukommen. Plötzlich meinte er, die Stiefel auf den Kellertreppen zu hören. Klack, klack, klack … und dann die schnarrende Stimme: »Und? Wirst du deine Kameraden noch einmal im Stich lassen?« Wuttke war in Tränen ausgebrochen und hatte auf den Knien rutschend geschworen, das nächste Mal mitzumachen.

Er nahm gleich noch einen kräftigen Schluck. Daran wollte er doch nicht denken! Es wäre doch grausam, wenn dem, was er damals im Wald erlebt hatte, sein letzter Gedanke gelten würde. »Nein!«, krächzte er mit letzter Kraft. »Nein!«

Er hatte keine Stimme mehr. Die ersten Stunden, nachdem er mit Entsetzen hatte feststellen müssen, dass der Türgriff von innen abgebrochen war und es kein Entkommen aus dieser Hölle gab, hatte er sich die Kehle aus dem Leib gebrüllt, aber seine Schreie waren ungehört verhallt. Das dicke Mauerwerk hatte seine verzweifelten Rufe buchstäblich geschluckt. Seine blutig geschlagenen Hände waren niederschmetternde Zeugnisse seines vergeblichen Bemühens, mit seiner Hände Kraft den Stahl zu besiegen. Er befürchtete, dass durch die Tür kein Ton nach draußen dringen würde.

Er versuchte, an seine Eltern zu denken, aber auch das Bild, das ihm von den beiden am Boden liegenden verhungerten und erfrorenen Gestalten als Erstes in den Sinn kam, war nicht geeignet, um friedlich zu sterben. Ganz im Gegenteil!

Lena! Es kostete ihn einige Mühe, sich in diesem Umfeld auf die erregenden Dinge zu konzentrieren, die er mit ihr erlebt hatte, doch dann schloss er die Augen, und alles war so gegenwärtig. Ihre schönen Hände, die seine Rute umfassten, ihre flinke Zunge, der wollüstige Schmerz auf seinem Hintern und ihre Stimme, wenn sie ihm seine Verfehlungen aufzählte, bevor der nächste Hieb niederging …

Seine Hose spannte, und obwohl er ganz allein in diesem gottverlassenen Keller saß, genierte er sich dafür, dass er eine Erektion bekam, wenn auch nur kurz, denn nun wurde er von einem ganz anderen drängenden Bedürfnis erfasst. Bislang hatte er sich erfolgreich dagegen gewehrt, in diesen Raum zu pinkeln, aber nun hatte er keine Wahl mehr. Ihm fehlte die Kraft, aufzustehen und sich wenigstens in einer anderen Ecke zu erleichtern, so, wie er es damals in dem Rattenloch geschafft hatte. Sein müdes Nesteln an den Knöpfen seines Hosenschlitzes diente nur noch dem profanen Ziel, die Hose so weit wie möglich zu schonen. Dann ließ er es einfach geschehen.

26

Stein hob den Kopf, als seine Bürotür aufflog, ohne dass jemand zuvor geklopft hätte. Er war gerade dabei, sich Notizen für seinen Bericht vom gestrigen Tatort und der anschließenden Untersuchung von Webers Wohnung zu machen, damit er ihn Lore später diktieren konnte. Das fiel ihm äußerst schwer, weil seine Gedanken ständig das bevorstehende Treffen mit Mary vorwegnahmen. Er war so angespannt, dass er schon ein paarmal laut vor sich hin gesprochen hatte, er sei nun bereit, mit ihr und dem Kind das Leben einer Kleinfamilie zu führen. Aber er fand, dass es, gleich, in welcher Tonlage er diesen Schwur ausdrückte, noch nicht überzeugend genug war. Es hörte sich an wie ein auswendig gelernter Text.

»Wo ist Wuttke?«, fragte Krüger statt einer Begrüßung.

»Ihnen auch einen schönen Tag«, erwiderte Stein und zuckte mit den Schultern. Obwohl er wütend auf Wuttke war, wollte er dessen spurloses Verschwinden und seine diesbezügliche Ahnungslosigkeit nicht beim Chef zur Sprache bringen. Die Tatsache, dass der Kollege sich nicht bei Krüger krankgemeldet hatte, missfiel Stein aufs Äußerste. Das konnte eigentlich nur bedeuten, dass Wuttke Opfer seiner Tablettensucht geworden war. Steins letzte Hoffnung war Lena gewesen. Nachdem man Weber in die Pathologie transportiert hatte, hatte er sie direkt nach dem Kollegen gefragt. Lena aber hatte ihm versichert, nichts mehr von ihm gehört zu haben, seit sie zu ihren Verwandten nach Köpenick gefahren war. Stein hatte große Mühe, sich nicht den schlimmsten aller Fälle auszumalen: dass Wuttke im Tablettenwahn durchgedreht hatte und sich oder einen anderen Menschen verletzt oder gar getötet hatte.

»Sagen Sie ihm bitte, er soll sofort in mein Büro kommen«, befahl Krüger.

»Das kann ich leider nicht, denn ich habe gleich einen Termin, und der Kollege geht gerade einer Spur im Fall Weber nach.«

»Aha! Welcher denn?«

Stein kam ins Schwitzen, aber ihm fiel gerade noch rechtzeitig etwas Glaubwürdiges ein. »Er vernimmt die Damen im *Pandora* noch einmal einzeln.«

»Wir brauchen dringend einen Erfolg«, brummte Krüger.

»Damit würden wir gern dienen, aber Frau Braunke als Bauernopfer entfällt ja aus bekanntem Grund«, stieß Stein, ohne nachzudenken, hervor. Er konnte dabei zusehen, wie sich Krügers Zornesfalte wie ein Krater in seine Stirn eingrub. Stein erwartete nun einen Brüllanfall seines Vorgesetzten.

»Sie passen nicht in meine Abteilung, Mann!«, zischte der aber nur und eilte grußlos davon, doch in der Tür drehte er sich noch einmal um. »Wenn ich sage, Sie sollen Ihre Finger von abgeschlossenen Fällen lassen, dann erwarte ich, dass Sie meinen Anordnungen Folge leisten.«

Darauf hatte Stein die ganze Zeit gewartet: dass Krüger ihn auf die Dalldorf-Akte ansprechen würde.

Stein musterte Krüger mit Unschuldsmiene. »Selbstverständlich, Herr Kriminalrat. Ich würde doch nie entgegen Ihren Befehlen handeln.«

»Im Dalldorf-Fall gibt es auch nichts mehr zu ermitteln! Habe ich mich klar genug ausgedrückt? Keine Schnüffeleien mehr in den Wittenauer Heilstätten!«

»Aber sicher, Herr Kriminalrat. Wie gut, dass Sie mich darüber informieren, bevor ich noch mehr Arbeit in diesen Fall stecke. Aber die Sache mit den Frauen interessiert mich auch gar nicht weiter. Ich gehe dort nur einer Spur im Fall Braunke nach.«

»Was hat das eine mit dem anderen zu tun?«, brüllte Krüger.

»Frau Dr. Keller, eine dort tätige Ärztin, scheint das Ehepaar Braunke zu kennen«, entgegnete Stein ungerührt.

»Ich verbiete Ihnen hiermit ausdrücklich, diese Frau erneut zu belästigen!«

»Nichts liegt mir ferner als das. Ich möchte nur in Erfahrung bringen, woher sie Braunke kennt und wie gut«, erwiderte Stein ungerührt.

»Nur weil sie jemanden kennt, hat sie doch nichts mit unserem Mord zu tun!«

Stein rang mit sich, ob er bei dieser Gelegenheit nicht gleich mit der weiteren Spur herausplatzen sollte, die eine Verbindung zwischen den Wittenauer Heilstätten und den Mordopfern nahelegte. Er entschied sich dagegen, Krüger zu offenbaren, was sie in Webers Wohnung gefunden hatten. Und er beschloss außerdem, diese Entdeckung im Bericht zu unterschlagen für den Fall, dass der Chef diesen selbst lesen wollte. Nein, nicht bevor er herausbekommen hatte, was Krüger wirklich bewog, ihn mit aller Macht von Ermittlungen in den Wittenauer Heilstätten abzuhalten.

»Natürlich nicht, Herr Kriminalrat, aber es wäre doch fahrlässig, das nicht zumindest zu klären, oder?«

Krüger schien mit seiner Fassung zu ringen, während sich Stein in aller Seelenruhe daranmachte, seine Sachen zu packen.

»Was soll das denn?«, herrschte ihn Krüger an.

»Ich habe noch einen wichtigen Termin«, erwiderte Stein.

»Ich verbiete Ihnen hiermit, diese Ärztin noch einmal als Zeugin zu befragen! Das ist eine Dienstanweisung! Verstanden? Sie nähern sich dieser Frau kein weiteres Mal!«, bellte Krüger und verließ schnaubend das Büro.

Stein atmete ein paarmal tief durch, bevor er sich auf den Weg machte. Je militanter Krüger seine Ermittlungen zu behindern versuchte, desto entschiedener war er, der Sache auf den Grund zu gehen!

Als er sich der Absteige am Kurfürstendamm näherte, wurde er plötzlich innerlich unruhig. Irgendetwas stimmte nicht. Das flüsterte ihm seine innere Stimme. Allein der seltsame Blick des Kellners, als er den Schlüssel bei ihm holte. So eine Mischung aus Mitgefühl und Neugier.

»Die Dame hat gestern schon den Schlüssel geholt, ihn aber nach einer Stunde zurückgebracht. Also, wenn ihr die Bude öfter braucht, sag lieber vorher Bescheid«, sagte er schließlich.

Stein wusste nicht genau, was das zu bedeuten hatte, aber er riss Otto den Schlüssel förmlich aus der Hand und rannte die

Treppen nach oben. Seine Hand zitterte leicht, als er die Tür aufschloss.

Mit einem Blick entdeckte er den Brief auf der Bettdecke. Ihm schwante Übles, aber er wollte es nicht wahrhaben, bis er es schwarz auf weiß las: Mary war gestern Abend mit einem Transportflugzeug der Royal Airforce nach London geflogen. Zusammen mit Mann und Kind. *Es ist besser so auch für dich, Liebster, denn du brauchst deine Freiheit mehr als mich.* Dieser letzte Satz fühlte sich wie ein Stich mitten ins Herz an, aber ganz tief unter dem Schmerz lauerte ein Hauch von Erleichterung. Wahrscheinlich hätte er es ohnehin nicht über die Lippen gebracht, dass er mit dem Kind und ihr zusammenleben wollte. Und so hatte sie ihnen beiden diese Qual erspart. In demselben Augenblick überfiel ihn die Sehnsucht nach ihr mit einer derartigen Heftigkeit, dass er die Fäuste ballte, bis die Knöchel weiß hervortraten. Dann spürte er nur noch die nackte Wut. Auf sich wegen seiner verdammten Ängste und vor allem auf seinen Vater!

Gerade die richtige Stimmung, um die Keller aufzusuchen und sie mit aller Härte zu befragen! Denn augenscheinlich hatte sie nicht nur Braunke gekannt, sondern hätte auch Weber kennen können. Bei der Durchsuchung von Webers Wohnung hatten sie nämlich einen alten Lohnzettel gefunden. Demnach hatte er im Jahr 1944, aus dem der Streifen stammte, als Pfleger in den Wittenauer Heilstätten gearbeitet.

Stein griff in seine Jackentasche und umschloss das kühle englische Feuerzeug mit seiner Hand. Mit der Aussage, es würde sich bei den toten Frauen um Kriegsopfer handeln, würde er sich dieses Mal jedenfalls nicht abspeisen lassen. Und auch keine sogenannte Dienstanweisung würde ihn davon abhalten.

27

Das Allerschlimmste war der Durst, der nicht weniger wurde, je mehr Wuttke von dem Weinbrand in sich hineinschüttete. Im Gegenteil, er würde morden für ein Glas Wasser. In seiner Verzweiflung hatte er schon die Kellermauern abgeleckt, aber diese modrige Feuchte verschaffte ihm nicht die erhoffte Linderung seines Leidens. Sein Mund war so trocken, dass die Zunge am Gaumen klebte.

Außerdem stank es bestialisch. Die Ausdünstungen des Urins, des Erbrochenen und der modrigen Wände hatten sich zu einem ekelhaften Geruchsteppich vermischt. Wuttke war nur froh, dass er unter Anspannung stets an Verstopfung litt und er sich deshalb auch noch nicht in die Hose geschissen hatte. Es war schon widerlich genug, dass er in diesem stinkenden Nass saß. Vor allem beförderte das die Kälteschauer, die ihn im Minutentakt überfielen und so zum Schlottern brachten, dass seine Zähne unkontrolliert aufeinanderstießen. Er hatte die Augen geschlossen und hoffte, dass er bald vor Erschöpfung einschlafen und schmerzlos ins Jenseits hinüberdämmern würde.

Als er merkte, wie sein Kopf vornüber auf seine Brust kippte, glaubte er, es wäre so weit.

»Max, wach auf! Bitte!« Wuttke hörte diese Stimme aus der Ferne. Jemand schüttelte ihn. »Max, bitte. Komm zu dir!«

Wuttke schaffte es unter großen Mühen, die Augen zu öffnen. Verschwommen sah er die Umrisse einer Frau.

»Max. Gott sei Dank!«

Er erkannte Lenas Stimme, wollte ihren Namen flüstern, aber er brachte keinen Ton raus.

Da sah er, dass sie ein Glas Wasser in der Hand hielt. Er streckte die Hand danach aus, aber Lena hockte sich neben ihn auf den Boden und flößte ihm die Flüssigkeit vorsichtig ein.

Sein Blick wurde klarer, und er erschrak. Er wollte nicht, dass Lena ihn so sah.

»Ich versuche jetzt, dir aufzuhelfen«, sagte sie da und griff unter seine Schulter. Der Gedanke, diesem erbärmlichen Ende doch noch zu entrinnen und dem Tod von der Schippe zu springen, verlieh ihm die Kraft, sich mit ihrer Unterstützung aufzurichten. Allerdings musste er sich, kaum dass er stand, gegen die Mauer lehnen, weil ihm schwarz vor Augen wurde.

»Stütz dich auf mich«, sagte sie. »Ich bringe dich zu mir.«

Wuttke setzte, ohne weiter nachzudenken, einen Fuß vor den anderen. Es waren Mäuseschritte, aber dank Lenas aufmunternder Worte schaffte er es schließlich bis nach oben. Wie durch eine Nebelwand nahm er das *Pandora* wahr. Was, wenn Weber das mitbekam? Er wollte sie warnen, aber seinem Mund entrang sich nur ein heiseres Röcheln. Und wieder merkte er, wie sich sein Kreislauf verabschieden wollte, doch als Lena die Tür nach außen öffnete, rettete ihn ein Windhauch vor dem Zusammenbruch. Dafür blendete ihn die Helligkeit so heftig, dass er die Augen schließen musste. Es war also Tag in Berlin. Wie lange war er dort unten gewesen, versuchte er zu ergründen, aber es gelang ihm nicht. Tage, Wochen, Jahre … auf jeden Fall eine halbe Ewigkeit.

Mit geschlossenen Augen ließ er sich wie ein Blinder von Lena bis zu ihrem Hauseingang führen. Der Weg dorthin kam ihm unendlich weit vor.

»Du kannst die Augen wieder öffnen«, sagte sie, nachdem sie ihn in den Flur geschoben hatte. Beim Gedanken an die fünf Stockwerke, die er noch schaffen musste, überkam ihn erneut ein leichtes Schwindelgefühl, aber er bestand darauf, sich nicht länger auf Lena zu stützen, sondern sich am Geländer nach oben zu hangeln. Er hatte glücklicherweise immer noch genügend Kraft in den Armen vom Boxtraining, das er in seiner Freizeit betrieb.

Keuchend und am ganzen Körper schwitzend, erreichte er schließlich Lenas Wohnung. Der flüchtige Blick in den Garderobenspiegel ihres Flurs ließ ihn erschaudern. Das, was ihn dort ansah, war kein menschliches Gesicht, sondern eine verzerrte Fratze, die einem alten Mann gehörte. Stöhnend wandte er sich von seinem Spiegelbild ab.

»Komm mit.« Lena nahm ihn sanft an der Hand, führte ihn ins Badezimmer, wo sie ihn bat, sich auszuziehen. Wuttke zögerte. Er genierte sich. Ihm, der sich Lena sonst in ganz anderer Schutzlosigkeit präsentierte, war es peinlich, vor ihren Augen aus der bepinkelten Hose zu schlüpfen.

Sie verstand seine Scham auch ohne Worte.

»Wenn du fertig bist, setz dich in die Badewanne. Es gibt zwar kein warmes Wasser, weil ich keine Kohlen für den Badeofen habe, aber ich wasche dich mit kaltem Wasser.«

Wuttke wollte protestieren, aber Lena hatte bereits die Tür hinter sich geschlossen.

Er hielt die Luft an, während er sich aus der Hose schälte, die ihm förmlich am Körper klebte. Auch alles andere zog er aus und tat, wie es Lena verlangte. Er setzte sich, vor Kälte zitternd, in die kalte Badewanne. Entschieden bat er sie, das Bad zu verlassen, was sie schließlich zögernd tat. Langsam kehrten seine Lebensgeister zurück und mit ihnen die Erinnerung an Weber, der in seinen Augen derjenige gewesen sein musste, der ihm diesen Stoß verpasst hatte. Er musste schnellstens Kontakt mit Stein herstellen, damit man den Kerl verhaften konnte.

Als Lena zurückkehrte, war er gerade dabei, sich selbst mit dem eiskalten Wasser zu reinigen, aber sie nahm ihm den Waschlappen aus der Hand und wusch ihn wie ein kleines Baby. Auch zwischen den Beinen. Obwohl er sich fürchterlich schämte und das Wasser unangenehm eisig war, tat es gut, die Wärme menschlicher Zuwendung zu spüren.

Zum Abschluss reichte Lena ihm sauberes Unterzeug, ein Hemd und eine Herrenhose. Er wagte nicht zu fragen, woher sie die Sachen hatte, sondern schlüpfte dankbar in die Hose, die beim näheren Hinsehen unübersehbare Gebrauchsspuren aufwies. Sie war mehrfach geflickt.

In dem Moment spürte er, wie ihn eine bleierne Müdigkeit überkam. Trotzdem hatte er nur noch ein Ziel: Stein zu informieren.

Er räusperte sich. »Weber, Weber ist der Täter«, stieß er schließlich mühsam hervor. »Ich muss ins Präsidium zu Stein.« Er war froh, dass er sich wenigstens wieder halbwegs verständlich artikulieren konnte.

Lena strich ihm sanft durch das Haar. »Später. Leg dich noch ein wenig hin. Du kannst dich doch kaum auf den Beinen halten.« Mit weichen Knien folgte er ihr widerspruchslos in das Schlafzimmer und ließ sich auf ihr Bett fallen. Er war so müde, dass er befürchtete einzuschlafen, bevor er seine Pflicht tun und Stein eine Nachricht zukommen lassen konnte.

»Iss das!«, verlangte Lena und streckte ihm einen Apfel entgegen.

Wuttke befürchtete in diesem Moment, an einer Halluzination zu leiden. Frisches Obst hatte er seit Jahren nicht mehr aus der Nähe gesehen.

»Woher hast du den denn?«, fragte er mit letzter Kraft.

»Ich war in Köpenick bei einer Tante. Sie hat einen Garten. Ich bin sogar von den Vopos kontrolliert worden, aber ich hatte die beiden Äpfel hier versteckt.« Sie deutete kichernd auf den Ausschnitt ihrer Bluse.

Eigentlich wollte er sie noch nach ihrer Nichte fragen, aber dann biss er gierig in das Obst und hatte binnen Minuten den ganzen Apfel samt Gehäuse und Stil verspeist. Da war sie wieder, die bleierne Müdigkeit, die ihm die Augen zufallen ließ.

»Ich glaube, ich ruhe mich noch ein paar Minuten aus«, murmelte er, bevor er sich der Länge nach auf dem Bett ausstreckte und auf der Stelle in einen traumlosen Schlaf fiel.

28

Frau Dr. Keller schien alles andere als erfreut, als Stein forsch in das Ärztezimmer trat. Im Gegenteil, sie funkelte ihn beinahe zornig an. Die Ärztin schien im Gehen begriffen, denn sie trug keinen Kittel, sondern einen leichten Mantel.

»Sie? Was wollen Sie denn hier? Haben Sie nicht schon genug angerichtet?«

»Es tut mir wirklich leid, was im *Café Wien* vorgefallen ist. Ich möchte mich ausdrücklich für das Verhalten meiner Schreibkraft entschuldigen. Ihr gehen einfach schnell die Pferde durch …«

Während er das sagte, musterte er die Frau durchdringend. So würde er jedes kleinste Zeichen wahrnehmen können, das von Verunsicherung zeugte. Doch die Ärztin hatte eine versteinerte Maske aufgesetzt, durch die keine Emotionen nach außen drangen. Nur eine gewisse Herablassung war aus ihrem spöttisch hochgezogenen Mund zu lesen. Diese kühle Fassade provozierte Stein.

»Aber es wäre trotzdem nicht nötig gewesen, sich gleich bei meinem Vorgesetzten über Fräulein Krause zu beschweren. Sie hat mit ihrem Übereifer doch keinerlei Schaden angerichtet!« Sein Ton war deutlich schärfer geworden.

Immerhin konnte Stein jetzt in ihren Augen lesen, dass sie seine Worte zumindest nicht kaltließen.

»Warum haben Sie das getan? Warum haben Sie die arme Frau bei unserem Inspektionsleiter verpetzt?«, fügte er hinzu.

Die Keller wurde sichtlich nervös.

»Ich, ich habe sie nicht bei Ihrem Chef verpetzt … ich, nein, lassen Sie mich einfach in Ruhe!«

»Sehen Sie. Das habe ich mir doch gedacht. Das waren gar nicht Sie, sondern der Herr, der an Ihren Tisch gekommen ist und meine Schreibkraft bedroht hat. Wer ist das?«

Die Keller zuckte die Schultern. »Ich kenne ihn nicht näher. Und

Sie irren sich. So wichtig war der Auftritt der Möchtegernpolizistin auch nicht, dass ich mich darüber beschwert hätte.«

»Wie heißt der Kerl?«

»Ich weiß es nicht!«

»Sie waren einander vertraut. Fräulein Krause hat es doch mit angesehen, obwohl Sie über dieses Wiedersehen offenbar nicht so erfreut gewesen sein sollen wie der Herr. Also, wie heißt er?«

»Keine Ahnung, was die kleine Hochstaplerin gesehen haben will. Wer einmal lügt … Sie wollte sich Ihnen gegenüber bestimmt nur wichtigmachen.«

»Wollen Sie behaupten, der Herr vom Nebentisch hat Fräulein Krause nicht bedroht? Oder vielleicht gab es den Mann überhaupt nicht? Wollen Sie mir einen solchen Bären aufbinden?«

»Nein, es hat sich ein fremder Mann zu uns gesetzt, aber ich denke, das war eine Verwechslung.«

»Soso. Und warum hat er die Fassung verloren, als sich meine Schreibkraft als Polizistin ausgegeben hat?«

»Keine Ahnung. Tut mir leid, dass ich Ihnen nicht weiterhelfen kann. Aber Sie kommen unangemeldet hier hereingeschneit und verhören mich. Was fällt Ihnen eigentlich ein? Außerdem muss ich arbeiten. Sie entschuldigen mich …«

Die Keller drehte sich abrupt auf dem Absatz um, riss die Tür auf und stieß mit einer – dem weißen Kittel nach zu urteilen – Kollegin zusammen.

»Dann einen schönen Feierabend, Marianne«, sagte diese und musterte Stein mit prüfender Miene. »Sind Sie der neue Kollege?«

Stein schüttelte den Kopf und eilte an ihr vorbei, denn die Keller hatte wohl die günstige Gelegenheit beim Schopf gepackt, ihm zu entkommen. Doch noch vor dem Ausgang der Klinik holte er sie ein. Er packte sie grob von hinten an der Schulter.

»Frau Dr. Keller, ich bin nicht zum Fangenspielen gekommen. Sie haben die Wahl: Entweder Sie beantworten mir meine Fragen hier oder auf dem Präsidium!«

Die Keller wurde leichenblass. Damit verriet sie ihm wohl mehr, als ihr lieb war. Sie schien wirklich nicht zu ahnen, dass der ihr angeblich unbekannte Mann aus dem *Café Wien* Krüger über Fräulein Krauses Auftritt unterrichtet hatte. Und sie wusste sicher ebenso wenig, dass sein Chef ihm ausdrücklich untersagt hatte, die Ärztin weiter zu befragen. Ihre Unwissenheit sollte ich unbedingt ausnutzen, beschloss Stein.

»Ich höre!«

»Gut, dann folgen Sie mir. Muss ja nicht jeder in der Klinik mitbekommen, dass die Polizei im Haus ist«, stöhnte sie und steuerte schnellen Schrittes auf ein Nebengebäude zu. Ehe Stein sich es versah, war sie im Eingang verschwunden und eilte die Treppen hinauf, bis sie im zweiten Stock vor einer Tür stehen blieb und diese hektisch aufschloss.

»Nun kommen Sie schon. Es muss Sie wirklich keiner sehen. Man sieht Ihnen auf den ersten Blick den Polizisten an.«

Die Keller zog ihren Mantel aus und gab den Blick frei auf ein dünnes Sommerkleid. Es ging ihr nur bis knapp unter das Knie. Sie trug keine Strümpfe, sondern hatte nackte dünne Beine, deren Anblick ihn seltsamerweise erregte. Da war wieder dieses merkwürdige Verlangen, das er in ihrer Gegenwart spürte. Doch noch im selben Augenblick hatte er sich wieder gefangen. Es war die Sehnsucht nach Mary, die ihn umtrieb, denn die beiden Frauen hatten eine gewisse Ähnlichkeit. Und das nicht nur auf den ersten Blick.

»Ist es denn so außergewöhnlich, dass die Polizei Nachfragen zu Patienten stellt wie jenen fünf Frauen?«, fragte er.

»Wissen Sie eigentlich, was bei uns los war?«, fuhr sie ihn an. »Die Insassen sind hier seit dem Krieg zu Hunderten am Hunger verreckt. Sie wurden jeden Tag auf Karren in den Massengräbern verscharrt.«

»Diese Frauen wurden erschossen!«

»Was meinen Sie, wie es bei Kriegsende zuging!«

Er winkte ab. »Die fünf Frauen wurden, wie ich Ihnen bereits angedeutet habe, erwiesenermaßen nach dem Krieg ermordet! Um genau zu sein, frühestens im Juli 1945.«

»Woher wollen Sie das wissen? Hier herrschte das totale Chaos!«

Stein sah sich im Raum um. Es war mehr eine Kammer, die aus einem Bett, einem Waschtisch, einem Schrank, einem Waschbecken und einer Kochplatte bestand.

»Wohnen Sie schon lange hier?«

»Nein, meine Dienstwohnung befand sich im Gebäude mit den Frauenstationen, aber das wurde bei einem Bombenangriff zerstört.«

»Darf ich Sie bitten, sich das einmal näher anzuschauen.«

Stein holte das Feuerzeug aus der Tasche und reichte es ihr stumm. Ratlos drehte die Keller es in ihrer Hand und betrachtete es von allen Seiten.

»Ich weiß nicht, was das beweisen soll.« Hastig gab sie es ihm zurück.

»Haben Sie diese Gravur gesehen?« Er deutete ungeduldig auf das silberne Feuerzeug.

»Schon, aber ich weiß nicht, was das darstellen soll«, entgegnete sie unwirsch.

»Das soll eine Ratte sein, die ehemals rot gewesen ist, deren Farbe jedoch in der Erde verblasst ist. Und das Datum darunter, der 4.7.1945, ist der Tag, an dem die ersten Soldaten der 7. Panzerdivision, besser bekannt als die Wüstenratten, als erste britische Division über die Heerstraße nach Berlin einmarschiert ist«, erklärte er ihr und musste kurz daran denken, wo er so ein Feuerzeug zum ersten Mal gesehen hatte. Bei Mary. Sie hatte es von ihrem Mann geschenkt bekommen, und Stein hatte sie interessiert gefragt, was diese Gravur zu bedeuten hätte. Sie hatte es ihm gesagt. Ihr Mann war Offizier bei den Wüstenratten gewesen, die 45 in Berlin einmarschiert waren. Am Tag der großen britischen Siegesparade auf der Charlottenburger Chaussee, am 20. 7., waren diese Feuerzeuge unter den Offizieren verteilt worden.

Die Keller musterte Stein irritiert. »Und? Was wollen Sie mir damit sagen? Dass Sie ein ganz Schlauer sind?«, fragte sie in spitzem Ton.

»Diese Feuerzeuge wurden im Juli 45 extra für diese britischen Soldaten graviert. Im Juli! Und dieses Feuerzeug wurde im Grab der toten Frauen von Dalldorf gefunden. Klingelt da bei Ihnen etwas?«

»Ich weiß, worauf Sie hinauswollen. Da war der Krieg bereits zu Ende.«

»Richtig, diese Gravur existiert erst seit Juli 1945. Und wenn dieses Feuerzeug bei den toten Frauen lag, hat es dort jemand nach dem Juli 45 verloren. Wahrscheinlich der Mörder!«

»Das mag ja sein, aber was wollen Sie von mir?«

»Ich möchte von Ihnen wissen, ob hier in der Klinik nach Kriegsende fünf Patientinnen vermisst wurden.«

»Sie tun ja gerade so, als ob ich die einzige Ärztin in der Klinik wäre. Das war nur ein dummer Zufall, dass Sie auf dem Friedhof ausgerechnet mir begegnet sind. Fragen Sie doch die anderen.«

»Sie weichen aus. Ist Ihnen der Fall bekannt oder nicht?«

»Ich kann mich nicht erinnern.«

»Sie sind eine harte Nuss. Ich glaube, ich sollte das Thema wechseln«, sagte Stein.

»Genau. Vielleicht sollten Sie mir lieber verraten, warum Sie so anzüglich meine Beine betrachten?«

Stein hätte mit allem gerechnet, aber nicht damit, dass sie seine Schwäche bemerkt hatte. Er versuchte, sich seine Verunsicherung nicht anmerken zu lassen, und zwang sich, nicht länger auf ihre Beine zu starren.

»Woher kennen Sie Ilse und Carl Braunke?«

»Braunke? Braunke? Lassen Sie mich überlegen.« Sie tat so, als würde sie lange grübeln müssen. Schlechte Vorstellung, dachte Stein, denn für einen Bruchteil einer Sekunde waren ihr die Gesichtszüge entgleist, aber sie hatte sich sofort wieder gefangen.

»Genau, Braunke. Braunke«, wiederholte Stein mit spöttischem Unterton.

»Ist das nicht der Schieberkönig, der kürzlich ermordet worden ist? Ich las davon in der Zeitung.«

»Ich habe nicht gefragt, ob Sie lesen können, sondern ob Ihnen persönlich der Name etwas sagt?«

Wieder schien sie lange zu überlegen.

»Es gab wohl einen Transportunternehmer mit diesem Namen, der manchmal für die Klinik gearbeitet hat …«, gab sie schließlich zögernd zu.

»Aha, und was hat er transportiert?«

»Das weiß ich nicht so genau. Ich glaube, er hat den Schutt abgefahren, nachdem die Klinik von Bomben getroffen worden war, aber persönlich bin ich nur seiner Frau begegnet.«

Stein stöhnte laut auf. »Na, das hat gedauert. Also, Sie kennen Ilse Braunke persönlich?«

»Kennen? Das wäre übertrieben. Ich habe sie ein einziges Mal gesehen. Eine Freundin von mir war Ärztin drüben im Wiesengrund. Dort lebte die Tochter von Frau Braunke. Und an jenem Tag war ich zufällig dort, als die Frau darum bettelte, ihre Tochter mitzunehmen, aber meine Freundin konnte sie ihr nicht herausgeben, weil der Vater des Mädchens verfügt hatte, dass es in der Klinik bleibt …«

»Und der Name Ihrer Freundin?«

Die Miene der Keller verdüsterte sich. »Der wird Ihnen nichts nützen. Klara. Sie wollte sich 45 zu Verwandten nach München durchschlagen.«

»Kein Brief, keine Adresse?«, hakte er skeptisch nach.

»In was für einer Welt leben Sie eigentlich? So war der Krieg. Elend, Hunger, Vertreibung, Bomben und Tod.«

»Ich kann mir lebhaft vorstellen, wie es in Deutschland zugegangen ist«, murmelte er.

Die Keller musterte ihn fragend.

»Ich bin Ende 1946 aus London nach Berlin zurückgekehrt, nachdem ich Deutschland 1933 verlassen hatte …«

»Dann haben Sie keine Ahnung«, spuckte sie verächtlich aus. »Dann haben Sie das Recht verwirkt, mich mit Fragen über fünf Tote zu löchern. Mann, allein auf diesem Gelände gab es nach dem Krieg Hunderte Tote. Sie sind verhungert …«

»Das sagten Sie bereits. Und vielleicht sollten Sie noch hinzufügen, dass Ihnen das die Siegermächte angetan haben, und verdrängen, dass Sie das Ihrem Führer zu verdanken hatten!«, entgegnete er in verächtlichem Ton.

»Ach, was wissen Sie schon?«, warf sie ihm wütend entgegen.

»Dass auf diesem Gelände nach Kriegsende fünf Frauen erschossen und notdürftig verscharrt worden sind. Und dass der Täter sich nicht einmal die Zeit genommen hat, die Toten auf den Friedhof zu schleppen, der nur ein paar Meter entfernt war«, erwiderte er kalt. »Und Sie glauben also, bei der Masse an Toten kommt es auf das eine Verbrechen mehr oder weniger nicht mehr an? Das sehe ich allerdings ganz anders! Die Frage ist nämlich, was Ihnen ein Menschenleben bedeutet und nicht, was es in einem unmenschlichen System gezählt hat, nämlich gar nichts!«

Zum ersten Mal, seit Stein die Ärztin befragte, schien sie die Fassung zu verlieren. Sie wirkte plötzlich wie eine verletzliche hilflose junge Frau, die Schutz brauchte. Stein wusste, dass das brandgefährlich für ihn war. Und da spürte er auch schon den Impuls, sie in den Arm zu nehmen und ihr zu versichern, dass ihr nichts passieren konnte.

»Klara ist nicht weit gekommen. Ein paar versprengte Russen, ich denke, es waren fünf oder sechs, brachten sie zurück und … ich wollte ihr helfen, als die Meute über sie hergefallen ist, aber dann haben sie sich aufgeteilt. Die einen haben sich über sie hergemacht, die anderen über mich. Klara hat das nicht überlebt und ich nur, weil ein sowjetischer Offizier auftauchte, der meine Peiniger kurzerhand erschossen hat.«

Die Ärztin starrte in die Ferne, in ihrem Gesicht spiegelte sich der Schmerz, der Ekel, als würde sie die Vergewaltigung noch einmal erleben.

Stein kämpfte noch einen kurzen Moment gegen seinen Impuls an, aber dann nahm er die Ärztin vorsichtig in den Arm. Sie drängte sich mit ihrem schmalen Körper ganz dicht an ihn heran. Er strich sanft über die nur von dünner Haut bedeckten Schulterblätter, und er hörte auch nicht auf, als ihr Körper leicht zu beben begann. Kein Laut drang aus ihrer Kehle, denn sie weinte in sich hinein. Ihr Weinen verstärkte seinen Impuls, sie zu schützen und zu trösten, doch ihr sich ihm entgegenbiegender Körper provozierte noch ganz andere Empfindungen und Wünsche, die den ursprünglichen Impuls überlagerten und sein Bewusstsein betäubten.

Seine Hand rutschte ein Stück tiefer. Jetzt hatte er ihre Hüften erreicht, und er spürte, wie sie ihm das Becken entgegenstreckte. Aufhören, mahnte eine innere Stimme, sofort aufhören! Doch er konnte die Hände nicht von ihr nehmen und strich ihr über den Hintern. Dass er dort mehr als Knochen fühlte, erregte ihn über die Maßen. Mary, dachte er, verdammt Mary, Mary, Mary …

In diesem Augenblick fasste die Ärztin nach seiner Hand und schob sie unter ihr Kleid. Stein wollte sie zurückziehen, diesem Wahnsinn augenblicklich ein Ende bereiten, aber seine Finger gehorchten ihm nicht. Sie tasteten sich an ihren dürren Oberschenkeln entlang.

Vielleicht hätte er noch aufhören können, wenn sie nicht »Ich will dich!« geflüstert und ihm mit einem geschickten Griff seine Hose geöffnet hätte. Er wollte sie auch. Dann ging alles ganz schnell. Stein schaffte es gerade noch, ihr die Unterhose herunterzuziehen, bevor er in sie eindrang. Sie hatte nicht gelogen. Sie wollte ihn.

»Mary!«, stöhnte er, als er nach ein paar kräftigen Stößen kam. »Mary!«

Erst als er sich wieder besonnen hatte und in ihr weiches Jungmädchengesicht blickte, wurde ihm klar, was er da getan hatte. Er hatte sie nicht beschützt, sondern verletzt. Jetzt war es zu spät.

Hastig zog er seine Hose hoch, die ihm bis in die Kniekehle gerutscht war.

»Es tut mir leid, ich hätte das nicht tun dürfen«, stöhnte er und konnte ihr kaum in die Augen sehen. »Ich komme dann ein anderes Mal wieder wegen der Fragen«, fügte er heiser hinzu.

»Gern, aber woher kennen Sie meinen Kosenamen? Mary, so hat mich unsere englische Kinderfrau immer genannt. Sie mochte Marianne nicht.« Das klang zärtlich und vertrauensvoll.

Ein Albtraum, dachte Stein, ein einziger Albtraum, doch dann rang er sich dazu durch, sie anzusehen. Ihre Blicke trafen sich, und Stein wusste, dass es ihn viel Kraft kosten würde, sie bei der nächsten Vernehmung mit reinem Ermittlerblick zu betrachten. Er wusste auch, er würde es wieder tun wollen, aber er war sich zugleich sicher, dass er sich nicht noch einmal derart gehen lassen würde.

»Ich komme die nächsten Tage noch einmal vorbei«, sagte er in bemüht sachlichem Ton, während er zur Tür eilte. Dort drehte er sich noch einmal um. »Sagt Ihnen der Name Emil Weber etwas?«

»Nein, ich glaube nicht«, erwiderte die Ärztin, während sie ihre Unterhose anzog und danach das Kleid glatt strich. Jegliche Weichheit war aus ihrem Gesicht verschwunden. Aus der schutzlosen jungen Frau war wieder die verhärmte Ärztin mittleren Alters geworden. Und doch konnte Stein jetzt besser hinter ihre Fassade sehen. Und er war sich sicher, dass er sie gerade wieder beim Lügen ertappt hatte.

29

Als Wuttke aufwachte, war es dämmrig im Zimmer. Er schreckte hoch, fragte sich, wo er war, doch dann erkannte er an schemenhaften Umrissen den Waschtisch und den Schrank. Er war in Sicherheit, er war bei Lena, aber wo war sie?

Er hatte den Gedanken noch gar nicht zu Ende gedacht, als er ihre Silhouette im Türrahmen entdeckte. Sie rauchte eine Zigarette und trug das Kleid, das sie meistens anhatte, wenn sie ihrer Arbeit im *Pandora* nachging. Das *Pandora,* Weber … er musste sie warnen vor diesem Verbrecher.

»Bleib hier! Geh nicht runter! Wer weiß, wozu der Mann fähig ist, wenn er erfährt, dass du mich in letzter Sekunde gerettet hast. Du schwebst in großer Gefahr«, stammelte er.

Mit einem Satz war Lena bei ihm. »Wuttke, was ist los mit dir? Wovon redest du?«

»Von Emil Weber. Er hat mich in den Kellerraum gestoßen und eingesperrt, wollte, dass ich dort verrecke. Weber ist der Mörder von Braunke. Ich muss Stein informieren!« Er berichtete ihr atemlos davon, wie Weber ihn auf die falsche Fährte gesetzt hatte, doch mittendrin unterbrach Lena seinen Redefluss.

»Du irrst dich. Weber ist tot. Ermordet.«

»Wann, wie? Wirklich tot? Wie lange war ich überhaupt dort unten?«

»Das weiß ich nicht. Man hat ihn erschossen und auf seinem Rücken …« Sie unterbrach sich hastig.

»Ich ahne es. Sein Name mit rotem Kopierstift, oder?«

Lena nickte.

»Und wer hat ihn gefunden?«

»Ich habe ihn gefunden, als ich aus Köpenick zurückgekommen bin.«

»Dann ist er es doch nicht gewesen. Dann stimmt, was er befürchtet hat. Dass ihm jemand nach dem Leben trachtete.« Wuttke schob die Bettdecke zur Seite und machte Anstalten aufzustehen.

Lena reichte ihm die Hand, um ihm aufzuhelfen.

Wuttke aber spürte, wie ihm schwindlig wurde. Stöhnend ließ er sich in die Kissen zurückfallen.

»Mist, ich kann nicht. Es dreht sich alles!«

Obwohl er sich nicht sonderlich wohlfühlte, bemerkte er, wie nervös Lena plötzlich geworden war.

»Du kannst mich wohl gar nicht schnell genug loswerden, was?«, fragte er lauernd.

»Max, rede keinen Unsinn. Ich … ich habe noch zu tun!«

»Gut, dann hau doch ab ins *Pandora!* Ich warte hier auf dich. Vielleicht könnte ich über Nacht bei dir bleiben.«

»Kein Übernachten haben wir beschlossen«, widersprach sie heftig.

»Wie du willst, bevor du mich rauswirfst, gehe ich lieber von allein.« Wuttke sprang erneut auf und schaffte es dieses Mal sogar bis zur Tür, an der er sich allerdings stöhnend auf den Boden gleiten ließ. »Ich kann mich nicht auf den Beinen halten. Die Knie sacken einfach weg.«

»Du musst was essen. Ich habe Steckrüben aus Köpenick mitgebracht.«

»Hast du sie auch da geschmuggelt?«, versuchte Wuttke zu scherzen und deutete auf Lenas Dekolleté.

Sie schenkte ihm ein Lächeln. »Ich habe jetzt keine Zeit, sie zu kochen. Du bekommst sie nachher, wenn ich fertig bin. Pass auf. Du verschwindest dort in der Abseite …« Lena half ihm vom Boden auf und schob ihn zu einer Tür, die vom Zimmer abging. Sie war so klein, dass er sich hätte ducken müssen, um in den dachbodenartigen Verschlag zu gelangen.

»Da gehe ich nicht rein«, protestierte er. »Da kann ich ja nicht einmal aufrecht stehen.«

»Du kannst dich auf das Feldbett dort legen. Aber nur, wenn du dich ganz ruhig verhältst. Keinen Mucks möchte ich von dir hören.«

»Ich verstehe nicht ganz.«

»Das *Pandora* ist bis auf Weiteres geschlossen, und da arbeite ich zu Hause.«

»Du empfängst Kunden in deiner Wohnung?«

»Max, hör auf mit der dummen Eifersucht. Du weißt doch, dass ich nicht als braves Ladenmädchen mein Geld verdiene«, entgegnete sie schnippisch.

»Hast du nicht behauptet, es wäre die Ausnahme, wenn du mit den Kerlen ins Bett steigst?«

»Du kannst heute hier übernachten, wenn du mich vorher in Ruhe meine Arbeit machen lässt. Ich habe auch nur einen Kunden heute Abend.«

»Das kommt gar nicht infrage. Ich …«

»Wuttke! Mach keine Faxen! Wenn du nicht in die Kammer gehst, dann verschwinde, und zwar schnell. Er kommt gleich.« Lena sah hektisch in den Spiegel und bürstete sich das Haar.

»Du bist grausam«, bemerkte er mit Leichenbittermiene, während er widerwillig und in gebückter Haltung in dem Verschlag verschwand. Da ihm schon wieder mulmig wurde, ließ er sich auf das Feldbett fallen. »Lena! Das halte ich nur aus, wenn du mir eine Pille gibst«, sagte er.

Er bekam keine Antwort, doch dann reichte sie ihm eine Tablette und ein Glas Wasser. Er griff hektisch danach, und in demselben Augenblick fiel ihm ein, dass sie ihm vorhin im Keller auch ein Glas Wasser gereicht hatte. Woher hatte sie gewusst, dass er kurz vor dem Verdursten stand, und überhaupt, was hatte sie im Keller zu suchen gehabt? Ihm war klar, dass es unklug war, sie in dieser angespannten Lage danach zu fragen, aber er konnte nicht anders.

»Lena?«

»Wuttke! Ein Wort noch, und ich werfe dich achtkantig raus!«, schimpfte sie.

»Nur einen Satz noch. Was wolltest du vorhin mit einem Glas Wasser im Keller?«

Einen Augenblick herrschte Schweigen. Wuttke hielt den Atem an.

»Mein Kunde trinkt halb Asbach, halb Wasser. Und ich kann das Zeug unmöglich auf eigene Kosten besorgen. Weber hat uns zwar verboten, uns an Braunkes Asbach zu bedienen, aber das haben wir alle getan. Das Wasser – uns daran zu bedienen, war erlaubt – und das Glas habe ich aus dem Lokal genommen. Ich wollte es unauffällig auffüllen. Noch Fragen, Herr Kommissar?« Das klang spöttisch.

In dem Augenblick klopfte es an der Tür. Dreimal kurz, dreimal lang. »Einen Mucks nur, und du bist schuld, wenn ich meine Miete nicht mehr bezahlen kann.«

Wuttke unterdrückte das, was ihm auf der Zunge lag, nämlich die Frage, was er tun sollte, wenn er mal husten musste.

Da hatte sie bereits die Tür hinter sich zugezogen. Zum Glück war es nicht stockduster in diesem Kabuff, weil durch eine Dachluke der Mond schien. Nachdem Wuttke die Tablette geschluckt hatte, legte er sich auf den Rücken und dachte nach. Er fragte sich, ob Stein ihn wohl schon tot im Rinnstein liegend vermutete. Immer wieder wanderte er in Gedanken zu dem Keller, in dem er hatte sterben sollen, und er war fest entschlossen, das Schwein zu finden, das ihm das angetan hatte! Seine Erschöpfung und Müdigkeit waren jedenfalls wie weggeblasen. Im Gegenteil, er war voller Tatendrang. Er hätte ohne Probleme aufstehen und gehen können, aber jetzt war es zu spät. Nun musste er Lena auch noch beim Huren zuhören. Bislang vernahm er von nebenan allerdings nur eine schnarrende Männerstimme, die Kommandos gab. »Zieh dich aus!«, »Leg dich hin und zeig mir deine Titten!«

Er wunderte sich selbst, dass er nicht vor Eifersucht kochte. Was hatte er sich in seiner Fantasie alles ausgemalt, was Männer mit Lena anstellen würden, aber das Ganze nun derart nah zu erleben ließ ihn ziemlich kalt. Zum ersten Mal glaubte er, dass es ein Geschäft war. Mehr nicht! Vor allem hörte er von ihr keinen Mucks, bis sie mit einem Mal einen gellenden Schrei ausstieß. Dann gab es ein lautes Gepolter. Es hörte sich an wie ein Kampf.

»Lass das, du Idiot!«, schrie Lena.

»Du dummes Stück, ich kann mit dir machen, was ich will! Bei dem, was ich für dich zahle!«

Ohne nachzudenken, sprang Wuttke von der Pritsche und riss die Tür auf. Was er da sah, ließ ihm den Atem stocken. Ein kräftiger Mann mit einer Zigarette in der Hand hockte auf dem Brustkorb der am Boden strampelnden Lena und machte Anstalten, ihr die Kippe auf dem Oberschenkel auszudrücken.

Mit einem Schrei stürzte sich Wuttke auf den halb nackten Kerl und schlug ihm erst die Zigarette aus der Hand und dann die Faust ins Gesicht. Erschrocken gab der Mann sein Opfer frei und versuchte, sich aufzurichten. Wuttke hatte erneut die Faust erhoben, bereit, dem Mann, dessen Lippen bluteten, erneut eine reinzuschlagen.

»Lass das!«, bat ihn Lena schwach. Statt ihn windelweich zu schlagen, packte Wuttke den Mann an den Haaren und schleifte ihn zur Tür.

»Das wird ein Nachspiel haben«, drohte der Kerl. »Ich gehe zur Polizei!«

»Tun Sie sich keinen Zwang an«, erwiderte Wuttke. »Ich bin die Polizei!« Dann beförderte er den Mann mit einem Tritt hinaus ins Treppenhaus und warf ihm seine Kleidung hinterher, bevor er die Tür mit einem Knall ins Schloss fallen ließ.

Jetzt erst hörte er das Schluchzen. Er hockte sich neben Lena und wusste nicht genau, was er tun sollte. Er hatte sie noch nie weinen gesehen. Es waren auch keine traurigen Tränen, sondern Tränen der Wut, denn sie hatte die Fäuste geballt, und ihr Gesicht war vor Hass verzerrt.

»Was für ein Drecksack!«, stieß er empört hervor. »Frauen als Aschenbecher …« Er stockte. »Sag bloß, dass ist dieser Kerl, vor dem du aus der Villa geflüchtet bist? Wieso hast du den überhaupt wieder zu dir kommen lassen?«

Lena schluchzte nur noch lauter. Wuttke traute sich nicht, sie zu trösten. Am liebsten hätte er sie vom Boden aufgehoben und zum Bett getragen. Was seine Kräfte anging, traute er sich das durchaus zu. Die Pillen, vermutete er, aber Lena machte nicht den Eindruck, als würde sie sich in diesem Moment von ihm anfassen lassen. Sie strahlte ihm gegenüber eine Kälte aus, die ihn lähmte und auf Abstand hielt.

Erst als Lena verstummte, traute er sich, zumindest seine Frage, warum sie den Mann in ihre Wohnung gelassen hatte, zu wiederholen.

»Er zahlt verdammt gut«, erwiderte sie in fast trotzigem Ton. »Und ich brauche keinen Beschützer! Hörst du!«

»Aber wenn ich nicht dazwischengegangen wäre, dann hätte er dich mit der Zigarette verletzt«, protestierte Wuttke.

»Geh jetzt!«, sagte sie mit eisiger Stimme.

»Nein, ich werde heute Nacht bei dir bleiben. Was, wenn der Kerl wiederkommt und dir etwas antut. Das ist doch ein Verbrecher!«

»Er ist Strafrichter, Max!«

Wuttke war so entsetzt, dass ihm der Mund offen stehen blieb. Ungläubig musterte er Lena.

»Ich wusste auch gar nicht, dass du eine Nichte hast«, sagte er nach einer halben Ewigkeit des Schweigens in die Stille hinein.

»Das geht dich auch gar nichts an!« Ihr Ton war schneidend. »Und jetzt lass mich bitte allein!«

Wuttke kämpfte mit sich, ob er nicht wenigstens versuchen sollte, sie zu überreden, dass er bleiben durfte, und wenn er nur neben ihr im Bett lag, aber sie drehte ihm abrupt den Rücken zu. Das sagte mehr als alle Worte. Wuttke erhob sich zögernd vom Boden.

»Sehen wir uns wieder?«, fragte er zaghaft, während er aufstand und nach seinen Schuhen suchte. Seine Frage blieb unbeantwortet. Er war gerade dabei, die Schuhe unter dem Bett hervorzuziehen, als sein Blick an einer kleinen Kiste hängen blieb. Neugierig zog er sie hervor und warf einen Blick hinein. Obenauf lag ein Foto, das dem Bild ähnelte, das er in ihrer Garderobe am Spiegel gesehen hatte, doch bevor er es herausnehmen konnte, spürte er ihre Hände grob auf seiner Schulter.

»Leg das sofort weg!«

Erschrocken ließ er das Bild los, aber er war noch nicht bereit, das Feld kampflos zu räumen. Er hoffte weiterhin, dass sie ihm erlaubte, bei ihr zu bleiben. Nur diese eine Nacht. Um den Ort der

Finsternis zu vergessen, an dem er beinahe krepiert wäre. Wenigstens für eine Nacht.

»Ist die Frau deine Schwester? Erzähl mir von deiner Nichte! Bitte!«

»Ein anderes Mal vielleicht!« Mit diesen Worten legte sie sich ins Bett und wickelte die Decke eng um ihren Körper.

»Es gibt also ein Wiedersehen?«, fragte Wuttke zaghaft.

Lena drehte sich zu ihm um und hob müde den Kopf. »Bis bald. Aber bitte warte auf meine Nachricht, wann ich dich sehen möchte, und komm nicht mehr unangemeldet!«

»Keine Sorge, ich werde auf keinen Fall mehr stören, wenn dir ein perverses Schwein Kippen auf dem Oberschenkel ausdrückt«, bemerkte er zynisch.

»Wuttke, bitte, mach es mir nicht so schwer. Ich verspreche es dir. Dieser Langner kommt mir nicht noch einmal über meine Schwelle. Er hatte zuvor hoch und heilig geschworen, es nicht mehr zu tun. Danke, dass du es verhindert hast.«

»Und danke, dass du mir das Leben gerettet hast. Das war ein Albtraum dort unten. Es hat mich an eine alte Geschichte erinnert …«

»Wuttke, ich …«

»Ich weiß, ein andermal.«

Ohne ein weiteres Wort des Abschieds verließ Wuttke mit gemischten Gefühlen Lenas Wohnung. Dabei verspürte er auch ein wenig Erleichterung, dass sie ihn gar nicht erst zum Reden hatte kommen lassen. Vertrauliche Gespräche in einer solchen Stimmung hätten leicht außer Kontrolle geraten können. Womöglich hätte er ihr noch sein schlimmstes Geheimnis anvertraut. *Gewissensbisse sind nichts für Feiglinge!*

30

Lore Krause hatte an diesem Morgen schlechte Laune, was bei ihr eher eine Ausnahme war. Der Grund hieß Stein. Wie sehr hatte sie gestern Abend darauf gebrannt, ihm zu berichten, wie verdächtig sich Dr. Bader benommen hatte, als sie ihn am Nachmittag in seiner Charlottenburger Praxis aufgesucht hatte. Aber Stein war am Abend unnahbar gewesen und grußlos in seinem Zimmer verschwunden. Nicht einmal Abendbrot hatte er mit ihnen gegessen. Heute Morgen war er, ohne auf sie zu warten, aus dem Haus gegangen. Sie hatte ihn jedenfalls nicht zu Gesicht bekommen.

Nun brütete Lore finster vor sich hin und dachte an den gestrigen Nachmittag. Allein in diesem Wartezimmer zu sitzen war kein Vergnügen gewesen. Im Gegenteil, es war schwer zu ertragen, diese ausgezehrten, von Krankheiten gezeichneten Menschen zu erleben. Sogar ein Kind mit vor Hunger geschwollenen Füßen saß ihr gegenüber und starrte teilnahmslos vor sich hin.

Ein paarmal waren ihr in der düsteren Atmosphäre des Wartezimmers Zweifel gekommen, ob sie den Mann nicht doch verwechselt hatte, denn dass er diese armen Leute behandelte, passte gar nicht in das Bild, das sie von ihm hatte.

Stundenlang hatte sie gewartet, bis sie endlich an der Reihe gewesen war. Es war ihr nicht leichtgefallen, ihm etwas von Magenschmerzen und Durchfall vorzuflunkern, denn wahrscheinlich litten einige der armen Kranken im Wartezimmer tatsächlich unter derartigen Beschwerden. Sie hoffte, dass er nicht auf den ersten Blick erkannte, wie wohlgenährt und gesund sie dank des Bekannten ihrer Mutter in Tempelhof war.

Ein bisschen verwundert hatte der Arzt sie dann auch angesehen, bevor sie mit dem wahren Grund ihres Besuchs herausgeplatzt war. »Sagen Sie, kennen wir uns nicht? Aus dem Feldlazarett in Elbing, ich war dort als Sanitätshelferin …« Weiter war sie nicht gekommen, weil er sie schroff unterbrochen hatte. Seine Stimme hätte sie unter Tausenden wiedererkannt.

»Was wollen Sie von mir? Ich kenne Sie nicht! Und ich war auch nie in Elbing!«

»Das Lazarett war auch nicht direkt in der Stadt, sondern auf freiem Feld in Richtung Danzig«, wandte Lore ein.

Doch der Arzt durchbohrte sie förmlich mit einem stechenden Blick aus seinen stahlblauen Augen. »Sie sind gar nicht krank, oder? Sie sollen mich ausfragen, aber ohne mich. Bitte gehen Sie!«, sagte er betont ruhig, aber aus seinen Augen sprach die nackte Panik. Keine Frage, er hatte Angst vor ihr! Aber was glaubte er denn, wer sie geschickt hatte? Er würde sich doch wohl kaum dermaßen vor Stein fürchten. Jedenfalls brannte sie darauf, dem Kommissar von dieser Begegnung zu berichten, obwohl sie ihrem Ziel, den Kerl, mit dem er im *Café Wien* am Tisch gesessen hatte, zu identifizieren, kein Stück näher gekommen war.

Sie schreckte aus ihren Gedanken, als sich jemand räusperte. Fräulein Krause hob den Blick und war bestürzt, als sie in Wuttkes sichtlich gealtertes Gesicht sah.

»Oh, Gott, Herr Kommissar, was ist denn mit Ihnen geschehen? Waren Sie krank? Ich habe Sie seit Tagen nicht gesehen …«

Wuttke lächelte schief. »Alles in Butter. Wissen Sie, wo der Kollege ist?«

»Ist er nicht in seinem Büro? Ich habe ihn heute noch nicht gesehen. Vielleicht ist er beim Chef. Der ist nämlich auch schon im Haus und hat mich nach Ihnen beiden gefragt.« Sie senkte die Stimme. »Er erwartet hohen Besuch. Stumm hat sich angekündigt.«

»Was das wohl wieder zu bedeuten hat? Na ja, wir werden es bald wissen. Haben Sie zufällig die Akte Weber hier? Auf Steins Schreibtisch lag sie jedenfalls nicht.«

Lore holte aus einem Stapel die Akte hervor. »Kommissar Stein hat mir gestern Nachmittag, bevor er das Präsidium verlassen hat, seine Notizen reingereicht, damit ich einen Bericht schreiben kann. Gruselige Sache, was? Da hat wieder einer die Leiche beschmiert.«

In dem Moment kam Stein herein. Er war wie immer perfekt gekleidet, aber Lore fand, dass er nicht ganz so frisch wirkte wie sonst. Vielleicht lag es daran, dass er sich nicht gründlich genug rasiert hatte. Jedenfalls fielen die Stoppeln in seinem ansonsten glatten Gesicht auf.

»Verdammt, wo sind Sie gewesen?«, blaffte Stein seinen Kollegen zur Begrüßung an.

»Ich habe ein paar Tage Urlaub gemacht«, gab Wuttke angriffslustig zurück.

Lore hielt den Atem an. Stein machte an diesem Morgen nicht den Eindruck, als würde er Spaß verstehen.

»Idiot! Ich habe mir Sorgen um Sie gemacht!«

»Sie um mich? Das ehrt mich«, entgegnete Wuttke.

Stein machte eine abwehrende Handbewegung. »Ich würde Ihnen raten, Krüger nicht so dumm zu kommen wie mir. Ich habe gestern nämlich behauptet, Sie wären bei einer Vernehmung, weil ich nicht wusste, ob Sie nicht vielleicht in der Spree treiben. Mit dem Kopf nach unten.«

Lore sah aufmerksam zwischen den beiden Streithähnen hin und her. Sie spürte Steins unterdrückten Zorn auf Wuttke bis in ihre Fingerspitzen, die das Tippen unterbrochen hatten und nun auf ihrer alten Olympia, einem Vorkriegsmodell, ruhten.

»Danke, dass Sie mich vor dem Chef schützen wollten, aber ich werde ihm wohl beichten müssen, wo ich mich herumgetrieben habe.«

»Sind Sie wahnsinnig! Der kriegt es fertig und kündigt Ihnen. Aber bitte tun Sie sich keinen Zwang an.«

»Wollen Sie wirklich wissen, wo ich war?«, fragte Wuttke.

Stein rollte mit den Augen. »Ich werde Sie wohl nicht davon abbringen können.«

»Ich war in einem Keller eingesperrt. Jemand hat mich dorthin gelockt und dann …« Wuttke berichtete, was ihm im *Pandora* widerfahren war.

Lore spürte das Grauen beinahe körperlich. Auch Stein war noch blasser geworden, als er es an diesem Morgen ohnehin schon war. Als Wuttke seine lebhafte Schilderung beendet hatte, klopfte Stein dem Kollegen kumpelhaft auf die Schulter.

»Entschuldigung, an so etwas habe ich nicht gedacht. Wenn ich mir vorstelle, Sie wären da verdurstet. Das hätte ich mir nie verziehen.«

»Was für ein Glück, dass Fräulein Kowalke Sie noch rechtzeitig gefunden hat«, stieß Lore erleichtert hervor.

Wuttke nickte. »Das war meine Rettung«, murmelte er. »Jedenfalls scheidet damit Weber als Täter aus, wie ich inzwischen erfahren habe.«

»Tja, der kann es kaum gewesen sein. Ich befürchte, wir müssen noch mal alle Damen verhören. Wobei ich die Kowalke höchstpersönlich übernehme«, versuchte Stein zu scherzen. Lore merkte ihm die Erleichterung an. Er war offensichtlich heilfroh, dass sein Kollege diese Tortur relativ unbeschadet überstanden hatte.

»Lena Kowalke hat ein Alibi. Sie war in Köpenick.«

»Das hat sie mir auch schon versichert. Aber vielleicht müssen wir ihr auf den Zahn fühlen, was Braunke und Weber angeht. Ob die noch in andere Geschäfte verwickelt waren, die ihnen womöglich zum Verhängnis geworden sind.«

»Oder aber es war einer der Freier, den die beiden Opfer erpresst haben. Einer von denen, die zu den exklusiven Villenkunden gehört haben«, mischte sich Lore mit Feuereifer ein.

»Guter Gedanke, Fräulein Krause. Am besten bestellen wir alle Herren ein, die in der Tatnacht in Braunkes Villa waren. Ich habe die Namen bereits notiert. Die finden Sie in der Akte.«

»Wird erledigt, Herr Kommissar. Ich würde Sie gern noch kurz unter vier Augen sprechen. Geht das?«

»Bin schon weg!«, sagte Wuttke mit einem Anflug von Grinsen. »Und den Richter auf der Liste, dessen Vernehmung führe ich mit Vergnügen höchstpersönlich durch. Da können Sie, lieber Stein, auch gern mal den Raum verlassen, denn ich befürchte, da wird mir bedauerlicherweise die Hand ausrutschen«, fügte er grimmig hinzu.

»Das könnte Ihnen so passen, keine Sekunde lasse ich Sie mit Richter Langner allein«, konterte Stein.

»Schade, aber ich bin ein Meister im Beinstellen. Das mache ich so geschickt, dass nicht mal Sie Fuchs mir was nachweisen können«, murmelte Wuttke im Hinausgehen.

Kaum hatte Wuttke das Schreibzimmer verlassen, berichtete Lore Stein aufgeregt von ihrem Besuch in der Praxis von Dr. Bader.

Zu ihrer großen Enttäuschung reagierte der Kommissar nicht mit Anerkennung. Im Gegenteil, er tadelte sie für ihre Ermittlungen auf eigene Faust und nahm ihr erneut das Versprechen ab, solche Alleingänge in Zukunft zu unterlassen.

Lore blieb ratlos zurück und fragte sich, wo der Charme des Kommissars abgeblieben war. Es war unübersehbar, dass seine Spannkraft nachgelassen hatte. Zu gern würde sie ihm helfen, aber Kommissar Stein war an diesem Tag derart unnahbar, dass sie keine Idee hatte, wie sie je sein Vertrauen wiedergewinnen sollte. Missmutig machte sie sich an die Liste der Freier und rief zunächst die Herren an, die ein Telefon besaßen. Keine schöne Aufgabe, denn diese Männer waren allesamt nicht sonderlich erpicht darauf, mit dem Mord an Braunke in Verbindung gebracht zu werden. Am schlimmsten war der Richter, mit dem Kommissar Wuttke offensichtlich über Kreuz lag, aber immerhin hatte er zugesagt, in seiner Mittagspause für zwanzig Minuten und keine Sekunde länger – so hatte er das wortwörtlich angekündigt – im Präsidium vorbeizukommen.

Sie brauchte jedenfalls dringend frische Luft und beschloss, ihre Stulle mit Schmalzfleisch draußen in der Mittagssonne zu verspeisen. Sie war gerade aus dem Haupteingang ins Freie getreten, als sie auf der anderen Straßenseite Krüger entdeckte, der sich in einer lebhaften Diskussion befand. Jedenfalls gestikulierte sowohl ihr Chef als auch der hochgewachsene Mann, der zu ihr mit dem Rücken stand, aufgeregt mit den Händen. Plötzlich wandte Krüger ihr den Blick zu, und in demselben Augenblick fuhr sein Gesprächspartner wie der Blitz herum und sah ebenfalls in ihre Richtung. Wenn Blicke töten könnten, durchfuhr es sie eiskalt. Lore war starr vor Schreck, glaubte, sich nicht vom Fleck rühren zu können, doch dann drehte sie sich um und flüchtete mit zitternden

Knien ins Haus zurück. Im Flur lehnte sie sich gegen die kalte Wand und atmete ein paarmal tief durch. Es quälte sie nicht nur die Frage, ob der fiese Kerl aus dem *Café Wien* sie wohl erkannt hatte so wie sie ihn, sondern es interessierte sie auch brennend, was er wohl mit Krüger zu schaffen haben mochte.

31

Krüger war nicht allein, als die beiden Kommissare an diesem Tag auf ausdrückliche Einladung hin sein Büro betraten. Polizeipräsident Stumm war ebenfalls anwesend und begrüßte Wuttke und Stein mit ausgesuchter Freundlichkeit. Er fragte nach Wuttkes Befinden und bot ihm an, ein paar Tage freizumachen, nachdem er dem Tod so knapp von der Schippe gesprungen war. Bei Stein erkundigte er sich, ob er sich schon eingelebt habe. Mit einem Seitenblick auf Krüger, der sich vor Stumm von seiner höflichen Seite zeigte, versicherte Stein dem Polizeipräsidenten, dass in der MI 3 alles zu seiner Zufriedenheit liefe. Er war kurz versucht, ganz unverbindlich die Dalldorf-Akte zu erwähnen, aber ihm war nicht nach einem neuerlichen Streit mit Krüger zumute. Also unterließ er jede Provokation. Ihm fehlte im Moment einfach die Kraft für derartige Grundsatzdiskussionen.

Sein Ausrutscher mit der Ärztin hatte ihn arg gebeutelt. Die ganze Nacht hatte er sich gefragt, was da bloß in ihn gefahren war und wie er sich derart hatte gehen lassen können. Ja, er war ein paarmal versucht gewesen, den Dalldorf-Fall, ganz wie Krüger es verlangte, ad acta zu legen, aber dann waren ihm wieder die Bilder dieser Knochenhaufen in den Sinn gekommen. Und das verdammte Feuerzeug. Bei all seinen Vorbehalten, die Keller noch einmal zu vernehmen, er würde niemals aus persönlichen Motiven – und seien sie auch noch so begründet – seine Überzeugung verraten. Und die stand immer noch fest: Die Opfer hatten ein Recht, dass ihr Schicksal restlos aufgeklärt und nicht vertuscht wurde.

»Sie wollen sicher wissen, warum wir Sie beide haben kommen lassen, oder?«, fragte Stumm die beiden Kommissare nun.

»Weil wir mit dem Fall Braunke so gar nicht weiterkommen?«, fragte Wuttke zögernd.

Der Polizeipräsident lachte dröhnend. »Nein, das ist nicht der

Grund, aber einen Erfolg könnten wir sehr gut gebrauchen, seit uns die Gladow-Bande auf der Nase herumtanzt.«

»Genau, darüber lacht ganz Berlin, wie die Jungs den Vopos an der Bernauer Straße die Waffen abgenommen haben«, bekräftigte Stein.

»Mittlerweile lacht keiner mehr. Es vergeht kein Tag, an dem der Rotzlöffel nicht irgendein Geschäft ausrauben lässt. Neulich hätten ihn Ihre Kollegen beinahe erwischt, aber dann sind sie über die Grenze in den Osten geflutscht. Wäre zu schön, wenn wir sie kriegen würden.«

»Gut, aber der Fall Gladow wird nicht von diesen beiden Kollegen betreut. Wir sollten uns jetzt dem eigentlichen Thema unseres Treffens widmen«, unterbrach Krüger ungeduldig die Ausführungen des Polizeipräsidenten zur Gladow-Bande.

»Meine Herren, ich brauche Sie in geheimer Mission.« Stumm räusperte sich, bevor er sein Anliegen vorbrachte. »Morgen tagt die Stadtverordnetenversammlung wieder im neuen Stadthaus. Wie Sie ja wissen, ist die Zusammenarbeit der Alliierten Kommandantur von der sowjetischen Delegation im Juni beendet worden. Währungsreform und Blockade haben zu einer massiven Behinderung der politischen Arbeit der demokratischen Parteien geführt. Natürlich wollen die Genossen da drüben alles unter ihren Einfluss bringen. Wir haben also die Information, dass erneut kommunistische Störer versuchen werden, die Stadtverordnetenversammlung zu sprengen, und zwar mit voller Unterstützung von Markgrafs Vopos. Auf Anordnung von Bürgermeister Friedensburg wird deshalb eine, wie er sie nennt, Magistratsschutztruppe zusammengestellt, die unsere Abgeordneten schützen und natürlich die Störer fernhalten soll. Viele dieser Ordner sind Polizisten in Zivil. Und da hätten wir gern auch zwei Kommissare dabei. Der Kriminalrat war so nett, Sie beide vorzuschlagen. Das ist freiwillig, möchte ich betonen.« Stumm blickte prüfend zwischen den beiden Kommissaren hin und her. Stein hatte den Eindruck, dass er von ihnen sehr wohl erwartete, dass sie diesem »freiwilligen« Einsatzbefehl nicht widersprachen.

»Und, meine Herren, können wir mit Ihrer Unterstützung rechnen?«, fragte Krüger in jovialem Ton nach.

Stein hätte liebend gern abgelehnt. Nach einer gewaltsamen Auseinandersetzung mit seinen alten Vopo-Kollegen stand ihm nicht der Sinn. Und dass die Lage aufgeheizt war, hatte er bereits in der Presse verfolgen können. So war auch schon im Osten durchgesickert, dass die angeblich zivilen Ordner zum großen Teil Polizisten aus dem US-Sektor sein würden. Stein warf Wuttke einen fragenden Blick zu. Der Kollege wirkte ebenfalls alles andere als begeistert, nickte ihm aber kaum merklich zu.

»Gut, wir sind dabei«, erklärte Stein.

»Sie müssen sich morgen um halb zehn am Stadthaus in der Parochialstraße einfinden. In Zivil bitte. Und lassen Sie Ihre Dienstausweise zu Hause, denn das ist keine Polizeiaktion. Dort bekommen Sie Ihre weißen Ordnerbinden. Offiziell bitte ich Sie, keine Schlagstöcke und andere Waffen mitzuführen. Und der vertretende Oberbürgermeister Friedensburg dankt Ihnen schon einmal im Voraus. Noch Fragen, meine Herren?«

Die beiden Kommissare schüttelten den Kopf und verabschiedeten sich hastig.

»Warum schickt der ausgerechnet uns beide dahin?«, fragte Stein, kaum dass sie das Büro verlassen hatten.

»Keine Ahnung. Ich habe wenig Lust auf eine Keilerei mit den Vopo-Brüdern«, knurrte Wuttke.

In diesem Augenblick hörten sie die Stimmen der beiden Herren hinter ihnen. Krüger verabschiedete sich von dem Polizeipräsidenten und rief nach Wuttke. »Sie kommen bitte noch mal in mein Büro! Allein!«

»Mir schwant da etwas«, brummte Wuttke und folgte Krüger sichtlich unwillig in dessen Büro.

Stein war es allerdings recht, dass der Kollege kurzzeitig aus dem Verkehr gezogen war, denn dadurch konnte er die Zeugenvernehmung von Richter Langner ohne Wuttke durchführen. Auf einen Skandal dergestalt, dass ein Polizist körperlich einen Richter attackierte, konnte er gut verzichten. Wuttke schien, was seine Geliebte anbelangte, ziemlich unberechenbar. Allerdings fragte er sich, wie Wuttke inzwischen spitzgekriegt hatte, dass es sich bei Langner um den unangenehmen Freier gehandelt hatte, vor dem Lena Kowalke in der Mordnacht aus Braunkes Villa geflüchtet war. Er hatte sich seinen Namen doch ganz diskret auf einen Zettel geschrieben und ihn Wuttke mit Absicht nicht gezeigt.

Auf dem Flur vor seinem Büro wartete bereits ein elegant gekleideter Mann mittleren Alters.

»Richter Langner?«

Der Mann nickte.

»Ich bin Kommissar Stein und ermittle in der Mordsache Braunke.«

Langner machte eine abwehrende Handbewegung. »Das hat mir am Telefon bereits alles Ihre Tippmamsell gesagt. Ich bin in Eile.«

»Dann sollten wir nicht unnötig Zeit verstreichen lassen. Ich sage meiner Schreibkraft Bescheid, und wir können sofort loslegen.« Es kostete Stein einige Mühe angesichts dieses überheblichen Benehmens des Richters, freundlich zu bleiben. Er holte Lore Krause und begann kurz darauf mit der Zeugenvernehmung.

Langner bestätigte, dass er mit Lena Kowalke an jenem Abend erst zusammen mit den anderen in der Kellerbar Alkohol getrunken und dann mit ihr in eines der Zimmer im Erdgeschoss gegangen sei. Dort sei die Kowalke dann kurz vor dem Vollzug des GVs, wie sich der Richter ausdrückte, einfach abgehauen. Er habe sie nicht mehr gesehen an diesem Abend. Er sei aber auch noch Braunke begegnet, der von ihm Bezahlung verlangt habe. Er habe ihm das Geld gegeben, weil der Mann ihm gedroht habe, seine Besuche in der Villa publik zu machen.

»Er hat Sie also erpresst?«, hakte Stein interessiert nach.

»Nein, nicht wirklich. Er meinte nur, es wäre besser, wenn ich zahlen würde.«

Stein konnte sich ein Grinsen nicht verkneifen. »Sie sind Strafrichter, oder? Und wenn das keine Erpressung ist …«

»Nun gut, aber lassen wir die Toten ruhen!«

»Aber Sie waren doch sicher wütend auf ihn, oder?«

»Ja, und wie!«

»Sind Sie ihm vielleicht im Zorn in sein Wohnzimmer gefolgt und haben ihn getötet?«

»Herr Kommissar, wie oft bin ich schon erpresst worden. Wenn ich gleich jeden ermordet hätte, würden Leichen meinen Weg pflastern.« Stein atmete einmal tief durch. Der Mann war ihm zutiefst unangenehm, aber das ließ er sich nicht anmerken.

»Und Sie sagen, Sie haben Fräulein Kowalke nicht mehr gesehen. Sie sagt, Sie seien ihr auf den Flur gefolgt, und sie habe auch mit Braunke Streit gehabt, weil sie Ihnen Ihre besonderen Wünsche nicht erfüllt hat.«

Langners Miene versteinerte. »Daran kann ich mich nicht erinnern.«

»Auch nicht, dass Lena Kowalke das Haus verlassen hat?«

»Keine Ahnung. Ich hatte ja auch reichlich Alkohol im Blut.«

»Aber Sie wissen noch, warum Fräulein Kowalke vor Ihnen geflüchtet ist, oder?«, fragte Stein in schneidend scharfem Ton.

»Das, Herr Kommissar, geht Sie gar nichts an!«

»Stimmt es, dass Sie eine Zigarette auf ihrem Schenkel ausdrücken wollten?«, hakte Stein ungerührt nach.

Langner erhob sich wütend. »Ihre Zeit ist um. Mehr kann ich Ihnen nicht dazu sagen.«

»Gut, wie Sie wollen, für weitere Fragen kommen wir dann zu Ihnen nach Hause«, ertönte nun Wuttkes Stimme aus dem Hintergrund. Stein hatte ihn nicht kommen hören. Wie ein Rachegott stand Wuttke in der Tür, die Muskeln angespannt, bereit, sich auf den Richter zu stürzen.

»Gute Idee, Kollege«, pflichtete Stein Wuttke bei.

»Wenn Sie das wagen, sind Sie ein toter Mann!«, zischte der Richter und warf Wuttke einen mordlustigen Blick zu.

»Stein, ich glaube, der Mann hat Sie soeben mit dem Tod bedroht. Ist das nicht strafbar?« Wuttke war hinter Stein getreten und musterte den Richter abschätzig.

»Ich denke, Herr Dr. Langner hat das nicht so gemeint, oder? Der Mann ist doch Richter und kein Gewalttäter.«

»Da habe ich so meine Zweifel. Wer Frauen mit brennenden Zigaretten verletzt, der schreckt auch vor Mord nicht zurück!«, bemerkte Wuttke.

Ohne die Kommissare eines weiteren Blickes zu würdigen, sprang der Richter auf und wollte das Büro verlassen.

»Herr Langner, eine Frage habe ich noch«, rief ihm Stein in scharfem Ton hinterher. Wutschnaubend drehte sich der Richter um. »Eine noch, aber dann ist Schluss hier!«

»Besitzen Sie eine Waffe?«

»Noch so eine unverschämte Frage, und ich werde mich über Sie beschweren!« Der Richter drehte sich auf dem Absatz um und verschwand.

»Appelfatzke, der!«, fluchte Wuttke und trat mit voller Wucht gegen den Schreibtisch.

»Ich hätte große Lust, diesen Mann als unseren Täter zu überführen, aber leider war er es nicht!«, brummte Stein.

»Ich weiß, Stein. Leider, leider! Aber wenn ich den allein im Dunkeln treffe, dann …«, Wuttke machte eine Faust, »… kann er mal daran riechen!«

»Wuttke, Wuttke, mit dem Prügeln sollten Sie bis morgen warten. Ich befürchte, da gibt es eine Keilerei.«

»Ich bin bereit«, erwiderte Wuttke kämpferisch und musterte Stein durchdringend. In seinem Blick lag etwas Lauerndes. Stein vermutete, es hatte etwas mit dem Gespräch zu tun, das Wuttke eben noch mit Krüger unter vier Augen geführt hatte. Wie er den Kriminalrat kannte, bedeutete das nichts Gutes für ihn, und er fragte sich, was sich Krüger davon versprach, ausgerechnet Wuttke und ihn zum Stadthaus zu schicken. Er spürte mit jeder Faser seines Körpers, dass neues Unheil drohte.

32

An diesem 6. September 1948 lag Berlin unter einer dichten Wolkendecke. In dem Moment, in dem die beiden Kommissare das Neue Stadthaus erreicht hatten, ging ein Schauer nieder. Dieses Wetter stand im totalen Gegensatz zu der erhitzten Stimmung, die vor dem Gebäude deutlich spürbar war. Es waren bereits etliche Demonstranten aufmarschiert mit Transparenten und Fahnen wie »Kampf den Spaltern« oder »Für die Einheit der Stadtverwaltung«.

Wuttke war gar nicht wohl, als sie sich einen Weg durch die Menge zum Treffpunkt bahnten. Offenbar waren sie die Letzten, denn im Foyer wurden die Helfer bereits in Gruppen eingeteilt. Wuttke erkannte so manchen jungen Kollegen aus anderen Bezirken. Sie waren also nicht die einzigen Westpolizisten. Mit ihnen gemeinsam waren acht Schutzpolizisten aus der Friesenstraße gekommen. Man teilte die Zuspätkommer aus Kreuzberg zu einer Gruppe ein, deren Aufgabe es war, den Eingangsbereich zu schützen.

»Es sollen nur Leute rein, die von Friedensburg zur Versammlung eingeladen worden sind. Sie sorgen dafür, dass die Störer draußen bleiben! Das Rolltor soll trotzdem nicht geschlossen werden«, befahl ein älterer Mann mit schnarrender Stimme.

»Von wegen zivil«, raunte ihm nun Stein zu und deutete auf einen jungen Mann, der demonstrativ einen Schlagring hervorholte.

Ihnen wurden die weißen Armbinden ausgehändigt, und man schickte sie zum Eingang.

Immer mehr Demonstranten hatten sich davor versammelt. Die Sprechchöre wurden lauter, die Stimmung aggressiver. Kurz vor zwölf Uhr ertönten plötzlich Rufe aus der Menge, und wie auf Kommando stürmte der ganze Pulk auf den Haupteingang zu.

»Wir müssen das Tor schließen«, brüllte jemand. Als sich mehrere Ordner daranmachten, das Eisentor herunterzulassen, stellte einer der Männer seinen Fuß darunter und schrie: »Das ist gegen die Order, verdammt!«

Doch nun war es zu spät für jede Diskussion, ob das Tor besser offen bleiben oder geschlossen werden sollte. Die ersten Demonstranten nutzten diese Uneinigkeit unter den Ordnern, drangen ins Gebäude ein und rannten alles um, was sich ihnen in den Weg stellte. Wuttke, Stein und ein paar andere hatten derweil die Eingangstür von innen verriegelt. Doch schon flog ein Stein durch die Glasscheiben, ganz nah an Wuttkes Kopf vorbei. Und dann krachte es ganz fürchterlich, als die ersten Demonstranten die Tür mit mitgebrachten Äxten und anderem Werkzeug einschlugen. Nun gab es für die Eindringlinge kein Halten mehr. Friedensburgs Leute waren zu wenige, um die Meute davon abzuhalten, das Gebäude zu stürmen. Wuttke warf sich ihnen einfach entgegen, und so kam es zu einem Kampf Mann gegen Mann, bei dem die Fäuste flogen. Wuttke hatte als Freizeitboxer zunächst die besseren Karten und schaffte es, zwei Demonstranten außer Gefecht zu setzen. Beim Dritten nützte ihm sein Aufwärtshaken allerdings nichts mehr, denn der Gegner duckte sich geschickt zur Seite und versetzte ihm einen derben Schlag auf die Nase. Wuttke hörte nur noch ein Knacken und ging zu Boden. Auf allen vieren kroch er zu einer Wand, an die er sich lehnen konnte, um sich aus dem Schlachtfeld zu bewegen. Vorsichtig fasste er an seine Nase und betastete sie. Obwohl er Blut an den Händen hatte, war er doch beruhigt. Er hatte schon befürchtet, bei dem Bruch hätten sich die Knochen verschoben, aber er fühlte keine Unebenheiten oder gar eine seitliche Abweichung der Nase. Das hatte er damals im Training gelernt. Wenn außer Nasenbluten nichts passierte, war es ein Bruch, der von selbst heilte und ihm keine Boxernase bescheren würde. Natürlich schmerzte es ganz fürchterlich, aber Wuttke war kein wehleidiger Mann. Doch als er aufstehen und sich erneut ins Getümmel stürzen wollte, machte sich sein Kreislauf bemerkbar. Offenbar war er doch noch angeschlagen, und wenn er es recht überlegte, hatte er seit seiner Gefangenschaft in dem Kellerverlies nichts Richtiges mehr gegessen.

Es blieb ihm gar nichts anderes übrig, als der Schlacht tatenlos zuzusehen. Noch hielten sich die Ordner tapfer, aber nur, weil einige von ihnen entgegen den Anordnungen alle möglichen Waffen mitgebracht hatten. Es rückten immer mehr Demonstranten nach. Und auch sie waren nicht zimperlich.

Suchend blickte sich Wuttke um. Wo war Stein abgeblieben? Eben am Eingang hatte er ihn noch gesehen. Wuttke wurde mulmig zumute bei dem Gedanken, dass Krüger womöglich recht hatte und Stein doch ein Spitzel der Vopos war. Oder er hatte sich aus dem Gefecht zurückgezogen, weil es ihm gegen den Strich ging, sich zu prügeln. Doch da sah er ihn am Rande des Pulks am Boden mit einem anderen Mann rangeln. Wuttke hätte ihm gern geholfen, aber er kämpfte schon ihm Sitzen gegen eine drohende Ohnmacht an. Also sah er gespannt zu, wie Stein seinen Gegner in den Schwitzkasten nahm. Doch statt ihm eine reinzuhauen, redete er auf ihn ein. Mit dem Ergebnis, dass der Mann, nachdem Stein ihn hatte aufstehen lassen, eilig in Richtung Ausgang verschwand. Was hatte Stein zu dem Mann gesagt? Hatte er sich als getarnter Genosse zu erkennen gegeben und auf diese Weise die Prügelei vorzeitig beendet? Wuttkes Misstrauen, durch sein gestriges vertrauliches Gespräch mit Krüger erneut geweckt, gewann die Oberhand. Doch in dem Moment griff den Kollegen ein anderer an, den er, bevor der ihn verletzen konnte, am Kragen packte und Richtung Ausgang beförderte. Auch wenn Stein sich nicht seiner Fäuste bediente, so schien er auch ohne sie tapfer zu kämpfen, und zwar nicht auf der Gegenseite, wie Krüger das behauptet hatte. Es war völlig absurd, was Krüger da von ihm verlangte. Denunziation des Kollegen um jeden Preis.

»Und wenn er gar nicht mit den Vopos kollaboriert? Was soll ich denn gegen ihn vorbringen?«, hatte Wuttke seinen Vorgesetzten gefragt.

»Mann, lass dir was einfallen. Der Kerl stört mich einfach. Und seine Neugier bringt uns noch in Teufels Küche!«

Sie bringt den Brüllfatzke vielleicht in Bedrängnis, mich nicht, hatte Wuttke gedacht, aber als Krüger ihm gedroht hatte, dass er schon einen Grund finden würde, ihn ebenfalls loszuwerden, wenn er nicht spurte, hatte er dem Chef gegen seine Überzeugung versprochen, ihm Stein vom Hals zu schaffen.

Was, wenn er jetzt behauptete, er habe mit eigenen Augen gesehen, wie Stein einen Demonstranten verschont hatte? Er käme sich schäbig vor, aber ohne die Stelle war er aufgeschmissen. Er hatte nichts! Nicht einmal eine richtige Wohnung, sondern einen Schlafplatz in einem halb zerbombten Haus.

In diesem Moment vernahm er das laute Getrampel von schwerem Schuhwerk, und mit Schrecken entdeckte er ein Heer von uniformierten Vopos am Eingang. Im Nu waren die Verteidiger in alle Richtung davongestoben. Wuttke durchfuhr ein eisiger Schreck. Er mit seiner Ordnerbinde, hilflos am Boden hockend, war das gefundene Fressen für die Markgraf-Polizisten. Keine Frage, sie würden ihn festnehmen und nach Osten karren.

»Sind Sie bescheuert? Was hocken Sie da auf dem Boden?«, hörte er nun Steins Stimme an seinem Ohr. Und schon packte ihn jemand am Arm und zog ihn hoch. Wenn er richtig zählte, hatte Stein alle acht Kollegen aus der Friesenstraße um sich versammelt. Zwei davon hakten ihn unter und schleppten ihn zu einer Treppe, die zum ersten Stock führte.

»Männer, wir müssen uns in ein Büro der Alliierten flüchten. Da kann uns nichts passieren«, befahl Stein, der offenbar das Kommando über die Gruppe übernommen hatte.

»Ich kann allein gehen!«, sagte Wuttke unwirsch, während er sich aus den eisernen Griffen seiner Helfer befreite. Und tatsächlich, er konnte wieder auf eigenen Füßen stehen.

Im Laufschritt eilten die zehn Polizisten den langen Flur entlang, bis sie an einer Tür vorbeikamen, an der ein englischer Name und darunter »westalliierter Verbindungsoffizier« stand.

»Alle hier rein!«, brüllte Stein. »Hier sind wir sicher!«

Ohne anzuklopfen, stürmten sie in das Büro. Es war nicht besetzt. Stein sagte, es wäre besser, wenn Amerikaner anwesend wären, aber als nun lautes Gepolter vom Flur hereindrang, ordnete Stein an, dass sie sich in diesem Raum verbarrikadierten. Sie schafften es, einen Schreibtisch vor die Tür zu wuchten.

Wuttke machte aktiv mit und fühlte weder seinen Schmerz noch seinen geschwächten Kreislauf. Aus den Augenwinkeln sah er, wie blass und besorgt Stein aussah. Offenbar waren sie in diesem Raum keineswegs in Sicherheit, befürchtete Wuttke.

33

Stein zuckte jedes Mal zusammen, wenn er von draußen die Schlachtrufe der Vopos hörte. »Wir kriegen euch, Stupos!«, lautete die meistgerufene Parole. Noch hatte aber keiner an der Tür zu diesem Raum gerüttelt.

Stein machte sich zudem Sorgen um Wuttke, dessen Gesicht blutverkrustet und die Nase blau angelaufen war. Offenbar war sie gebrochen. Aber der Kollege klagte nicht. Er saß stumm in einer Ecke und brütete vor sich hin.

Die Schutzpolizisten hatten sich ebenfalls auf den Boden gesetzt und tauschten sich aufgeregt über den Einsatz aus. Einigkeit herrschte unter den jungen Männern darin, dass es keine gute Idee gewesen war, eine Magistratsschutztruppe aufzufahren, die dann aber aus nicht mehr als hundert Männern bestand. Viel zu viele, um eine friedliche Absicht auszustrahlen, und viel zu wenige, um dem Ansturm der Vopos standzuhalten.

Stein stand am Fenster und beobachtete, wie eine Gruppe von Männern von Vopos auf einen Lastwagen gepfercht wurde. Die Männer trugen keine weißen Armbinden mehr, weil sich offenbar jeder, der nach draußen hatte entkommen können, dieses Erkennungszeichens entledigt hatte. Trotzdem schienen es auch Ordner wie sie zu sein. Das Bild, das sich ihm dort unten bot, machte ihm Angst. Die Vorstellung, bei seiner Vorgeschichte im Osten womöglich vor ein Gericht gezerrt zu werden, ließ sofort das grausame Bild von dem Verhörkeller vor seinem inneren Auge erscheinen.

Aber wie konnten sie den Polizisten entkommen? Im Erdgeschoss hatte er eine Reihe von Männern beobachtet, die aus den Fenstern gesprungen und den Vopos auf diese Weise entwischt waren. Aber das war aus dem ersten Stock kaum möglich. Doch draußen im Flur war jetzt alles ruhig. Stein überlegte, ob es wohl vernünftig wäre, wenigstens zu versuchen, den geschützten Raum aufzugeben und das Gebäude zu verlassen, solange alles ruhig zu sein schien. Während er noch darüber nachdachte, ob sie das riskieren sollten, drang erneut Lärm vom Flur bis ans Fenster zu ihm.

Er hoffte, dass das Geschrei dort draußen schnell vorüberging und vor allem nicht ihnen galt, doch ein energisches Pochen gegen die Tür bewies das Gegenteil. Die Männer im Raum verhielten sich ruhig, aber die Leute dort draußen ließen sich nicht täuschen.

»Ich habe es selbst gesehen. Da hat sich eine feige Stupo-Truppe verschanzt!«, brüllte jemand. Und schon wurde gewaltsam versucht, die Tür von außen zu öffnen. Stein betete, dass ihre Kraft nicht ausreichte, den Schreibtisch zu verrücken, doch offenbar hatten die Männer auf der anderen Seite sich derart geschickt gegen die Tür geworfen, dass er sich bewegte und sich die Tür einen Spaltbreit öffnete.

Stein erstarrte, als sich der Kopf eines ihm wohlbekannten Vopos durch die Öffnung schob, denn mit jedem anderen hätte er es aufnehmen können. Nicht mit Abel, der ihn abgrundtief hasste, nachdem Stein ihn dabei ertappt hatte, wie er einem halben Kind in einem extra dafür eingerichteten Verhörkeller ins Gesicht geschlagen hatte. Abel hatte dieser Übergriff seinen Posten gekostet, denn als Stein seinem Vater vorgeworfen hatte, diese Methoden zu billigen, hatte der das weit von sich gewiesen und als demonstratives Zeichen seiner Glaubwürdigkeit Abel degradiert. Stein hatte seinem Vater trotzdem nicht geglaubt, weil er noch von weiteren unsauberen Ermittlungsmethoden Kenntnis hatte und es bei den Vopos nichts, aber auch gar nichts gab, das Hermann Stein verborgen bleiben konnte. Als Markgrafs rechte Hand und Leiter der politischen Abteilung war er nicht nur in alles involviert, sondern für vieles verantwortlich. Mit Abels Degradierung hatte er sich wohl erhofft, seinen Sohn zu besänftigen und bei den Vopos zu halten. Vergeblich! Stein hatte kurze Zeit später die Fronten gewechselt.

In Abels Gesicht konnte er den blanken Hass lesen, als der seine Männer anfeuerte, dieses Rattennest auszuräuchern. Es dauerte nur wenige Minuten, bis die Vopos den Raum stürmten. Abel stürzte sich direkt auf Stein und packte ihn grob am Arm. »Wen haben wir denn da? Freue mich auf die Vernehmung!«

Stein zog mit einem Ruck seinen Arm weg. »Fassen Sie mich nicht an!«, zischte er.

Abel schlug ihm ohne Vorwarnung ins Gesicht. »Er wollte mich angreifen, diese Ratte. Du wirst dich noch wundern. Jungs, diese Herren kommen gleich mit in unsere Dienststelle. Ladet sie auf einen Wagen!«

Auf das Kommando kamen an die zwanzig Vopos herbeigeeilt und nahmen jeweils zu zweit einen Polizisten aus der Friesenstraße fest.

Stein ließ es geschehen, denn es wäre Wahnsinn gewesen, gegen diese Übermacht der Vopos zu kämpfen. Außerdem lief unaufhörlich Blut aus seinem Mund. Offenbar hatte Abel nicht nur die Lippe, sondern auch einen Zahn getroffen. Und er würde einen Teufel tun, wegen dieses Drecksacks die Kontrolle zu verlieren.

In dem Moment, als die Männer abgeführt werden sollten, trat ein Uniformierter in den Raum, dem die Gesichtszüge entgleisten, als er Stein erkannte. Und auch Stein fuhr der Schock in alle Glieder, denn der stattliche grauhaarige Polizist war kein Geringerer als sein Vater.

»Lassen Sie ihn los!«, sagte Hermann Stein ganz ruhig. »Sie sehen doch, dass er verletzt ist!«

Die beiden Vopos nahmen die Hände so schnell von ihm, als hätten sie sich verbrannt.

Hermann Stein näherte sich seinem Sohn und blieb einen halben Meter vor ihm stehen. Stein hielt seinem stechenden Blick stand.

»Bist du verrückt?« Hermann Stein schüttelte den Kopf. »Was hast du bei Friedensburgs Rollkommandos zu suchen?«

»Dasselbe könnte ich dich fragen. Was hast du hier im Stadthaus zu suchen, wo die Stadtverordneten sich lediglich friedlich versammeln wollten?« Steins Ton klang unerschrocken und eiskalt.

Aus den Augenwinkeln konnte Stein sehen, wie die anderen Männer im Raum ihrem Gespräch angespannt folgten. Sogar Abel schien sich nicht zu trauen, sich einzumischen.

»Friedlich? Du bist ein unverbesserlicher Spinner! Der Westen provoziert uns, wo er kann. Das fing doch mit diesem verdammten Geld an. Sie spalten, wo sie nur können. Bei der Währung, bei der Polizei und …«

»Und deshalb sind die nach Westen gesperrten Zufahrtswege reine Notwehr. Ich weiß, diese Leier kenne ich bereits! Bei uns verhungern wieder Menschen!« Stein hatte anklagend die Stimme gehoben.

»Es muss keiner verhungern! Sie können sich ja alle bei uns im Ostsektor registrieren lassen«, widersprach Hermann Stein in einem ebenso vorwurfsvollen Ton.

»Das ist Erpressung, was deine sowjetischen Freunde da machen!«

Der alte Stein lachte höhnisch.

»Meine Güte, wer hat dir nur einen solchen Unsinn erzählt. An meiner Erziehung kann es nicht liegen. Ich …«

Stein unterbrach seinen Vater entschieden. »Stimmt, denn du hast mich gar nicht erzogen, weil du mich zu deiner Schwester abgeschoben hast!«

Das saß. Mit Genugtuung konnte Stein beobachten, wie seinem Vater sämtliche Farbe aus dem Gesicht wich. Er sah plötzlich um Jahre gealtert aus.

»Hau ab!«, zischte Hermann Stein. »Ich will dich nicht mehr sehen! Du hast deine Rache doch bereits gehabt.« Er schob leicht die Unterlippe vor, auf der jetzt eine Narbe sichtbar wurde. Stein zuckte zusammen, als er begriff, dass er seinem Vater dieses Stigma einst zugefügt hatte.

»Hermann, das kannst du nicht machen. Wir sollen sie alle vor Gericht stellen!«, mischte sich Abel ein.

Hermann Stein warf seinem Mitarbeiter einen abschätzigen Blick zu. »Wir haben so viele von ihnen einkassiert. Da kommt es auf den einen nicht an! Der hat seine Lektion verstanden. Nicht wahr, Kommissar Stein? Und bringt die anderen zum Lkw. Und du verschwindest sofort!«

Stein aber blieb stehen und verschränkte die Arme vor der Brust.

»Ohne die Männer da rühre ich mich nicht vom Fleck. Wenn du die mitnimmst, musst du auch mich in deine Folterkeller verschleppen. Dann kannst du mich ja endlich gegen meinen Willen im Osten festsetzen.«

»Hermann, das kannst du dir nicht bieten lassen«, zischte Abel.

Der alte Stein aber ignorierte seinen Untergebenen und wandte sich erneut an seinen Sohn.

»Sag deinen Männern, sie sollen die Armbinden abnehmen und den geordneten Rückzug antreten. Ihnen wird nichts geschehen«, verkündete Hermann Stein leise. In diesem Moment empfand Stein fast so etwas wie Mitleid mit ihm, weil der Mann, dem er jegliches väterliches Gefühl absprach, eine derartige Schwäche zeigte. Und zwar die Schwäche für ihn, seinen Sohn, obwohl der die Hand gegen ihn erhoben hatte. Ihm wurde abwechselnd heiß und kalt.

Nach außen ließ sich Hans-Joachim Stein allerdings keine Emotion anmerken. »Sie haben gehört, was Ihr Vorgesetzter gesagt hat. Wir können gehen«, rief er den Männern zu.

»Das kannst du nicht machen«, fuhr Abel den alten Stein vorwurfsvoll an, aber der antwortete ihm mit einer wegwerfenden Geste.

Die Blicke von Vater und Sohn trafen sich noch einmal intensiv, als Stein den Raum als Letzter verließ. »Danke«, murmelte er halblaut im Vorübergehen, aber dann beeilte er sich, mit den anderen zusammen diesen Ort zu verlassen.

Innerlich war er aufgewühlt. Das war jener fürsorgliche Vater, den er immer vermisst hatte. Aber in dieser Situation einem solchen Gefühl nachzugeben, das war einfach unmöglich.

2. TEIL

34

Der Weg zur alten Löwenbrücke im Tiergarten lag an diesem Septembertag wie ausgestorben. Alles, was auf zwei Beinen gehen konnte, hatte sich offenbar zur Kundgebung vor den Ruinen des Reichstagsgebäudes aufgemacht. Auch Marianne Keller hätte gern die angekündigte Rede Ernst Reuters gehört, aber die »Einladung« war unmissverständlich gewesen. Er hatte ihr einen Brief geschrieben und sie zur Brücke, oder genauer gesagt, zu den steinernen Löwen beordert, denn sie waren alles, was nach einem Bombenangriff von der einstigen Hängebrücke übrig geblieben war. Natürlich hätte sie seine Zeilen ignorieren können, aber sie kannte ihn. Wenn sie nicht spurte, stand er eines Tages bei ihr in der Klinik, und das wollte sie um jeden Preis vermeiden. Mit Dr. Albrecht Müller war nicht zu spaßen. Wenn er etwas wollte, bekam er das auch. Und wenn er ihr durch die Blume zu verstehen gab, dass sie für ihn auszusagen habe, falls er doch noch vor einen Ausschuss geladen wurde, dann hegte er offenbar keinen Zweifel, dass sie, um seinen Leumund zu verteidigen, dreist lügen würde. So war es schon damals im Jahr 1942 gewesen, als er den Posten des Abteilungsleiters bei den forensischen Frauen übernommen hatte.

Wenn der gut aussehende Mann etwas konnte, war es, andere Menschen von seiner Meinung zu überzeugen. Oder wenigstens von seinem Willen. Er war rhetorisch so gewandt und von einem Charisma, dem sich kaum jemand entziehen konnte. Er hatte es sogar geschafft, Marianne nicht nur zu seiner Geliebten zu machen, sondern sie als Gutachterin für Zwangssterilisationen beim Erbgesundheitsgericht zu gewinnen. Sie arbeitete damit jenen damals neu geschaffenen Gerichten zu, die über alle Personen, die als geisteskrank, erblich belastet oder alkoholkrank angezeigt wurden, in einem rechtlichen Verfahren zu befinden hatten, ob sie auch gegen ihren Willen von eigener Nachkommenschaft durch Zwangssterilisierung ausgeschlossen werden sollten. Er selbst konnte die vielen Akten nicht mehr allein bewältigen, sodass er sie seiner Geliebten zugeschustert hatte. Und er hatte sie zu noch mehr überzeugen können ... zu viel mehr!

Marianne trieb es heute noch die Schamesröte ins Gesicht, wenn sie daran dachte, was sie alles angestellt hatte, um ihm zu imponieren. Sogar seine blumigen Worte, die Empathie für die betroffenen Frauen heuchelten, hatte sie ihm einst abgenommen. Erlösung, Nächstenliebe und Gnade statt Mord, Macht und Menschenverachtung. Und trotzdem müsste sie ihm eigentlich dankbar sein, denn er war es, der ihr im Juli 1945 in ihrem Zimmer das Leben gerettet hatte. Sie hatte den Pistolenlauf bereits beinahe im Mund gehabt, da hatte er ihr das Ding einfach aus der Hand gerissen. Er war derart zornig gewesen, weil er nicht verstand, wie man sich umbringen wollte, obwohl man die große Ehre hatte, die zweite Frau an seiner Seite zu sein. Das hatte ihn maßlos gekränkt, dass sie sich wegen »dieser dummen Sache«, wie er es damals zu ihrem Entsetzen ausgedrückt hatte, aus dem Leben hatte schleichen wollen. Keinen Ton davon, dass sie kurz zuvor die Waffe auf ihn gerichtet hatte, fest entschlossen, ihn zu erschießen. Wieder hatte er ihr danach beinahe achtlos die Waffe überlassen. Marianne hätte ihr Werk am nächsten Tag vollenden können, aber sie hatte das Ganze als Zeichen gesehen, zur ewigen Buße verdammt zu sein, indem sie bis zum Ende aller Zeiten in der Klinik blieb, in der sie jeden Tag daran erinnert wurde, was sie verbrochen hatte. Er war nach ein paar Tagen wiedergekommen, als wäre nichts geschehen, hatte mit ihr schlafen wollen, als könnte alles so weitergehen, aber sie hatte ihn weggeschickt. Er hatte sie eine »Hure« genannt und ihr das Kleid zerrissen ...

Danach hatten sie einander nie wiedergesehen – bis vor ein paar Tagen im *Café Wien*. Marianne fröstelte bei dem Gedanken, wie er sie damals gerettet hatte. Dabei hatte sie es doch seinetwegen getan. Weil sie erkannt hatte, was für ein Dreckskerl hinter der Fassade des attraktiven Endvierzigers lauerte. Warum ließ er ihr zufälliges Treffen nicht auf sich beruhen? Ahnte er nicht, wie gefährlich das für ihn sein konnte? Sie hasste ihn nicht nur für das, in was er sie hineingezogen hatte, sondern auch dafür, dass er sie wieder ins Leben zurückgeholt hatte, nachdem er sie zur Mitwisserin seines letzten großen Verbrechens gemacht hatte. Er hatte ihr die Walther P.38, seine Ordonanzwaffe, geschenkt, nachdem man sie kurz zuvor vergewaltigt hatte. Damit sie die »roten Tiere« beim nächsten Mal vorher erschießen oder zumindest sich die Kugel geben konnte, wie er sich ausgedrückt hatte. Beinahe hätte sie die Waffe damals im Mai tatsächlich gegen einen russischen Soldaten gerichtet, aber statt über sie herzufallen, hatte er sie unter seiner Pelzmütze aus einem fast zahnlosen Mund angelächelt. »Frau, Zigarette?« Dann hatte er ihr die Packung hingehalten, und sie hatten stumm miteinander geraucht. Bevor er wieder zu seinen Genossen gegangen war, hatte er ihr ein vergilbtes Foto von einer jungen Frau in einer bunten Tracht gezeigt. »Frau!«, hatte er gemurmelt. Albrecht hatte ihr die Geschichte partout nicht glauben wollen. Er hatte sogar geargwöhnt, dass der Soldat sie vergewaltigt habe, sie aber zu feige gewesen sei, von der Waffe Gebrauch zu machen, wie es sich für eine anständige deutsche Frau gehört hätte.

Warum er sie an jenem Tag, als sie erkannt hatte, was für ein verdorbener Charakter er wirklich war, und ihrem Leben ein anständiges Ende hatte setzen wollen, vom Selbstmord abhalten musste, hatte sie nie wirklich verstanden. Es hatte bis zu ihrer Begegnung im Café keinen Tag gegeben, an dem sie sich nicht das Hirn über die Frage zermartert hatte, ob sie ihn wirklich so ungeschoren davonkommen lassen wollte. Die Vorstellung, dass er ein ehrenwertes Leben führte und niemals für das bestraft werden würde, was er ihr und anderen angetan hatte, war ihr schier unerträglich. Sie hatte läuten hören, dass er in der neu gegründeten Berliner Gesellschaft für Neurologie und Psychiatrie eine große Rolle spielte. Müller war einer, der durch die Maschen eines jeden Netzes schlüpfte. Aber sie wäre die Letzte, die nach außen auch nur ein Sterbenswort über das verlauten lassen würde, was in den Wittenauer Heilanstalten unter seiner Verantwortung geschehen war. Man hatte doch gesehen, was mit der Psychiaterin aus Obrawalde und einer Pflegerin passiert war. Nein, dem Fallbeil würde sie Müller nicht ausliefern können, ohne sich selbst zu belasten. Wie immer, wenn sie daran dachte, wie sie sich derart schuldig hatte machen können, wurde ihr schwarz vor Augen, und sie musste sich hinsetzen.

Aber durfte sie wirklich schweigen über das, was danach geschehen war? Das war nicht im Namen einer menschenverachtenden Ideologie geschehen, sondern um die Verbrechen zu vertuschen. Dafür konnte sie keiner verantwortlich machen. Aber würde man ihr glauben, dass sie ihm angedroht hatte, ihn dafür zu erschießen? Sie hörte immer noch seine schmeichelnde Stimme in dem Moment, in dem er auf sie zugetreten und ihr die Waffe aus der Hand genommen und auf den Boden geworfen hatte. Nicht einmal eingesteckt hatte er sie. So wenig Angst hatte sie ihm gemacht! Ein fataler Irrtum, wie sie in diesem Augenblick dachte.

Marianne hockte sich auf die Erde, ließ die Hand in ihre Jackentasche gleiten und fühlte das kalte Eisen. Sie wusste noch immer nicht mit letzter Sicherheit, was sie mit der Waffe anstellen würde. Sie noch einmal gegen ihn richten, nachdem in den letzten Tagen all das, was sie mühsam verdrängt hatte, mit Macht wieder hochgekommen war? Kurzzeitig hatte sie das Verlangen verspürt, ihrem Leben jetzt doch noch ein Ende zu bereiten, bevor der Kommissar sie entlarven konnte. Seit der in ihr Leben getreten war, fühlte sie sich der Vergangenheit schutzlos ausgeliefert. Ihr war, als hätte der Mann eine Wunde, die gerade dabei war zu verheilen, brutal wieder aufgerissen. Schon bei ihrer Begegnung auf dem Friedhof hatte sie eine dunkle Ahnung davon bekommen, dass er eine Bedrohung für ihr zukünftiges Leben werden konnte. Aber sie wollte es ihm nicht leicht machen. Irgendwo in ihr war auch ein Selbstbehauptungsimpuls geweckt, und sie verspürte gar eine Lust an dem Kampf, der sich andeutete, auch wenn sie ihn verlieren würde und er für sie in der Zerstörung ihres Lebens enden sollte. Sie wollte sich darauf einlassen. Ihr schien es, als würde sie den Kommissar an jemanden erinnern. Damit könnte eine gewisse Macht über ihn verbunden sein. Mary. Ob er ihr abgenommen hatte, dass sie nicht gemerkt hatte, wie er den Namen einer anderen Frau gestöhnt hatte? Davon abgesehen, dass ihr Spitzname niemals Mary gewesen war, kam sie auch nicht aus Verhältnissen, in denen man ein Kindermädchen gehabt hätte. Aber sie war schon als Kind eine gute Lügnerin gewesen. Leider hatte sie das meist gegen sich selbst gerichtet. Denn darin, sich selbst zu belügen, war sie unschlagbar. Aber der Kommissar würde sie früher oder später überführen. Es gab so viele Anhaltspunkte.

Dennoch hatte sie einen Trumpf in der Hand. Sie würde alles daransetzen, seine Begierde anzuheizen und ihn von seinen Ermittlungen abzulenken. Schon einmal hatte er im Kontakt mit ihr die Kontrolle über sich verloren. Ein kleines Spiel brauchte sie noch, und wenn es ihr letztes sein sollte. Aber erschießen würde sie sich nicht! Ganz gleich, was geschah!

Marianne erhob sich entschieden und sah bereits die Brücke in der Ferne auftauchen. Sie musste daran denken, wie sie manchmal beim Sonntagsspaziergang mit ihren Eltern über diese Brücke gegangen war. Damals, als im Tiergarten noch Vögel gesungen und Bäume gestanden hatten, wo jetzt der Blick nur auf tristes Ackerland mit herausragenden schwarzen Stümpfen traf. Wenn nicht Bomben diese Idylle zerstört hatten, dann hatten die frierenden Menschen das restliche Holz geschlagen, um die vergangenen kalten Winter zu überleben. Dazwischen tauchte ein bizarr anmutendes Kohlfeld auf. Es war wie in einem Kleingarten von einem primitiven Zaun umgeben. Dieser hilflose Versuch, einen kleinen privaten Ort zur eigenen Nahrungsmittelversorgung in einer von Chaos und Not bestimmten Zeit abzugrenzen, musste doch angesichts der vielen, die in Berlin mit dem Hunger kämpften, auf ganzer Linie scheitern.

Ihre Gedanken schweiften erneut zu dem Kommissar ab. In anderen Zeiten hätte sie so einem Kerl wirklich verfallen können. Damals, als sie noch ein Faible für Tanzlokale und schöne Männer gehabt hatte. Als Studentin, da hatte sie Spaß am Leben und der Liebe gehabt. Später war es nur noch Kampf gewesen. Das Leben und auch die Liebe. Sie hatte sie bereits aufgegeben, als Albrecht in der Klinik aufgetaucht und sich mit ihm die dunklen Wolken des

Krieges aufgelöst hatten, jedenfalls vorübergehend. Mit ihm war wieder etwas von der Leidenschaft und Leichtigkeit ihrer jungen Jahre aufgeflammt. Was hatten sie für rauschende Feste gefeiert! Jedes Mal, wenn sie von einer dieser Reisen, auf die Albrecht sie geschickt hatte, in die Heilstätten zurückgekehrt war. Ja, sogar der Champagner war in Strömen geflossen, und in seinen Armen hatte er sie vergessen machen können, dass es für die anderen eine Reise ohne Wiederkehr gewesen war. Später hatten sie ihre sichere Rückkehr dann nur noch mit Weinbrand gefeiert, den Braunke in seinem Keller gehortet und zu den Festen spendiert hatte. Sie hatte viel davon gebraucht, um die groben Scherze der Kerle über ihre Fahrten in den Osten zu ertragen. Allen voran hatte Braunke das große Wort geschwungen. Sie hatte damals nicht verstanden, warum Albrecht sich mit einem derartig groben Klotz wie diesem Kriminellen abgab. Viel zu spät hatte sie begriffen, dass es ein ideologisch unzertrennbares Band zwischen den primitiven Stiefelträgern und den feinen Herren im weißen Kittel gab. Als Albrecht die Maske des scheinbar kultivierten Schöngeists endgültig abgelegt und sich mit den Kerlen gemein gemacht hatte, war ihr Lebenswille gebrochen. Niemand würde je verstehen, dass sie, obwohl sie diese gestiefelten Burschen für primitives Gesocks gehalten und deren Ideologie keinen Moment lang geteilt hatte, Müllers Befehle blind ausgeführt hatte. Aus Liebe, hatte sie damals geglaubt.

Sie war nun an der Brücke angekommen und kam nicht weiter, weil die eigentliche Brücke zerstört war. Alles war still. Ganz merkwürdig still. Es war ungewöhnlich, dass Albrecht noch nicht dort war, weil er grundsätzlich auf die Minute pünktlich war, aber sie hatte sich um einiges verspätet. Ob er schon wieder gegangen war? Marianne drehte sich nach allen Seiten um. Man hatte einen weiten Blick; da, wo früher Bäume und Sträucher die Brücke umgeben hatten, war nichts mehr.

Sie fröstelte, obwohl an diesem Tag spätsommerliche Temperaturen herrschten. Als ihr Blick zu den großen Löwen aus Stein schweifte, fasste sie entschlossen in die Jackentasche und holte ihre Waffe hervor. Die Entscheidung stand fest: Sie würde niemals für ihn aussagen! Im Gegenteil, sie würde das Problem auf ihre Weise aus der Welt schaffen. Dieses Mal würde sie nicht zögern. Das spürte sie in jeder Pore. Als sie ein Rascheln hinter sich vernahm, fuhr sie erschrocken herum, aber da war keiner. Ein Beben durchlief ihren Körper bei dem Gedanken, das zu vollenden, was sie in den letzten Jahren Hunderte Male in ihrem Kopf durchgespielt hatte. Seine spöttisch hochgezogenen Augenbrauen, seine Stimme, der sie einst so verfallen gewesen war, die befahl: Lass die Waffe fallen! Dieser Schritt auf sie zu in der Gewissheit, sie würde es wieder nicht schaffen, ihn zu töten.

Der laute Schrei eines Vogels ließ sie noch einmal in Richtung Brücke sehen. Sie näherte sich den Löwenköpfen. Die Waffe im Anschlag.

35

Wuttke kochte innerlich vor Zorn, als ihn Krüger ausgerechnet zu dem Zeitpunkt in sein Büro befahl, als er gerade das Präsidium verlassen wollte, um an der Kundgebung vor dem Reichstagsgebäude teilzunehmen. Ihm fiel keine passende Ausrede ein, um dem Gespräch mit Krüger zu entgehen, denn er hatte noch Dienst. Stein hätte zwar für ihn mitgearbeitet und ihn gedeckt, aber dass er ihn nicht als Vertretung zu seinem Vorgesetzten schicken konnte, war klar.

Natürlich wollte Krüger endlich von ihm persönlich erfahren, was im Stadthaus vor sich gegangen war, denn im Präsidium sprach man seit zwei Tagen von nichts anderem als von Steins Heldentat. Missmutig rechnete Wuttke mit dem Schlimmsten: dass ihn Krüger so lange aufhalten würde, dass er zu spät zum Reichstag kommen würde, und das ärgerte ihn maßlos. Für Wuttke war Ernst Reuter der rechtmäßige Bürgermeister von Berlin, auch wenn die Russen seine Ernennung verhindert hatten und nun Friedensburg die Amtsgeschäfte führte. Allerspätestens seit dem Desaster, das Wuttke beim Einsatz in der sogenannten Magistratsschutztruppe erlebt hatte, war er wie viele andere der Meinung, in das Amt gehöre ein Politiker von Reuters Format. Wuttke kam aus einem sozialdemokratischen Haus, und sein Vater hatte aus dieser Gesinnung keinen Hehl gemacht, auch nicht nach 1933. Das hatte ihm später ein paar Tage Gestapo-Haft eingebracht, aus der er mehr tot als lebendig nach Hause zurückgekehrt war. Wuttke hatte sich damals als zehnjähriger Junge beim Anblick des auf einem Auge erblindeten Vaters geschworen, sich niemals mit Vertretern der Macht anzulegen. Dem Vorsatz wäre er sicher treu geblieben, wenn ihm damals in Polen sein Gewissen nicht derart zugesetzt hätte. Aber das hatte man ihm ja dann auf andere Weise ausgetrieben.

In denkbar schlechter Stimmung betrat Wuttke Krügers Büro.

Es wurde gleich offensichtlich, dass er die mit seinem Vorgesetzten gemein hatte. Auch der Kriminalrat zog ein langes Gesicht.

»Wuttke, ich habe gesagt, Sie sollen sich was einfallen lassen, um den Kerl loszuwerden. Und jetzt lässt er sich auch noch als Held feiern!«, bellte Krüger.

Wuttke atmete einmal tief durch. Er war nicht gewillt, dem Mann weiter nach dem Mund zu reden und ihm falsche Versprechungen zu machen. Denn auf Stein ließ er nichts mehr kommen. Er hatte bei ihrem Abzug aus dem Stadthaus erlebt, wie Polizisten aus anderen Inspektionen auf Lastwagen gepfercht und weggekarrt wurden. Nein, der Kollege hatte sie alle vor dem Abtransport in den Osten und unangenehmen Verhören bewahrt. Und wenn es das Letzte war, was er seinem Chef mitteilen würde, bevor er aus dem Polizeidienst entlassen wurde, er konnte nicht anders, als eine Lanze für seinen Kollegen zu brechen.

»Herr Kriminalrat. Ich kann Ihnen nicht helfen, den Duke loszuwerden. Und ich will es auch gar nicht. Stein ist ein guter Kollege. Er hat sich als absolut loyal und mutig erwiesen. Ohne ihn würden wir jetzt alle auf irgendeiner Polizeiwache im Osten den Schikanen der Vopos ausgesetzt sein …«

»Gut, dann werde ich Sie vom Amtsarzt untersuchen lassen, und der wird feststellen, dass Sie …!«

In dem Moment klopfte es an der Tür. »Jetzt nicht!«, brüllte Krüger. »Wo war ich stehen geblieben?«

»Beim Amtsarzt!«, zischte Wuttke.

»Gut, also, der wird dich untersuchen, und dann kannst du dich schon mal den Amis als Bote andienen!« Er blickte Wuttke triumphierend an.

»Tun Sie, was Sie nicht lassen können! Dann müssen Sie mich eben rauswerfen. Alles besser, als einen Kollegen zu denunzieren, der sich für uns eingesetzt hat. Und nicht nur das. Ich müsste ja lügen, denn er hat seinem Vater die Stirn geboten. Er hätte allein abhauen können, aber das hat er nicht getan!«

Wuttke hielt inne und wartete auf einen cholerischen Ausbruch Krügers, aber der blieb überraschenderweise aus. Der Kriminalrat war stattdessen ganz grau im Gesicht geworden. Offenbar hatte er begriffen, dass er in diesem Augenblick seine Macht über den kleinen Feldgendarmen Wuttke unwiederbringlich verloren hatte.

»War das alles? Ich würde jetzt gern weiterarbeiten«, sagte Wuttke entschieden.

Krüger aber machte nur eine Handbewegung, als wollte er eine lästige Fliege verscheuchen.

Wuttke ging hocherhobenen Hauptes zur Tür. Er spürte den flammenden Blick des Kriminalrats förmlich in seinem Nacken brennen, aber er konnte ihm nichts mehr anhaben. Selbst auf die Gefahr, dass er wieder bei den Amis Gelegenheitsarbeiten verrichten musste, war er mit seiner Entscheidung zufrieden. Sie verschaffte ihm Ruhe, und er fühlte sich so stark wie noch nie zuvor in seinem Leben. Nie wieder die Drecksarbeit für Krüger erledigen! Er hatte es einmal getan, und das war einmal zu viel gewesen!

Wieder klopfte es an der Tür. Dieses Mal energischer. Obwohl Krüger nicht »Herein!« rief, flog die Tür auf, und ein aufgeregtes Fräulein Krause trat ein.

»Sind Sie von allen guten Geistern verlassen? Sie stören ein wichtiges Gespräch!«, schnauzte Krüger sie an. Lore sah erschrocken von einem zum anderen und schien die Spannung zwischen den beiden sofort zu spüren.

»Es tut mir leid, aber ich muss Sie sprechen, Kommissar Wuttke. Wir haben einen Toten im Tiergarten. Löwenbrücke. Stein lässt fragen, ob Sie mitkommen.«

»Dumme Frage, natürlich begleitet Wuttke Stein zum Tatort«, mischte sich Krüger ein.

Wuttke würdigte seinen Vorgesetzten allerdings keines Blickes mehr und eilte gemeinsam mit Fräulein Krause davon.

»Ihr Kollege lässt fragen, ob Sie wohl die Kundgebung dafür sausen lassen könnten. Das wollte ich nicht vor dem Chef ansprechen.«

»Muss ich wohl. Aber gehen Sie doch einfach hin!«

»Aber, ich würde Sie auch in den Tiergarten begleiten, wenn Sie mich brauchten«, versicherte die eifrige Schreibkraft.

»Nein, nein, das ist nichts für Sie. Nutzen Sie die Chance und gehen für mich zur Kundgebung. Aber alles mitstenografieren, was der Reuter von sich gibt«, lachte Wuttke.

Das ließ sich Fräulein Krause nicht zweimal sagen.

36

Stein war bereits dabei, seinen neuen Mantel anzuziehen, als Wuttke ins Büro stürmte. Wuttke musste ein Grinsen unterdrücken. Er hatte keine Ahnung, wie es der Kollege geschafft hatte, sich im Blockade-Berlin einen so guten Zwirn zu besorgen, aber der Mantel glich seinem alten wie ein Ei dem anderen.

»Ist der neu?«, fragte er.

»Gestern aus London gekommen. Ich kenne den Piloten eines britischen Rosinenbombers. Der schuldete mir noch einen Gefallen.«

»Sie sind ein eitler Fatzke«, entgegnete Wuttke in bewunderndem Ton.

»Kommen Sie mit? Toter an der alten Löwenbrücke im Tiergarten. Die Kollegen von der Schutzpolizei sind von einem Mann informiert worden, der dort auf dem Weg zur Kundgebung zufällig vorbeigekommen ist und ihnen völlig aufgelöst von einem Toten im Wasser berichtet hat.«

»Gut, gehen wir. Ich habe Fräulein Krause als Vertretung zur Kundgebung geschickt!«

Stein schlug ihm zum Dank freundschaftlich auf die Schulter.

Wenig später saßen die beiden Kommissare zusammen mit zwei Kollegen der Spurensicherung in einem Dienstfahrzeug und machten sich auf den Weg zum Tiergarten. Sie kamen bis fast an den Tatort heran, mussten nur den Rest zu Fuß gehen, weil die ehemaligen Spazierwege nicht mit Wagen passierbar waren.

Bei den zwei imposanten Löwenköpfen warteten bereits die Schutzpolizisten und zeigten ihnen die Leiche. Sie war voll bekleidet und lag mit dem Gesicht oder besser dem, was davon noch übrig war, nach oben halb im Wasser.

Wuttke musste sich kurz abwenden von dieser undefinierbaren Masse aus Fleisch und Blut. Er hatte beim Boxen so einiges ertragen, ohne mit der Wimper zu zucken, aber das hier schlug ihm auf den Magen. Auch Stein war einen Schritt zurückgetreten und schien in die Ferne zu blicken, während er offenbar versuchte, gegen den Ekel anzuatmen, doch dann holte er seinen Block heraus und begann mit versteinerter Miene zu zeichnen, was er dort sah. Als er fertig war, gab er den Schutzpolizisten den Auftrag, die Leiche aus dem Wasser zu bergen.

Wuttkes Magen rebellierte immer noch, als er sich zu dem Toten beugte und die Taschen seiner Anzugjacke durchsuchte, um Hinweise auf die Identität des Mannes zu finden, aber er hatte keine Papiere dabei. Besonders makaber fand er das helle Einstecktuch in der Brusttasche des Opfers. Es hatte im Gegensatz zu dem Anzug nicht einen einzigen Spritzer Blut abbekommen.

»Eleganter Zwirn«, murmelte Stein mit einem prüfenden Blick auf die Kleidung des Toten, bevor er sich erneut an seine obligatorische Zeichnung machte. Wuttke blickte ihm kurz über die Schulter und fand, diese Zeichnung hätte sich in einem Buch mit Horrorbildern gut gemacht.

»Mir wäre ein Ausweis lieber«, erwiderte Wuttke, nachdem er die Taschen untersucht hatte. Gemeinsam lösten sich die Kommissare von dem Toten und gingen zu den Schutzpolizisten. Der eine war weiß wie eine Wand. »Entschuldigen Sie, mein Magen«, sagte der Mann leise. »So was habe ich nicht mal in Russland gesehen.«

»Legen Sie ihn auf den Bauch, bis die Kiste kommt«, schlug Stein vor, aber der sensible Schutzpolizist entschuldigte sich daraufhin und verschwand hastig im Gebüsch. Sein Kollege und Wuttke drehten derweil die Leiche um, nachdem der Fotograf sein letztes Tatortfoto gemacht hatte.

»Sie sind also von einem Mann gerufen worden, der den Toten gefunden hat?«, fragte Stein nun den robusteren Schutzpolizisten.

»Genau, wir sollten Dienst bei der Kundgebung tun und waren auf dem Weg dorthin, als ein Mann aus dem Park gerannt kam und uns anhielt. Er behauptete, bei den Löwenköpfen läge ein Toter im Wasser. Wir sind sofort dorthin geeilt und ja, dann haben wir den da gefunden«, erklärte der Polizist.

»Und ist Ihnen irgendetwas aufgefallen?«, mischte sich Wuttke ein.

Der Schutzpolizist dachte nach. »Nein, doch, ja, aber es ist sicher nicht von Bedeutung. Uns ist unterwegs eine Frau begegnet. Die machte einen merkwürdigen Eindruck. Wir haben sie gefragt, ob sie Hilfe braucht, aber sie hat uns gar nicht geantwortet, sondern ist ohne ein Wort an uns vorbeigeschlichen, wie … ja, beinahe wie eine Schlafwandlerin. Also irgendwie verdächtig.«

»Und? Wie sah die Frau aus?«

Der Schutzpolizist wandte sich Hilfe suchend an seinen Kollegen, der inzwischen wieder zu ihnen gestoßen war. Der zuckte die Schultern.

»Schlank, zierlich bis dürr, mittelalt und blondes, nein, eher rotes oder rotblondes Haar, also das, was man unter dem schwarzen Hütchen sehen konnte.«

Wuttke sah, wie Stein nun jegliche Farbe aus dem Gesicht wich.

»Wollen Sie sich lieber dort anlehnen?«, fragte Wuttke fürsorglich und deutete auf den Löwen. Er schrieb diese ungesunde Blässe dem grausamen Anblick des zerschossenen Gesichts zu.

Doch Stein winkte ab. »Nein, nein, geht schon. Alles in Ordnung«, murmelte er, doch Wuttke ahnte, dass gar nichts in Ordnung war.

»Verdammt, das hängt doch irgendwie alles zusammen«, sagte Stein leise mehr zu sich, doch Wuttke hatte gute Ohren.

»Wie meinen Sie das? Sie vermuten doch nicht etwa, dass es derselbe Täter wie bei unseren Beschrifteten ist, oder?«

»Ich vermute gar nichts, Wuttke, ich habe nur so ein mulmiges Gefühl im Magen.«

»Das haben wir alle.« Er deutete mit einem schiefen Grinsen auf die Leiche.

»Wuttke, ich muss Sie nachher dringend unter vier Augen sprechen. Oder wollen Sie noch schnell zur Kundgebung?«, raunte er.

»Ich glaube, wenn ich Sie so ansehe, sollte ich besser mit Ihnen ins Präsidium kommen. Scheint was Ernstes zu sein«, erwiderte Wuttke und warf noch einen flüchtigen Blick auf den Toten. Bis auf das Kaliber der Waffe, bei dem es sich wahrscheinlich um dasselbe handeln könnte, das der Mörder von Braunke und Weber verwendet hatte, sah er nicht die Spur einer Gemeinsamkeit. Jemandem mitten ins Gesicht zu schießen, das war krank. In diesem Augenblick fiel ihm ein, dass er das auch bei Braunke gedacht hatte. Krank, jemanden von hinten zu erschießen und die Leiche bürokratisch zu beschriften … oder jemand war so voller Hass, dass ihm ein einfacher Schuss ins Herz nicht genügte, um seine Rachegelüste zu befriedigen. Oder jemand wollte ein Gesicht, dessen Anblick einst womöglich Freude gemacht, dann aber nur noch Abscheu hervorrief, endgültig und für immer auslöschen. Das passte aber alles nicht mit den Morden an Braunke und Weber zusammen, dachte Wuttke entschieden und ging endgültig davon aus, dass sie es mit zwei Tätern zu tun hatten.

Die Gefahr, die in diesem Augenblick von ganz anderer Seite lauerte, bemerkten allerdings zunächst weder Wuttke noch Stein. Hatten sie es bei Braunke und Weber geschafft, die Presse aus der Sache herauszuhalten, war dies in dem neuen Fall nicht möglich: Der Mord war in der Öffentlichkeit geschehen und daher nicht im Verborgenen zu halten.

Es war Wuttke, der den Schatten hinter dem verkohlten Baum weghuschen sah und die Verfolgung aufnahm. Erst als dem Mann bei dem Gerangel die Kamera aus der Hand fiel, begriff Wuttke, dass er sich mit einem Reporter prügelte. Das junge Bürschchen, dessen Namen er nicht kannte, war ihm bereits bei anderer Gelegenheit aufgefallen, weil er stets als Erster am Tatort war. Auch äußerlich war er unverkennbar, denn er hatte eine auffällige Narbe auf der rechten Wange. Da er ein beinahe unschuldiges Jungengesicht besaß, hatte er ihn bislang für harmlos gehalten, aber ganz offenbar war er mit allen Wassern gewaschen und konnte den Polizeifunk abhören. Abrupt ließ Wuttke von ihm ab.

»Wie hast du das angestellt, vor uns am Tatort zu sein?«, fuhr er den Kerl an.

Der junge Mann musterte Wuttke mit Unschuldsmiene.

»Das war Zufall. Ich war auf der Kundgebung und bin früher gegangen und dann den beiden Polizisten gefolgt.«

»Aha, aus lauter Vergnügen?«, hakte Wuttke streng nach.

»Nein, die waren so aufgeregt. Da habe ich schon vermutet, dass etwas passiert ist.«

»Hast du den Toten geknipst?«

»Aber natürlich nicht, Herr Kommissar, das würde ich natürlich niemals tun. Aber vielleicht können Sie mir ein bisschen darüber erzählen, was passiert ist.«

»Unbekannter Toter. Ist erschossen worden. Und nun machst du die Biege. Verstanden?«

»Dann noch einen schönen Tag, Herr Kommissar!« Er lüftete höflich seinen Hut und verschwand in erstaunlich guter Stimmung, gemessen daran, dass der Kommissar ihn mit mageren Informationen gefüttert und dann weggejagt hatte. Wuttke sollte sich allerdings später noch gut an diesen Augenblick erinnern und sich im Nachhinein über seine eigene Gutgläubigkeit ärgern.

Stein näherte sich Wuttke nun mit finsterer Miene.

»Die Presse?«

»Ein kleiner Möchtegernschreiberling.«

»Sie haben aber nichts von den möglichen Verbindungen zu den Mordfällen Braunke und Weber verraten, oder?«, fragte Stein erschrocken.

»Stein, natürlich nicht, denn es gibt keine! Das hier hat nichts, aber auch gar nichts mit unserem Fall zu tun. Ich befürchte, Ihr Gefühl täuscht Sie.«

»Gut, wenn Sie meinen, dann können wir ja jetzt gemeinsam zur Kundgebung gehen und uns den Rest anhören, während die Kollegen den Umkreis nach Spuren untersuchen«, schlug Stein jovial vor.

Wuttke musterte den Kollegen skeptisch.

»Meinen Sie das im Ernst? Vorhin kündigten Sie mir noch ein Gespräch unter vier Augen an.«

»Das läuft nicht weg! Aber ich glaube, wir könnten jetzt ein bisschen Abwechslung gebrauchen, bevor wir uns im Präsidium mal ernsthaft unterhalten und vor allem, bevor wir unseren Toten spätestens morgen noch einmal in Moabit näher betrachten.«

»Gut, dann aber los!«

Im Eilschritt durchquerten die Kommissare den Tiergarten, bis sie die Stimme Reuters aus einem Megafon beschwörend verkünden hörten: »Und Volk von Berlin, sei dessen gewiss, diesen Kampf, den wollen, diesen Kampf, den werden wir gewinnen!« Danach war kurz eine Pause, bevor frenetischer Applaus losbrach.

Das waren Reuters letzte Worte, doch die beiden Polizisten waren nun vor den Ruinen des Reichstags angekommen und blickten auf ein gigantisches Menschenmeer, das gar nicht aufhörte, zu klatschen und zu johlen.

»Na, Stein, was sind Sie denn nun: Tommy oder einer von uns?«, raunte Wuttke verschwörerisch, doch der Kollege hörte ihm gar nicht mehr zu. Er schien völlig abwesend und verfolgte mit seinen Blicken eine Frau, die hektisch versuchte, die Menschenmenge hinter sich zu lassen. Sie war zierlich, schlank und rotblond. Und sie trug ein schwarzes Hütchen. Wuttke hatte keine Ahnung, wer diese Person war, aber ihm klang noch in den Ohren, was der Kollege von der Schutzpolizei über jene Frau gesagt hatte, die ihnen auf dem Weg zum Tatort begegnet war. Zierlich und rotblond. Die Frau macht den Eindruck, als hätte sie einen Geist gesehen. Und das wachsweiße Gesicht seines Kollegen sprach Bände, während er ihr wie in Trance hinterherstarrte.

37

Mit gemischten Gefühlen fuhr Stein nach Dienstschluss allein zu den Wittenauer Anstalten. Er wollte Gewissheit, ob Frau Dr. Keller im Tiergarten gewesen war, bevor er sie später auf der Versammlung hatte vorbeihuschen sehen. Die Beschreibung jener Frau hatte ihn jedenfalls sofort an sie denken lassen. Er hoffte nur, dass Wuttke ihm sein Entsetzen nicht angemerkt hatte. Es ärgerte ihn maßlos, dass er seine Contenance verlor, sobald diese Frau im Spiel war. Am liebsten würde er das Geschehene rückgängig machen, aber das war schwerlich möglich. Es durfte ihm allerdings nicht noch ein zweites Mal passieren.

Gern hätte er Wuttke zu ihr geschickt, aber er war sich immer noch nicht ganz sicher, ob Wuttke nicht doch Krüger in diese Ermittlungen einbeziehen würde. Dieses eine Mal würde er wohl noch einen Alleingang riskieren, doch wenn sich herausstellen sollte, dass die Keller etwas mit dem Toten an der Löwenbrücke zu tun hatte, blieb ihm keine Wahl: Dann musste er entweder Wuttke einweihen oder gleich den Polizeipräsidenten. Mit dieser Erkenntnis hatte er sich einen Dienstwagen genommen, um erneut die Wittenauer Heilanstalten aufzusuchen.

Im Dienstzimmer teilte ihm ein betagter Arzt mit, dass die Frau Doktor sich heute freigenommen habe, um zur Kundgebung zu gehen. Ein Blick auf die Uhr zeigte ihm, dass es definitiv zu spät für eine Vernehmung war. Aber er wollte Klarheit, und zwar sofort!

Trotzdem hatte er ein ungutes Gefühl, abends bei ihr in der Privatwohnung aufzukreuzen. Er war schon fast aus der Tür, als ihm ein Gedanke kam. Stein drehte sich zu dem weißhaarigen Psychiater um und fragte ihn, wie lange er schon in den Wittenauer Anstalten tätig war.

Den Mann irritierte diese persönliche Frage eines Fremden offensichtlich. »Warum wollen Sie das wissen?«

Stein zückte seinen Dienstausweis. »Aus beruflichem Interesse«, antwortete er.

»In was für einer Sache ermitteln Sie denn?«, hakte der Arzt skeptisch nach.

»Es geht um einen Mordfall«, erwiderte er lakonisch. »Also, seit wann arbeiten Sie hier?«

»Seit 1935.«

»Dann waren Sie hier auch während des Krieges tätig, oder?«

Der Mann nickte. »Bis auf die letzten Kriegsmonate. Da war ich beim Volkssturm, um Berlin zu verteidigen. War ja schon in Verdun dabei.« Er sagte das nicht ohne einen gewissen Stolz. Stein lief es eiskalt den Rücken herunter. War das nicht ein Haufen schlecht bewaffneter Greise und Kinder gewesen, die als Kanonenfutter gedient hatten?

»Und ist Ihnen bekannt, dass nach dem Krieg fünf Patientinnen spurlos aus der Klinik verschwunden sind?«

Der Mann zog die Augenbrauen hoch. »Guter Mann, jeden Tag sind Insassen an Hunger und Entkräftung gestorben. Wir waren doch völlig vom Schwarzmarkt abgekoppelt. Hier gab es nüscht zu essen. Und der Braunke hat sich hier nicht mehr blicken lassen, nachdem der ein ganz großer Schieber geworden ist.«

»Carl Braunke? Was hat er denn vorher hier getan?«

»Der hatte überall die Finger drin, wo er ein Geschäft gewittert hat. Der hat die Lkws mit den Patienten zum Bahnhof Grunewald gefahren …«

»Und wohin ging die Reise?«

Der Arzt zuckte die Schultern. »Keine Ahnung. Es hieß nur, die Patienten würden verlegt, aber die Sache wurde nur von einer Handvoll Kollegen betreut. Die haben nie ein Wort darüber verloren, wo sie gewesen sind. Das war wie ein Geheimbund, aber wir anderen wollten es auch gar nicht wirklich wissen.«

»Und wer waren diese Kollegen?«

Der Mann machte erschrocken einen Schritt rückwärts und hob abwehrend die Hände. »Nein, nein, so nicht. Ich will nichts gesagt haben. Nachher heißt das noch, ich hätte Kollegen denunziert.

Nein, bitte behelligen Sie mich nicht länger.« Er deutete demonstrativ zur Tür. »Auf Wiedersehen, Herr Kommissar!«

Stein zögerte, aber dann verließ er schnellen Schrittes das Dienstzimmer der Keller. Draußen vor seinem Wagen blieb er stehen und holte eine Zigarettenschachtel hervor. Er rauchte selten und wenn, dann auch nur Senior Service, die ihm ein Bekannter, der Pilot eines Rosinenbombers, aus London mitgebracht hatte.

Ihm war immer dann nach Rauchen zumute, wenn er nicht mehr weiterwusste. Er war in einem Zwiespalt. Sollte er die brandgefährliche Frau Dr. Keller wirklich noch einmal in ihrer Wohnung aufsuchen oder stattdessen nicht lieber Wuttke in seinen Verdacht einweihen, dass sie die Frau sein konnte, die kurz nach dem Mord durch den Tiergarten gegeistert war, und ihn morgen nach ihrem Besuch in der Pathologie zu ihr schicken?

Während Stein noch unschlüssig war, was besser war, sah er in der Ferne einen Schatten vorbeihuschen, der ganz offensichtlich der von Frau Dr. Keller war. Stein blieb wie erstarrt stehen, doch dann beschloss er, ihr zu folgen. Die Würfel waren gefallen. Er würde riskieren, sie persönlich mit der Frage zu konfrontieren, ob sie vor der Kundgebung im Tiergarten gewesen war. Und wenn er sie noch vor dem Hauseingang einholte, umso besser. Dann musste er sie nicht in die Enge der Wohnung begleiten. Allein der bloße Gedanken daran erregte ihn. Er spürte, wie sich sein kriminalistisches Jagdfieber mit einer sehr persönlichen Begehrlichkeit mischte. Doch er schaffte es, die Erinnerung an seinen Fehltritt abzuschütteln, und nahm die Verfolgung auf. Wie erwartet steuerte sie auf den Eingang ihres Hauses zu, doch dann schlug sie einen Haken und eilte in Richtung Friedhof. Irritiert beschleunigte er seinen Schritt, aber sie war verdammt schnell. Immerhin konnte er sie noch im fahlen Mondlicht erkennen. Und tatsächlich schien ihr Ziel der alte Friedhof zu sein, wo sie sich das erste Mal begegnet waren. Als er rechts die Hecke erkannte, hinter der er das Schluchzen der fremden Frau vernommen hatte, war er für einen Moment unaufmerksam. Als er wieder nach vorn blickte, war sie verschwunden. Der Ruf eines Käuzchens ließ ihn zusammenzucken.

Angst im Dunkeln hatte Stein nicht, aber die Vorstellung, dieser Frau nachts auf einem Friedhof hinterherzuschleichen, griff sein Nervenkostüm an.

Zögernd betrat er den Friedhof, doch von der Ärztin war weit und breit nichts zu sehen. Stattdessen raschelte es von allen Seiten. Offenbar waren im nächtlichen Reinickendorf etliche Wildtiere unterwegs.

Stein blieb stehen und drehte sich suchend einmal um die eigene Achse. Er hatte beim besten Willen keine Ahnung, welchen Weg er nehmen sollte. Plötzlich hörte er hinter sich ein Zischen, das mit Sicherheit nicht von einem Tier stammte. Er fuhr herum, aber dort waren nur die Hecke und ein Baum. Beherzt trat er auf die alte Eiche zu, doch bevor er sie erreichte, sprang Frau Dr. Keller hinter ihr hervor.

»Sie verfolgen mich also sogar bis auf einsame Friedhöfe, Herr Kommissar!«, bemerkte sie spöttisch. »Ich habe Sie nämlich an Ihrem Wagen rauchen gesehen und wollte wissen, ob Sie mir tatsächlich hinterherrennen«, fügte sie beinahe anklagend hinzu.

»Blödsinn! Was treiben Sie hier mitten in der Nacht?«, herrschte er sie an.

»Ich glaube, ich bin Ihnen keinerlei Rechenschaft schuldig.«

Sie trat einen Schritt auf ihn zu und kam ihm sehr nahe. Zu nahe, wie er fand. Er konnte nur von Glück sagen, dass der nächtliche Friedhof kein Ort war, der sein Blut annähernd so zum Kochen brachte wie ihre kleine Wohnung. Insofern war er gegen ihre unverfrorene Annäherung gefeit, wenngleich sie zu seinem großen Bedauern unvermindert anziehend auf ihn wirkte.

»Ich glaube doch, Frau Dr. Keller. Mich geht es zwar nichts an, was Sie auf dem dunklen Friedhof treiben, aber schon, was Sie nach einem grausamen Mord in der Nähe des Tatorts zu suchen haben.«

Volltreffer, dachte er, als ihr Gesicht im Schein des Mondes noch fahler wurde.

»Was haben Sie dort gemacht?«

Frau Dr. Kellers Miene vereiste förmlich. »Ich weiß nicht, wovon

Sie reden. Ich war nicht im Tiergarten. Ich war auf der Kundgebung, wenn Sie es genau wissen wollen. Ist das verboten?«

»Frau Dr. Keller, Sie wollen behaupten, dass Sie nicht im Tiergarten gewesen sind?«

»Nein, ich war auf der Kundgebung!«

»Gut, dann kommen Sie bitte morgen in die Friesenstraße. Wir machen eine Gegenüberstellung. Dann werden wir ja sehen, ob Sie die Wahrheit sagen.«

»Ich verstehe nicht ganz. Wer will mich denn dort gesehen haben?« Das klang nicht mehr ganz so selbstsicher und kühl wie zuvor.

»Sagen Sie mir einfach, wann Sie morgen Dienstschluss haben. Dann werden wir das entsprechend organisieren.«

Plötzlich bekam die Ärztin einen weichen Gesichtsausdruck und berührte wie zufällig seinen Arm. Sie sah ihm in die Augen. »Sie glauben doch nicht, dass ich Sie belügen würde, oder?«

Das hätte sie nicht fragen dürfen. In diesem Augenblick konnte Stein die Keller bis auf den Grund ihrer Seele durchschauen. Es war allzu offensichtlich: Sie versuchte mit allen Mitteln, ihn von der Vernehmung abzulenken. Sie ahnte, was für eine Wirkung sie auf ihn hatte. Kein Wunder. Er hatte ihr ja hinlänglich bewiesen, wie willenlos ihn ihre Verführungskünste machten. Aber das würde nicht noch einmal funktionieren. Nicht hier draußen in der Kühle des Septemberabends. Doch da nahm sie bereits seine Hand und zog ihn zu dem Baum, an den sie sich lasziv lehnte. Er ließ es geschehen, während er sich fragte, ob er diesem Spiel nicht lieber ein Ende bereiten sollte, bevor es womöglich zu spät war.

»Ich habe dich vermisst«, gurrte sie ihm ins Ohr und wollte seine Hand zwischen ihre Schenkel führen. Stein hatte das Gefühl, dass ihm alles Blut aus dem Kopf wich und sich nur an einer Stelle sammelte. Oh, Gott, nein, das darf nicht geschehen, ermahnte er sich, nicht noch einmal!

Der erneute Ruf des Käuzchens holte ihn auf den Boden der Realität zurück. Unsanft hielt er ihre Hand fest.

»Frau Dr. Keller, ich muss Sie enttäuschen. Ich glaube, Sie lügen, wenn Sie nur den Mund aufmachen!« Und genau so, wie er es sagte, meinte Stein es auch. Ihr beinahe zorniger Gesichtsausdruck angesichts dieser Zurückweisung zeigte ihm, dass sie eine schlechte Verliererin war. Sie hatte das Blatt schlichtweg überreizt. Alles in ihm war kalt, und das Blut wieder dort, wo es bei einem Polizisten im Dienst auch hingehörte.

»Wann haben Sie morgen Dienstschluss?«, fragte er sachlich.

»Das geht Sie gar nichts …«

»Uhrzeit bitte, oder wollen Sie Besuch von meinen Kollegen während der Arbeit bekommen?«

»17 Uhr«, zischte sie.

»Dann seien Sie bitte um 18 Uhr in der Friesenstraße.«

»Aber, Herr Kommissar, ich … ich, ja, ich habe vielleicht eine Abkürzung genommen durch den Tiergarten, aber ich habe mir den Weg zur Kundgebung nicht gemerkt. Ich …«

In diesem Augenblick empfand Stein fast so etwas wie Mitleid mit ihr. Da war sie wieder, seine Schwäche für schutzbedürftige Frauen. Da gab es nur noch eines: sich so schnell wie möglich in Sicherheit zu bringen.

»Wenn Sie nicht freiwillig kommen, werden Sie geholt. Verstanden? Bis morgen!«

»Nein, Herr Kommissar, ich kann morgen nicht, aber, wenn Sie darauf bestehen, beehre ich Sie übermorgen Vormittag. Da habe ich nämlich frei.«

»Übermorgen, zehn Uhr in der Friesenstraße!«

Mit diesen Worten drehte er sich abrupt um und eilte mit großen Schritten zu seinem Wagen. Er konnte hören, wie sie ihm hinterherlief, weil sie offenbar doch Angst dort draußen im Dunkeln hatte, aber er durfte sich jetzt auf keinen Fall umdrehen. Wenn er ihre Angst erst riechen konnte, würde er sie in ihre sichere Wohnung begleiten und dann …

Stein war erleichtert, als er wenig später den Motor seines Dienstwagens anließ. Doch er warf noch einen flüchtigen Blick in den Rückspiegel. Frau Dr. Keller stand im Mondlicht regungslos da und stierte seinem Auto hinterher.

38

Der Gerichtsmediziner, der in der Pathologie Moabit die Sektionen für die Polizei West durchführte, war ein wortkarger Mann, den Wuttke noch niemals hatte lächeln sehen. Im Gegenteil, er musterte sein Gegenüber stets mit einem anklagenden Blick, als würde er in ihm den Schuldigen an seinem Schicksal erkennen. Es ging das Gerücht, dass er seinen zerschossenen Unterschenkel auf einem russischen Schlachtfeld eigenhändig amputiert hatte, um nicht am Wundbrand zu sterben. Doch der Anblick dieses zerschossenen Gesichts hatte offenbar seine Zunge gelockert, denn er erklärte Stein und Wuttke ausführlich, dass es sich um mehrere Schüsse aus direkter Nähe gehandelt haben musste. Wuttke meinte, in seinem Blick sogar eine Spur von Mitgefühl für das Opfer zu lesen.

»Der Fall hat garantiert nichts mit Braunke und Weber zu tun. Das ist doch eine ganz andere Handschrift«, mutmaßte Wuttke.

»Da bin ich mir gar nicht so sicher«, murmelte Stein.

»Aber allein die Beschriftung fehlt«, insistierte Wuttke.

»Das hat vielleicht damit zu tun, dass es etwas schwierig ist, einen Toten in aller Öffentlichkeit zu entkleiden und ihn zu beschmieren. Das ist auf jeden Fall ein Unterschied. Der Tatort.«

»Ich weiß nicht so recht. Der Täter hätte doch, wollte er seinem Muster folgen, die Brieftasche und die Papiere dalassen können, aber der Mann hatte ja nichts bei sich, was darauf hindeutet, dass der Täter seine Identität im Gegensatz zu den anderen Fällen verschleiern will.«

»Da ist etwas dran, aber mein Gefühl sagt, wir sollten die Verbindung nicht zu voreilig ausschließen.«

»Lernt man das im Yard? Mithilfe des Gefühls zu ermitteln?«, entgegnete Wuttke grinsend und sah zum ersten Mal, seit er den Gerichtsmediziner kannte, auch ein leises Zucken um seinen Mund.

Stein drohte Wuttke spielerisch. »Nein, lieber Wuttke, dieses gewisse Gefühl hat man, oder man hat es nicht!«

Nun grinste der Gerichtsmediziner breit.

Es klopfte an der Tür. »Wer stört?«, brummte er.

Darauf betrat eine junge Frau den Raum und bat Dr. Ebert in sein Büro zu kommen, weil ihn jemand sprechen wolle. Widerwillig folgte er seiner Mitarbeiterin. »Kann ich Sie mit dem Herrn da allein lassen?«, fragte er.

»Kein Problem«, entgegnete Wuttke und sah dem Gerichtsmediziner verwundert hinterher. »Der Gute ist heute in Hochstimmung.«

Stein grinste. »Ja, gemessen an den drei Wörtern, die er beim Anblick unserer anderen Toten von sich gegeben hat, ist er regelrecht geschwätzig.«

»Wenn wir nur wüssten, wer der Mann ist. Seinem wohlgenährten Bauch und seinen gepflegten Händen nach zu urteilen, kein Malocher«, sinnierte Wuttke.

»Nee, der hat sich die Hände nicht dreckig gemacht«, pflichtete ihm Stein bei und näherte sich einem Stuhl, auf dem die Kleidung des Toten lag.

»Wer kann sich in diesen Zeiten schon einen Maßanzug mit passendem Einstecktuch leisten?«, sagte Stein mehr zu sich.

»Sie meinen, außer Ihnen?«, konterte Wuttke.

»Einstecktuch? Sind Sie wahnsinnig? Niemals!«

Da flog die Tür auf, und der ansonsten eher stoisch wirkende Gerichtsmediziner forderte die Kommissare hektisch auf, den Raum auf der Stelle zu verlassen. Die beiden Polizisten blickten einander irritiert an.

»Wer sagt das?«, fragte Stein.

»Anordnung von oben!«

»Wir haben aber noch ein paar Fragen«, bemerkte Wuttke.

Dr. Ebert hob abwehrend die Hände. »Mir hat man nur gesagt, ich solle Sie auffordern, die Pathologie auf schnellstem Wege zu verlassen! Kommen Sie doch einfach später noch mal wieder.«

»Wuttke, wir gehen! Wir warten draußen. Sagen Sie uns bitte Bescheid, wenn wir unsere Arbeit fortsetzen dürfen!« Stein verließ grußlos den Raum, Wuttke folgte ihm zögernd. »So was ist mir ja noch nie passiert! Rauswurf aus der Pathologie«, brummte er.

»Ich gebe nur weiter, was man mir aufgetragen hat«, rief ihnen der Arzt unwirsch hinterher.

Schweigend gingen die beiden Kommissare den langen Flur entlang, bis sie an einer Nische vorbeikamen.

»Gehen Sie schon mal voraus«, schlug Stein vor. »Ich würde gern aus sicherer Distanz beobachten, was hier gespielt wird. Denn dass man uns rauswirft, kann doch nur einen plausiblen Grund haben.«

Wuttke dachte nach. »Natürlich. Der Mann ist ein hohes Tier, und seine trauernde Witwe ist im Anmarsch.«

»Ja, so in etwa, nur fragt es sich, was sie gegen die Anwesenheit der Polizei hat«, sinnierte Stein.

»Dann ist es vielleicht die Geliebte«, lachte Wuttke, als sich die Eingangstür zur Unterwelt, wie die Pathologie in der Friesenstraße auch genannt wurde, öffnete und eine in Schwarz gekleidete Dame mit einem verschleierten Gesicht am Arm eines untersetzten Herrn mittleren Alters den Flur betrat.

Intuitiv trat Wuttke einen Schritt zurück und machte Stein ein Zeichen, sich still zu verhalten. Vor der Nische stand ein Pfeiler, sodass die beiden Männer aus der sicheren Deckung heraus beobachten konnten, ob diese Herrschaften zu dem Toten aus dem Tiergarten gehen würden.

Als sie die Nische passierten, hielten die Kommissare gleichzeitig die Luft an, und das nicht nur, weil sie nicht gesehen werden wollten, sondern weil sie in diesem Augenblick erst erkannten, wer der schwarz gekleidete Herr mit einem Homburg auf dem Kopf war. Es war kein Geringerer als Kriminalrat Krüger.

Stein fand als Erster die Sprache wieder, nachdem sein Vorgesetzter und die Dame in dem Seziersaal verschwunden waren. »Was in Teufels Namen macht der hier, und wer ist die Frau an seiner Seite?«, zischte er.

Wuttke zuckte die Schultern. »Vielleicht ist das seine Frau. Und der gesichtslose Tote ein Verwandter.«

»Aber warum sollte Krüger dafür sorgen, dass wir verschwinden? Das ist unser Fall!«

»Und nun?«

»Nun warten wir draußen vor der Eingangstür, sodass er nicht an uns vorbeikann, wenn er wieder rauskommt.«

Wuttke schwante Übles.

»Aber er will uns doch ganz bewusst nicht begegnen«, gab er zu bedenken, während er sich ausmalte, wie heftig Krüger ausrasten würde, wenn sie ihm auflauerten.

»Genau, er hat schon wieder etwas zu verbergen. Und damit ist jetzt Schluss! Ich lasse mir doch nicht ständig bei meiner Arbeit Steine in den Weg legen. Erst will er meine Ermittlungen im Dalldorf-Fall verhindern, und dann verschweigt er uns, dass er den Toten aus dem Tierpark höchstwahrscheinlich kennt. Der ist ja wohl mit dem Klammerbeutel gepudert!«, schimpfte Stein.

Wuttke konnte sich das Lachen nicht verkneifen. »Das klingt aus Ihrem feinen Mundwerk fast ordinär!«

»Ich bin Berliner!«, entgegnete Stein.

»Unter dem Trenchcoat des Duke lauert eine Kodderschnauze. Wer hätte das gedacht.«

»Und Sie werden mir draußen vor der Tür mal verraten, womit Krüger Sie in der Hand hat. Dass Sie sich sogar zu seinem Handlanger in Sachen Aktenvernichtung machen lassen!«, erwiderte Stein ungerührt.

Ja, dachte Wuttke, es wurde höchste Zeit, mit dem Kollegen Tacheles zu reden. Für das, was der Chef sich hier leistete, gab es tatsächlich keine plausible Erklärung. Er führte sich so auf, als wäre er das Gesetz.

»Ich höre.« Stein holte, kaum dass sie draußen vor der Tür angekommen waren, die Zigarettenschachtel aus seiner Manteltasche und bot Wuttke eine seiner extralangen Senior-Service-Zigaretten an. Erstaunt griff Wuttke zu. Stumm rauchten die beiden Kommissare, bis Stein das Schweigen brach.

»Ich höre, Wuttke. Warum haben Sie mir die Akte Dalldorf weggenommen?«

»Krüger droht mir mit Rausschmiss wegen dieser Pillen. Na, Sie wissen schon, oder?«

»Ich müsste blind sein, wenn ich Ihnen das nicht angesehen hätte«, erwiderte Stein ungerührt.

»Aber ich lasse mich nicht mehr länger erpressen! Ich vermute übrigens, dass Krüger auf Anweisung handelt, was die Dalldorf-Akte betrifft. Wenn ich richtig informiert bin, war sein feiner Schwager ein hohes Tier bei den Nazis und hat wohl auch mal als Psychiater in den Wittenauer Anstalten gearbeitet. Wer weiß, was der zu vertuschen hat.«

»Aha, daher weht der Wind. Und? Wollen Sie ihm dabei helfen oder lieber doch mir, um den Fall aufzuklären?«

»Sie können auf mich zählen. Ich tanze nicht mehr nach seiner Pfeife. Das habe ich lange genug getan!«, zischte Wuttke. *Gewissensbisse sind nichts für Feiglinge*, hämmerte es in seinem Kopf, aber zum ersten Mal reagierte er nicht mit Übelkeit, sondern ballte die Fäuste. Der Zorn hatte die Angst gefressen. Und das lag sicherlich an diesem verdammten Keller. Er hatte dort unten alles noch einmal erlebt und spürte, wie die Wut auf Krüger von ihm Besitz ergriff. »Was soll ich tun? Ihnen die Akte wiederbeschaffen?«, fragte er kämpferisch.

»Nicht nötig, ich habe alles Wesentliche gerettet«, erklärte Stein. »Aber Sie können in der Tat etwas für mich tun.« Zögernd begann er, Wuttke von der Ärztin zu berichten. Dass sie sich merkwürdig verhielt und er den Eindruck hatte, sie wisse mehr über die fünf Frauen.

Wuttke hörte Stein aufmerksam zu, wobei ihn der Verdacht beschlich, dass der Kollege ihm etwas verheimlichte. Erst als er ihm verriet, dass er sie für jene Frau hielt, die von den Polizisten in der Nähe des Tatorts im Tiergarten gesehen worden war, hatte Wuttke das Gefühl, dass Stein langsam zum Wesentlichen kam.

»Sagen Sie mal, kann es sein, dass Sie diese Frau Dr. Keller auch später auf der Kundgebung gesehen haben?«, fragte er direkt.

Stein verzog keine Miene, nur das Zucken seines rechten Augenlids verriet Wuttke, dass er ins Schwarze getroffen hatte.

»Ja, sie war auf der Kundgebung, aber vorher im Tiergarten. Das hat sie gestern Abend sogar zugegeben …«

Wuttke horchte auf. »Gestern Abend? Heißt das, Sie haben die Frau bereits allein vernommen?«

Stein nickte. »Ich hatte meine Zweifel, ob ich Ihnen vertrauen kann. Krüger hat mir untersagt, diese Frau jemals wieder zu befragen.«

»Das ist hochgradig verdächtig. Und wozu brauchen Sie mich, obwohl Sie doch ganz offensichtlich einen guten Draht zu der Dame haben?«

»Wuttke, ich möchte einfach nur, dass Sie heute die Gegenüberstellung mit ihr und den zwei Streifenpolizisten machen und sie anschließend dazu vernehmen, sollten die beiden sie als die Frau identifizieren, die man in der Nähe des Tatorts gesehen hat! Ich wäre Ihnen sehr dankbar, wenn Sie das übernehmen, ohne dass Sie eine Erklärung von mir erwarten.«

»Gut, keine weiteren Fragen«, sagte Wuttke, während er sich fieberhaft den Kopf darüber zerbrach, warum sich der Kollege einer weiteren Vernehmung dieser Frau ganz offensichtlich nicht gewachsen fühlte. Da er sich nicht vorstellen konnte, dass der Kollege auf diese abgehärmte Ärztin stand, musste es einen anderen Grund dafür geben, dass er ihm die Vernehmung aufs Auge drückte.

Doch nun blieb keine Zeit mehr, weiter über Steins Motive zu spekulieren, weil Krüger soeben aus der Eingangstür trat. Allein. Er wirkte sichtlich erschrocken, als er seine beiden Kommissare bemerkte.

»Was machen Sie denn hier?«, fauchte er sie an.

»Auf Sie warten, Herr Kriminalrat!«, entgegnete Stein.

»Wer hat Ihnen das erlaubt?«

»Ich denke, wir brauchen keine Erlaubnis, um zu ermitteln!«, konterte Stein spitz. »Wir wurden eben bei unserer Arbeit unterbrochen, weil Sie und Ihre Begleiterin …«

»Meine Frau, wenn ich bitten darf!«

»Gut, weil Sie und Ihre Frau hier aufgetaucht sind.«

»Jetzt hören Sie mal gut zu, der Mann dadrinnen, der Tote aus dem Tiergarten, ist mein Schwager, der Bruder meiner Frau, und ich verlange von Ihnen, dass Sie mir einen Täter bringen. Und zwar ein bisschen dalli. Bislang haben Sie keine ermittlerischen Glanzleistungen erbracht, Stein!«

»Das ist auch schwierig, wenn einem die Ermittlungen verboten werden. Und nach neuesten Erkenntnissen führen doch einige Wege in die Wittenauer Anstalten«, entgegnete Stein unerschrocken.

Wuttke konnte regelrecht dabei zusehen, wie Krügers Stirnader anschwoll, bevor er Stein mit überkippender Stimme anbrüllte, dass er es ja nicht wagen solle, in diese Klinik auch nur noch ein einziges Mal einen Fuß zu setzen. Das war auch für Wuttke der endgültige Beweis, dass Krügers Schwager, der Tote vom Tiergarten, hinter diesen Vertuschungsversuchen steckte. Aber Wuttke würde Stein nicht mehr daran hindern, die Wahrheit herauszufinden. Im Gegenteil, er würde ihn sogar dabei unterstützen. In dem Moment trat Krügers völlig aufgelöste und schluchzende Frau ins Freie. Der Kriminalrat stürzte auf sie zu und legte schützend den Arm um sie. Wenn er ansonsten nicht so ein cholerischer Despot gewesen wäre, hätte diese Geste ihn in Wuttkes Augen beinahe sympathisch machen können. Aber in dem Augenblick drehte sich Krüger noch einmal zu den beiden Kommissaren um und zischte mit hochrotem Kopf: »Die Identität des Opfers wird nicht preisgegeben. Sie behandeln ihn offiziell weiter als unbekannten Toten! Und noch etwas, meine Herren! Ich will, dass dies Schwein, das ihm das angetan hat, einen Kopf kürzer gemacht wird! Noch ist unsere Guillotine im Einsatz. Und Sie werden ihn kriegen, bevor sie verboten wird. Kapiert? Und wenn er der Letzte ist, der das kalte Eisen im Nacken spürt!«

Wuttke fröstelte bei diesen Worten seines Vorgesetzten, denn der sagte das gewiss nicht nur so dahin. Nein, Krüger wollte wirklich Blut sehen!

39

Lore Krause fühlte sich geschmeichelt, weil Stein sie an diesem Morgen höchstpersönlich darum gebeten hatte, die Vernehmung einer Zeugin zu protokollieren, die um zehn Uhr im Präsidium erwartet wurde.

Dieser Tag war ohnehin einer der spannendsten, die sie je in der Friesenstraße erlebt hatte. Seit die Morgenzeitung erschienen war, stand das Telefon im Präsidium nicht still. Angeblich war der Aufmacher ein Foto des Toten vom Tiergarten. Lore war noch gar nicht dazu gekommen, einen Blick in die Zeitung zu werfen, weil ihr Krüger einen Berg Arbeit hingelegt hatte, nachdem er sich für eine Woche vom Dienst abgemeldet hatte. Wahrscheinlich wegen Krankheit, mutmaßte sie, denn der Kriminalrat hatte bereits am gestrigen Morgen ungewöhnlich bleich ausgesehen. Er hatte ansonsten eher ein rötliches Gesicht, weshalb ihr die Blässe besonders aufgefallen war. Noch vor seiner ihm heiligen Mittagspause hatte er gestern hektisch das Präsidium verlassen, nicht ohne ihr die Anweisungen für diverse Abschriften auf den Schreibtisch zu legen.

Lore warf einen prüfenden Blick auf die Wanduhr, der einzige Schmuck in ihrem engen Schreibzimmer. Es war kurz vor zehn, und da sie bereits seit morgens ohne Pause arbeitete, beschloss sie, einen Blick in die Zeitung zu werfen, um die Nachricht zu studieren, die das vorrangige Gesprächsthema war. Angeblich wusste man inzwischen, wer das Opfer war. Jedenfalls hatten die Kolleginnen aufgeregt berichtet, seine Identität wäre nun bekannt.

Sie hätte liebend gern Kommissar Stein gefragt, ob er mehr wisse, aber er hatte nur kurz seinen Kopf zur Tür hereingesteckt und sie für zehn Uhr in sein Büro zum Diktat gerufen. Er hatte ihr nicht einmal gesagt, um welchen Fall es sich bei dieser Zeugenvernehmung handelte.

Kaum hatte sie die Zeitung aufgeschlagen, prangte da an prominenter Stelle das Foto eines Toten, der halb im Wasser lag. Obwohl sie in den Akten schon so manch abstoßendes Foto gesehen hatte, musste sie sich abwenden. Dass man so etwas in der Zeitung abdruckte, fand sie abstoßend, doch dann schweifte ihr Blick auf das Bild, das den Mann zu Lebzeiten zeigte, und sie erschrak. Wenn sie nicht alles täuschte, war das der unheimliche Herr aus dem *Café Wien*, der ungefragt an den Tisch von Frau Dr. Keller gekommen war. Mit klopfendem Herzen las sie den reißerischen Artikel über den gewaltsamen Tod des renommierten Psychiaters und stellvertretenden Vorsitzenden der Berliner Gesellschaft für Psychiatrie und Neurologie Dr. Albrecht Müller.

Lore war versucht, sofort aufzuspringen und Stein diese Sensation zu berichten, vor allem, dass sie den Mann kürzlich in einem vertraulichen Gespräch mit dem Kriminalrat beobachtet hatte, doch dann überlegte sie es sich anders. Sie wollte diesen Trumpf genüsslich ausspielen, dem Kommissar den Namen des Opfers und seine Verbindung zu Krüger präsentieren zu können.

Doch ihre Pläne wurden bereits im nächsten Moment durchkreuzt, als Wuttke ihr einen Blitzbesuch abstattete. »Fräulein Krause. Sollten Sie die heutige Zeitung haben, lassen Sie die bloß verschwinden. Der Alte kommt heute Nachmittag doch noch mal vorbei. Hat eben angerufen … und dann wäre es besser, er findet sie nicht bei uns. Sonst erschießt er uns noch anstelle des Schmierfinks.«

Lore Krause blickte Wuttke irritiert an. »Ich verstehe nicht. Was hat der Chef mit der Zeitung zu tun? Nun gut, er wird sich über das Foto vom Tatort ärgern, und außerdem kennt Krüger den …« Lore unterbrach sich hastig. Nein, dass die beiden sich kannten, wollte sie lieber Stein persönlich verraten.

»Müller ist sein Schwager. Und er will nicht, dass die Identität des Toten in die Öffentlichkeit gelangt, und das ist jetzt gründlich schiefgegangen«, verriet Wuttke ihr nun. »Aber erzählen Sie es nicht weiter. Bis gleich.«

Und schon war er wieder aus der Tür. Lore Krause war schockiert und enttäuscht zugleich.

Nun konnte sie Stein mit dem Namen nicht mehr imponieren,

und auch nicht mehr mit ihrer Beobachtung, dass die beiden sich kannten, aber einen Trumpf hatte sie noch: dass Müller der Kerl aus dem *Café Wien* war!

Als sie wenig später Steins und Wuttkes Büro betrat, staunte sie nicht schlecht, als sie dort auf Frau Dr. Keller traf. Lore grüßte höflich, aber die Frau tat so, als wären sie einander nie zuvor begegnet.

Stein sprang von seinem Schreibtisch auf und bot Lore seinen Platz an, denn es gab nur drei Stühle. Sie wollte das erst gar nicht annehmen, aber Stein fragte, wie sie wohl im Stehen zu stenografieren gedenke. Lore ließ sich den Stuhl von ihm zurechtrücken und setzte sich mit ihrem Block an seinen Schreibtisch, während Stein sich an die Wand lehnte, und zwar so, dass er die Keller genau beobachten konnte. Er schien sehr nervös zu sein, denn obwohl er in kerzengerader Haltung dastand und eine undurchdringliche Miene aufgesetzt hatte, verknotete er seine Hände ständig wechselnd miteinander.

»Geben Sie bitte erst einmal Ihre Personalien an«, bat er die Ärztin höflich.

Lore schrieb mit und war erstaunt, als die Frau ihr Geburtsdatum Juli 1907 nannte. Sie hätte sie ohne Weiteres für zehn Jahre jünger gehalten.

Stein übergab nun an Wuttke, der die Ärztin, die mit versteinerter Miene an ihm vorbeiblickte, fragte, ob sie die Gegenüberstellung für erforderlich halte oder gleich zugeben wolle, dass sie sich zur fraglichen Zeit im Tiergarten aufgehalten habe.

»Das habe ich Ihrem Kollegen bereits gesagt. Ich war auf dem Weg zur Kundgebung, bin am Tiergarten ausgestiegen und wollte die Charlottenburger Chaussee entlanggehen, um zum Reichstagsgebäude zu kommen«, antwortete sie trotzig.

»Das haben Sie mir so präzise nicht gesagt«, korrigierte Stein ihre Aussage.

Wuttke warf ihm einen zustimmenden Blick zu und fuhr mit der Vernehmung fort.

»Nun liegt die Löwenbrücke auch nicht gerade auf dem von Ihnen beschriebenen Weg, und als die Polizisten Ihnen begegneten, hatte die Kundgebung bereits begonnen. Und da kamen Sie ihnen aus dem Tiergarten entgegen.« Lore bemerkte, dass Wuttke bei jedem Satz den Blick Steins suchte, so als ob er Bestätigung benötigte, die Vernehmung in seinem Sinn durchzuführen. Stein nickte ihm kaum merklich zu.

»Mir ist übel geworden, und da musste ich mich im Park ein wenig ausruhen.«

»An der Löwenbrücke?«, hakte Wuttke lauernd nach.

»Nein, ich bin ein paar Schritte in den Park gegangen und habe mich dort kurz hingesetzt.«

»Sie waren also nicht bei der Löwenbrücke, um dort Dr. Albrecht Müller zu treffen?«

Lore sah, dass die Frau leicht zusammenzuckte, obwohl sie keine Miene verzog.

»Albrecht Müller?«, fragte die Ärztin, als hörte sie diesen Namen zum ersten Mal. Sie zuckte schließlich die Schultern. »Der Name sagt mir nichts.«

»Sie arbeiten doch als Psychiaterin in den Wittenauer Heilstätten, Frau Doktor. Und wenn ich recht informiert bin, war Müller dort auch tätig.«

Die Keller legte ihre Stirn in grüblerische Falten. Zu theatralisch für Lores Geschmack.

»Albrecht Müller. Überlegen Sie noch einmal in Ruhe, ob Sie ihn kennen!«

»Müller? Müller? Ja, da hat mal einer bei uns gearbeitet, aber das ist schon so lange her.«

»Im Jahr 1945 vielleicht?«, ging Stein scheinbar freundlich dazwischen.

»Das weiß ich nicht mehr, Herr Kommissar. Wie ich Ihnen bereits versicherte, war mit Kriegsende das Leiden nicht vorbei. Wir hatten andere Probleme, als uns irgendwelche Allerweltsnamen einzuprägen.«

Bei diesen Worten warf die Keller Wuttke einen Beifall heischenden Blick zu. Lore durchschaute sofort, was sie damit bezwecken wollte. Das sollte den Kommissar für sie einnehmen, weil sie im Nachkriegsdeutschland im Gegensatz zu Stein in einem Boot gesessen hatten. Bevor Wuttke etwas erwidern konnte, platzte es aus Lore heraus.

»Sie lügen, Frau Doktor. Sie kannten den Mann. Es war der Kerl, der sich im *Café Wien* an unseren Tisch gesetzt hat und hocherfreut über das Wiedersehen war. Ganz im Gegensatz zu Ihnen. Sie fanden sein Auftauchen gar nicht gut. Und Sie hatten ihn seit ungefähr drei Jahren und zwei Monaten nicht mehr gesehen!«, verkündete Lore triumphierend.

Alle Blicke waren nun auf Lore gerichtet.

»Woher wissen Sie das so genau?«, hakte Wuttke nach.

»Weil sie das wörtlich zu dem Mann gesagt hat. Und zwar sehr unfreundlich, wenn Sie mich fragen!«

Die Ärztin warf Lore einen vernichtenden Blick zu. »Ich sage gar nichts mehr, solange diese Möchtegerndetektivin anwesend ist«, erklärte die Keller in scharfem Ton.

Die Kommissare schienen zu überlegen, doch dann bat Wuttke Lore höflich, den Raum zu verlassen. Stein schien mit dieser Entscheidung einverstanden, denn erneut nickte er zustimmend.

Lore spürte, wie sich ihr Hals zuschnürte und sie den Tränen nahe war. Hastig erhob sie sich, griff sich ihren Block und stolperte aus dem Büro. Auf dem Flur blieb sie stehen und atmete tief durch. Wegen dieser Person wollte sie wirklich keine Träne vergießen! Es war der schroffe Rauswurf, der sie verletzte. Und vor allem, dass Stein nicht widersprochen hatte. In dem Moment trat der Kommissar aus dem Büro und kam auf sie zu.

»Fräulein Krause, danke. Sie haben uns sehr geholfen«, raunte er. »Die Keller schäumt vor Wut. Aber es ist besser, wenn Sie aus dem Schussfeld sind.«

Lores Miene erhellte sich. »Und wer protokolliert die Aussage?«

Stein streckte seine Hand nach dem Block aus. »Wenn Sie mir den ausleihen, werde ich mein Glück versuchen. Ich beherrsche zwar keine Kurzschrift, aber es wird schon irgendwie gehen. Und Sie sind wirklich sicher? Müller war der Kerl, der Sie im *Café Wien* bedroht hat?«

Lore nickte eifrig.

»Und Sie können sich auch genau daran erinnern, dass sie ihm gesagt hat, sie habe ihn vor drei Jahren und zwei Monaten zum letzten Mal getroffen?«

»Genauso hat sie es gesagt. Und sie war wütend auf den Kerl. Das konnte sie nicht verbergen!«

»Tja, dann hat Frau Dr. Keller ein Problem.«

»Sie glauben doch nicht, dass sie das getan hat?«, entgegnete Lore zweifelnd.

Er zuckte mit den Schultern.

»Herr Kommissar Stein ...« Im Eilschritt kam ein uniformierter Polizist auf Lore und den Kommissar zu. In der Hand hielt er eine schwarze Herrenbrieftasche. »Das hat eben ein junger Mann abgegeben.«

»Und was haben wir damit zu tun?«

»Der junge Mann wartet unten auf Sie. Er sagt, das habe etwas mit dem Toten im Tiergarten zu tun. Und er müsse Sie kurz sprechen.«

Ein Blick in die Brieftasche schien Stein regelrecht zu elektrisieren. Er wandte sich hektisch an Lore.

»Sagen Sie bitte im Büro Bescheid, dass Wuttke seine Vernehmung für eine Viertelstunde unterbrechen soll.«

Lore nickte eifrig und kehrte hocherhobenen Hauptes in das Büro der Kommissare zurück, fest entschlossen, die Ärztin keines Blickes mehr zu würdigen. Sie hielt die Frau zwar nicht für eine eiskalte Mörderin, auch wenn sie ihr zutiefst unsympathisch war. Und das nicht nur, weil sie sich ihr gegenüber so überheblich verhielt, sondern weil Kommissar Stein in Gegenwart dieser Frau nervöser war als sonst. Und Lore hatte sogar einen Verdacht, warum: Diese Ärztin besaß eine gewisse Ähnlichkeit mit der feinen Dame, die neulich auf Stein gewartet hatte. Nur dass die feine Dame in ihren Augen nicht nur wesentlich jünger, sondern auch wesentlich hübscher gewesen war als die Ärztin.

40

Die Brieftasche brannte förmlich in Steins Hand, als er den Raum betrat, in dem der junge Mann auf ihn wartete. Der junge Mann mit der Narbe auf der rechten Wange, den er nun erblickte, war für ihn wie ein Schlag in die Magengrube, denn das konnte nur eines bedeuten.

Der Reporter aber strahlte in keiner Weise ein schlechtes Gewissen aus, sondern begrüßte den Kommissar jovial. »So schnell sieht man sich wieder. Und, gefällt Ihnen, was ich im Gebüsch gefunden habe?«

»Lassen Sie das Schmierentheater!«, fauchte Stein. »Dieses Ammenmärchen glaubt Ihnen keiner! Wo war die Brieftasche, als Sie sie sich unter den Nagel gerissen haben!«

»Ich weiß gar nicht, wovon Sie reden. Die Brieftasche habe ich gefunden, als ich mich heute noch mal am Tatort umgesehen habe.«

Stein trat dicht an den Stuhl des Reporters heran. »Bürschchen, jetzt hören Sie mir mal gut zu. Man sagt mir nach, ich würde wie ein Gentleman ermitteln, aber keiner ahnt, dass ich auch Ausnahmen mache. Und wenn Sie mir nicht auf der Stelle verraten, wo die Brieftasche war, bevor Sie diese vom Tatort entwendet haben, würde ich gern mal so eine Ausnahme von der Regel machen und Ihnen meine Rechte vorstellen.« Stein hielt ihm seine Faust unter die Nase. »So und jetzt raus mit der Sprache. Verraten Sie mir, wo die Brieftasche genau war!«

»Na gut, Sie haben gewonnen. Sie hätten sich so eine Chance natürlich ohne Weiteres entgehen und die Brieftasche dort unbeaufsichtigt im Park liegen lassen, damit sie sich irgendein Strauchdieb nimmt. Sie sollten mir dankbar sein, dass ich das Beweisstück gerettet habe! Schauen Sie mal in das Geldfach.«

Widerwillig warf Stein einen Blick hinein und holte erstaunt eintausend Westmark hervor.

»Sehen Sie, die habe ich gerettet. Echte Westmark, keine Bärenmark«, erklärte er in einem Ton, als hätte er eine Heldentat begangen.

»Das macht wirklich einen entscheidenden Unterschied, ob auf die Scheine ein ›B‹ gedruckt worden ist oder nicht«, bemerkte Stein spöttisch.

Er hatte große Mühe, seinen Zorn im Zaum zu halten. Mit was für einer Dreistigkeit dieser Kerl sich dafür rechtfertigte, eine Geldbörse vom Tatort gestohlen zu haben, wobei es ihm natürlich ausschließlich um den Ausweis gegangen war, den Stein nun prüfend zur Hand nahm. Dr. Albrecht Müller hatte zuletzt in Heiligensee in der französischen Besatzungszone gelebt.

Stein musterte den Reporter vorwurfsvoll. »Waren Sie auch schon bei dieser Adresse und haben den Angehörigen einen Besuch abgestattet?«

Der Reporter verzog den Mund zu einem Grinsen. »Sagen wir so, ich hatte ein anregendes Gespräch mit dem Gärtner. Ins Haus hat man mich leider nicht gelassen …«

»Sie sind ein Dreckskerl! Und jetzt ist Schluss mit dem Gewäsch! Wo war die Brieftasche? Haben Sie seine Taschen durchsucht, sie ihm aus der Hosentasche gezogen?«

»Nicht nötig. Stellen Sie sich mal vor, die war ihm mit einem Band an sein Jackett gebunden.« Der Reporter tippte sich gegen die Stirn. »Der Täter muss ein Irrer sein. Warum hat er die Brieftasche nicht einfach mitgenommen?«

Das werde ich dir Idioten ganz sicher nicht verraten, dachte Stein, aber ihm erschloss sich diese für einen nicht in den Fall Eingeweihten merkwürdig anmutende Art, die Brieftasche des Opfers zu deponieren, sofort. Das war der Beweis, den er gesucht hatte. Für ihn gab es keine Zweifel mehr daran, dass es sich bei dem Mörder von Carl Braunke, Emil Weber und Albrecht um ein und denselben Täter handelte. In gewisser Weise war auch Müller beschriftet. Zwar nicht mit rotem Kopierstift, aber mit einer Erkennungsmarke um den Hals.

»So, und Sie warten jetzt, bis ich Zeit habe, Sie zu vernehmen, und zwar als Beschuldigter.«

Stein war irritiert, als der Reporter immer noch breit grinste. »Das hätte ich mir denken können, dass Sie mir nicht dankbar sind, sondern mir einen Strick daraus drehen wollen, dass ich die Brieftasche gesichert habe. Dann muss ich das andere Fundstück eben woanders abgeben.«

»Wovon reden Sie, Mann?« Stein ärgerte sich darüber, dass dieser unverschämte Zeitgenosse es schaffte, ihn derart zu provozieren, dass er ihm liebend gern das vorlaute Maul auf handfeste Art gestopft hätte.

»Wenn Sie mir versprechen, mich gleich unbehelligt gehen zu lassen, würde ich Ihnen das gute Stück gern überlassen.«

Stein atmete tief durch. Dass der Kerl auch noch versuchte, ihn zu erpressen, empörte ihn zutiefst, aber seine kriminalistische Neugier war stärker als alle moralischen Bedenken.

Stein streckte ihm wortlos die Hand entgegen. »Nun geben Sie schon her!«

Der Reporter zierte sich noch ein bisschen, bevor er aus seiner Aktentasche etwas hervorholte, was in ein Taschentuch verpackt war. Mit spitzen Fingern reichte er es dem Kommissar.

»Fassen Sie das bloß nicht an. Dann sind auch Ihre Fingerabdrücke drauf«, warnte er Stein, der vorsichtig das Taschentuch beiseiteschob. Eine Waffe kam zum Vorschein. Eine Walther P.38! Der Schreck fuhr ihm durch alle Glieder. Was, wenn Marianne Keller tatsächlich die Täterin war, die er suchte. Ihn fröstelte bei dem Gedanken, wie nahe er ihr gekommen war. Nicht auszudenken, dass sie »seine Mörderin« war.

»Wo haben Sie die her?«, zischte Stein. »War die etwa auch an der Leiche festgebunden?«

Der Reporter schüttelte den Kopf. »Nein, die habe ich wirklich gefunden. Und zwar, nachdem Sie mich vom Tatort gejagt haben. Ich musste mal … na, Sie wissen schon, und da lag die im Gebüsch. Wenn Sie freundlicher gewesen wären, hätte ich Sie Ihnen gleich gebracht.«

Stein spürte, dass er jetzt eine Entscheidung treffen musste. Entweder er schlug einfach zu oder er sorgte dafür, dass ihm dieser

Kerl aus den Augen ging, und zwar sofort. Er entschied sich für den Rausschmiss.

»Ich brauche Ihren Namen. Schreiben Sie mir den bitte auf!« Darum bat Stein in betont freundlichem Ton, doch kaum hatte der Mann seinen Namen notiert, forderte der Kommissar den Reporter barsch auf, zu verschwinden und sich nie wieder blicken zu lassen.

Der Reporter schien zu merken, dass Steins Geduld am Ende war, und verließ grußlos das Büro. Immerhin wirkte er nicht mehr ganz so selbstsicher wie zuvor. Offenbar hatte er Sorge, dass Stein ihm doch noch einen Strick aus seinem miesen Verhalten drehte.

Dass die Angelegenheit tatsächlich ein Nachspiel hatte, schloss Stein nicht aus, und zwar spätestens für den Fall, dass ihm dieser skrupellose Schreiberling noch einmal an einem seiner Tatorte über den Weg laufen sollte. Vielleicht würde er aber auch, sobald es seine Zeit erlaubte, bei der Zeitung anrufen und sich den Namen des Vorgesetzten dieses Schmierfinken geben lassen. Kein Redakteur wäre von der Aussicht angetan, in Zukunft keine Informationen vonseiten der Polizei mehr zu bekommen, solange solche Schreiberlinge den Tatort fledderten.

Bevor Stein in sein Büro zurückkehrte, gab er die Waffe bei den Kollegen von der Spurensuche ab und bat sie, Fingerabdrücke von der Waffe zu nehmen und ihm das Ergebnis umgehend zukommen zu lassen.

Angespannt betrat er den Befragungsraum, in dem eisiges Schweigen herrschte. Wuttke saß an seinem Schreibtisch und war in eine Akte vertieft, während die Keller demonstrativ die Wand anstarrte. Nicht einmal als die Tür aufging und Stein den Kollegen kurz vor die Tür bat, rührte sie sich. Wie eine Wachspuppe, ging es Stein durch den Kopf.

»Frau Dr. Keller, Sie entschuldigen uns noch für eine Minute?«, bemerkte er höflich, aber sie stierte weiter regungslos geradeaus.

»Was ist denn in Sie gefahren?«, fuhr Wuttke Stein an, kaum dass sie auf dem Flur waren. »Dass Sie mich mit diesem Eisblock allein lassen, ist schon recht abenteuerlich. Mit dieser Frau zusammen in einem Raum bekommt man ja Frostbeulen.«

»Wir haben es nur mit einem Täter zu tun«, erklärte Stein dem Kollegen, ohne auf seine Worte einzugehen.

»Und das haben Sie eben mal auf die Schnelle ermittelt?«, fragte Wuttke ungläubig.

Stein berichtete ihm nun in Kürze von seiner Begegnung mit Gustav Schneider; so hieß der Reporter, oder jedenfalls hatte er diesen Namen aufgeschrieben. Er hörte den Kollegen ein paarmal schwer schnaufen. Offenbar überkamen Wuttke ähnliche Impulse, wie er sie eben selbst verspürt hatte.

»Sind Ihre Zweifel nun beseitigt, dass wir es mit nur einem Täter zu tun haben?«, endete Stein seinen Bericht.

»Allerdings! Aber dass Sie diesen Schmierfinken so einfach haben laufen lassen, das verstehe mal einer«, stöhnte Wuttke.

Stein schilderte ihm nun, was der Reporter noch in der Hinterhand gehabt hatte; die Walther!

»Aber Sie hätten Ihr Wort doch nicht halten müssen. Ich hätte ihm zumindest in dem Moment eine Abreibung verpasst!« Er ballte die Faust.

»Habe ich doch!«, verkündete Stein mit ernster Miene.

»Was? Sie haben ihm die Fresse poliert?«

Stein nickte eifrig. »Und wie. Jedenfalls in Gedanken!«

Wuttke versetzte dem Kollegen einen freundschaftlichen Stoß in die Rippen.

»Außerdem ist ein Anruf bei seinen Vorgesetzten viel wirkungsvoller als die Faust«, fügte Stein hinzu.

»Sie sind mir vielleicht 'ne Marke. Wenn ich nicht mit eigenen Augen gesehen hätte, wie Sie sich im Stadthaus mit einem der Eindringlinge am Boden gewälzt haben, ich würde Sie für ein Weichei halten. Aber nun mal im Ernst, glauben Sie, dass die Wumme der Frau Doktor gehört?«

»Ich weiß es nicht. Jedenfalls wird die Waffe gerade auf Fingerabdrücke untersucht.«

»Gut, dann werden wir die Dame wohl mal fragen, ob sie den Müller und die anderen erschossen hat!«, bemerkte Wuttke.

»So, wie ich sie kenne, wird sie sicher ein umfassendes Geständnis ablegen«, versuchte Stein zu scherzen, obwohl ihm gar nicht wohl bei dem Gedanken war, dass Marianne diese Taten begangen haben könnte. Er konnte sich beim besten Willen nicht vorstellen, dass diese Frau sich vor einem Mann aufbaute, um ihm das Gesicht wegzuschießen. Aber hatte er sich je vorstellen können, dass sein Vater, der die Nazimethoden verdammte, zuließ, dass aus halben Kindern in feuchten Kellern Geständnisse herausgeprügelt wurden? Was hatte sein Onkel John, der erfahrene Mordermittler, immer gepredigt: Erst wenn ihr einem Mörder die Maske abreißt, seht ihr sein wahres Gesicht!

»Sie wünschen sich nicht, dass Frau Dr. Keller unsere Täterin ist, oder?«, hörte er Wuttke wie aus der Ferne fragen.

»Ich denke, das ist hier kein Wunschkonzert«, entgegnete Stein ausweichend. Er fühlte sich seltsam ertappt. Konnte er so wenig verbergen, dass die Frau ihn immer noch nicht kaltließ?

»Stein, was ist das da zwischen Ihnen und der Dame?«

»Das geht Sie gar nichts an«, gab Stein zurück.

»Ich glaube, dieses Gespräch haben wir beide schon einmal geführt«, entgegnete Wuttke ungerührt.

»Wie bitte? Sie haben mir noch nie zuvor indiskrete Fragen zu Frau Dr. Keller gestellt!«

»Stimmt! Das war mit umgekehrten Rollen. Sie haben mich zu Lena befragt. Das ging Sie auch nichts an. Trotzdem habe ich Ihnen schließlich Auskunft gegeben.«

»Da können Sie in diesem Fall lange warten. Ich kenne Frau Dr. Keller kaum!« Mit diesen Worten ging Stein in das Büro zurück. Wuttke folgte ihm.

Marianne Keller stierte immer noch die Wand an. Auch als Wuttke ihr vorhielt, dass in der Nähe der Löwenbrücke eine Waffe gefunden worden war.

»Besitzen Sie eine Walther P.38?«

»Nein«, entgegnete sie lakonisch.

»Gut, dann hätte ich gern Ihre Fingerabdrücke, damit wir sie mit denen auf der gefundenen Waffe vergleichen können.«

Marianne Keller wandte sich langsam wie in Zeitlupe zu ihm um.

»Machen Sie sich keine Mühe! Ja, so eine Waffe hat mir gehört, aber ich habe sie an dem Tag weggeworfen, auf dem Weg zur Kundgebung!«

»Einfach so?«

Dr. Keller stöhnte laut auf. »Ich wollte sie endlich loswerden.«

»Und woher haben Sie eine Waffe?«

»Hatten Sie im Krieg keine? Ich habe sie geschenkt bekommen.«

Wuttke rollte genervt mit den Augen. »Frau Dr. Keller, Ihre permanente Märchenstunde geht mir so auf die Nerven. Kennen Sie Carl Braunke?«

Marianne warf Stein einen flüchtigen Blick zu. Aus ihren Augen sprach mit einem Mal weder Kälte noch Abgrenzung, sondern eher ein Schrei nach Hilfe. Jetzt bloß nicht schwach werden, redete sich Stein gut zu.

»Ja, er hat als Fahrer für die Wittenauer Heilstätten gearbeitet.«

»Und sagt Ihnen der Name Emil Weber etwas?«

»Nie gehört!«

Stein spürte, wie der Zorn ungebremst in ihm hochkam. »Verdammt, Frau Dr. Keller, der Mann war mal Pfleger in den Wittenauer Heilstätten.«

»Kennen Sie jeden Polizisten in der Friesenstraße?«, gab sie ungerührt zurück.

Stein spürte, dass sie ihnen frech ins Gesicht log. Wenn das kein Indiz war, das auf ihre Täterschaft hinwies. Ihn fröstelte erneut bei dem Gedanken, mit einer Mörderin, vielleicht sogar einer Serienmörderin, intim gewesen zu sein.

»Haben Sie die drei Männer erschossen?«, hakte er nach, bemüht, die Wut in seiner Stimme zu unterdrücken.

»Muss ich diese dumme Frage beantworten?« Dr. Keller hatte sich an Wuttke gewandt.

»Ich denke, es ist besser für Sie!«, entgegnete der mit Nachdruck. An seinem entschlossenen Blick konnte Stein erkennen, dass er sich bereits sicher war, dass sie die Täterin war. Diesen Blick hatte er ganz genauso bei der Braunke gehabt. Und genau wie bei der Braunke meldete sich plötzlich Steins Gefühl, dass Wuttke wieder vollkommen auf dem Holzweg war. Diese Ahnung keimte unabhängig von seinen persönlichen Emotionen in ihm auf und gewann mit jeder Minute mehr an Kontur.

Ein energisches Klopfen an der Tür riss ihn aus seinen Gedanken. Es war ein Kollege von der Spurensicherung.

Er trug Handschuhe und hatte die Waffe mitgebracht.

»Und?«, fragte Wuttke ungeduldig.

»Wir haben Fingerabdrücke nehmen können, aber aus dieser Waffe ist schon lange keine Kugel mehr abgefeuert worden. Es fehlt keine Kugel im Magazin, und diese Waffe hat im Übrigen eine Ladehemmung. Da hat sich offenbar etwas verklemmt.«

Stein konnte nur hoffen, dass ihm die Erleichterung nicht allzu deutlich ins Gesicht geschrieben stand.

41

Anstatt auf schnellstem Weg in seine zugige, triste Trümmerbude zurückzukehren, machte Wuttke an diesem frühen Abend noch einen Bummel über den Kurfürstendamm. Da spürte er, dass es wieder losging. Auf der anderen Straßenseite trat aus einem Häusereingang ein Mann, der sich urplötzlich vor seinen Augen in Nosferatu verwandelte: der kleine, kahle Schädel, die großen spitzen Ohren und die Krallen statt der Hände. Genauso wie in dem Stummfilm, den Wuttke einmal als Junge im Kino gesehen und der einen bleibenden Eindruck bei ihm hinterlassen hatte. Er zwang sich, die Augen fest zu schließen und tief durchzuatmen. Als er es wagte, wieder hinzusehen, stand dort ein normaler Mann in einem dunklen Mantel.

Wuttke war froh, dass der Kelch an ihm vorüberging und er dem Spuk nicht wie neulich am Landwehrkanal hilflos ausgeliefert war. Nein, er wusste, dass seine Einbildung ihm einen bösen Streich gespielt hatte. Dabei hatte er in den vergangenen Tagen versucht, es ohne die Pillen zu schaffen. Er verspürte einen starken Wunsch nach Unabhängigkeit, und wenn er sich schon von Krüger nicht mehr drangsalieren lassen wollte, dann sollten ihn auch die Pillen nicht mehr beherrschen. Doch der Verzicht hatte einen Preis, und der Entzug war keinesfalls ein Zuckerschlecken, er brachte Körper und Geist noch Tage oder Wochen richtig durcheinander. Er war auch der Grund dafür, dass ihn aus heiterem Himmel diese Halluzinationen überfielen. Außerdem war er extrem müde, sodass ihm heute im Büro ein paarmal die Augen zugefallen waren.

So konnte es nicht weitergehen, dachte er entschlossen. Er durfte nicht schlappmachen, nicht gerade jetzt, wo sie fieberhaft nach einem Mörder suchten, der drei Menschen kaltblütig umgebracht hatte. Einmal abgesehen davon, dass Krüger ihnen Druck machte, ihm zeitnah einen Täter zu liefern, war dieser Mörder eine tickende Zeitbombe, die jederzeit wieder explodieren konnte.

Wuttke warf erneut einen flüchtigen Blick hinüber zu Nosferatu auf die andere Straßenseite. Der eher harmlos aussehende Mann stand immer noch vor dem Hauseingang und rauchte eine Zigarette. Offenbar wartete er auf jemanden. Kopfschüttelnd wandte Wuttke den Blick ab und eilte weiter.

Er war unschlüssig, wie er mit den Entzugserscheinungen umgehen sollte. Durchhalten in der Hoffnung, er würde es rechtzeitig merken, wenn sich die Wahrnehmung wieder verschob? Oder sich Pillen besorgen und damit etwas gegen seine andersartigen Entzugserscheinungen unternehmen, die nicht von den Pillen herrührten? Das ungestillte Verlangen nach Lena. Sie hatte sich nämlich seit seinem letzten Besuch nicht mehr bei ihm gemeldet. Bislang hatte er es geschafft, die Sehnsucht nach ihr einigermaßen in den Griff zu bekommen, aber in seinem angeschlagenen Zustand war zu seinem eigenen Erstaunen noch ein anderes Gefühl für Lena in ihm lebendig geworden. Nicht mehr das konsequente Bestrafen zog ihn zu ihr hin, sondern eine Sehnsucht nach Geborgenheit – und so konnte er kaum noch an etwas anderes denken als daran, in ihrem Arm zu liegen.

Als er auf seinem Kurfürstendamm-Bummel an der Ecke Joachimstaler Straße angekommen war und vor dem zerstörten *Café Kranzler* haltmachte, konnte er in der Ferne den Bahnhof Zoo auftauchen sehen. Sein Entschluss stand fest. Er würde die Bahn in die andere Richtung nehmen und noch einen Abstecher ins *Pandora* machen. Selbst auf die Gefahr, dass Lena noch nicht bei der Arbeit war.

Wenig später stand er vor der Tür des Etablissements und musste enttäuscht feststellen, dass es immer noch geschlossen war. Ein Pappschild an der Tür verriet, dass der Laden erst in einigen Tagen unter dem alten Namen wiedereröffnet würde, doch Wuttke hatte Glück. In dem Moment trat ein junger Bursche, den Wuttke auf allenfalls achtzehn Jahre schätzte, mit einem auffällig feinen Anzug und in Lackschuhen aus der Tür. So, als hätte sich ein Kind als Erwachsener verkleidet. Wuttke vermutete auf den ersten Blick, dass es sich bei ihm um das Mitglied eines Ringvereins handelte. Das verriet ihm die Anstecknadel, die der Junge am Revers trug. Und er ahnte auch schon, von welcher Truppe er war.

»Arbeitet Lena Kowalke noch bei Ihnen?«, fragte Wuttke freundlich.

»Klar, wir haben die Nutten alle behalten. Braunke hatte sie gut in Schuss«, erklärte der Bursche, und Wuttke merkte ihm an seiner verzerrten Mimik an, wie anstrengend es für ihn war, den Duktus seiner älteren Vereinskameraden anzunehmen. »Also, wenn Sie auf Lena stehen, dann müssen Sie wohl ein paar Häuser weiter …«

Wuttke winkte energisch ab. »Ich kenne den Weg«, sagte er.

»Zahlen können Sie bei ihr. Sie regelt dann alles Weitere mit uns!«, erklärte der Kerl prahlerisch.

»Uns? Wer ist *wir?* Wer ist *uns?*«

»Wer will das wissen?«, gab der Bursche sichtlich erschrocken zurück.

»Ich!« Wuttke hielt ihm seinen Dienstausweis unter die Nase.

Der junge Mann, der ihn offenbar für einen Freier gehalten hatte, lief rot an. »Ich, ich, ich habe nichts gesagt«, stammelte er.

»Doch, Sie haben mir gerade verraten, dass Sie die Damen von Braunke in ihren privaten Wohnungen für sich arbeiten lassen. Das vergesse ich sofort wieder, wenn Sie mir dafür erzählen, wer Braunkes Laden übernommen hat.«

»Schulz«, murmelte der junge Mann kaum hörbar.

»Paul Schulz vom Sparverein Zoo?«

»Hm!«

»Etwas lauter bitte!«

»Ja«, entgegnete er gequält.

»Und wie ist Ihr Verein ans *Pandora* gekommen? Doch wohl kaum auf legalem Weg, oder?«

Der junge Bursche plusterte sich empört auf. »Also, hören Sie mal, Herr Kommissar, das ist wirklich eine unverschämte Unterstellung. Wir haben das *Pandora* von dem Erben ganz anständig erworben.«

Wuttke stieß einen abschätzigen Zischlaut aus. »›Anständig‹ aus

Ihrem Mund, das klingt wie ›Halleluja‹ aus dem Mund Ihrer Mädchen! Name?«

»Weiß ich nicht. Ich kenne den nicht persönlich. Fragen Sie doch meinen … ich meine, den Chef.«

»Ich sehe es Ihnen auf einen Blick an. Sie können mir den Namen nennen, wenn Sie wollen. Also entweder sagen Sie mir, wer euch den Laden verkauft hat, oder ich spreche mal mit meinem Kumpel Ernst von der Sitte.«

»Günter Berger heißt er.«

»Aha, und wo finde ich diesen Herrn Berger?«

»Da müssen Sie wirklich den Boss fragen. Ich darf keine Auskunft geben.«

»Verstehe, Schulz kann es nicht leiden, wenn jemand singt. Aber ich frage Sie ja nicht danach, was Sie zuletzt ausgefressen haben …«

»Herr Kommissar, ich habe noch nicht ein einziges Mal eingesessen!«, protestierte er energisch.

»Glück gehabt! Also, wer ist dieser Berger, und wo finde ich ihn?«

»Kommen Sie«, knurrte der junge Mann. Widerwillig schloss er die Tür des *Pandora* auf. Eine Wolke von abgestandenem Rauch und Muff wehte Wuttke entgegen. Man merkte, dass hier länger kein Betrieb gewesen war. Nach Renovierung sah es auch nicht gerade aus, stellte Wuttke mit einem prüfenden Blick fest und folgte dem Kerl an den Tresen. Aus einer Schublade holte er einen Aktendeckel.

»Die Adresse können Sie rausschreiben, aber verraten Sie mich nicht. Und nur die Adresse. Der Rest geht Sie nichts an!«

Doch da hatte Wuttke bereits in der Akte geblättert. Als er den Kaufpreis sah, pfiff er durch die Zähne.

»Neunhundert Westmark. Das ist ja geschenkt. Ich würde mal sagen, er musste verkaufen!«

»Bitte geben Sie das sofort wieder her. Wenn das rauskommt, dass ich Ihnen das gezeigt habe …«

Wuttke hatte Mitgefühl mit dem jungen Kerl, der weiß wie eine Wand geworden war.

»Gut, dann will ich mich mal aufs Wesentliche beschränken.« Er stutzte, als er die Adresse des Verkäufers las. Laubenkolonie Schillerhöhe. Es folgte die Parzellennummer und der Vermerk: Eingang Seestraße. Das zu lesen berührte Wuttke unangenehm, denn dort, in einer der Weddinger Lauben, waren seine Eltern verhungert und erfroren. Nachdem er die Adresse und den Namen des Erben notiert hatte, klappte er die Akte wieder zu und reichte sie ihm.

»Keine Sorge, Sie haben das Richtige getan, aber das bleibt unter uns. Und seien Sie auf der Hut. In diesem Verein gerätst du schneller auf die schiefe Bahn, als du bis drei zählen kannst. Mensch, Junge, noch kannst du was anderes machen. In der Friesenstraße suchen sie so junge Burschen wie dich.«

»Ich ein Polyp?« Er lachte laut auf. »Ich glaube, Sie sollten eines wissen. Schulz ist mein Oller, und der würde mir zur Not durchgehen lassen, wenn ich nicht sein Nachfolger werden möchte, aber Polyp? Nee, das kann ich ihm nicht antun!«

Wuttke musste sich ein Grinsen verkneifen. Er konnte sich lebhaft vorstellen, dass Schulz junior nicht übertrieb. Seinem Wissen nach waren die Schulzes seit Generationen im Gaunergeschäft tätig.

Wuttke klopfte ihm väterlich auf die Schulter. »Pass auf, dass du nicht unter die Räder kommst.«

Der Jungspund lächelte schief.

Wuttke verließ das *Pandora* und eilte voller Ungeduld zu Lenas Wohnung.

42

Lore Krause hatte eigentlich einen triftigen Grund, bester Laune zu sein, denn an diesem Abend war sie endlich wieder einmal nach der Arbeit gemeinsam mit Stein in die Kantstraße geradelt. Das Zusammentreffen bei den Rädern war zwar nicht ganz zufällig geschehen, aber das konnte der Kommissar schließlich nicht ahnen. Über eine halbe Stunde hatte sie ihm aufgelauert. Und es hätte wirklich eine schöne Heimfahrt werden können, wenn nicht ausgerechnet an diesem Abend Ernst Löbau kurz vor Kommissar Stein das Präsidium verlassen hätte. Er war überaus erfreut, Lore bei den Rädern zu treffen.

»Fräulein Krause, das ist aber schön, Sie zu sehen. Dann können wir ja gemeinsam nach Hause radeln.«

Sie hatte nur genervt die Augen verdreht. »Nein, ich warte noch auf jemanden.«

Ernst Löbau schien ihre Schwäche für Kommissar Stein zu erahnen. »Gut, wenn Sie lieber vom Duke begleitet werden wollen«, hatte er beleidigt erwidert, doch in dem Augenblick war Stein zu ihnen getreten.

»Das ist ja nett. Dann können wir drei gemeinsam nach Hause radeln«, hatte er freundlich verkündet, was Lore einen triumphierenden Blick des Kommissars von der Sitte eingebracht hatte.

Und nun saßen sie auch noch zu viert in der kleinen Küche und aßen gemeinsam Abendbrot. Ernst Löbau hatte sich trotz Lores eifrigen Bemühens, ihn zu vergraulen, nicht davon abbringen lassen, die Einladung von Frau Krause zum Essen anzunehmen. Sie hatte gerade wieder ein Carepaket von ihrem Bekannten aus Tempelhof bekommen, das zu ihrer aller Freude Brot, Margarine und Schlackwurst enthielt. Brot war auch in diesen Paketen eigentlich nicht üblich, aber offenbar waren die Absender deutschstämmig und wussten, was Brot für die ausgehungerte Berliner Bevölkerung für ein Schatz war. Auch wenn ihre Mutter keine besonders freundliche Person war, es schien ihr doch Freude zu machen, den Inhalt des Pakets mit den Untermietern zu teilen, besonders mit Ernst Löbau. Sie persönlich schätzte auch Kommissar Stein, aber sie predigte ihrer Tochter ständig, dass sie aufhören sollte, dem Mann schöne Augen zu machen. Der käme nicht von hier und würde schneller nach England zurückkehren, als sie denken könnte. Nicht auszudenken, er würde Lore mit einem unehelichen Gör zurücklassen …

Lore hasste diese Sprüche ihrer Mutter. Einmal abgesehen davon, dass Stein ihr im Gegensatz zu Ernst Löbau noch nie ein Kompliment gemacht hatte, wenn ihre Mutter ihr wieder einmal ein neues Kleid aus alten Stoffen genäht hatte, Lore teilte Nacht für Nacht das Ehebett mit ihrer Mutter. Sie hätte also, selbst wenn die Lage anders gewesen wäre, gar keine Gelegenheit gehabt, mit einem Mann allein zu sein.

Lore konnte die Köstlichkeiten nicht wirklich genießen, weil sie sich nichts sehnlicher wünschte, als mit dem Kommissar endlich unter vier Augen zu sprechen. Und dabei ging es auch gar nicht darum, ihm schöne Augen zu machen, sondern um ihre Fälle, die Dalldorf-Akte und den Mord an Müller. Lore war nach der Vernehmung von Frau Dr. Keller der Meinung, dass Stein unbedingt Dr. Bader aufsuchen sollte. Natürlich würde sie das liebend gern für ihn übernehmen, nur befürchtete sie, dass er das nicht gutheißen würde. Im Grunde genommen hatte er ihr strengstens untersagt, eigene Ermittlungen zu führen. Aber sie war sicher, dass Müller und Bader gemeinsame Leichen im Keller hatten, die, wenn Stein ihnen auf die Spur kam, vielleicht bei der Aufklärung des Falles helfen konnten. Und sie war sicher, dass Bader bei der Suche nach einem Motiv für den Mord an Müller wertvolle Hinweise geben könnte, wenn Stein ihn endlich ganz offiziell vernehmen würde.

Im Hintergrund lief im Radio Frau Krauses neue Lieblingssendung »Wünsch dir was«, in der Schlager nach Hörerwünschen gespielt wurden. Lore mochte diese altmodischen Lieder nicht mehr so recht, seit sie regelmäßig den amerikanischen Soldatensender

AFN hörte. Ihre Mutter aber summte beseelt mit Johannes Heesters um die Wette: »Mein Auto kann schön singen.«

Lore warf einen flüchtigen Blick über den Tisch zu Kommissar Stein, aber der schien von der Geräuschkulisse nichts mitzubekommen. Er war tief in Gedanken versunken. Lore hoffte, er war nicht mit der Ärztin beschäftigt, die nach ihrer Vernehmung überstürzt das Büro verlassen hatte. Sie hatte Lore auf dem Flur fast über den Haufen gerannt und sich nicht einmal bei ihr entschuldigt. Für diese Frau war sie schlicht Luft. Später hatte Lore erfahren, dass man ihre Waffe in der Nähe des Tatorts gefunden hatte, mit der sie aber nachweislich nicht geschossen hatte. Lore hielt sie nicht für eine Mörderin, aber ihre Bekanntschaft mit Müller und vor allem die Tatsache, dass sie diese geleugnet hatte, deutete ihrer Ansicht nach darauf hin, dass die Frau mehr wusste, als sie zugeben wollte. Umso wichtiger war es, dass Stein sich endlich einmal Dr. Bader vornahm.

Doch im Augenblick sah es so aus, als würde sie wieder einmal nicht unter vier Augen mit ihm sprechen können. Sie hatte den Eindruck, dass Löbau das verhinderte, wo er nur konnte.

Lore wollte ihren Plan für diesen Abend schon aufgeben, als sich Stein nach dem Essen höflich bedankte und in sein Zimmer zurückzog. Da entdeckte sie, dass der Kommissar seine Aktentasche neben den Stuhl gestellt und dort vergessen hatte. Das war ihre Chance. Sie sprang auf, griff sich die Tasche und murmelte: »Der Kommissar hat etwas vergessen«, und schon war sie aus der Küche gerannt, um an der Tür ihres einstigen Jungmädchenzimmers zu klopfen.

Stein schien nicht sonderlich erfreut. Er war gerade dabei, sein Jackett abzulegen und es sich mit einer *London Times* auf Lores altem Bett bequem zu machen. Sie fragte sich, wie er wohl an diese Zeitung gekommen war.

Offenbar deutete er ihren fragenden Blick richtig.

»Mein alter Freund, Pilot auf einem Rosinenbomber, landet zweimal pro Woche mit seiner Douglas Dakota in Tegel und hinterlegt mir ein paar ausgelesene Zeitungen. Allerdings haben wir uns noch nicht ein einziges Mal persönlich gesehen.« Ihm war anzumerken, dass er höflich bleiben wollte, obwohl ihm ihr Besuch gar nicht passte.

»Entschuldigen Sie die Störung. Sie haben Ihre Tasche in der Küche vergessen.«

»Danke, stellen Sie sie einfach ab«, murmelte er und wollte sich wieder in seine Zeitung vertiefen, doch Lore nahm all ihren Mut zusammen.

»Ich muss dringend mit Ihnen reden!«

Irritiert erhob sich Stein und bot ihr einen der zwei Stühle in diesem Zimmer an. Lore setzte sich. Sie war aufregt, weil sie ansonsten stets Distanz zu ihm hielt, aber nach allem, was sie bei der Vernehmung der Keller erlebt hatte, fühlte sie sich geradezu verpflichtet, ihn noch einmal auf den Arzt anzusprechen.

»Kommissar Stein, ich denke, Sie sollten unbedingt Dr. Bader vernehmen«, stieß sie hastig hervor.

»Dr. Bader? Wer war das noch gleich?«, murmelte Stein abwesend.

»Der Arzt, der im Lazarett gefürchtet war, weil er die Schüttler alle in den sicheren Tod geschickt hat, und der mit diesem Müller gemeinsam im *Café Wien* war.«

Stein horchte auf. Seine Miene zeigte nun großes Interesse an ihren Worten, was Lore natürlich enorm schmeichelte.

»Gut, dass Sie mich daran erinnern. Dieser Mann war mir angesichts der neuesten Entwicklungen völlig aus dem Sinn. Sie haben recht. Der könnte mir vielleicht mehr über Müller sagen, denn von seinem Schwager werden wir kaum etwas Erhellendes erfahren.«

»Nein, sicher nicht. Der Kriminalrat wird mit aller Macht verhindern, dass wir etwas über seinen ermordeten Schwager herausbekommen, was unter Umständen kein gutes Licht auf ihn wirft«, bemerkte Lore eifrig.

»Das befürchte ich allerdings auch, zumal ganz offensichtlich Müller die treibende Kraft war, warum wir nicht weiter in den Wittenauer Heilstätten ermitteln durften.«

»Der wird toben, wenn er erfährt, dass Sie die Frau Doktor ins Präsidium geladen haben«, pflichtete sie ihm bei.

»Das ist mir herzlich gleichgültig«, gab Stein zurück. »Ich lasse mich nicht länger bei den Ermittlungen behindern! Und deshalb werde ich auch diesen Dr. Bader vernehmen. Da Sie ja seine Adresse und wahrscheinlich auch Telefonnummer kennen, rufen Sie bitte morgen bei ihm an und bitten ihn, in der Friesenstraße zu erscheinen. Sagen Sie am besten nicht, um was es geht.«

»Und wenn er mich löchert?«

»Dann wissen Sie von gar nichts und teilen ihm ganz freundlich mit, wenn er nicht ins Präsidium käme, dann würden wir ihm in seiner Praxis einen Besuch abstatten. Das wirkt immer. Und danke, dass Sie mich daran erinnert haben.«

Lore spürte, wie ihr bei so viel Lob das Blut in die Wangen schoss. Sie merkte dem Kommissar allerdings auch an, dass er nun lieber allein sein wollte.

»Ich gehe dann mal wieder«, sagte sie.

»Ja, ich denke, Kollege Löbau wird Sie schon schmerzlich vermissen«, erwiderte er grinsend.

Das hätte er nicht sagen sollen, durchfuhr es Lore wütend, und sie funkelte den Kommissar zornig an. »Hören Sie mir ja auf, so zu reden wie meine Mutter!«, schimpfte sie.

»Was sagt sie denn?«, fragte er scheinbar amüsiert.

»Dass ich dumm wäre, wenn ich mir die Chance entgehen lassen würde, so einen soliden Mann zu bekommen!«

»Und? Was missfällt Ihnen daran?«

»Was mir daran missfällt? Haben Sie keine Augen im Kopf, Herr Kommissar? Löbau geht mir gerade mal bis zur Brust, und die Haare auf seinem Kopf kann man schon einzeln zählen«, ereiferte sie sich.

»Verzeihen Sie mir, aber mir fehlt der Kennerblick bei der Beurteilung von Herren.« Um seine Mundwinkel zuckte es, was Lore nur noch mehr gegen ihn aufbrachte.

»Das unterscheidet uns Frauen von den Männern. Mir ist jedenfalls nicht entgangen, dass die Keller eine gewisse Ähnlichkeit mit der hübschen Dame hat, die neulich auf Sie gewartet hat!«, fauchte sie.

Jegliche Freundlichkeit wich aus Steins Miene, sodass Lore erschrak, weil sie befürchtete, ihm zu nahe getreten zu sein.

»Verzeihen Sie, Herr Kommissar, das wollte ich nicht«, erklärte sie betreten.

»Schon gut, Sie rufen morgen bei Dr. Bader an und machen einen Termin mit ihm. Gute Nacht!«

Mit diesen Worten wandte er sich seiner Zeitung zu. Lore verließ das Zimmer auf leisen Sohlen und hoffte sehr, es sich durch ihr vorlautes Mundwerk nicht mit dem Kommissar verscherzt zu haben.

43

Wuttke blieb unschlüssig vor Lenas Haustür stehen. So, wie er sie kannte, würde sie sicher erbost sein darüber, dass er schon wieder unangemeldet vor ihrer Tür stand. Aber wenn er Glück hatte, würde sie es vielleicht nicht bei einer Schimpftirade belassen, sondern ihn gebührend bestrafen. Beim Gedanken an den Rohrstock, der, wie sie stets betonte, ausschließlich für ihn in einer Ecke stand, spürte er eine ungeheure Erregung. Endlich, dachte er, er hatte schon befürchtet, dass sich bei ihm gar nichts mehr tat. Selbst als seine Sehnsucht nach ihr sich von Tag zu Tag gesteigert hatte, war es mehr ein Verlangen seiner Seele nach ihrer Gegenwart gewesen. Sie war doch schließlich seine einzige Vertraute, der er sogar beim letzten Mal beinahe sein Geheimnis anvertraut hätte. Aber nun war auch das körperliche Begehren wieder so stark, dass er gar keine andere Wahl mehr hatte, als diesen Überraschungsbesuch zu wagen. Er konnte nur hoffen, dass kein anderer Kerl bei ihr war, weil sie ihn dann beschimpfen und mit seiner ganzen Lust unbefriedigt im schmutzigen Treppenhaus stehen lassen würde.

Vor ihrer Wohnungstür blieb er erneut einen Moment lang zögernd stehen, bis er sich endlich traute anzuklopfen. Es dauerte eine gefühlte Ewigkeit, bis sie verschlafen die Tür öffnete. Sie sah schrecklich aus. Blass, mit Ringen unter den Augen und zerzaustem Haar in einem verschlissenen Morgenmantel, den sie mit Sicherheit nur trug, wenn sie keinen Herrenbesuch erwartete. All das schoss Wuttke bei ihrem Anblick durch den Kopf, aber seine Begierde blieb davon unberührt. Er wollte ihre strenge Hand spüren, und zwar sofort.

»Was fällt dir ein? Ich habe dir gesagt, dass ich mich melde!«, schnauzte sie ihn an.

»Ich weiß, ich bin ein böser Junge«, gab er heiser zurück.

Lena verdrehte die Augen. »Gut, dann bekommst du deine Abreibung. Komm rein. Leg dich aufs Bett und mach deinen Hintern frei!«

Weder ihr genervter Ton noch ihre offen gezeigte Lustlosigkeit bewirkten, dass seine Erektion in sich zusammenfiel. Im Gegenteil, er tat, was sie verlangte, zog seine Hose aus und legte sich auf den Bauch, doch als er mit einem Seitenblick sah, wie sie den Rohrstock zur Hand nahm, spürte er, dass ihn nach körperlicher Berührung verlangte. Nicht nach einem Werkzeug.

»Lena, bitte, mach es so wie beim ersten Mal. Weißt du noch?«, bettelte er.

Sie zögerte, aber dann stellte sie den Stock zurück und näherte sich ihm.

»Du bist ein richtig böser Junge. Kommst einfach her, obwohl ich dir das verboten habe!«

Bei diesen Worten schlug sie ihm mit voller Wucht mit der bloßen Hand auf den Hintern. Wuttke schrie auf, weil es so überraschend kam, aber dann vergrub er sein Gesicht in die Kissen und genoss ihre Bestrafung in vollen Zügen. Natürlich hoffte er insgeheim, dass sie ihm nach dem Ritual noch mehr bot, aber er war unsicher, ob sie dazu bereit war. Mach es so wie beim ersten Mal, hatte er sie gebeten, und tatsächlich, nachdem der letzte Hieb auf seinem Hintern niedergegangen war und er bereits ein wohliges Brennen verspürte, legte sie sich neben ihn. Das Zeichen, das er während jeder Bestrafung so heiß ersehnte. Sie hatte den Morgenmantel anbehalten, aber darunter war sie nackt.

Noch nie war Wuttke so schnell gekommen, und das, obwohl Lena so unbeteiligt war wie selten zuvor. Er kam sich vor wie einer ihrer Kunden. Eine leichte Wut stieg in ihm auf. Er war aber keiner dieser Kerle, die zu Nutten gingen. Lena war doch nicht seine Hure, sondern seine Geliebte, seine Vertraute …

»Komm in meinen Arm«, bat er sie leise. Er hatte allerdings nicht zu hoffen gewagt, dass sie das wirklich tun würde, aber sie kuschelte sich tatsächlich dicht an ihn.

»Ich habe dich vermisst«, raunte er.

Lena blieb stumm, aber die Art und Weise, wie sie sich an ihn schmiegte, zeigte ihm, dass sie diese körperliche Nähe ebenso brauchte wie er.

»Warum hast du dich nicht gemeldet?«, fragte er sie.

»Ich hatte viel zu tun. Der neue Besitzer des *Pandora* hat neue Regeln aufgestellt«, seufzte sie.

»Seit wann scherst du dich um Regeln? Braunke hast du doch ganz unerschrocken die Stirn geboten. Wer schmeißt schon einen Freier raus, wie du es mit dem Richter getan hast? Apropos, hast du den Kerl noch mal in deine Wohnung gelassen?«

»Nein, keine Sorge. Der Mann ist krank. Den will keine! Neulich hat er nachts Randale vor dem Haus gemacht, aber die Jungs haben ihm eine Abreibung verpasst!«

»Du sprichst von den Jungs des Sparvereins Zoo, oder?«

Sie schreckte hoch. »Woher weißt du denn, wer unser neuer Boss ist?«

»Weil ich dich im *Pandora* gesucht habe, aber nur Schulz junior getroffen habe. Und der hat mich über die neuen Eigentumsverhältnisse aufgeklärt.«

Jetzt erst fiel ihm die Perlenkette um ihren Hals ins Auge, die er noch nie zuvor bei ihr gesehen hatte. Brennende Eifersucht überkam ihn mit aller Macht. Und Zorn darüber, dass diese geilen Säcke über die Mittel verfügten, ihr solche Geschenke zu machen.

»Wuttke, sei bitte vorsichtig. Braunke war ein Schwein vor dem Herrn, aber die neuen Jungs sind schnell bei der Hand, Leute für immer verschwinden zu lassen. Bitte leg dich nicht mit ihnen an.«

»Warum sollte ich?«, gab Wuttke entschlossen zurück. Nein, vor diesen Gangstern fürchtete er sich nicht, aber es tat ihm gut, dass sie sich offenbar Sorgen um sein Wohl machte. So gleichgültig, wie sie tat, war er ihr wohl doch nicht.

»Weil es dir sicher nicht passen wird, dass ich jetzt mehr arbeiten muss!«

»Du meinst, mehr von diesen Ausnahmen, wie du mir das ja mal weiszumachen versucht hast?«, bemerkte er spöttisch, um zu überspielen, wie sehr ihn ihre Nähe emotional aufwühlte.

»Lassen wir die Spielchen. Ja, es gibt neue Kunden, damit mehr

Arbeit und dementsprechend mehr Geld, und ich kann endlich etwas ansparen.«

»Sparen? Wofür?« Es lag ihm auf der Zunge, ihr vorzuschlagen, die Perlenkette zu versetzen, um an Geld zu kommen, aber im schlimmsten Fall würde sie ihn dann auf der Stelle an die Luft setzen.

»Damit ich endlich für Ursula da sein kann. Unsere Tante ist schon kränklich und überfordert mit dem …« Sie stockte. »Das geht dich gar nichts an«, fügte sie kalt hinzu.

»Ursula ist deine Nichte, nicht wahr?«

»Ich glaube, du solltest jetzt besser gehen. Meine Arbeit fängt in zwei Stunden an. Und ich kann in diesem Zustand wohl kaum einen zahlenden Gast empfangen«, verkündete sie nun in geschäftigem Ton.

Wuttke aber ließ sich durch ihre Schroffheit nicht abschrecken. Im Gegenteil, er meinte, hinter ihrer abweisenden Fassade ein Bedürfnis zu verspüren, mit ihm vertraulich zu sprechen.

»Warum kann sich deine Schwester nicht um ihre Tochter kümmern?«, fragte er in sanftem Ton

»Sie ist tot.«

Danach herrschte eine Weile Schweigen zwischen ihnen. Wuttke wusste nicht so recht, was er sagen sollte. Ein falsches Wort, und er fand sich im Hausflur wieder. Dabei hatte er das Gefühl, dass Lena dringend jemandem zum Reden brauchte und dass dieser Jemand nur er sein konnte, weil auch sie keinen anderen hatte. In gewisser Weise waren sie eine Schicksalsgemeinschaft. Zwei einsame Seelen, die keinem anderen Menschen vertrauten. Wuttke spürte, dass auch sie einen tiefen Schmerz in sich trug. Und er fühlte, dass sie kurz davor war, sich ihm zu offenbaren.

Es dauerte noch eine Weile, und die Stille im Raum wurde für ihn schier unerträglich, aber dann begann sie schleppend damit, ihm vom Schicksal ihrer Schwester zu berichten. Ihre ältere Schwester hatte im Jahr 1939 als Prostituierte in einem sogenannten Salon mit dem Namen *Kitty* in der Giesebrechtstraße angefangen …

Da ihre Schwester Monika, wie Lena betonte, überaus blond und schön war, hatte ein Adjudant von Heydrich, dem Leiter des Reichssicherheitshauptamtes, sie für dieses Edelbordell ausgesucht, in dem ausländische Gäste und Größen des Nazireichs ein und aus gingen. Von den Mädchen wurde verlangt, dass sie bereitwillig Auskunft über die intimen Gespräche mit ihren Kunden gaben. Doch ihre Schwester sei im Jahr darauf schwanger geworden. Das Kind habe man ihr wegnehmen und in ein Heim geben wollen. Da habe Lena das Kind bei Nacht und Nebel in Sicherheit bei ihrer Tante in Köpenick gebracht, bei der Ursula heute noch unbehelligt lebe. Monika habe das alles seelisch nicht verkraftet, sie habe dann einen Freier, der ihr Gewalt antun wollte, niedergeschlagen, woraufhin man sie in eine Klinik eingewiesen habe. Schizophrenie, hatte es damals geheißen …

An dieser Stelle legte Lena eine Pause ein und schien in Gedanken ganz in der Vergangenheit gefangen zu sein. Wuttke wagte es nicht, Fragen zu stellen. Zu groß war seine Befürchtung, sie wurde aus ihrer Trance erwachen und ihn achtkantig an die Luft setzen.

»Sie haben herausbekommen, dass ich das Kind versteckt habe, und mich vor die Wahl gestellt: Edelprostitution oder Panzerfabrik.«

In dem Moment konnte Wuttke sich nicht mehr beherrschen.

»Du hast also nicht immer als Hure gearbeitet? Man hat dich dazu gezwungen?«

»Ich hatte bis dahin als Kellnerin im *Kranzler* gearbeitet, aber ein Freier von der italienischen Botschaft, deren Leute im *Kitty* allesamt Stammkunden waren, hatte mich einmal mit meiner Schwester gesehen, und der wollte mich unbedingt haben. Offenbar war er so wichtig, dass ich für ihn und seine Leute eingekauft wurde.«

Wuttke atmete ein paarmal tief durch. Dass die feinen Herren da oben in Saus und Braus gelebt hatten, als das Tausendjährige Reich bereits im Bombenhagel unterging, das wusste er wohl, aber diese Doppelmoral schockierte ihn dann doch. Eine deutsche Frau, die der Prostitution nachging, war geächtet im Reich. Aber dass man eine unbescholtene junge Frau dazu gezwungen hatte, das überstieg sein Vorstellungsvermögen.

»Hast du deine Kunden dann tatsächlich bespitzelt?«

Lena zuckte die Schultern. »Das war gar nicht nötig, denn zusätzlich hatten sie Abhörgeräte eingebaut, sodass sie alles mit eigenen Ohren hören konnten. Einer der Italiener kannte jeden Hitlerwitz, und immer, wenn er wieder einen zum Besten geben wollte, habe ich ihn abgelenkt. Er war ein netter Kerl. Ich wollte nicht, dass er Ärger bekommt.«

»Und nun willst du Geld sparen, um dich um die Tochter deiner Schwester zu kümmern?«

»Sie wird bald neun. Und ja, meine Tante ist sehr krank. Ursula braucht eine Mutter«, sagte sie, bevor sie abrupt aufsprang. »Genug geplaudert. Du musst jetzt gehen. Ich weiß auch nicht, was mir heute die Zunge gelockert hat. Vergiss das alles. Es ist nicht wichtig. Der Krieg und alles, was er aus uns gemacht hat, ist vorbei.«

»Nein, das wird nie vorbei sein. Es wird uns niemals loslassen, wozu wir fähig gewesen sind. Das Gewissen lässt sich nicht ausschalten!« Wuttke stieß das mit einer derartigen Heftigkeit hervor, dass Lena sich noch einmal setzte, und zwar auf die Bettkante neben ihn.

»Jetzt sprichst du … von dir, oder?«

Wuttke sah Lena in die Augen. Wie gern würde er sein Gewissen endlich erleichtern und ihr verraten, was seine Seele belastete und wofür er meinte, büßen und Schläge empfangen zu müssen. Einmal abgesehen davon, dass daraus eine körperliche Lust für ihn geworden war, aber das hatte er ja nicht ahnen können. Beim ersten Mal hatte er wirklich nur nach Strafe gelechzt für das, was er verbrochen hatte.

»Wuttke? Wenn du etwas loswerden möchtest, dann jetzt. Ich muss mich wirklich beeilen. Der Kunde, der um 22 Uhr kommt, ist stets pünktlich.«

»Verdammt, ich will nichts hören von deinen Kunden!«, zischte Wuttke, während er erbitterte innere Kämpfe ausfocht. Sollte er sich nicht endlich erleichtern, oder war es zu schlimm, als dass er es ihr anvertrauen durfte? Würde sie ihn vielleicht verurteilen und ablehnen? Würde er durch eine solche Offenbarung nicht wieder auf sich selbst zurückgeworfen, musste er sich dann wieder mit diesem verdammten Alleinsein abfinden? Gegen das, was er getan hatte, war ihre Spitzeltätigkeit in einem Nazibordell vergleichsweise harmlos. Aber wenn er es nicht endlich einmal aussprechen würde, würde er noch daran ersticken.

»Bitte, leg dich noch einmal zu mir, nimm mich in den Arm. Ich lehne mich an deine Brust und sehe dich nicht dabei an. So kann ich vielleicht darüber reden.«

Lena schien zu überlegen. »Gut, dann wein dich meinetwegen an meiner Brust aus. Ich habe den Eindruck, sonst platzt du noch.«

Wuttke nickte und kuschelte sich tief in ihre Armbeuge, nachdem sie sich neben ihm auf dem Bett ausgestreckt hatte. Er konnte ihren Schweiß riechen, aber er mochte das. Jedenfalls bei ihr.

»Ich habe etwas Schreckliches getan«, stöhnte er schließlich.

Lena nahm seine Hand und drückte sie ermutigend. Ein letztes Mal fragte er sich, ob er das wagen durfte, aber dann brach es ganz ungefiltert aus ihm heraus. Wie die Eliteeinheit gleich hinter der polnischen Grenze die Patienten der Heilanstalt aus ihren Betten getrieben und in den Wald gejagt hatte. Seine Stimme zitterte. »Ich habe es nicht mit eigenen Augen gesehen, aber die Herrenmenschen in ihren gewichsten Stiefeln haben sich gegenseitig übertroffen mit ihren Schilderungen, wie die Verrückten wie die Hasen gerannt sind. Einigen wenigen ist die Flucht gelungen. Und die abzuknallen war der Befehl an die Feldpolizei. Ich bin mit den anderen in den Wald gerannt, aber als dann eine Gruppe Kranker in ihren Anstaltskleidungen auf Knien um ihr Leben flehten, habe ich nicht geschossen, sondern geweint. Ich wurde zur Strafe in einen Keller gesperrt und habe schließlich geschworen, dass ich es tun werde. Ich hielt es in dem Keller nicht mehr aus und war kurz vorm Durchdrehen. Ich habe gehofft, dass sie sich alle gerettet haben, aber am nächsten Tag sind wir wieder in den Wald. Und da hockten ein paar junge Männer hinter einem Baum, und mein Vorgesetzter brüllt: ›Lauft!‹ Wie Wild rannten sie davon. Da schreit er mich an: ›Nun schieß doch endlich, du Feigling!‹«

Das war der Moment, in dem Lena ihm unsanft ihre Hand entzog. Er wollte es nicht wahrhaben, dass sie sich von ihm abwandte, aber er spürte, dass es mehr als eine unbedeutende Geste war. Doch nun musste er seine Bekenntnisse zum bitteren Ende führen.

»Ich habe es getan!«, stieß er gequält hervor. Danach war es gespenstisch still im Raum. Lena sagte nichts. Gar nichts. Er hörte sie nicht einmal mehr atmen. Langsam löste er sich aus ihrer Armbeuge und setzte sich auf. Ihn fröstelte. Aus Lenas Augen sprach die pure Geringschätzung, ja, tiefste Missbilligung. Dabei hätte er dringend Trost benötigt. Mitfühlende Worte wie: Du konntest dich doch gar nicht widersetzen! Oder: Du musst es dir endlich verzeihen!

Doch stattdessen eiskalte Verachtung!

Er war versucht, sich nun selbst zu verteidigen, damit, dass er eine zweite Nacht im Keller nicht überlebt hätte, dass er keine Wahl hatte, dass er abdrücken musste … Er wollte ihr sagen, dass er die Waffe danach fallen gelassen hatte und davongelaufen war. Dass die anderen ihn dafür gedemütigt hatten, allen voran Krüger. Sie hatten ihm den Spitznamen »Memme« verpasst und keine Gelegenheit ausgelassen, ihn mit seinem mädchenhaften Verhalten, wie sie es nannten, aufzuziehen. Aber er hatte seit jenem Tag nie wieder ein Gefühl gezeigt. Die Pillen hatten ihm dabei geholfen, einer von ihnen zu werden, jedenfalls äußerlich. Schließlich war der Vorfall in Vergessenheit geraten, jedenfalls bei den anderen. Die Wunde, die das in seine Seele gebrannt hatte, hatte er vor ihnen geschickt verbergen können. Wuttke war ein harter Kerl geworden, der sich auch gern prügelte und schließlich jedem, der ihm noch dumm gekommen wäre, auf die Fresse gegeben hätte. Dabei kamen ihm sein durchtrainierter Körper und sein jahrelanges Boxtraining zugute. Gegen Ende des Krieges hatte keiner mehr gewagt, sich mit Wuttke anzulegen.

Sag doch endlich was, dachte er, während er Lena betrachtete, deren Miene nun so etwas wie Ekel ausdrückte.

Wuttke hätte sie am liebsten geschüttelt, um ein freundliches Wort aus ihr herauszupressen, aber er traute sich nicht.

»Geh jetzt bitte!«, waren ihre einzigen Worte nach einer gefühlten Ewigkeit des Schweigens.

Wuttke wollte etwas erwidern, aber er wusste nicht, was er sagen konnte. Er befürchtete, jedes seiner Worte wäre in ihren Augen falsch. Ihm fiel ein, dass er sie damit konfrontieren könnte, dass sie sich ständig Männern in Uniformen auf den Schoß setzte. Diese Männer hatten im Krieg auch Waffen benutzt … Wuttke unterbrach seinen Gedankenfluss, weil er selbst spürte, dass das nicht zu vergleichen war. Das eine war der grausame Krieg, das andere eiskalte Menschenjagd. Er schämte sich zutiefst. Sollte er ihr das sagen? Aber sie musste doch mittlerweile verstanden haben, wie sehr er sich dafür selbst verabscheute, es getan zu haben. Wie ein Stich durchzuckte ihn die Furcht, sie verloren zu haben.

»Zieh dich an!«, fauchte Lena, stand auf und ging zu ihrem Waschtisch, wo sie ihren Morgenmantel fallen ließ und sich mit einem Lappen zwischen den Beinen säuberte. Ihm kam es vor, als würde sie die Spuren seiner Lust wie Dreck wegwischen. Trotzdem tat er, was sie verlangte. Er zog sich hastig an.

»Ich gehe jetzt«, sagte er, als er fertig war, in der Hoffnung, sie würde sich ihm zuwenden, um sich von ihm zu verabschieden, aber sie drehte sich nicht einmal um, sondern fuhr mit ihrer Körperwäsche fort.

»Bis bald, Lena«, murmelte er, aber auch diesen Abschiedsgruß ignorierte sie. Wuttke ging wie ein geprügelter Hund zur Tür, doch bevor er die Wohnung verlassen konnte, fielen ihm die Pillen ein. Nach allem, was er eben erlebt hatte, würde er keine Stunde mehr ohne das Teufelszeug auskommen. Wuttke drehte sich um und trat neben sie an den Waschtisch.

»Lena, ich brauchte noch ein bisschen Nachschub. Meine Pillen sind alle …«

»In der Schrankschublade«, teilte sie ihm mit, ohne ihre Körperpflege zu unterbrechen oder ihn anzusehen.

Wuttke riss die Schublade auf, griff sich eine Rolle Tabletten und stürmte aus Lenas Wohnung.

44

Stein stellte Wuttke keine Fragen, als er an diesem Morgen in einem desolaten Zustand und viel zu spät im Büro auftauchte. Er erkannte auf einen Blick, dass der Kollege wieder ordentlich zum Pervitin gegriffen hatte. Allein die übergroßen Pupillen verrieten ihn. Schade, dachte Stein, er hatte wohlwollend registriert, dass Wuttke auf dem Weg aus der Sucht heraus gewesen war. Nun steckte er offenbar wieder mittendrin in dem Sumpf. Aber solange der Kollege bei der Arbeit funktionierte, würde er ihn nicht auf seinen Rückfall ansprechen. Und Wuttke erklärte ihm nun in beinahe euphorischer Stimmung, dass er auf eine vielversprechende Spur gestoßen war, und berichtete ihm von seiner Begegnung mit Schulz junior und seinem Verdacht, dass Schulz dem Erben der Braunkes das *Pandora* abgepresst habe. Ein klares Indiz, dass die Morde doch im Zusammenhang mit Revierkämpfen stehen würden, verkündete er voller Stolz. Als er seine Schilderung beendet hatte, sah Wuttke ihn an, als würde er ein Lob für seine Ermittlungen erwarten.

Stein aber war skeptisch. War der Verkauf des *Pandora* an den Boss des Sparvereins Zoo tatsächlich ein Indiz dafür, dass es sich um einen Krieg unter Kriminellen gehandelt hatte, dem Braunke und Weber zum Opfer gefallen waren? Und vor allem, wie passte Müller da ins Bild?

Er brauchte seine Zweifel gar nicht erst in Worte zu fassen, weil Wuttke anscheinend selbst auf diesen Gedanken gekommen war. Er machte eine abwehrende Bewegung. »Sagen Sie nichts. Schulz hat kein Motiv, Müller zu erschießen …«

»Und vor allem nicht so brutal. Mitten ins Gesicht! Das deutet auf große Emotionen beim Täter hin …«

»Und wenn die drei Morde doch nicht zusammengehören?«, fragte Wuttke zweifelnd.

»Ich denke, wir machen uns ein Bild von diesem Günter Berger, und dann sehen wir weiter«, schlug Stein vor. »Wissen Sie denn, in welchem Verhältnis er zu den Braunkes stand?«

Wuttke zuckte mit den Schultern. »Aber das finden wir heraus. Wollen wir gleich los? Ich müsste nur mal eben verschwinden.« Und schon war er nach draußen geeilt.

Stein stieß einen tiefen Seufzer aus. Es würde ihm wohl doch nichts anderes übrig bleiben, als den Kollegen direkt auf das Pervitin anzusprechen, denn es war offensichtlich, dass Wuttke sich vor ihrem Besuch in der Laubenkolonie noch eine Dosis verabreichen wollte.

Das bestätigte sich, als sie wenig später im Dienstwagen nach Wedding fuhren. Wuttke wirkte wie ein aufgezogener Brummkreisel. Er bewegte sich hektisch und plapperte in einem fort. Und mit einer Atemlosigkeit, die sonst überhaupt nicht seiner Art entsprach. Auf diese Weise erfuhr Stein nun, dass Wuttkes Eltern im letzten Kriegsjahr in der Laubenkolonie Schillerhöhe gelebt hatten und dort im Hungerwinter 1946/47 umgekommen waren, wobei er bis heute nicht wusste, ob sie die arktische Kälte, der Hunger oder beides zugleich umgebracht hatte. Jedenfalls hatte er ihre Leichen hart gefroren und mit Eiskristallen übersät gefunden. Stein sah aus den Augenwinkeln, wie Wuttkes Hand leicht zitterte. Natürlich konnte er verstehen, dass es dem Kollegen naheging, nun an jenen Ort zurückzukehren, an dem seine Eltern so jämmerlich zu Tode gekommen waren, aber es war trotz allem kein Grund, sich dieses gefährliche Zeug zuzuführen. Und bevor sich Stein die passenden Worte zurechtlegen konnte, brach es bereits aus ihm heraus: »Wuttke, das tut mir sehr leid, aber die Pillen sind mit Sicherheit nicht geeignet, Ihren Schmerz über diesen Verlust zu lindern. Im Gegenteil, früher oder später gehen Sie wegen dieses Gifts vor die Hunde!«

»Ich weiß«, murmelte Wuttke. »Aber was nützt es, wenn ich zur Belohnung für meinen Entzug Vampiren begegne?« Er lachte albern.

Stein war genervt. Ihm stand überhaupt nicht der Sinn danach, mit einem überdrehten Drogensüchtigen zu dieser Vernehmung zu fahren. Am liebsten würde er den Kollegen an der nächsten Ecke rauswerfen und ihn bitten, seinen Rausch auszuschlafen. Aber davon abgesehen, dass dieses Zeug so wach machte, dass man gar nicht mehr schlafen konnte – das hatte sich Stein einmal von seinem Vater erklären lassen, der so tat, als gäbe es das Mittel im Osten nicht –, hatte er wenig Lust, den Erben allein zu befragen. Er versprach sich von diesem Besuch in der Laubenkolonie so gut wie gar nichts. Selbst wenn herauskam, dass Luden-Paule dem Erben das *Pandora* in betrügerischer Absicht oder unter Androhung von Gewalt abgeknöpft hatte, war das nicht ihr Resort und brachte sie in dem Mordfall höchstwahrscheinlich kaum weiter. Was sie dringend brauchten, waren endlich konkrete Hinweise. Nicht weil Krüger Druck machte und man gern einen Erfolg für die Westpolizei zu verzeichnen hätte, sondern weil Stein es satthatte, im Nebel zu stochern. Was ihm fehlte, waren handfeste Fakten und Beweise. Er hatte nur so eine Ahnung, dass das alles irgendwie zusammenhing, und damit auch der Fall Braunke/Weber/Müller mit den toten Frauen von Dalldorf. Aber bislang war das nur so ein Gefühl. Und auch dass Marianne Keller womöglich der Schlüssel zu allem sein könnte. Doch leider fehlte ihm der Zugang zu ihr völlig, jedenfalls, seit er ihr gegenüber die Kontrolle verloren hatte und ihr derart ungebührlich zu nahe getreten war. Die plötzlich auftauchende Erinnerung daran verunsicherte ihn zutiefst, und er marterte sich zum wiederholten Mal mit der Frage, ob er mit seinem distanzlosen Verhalten die Aufklärung des Falles nicht sogar erschwert hatte.

Doch statt Wuttke an seinen Gedanken teilhaben zu lassen, fragte Stein uninspiriert nach, was es mit den Vampiren auf sich habe. Er hörte sich kopfschüttelnd an, was Wuttke über seine Halluzinationen berichtete.

»Wuttke! Als wenn das eine Entschuldigung wäre! Da müssen Sie durch. Nehmen Sie sich eine Woche frei, und kommen Sie endlich von dem Zeugs los!«

Wuttke rollte mit den Augen. »Das ist ein hervorragender Vorschlag. Ich bleibe eine Woche zu Hause im Bett, und danach rühre ich die Pillen nicht mehr an«, bemerkte er spöttisch.

»Haben Sie denn überhaupt keinen Menschen, der Sie ein wenig dabei unterstützen könnte?«

»Nicht mehr!« Wuttke war ganz ernst geworden. Seine Überdrehtheit war einer gewissen Gereiztheit gewichen. »Aber Sie reden schlau daher! Sie haben sicherlich keinerlei Laster, oder?«

»Gott behüte! Ich bin ein Mann ohne Furcht und Tadel! Wir sind da«, sagte Stein und fragte sich, was der Kollege wohl dazu sagen würde, wenn er erfuhr, dass Stein krankhaft süchtig nach Mary war. Es verging keine Nacht, in der er nicht intensiv von ihr träumte. Und jedes Mal war es ein höllisches Erwachen, wenn ihm bewusst wurde, dass sie ihn nur noch im Traum besuchte und er sie wahrscheinlich nie wieder berühren würde. Ein paarmal war er schon versucht gewesen, ihr einen Brief zu schreiben, denn sie waren sicher wieder in ihr Haus in London zurückgekehrt, aber abgesehen davon, dass ihm die Worte fehlten, war er auch irgendwo tief im Inneren erleichtert, dass sie es in die Hand genommen und ihre Konsequenzen gezogen hatte.

45

Als die beiden Kommissare das Gelände der Laubenkolonie betraten, wurde Wuttke plötzlich ruhiger, um nicht zu sagen, seltsam apathisch. Er hatte einen merkwürdig starren Blick bekommen, und ein gequältes Stöhnen entwich seiner Kehle.

»Was meinen Sie, welche Richtung wir einschlagen müssen«, fragte Stein seinen Kollegen.

Er sagte nichts, starrte immer noch geradeaus und bewegte sich wie ferngesteuert. Stein war sich nicht mehr sicher, welcher Zustand Wuttkes ihm mehr Sorge bereitete: der aufgedrehte oder der weggetretene …

»Wuttke, wo müssen wir hin? Sie kennen sich doch hier aus«, wiederholte Stein.

»Ich glaube, nach links«, murmelte Wuttke schließlich, und es schien wieder etwas Leben in den Kollegen zu kommen.

Stein sah sich aufmerksam um. Seinen letzten Kleingarten hatte er in London gesehen. Tante Claire und Onkel John hatten eine solche Parzelle besessen. Was Laubenkolonien betraf, ähnelten sich die Deutschen und Engländer mehr, als sie selbst vermuteten.

Wuttke hatte nun den Zettel aus der Hosentasche gekramt, auf dem er die Nummer der Parzelle notiert hatte. Vor einem ausgesprochen ungepflegten Grundstück blieb er stehen und rümpfte die Nase.

»Das müsste es sein!« Zur Sicherheit sah er noch einmal auf den Zettel. Offenbar hoffte er genauso wie Stein, dass ihnen ein Besuch auf diesem verwahrlosten Flecken Erde erspart bliebe. Es lagerte dort jede Menge Gerümpel, und in der Mitte stand eine windschiefe Hütte, von der man befürchten musste, dass der nächste Windstoß sie wie ein Kartenhaus zusammenfallen ließ.

»Das Grauen«, seufzte Wuttke und öffnete die quietschende Pforte. Kaum hatten sie das Grundstück betreten, kam ihnen mit lautem Gekläff ein Hund entgegen und baute sich angriffslustig vor ihnen auf. Es war ein Spitz, der wohl in Wahrheit weiß war, sich aber im Schmutz gesuhlt haben musste, denn sein Fell war an etlichen Stellen braun verklebt. Im Nu hatte der Hund sich in Wuttkes Hose verbissen und zerrte wie wild daran herum.

Wuttke versuchte fluchend, das Tier zum Aufhören zu bewegen. »Lass los, Miststück!«

Stein warf Wuttke einen fragenden Blick zu. »Können Sie mit Hunden?«

»Eigentlich schon, aber der scheint nicht nur zu bellen, sondern auch zu beißen«, erwiderte Wuttke spöttisch, als ein reißendes Geräusch signalisierte, dass die Hose kaputt war.

»Hau ab, Töle!«, brüllte Wuttke und versuchte, den Hund von seinem Bein zu schütteln, aber der blieb in den Stoff verbissen.

Stein war unschlüssig. Mit Hunden kannte er sich nicht aus. Er hatte zwar keine Angst, aber er traute sich dennoch nicht, das Vieh mit einem Fußtritt zum Loslassen zu bewegen. Da sah er den Mann, der zögerlich aus der Hütte trat.

»Sagen Sie Ihrem Hund sofort, er soll meinen Kollegen loslassen!«, herrschte er ihn an.

Der große, hagere Mann schlurfte in gebeugter Körperhaltung auf sie zu. Ganz langsam, als hätte er Sorge, zu stolpern und hinzufallen. Er benutzte einen Stock, um sich voranzutasten.

»Nehmen Sie den Köter weg«, schrie Wuttke.

»Aus, Harras!«, rief der Mann nun in scharfem Ton. Der Hund ließ auf Kommando knurrend von Wuttke ab.

»Was machen Sie auf meinem Grundstück?«, fragte der Mann, als er bei ihnen ankam.

Stein streckte ihm seine Dienstmarke entgegen. »Wir haben ein paar Fragen an Sie, Herr Berger«, sagte er höflich, obwohl ihm der Mann, der genauso ungepflegt wie seine Parzelle wirkte, auf Anhieb unsympathisch war.

»Was ist das?«

»Meine Dienstmarke«, erwiderte Stein ungerührt.

»Polizei?«

»Ja«, entgegnete er, obwohl ihm auf der Zunge lag: Was denn sonst? S-Bahn-Kontrolleur?

»Dann kommen Sie rein«, brummte Berger und schlurfte voran in die windschiefe Laube.

Stein fragte sich erneut, in was für einem Verhältnis dieser Mensch wohl zu den Braunkes gestanden haben mochte. Er konnte sich schwerlich vorstellen, dass er ein enger Verwandter war. Der Reichtum in der Villa und diese ärmlichen Verhältnisse, das passte nicht zusammen.

Berger bot den Kommissaren die zwei Stühle an, die um einen Tisch standen, auf dem sich vor altem Schmutz starrendes Geschirr stapelte. Es kostete Stein einige Überwindung, sich zu setzen, vor allem, weil auf den klebrigen Tellern und Töpfen überall Fliegen saßen. Jedenfalls schien dieser Mann nicht zu hungern wie viele andere Berliner, dachte Stein, bevor er seinen Block hervorkramte und Berger, der auf einem Hocker Platz genommen hatte, die erste Frage stellen wollte. Wuttke schien noch zu zögern, aber auf Steins ungeduldiges Zeichen hin setzte er sich nun auf den zweiten Stuhl.

»Ihr Name ist Günter Berger?«

Berger nickte.

»Und Sie sind der Erbe des Ehepaars Braunke?«

Wieder nickte Berger nur knapp.

»In welchem Verhältnis stehen Sie zu Ilse und Carl Braunke?«

»Warum fragen Sie?« Berger tastete nach einer Packung Chesterfield, die vor ihm auf dem Tisch lag, nahm sich eine Zigarette heraus und zündete sie an. Genussvoll zog er den Rauch ein.

»Bitte beantworten Sie erst meine Frage«, hakte Stein nach.

»Ilse war meine Cousine. Mein Vater und ihrer waren Brüder. Außerdem Teilhaber des Transportunternehmens. Vor dem Krieg waren wir noch eine richtige Familie, aber mein Vater ist früh gefallen.«

»Hatten Sie in den vergangenen Jahren noch Kontakt zu Ihrer Cousine?«

Er schüttelte den Kopf. »Nein, seit Gerdas Tod hat sie mit keinem aus der Familie mehr gesprochen. Nicht einmal mit ihren Eltern. Sie hat uns allen die Schuld an Gerdas Tod gegeben, weil wir nichts dagegen unternommen haben, dass Carl das Mädchen nach Wiesengrund gebracht hat. Dabei habe ich sogar noch versucht, Carl davon abzubringen, aber er war so voller Hass auf Gerda. Er war nicht bereit, das Krüppel-Balg eines anderen durchzufüttern, wie er stets laut verkündete, wenn er mal wieder betrunken war.«

»Sie standen dem Mann Ihrer Cousine also nicht besonders nahe, wie ich aus Ihren Worten schließe?«

»Das ist milde ausgedrückt. Dieser Kerl war ein unkultivierter Klotz. Der hat sich bei meinem Onkel ins gemachte Nest gesetzt, nur, damit nicht ruchbar wurde, von wem Gerda wirklich war. Mein Onkel war ein entsetzlicher Heuchler und meine Tante eine bigotte und fanatische Hitler-Anbeterin. Deshalb haben die sich ja auch auf dem Dachboden aufgeknüpft, als sich das Tausendjährige Reich in Flammen aufgelöst hatte.«

Stein fing einen verstohlenen Blick Wuttkes auf, aus dem offenbar derselbe Zweifel sprach, der ihn bei Bergers Worten selbst beschlichen hatte. Er wirkte auf den ersten Blick nicht wie ein Mann, der schon einmal mit Kultur in Berührung gekommen war, aber er drückte sich gewählt aus. Stein unterbrach seine Spekulationen, als ihm ein an die Wand genageltes Brett ins Auge fiel, auf dem zu seiner großen Verwunderung eine Reihe mit Klassikern stand. Goethe und Schiller, wenngleich vergilbt und zerfleddert.

Ein Hinweis, der diesen Widerspruch erklären könnte, war die Tatsache, dass Berger sich nun aus einer Flasche mit einer stark nach Alkohol riechenden braunen Flüssigkeit ein Wasserglas vollschenkte und den Kommissaren auch einen Schluck anbot. Sie lehnten dankend ab, woraufhin Berger in schallendes Gelächter ausbrach, was einen Blick auf gelbe Stümpfe freigab.

»Keine Sorge. Das ist nicht selbst gebrannt. Das habe ich noch aus Carls Beständen gerettet. Schnaps in Wasserflaschen.«

»Wann?«, fragte Stein wie elektrisiert.

Berger zuckte die Schultern. »Keine Ahnung. Ist schon ein paar

Wochen her. Er hat mir immer mal was zugesteckt, während Ilse unnahbar oben in ihrem Elfenbeinturm hauste.«

»Wussten Sie, dass Sie das alles erben werden?«, mischte sich Wuttke ein.

»Na ja, sie hatten ja ihr Kind verloren. Und Carl hatte gar keine Familie. Ich war Ilses einziger Verwandter«, knurrte Berger. »Aber jetzt kommen Sie bloß nicht damit, dass ich Carl deshalb aus dem Weg geräumt habe!«

»Haben Sie denn?«, insistierte Wuttke.

Berger trank sein Glas in einem Zug leer, bevor er sich gegen die Stirn tippte. »Mal davon abgesehen, dass ich den ganzen Dreck, den mein feiner angeheirateter Cousin sich zusammenergaunert hat, nicht mal geschenkt möchte, bin ich auf dem einen Auge ganz blind, und auf dem anderen sehe ich nur verschwommen. Aber schön, dass Sie mir das noch zutrauen.« Er grinste Wuttke an.

»Und wenn Sie simulieren und uns den Halbblinden nur vorspielen?«, fauchte der.

Berger erhob sich schwerfällig von seinem Hocker und tastete sich zu einer Anrichte, zog aus der Schublade eine Mappe heraus und reichte Stein ein Schriftstück. Der überflog es kurz und nickte Wuttke zu.

»Es stimmt, er ist fast blind und kann deshalb nicht mehr in seinem alten Beruf arbeiten.«

»Und was hatten Sie für eine Stellung?«

»Ich war Lehrer. Deutsch. Und nein, ich war nicht im Nationalsozialistischen Lehrerbund. Deshalb bin ich auch nie befördert worden.« In seiner Stimme lag etwas Trotziges.

»Ihr Verhältnis zu Braunke war also angespannt. Kann man das so sagen?«

»Da mein angeheirateter Cousin ein ganz überzeugter Parteigenosse war, können Sie sich vorstellen, dass wir nach dem Tod meines Vaters gar keine gute Beziehung mehr zueinander pflegten. Und da ich wusste, wie er zu seinem Vermögen gekommen ist, wollte ich gar nichts von seinem Erbe haben, und auch nicht von Ilses, denn ich bin ihr Erbe, nicht seiner! Ich habe gelacht, als ich gehört habe, dass seine Villa abgebrannt ist. Gut, Ilse hätte ich gewünscht, dass sie da noch in Frieden ein paar Jahre hätte leben können. Ohne ihn!«

»Und wie kam es nun zum Verkauf des *Pandora?*«

Berger grinste breit. »Da standen eines Tages so ein paar Halbseidene vor meiner Pforte. In der typischen Kluft der Ringvereine und boten mir an, das *Pandora* zu kaufen. Ich weiß nicht mehr, was sie mir geboten haben, aber es war weit mehr als das, was ich haben wollte. Verstehen Sie, ich will mir nicht die Hände schmutzig machen.«

»Aber angenommen haben Sie doch was«, bemerkte Wuttke lauernd. Er deutete auf den Schnaps. »Und davon haben Sie sich ja auch reichlich was schenken lassen.«

»Für eine gute Kippe und guten Stoff verkaufe ich meine Großmutter«, erwiderte Berger immer noch grinsend.

»Sehr witzig«, knurrte Wuttke.

»Ich glaube, wir haben Sie jetzt genug gestört, Herr Berger«, sagte Stein und erhob sich von dem Stuhl.

Wuttke folgte ihm zögernd zur Tür.

»Statt so unbescholtenen Säufern wie mir auf den Senkel zu gehen, sollten Sie lieber mal aufdecken, in was für Machenschaften mein werter angeheirateter Cousin Carl in Dalldorf verstrickt gewesen ist!«

Stein hatte bereits den Türgriff in der Hand. Hastig drehte er sich um. »Ich bin ganz Ohr. Um zu erfahren, was Sie darüber wissen, würde ich sogar ein Gläschen mit Ihnen trinken.«

»Das weiß ich zu schätzen, Herr Kommissar, aber ich weiß nur, dass der Fisch vom Kopf her stinkt. Mehr kann ich Ihnen leider nicht sagen.«

Stein glaubte ihm kein Wort, aber er hakte nicht weiter nach. Wenn er etwas begriffen hatte, seit er zurück in Berlin war, war es die eiserne Mauer des Schweigens, hinter der sich alle gleichermaßen verschanzten. Ob Opfer oder Täter. Auch im Osten, den sein Vater ihm als leuchtendes Vorbild für erfolgreiche Entnazifizierung pries, wurde so manche braune Vergangenheit bewusst verschleiert. Es schien ihm, als achte man besonders darauf, wer dem neuen Staat nutzen konnte, und je höher der Nutzen und die ehrliche, opportunistische oder erpresste Bereitschaft war, für den Staat zu arbeiten, desto mehr sah man über die braune Vergangenheit hinweg. Oder nutzte sie, um Druck auszuüben. Aber darüber durfte nicht geredet werden. Das war seinem Vater auch nur herausgerutscht, als er einmal zu tief in die Wodkaflasche geguckt hatte. Er hatte sich fürchterlich darüber aufgeregt, dass bei der Aufnahme in die SED unter Umständen auch mal das rechte Auge zugedrückt wurde. Und er hatte sich abfällig über die Wandlung des einstigen Berufssoldaten der Wehrmacht Paul Markgraf zum Vorzeigekommunisten geäußert. Dass nämlich dieser einstige Nazi von den Sowjets mit Samthandschuhen angefasst worden wäre, während einige treue Genossen, die nicht für Hitler gekämpft hatten, keinen solchen Posten zugeschustert bekommen hätten wie er. Am nächsten Morgen hatte er allerdings abgestritten, jemals Derartiges ausgeplaudert zu haben, und stattdessen geschworen, im Osten gäbe es keinen einzigen Nazi. Und er hatte versichert, dass seine Abteilung solche Schweinereien wohl zu verhindern wisse.

Dieses Gespräch zwischen Vater und Sohn war eine absolute Ausnahme gewesen, weil sich Hans-Joachim prinzipiell dagegen verwehrt hatte, sich von seinem Vater die Welt erklären zu lassen. Deshalb hatte sein Vater wohl auch am nächsten Morgen widerrufen, was er über die Aufnahmepraxis bei der SED ausgeplaudert hatte. Denn er traute keinem, nicht einmal seinem eigenen Sohn. Stattdessen hatte er nach diesem Abend Hans-Joachim noch vehementer als zuvor mit internen Informationen über die braunen Seilschaften im Westen gefüttert. Doch er hatte seinem Vater gar nicht mehr zugehört, weil er es hasste, wenn der wie ein Vertreter des Politbüros mit ihm sprach.

In diesem Augenblick kam Stein der Gedanke, dass er seinem Vater im Dienste seiner Ermittlungen womöglich noch einmal zuhören sollte. Wenigstens ein einziges Mal. Denn wenn jemand etwas über dunkle Machenschaften in Dalldorf wusste, dann sein Vater Hermann Stein.

46

Lore Krause hatte Stein ihr Wort gegeben, die Vernehmung Dr. Baders durch Wuttke und ihn schweigend zu protokollieren. Sie hatte hoch und heilig versprochen, keinen Mucks von sich zu geben. Es fiel ihr verdammt schwer, den Mund zu halten, nachdem der Arzt das Büro betreten, mit dem Finger auf sie gedeutet und erklärt hatte, dass sich diese Person jüngst unter falschem Namen in seine Sprechstunde eingeschlichen hatte, um ihn über Dinge auszufragen, die sie rein gar nichts angingen.

Lore senkte nur den Kopf und schluckte trocken. Keine Widerworte, sonst wurde sie wieder wie bei der Frau Doktor vor die Tür gesetzt. Immerhin schien es sich zu lohnen, dass sie sich nicht provozieren ließ und Wort hielt, denn Stein hakte nun sofort scheinheilig nach.

»Was wollte Fräulein Krause denn von Ihnen wissen?«

»Habe ich vergessen«, brummte Dr. Bader.

Es kostete Lore viel Überwindung, seinem Gedächtnis an dieser Stelle nicht auf die Sprünge zu helfen, aber sie schwieg eisern.

»Wenn ich richtig informiert bin, wollte sie von Ihnen wissen, ob Sie im Krieg in einem Feldlazarett bei Elbing tätig gewesen sind. Und meine Frage ist: Haben Sie in einem solchen Feldlazarett gearbeitet?«

Es war Lore eine Genugtuung zu beobachten, wie der Arzt sich wand. Natürlich traute er sich nicht, Kommissar Stein genauso ins Gesicht zu lügen, wie er es ihr gegenüber getan hatte.

»Kann sein. Ich war in vielen Lazaretten tätig. Da kann ich mich nicht an jede Station erinnern.«

»Was war denn Ihre Aufgabe?«

»Ich hatte die ehrenvolle Aufgabe, zu entscheiden, welche Patienten wieder an die Front und welche kriegsuntauglich zurück in die Heimat geschickt wurden.«

Ehrenvolle Aufgabe? Der Mann hatte Nerven! Arme Teufel, die

vor Angst keine Waffe mehr halten konnten, hatte er in den sicheren Tod geschickt, dachte Lore und durchbohrte den Arzt förmlich mit einem vernichtenden Blick, doch als Stein sie warnend musterte, senkte sie den Kopf und heftete die Augen auf ihr Protokoll.

»Was wollen Sie eigentlich von mir? Das ist doch längst erledigt. Ich habe schon 46 vor dem Ausschuss ausgesagt und wurde nach den fragwürdigen und bürokratischen Fragebögen der Amerikaner als Mitläufer eingestuft.«

Lore hörte nicht einmal die Spur von Bedauern in seiner Stimme. Im Gegenteil, er schien sein eigenes Verhalten gar nicht infrage zu stellen, sondern vielmehr das Vorgehen der Ausschüsse.

Sie konnte sehen, wie sich Steins Zornesfalte zwischen den Augen merklich vertieft hatte. Offenbar missfiel ihm Baders Ton ebenfalls.

»Ich glaube, es steht Ihnen nicht zu, die Arbeit der Amerikaner bei den Entnazifizierungen zu kritisieren. Bis auf das eine vielleicht: Leider sind noch viel zu viele Überzeugungstäter durch die Maschen der Netze gerutscht!«

Die beiden Männer musterten einander feindselig. Offenbar hatte Bader den Satz auf sich persönlich bezogen, und genau das war wohl auch Steins Absicht gewesen, mutmaßte Lore.

»Sie fühlen sich sehr überlegen, was? Wahrscheinlich sind Sie einer von diesen Heuchlern, die im Nachhinein behaupten, Sie wären gegen Hitler gewesen«, stieß Bader verächtlich hervor.

Lore konnte Stein förmlich ansehen, wie er mit sich rang, ob er dem arroganten Bader wohl verraten sollte, dass der sich für diesen Spruch den Falschen ausgesucht hatte, doch der Kommissar fragte ihn in eiskaltem Ton: »Was hat Sie mit Dr. Müller verbunden?«

Diese überraschende Frage verfehlte ihre Wirkung nicht. Lore meinte dem Arzt anzusehen, dass sie ihn auf jeden Fall unangenehm berührte.

»Müller ist ein alter Kollege aus meiner Zeit in der Landesanstalt Neuruppin.«

»Wann war das? Und als was waren Sie dort tätig?«

»1940! Als Psychiater natürlich«, gab Bader unwirsch zurück.

»So natürlich ist das gar nicht. Wenn ich richtig informiert bin, arbeiten Sie jetzt als praktischer Arzt.«

»Na und?«

»Und kannten Sie sich näher?«

»Wenn Sie wissen wollen, ob wir befreundet waren? Nein, ich sagte doch, wir waren Kollegen.«

»Gut, und Sie standen trotzdem all die Jahre in Kontakt miteinander?«, fragte Stein lauernd nach.

Lore ahnte, worauf er hinauswollte. Er wollte wissen, warum sie sich so viele Jahre später im *Café Wien* getroffen hatten.

»Nein, wir haben uns völlig aus den Augen verloren, nachdem ich damals die Klinik verlassen habe, um an der Front zu dienen.«

»Und wie kam es dazu, dass Sie sich kürzlich in Berlin getroffen haben?«, mischte sich nun Wuttke ein. Er sah schrecklich müde aus und wirkte im Gegensatz zu den vergangenen Tagen, in denen er einen überdrehten Eindruck gemacht hatte, völlig erschöpft. Er hatte tiefe Ränder unter den Augen, als hätte er nächtelang keinen Schlaf bekommen.

Der Arzt konnte sein Erschrecken kaum verbergen. »Woher wissen … ich meine, wie kommen Sie darauf, dass ich Müller getroffen habe?«

»Man hat Sie gemeinsam gesehen«, entgegnete Stein ungerührt. »Es hilft Ihnen also nicht zu leugnen.«

Der Arzt wurde sichtlich nervös. Seine ganze Überlegenheit fiel auf einmal in sich zusammen. »Ich, ich habe nichts mit seinem Tod zu tun. Das schwöre ich.«

»Warum sollten Sie auch?«, fragte Stein in übertrieben freundlichem Ton. »Woher wissen Sie überhaupt davon?«

»Ich lese Zeitung«, gab Bader spitz zurück.

»Und warum sollten Sie ihn ermorden? Haben Sie ein Motiv?«

»Nein, verdammt, habe ich nicht!«

»Und warum betonen Sie das so vehement vor uns?«

Bader begann, sich vor Anspannung auf die Lippen zu beißen, bis ihm das Blut in einem winzigen Rinnsal das Kinn hinunterlief, stellte Lore mitleidslos fest. Sie mochte diesen Kerl genauso wenig, wie sie Müller gemocht hatte. Und sie ahnte, dass die beiden Männer ein Geheimnis verband, in das Bader die Kommissare auf keinen Fall einweihen wollte. Das schien auch Stein zu vermuten, denn er bohrte unerbittlich nach.

»Warum haben Sie sich getroffen? Und erzählen Sie mir bitte nicht, dass Sie sich zufällig über den Weg gelaufen sind!«

»Müller hat mich um dieses Treffen gebeten«, stieß der Arzt unwirsch hervor.

»Und? Was wollte er von Ihnen?«

»Ich glaube, das geht Sie gar nichts an«, zischte Bader.

»Das sehen wir anders«, entgegnete Wuttke. »Wir ermitteln in einem Mordfall. Und würden gern herausfinden, ob Sie ein Motiv gehabt hätten, Müller zu erschießen.«

Baders Gesichtsfarbe wechselte von Wachsweiß zu Tiefrot. Er war so erregt, dass er von seinem Stuhl aufsprang. »Hören Sie, ich habe ihn nicht umgebracht! Auch wenn ich jeden Grund dazu gehabt hätte!«

Stein und Wuttke warfen sich einen triumphierenden Blick zu.

»Was für einen Grund hätten Sie denn gehabt?«, fragte Stein betont freundlich. »Und am besten setzen Sie sich wieder hin. Ich befürchte nämlich, wir sind noch längst nicht fertig.«

Lore musterte Bader durchdringend. In seinem Hirn schien es fieberhaft zu arbeiten. Vor lauter Anstrengung begann er, mit dem Kiefer mahlende Bewegungen zu machen.

»Das habe ich doch nur so dahergesagt«, versuchte sich der Arzt herauszureden.

»Erzählen Sie das Ihrer Großmutter!«, konterte Wuttke in scharfem Ton. »Den Grund, warum wir glauben könnten, Sie hätten ein Motiv, spucken Sie den aus!«

»Müller hat mich ins *Café Wien* zitiert, weil ich ihm einen Gefallen tun sollte …«

»Was für einen Gefallen?«

Bader stieß einen gequälten Seufzer aus. »Ich sollte für ihn aussagen, falls er doch noch vor den Ausschuss geladen worden wäre.«

Stein verschränkte die Arme vor der Brust und musterte Bader durchdringend. Keiner sagte ein Wort. Diese plötzliche Stille schien den Arzt zu irritieren.

»Warum schauen Sie mich denn so an? Als wäre ein Entlastungszeugnis in heutigen Zeiten etwas Besonderes. Heute steht doch jeder von uns unter dem Generalverdacht, belastet zu sein, oder? Mussten Sie nicht auch vor den Ausschuss, um hier Kommissar zu werden?«, fragte Bader provozierend.

»Nein, musste ich nicht. Ich war allerdings auch weder in der Partei noch in irgendeiner NS-Organisation. Ja, ich war nicht einmal bei der Wehrmacht, weil ich gar nicht in Deutschland gelebt habe! Ja, und war von Anfang an gegen Hitler, um Ihre Frage von vorhin zu beantworten!« Stein sagte das in einem ruhigen Ton, was den Arzt allerdings nur noch mehr aufzuregen schien.

»Was heißt das? Sind Sie etwa Jude?«

»Das reicht!«, fuhr Wuttke Bader an. »Wir stellen hier die Fragen. Verstanden? Warum sollten gerade Sie Müllers Leumund verteidigen? Waren Sie ihm einen Gefallen schuldig?«

»Nein, war ich nicht! Aber er wollte, dass ich für ihn lüge!«

»Mann, nun lassen Sie sich nicht jedes Wort einzeln aus der Nase ziehen. Was hatte er gegen Sie in der Hand?«

»Wir beide, er und ich waren von den Kollegen in der Tiergartenstraße dazu auserwählt worden, nach Neuruppin zu gehen.«

»Und worin bestand Ihre Arbeit in Neuruppin?«, fragte Stein.

»Müller und ich waren unter anderem zuständig dafür, Ballastexistenzen für die Verlegung nach Brandenburg auszuwählen.«

Stein wurde ganz ruhig, kniff aber die Augen zusammen. Er atmete dreimal tief durch und sagte dann: »Von wem oder was sprechen Sie da gerade?«

»Von den armen Geschöpfen, denen man einen guten Dienst erwiesen hat, ihre Leiden zu verkürzen«, verkündete Bader voller Überzeugung.

Lore war fassungslos, wie technisch dieser Mann über menschliche Schicksale sprach. Sie mochte gar nicht zu Ende denken, was seine Worte in der Praxis bedeuteten.

»Was heißt das genau?« Lore sah Stein an, dass er ebenfalls mit seiner Fassung rang.

»Ich spreche vom Gnadentod!« Bader sprach darüber wie von einem großen Geschenk.

»Sie reden davon, dass Menschen mit geistiger Behinderung, die eigentlich medizinische Fürsorge brauchten, umgebracht worden sind, um ihnen etwas Gutes zu tun? Das ist nicht Ihr Ernst, oder?« Stein musterte den Arzt mit stechendem Blick.

Bader lachte abfällig. »Sie haben doch gar keine Ahnung! Über dieses Thema, was Ballastexistenzen in Zeiten bedeuten, in denen Tausende tapfere Soldaten ihr Leben lassen und die Bevölkerung hungert, nachzudenken, gebietet die Vernunft. Es muss doch wohl erlaubt sein, darüber zu entscheiden, ob man diese entmenschten Kreaturen durchfüttern möchte oder nicht. Schon auf dem Ärztetag 1921 war das Thema, als Deutschland im Krieg Hunderttausende junge gesunde Männer verloren hatte und die Siegermächte unser Vaterland ausbluten lassen wollten …«

Stein trat nun einen schnellen Schritt auf Bader zu, der erschrocken seinen Oberkörper zur Seite beugte. Lore befürchtete schon, dass der Kommissar ihm ins Gesicht schlagen würde, aber dann wandte er sich von ihm ab und richtete das Wort an Wuttke. »Ob Sie mal übernehmen können? Ich brauche etwas frische Luft!«

Wuttke nickte, während Stein wortlos das Büro verließ.

Lore merkte erst, als sie mit dem Protokoll fortfahren wollte, dass ihre Hände zitterten. Sie schaffte es nicht, auch nur einen Buchstaben zu Papier zu bringen.

»Ich werde mich über das ungebührliche Benehmen Ihres Kollegen bei Ihrem Vorgesetzten beschweren«, verkündete der Arzt nun.

»Welches ungebührliche Benehmen?«, fragte Wuttke scheinheilig und wandte sich an Lore. »Haben Sie gesehen, dass der Kollege Stein sich ungebührlich benommen hat?«

Lore setzte eine Unschuldsmiene auf. »Nein, im Gegenteil. Hier steht, dass Kommissar Stein seinen Kollegen Wuttke bittet, die Vernehmung für ihn fortzusetzen, weil er mal austreten muss. Nun gut, das hätte er vielleicht nicht so deutlich sagen müssen.«

»Ich bin wirklich mit Ihrer Arbeit zufrieden, Fräulein Krause«, entgegnete Wuttke.

Lore weidete sich an dem wütenden Blick Baders. Am liebsten hätte sie den Kerl aber gefragt, warum er keine Spur von Mitgefühl mit den Schüttlern und den Kranken aufgebracht hatte.

»Sie wussten also, dass auf die Patienten in Brandenburg der sichere Tod wartete?«, hörte sie nun Wuttke fragen.

»Natürlich, das wusste Müller auch. Sonst hätte man uns gar nicht erst nach Neuruppin geschickt. Sie mussten uns vertrauen. Das war doch alles sehr geheim, aber ich habe mich nach drei Monaten an die Front versetzen lassen, um meinen Dienst für das Vaterland zu tun …«

»… um dort junge Männer, die vor lauter Angst keine Waffe mehr halten konnten, in den sicheren Tod zu schicken! Sie sind nichts anderes als ein gemeiner Mörder«, brach es jetzt aus Lore heraus.

Der Arzt starrte sie entgeistert an. »Wie kommen Sie dazu, mir so etwas zu unterstellen?«, zischte er.

»Lazarett Elbing! Sanitätshelferin Krause«, erwiderte sie, bevor sie sich an Wuttke wandte. »Ich schau dann mal, wo Stein geblieben ist«, fügte sie hastig hinzu und verließ, ohne Bader eines weiteren Blickes zu würdigen, das Büro.

Sie fand Stein rauchend an einem Fenster, wie er gedankenverloren in den einstigen Kasernenhof blickte. »Kann ich auch eine haben?«, bat sie leise, nachdem sie sich neben ihn gestellt hatte. Er ließ sich seine Verwunderung nicht anmerken, dass sie ihn nach einer Zigarette fragte. Schließlich hatte er sie noch nie rauchen sehen. Kein Wunder, denn es war ihre allererste Zigarette.

47

Wuttke hatte zwei Abende lang mit sich gerungen, ob er wohl im neu eröffneten *Pandora* auftauchen sollte oder nicht. Er wollte sich partout nicht damit abfinden, dass seine Beziehung zu Lena tatsächlich dieses jähe und unerfreuliche Ende gefunden hatte. Er ärgerte sich maßlos darüber, dass er ihr sein Geheimnis anvertraut hatte. Dass sie ihn deshalb allerdings eiskalt abservierte, hätte er nicht einmal annähernd in Erwägung gezogen. Bei ihr privat aufzukreuzen, traute er sich jedenfalls nicht mehr. Aber einen Besuch im *Pandora* konnte sie ihm wohl kaum verbieten. Trotzdem hatte er seine Lust, sie wiederzusehen, bisher mit aller Kraft gezügelt.

Am gestrigen Abend war es ihm auch nicht sonderlich schwergefallen, weil Lore Krause ihn zum Abendessen eingeladen hatte. Mutter Krause hatte wieder alles aufgefahren, was sie von ihrem Bekannten in Tempelhof hatte bekommen können, sogar ein Stück Speck, das sie kross angebraten hatte. Offenbar war ihr der Schnaps zu Kopf gestiegen, denn sie hatte plötzlich angefangen zu singen und die Tischrunde aufgefordert einzustimmen. Das war Wuttke nicht sonderlich schwergefallen, denn er kannte den Refrain in- und auswendig und hatte ihn zur großen Freude der Gastgeberin kräftig mitgegrölt. *Seitdem habe ich nur einen Wunsch, gebt mir doch einen Rat, ja, ich habe so großen Appetit auf Würstchen mit Salat …*

Frau Krause hatte das gefallen, Stein hatte etwas pikiert aus der Wäsche geguckt, und Lore Krause hatte verschämt gekichert. Auf jeden Fall war ihre Mutter danach ziemlich bald am Tisch eingeschlafen, und sie hatten es sich in Steins Zimmer gemütlich gemacht. Mit der zweiten Flasche Schnaps, die Frau Krause leichtsinnigerweise nicht vor ihnen versteckt hatte.

Jedenfalls hatte er mit Stein und der jungen Frau bis in die tiefe Nacht über die Morde geredet. Er hatte Lore bis zu der Vernehmung

Baders noch nie als Frau wahrgenommen und hatte feststellen müssen, dass sie ein hübsches Mädchen war mit ihren dunklen Locken und dem sinnlichen Mund. Außerdem besaß sie eine gute Figur. Für seinen Geschmack ein wenig zu propper um die Hüften, aber er konnte den Kollegen Löbau, der sie unverhohlen anschwärmte, nun durchaus verstehen. Sie war zwar gar nicht sein Typ, weil ihr in seinen Augen das Laszive und Geheimnisvolle fehlte, was ihn an Lena so reizte. Lores Gesicht war ein offenes Buch. Auch wenn sie wahrscheinlich glaubte, ihre Emotionen halbwegs verbergen zu können, war er recht sicher, in ihrer Miene lesen zu können.

Es war wirklich ein netter Abend gewesen, besonders ihre angeregte Debatte über die Mordfälle. Was ihn sehr gewundert hatte, war die Tatsache, dass auch Stein durchaus den ein oder anderen Schluck genossen hatte, während Fräulein Krause nicht einmal hatte probieren wollen. Abwegig fand er Steins These, dass es womöglich einen Zusammenhang zwischen den toten Frauen von Dalldorf und den Morden an Braunke, Weber und Müller geben könne, während Lore Krause zu später Stunde ihren Verdacht in die Runde geworfen hatte, die Keller sei vielleicht doch eine eiskalte Mörderin. Wuttke selbst favorisierte immer noch die These von den Revierkämpfen. Und er war fest entschlossen, herauszufinden, wie der Mord an Müller da hineinpasste.

Während der beiden letzten Tage hatte Wuttke sich standhaft den Pillen verweigert, aber seit er vorhin doch eine genommen hatte, wurde er zunehmend unruhiger. Seine kalte Trümmerwohnung war alles andere als ein Ort, der ihn zum Bleiben einlud. Im Gegenteil, in diesem Hinterhofzimmer, das von einem Flur abging, der am Ende ins Leere führte, nämlich fünf Stockwerke in die Tiefe, hielt er es nie lange aus. Manchmal wanderte er einfach durch die nächtlichen Kreuzberger Straßen. Nachts fiel es besonders auf, wie viele Häusergerippe und ganze Lücken es immer noch gab. Wuttke fand, dass Berlin in der Dunkelheit etwas ungemein Deprimierendes hatte, weil dann, in den menschenleeren Straßen, die ganze Verletzung, die diese Stadt erlitten hatte, auf düstere und schattenreiche Weise zum Vorschein kam. Das große, starke, bunte

Berlin, das vor Leben nur so gestrotzt hatte, war zu einem Ort des reinen Überlebens geworden. Und es war immer noch nicht vorbei. Im Gegenteil, durch die Blockade war die Stadt zurückgeworfen auf den Status eines Notstandsgebiets.

Das alles ging ihm durch den Kopf, während er sich im halb blinden Spiegel über dem Waschtisch betrachtete. Junge, du bist alt geworden, dachte er, denn es schien ihm noch gar nicht lange her, dass ihn ein pausbäckiges jugendliches Gesicht angesehen hatte statt der abgehärmten knochigen Erscheinung, die er jetzt betrachtete. Wuttke war schon immer ein Mensch gewesen, der im Stillen über das Leben philosophiert hatte, aber das zeigte er selten nach außen. Sein Vater hatte ihm das ausgetrieben, wenn Max als Junge tagträumend in einer Ecke saß und nachdachte. Er hörte den Vater heute noch manchmal schimpfen: *»Keene Asche in de Tasche, aber Löcher inne Luft kieken!«*

Er hatte sich seine gute karierte Anzughose, die nur ein einziges Mal gestopft war, angezogen und dazu das passende Jackett. Der Anzug war ein wenig zerknittert, aber das störte ihn nicht sonderlich. Eitelkeit gehörte nicht zu Wuttkes hervorstechenden Eigenschaften. Im Gegenteil, Männer, die zu viel auf ihr Äußeres gaben, hielt er für affig. Der Duke war da allerdings eine Ausnahme. Er trug elegante Kleidung wie selbstverständlich und ohne Aufhebens darum zu machen. Außerdem war er in Wuttkes Augen ohnehin mehr Tommy als Berliner. Und die, so glaubte er, liefen alle in gebügelten Tweed-Anzügen herum.

Von Minute zu Minute stieg Wuttkes innere Unruhe, die ihn zum Handeln drängte. Er wollte wie ein echter Kunde im *Pandora* aufkreuzen, um Lena eifersüchtig zu machen, indem er andere Mädchen zu einem Getränk an seinen Tisch einlud, während er sie ignorierte. Das malte sich Wuttke in allen Einzelheiten aus, während er zum Schlesischen Bahnhof schlenderte. Ihm war klar, dass es wesentlich vernünftiger wäre, die Sache auf sich beruhen zu lassen, aber etwas in ihm dürstete nach einer kleinen Rache für die gemeine Abfuhr, die sie ihm erteilt hatte. Wie ein Schuljunge, schalt er sich selbst, aber er konnte nicht anders.

Das neu eröffnete *Pandora* war zu Wuttkes Überraschung brechend voll. Ein Türsteher entschied, wer hineindurfte und wer nicht. Wuttke hatte Glück. Sein bester Anzug war die Eintrittskarte in die Bar. Im Inneren hatte sich kaum etwas verändert. Das speckige Mobiliar hatte Schulz offenbar übernommen. Nur eines war neu. Eine Tanzfläche, auf der sich Paare zur schmeichelnden Stimme von Frank Sinatra eng aneinanderschmiegten. Wuttke erkannte auf den ersten Blick, dass die Frauen ausschließlich im *Pandora* arbeiteten. Er hatte sie im Rahmen des Braunke-Falls alle vernommen.

Er verrenkte sich den Hals nach Lena allerdings vergeblich und erschrak, als plötzlich jemand nach seiner Hand griff, doch sie war es nicht, sondern Braunkes Dienstmädchen, das an diesem Abend ein elegantes Kleid mit einem weit schwingenden Rock trug und das dunkelblonde Haar kunstvoll zu Innenrollen frisiert hatte. In dieser Aufmachung sah sie recht nett aus, wie Wuttke zugeben musste. Jedenfalls so nett, dass er beschloss, Lena mit ihr eifersüchtig zu machen. Er hoffte, dass sie auch wirklich anwesend war, wenn er schon den Freier spielte.

»Wollen wir tanzen, Herr Kommissar?«, flüsterte sie ihm ins Ohr.

»Gern«, erwiderte er und überlegte fieberhaft, wie sie hieß. Auf dem Weg zur Tanzfläche fiel es ihm wieder ein. Margot. Margot Schöller. Seine Gedanken schweiften kurz zu Stein ab. Was der wohl dazu sagen würde, wenn er mitbekäme, wie sein Kollege sich hier zum Affen machte. Egal, versuchte Wuttke seine Bedenken abzuschütteln. Er brauchte das, weil er sich insgeheim verraten fühlte von Lena. Nun hatte er endlich einmal den Mut aufgebracht, ihr sein Herz auszuschütten, und statt ihn zu trösten, gab sie ihm das Gefühl, der letzte Abschaum zu sein. Es war doch schlimm genug, dass er sich dafür selbst abgrundtief hasste.

In dem Moment entdeckte er Lena auf der Tanzfläche im Arm eines wohlbeleibten Herrn. Ihre Blicke trafen sich. Er erschrak. Wenn Blicke töten könnten!

Er wandte seinen Blick hastig ab und ließ sich von Margot auf die Tanzfläche ziehen. Es war für ihn nicht gerade ein Vergnügen, als sie die Arme um seinen Hals schlang. Im Gegenteil, es fühlte sich an, als wollte ihn eine Python erwürgen, aber er ließ es geschehen und tat so, als würde er es genießen, auch, als sie ihren Unterleib immer dichter an seinen presste. Vorsichtshalber blickte er sich nicht nach Lena um, weil er befürchtete, sie könnte sein demütigendes, lächerliches Spiel sofort durchschauen, falls sie es nicht schon längst getan hatte.

In ihm rührte sich bei diesem Tanz gar nichts außer dem aufkeimenden Zorn, dass Lena ihn dazu trieb, den Rest seiner Selbstachtung mit diesem Auftritt auch noch zu verlieren.

»Spendierst du mir einen Drink?«, raunte ihm Margot zu.

Wuttke war froh, dass er bis auf Weiteres von ihrer schwülstigen Nähe befreit war. Obwohl sie wirklich gewonnen hatte, begehrte er sie nicht. Im Gegenteil, er verspürte beinahe eine körperliche Abwehr. Widerwillig folgte er ihr zur Bar. Dort grinste ihm ein bekanntes Gesicht entgegen.

»Was darf es denn sein«, fragte Schulz junior.

»Für mich ein Bier und für die Dame …« Er deutete auf Margot.

»Einen Sekt«, flötete sie, während sie Wuttke die Hand aufs Knie legte. Am liebsten hätte er sie abgeschüttelt, aber damit würde er sich selbst entlarven. Zumal in diesem Moment Lena und ihr Galan an ihnen vorbeigingen. Sie würdigte ihn keines Blickes.

»Lena hat aber auch immer ein Glück. Das ist ein ganz reicher Kriegsgewinnler. Waffenhändler«, flüsterte Margot ihm zu. »Der überhäuft sie nur so mit Geschenken.«

Es kostete Wuttke enorme Überwindung, sich nicht anmerken zu lassen, wie sehr ihn diese Nachricht ankotzte. Aus den Augenwinkeln beobachtete er, wie Lena und der Freier nun den Weg zur oberen Etage einschlugen.

Wollen wir hinaufgehen?, wollte er bereits fragen, aber er wartete noch ein paar Minuten, damit Margot keinen Verdacht schöpfte, dass es ihm einzig und allein darum ging, Lena zu folgen. Aber da platzte es auch schon aus ihm heraus: »Gehen wir?«

»Herr Kommissar, Sie sind aber ein ganz Ungeduldiger. Ja, dann aber schnell.« Sie rutschte von ihrem Barhocker. Schulz junior warf ihr einen wissenden Blick zu, bevor er sich über den Tresen beugte und Wuttke anzüglich zuraunte: »Das geht heute aufs Haus. Wir wollen doch einen guten Draht zur Friesenstraße.«

Wuttke spielte mit, obwohl er das ganze Theater am liebsten auf der Stelle beendet hätte. So unwohl fühlte er sich in seiner Haut. Aber es zog ihn magisch in das Stockwerk, in dem die Damen den Freiern zu Diensten waren. Er kannte bislang nur Lenas Arbeitsplatz.

Auf dem Weg nach oben fuhr Margot munter fort, mit einem Anflug von Neid in der Stimme über Lenas Glück mit ihren Freiern zu plappern. Wuttke aber hörte nur mit halbem Ohr zu, weil er sich mit jedem Schritt, der ihn tiefer in das Herz des Bordells hineinführte, mehr verspannte. Erst als sie den Namen »Müller« nannte, horchte er auf. Abrupt blieb er stehen.

»Müller? Weißt du mehr über ihn als nur den Namen?«

»Ganz schön neugierig, der Herr Kommissar«, flötete Margot, während sie sich enger an ihn schmiegte. »Er ist ein mieser Kerl, der Frauen dazu gezwungen hat, sich …« Sie unterbrach sich hastig. »Auf jeden Fall hat er ihr eine echte Perlenkette geschenkt. Ein richtig edles Stück … aber jetzt kommen Sie endlich!«

Margot hakte ihn unter und zog ihn weiter. Als sie an Lenas Zimmer vorbeikamen, war die Tür geschlossen, aber das heisere Jaulen eines Mannes drang bis auf den Flur.

»Fester, fester!«

Wuttke reagierte mit Übelkeit auf die Erkenntnis, dass er nicht einmal bei ihrer harten Hand eine Sonderstellung eingenommen hatte. Sie strafte den Fettsack genauso, wie sie es mit ihm getan hatte.

»Sie sind so blass, Herr Kommissar. Wollen Sie doch lieber warten, bis Lena wieder frei ist?«, fragte Margot mitfühlend.

Es war merkwürdig, aber ihre Worte trösteten ihn, sodass er sich plötzlich sogar vorstellen konnte, es wirklich mit Margot zu tun.

Das änderte sich schlagartig, als er wenig später mit schlaffem Gemächt vor ihr stand und weder ihre geschickte Hand noch ihre Lippen irgendetwas an diesem Zustand ändern konnten. Aber immerhin wurde er nicht ungehalten, sondern bat sie freundlich, aber bestimmt, damit aufzuhören und sich einfach auf das Bett zu legen. Als sie sich ausziehen wollte, winkte er ab. »Bitte nicht!«

Er zog sich rasch die Hose hoch und legte sich neben sie.

»Und wie sieht dieser Müller aus?«, erkundigte er sich, kaum dass er sich auf dem Bett ausgestreckt hatte.

»Er ist ein attraktiver Mann. Obwohl er damals für mein Gefühl schon steinalt war.«

»Wie meinst du das? Dass er damals zu alt war?«

»Als ich ihn das erste Mal zusammen mit Lena gesehen habe. Das ist ja schon weit über ein Jahr her, meine ich. Und er strahlte immer eine gewisse Vornehmheit aus. So wie Ihr hübscher Kollege …« Margot schlug sich erschrocken die Hand auf den Mund und entschuldigte sich wortreich, doch das interessierte Wuttke überhaupt nicht. Im Gegenteil, er wollte mehr über diesen Kerl wissen. Sein Interesse war zu seiner großen Verwunderung nicht mehr von rasender Eifersucht dominiert, sondern von dem Gedanken, dass es sich womöglich um den Toten gehandelt haben könnte. Auch wenn Müller ein weit verbreiteter Name war, führte ihn Margots Beschreibung doch unweigerlich auf diese Spur.

»Fällt dir noch irgendetwas Besonderes ein zu diesem Mann? Haarfarbe, Größe?«

»Er hat volles graues Haar und … ja, jetzt fällt mir was ein. Er trug immer ein Kavalierstuch in der Brusttasche.«

Wuttke setzte sich abrupt auf. »Lena und Albrecht Müller!«, stöhnte er.

»Herr Kommissar, nehmen Sie sich das nicht so zu Herzen. Sie wissen doch, dass wir keine braven Ehefrauen sind.«

Wuttke hatte nur noch einen Wunsch: diese Frau auf schnellstem Weg loszuwerden.

»Margot, tu mir einen Gefallen. Lass mich in Ruhe. Ich will jetzt gehen.«

»Bitte nicht, dann glaubt Schulz junior doch, ich hätte es Ihnen nicht richtig besorgt. Bleiben Sie. Wenigstens noch eine Viertelstunde.«

»Gut, aber tun Sie einfach so, als wäre ich gar nicht da. Ich muss nachdenken.«

Mit diesen Worten drehte Wuttke ihr den Rücken zu und legte sich aufs Bett zurück.

Als er wenig später hörte, wie Margot das Zimmer verlassen wollte, fuhr er noch einmal hoch, weil ihm siedend heiß einfiel, dass sie ihm vorhin etwas über Müller hatte offenbaren wollen, das er wegen der Lustschreie von Lenas Freier nur mit halbem Ohr gehört hatte.

»Eins noch. Was wollten Sie mir vorhin auf dem Weg zu diesem Zimmer über Müller verraten? Sie haben gesagt, er sei ein mieser Kerl, der Frauen dazu gezwungen hat … Und dann haben Sie sich unterbrochen. Was wissen Sie über ihn?«

Margot Schöller tat so, als würde sie sich an nichts erinnern, aber sie war eine schlechte Schauspielerin. Natürlich wusste sie genau, was sie ihm hatte verraten wollen.

»Was weißt du über Müller? Es ist wichtig für mich!« Er war in seiner Aufregung wieder ins vertrauliche Duzen verfallen.

»Nichts. Wirklich gar nichts!«

»Wenn es dir wieder einfällt, bitte sage es mir. Sonst muss ich dich zur Vernehmung vorladen.«

»Wie gesagt, ich weiß nicht, wovon Sie reden«, entgegnete sie förmlich und verließ grußlos das Zimmer.

Er blieb ratlos zurück. Der Gedanke, dass Müller Lenas Freier gewesen war, beschäftigte ihn sehr. Nun würde er sie doch schneller als gedacht wiedersehen, aber nicht als verliebter Trottel, sondern als Kommissar bei einer Vernehmung. Er war äußerst gespannt, was Stein wohl sagen würde, wenn er erfuhr, dass Müller zu Lenas Kundenkreis gehört hatte.

Über diesen Gedanken musste er eingeschlafen sein. Als er erwachte, war es stockduster im Raum. Er hätte jetzt dringend eine Tablette gebraucht, aber die hatte er nicht mitgenommen. Hastig knipste er die Nachttischlampe an. Dann stand er auf und schlich über den Flur. Vor Lenas Raum blieb er kurz stehen und lauschte, aber es war alles still. Vorsichtig öffnete er die Tür und warf einen

Blick hinein. Das Bett war leer. Er trat näher, und da sah er den Stock in der Ecke stehen.

Die Erkenntnis war so schmerzhaft, dass ihm gleich wieder übel wurde: Er war für Lena nie wirklich etwas anderes gewesen als einer ihrer Freier. Nur mit dem Unterschied, dass er sie nicht bezahlte.

Ihm war schwindlig, als er das Zimmer verließ. Ohne links und rechts zu gucken, durchquerte er schnellen Schrittes das *Pandora*. Draußen auf der Straße atmete er ein paarmal durch.

Dann eilte er davon, als wäre der Teufel hinter ihm her. Er hatte sich bereits ein paar Meter vom *Pandora* entfernt und war in die Bleibtreustraße eingebogen, als er plötzlich das Gefühl hatte, dass ihn jemand verfolgte. Blitzartig fuhr er herum, aber da war nichts. Nur die dunkle Straße.

Angst kroch in ihm hoch. Nicht dass er schon wieder einer Halluzination zum Opfer fiel. Er drückte das Kreuz durch. Ein aufrechter Gang half ihm, sich nicht so schnell seiner Panik hinzugeben.

Wieder hörte er Schritte, aber dieses Mal drehte er sich nicht um. Das war doch alles nur Einbildung, redete er sich ein, während sein Herz wie verrückt pochte und es in seinen Ohren zu rauschen begann. Doch dann wurden die Schritte lauter. Das war keine Halluzination. Er blieb stehen. Keine Schritte mehr! Dieses Mal drehte er sich ganz langsam um und sah einen Schatten in einem Hauseingang verschwinden.

Das war verdammt real. Die Angst verschwand, denn mit realen Verfolgern konnte er es jederzeit aufnehmen. Auge in Auge. Das Einzige, was ihn daran hinderte, zu forsch auf den Hauseingang zuzustürzen, war die Tatsache, dass er seine Waffe nicht bei sich führte …

Deshalb pirschte er sich ganz vorsichtig heran. In demselben Augenblick, in dem er den betreffenden Hauseingang erreicht und festgestellt hatte, dass sich dort keiner versteckte, hörte er hinter sich einen lauten Knall und spürte, dass sein Arm eine Bewegung machte, die er nicht willentlich ausgelöst hatte. Ein zweiter Schuss zerriss die Stille der Nacht. Nach einer quälend langen Schrecksekunde begriff Wuttke, dass er wie eine Zielscheibe zum Abschuss bereitstand. Blitzartig griff er nach der Klinke, riss die Tür auf und warf sich im Flur des Hauses in Deckung.

48

Als Stein aufwachte, wusste er erst nicht gleich, wo er war. Dann hob er langsam seinen Kopf und begriff, dass er an seinem Schreibtisch saß und wohl über den Akten eingeschlafen sein musste. Aber er lag, wie er erschrocken feststellte, mit dem Kopf auf der Platte. Die Akte war nicht mehr da. Weder die, an der er zuletzt gearbeitet hatte, noch die anderen beiden. Ob Wuttke sie sich genommen hatte?, fragte sich Stein. Er rieb sich die Augen und dachte kurz darüber nach, wie er mitten in der Nacht ins Präsidium zurückgekehrt war.

Er hatte sich in seinem Bett stundenlang von einer Seite zur anderen gewälzt und darüber nachgegrübelt, wie sie ihrem Ziel, den Täter zu finden, endlich näher kommen konnten. Er war dann irgendwann aufgesprungen und ins Präsidium gefahren, um die Akte noch einmal von vorn bis hinten durchzuarbeiten. Ratlos hatte er über seinen Zeichnungen gesessen und gehofft, sie könnten ihm etwas sagen. Immer wieder war ihm der Kopierstift ins Auge gefallen, der neben den Leichen von Braunke und Weber lag. Wozu benutzte man solche Stifte?, hatte er überlegt. Dokumente wurden damit abgeschrieben, Buchführungen erstellt, Unterschriften geleistet. Kurz, es gab sie in allen Büros. Plötzlich war ihm ein Ort in den Sinn gekommen, an dem mit Sicherheit ebenfalls Kopierstifte benutzt wurden: in Krankenhäusern. Dass er nicht gleich darauf gekommen war, im Büro der Keller danach suchen zu lassen. Auch wenn er sich immer noch innerlich dagegen sträubte, dass sie diese drei Männer brutal erschossen hatte, zumal ihre Waffe ganz offensichtlich seit Jahren nicht mehr benutzt worden war, war er davon überzeugt, dass sie mehr wusste, als sie zugab. Da konnte es nicht schaden, sie in die Enge zu treiben. Vielleicht redete sie dann endlich. Er würde Wuttke bitten, Kellers Büro nach roten Kopierstiften durchsuchen zu lassen und … er würde eine Schriftprobe von ihr verlangen.

Offenbar war ihm dann irgendwann der Kopf auf die Akte gesackt.

Als er aufstehen wollte, spürte er schmerzhaft seine Knochen. Alles tat ihm weh. Es war keine bequeme Schlafposition gewesen. Und vor allem eine viel zu kurze Nacht. Er sehnte sich nach einem richtigen Bett, aber dafür blieb jetzt keine Zeit. Wer konnte ihm nur Akte unter dem Kopf weggezogen haben?

In diesem Augenblick klopfte es an der Tür, und Fräulein Krause steckte den Kopf herein.

»Guten Morgen, Herr Kommissar, gut, dass Sie jetzt wach sind. Ich habe vor einer halben Stunde schon mal nach Ihnen gesehen, aber da haben Sie tief und fest geschlafen.«

Stein entspannte sich. Dann hatte wohl Fräulein Krause die Akte an sich genommen.

»Ob Sie mir, sobald ich mich frisch gemacht habe, die Akten zurückgeben könnten? Ich möchte noch einmal die Vernehmung von Frau Dr. Keller studieren. Da muss die Müdigkeit mich vorher überwältigt haben.«

»Zurückgeben? Welche Akten? Wie meinen Sie das?«, fragte sie.

Steins Miene verfinsterte sich. »Sie waren das nicht? Haben Sie mir keine Akte unter dem Kopf weggezogen? Und die anderen beiden vom Schreibtisch weggenommen?«

»Nein, ich habe nur ganz kurz geschaut, ob Sie im Büro sind, nachdem Sie heute Morgen nicht zum Frühstück gekommen sind und Ihr Bett leer …« Sie unterbrach sich hastig. »Der Kriminalrat will Sie sprechen.«

»Wann?«

»Sofort«, erwiderte sie bedauernd.

Stein fuhr sich hastig durch sein verwuscheltes Haar. »Gut, ich versuche dann mal, die Spuren der Nachtarbeit zu beseitigen. Und bitte schauen Sie mal, wer unsere Akte hat. Ist Wuttke schon da?«

»Nein, ich habe ihn noch nicht gesehen.«

Stein warf einen Blick auf seine Sturmanskie, die ihm sein Vater von einem seiner Aufenthalte in Moskau noch vor dem Krieg mitgebracht hatte. Stein hatte sie schon so oft ablegen wollen, aber dann hatte er sich stets gesagt, dass diese wirklich fantastische Uhr nichts dafürkonnte, dass seinem Vater die Weltrevolution stets weit über seine Verantwortung für den eigenen Sohn gegangen war. Von den vielen übrigen Geschenken aus aller Welt, die er von ihm bei dessen flüchtigen Kurzbesuchen in London bekommen hatte, hatte sich Stein längst getrennt, aber diese Uhr war geblieben. Sie zeigte an, dass es bereits nach neun Uhr war. Ihr Dienst begann um acht Uhr. Langsam nahmen Wuttkes Verspätungen arg überhand. Es half alles nichts, er musste den Kollegen bei nächster Gelegenheit grundsätzlich ins Gebet nehmen. So ging das nicht weiter.

Stein wusch sich in den Waschräumen das Gesicht mit kaltem Wasser, kämmte sich und putzte die Zähne. In dem Punkt war er eigen. Er trug immer eine Ersatzzahnbürste bei sich. Man konnte ja nie wissen. Das hatte er schon beim Yard so gehandhabt, und nach manchem Nachteinsatz hatten ihn die Kollegen glühend darum beneidet.

Die Ringe unter den Augen konnte er allerdings nicht wie von Zauberhand verschwinden lassen, aber die machten ihm die geringsten Sorgen. Er fragte sich vielmehr, was Krüger von ihm wollte. Seit ihrem Zusammenstoß vor der Pathologie in Moabit hatte er den Chef nicht mehr gesehen. Es hieß, er wäre krank gewesen.

Deshalb wunderte sich Stein auch nicht über die ungesunde Blässe im Gesicht des Kriminalrats, als er wenig später dessen Büro betrat. Er war jedenfalls aufs Schlimmste gefasst und rechnete damit, dass sofort beim Eintreten ins Allerheiligste seines Vorgesetzten ein verbales Gewitter über ihm niedergehen würde.

Doch da hatte er sich getäuscht. Krüger sagte ihm stattdessen höflich: »Guten Tag«, und: »Nehmen Sie doch Platz.«

Stein war so überrascht, dass er vergaß, den Chef zu begrüßen. Mit solchen Floskeln hatten sie sich bislang nie aufgehalten. Außerdem entdeckte Stein seine Akte auf Krügers Schreibtisch. Er hatte sie ihm also unter dem Kopf weggerissen. Keine schöne Vorstellung, fand Stein und setzte sich.

»Sie wollten mich sprechen.«

»Ja, Kommissar Stein, ich möchte mit Ihnen über den Mord an meinem Schwager sprechen. Und besonders über die Vernehmung von Frau Dr. Keller in der Sache.«

Stein erwartete immer noch einen cholerischen Anfall, denn schließlich hatte Krüger ihm ausdrücklich verboten, die Ärztin noch einmal zu befragen, aber es passierte nichts dergleichen.

»Haben Sie meine Akten aus meinem Büro genommen?«, fragte Stein.

Krüger nickte. »Sie haben so tief geschlafen. Da wollte ich Sie nicht stören. Aber ich musste mir dringend ein Bild von den Ermittlungen machen.«

»Tja, es tut mir leid, wir haben noch keine heiße Spur. Frau Dr. Keller war es jedenfalls nicht. Sie hat ihre Waffe nachweislich nicht benutzt. Die war zudem gar nicht mehr funktionsfähig. Und, falls Sie jetzt mit dem Einwand kommen, ich hätte die Ärztin nicht vernehmen dürfen, dann muss ich Sie an meine Worte in Moabit erinnern. Ich werde da ermitteln, wo es für die Aufklärung nötig ist!«

Krüger machte eine abwehrende Handbewegung. »Ja, ja, schon gut. Bei der Sachlage konnten Sie ja gar nicht anders. Frau Dr. Keller war schließlich die Letzte, die meinen Schwager lebend gesehen hat.«

Stein kam aus dem Wundern gar nicht mehr heraus. Krüger schien wie verwandelt. Er hatte doch ansonsten keine Gelegenheit ausgelassen, ihn zu beschimpfen, zu beleidigen und zu bedrohen. Und jetzt war sein Ton ihm gegenüber beinahe respektvoll. Statt sich darüber zu freuen, befeuerte das Steins Misstrauen ungemein. Nur weil Krüger Kreide gefressen hatte, war das noch lange kein Grund, ihm dieses Theater abzunehmen. Offenbar wollte er etwas von ihm, aber was?

»Was denken Sie? Ich habe mich umgehört, und Ihre Theorie ist mir zu Ohren gekommen.«

Stein ahnte jetzt, dass Krüger zuvor Lore ausgefragt haben musste, und er verstand nur zu gut, dass sie dem Kriminalrat die Antwort nicht hatte verweigern dürfen. Da hatte sie ihm wahrscheinlich die drei Thesen vorgestellt.

»Ja, ich habe da natürlich so meine Ideen«, erklärte Stein ausweichend.

»Sie glauben also, es besteht zwischen den drei Mordfällen ein Zusammenhang, oder?«

»Ja, das ist meine Vermutung. Es spricht einiges dafür. Alle drei Opfer haben für die Wittenauer Heilstätten gearbeitet.«

Krüger blickte ihn irritiert an. »Das mit Braunke habe ich gelesen, aber was hat dieser Weber mit Dalldorf zu tun?«

»Er war dort im Krieg als Pfleger tätig. Wie Sie sehen, kann ich die Wittenauer Heilstätten gar nicht aus meinen Ermittlungen ausschließen.«

»Ja, das haben wir doch nun geklärt.«

Stein war fast ein wenig erleichtert, dass an dieser Stelle wieder der gewohnte unwirsche Ton Krügers durchklang.

»Gut, das heißt aber auch, dass ich in dem Fall der fünf toten Frauen weiterermitteln darf?«

»Auf keinen Fall! Das ist abgeschlossen. Schluss! Aus! Erledigt! Daran hat sich nichts geändert! Ich kann doch mein Versprechen nicht brechen, nur weil er jetzt tot …« Krüger unterbrach sich hastig und kam übergangslos und hektisch erneut auf die Vernehmung der Keller zu sprechen.

»Als Täterin können wir sie also ausschließen, aber als Zeugin sollten wir sie unbedingt noch einmal befragen!«

Stein war natürlich nicht entgangen, dass der Kriminalrat krampfhaft bemüht war, sein verräterisches Geständnis von eben zu übertünchen, aber er tat so, als habe er das überhört. In Wahrheit sagte ihm das alles, was er wissen musste: Müller hatte seinen Schwager also instruiert, den Mord an den fünf Frauen nicht weiterzuverfolgen! Stein war allerdings unsicher, ob Krüger mehr darüber wusste oder einfach nur den Anordnungen seines Schwagers gefolgt war. Er tendierte dazu, Letzteres anzunehmen. Krüger war ihm zwar zutiefst unsympathisch, aber er hielt ihn nicht für einen eiskalten Mitwisser, sondern eher für jemanden, der nach oben buckelte und nach unten trat. Stein konnte sich nicht recht vorstellen, dass er dreist einen fünffachen Mord vertuschte. Eher war anzunehmen, dass sich Müller über die Sache selbst seinem Schwager gegenüber inhaltlich nicht geäußert, sondern ihn lediglich davon überzeugt hatte, dass er den Fall nicht weiterverfolgen dürfe, wenn er Schaden von seiner Familie abwenden wollte. Und das wiederum würde darauf hindeuten, dass Müller nicht nur mehr über diese Morde wusste, sondern höchstwahrscheinlich in diese Taten involviert war, was nicht bedeutete, dass er die Frauen umgebracht hatte. Dieser Gedanke führte ihn wieder zu der Ärztin. Er hoffte sehr, dass Wuttke, wenn er denn endlich in der Dienststelle auftauchte, in der Lage wäre, sie zu einer halbwegs wahrheitsgemäßen Aussage zu bewegen.

»Ich werde heute noch den Kollegen Wuttke in die Wittenauer Heilstätten schicken, um Frau Dr. Keller erneut zu vernehmen und …« Stein stockte. Er hatte Krüger gerade in seinen Plan einweihen wollen, ihr Büro nach einem roten Kopierstift zu durchsuchen und sie eine Schriftprobe machen zu lassen, aber eine innere Stimme hielt ihn davon ab. Selbst wenn Krüger nur als Befehlsempfänger seines Schwagers gehandelt hatte, war ihm nicht über den Weg zu trauen.

»Nein! Nicht Wuttke«, entgegnete Krüger in scharfem Ton. »Diese Sache lege ich allein in Ihre Hände.«

»Aber ich habe andere Dinge zu erledigen«, widersprach Stein energisch.

»Ich bin Ihr Vorgesetzter, mein Lieber! Und das ist ein Befehl!«, knurrte Krüger, offenbar schwer bemüht, nicht gleich loszubrüllen.

»Gut, dann werde ich mich darum kümmern«, stöhnte Stein.

»Heute noch! Und ich verlange, dass Sie nach Ihrem Besuch bei Frau Dr. Keller sofort zu mir kommen und mir von dem Ergebnis berichten, bevor Sie Ihren Bericht verfassen. Und Sie gehen allein! Verstanden?«

»Aber ich sollte doch zumindest einen anderen Kollegen mitnehmen«, entgegnete Stein, während er fest entschlossen war, wieder einmal gegen die Anordnungen zu verstoßen. Selbstverständlich nahm er Wuttke mit! Nur würden sie das Krüger nicht auf die

Nase binden. Stein hatte den leisen Verdacht, dass hier immer noch etwas vertuscht werden sollte. Mit dem Unterschied, dass Krüger inzwischen dabei offenbar auf seine Mithilfe angewiesen war. Jedenfalls stank die Sache zum Himmel!

»Sie gehen allein! Verstanden?«

»War es dasselbe, Herr Kriminalrat?« Stein machte Anstalten aufzustehen, doch Krüger schien ihn förmlich mit seinem Blick zu durchbohren. »Ich verlange absolute Diskretion. Sprechen Sie mit niemandem über das, was wir hier vereinbart haben. Verstanden?«

Es fiel Stein gar nicht leicht, Krüger an dieser Stelle nicht unmissverständlich zu erklären, dass er ihn und seine Intrige längst durchschaut hatte und sich niemals zu seinem Handlanger degradieren lassen würde.

Stattdessen fragte er förmlich, ob er wohl die Akten zurückbekommen könne. Dabei bemerkte er auch in Krügers Blick eine gewisse Skepsis, ob Stein wirklich widerspruchslos seinen Anordnungen folgen würde.

Mit den Akten in der Hand kehrte er in sein Büro zurück. Als er feststellte, dass Wuttkes Schreibtisch immer noch unberührt war, zweifelte er an seinem Plan, ihn mit ins Boot zu nehmen. Genauso wenig wie er einem cholerischen Vorgesetzten, der überdies aus persönlichen Gründen massiv seine Ermittlungen behinderte, vertrauen konnte, durfte er sein Vertrauen einem drogensüchtigen, ständig verspäteten, unzuverlässigen Kollegen schenken!

49

Wuttke hatte sich auf eigene Gefahr aus dem Franziskus-Krankenhaus entlassen. Seiner Einschätzung nach war der Streifschuss an seinem Arm kein Grund, länger als die eine Nacht tatenlos in der Klinik herumzuliegen. Er hatte darauf verzichtet, im Präsidium Bescheid zu geben, in der Hoffnung, das Krankenhaus gleich wieder verlassen zu können. Dabei hatte ihm der behandelnde Arzt in einem Gespräch unter vier Augen einen triftigen Grund genannt, warum er ihn gern noch ein paar Tage länger dabehalten hätte: Er wollte ihm helfen, ohne Pillen auszukommen, und ihn gern an einen Kollegen verweisen, aber Wuttke versprach ihm, dass er sich zu einem späteren Zeitpunkt an ihn wenden würde. Und zwar, nachdem der Fall gelöst war, an dem er gerade arbeitete. Der hilfsbereite Mediziner nahm ihm dieses Versprechen nicht ab und redete ihm ins Gewissen, dass er sehr unvernünftig wäre, aber immerhin versorgte er ihn mit Verbandzeug zum Wechseln. Am liebsten hätte sich Wuttke den ganzen Verband und die schwarze Schlaufe gleich dazu entfernt, aber das wäre zu gefährlich, und das wusste auch Wuttke.

Zu seinem großen Ärger war es bis zu seiner Entlassung schon fast Mittag geworden, weil er sich nicht wie ein Verbrecher durch die Hintertür aus der Klinik hatte schleichen wollen, sondern erst nach der Visite ganz offiziell durch den Vordereingang. Und so hatte er seit dem Morgen voll angezogen auf seinem Bett liegend auf den Arzt gewartet und gegrübelt. Es war ihm ein Rätsel, wieso er das Bewusstsein hatte verlieren können, denn er hatte wirklich nur diesen Streifschuss erlitten. Das Letzte, was er von dem Anschlag auf sein Leben erinnerte, waren die zwei Schüsse aus der Dunkelheit und sein Versteck unter der Treppe, zu dem er auf allen vieren gerobbt war. Dort erst hatte er begriffen, dass es ihn erwischt hatte, als er hinfühlen wollte, was an seinem Oberarm passiert war. Dank des schummrigen Lichts einer nackten, von der

Decke baumelnden Glühbirne hatte er mit Entsetzen entdeckt, dass seine ganze Hand voller Blut war. Er hatte es gerade noch geschafft, aufzustehen, sein Versteck zu verlassen und auf den Gehsteig hinauszutreten, aber da war er dann ohnmächtig geworden. Das Nächste, an das er sich erinnerte, war die Tatsache, dass er in einem richtigen Bett unter weißem Bettzeug lag. Dass dies nicht sein Bett sein konnte, war ihm klar geworden, bevor er sich im Zimmer umgesehen hatte. Das war nämlich etwas völlig anderes als sein quietschendes Drahtgestell, dessen Federn sich nachts in seinen Körper bohrten, und die kratzige Wolldecke, mit der er sich zuzudecken pflegte.

Natürlich hatte er sich während des Wartens auf den Arzt fieberhaft das Hirn zermartert, wer es da wohl auf ihn abgesehen haben könnte. Dass ausgerechnet auf ihn, der in drei Mordfällen ermittelte, in denen die Tatwaffe eine Pistole war, geschossen worden war, hielt er für keinen Zufall. Der Zusammenhang mit seinen Ermittlungen drängte sich förmlich auf, nur warum war er ins Visier des Täters geraten? War auch Stein in Gefahr, oder hatte es der Täter aus Gründen, von denen er im Moment nicht einmal den Hauch einer Idee hatte, tatsächlich nur auf ihn abgesehen? Dass der Täter befürchtete, er sei dabei, ihn zu überführen, schien Wuttke eher abwegig, denn was wusste er schon? Gar nichts! Und das war ja das Problem. Dass sie bislang viel zu wenig herausgefunden hatten.

Missmutig betrat er das Polizeipräsidium. Er fühlte sich so zerschlagen, dass er ein bisschen bedauerte, das freundliche Angebot, noch ein paar Tage faul in weichen Kissen herumzuliegen, so rigoros abgelehnt zu haben. Die neugierigen Blicke der Kollegen auf seinen verbundenen Arm in der Schlinge erinnerten ihn daran, dass er ein Handicap hatte und so einarmig wahrscheinlich gar nicht diensttauglich war. Trotzdem trieb es ihn regelrecht in sein Büro, allein, um Stein von dem Gespräch mit Margot über Lenas spendierfreudigen Freier Müller zu berichten. Und auch, weil ihn inzwischen ein schlechtes Gewissen marterte, dass er es mit einem Kopf voller Grübeleien und Angst und gebeutelt vom erneuten Pillenentzug versäumt hatte, in der Dienststelle Bescheid zu geben.

Als er die Bürotür öffnete, hob Stein den Kopf und wollte, seinem grimmigen Gesichtsausdruck nach zu urteilen, offensichtlich etwas nicht allzu Freundliches sagen, aber dann blieb sein Blick an dem Arm hängen.

»Wuttke, was haben Sie gemacht? Sich geprügelt? Vom Rad gefallen?«

»Einen Versuch haben Sie noch, Stein!«, knurrte Wuttke und konnte regelrecht dabei zusehen, wie der Kollege sich ausmalte, was ihm unter dem Einfluss der Pillen sonst noch alles zugestoßen sein könnte.

Stein zuckte die Schultern. »Unter die Straßenbahn gekommen, imaginäre Vampire verhauen?«

Wuttke hatte nach diesen spöttischen Bemerkungen des Kollegen die Lust verloren, ihm zu berichten, dass ihn jemand als Zielscheibe benutzt hatte, aber zumindest konnte er sich auf Steins dummes Gesicht freuen, wenn er die Wahrheit erfuhr.

»Streifschuss!«, bemerkte er knapp. Wie erwartet, musterte Stein ihn bass erstaunt. »Wie das? Ich meine, haben Sie mit Ihrer Dienstwaffe rumgeballert?«

»Nein, leider hatte ich sie nicht dabei … und man hat auf mich geschossen!«

»Wuttke, jetzt spielen Sie mal nicht die beleidigte Leberwurst! Spucken Sie aus. Was ist passiert?«

Wuttke ließ sich noch ein wenig Zeit mit der Antwort und weidete sich an Steins Ungeduld, doch dann berichtete er ihm, was ihm auf den nächtlichen Straßen Charlottenburgs zugestoßen war.

»Da hatte es aber jemand auf Sie abgesehen«, stieß Stein aufgebracht hervor. »Meine Güte, Sie müssen einen Schutzengel haben. Was haben Sie denn von dem Täter gesehen?«

»Leider gar nichts, denn er war ja nicht mehr im Hauseingang, wo ich ihn vermutet habe, sondern irgendwo hinter mir. Ich nehme an, er war in meinem Rücken rübergehuscht und hatte sich hinter einer Litfaßsäule versteckt. So genau kann ich Ihnen das aber gar nicht sagen, denn ich stand kurz unter Schock. Ich wusste ja zunächst nicht mal, dass das Schwein mich getroffen hat.«

»Wir sollten auf jeden Fall zum Tatort fahren und nach dem Projektil suchen. Wenn das wieder unser Neun-Millimeter-Geschoss ist, dann, vermute ich, hängt das mit unserem Fall zusammen, aber wer sollte ein Motiv haben, Sie aus dem Weg zu räumen? Es sei denn, Sie kennen den Täter und verheimlichen mir das!«

Das sollte ein Scherz sein, aber Wuttke fehlte gerade der nötige Humor. »Da fassen Sie sich besser an die eigene Nase. Wer hat denn von uns beiden im Geheimen ermittelt? Ich sage nur, Wittenauer Anstalten!«

»Aber nur, weil Sie sich zu Krügers Handlanger hatten machen lassen bei seinem Plan, mich im Dalldorf-Fall an den Ermittlungen zu hindern.«

»Ja, ja, immer das letzte Wort haben wollen!«

»Eigentlich müsste ich Sie nach Hause schicken. Wie haben Sie es überhaupt geschafft, das Krankenhaus zu verlassen. Sie sind doch nicht etwa getürmt, oder?«

»Nein, ich bin ganz offiziell auf eigene Verantwortung entlassen worden.«

»Dann sollten Sie sich zumindest zu Hause noch ein bisschen schonen.«

Wuttke machte eine wegwerfende Geste. »Auf keinen Fall! Dann hätte ich besser in der Klinik bleiben sollen. Da ist es wesentlich komfortabler als in meiner zugigen Bude.«

Ihr Gespräch wurde unterbrochen, weil Lore Krause ins Zimmer trat und Stein einen Bogen Papier in die Hand drückte. »Soll ich Ihnen von Krüger geben.«

Als Stein einen Blick darauf warf, verfinsterte sich seine Miene. »Der ist doch meschugge!«, stieß er verärgert hervor.

Wuttke wollte gerade nachfragen, seit wann der Kriminalrat wieder im Hause war, als Lore aufschrie: »Herr Kommissar, um Himmels willen, was haben Sie denn mit Ihrem Arm gemacht?«

»Man hat auf mich geschossen, ist aber nur ein kleiner Streifschuss«, entgegnete er, aber Fräulein Krause war kaum zu beruhigen. »Man will Sie umbringen. Erst der Keller, dann das. Das ist ja furchtbar. Dann dürfen Sie mir nicht absagen, damit Kommissar Stein und ich besser auf Sie aufpassen können.«

Wuttke tat es einerseits ganz gut, dass sie sich so um ihn sorgte, aber er hatte keine Ahnung, wovon sie sprach. »Was kann ich Ihnen nicht absagen?«

»Ach, entschuldigen Sie. Ich bin so aufgeregt, dass ich Sie noch gar nicht gefragt habe. Wollen Sie Löbaus Zimmer haben?«

»Zieht der denn aus?«

Lore senkte verlegen den Blick. »Ja, er hat meiner Mutter verraten, dass er nicht länger mit mir unter einem Dach wohnen kann, weil er mich doch so verehrt ...« Sie sah Wuttke nun direkt an. »Das hat er wirklich so gesagt. Mir ist das entsetzlich unangenehm, vor allem, weil meine Mutter mir geraten hat, ihn zu heiraten.« Sie tippte sich an die Stirn. »Sie hat immer noch nicht begriffen, dass ich keine Sorge habe, keinen mehr abzukriegen. Mutter sagt immer, in den heutigen Zeiten muss eine Frau nehmen, was sie kriegen kann, weil sie gerade gelesen hat, dass auf hundertsechzig Frauen in meinem Alter nur hundert Männer kommen. Jedenfalls hat er schon was Neues, und da lässt meine Mutter fragen, ob Sie nicht einziehen wollen?«

Stein nickte Wuttke aufmunternd zu. »Nehmen Sie das bloß an. Fräulein Krause hat recht. Da können wir Sie besser beschützen als in Kreuzberg ...« Er stutzte. »Was haben Sie eigentlich gestern Abend in Charlottenburg getrieben?«

»Ermittelt!«

»Aha, und das nicht zufällig im neu eröffneten *Pandora*, oder?«

Wuttke war durchaus bereit, Stein von seinem Besuch im *Pandora* zu erzählen, jedenfalls, soweit es die Ermittlungen betraf, aber nicht in Anwesenheit von Fräulein Krause. Die schien zu begreifen, dass sie störte.

»Wollen Sie sich das noch einmal überlegen? Ich meine, es ist wirklich nur eine Kammer, aber dafür geht meine Mutter bei Ihnen sicher noch im Preis etwas runter.«

»Ich nehme das Zimmer. Besser als meine Trümmerbude ist es allemal. Schönen Dank, Fräulein Krause.«

»Das freut mich«, sagte Lore und verließ eilig das Büro.

»Dann können Sie mich ja in Zukunft auf Schritt und Tritt bewachen«, knurrte Wuttke. »Und nein, ich lege mich jetzt nicht ins Bett, weil ich nämlich Lena noch einmal ins Präsidium zitieren möchte.«

»Aha, habe ich mir schon gedacht, dass sie der Grund war, warum Sie gestern im *Pandora* waren, und zwar ohne Ihre Dienstwaffe.«

Der anzügliche Unterton Steins ging Wuttke gerade mächtig auf die Nerven.

»Denken Sie doch, was Sie wollen! Tatsache ist, dass Müller, unser Müller wohlgemerkt, ihr Kunde war und wir vielleicht von ihr noch wichtige Informationen bekommen könnten über diesen Mann.«

»Warum haben Sie Lena denn nicht gestern gleich vor Ort befragt?«

»Weil wir uns gestern gar nicht gesprochen haben. Das mit Müller hat mir unser falsches Dienstmädchen gesteckt, Margot Schöller. Und ich befürchte, dass Lena auch in Zukunft kein Interesse an privaten Treffen mit mir hat!«

»Haben Sie sich gestritten?«, erkundigte sich Stein interessiert.

»Ich glaube, ich bin ihr zu sehr auf die Pelle gerückt. Außerdem kann ich das nicht länger ertragen, dass sie beruflich diesen ganzen widerlichen Kerlen zu Diensten ist«, erklärte Wuttke ausweichend. Auf keinen Fall würde er Stein in sein Geheimnis einweihen und in die Tatsache, dass er es leider Lena verraten hatte in der Hoffnung, Trost von ihr zu bekommen. Nein, das durfte Stein nie erfahren. Der hielt doch insgeheim jeden, der unter den Nazis in Deutschland geblieben war, für einen potenziellen Verbrecher. Wenn er erführe, was er in Polen getan hatte, er würde höchstwahrscheinlich nicht mehr mit ihm zusammenarbeiten wollen.

»Aber Sie wollen sie nicht nur vorladen, um sie wiederzusehen, oder?«, fragte Stein skeptisch.

»Nein, und ich möchte Sie auch bitten, dass Sie die Befragung durchführen. Ich muss nicht mal dabei sein. Holen Sie sich einen anderen Kollegen.«

»Ich übernehme das, aber Sie sind dabei. Ich habe nur meine Bedenken, ob uns diese Vernehmung weiterbringen wird. Fräulein Kowalke ist mindestens so verschlossen wie Frau Dr. Keller, wenn es darum geht, uns bei den Ermittlungen zu unterstützen. Sprich, selbst wenn sie etwas Interessantes über ihren Freier Müller wüsste, so, wie ich sie erlebt habe, wird sie uns das mit Sicherheit nicht verraten.«

»Das befürchte ich zwar auch, aber wir sollten nichts unversucht lassen, die Zungen der beiden Damen etwas zu lockern.«

»Richtig, und deshalb fahren wir beide jetzt in die Wittenauer Anstalten und statten Dr. Keller noch einen Besuch ab.«

»Aber die Frau war es doch nicht.«

»Zumindest weiß sie etwas, was uns in der Sache weiterbringen könnte, und wir werden zwei Männer von der Spurensicherung mitnehmen, die ihr Zimmer in der Klinik und ihre Privatwohnung nach einem roten Kopierstift durchsuchen. Und sollten wir fündig werden, verlangen wir eine Schriftprobe von ihr.«

Wuttke deutete zur Tür. »Das sollten wir aber sehr diskret handhaben, damit unser Chef nicht wieder durchdreht.«

»Er hat mich sogar beauftragt, Frau Dr. Keller noch einmal zu befragen. Sehen Sie selbst.« Stein reichte Wuttke den Zettel, den Lore Krause ihm zuvor in die Hand gedrückt hatte.

Wuttke musste die knappen Zeilen zweimal lesen, weil er es kaum glauben konnte, was für Anweisungen Krüger dort mit seiner akkuraten Handschrift verfasst hatte.

Fragen an Frau Dr. Keller ausschließlich zu möglichen Feinden, die M. gehabt haben könnte. Keine Fragen zur Zusammenarbeit der beiden vor 1945. Das hat mit dem Mord an M. nichts zu tun. Keine Fragen zu dem abgeschlossenen Dalldorf-Fall. Und bitte alles genau protokollieren.

»Warum vernimmt er sie nicht gleich selbst, wenn er Ihnen jedes Wort vorschreiben will?«

»Warum wohl? Weil das doch allzu plump und durchsichtig

wäre. Unser verehrter Kriminalrat steckt in einer Klemme. Er verlangt einerseits den Kopf des Mörders von seinem Schwager, wie er uns ja deutlich zu verstehen gegeben hat, und ahnt andererseits, dass sein Schwager eine Leiche im Keller hatte oder gar fünf. Heißt, wir sollen ermitteln, um das eine Ziel zu erreichen, aber ohne Dreck aufzuwirbeln.«

»Sie meinen, Müller ist in den alten Mordfall involviert?«

»Zumindest wusste er davon und wollte verhindern, dass wir Näheres über diese Morde erfahren!«

»Und nun sollen wir für ihn diesen Drahtseilakt vollbringen?«, sinnierte Wuttke.

»Nicht wir, Wuttke. Ich soll das ganz allein erledigen und Sie unter keinen Umständen einweihen, aber da ich nicht Wuttke heiße und nach der Pfeife des Alten tanze …«

Wuttke fasste sich an den Kopf. »Mein Gott, wie oft wollen Sie mir das noch auf die Stulle schmieren?«

»Sie haben recht. Das war nicht fair. Sie haben inzwischen bewiesen, dass Sie das bedauern. Deshalb gehen Sie auch jetzt zu Krüger und teilen ihm mit, dass Sie wegen Ihres Streifschusses nur bedingt einsatzbereit sind. Also nur am Schreibtisch bleiben werden und wenn es ihnen nicht gut geht, auch einfach nach Hause gehen, um sich hinzulegen …«

»Verstehe ich nicht«, murmelte Wuttke.

»Sie tun so, als wären Sie noch lädiert. Dann schaut er Ihnen nicht so auf die Finger und kommt gar nicht auf den Gedanken, dass ich Sie mitnehmen könnte. Und ich tue so, als würde ich seiner Anordnung folgen, wenn ich mit den Spurensuchern und nicht mit Ihnen in die Klinik fahre …«

Wuttke grinste. »Und Sie sind sicher, dass der Alte erfreut wäre, zu hören, dass Sie doch nicht allein gefahren sind, sondern zwei Kollegen dabeihatten? Und wie wollen Sie denen erklären, dass Sie dem Chef verheimlichen müssen, dass ich auch dabei war? Mir scheint, er möchte, dass Sie partout keinen einweihen außer ihm.«

»Was würde ich nur ohne Sie anfangen, Wuttke? Also treffen wir uns in einer Viertelstunde bei den Dienstwagen. Ohne Spurensucher! Und auf dem Weg dorthin untersuchen wir den Ort, an dem Sie angeschossen worden sind.«

»Ja, Chef, wird gemacht.« Wuttke knallte übertrieben die Hacken zusammen.

»Da haben Sie aber Glück gehabt. Hätten Sie mich ›mein Führer‹ genannt, hätte ich Ihnen eine verpasst«, entgegnete Stein grinsend, aber Wuttke spürte, dass dahinter tiefer Ernst lauerte. Es nervte ihn ein wenig, dass der Duke sich stets in seiner moralischen Überlegenheit suhlen konnte. Dabei war es doch reiner Zufall gewesen, dass Stein nicht als Hitlersoldat in den Krieg gemusst hatte. Aber schon im Hinausgehen beschäftigten ihn ganz andere Gedanken. Hatte Stein etwa recht mit seiner Vermutung, er wolle Lena nur zur Vernehmung einbestellen lassen, um sie zu sehen, und noch mehr, um ihr vielleicht seine Macht zu demonstrieren? War das die Rache des kleinen Mannes, der sich ihr ansonsten so schrecklich unterlegen fühlte? Die Rache dafür, dass sie ihn einfach fortgejagt hatte wie einen zugelaufenen Hund, den man mit einem Tritt auf die Straße zurückbeförderte, weil er sich im Haus erleichtert hatte? Er war schrecklich unsicher, und doch war da in ihm noch eine andere Stimme, die nicht so laut und schrill tönte wie die anderen. Dass Lena tatsächlich etwas über Müller wissen könnte, was sie bei ihren Ermittlungen voranbringen würde. Auf jeden Fall war er Stein dankbar, dass der die Vernehmung durchführen und es ihm, Wuttke, überlassen würde, als scheinbar neutraler Beobachter jede Regung in ihrem Gesicht wahrzunehmen und sich ein Bild davon zu machen, ob sie die Wahrheit sagte oder nicht.

Doch erst einmal galt es, Krüger eine überzeugende Vorstellung zu liefern. Der Kriminalrat schien ehrlich schockiert, dass man aus dem Hinterhalt auf ihn geschossen hatte. Auch er war der Meinung, dass dieser feige Mordanschlag im Zusammenhang mit den Mordermittlungen stand.

»Je eher Sie den Schweinehund haben, desto schneller sind Sie wieder in Sicherheit«, verkündete er Wuttke.

»Ich würde nur gern für ein paar Tage halblang machen. Nur am Schreibtisch bleiben, und, wenn ich dürfte, auch einfach ohne Ankündigung zum Ausruhen nach Hause. Habe mich heute selbst entlassen. Und das gegen den Willen des Arztes. Das war keine so gute Idee, wie ich feststellen musste. Ich bin noch ganz schön wackelig auf den Beinen.«

»Das ist doch selbstverständlich, dass ich nichts von Ihnen verlange, was Ihre Genesung gefährdet. Aber wenn Sie am Schreibtisch etwas Wichtiges in unserem Fall herausfinden, bitte immer erst mir weitergeben.«

»Was bedeutet das genau?«, erkundigte sich Wuttke scheinheilig.

»Dass ich Ihr erster Ansprechpartner bin, nicht Stein! Bei mir laufen die Informationen zusammen, denn dieser Fall hat oberste Priorität. Das bin ich meiner Frau schuldig.«

»Ich werde alles tun, was in meiner Macht steht«, versprach Wuttke, während er sich fragte, wer dem Mann, der nichts anderes im Kopf hatte, als einen Keil zwischen seine Mitarbeiter zu treiben, bloß diesen Posten anvertraut hatte. Vor allem musste er ja sowohl Stein als auch ihn für falsche Fuffziger halten, dass er keine Scheu hatte, jedem von ihnen vorzugaukeln, dass er ausschließlich ihm vertraute. Während dieser Gedanke Wuttke durch den Kopf ging, merkte er, dass er vor diesem Mann keinerlei Angst mehr hatte, aber auch nicht den Funken von Achtung. Furcht hatte er hingegen zunehmend vor dem Unbekannten, der ihm nach dem Leben trachtete. Wenn er doch nur die leiseste Ahnung hätte, warum er es auf ihn abgesehen hatte. Oder spielte der Mörder Katz und Maus mit ihnen? Vielleicht wollte er ihn gar nicht töten, sondern sie nur verwirren und damit ihre Ermittlungen stören. Diese These würde sich dann bestätigen, wenn der nächste Anschlag nicht ihm, sondern Stein galt.

50

Stein fragte sich während der gesamten Fahrt nach Wittenau, ob es wirklich klug gewesen war, den angeschlagenen Wuttke mitzunehmen. Seit sie den Tatort abgesucht und tatsächlich zwei Neun-Millimeter-Projektile gefunden hatten, benahm sich der Kollege merkwürdig. Er sah sich andauernd um, als würden sie verfolgt, und zuckte zusammen, als bei einem vor ihnen an einer Kreuzung anfahrenden Wagen der Auspuff knallte. Wenn Stein ihn nicht als mutigen Draufgänger gekannt hätte, müsste er glatt annehmen, dass der Kollege unter Angstzuständen litt. Doch als er ihn darauf angesprochen und ihm angeboten hatte, ihn lieber in sein neues Zuhause zu bringen, damit er sich ausschlafen könne, lehnte der diese Hilfe rigoros ab. Er wollte, wie er betonte, heute Abend in Ruhe seine paar privaten Sachen aus der Trümmerbude holen und ein paar Jungs, die in viel schlimmeren Unterkünften hausten, nämlich immer noch in feuchten Kellern, den Tipp geben, dass der Schlafplatz ab sofort frei war. Stein hatte es erst gar nicht glauben wollen, dass noch drei Jahre nach Kriegsende Berliner in solch menschenunwürdigen Verhältnissen hausten, aber Wuttke versicherte ihm, dass er einige kannte, die gar kein Dach über dem Kopf hatten.

»Wer steckt dahinter?«, murmelte Wuttke auf der Fahrt mehrmals vor sich hin. Die Frage stellte sich Stein auch, aber in Wuttkes Stimme schwang eine gewisse Panik mit, die Stein bei ihm nicht kannte. Er vermutete, dass das ebenso eine Folge der Pervitin-Abhängigkeit war wie sein plötzlich einsetzender Anfall von Schütteln. Wuttke hatte plötzlich aus heiterem Himmel auf seinem Beifahrersitz angefangen zu zittern wie Espenlaub. Sogar seine Zähne hatten unkontrolliert aufeinandergeklappert. Dabei war es ungewöhnlich warm für einen der ersten Frühherbsttage.

»Fühlen Sie sich wirklich in der Lage, eine Vernehmung durchzuführen?«, fragte Stein skeptisch, als sie auf das Klinikgelände einbogen.

»Verdammt, Stein, ich schaffe das schon«, zischte Wuttke.

Was für ein ausgemachter Sturschädel, dieser Wuttke, dachte Stein, als er den Wagen vor dem Haupteingang parkte.

»Wir nehmen uns erst einmal ihr Dienstzimmer vor«, schlug Stein vor.

»Gut, ich kenne mich hier nicht so gut aus wie Sie. War ja noch nie hier«, brummte Wuttke und folgte Stein ins Haus.

Stein ließ Wuttke den Vortritt, nachdem eine männliche Stimme sie in das Dienstzimmer hereingebeten hatte. Es war der Kollege der Keller, der neulich Stein gegenüber versichert hatte, er würde keine Kollegen verpfeifen. Seine freundliche Miene verfinsterte sich, als er Stein wiedererkannte.

»Wir suchen Frau Dr. Keller«, erklärte Stein freundlich.

»Die ist auf der geschlossenen Station. Und die Visite hat gerade erst begonnen. Sie wird so schnell nicht wiederkommen«, entgegnete der Arzt abweisend.

»Gut, dann werden wir so lange hier warten«, sagte Wuttke.

»Das dürfen Sie nicht. Ich muss jetzt auch gehen und werde hinter mir abschließen.«

»Nein, ich denke nicht, dass Sie das tun«, erwiderte Wuttke und hielt ihm seinen Ausweis unter die Nase.

»Na und? Trotzdem müssen Sie draußen auf dem Flur warten!«, fuhr der Arzt ihn genervt an.

Stein aber trat einen Schritt auf den Arzt zu und heftete seinen Blick intensiv auf dessen Namensschild. »Das glaube ich kaum, Herr Dr. Walter. Vielleicht hätte ich dann nämlich auch an Sie noch ein paar Fragen, die Sie mir besser in der Friesenstraße beantworten sollten.«

Wie der Blitz schoss Dr. Walter an Stein vorbei aus dem Raum. »Aber fassen Sie ja nichts an!«, rief er noch im Hinauseilen.

Wuttke stieß einen anerkennenden Pfiff aus. »Alle Achtung! Dass Sie so eine harte Nuss wie den allein mit der Aussicht auf eine Einladung in unser Büro umgestimmt haben.«

»Nicht ganz. Der gute Doktor ist mir letztes Mal die Beantwortung meiner Fragen schuldig geblieben. Er ahnt, dass wir ihn dazu zwingen können, einer Einladung zur Vernehmung Folge zu leisten.«

Stein schilderte Wuttke kurz seine letzte Begegnung mit Dr. Walter, während er anfing, den Schreibtisch nach roten Kopierstiften abzusuchen, allerdings vergeblich. Es fanden sich dort allerlei Stifte, doch keiner von denen, die sie suchten. Also zog Stein eine Schublade nach der anderen auf, aber auch das ohne Erfolg. In der unteren Schublade traf sein Blick aber auf etwas, das ihn magisch anzog. Es war ein Foto von Frau Dr. Keller in jüngeren Jahren. Jetzt verstand er, was ihn dermaßen an ihr angezogen hatte. Sie strahlte diese Art von Verletzlichkeit aus, die der von Mary wirklich sehr ähnelte. Nur sein alter Freund Charles – überhaupt sein einziger Freund, wenn er sich das recht überlegte – hatte etwas von ihrem Verhältnis gewusst und sie beide in London einmal in eine Bar begleitet. Er war ebenfalls von Mary fasziniert gewesen und hatte sie als eine verführerische Frau bezeichnet, mit der man sich möglichst nicht einlassen sollte, weil man dann rettungslos verloren wäre. Das konnte Stein nur bestätigen. Noch immer verging keine Nacht, in der er sich vor dem Einschlafen nicht nach ihr verzehrte. Aber die Frau auf dem Foto war nicht Mary, auch wenn die Ähnlichkeit der beiden Frauen in jungen Jahren noch augenfälliger war. Marianne war jedenfalls einmal eine sehr schöne Frau gewesen. Keine Frage! Umso mehr irritierte ihn der Mann neben ihr, der eiskalt in die Kamera blickte und besitzergreifend den Arm um ihre Schultern gelegt hatte. Am meisten störte ihn daran, wie sie von unten schräg nach oben zu ihm aufblickte. Beinahe unterwürfig.

»Das ist ein Ding!«, hörte er neben sich Wuttke sagen, der nun aufgeregt auf das Foto deutete. »Damals sah er aber wesentlich besser aus!«

Stein stutzte, doch auf den zweiten Blick erkannte er den Kerl auch. Es war Albrecht Müller in einem weißen Kittel. Und jünger. Er selbst kannte genau wie Wuttke das Gesicht des Psychiaters nur aus der Zeitung. Das, was sie davon an der Löwenbrücke und in der Pathologie gesehen hatten, hätte bei Weitem nicht gereicht, um den Arzt auf dem Foto wiederzuerkennen.

»Von wegen, sie kann sich nicht an ihn erinnern. Das hier sieht sehr vertraut aus«, murmelte Wuttke und nahm das Bild zur Hand, um es von Nahem zu betrachten.

Steins Blick fiel auf weitere Fotos, wovon er eines hervorholte, das ihn noch mehr schockierte als das Beweisfoto, dass die Keller und Müller einander offenbar einmal recht nahe gestanden hatten. Auf diesem Bild stand sie zwischen Müller und Braunke. Die beiden Männer wirkten siegessicher und waren offenbar bester Laune. Der feiste Schattenhändler hielt sogar lachend eine Flasche in die Kamera. Nur Marianne zwischen ihnen wirkte verloren und traurig. So verdammt schutzlos, dass es Stein noch einmal für den Bruchteil einer Sekunde anrührte. Dann war es vorbei, und er konnte sie als die Person sehen, als die er sie schon die ganze Zeit hätte betrachten sollen: als Zeugin oder Mitwisserin und schlimmstenfalls als Täterin in dem Mordfall, der ihn mittlerweile seit Wochen beschäftigte.

»Ich glaube, die Frau hat doch mehr mit unseren Morden zu tun, als wir bislang für möglich gehalten haben. Ich befürchte, wir haben uns durch ihre unbenutzte Waffe täuschen lassen. Was, wenn sie uns die absichtlich zum Fraß vorgeworfen hat?«, spekulierte Wuttke.

Stein wehrte sich gegen den Gedanken, dass Marianne Keller jene Mörderin sein könnte, nach der sie so fieberhaft suchten. Seine Intuition signalisierte ihm deutlich, dass sie diese Männer nicht erschossen hatte. Aber dass die Verbindung dieser drei Personen eng mit den Morden zusammenhing, daran hegte er keinen Zweifel mehr. Und eines war ganz sicher: Sie hatte jedes Mal, wenn sie den Mund aufgemacht hatte, nichts als Lügen von sich gegeben. Ihm war unwohl bei dem Gedanken, wie nahe er dieser Frau gekommen war. Wenigstens löste diese Erinnerung an den intimen Moment nicht länger Verlangen in ihm aus. Im Gegenteil, die Gefahr, dass er sich erneut vergaß, war gebannt, so glaubte er jedenfalls in diesem Augenblick, denn er fühlte sich von ihr in jeder Beziehung getäuscht, was sich auch auf sein körperliches Begehren auswirkte.

»Ich befürchte, die Frau hat uns mächtig verschaukelt. Bin gespannt, was sie zu ihrem innigen Verhältnis zu den Mordopfern zu sagen hat. Fehlt eigentlich nur noch Weber!«, murmelte er.

Doch da hatte Wuttke sich bereits ein weiteres Foto gegriffen und hielt es Stein triumphierend unter die Nase. »Hier! Weber schneidet Grimassen in die Kamera. Und er hat auch ein Glas in der Hand. Die vier haben zusammen gefeiert! Fragt sich nur, was …« Er warf einen prüfenden Blick auf die Rückseite des Fotos. »Dezember 1943, steht hier. «

Stein hörte nur noch mit halbem Ohr zu. In seinem Kopf arbeitete es fieberhaft. Was hatte diese vier miteinander verbunden? Er konnte nur hoffen, dass die Keller darauf eine plausible Antwort liefern würde. Auffällig war auf jeden Fall, dass Braunke und Weber sich prächtig zu amüsieren schienen, Müller wahrscheinlich zu gar keiner menschlichen Reaktion fähig war, so, wie er in die Kamera stierte, und die Keller unter der Gesellschaft der drei Männer offenbar eher gelitten hatte.

»Stein! Schauen Sie mal her!« Wuttkes Aufschrei riss Stein aus seinen Gedanken.

»Gucken Sie mal, noch ein Foto von Weber.«

Stein warf einen Blick darauf und erstarrte. Auf diesem Bild hielt Weber wieder ein Glas in die Kamera und in der anderen Hand etwas, das verdammt wie ein Kopierstift aussah.

51

Stein und Wuttke hatten inzwischen alle Fotos gesichtet, aber dabei keinen weiteren so interessanten Fund gemacht wie das Bild von Weber mit dem Kopierstift. Wuttke war gerade dabei, die Fotos – bis auf die beiden, zu denen sie die Keller näher befragen wollten – zurück in die Schublade zu stopfen. Deshalb sah Stein die Keller zuerst, als sie nun in ihr Dienstzimmer trat.

»Was haben Sie hier zu suchen?«, schrie sie mit schriller Stimme. Diese Frequenz überraschte Stein, denn sie sprach ansonsten eher leise und rau.

»Wir ermitteln in einem Mordfall oder besser gesagt, in zwei Mordfällen …«, stieß Stein in scharfem Ton hervor.

»Das ist ja wohl die Höhe!«, zischte sie mit Blick auf die geöffnete Schreibtischschublade.

»Sie haben uns angelogen, Frau Dr. Keller«, unterbrach Stein sie schneidend.

»Mit Ihnen rede ich gar nicht mehr. Verlassen Sie sofort mein Zimmer!«, entgegnete sie prompt.

»Gut, dann sollten wir Sie mit in die Friesenstraße nehmen. Es haben sich nämlich die Indizien verdichtet, dass Sie nicht nur mit Albrecht Müller ein enges Verhältnis hatten, sondern auch mit den Opfern Braunke und Weber!«, bellte Wuttke, während er ihr die beiden Bilder – das von Müller und ihr und das von ihr zwischen den beiden Männern – unter die Nase hielt.

»Was fällt Ihnen ein? Das dürfen Sie nicht«, brüllte sie und schnappte nach den Fotos. Da Wuttke sie festhielt, zerrissen sie.

»Was feiern Sie da auf den Bildern?«, fragte Stein mit ruhiger Stimme.

»Was weiß ich?«

»Soll ich Ihnen etwas auf die Sprünge helfen? Dezember 1943!«

»Das kann eine Weihnachtsfeier gewesen sein. Ich kann mich überhaupt nicht daran erinnern.«

»Wirkt aber ganz vertraut, wie Müller den Arm um Sie legt«, bemerkte Wuttke. »Standen Sie einander vielleicht näher?«

Die Keller suchte Steins Blick. »Bitte lassen Sie nicht zu, dass Ihr Kollege solche unverschämten Fragen stellt!«

Stein runzelte die Stirn. »Er hat mir die Frage nach Ihrer Beziehung zu Müller gerade quasi aus dem Mund genommen. Hatten Sie ein Verhältnis mit Ihrem Chef, von dem Sie ja behaupten, ihn gar nicht persönlich zu kennen?«

Die Keller presste trotzig die Lippen aufeinander.

»Und? Fällt Ihnen noch was ein zum Dezember 1943?«

»Das sollten Sie doch besser wissen, Kommissar Stein. Es war schließlich die Royal Airforce, die uns unter Beschuss genommen hat. Ihre Bomben haben das Frauensiechenhaus und das Frauenhaus 9 Ende November 1943 zerstört!«

»Ich muss Sie enttäuschen, Frau Doktor, ich war im Krieg nicht als Bomberpilot tätig. Im Gegensatz zu vielen anderen deutschen Emigranten, die den Eid auf den König geschworen hatten. Aber ich habe öfter mal für die BBC auf Deutsch Appelle an die verblendeten Deutschen gerichtet! Was gab es denn nun damals zu feiern? Dass Sie das überlebt haben oder was?«

»Nein, wir waren voll und ganz damit beschäftigt, die Frauen in anderen Anstalten unterzubringen. Wir haben Tag und Nacht geschuftet, und da haben wir wohl zur Entspannung eine kleine Feier veranstaltet«, bemerkte sie in einem beinahe anklagenden Ton.

»Frau Dr. Keller, Sie lügen, wenn Sie nur den Mund aufmachen. Sie können sich sehr wohl an diese spezielle Feier mit Müller, Braunke und Weber erinnern. Allein Ihr Gesichtsausdruck auf dem Foto verrät, dass es sich um kein freudiges Ereignis gehandelt hat. Jedenfalls nicht für Sie! Sie haben etwas zu verbergen, und wir vermuten, dass es sowohl mit den toten Frauen von Dalldorf als auch mit den Morden an den drei Männern zu tun hat!«

Stein war selbst erstaunt, dass er soeben, ohne lange darüber nachzudenken, einen Zusammenhang zwischen den beiden Mordfällen auch offiziell kommuniziert hatte, doch nun war er sich sicher, dass er damit ins Schwarze getroffen hatte.

Die Keller war bei seinen Worten auf einen Stuhl gesunken und sah plötzlich mehr tot als lebendig aus. Ein Beweis, dass er auf dem richtigen Weg war. Er hatte überdies den Eindruck, dass die Keller kurz davorstand, ihr Wissen preiszugeben. Sie schien noch mit sich zu kämpfen, wie ihre gequälte Miene und die tiefe Furche ihrer Stirnfalte verrieten, aber sie wirkte so, als hätte sie all ihr Pulver verschossen und würde nun endlich reden. Das wollte Stein ausnutzen und sie vollends zermürben.

»Wo finden wir die alten Patientenakten? Dann könnten wir uns selbst ein Bild machen. Sie haben doch sicherlich Berichte geschrieben, oder?«

»Sicher.«

»Benutzten Sie beim Abfassen Ihrer Berichte rote Kopierstifte? So wie Weber hier auf diesem Bild.«

Wuttke hielt ihr das Foto entgegen. Die Keller schüttelte heftig mit dem Kopf und blickte nun Stein flehend an.

»Können wir einen Augenblick unter vier Augen sprechen?«, fragte sie ihn leise.

»Nein!«, entgegnete Stein entschieden.

»Bitte! Ich verspreche Ihnen auch, ich verrate Ihnen alles, was Sie wissen wollen, aber unter vier Augen. Sonst sage ich gar nichts. Und Sie werden keine Unterlagen finden. Die sind alle in den Kriegswirren den Flammen zum Opfer gefallen.«

»Wie praktisch«, zischte Wuttke. »Aber ich gehe jetzt erst mal eine rauchen. Zehn Minuten. Dann müssen Sie Ihr intimes Geständnis abgelegt haben, Frau Doktor!«

Stein missfiel das zwar außerordentlich, aber er behielt seinen Vorbehalt für sich. Statt den Raum auf direktem Weg zu verlassen, baute Wuttke sich drohend vor der Ärztin auf.

»Verraten Sie Stein einfach, warum Sie mich gestern Nacht beim zweiten Schuss verfehlt haben!« Ohne eine Antwort abzuwarten, verschwand er.

Stein heftete den Blick auf das Gesicht der Ärztin, damit ihm nicht die kleinste mimische Regung entging. Doch da war nichts. Im Gegenteil, ihre Miene war wie versteinert.

»Haben Sie die Frage des Kollegen verstanden?«, hakte er nach.

»Habe ich, aber ich habe keine Ahnung, wovon er spricht!«

»Wo waren Sie gestern Abend gegen 23 Uhr?«

»Im Bett. Ich hatte mich gleich nach Dienstschluss in mein Zimmer zurückgezogen, weil ich Angst hatte. Ich habe mich nicht einmal getraut, meinen Abendspaziergang zu machen.«

»Angst? Wovor?«

Die Ärztin holte aus ihrer Kitteltasche einen Zettel hervor und reichte ihn Stein wortlos.

In roter Schrift stand dort ihr Name geschrieben: Dr. Marianne Keller. Und darüber war ein Kreuz gemalt.

»Wo haben Sie das her?«

»Ein fremder Junge brachte mir den Zettel, doch bevor ich ihn lesen konnte, war der Junge schon den Flur entlang gen Ausgang gerannt.«

»Wann war das?«

»Gestern Mittag.«

»Und warum haben Sie uns nicht sofort Bescheid gesagt?«

»Sie sind doch jetzt hier. Werden Sie mich beschützen? Bitte!« Das klang flehentlich. Sie war aufgestanden und einen Schritt auf ihn zugetreten. Ganz nahe. Er spürte den Hauch ihres Atems. Sie wirkte jetzt so bedürftig. Ein einziger Schrei nach Hilfe. Und wenn es nicht diesen verdammten Zettel geben würde, er hätte das für eine Lüge gehalten, ein Schmierentheater, einen neuen Versuch, ihn einzuwickeln und dazu zu bringen, sich zu vergessen. Aber ihre Angst war entsetzlich real. Er spürte, wie sie unter ihrem Kittel am ganzen Körper bebte. Wenn er seinem ersten Impuls gefolgt wäre, er hätte sie umarmt und ihr versichert, dass ihr nichts geschehen würde, aber er konnte sich gerade noch beherrschen, ihm nachzugeben. Doch da schlang sie ihre dünnen Arme um seinen Hals und flüsterte unter Tränen: »Bitte versprechen Sie mir, dass Sie mich beschützen.« Er spürte die Nässe an seinem Hals, aber er machte einen schwachen Versuch, sich aus ihrer Umklammerung zu lösen. Sie flehte: »Bitte, halten Sie mich fest. Ganz fest!« Sie presste ihren Unterleib gegen seinen Körper. Er betete, dass er gegen diese Einladung, das Unaussprechliche noch einmal zu wiederholen, immun bliebe, aber er konnte nichts dagegen tun, dass er hart wurde und es noch einmal wollte. Doch bevor seine Begierde ganz von ihm Besitz ergriffen hatte, wachte er auf. »Bitte, Frau Dr. Keller, nehmen Sie sofort Ihre Arme herunter. Sonst muss ich Ihnen wehtun!«

»Bitte, ich will nicht sterben. Nicht so. Sie müssen mir helfen«, bettelte sie.

Es fiel Stein keineswegs leicht, aber er packte nun ihre hinter seinem Hals ineinanderverknoteten Hände, um sich zu befreien, als Wuttke, ohne anzuklopfen, ins Zimmer kam.

»Oh!«, entfuhr es ihm und noch einmal: »Oh!«

Stein wünschte sich, der Boden würde sich auftun. Nun musste Wuttke doch glauben, dass er und die Keller etwas miteinander hatten … Immerhin ließ die Keller ihn nun endlich abrupt los.

Stein gewann schnell die Fassung zurück und reichte Wuttke den Zettel. Er hoffte sehr, dass diese mit rotem Kopierstift verfasste Morddrohung ihn vergessen lassen würde, in welch kompromittierender Umarmung er die beiden eben vorgefunden hatte.

»Wie bei Weber, nur dass ein Datum fehlt«, murmelte er. »Wann haben Sie das bekommen?«

Leise wiederholte die Keller das, was sie bereits Stein berichtet hatte.

»Ich befürchte, es ist von unserem Täter verfasst. Auf den ersten Blick dieselbe Schrift. Sehen Sie das kleine *r?* Wie bei Braunke und Weber ist es sehr verschlungen. Fast wie gemalt«, stellte Wuttke fest. Stein merkte ihm an, wie peinlich bemüht er war, die Umarmung zu überspielen.

»Frau Dr. Keller fühlt sich bedroht. Was sollen wir tun? Ihr einen Beamten schicken?«

Die Keller winkte schwach ab.

»Nein, nein, ich habe bis heute Abend Dienst. Hier bin ich sicher. Und danach …« Sie stockte und schien über etwas nachzudenken.

»Gut, aber ich hätte noch eine Bitte an Sie.« Stein hörte sofort den lauernden Unterton des Kollegen heraus. »Wären Sie wohl so freundlich, Ihren Namen auf einen Zettel zu schreiben?«

Stein brauchte nur den Bruchteil einer Sekunde, um zu begreifen, was der Kollege vorhatte. Die Keller warf ihm einen fragenden Blick zu. »Tun Sie bitte, worum Kommissar Wuttke Sie ersucht«, sagte Stein. Er war zwar sicher, dass die Schriftprobe nicht ergeben würde, dass die Ärztin diese Drohung selbst verfasst hatte, um Wuttke und ihn in die Irre zu führen. Was ihn daran allerdings zweifeln ließ, war die Tatsache, dass sie zögerte, nachdem Wuttke ihr ein Stück Papier und einen Stift hingelegt hatte.

»Muss ich das wirklich, Kommissar Stein?«, fragte sie mit einem Unterton, aus dem Wuttke, wenn er nicht Zeuge der Umarmung geworden wäre, spätestens jetzt hätte schließen müssen, dass sie einander sehr vertraut waren.

»Frau Dr. Keller, bitte schreiben Sie Ihren Namen auf«, forderte er sie unwirsch auf und hoffte sehr, dass das Schriftbild sie nicht doch als Täterin entlarvte. Es war schlimm genug, dass er einer möglichen Zeugin zu nahe gekommen war, aber einer Mörderin? Nein, das würde seine Laufbahn in der Friesenstraße unweigerlich beenden. Dann nämlich müsste er sofort den Dienst quittieren. Es war nicht der schlimmste Gedanke, womöglich nach London zurückzukehren, aber nicht aus solchen Gründen! Nicht weil er ein die Kontrolle verlierender Schwächling war, der mit einer Mörderin intim geworden war!

Ihm stockte schier der Atem, als die Keller ihren Namen auf den Zettel kritzelte.

»Schauen Sie sich das mal an, Stein!«, sagte Wuttke, nachdem er ihr den Zettel weggenommen und die Schrift kontrolliert hatte.

Es kostete Stein große Mühe, den Blick auf die Schrift zu heften, doch dann entspannte er sich. Die Schrift unterschied sich nicht nur bei dem kleinen *r*, sondern im Ganzen so grundsätzlich von der auf den Toten, dass man keinen Schriftgutachter benötigte, um festzustellen, dass sie nicht die Person war, die die Körper der Opfer beschmiert hatte.

Auch Wuttke schien diese Schriftprobe zu überzeugen. »Nichts für ungut, Frau Dr. Keller, aber Sie wären nicht die Erste, die versuchen würde, die Ermittler auf die falsche Spur zu setzen, weil sie angibt, selbst in Gefahr zu sein.«

Bei der Keller schienen Wuttkes Worte gar nicht richtig anzukommen. Sie machte den Eindruck, als würde sie immer noch intensiv über etwas nachgrübeln, doch dann wandte sie sich mit entschlossenem Blick den Kommissaren zu.

»Ich habe mich entschieden, das zu sagen, was ich weiß, wenn Sie mich vor diesem Irren, der mich töten will, schützen.«

Stein schluckte seine Erwiderung hinunter, dass das eine mit dem anderen rein gar nichts zu tun hatte. »Das wurde aber auch Zeit, dass Sie endlich den Mund aufmachen. Also, worauf warten Sie. Reden Sie endlich!«, fuhr er sie grob an, was ihm einen erstaunten Blick Wuttkes einbrachte.

»Wenn Sie etwas erfahren wollen, müssen Sie sich schon nach meinen Spielregeln richten, Herr Kommissar«, entgegnete sie nun in kaltem Ton. Ihre Angst und ihre Schutzlosigkeit waren binnen Sekunden hinter einem Panzer aus Eis verschwunden. Stein fröstelte.

»Und die wären?«, fragte er bemüht sachlich.

»Sie kommen heute Abend in mein Versteck, und ich mache eine Aussage.«

»Versteck? Was für ein Versteck?«

»Sie glauben doch nicht, dass ich hier seelenruhig darauf warte, bis der Irre mich auch noch abknallt? Ich bringe mich heute nach dem Dienst in Sicherheit und werde dort ein paar Tage bleiben. Der Kollege Walter wird mich vertreten. Das gibt Ihnen Zeit, den Mörder zu finden.«

Wuttke tippte sich an die Stirn. »Sie haben sie doch nicht alle. Als würden wir einfach so nach Ihrer Pfeife tanzen. Wir können Sie auch bei uns in der Friesenstraße in Sicherheit bringen und Sie so lange befragen, bis Sie endlich ausspucken, was Sie wissen! Ist Ihnen eigentlich klar, dass Sie vielleicht jetzt schon Menschenleben auf dem Gewissen haben, weil Sie wichtige Hinweise unterschlagen haben?«, fauchte Wuttke sie an.

»In der Friesenstraße werden Sie nichts von mir erfahren, und ich möchte auf keinen Fall, dass Sie dabei sind. Ich werde mich allein von Kommissar Stein vernehmen lassen.«

Wuttke stieß einen verächtlichen Zischlaut aus. »Von der Art der Vernehmung habe ich mir gerade ein Bild machen dürfen.«

»Wuttke! Lassen Sie uns das bitte gleich unter vier Augen regeln«, bat Stein ihn. Dann wandte er sich an die Keller. »Ja, ich werde kommen.«

»Allein!«

»Ja!«

Stein fühlte Wuttkes empörten Blick im Nacken brennen.

»Wann?«

»Ich kann um 20 Uhr dort sein.«

»Gut, dann fertige ich Ihnen eine Zeichnung an, wo Sie mich finden können. Ich habe gegen 18 Uhr 30 Dienstschluss und werde mich direkt dorthin begeben. Es ist ein Fußweg von etwa zehn Minuten.«

Stein mied den Blickkontakt mit Wuttke. Er ahnte, dass der Kollege vor Empörung schäumte, aber diesen Konflikt wollte er nicht vor Dritten, und vor allem nicht vor dieser Zeugin, austragen.

Er nahm den Zettel entgegen, steckte ihn in die Jackentasche, ohne einen einzigen Blick darauf zu werfen, und verabschiedete sich mit einem knappen »Bis heute Abend« von der Keller.

Wuttke folgte ihm, und Stein hoffte, dass der Kollege seinem Ärger nicht schon auf dem nicht enden wollenden Linoleumflur der Klinik Luft machen, sondern warten würde, bis sie draußen an der frischen Luft waren.

52

Auf der Rückfahrt ins Präsidium herrschte im Wagen eisiges Schweigen. Nur unterbrochen von Wuttkes gelegentlichem Schnauben. Er war dermaßen wütend auf Stein, dass er noch immer nach den richtigen Worten suchte, um ihm deutlich zu machen, wie er ihn gerade vor der Ärztin bloßgestellt hatte. Er war kein Deut besser als Krüger mit seinen ständigen Intrigen. Wie konnte er auf die Bedingungen dieser Person eingehen und ihr zugestehen, dass er die Vernehmung unter vier Augen durchführte, zumal die beiden ja ganz offenbar etwas miteinander hatten? Letzteres konnte Wuttke ohnehin nicht verstehen. Nicht, dass er ältere Frauen für unattraktiv hielt, aber solche Gerippe wie die Keller lösten in ihm keinerlei Begehren aus. Und wie passte das mit dem Gerücht zusammen, dass Stein angeblich eine ausgesprochen hübsche Geliebte haben sollte? Jedenfalls war der Duke in seinem Ansehen erheblich gesunken. Nicht etwa, weil er offenbar andere Frauen mochte als er, sondern weil er eine gefährliche Nähe zu einer Frau zuließ, die in dem Fall eine gewisse Rolle spielte, vielleicht sogar die zentrale Figur war. Wenn er ihm das offen gesagt hätte, Wuttke hätte den Raum nicht für eine Sekunde verlassen.

Wieder stöhnte er genervt auf.

»Wuttke, nun lassen Sie Ihrem Ärger ruhig freien Lauf. Ihr Geschnaube ist kaum auszuhalten!«, bemerkte Stein in einem Ton, der Wuttke entschieden missfiel. So überheblich und gönnerhaft. Da blitzte er wieder auf, dieser Tommy mit dem Burberry, der sich allen anderen gegenüber für moralisch überlegen hielt. Eigentlich müsste es Wuttke mit Genugtuung erfüllen, dass dieser Mann derart tief sinken konnte, aber so richtig wollte bei ihm kein Hochgefühl aufkommen. Und noch immer hatte er nicht die richtigen Worte gefunden, um Stein die Meinung zu sagen. Lospoltern, so wie Stein es ganz offenkundig von ihm erwartete, würde er jedenfalls nicht.

Ehe sich Wuttke auch nur annähernd eine passende Formulierung zurechtlegen konnte, kam ihm Stein zuvor.

»So, und nun lassen Sie mal Dampf ab, damit ich Ihnen erklären kann, was dieses Theater sollte.«

»Theater?«, fragte Wuttke spitz. »Die Umarmung war ziemlich echt!«

»Es war eine Umklammerung, aus der ich mich in dem Augenblick zu lösen versuchte, als sie zurückkamen, Mann!«

Wuttke spürte, dass er die Wahrheit sagte, aber so einfach wollte er den Kollegen nicht davonkommen lassen. Dazu war er ihm gerade eine Spur zu arrogant.

»Hätte ich mir denken können, dass Sie versuchen, sich herauszureden. Passt wohl nicht in das Bild, das Sie von sich selbst haben, dass Sie es mit Tatverdächtigen treiben, oder?«

»Lassen Sie stecken, Wuttke. Da ist nichts zwischen Frau Dr. Keller und mir. Basta! Hören Sie mit Ihren Unterstellungen auf. Wir haben Wichtigeres zu tun!«

»Das sind ja ganz neue Töne. Bei Lena und mir haben Sie das nicht so locker gesehen. Da wollten Sie alles ganz genau wissen ...« Er unterbrach sich hastig. »Wir haben sie übrigens zur Vernehmung ins Präsidium bestellen lassen. Wahrscheinlich wartet sie schon in der Friesenstraße.«

»Sage ich doch, wir müssen uns jetzt auf die Vernehmung dieser Frauen konzentrieren«, bemerkte Stein mit Nachdruck.

»Soll ich mir an Ihnen ein Beispiel nehmen? Vernehmung der Zeugin Lena Kowalke in ihrem Lotterbett im *Pandora*? Unter vier Augen.«

»Ach, daher weht der Wind. Spucken Sie es doch endlich aus! Sie sind verärgert, weil ich sofort darauf eingegangen bin, die Keller heute Abend allein zu vernehmen, oder?«

»Verärgert ist gar kein Ausdruck. Wir haben einander versichert, dass wir beide eine Mannschaft sind, in der nicht gefoult wird. Und Sie lassen sich von dieser Person zu einem Vieraugengespräch zitieren!«

»Glauben Sie das wirklich?«

»Was?«

»Dass ich wirklich allein zu dem Versteck der Keller fahre? Ich bin doch nicht meschugge. Mal abgesehen davon, dass Frau Dr. Keller sehr wohl weiß, wie anziehend sie auf mich wirkt …«

»Tatsächlich? Mensch, Stein, die Frau könnte Ihre Mutter sein.«

»Wuttke, das geht Sie gar nichts an. Ich frage Sie ja schließlich auch nicht, was Sie an so einer gewöhnlichen Person wie der Kowalke finden!«

»Das nehmen Sie sofort zurück!« Wuttke ballte die Faust seines gesunden Arms.

»Soll ich anhalten? Dann können wir den Streit um die Damen mit Fäusten austragen!«

Wuttke entging der spöttische Unterton keineswegs, und er ließ die Hand sinken.

»Sie sind ein überheblicher Fatzke! Aber Sie haben recht. Es geht mich einen feuchten Kehricht an, was Sie an der Keller finden!«

»Ich fahre jedenfalls heute Abend auf keinen Fall allein nach Wittenau. Ich möchte Sie nur bitten, draußen vor der Tür zu bleiben, sodass ich Ihnen bei Bedarf ein Zeichen geben kann!«

»Damit ich Sie retten kann, falls Sie wieder von der Dame überfallen werden?«, entgegnete Wuttke spöttisch, obwohl er den Vorschlag durchaus vernünftig fand. Offenbar war die Keller bereit, eine Aussage zu machen, und nach den Fotos zu urteilen, die sie heute bei ihr gefunden hatten, bestand die berechtigte Hoffnung, dass die sie in ihren Ermittlungen ein gehöriges Stück voranbringen würde. Und wer weiß, vielleicht konnten sie den Mörder fassen, bevor er das nächste Opfer tötete.

»Die Keller ist in ernsthafter Gefahr, oder?«, fragte er versöhnlich.

»Ich befürchte, ja. Deshalb müssen wir heute Abend, sobald wir unsere Vernehmung abgeschlossen haben, auch zwei Schutzleute nach Wittenau schicken, die die Keller rund um die Uhr bewachen.«

»Und Sie wollen das nicht persönlich machen?«

»Wuttke, noch ein Wort, und ich halte wirklich an und hau Ihnen aufs Maul! Und ich sage das nicht nur so daher. Mit einem einarmigen Freizeitboxer werde ich jederzeit spielend fertig.«

Wuttke grinste, weil sie es geschafft hatten, ihren Konflikt so schnell beizulegen. Er schlug Stein freundschaftlich mit der gesunden Hand auf die Schulter.

Die gute Stimmung verging ihm allerdings, kaum dass sie vor ihrem Büro angekommen waren. Eine aufgeregte Lore kam ihnen entgegen. »Frau Kowalke denkt nicht daran, hier anzutanzen, hat sie gesagt! Wenn Sie was von ihr wollen, sollen Sie zu ihr kommen. Sie ist bis abends in ihrer Wohnung. Sie meinte, Sie, Kommissar Wuttke, würden die Adresse kennen.«

»Natürlich, ich habe sie dort schon einmal vernommen!«, murmelte Wuttke und wandte sich an Stein. »Was denken Sie. Lassen wir sie holen, oder statten wir ihr einen kleinen Besuch ab?«

»Lassen Sie uns hinfahren. Das geht schneller«, erwiderte Stein. Und schon waren die beiden Kommissare wieder auf dem Weg zum Wagen. Wuttke lotste Stein durch die Straßen um den Savignyplatz zu Lenas Haus. Kurz bevor sie davor hielten, kam Wuttke auf die Schüsse zu sprechen, und er teilte Stein seine Vermutung mit, dass der nächste Anschlag ihm gelten könnte.

»Darüber habe ich auch schon nachgedacht«, sagte Stein nachdenklich.

»Wir wollen hoffen, dass wir den Mistkerl kriegen, bevor er erneut zuschlagen kann«, seufzte Wuttke und stellte sich vor, wie Lena wohl reagieren mochte, wenn er gleich wieder einmal unangemeldet vor ihrer Tür stehen würde.

53

Wuttke war mulmig zumute, als er sich in Begleitung Steins die knarzigen Treppen hinauf bis zur oberen Etage machte. Außerdem roch es im Haus nach Steckrüben. Wuttke hatte sich nach dem Hungerwinter 46/47 geschworen, lieber zu verhungern, als noch einmal morgens, mittags und abends Wassersuppe mit Steckrüben zu futtern.

Er zögerte, bevor er energisch an Lenas Tür klopfte. Er konnte nur hoffen, dass sie keinen Freier bei sich hatte und ihn nur deshalb hergelockt hatte, um ihn mit dem Anblick zu quälen.

Aber als sie die Tür öffnete und die beiden Polizisten in ihr Zimmer bat, war sie allein und trug ordentliche Straßenkleidung. Sogar das Bett war gemacht. Man konnte meinen, hier wohnte eine Frau, die als Schreibkraft tätig war oder einem anderen bürgerlichen Beruf nachging.

Was Wuttke allerdings mehr verblüffte als die Äußerlichkeiten war der höfliche Ton, mit denen sie die beiden begrüßte und in die Wohnung bat.

»Setzen Sie sich doch«, sagte sie und bot ihnen die zwei Stühle an, die um den Tisch standen. »Ich hole mir einen Hocker.«

Wuttke irritierte diese ungewohnt verbindliche Art Lenas. Ihm wäre ein deftiger Anranzer lieber gewesen, aber er war ja schließlich nur als Beobachter mit dabei.

»Entschuldigen Sie, dass wir Sie noch einmal stören müssen«, sagte Stein. »Aber wir haben ein paar Fragen zu Dr. Albrecht Müller.«

Lena lächelte. »Ich weiß nicht, wie ich Ihnen weiterhelfen kann. Der Herr ist einer meiner Freier. Ich vermute, das wird Ihnen zu Ohren gekommen sein. Aber Sie verlangen doch jetzt nicht von mir, dass ich Ihnen ausplaudere, auf welche Weise ich ihm zu Diensten gewesen bin, oder?«

»Nein, das interessiert uns nicht. Wir möchten vielmehr wissen, seit wann Sie Dr. Müller kennen und ob er Ihnen eventuell etwas mitgeteilt hat, was mit dem Mord an ihm zu tun haben könnte.«

Lena schien zu überlegen, aber Wuttke sah ihr an, dass sie nur so tat als ob. Er war sich fast sicher, dass Müller sich genauso bei ihr Luft gemacht hatte, wie er es dummerweise getan hatte. Und dass sie sehr genau über seine dunklen Geheimnisse Bescheid wusste. Aber er konnte schlecht fragen, ob sie ihn strafte, nachdem er ihr gebeichtet hatte, was er Schlimmes verbrochen hatte.

»Lassen Sie mich nachdenken. Ja, da war etwas. Müller hat mir anvertraut, dass er etwas Unverzeihliches getan und Sorge habe, dass man ihn dafür strafen würde … Also, nicht dass Sie mich falsch verstehen. Er meinte eine Strafe weit über das hinaus, was er sich bei mir geholt hat …« Lena legte eine Pause ein und warf Wuttke einen vernichtenden Blick zu.

Sein Herzschlag beschleunigte sich. Lena schien es eine klammheimliche Freude zu bereiten, ihn mit diesen Einzelheiten zu quälen. Sie war doch ansonsten eher verschlossen, wenn es um ihre Freier ging. Er hoffte, dass Stein nicht weiter nachfragen würde, aber er tat genau das.

»Wenn ich Sie richtig verstehe, sprach er nicht von einer Strafe, um sich sexuelle Befriedigung zu verschaffen, sondern einer Gefahr von außen? Wissen Sie, wovor genau er sich da gefürchtet hat?«

»Nein, genau weiß ich es nicht, aber ich glaube, er hatte einen Drohbrief bekommen …«

»Einen Drohbrief?«

»Oder besser gesagt, einen Zettel, auf dem sein Name stand und ein Kreuz gemalt war …«

»Hat er Ihnen den gezeigt?«

»Ganz kurz. Darauf war nicht viel zu sehen. Sein Name in roter Schrift und ein Kreuz, als wäre er gestorben.«

»Jetzt gibt es keinen Zweifel mehr, dass die Mordfälle zusammenhängen«, murmelte Stein, während Wuttke vergeblich Lenas Blick suchte, aber sie sah quasi durch ihn hindurch.

»Und wann war das in etwa?«

»Das kann ich Ihnen gar nicht genau sagen. Das ist jedenfalls schon ein paar Wochen her. «

»Und hat er sich dazu geäußert, wer ihm nach dem Leben trachten könnte?«

»Namen fallen mir jetzt nicht ein, aber er hat mehrfach von einem Kollegen gesprochen, der ihn wegen einer alten Geschichte angeblich in der Hand hatte.«

»Und hat er gesagt, was das für eine Geschichte gewesen ist?«, hakte Stein eifrig nach.

»Nein, das wollte er mir nicht verraten. Aber es hatte wohl mit seiner Arbeit im Krieg zu tun.«

»Kann es sein, dass der Kollege, von dem er gesprochen hat, Bader hieß?«

»Bader? Da klingelt nichts. Aber möglich ist es. Auch ein Psychiater auf jeden Fall.«

»War er jedenfalls einmal. Heute arbeitet er als praktischer Arzt.«

»Das kann sein. Ich glaube, er hat erwähnt, dass der Mann nicht mehr als Psychiater tätig ist.«

»Gut, dann belassen wir es erst einmal dabei. Sie haben uns sehr geholfen«, sagte Stein und warf Wuttke einen aufmunternden Blick zu. »Haben Sie noch Fragen an Frau Kowalke?«

Jede Menge, dachte Wuttke, aber er schüttelte entschieden mit dem Kopf. Hatte er sich bis zu diesem Besuch noch an die vage Hoffnung geklammert, es könnte zwischen ihnen beiden so werden wie zuvor, nun war sie endgültig erloschen.

Die Endgültigkeit bestätigte sich, als er Lena nun sagen hörte: »Wenn Sie noch Fragen haben, ich bin die nächsten Wochen hier anzutreffen, aber dann werde ich nach Köpenick ziehen …«

Obwohl Wuttke schon wusste, dass es vorbei war, schockierte ihn diese Ankündigung zutiefst. Das bedeutete das definitive Ende ihrer Beziehung. Als Stupo konnte er sich in der sowjetischen Zone nicht blicken lassen. Jedenfalls nicht, ohne Gefahr zu laufen, von den Vopos abgegriffen zu werden und sich umgehend in einem Verhörraum wiederzufinden.

»Und Sie wollen wirklich in den Ostteil der Stadt ziehen? Haben Sie gar keine Sorge, dass die Spaltung immer weiter voranschreitet?«, fragte Stein Lena erstaunt.

»Ich habe keine andere Wahl, wenn ich mich um meine Nichte kümmern will. Meine Tante wird das nicht mehr lange schaffen.«

»Wenn wir noch Fragen haben, würden wir noch einmal bei Ihnen vorbeikommen, bevor Sie in den Osten ziehen.« Stein warf Wuttke einen auffordernden Blick zu, ihm zur Tür zu folgen. Der aber war hin- und hergerissen. Sollte er nicht diese allerletzte Gelegenheit wahrnehmen, sich zumindest von ihr zu verabschieden? Er zögerte, aber dann sagte er steif: »Dann wollen wir mal. Auf Wiedersehen, Fräulein Kowalke.«

»Auf Wiedersehen, die Herren«, entgegnete Lena und begleitete sie zur Tür. Wuttke vermied es nun mit derselben Intensität, sie anzusehen, wie er vorhin ihren Blick gesucht hatte.

Kaum war die Haustür hinter ihnen zugeklappt, spürte er, wie sein Kollege ihm tröstend auf die Schulter klopfte. »Wer weiß, wozu es gut ist«, murmelte Stein.

Der hat gut reden, dachte Wuttke düster, aber dann gewann er seine Fassung wieder zurück. »Und nun? Noch einmal Bader in die Zange nehmen?«

»Unbedingt. Und wir statten Müllers Witwe einen Besuch ab. Vielleicht weiß die mehr über den Drohbrief.«

Wuttke lächelte gequält. »Wenn der Alte erfährt, dass wir seine Schwester befragen, der dreht uns den Hals um.«

»Seit wann tun wir das, was unser Kriminalrat möchte?«, gab Stein zurück und klopfte Wuttke noch einmal auf die Schulter: »Ich verstehe ja, dass Sie das hart trifft mit Lenas Umsiedlung in den Osten. Sie haben nichts geahnt, oder?«

Wuttke schüttelte den Kopf. »Ich komme schon drüber weg. Hatte ohnehin keine Perspektive«, knurrte er.

»Und vielleicht ist es besser so, wenn wir den Kopf frei haben für unsere Arbeit«, erwiderte Stein, und Wuttke meinte, einen wehmütigen Unterton herauszuhören.

Doch er stellte keine neugierigen Fragen, denn im Grunde genommen sagte Stein die Wahrheit. Komplizierte Frauengeschichten konnten tatsächlich hin und wieder den klaren Ermittlerblick empfindlich trüben.

54

In ihrer alten Hütte am Rande des Klinikgeländes fühlte sich Marianne Keller halbwegs sicher. Selbst der Weg am Friedhof vorbei durch den dschungelartigen Park bei Dämmerung hatte ihr keine allzu große Angst bereitet. Nur als sie von ihrer Wohnung aus losgegangen war, hatte sie sich lieber einmal zu viel umgesehen. Wenn der Täter irgendwo lauerte, dann in der Nähe ihres Arbeitsplatzes, denn der war ihm ganz offensichtlich bekannt. Sonst hätte er den Jungen nicht zu ihrer Station schicken können.

In der Hütte roch es schrecklich muffig, weil sie so lange nicht mehr dort gewesen war. Seit über drei Jahren nicht. Nur noch ein einziges Mal seit damals. Um sauber zu machen und alle Spuren zu beseitigen, die darauf hätten hindeuten können, dass die Frauen hier gehaust hatten. Ein wenig kühl war es auch, aber Brennstoff für den Bollerofen hatte sie nicht. Dazu musste sie erst ein wenig Holz aus dem Park herschaffen. Das würde sie lieber bei Tageslicht erledigen. Alles in der Hütte war etwas klamm, besonders das Bettzeug in der Kammer. Hastig raffte sie die Decken zusammen, die sie damals alle in eine Ecke geworfen hatte. Nun entschied sie sich, sie nach draußen zu befördern. Sie wollte nicht erinnert werden an das, was hier einst geschehen war. Sie wuchtete die schweren Decken aus der Hütte und legte sie auf die kleine Holzveranda in eine Ecke.

Als sie ein Rascheln vernahm, das aus dem Teil des Parks kam, der über die Jahre regelrecht verwildert war, horchte sie auf. Bis zu diesem Flecken Erde war nicht einmal der Krieg gekommen. Bis zu jenem Tag, an den sie auf keinen Fall denken wollte. Sie lauschte aufmerksam, aber nun war alles still, bis auf den Wind, der durch die Baumkronen strich.

Marianne hatte zunächst zu verdrängen versucht, dass der mit Kopierstift verfasste Zettel ihr solche Angst einjagte, aber dann hatte sie zunehmend die Tragweite dieser Botschaft begriffen: Sie sollte die Nächste sein. Sie hatte sich seitdem das Hirn darüber zermartert, wer dieser Verrückte sein mochte, der einen nach dem anderen von ihnen tötete, aber sie hatte weiterhin nicht den geringsten Verdacht.

Sie stellte den Korb mit den wenigen Lebensmitteln in den Schrank über dem kleinen Herd und ließ ihre Gedanken schweifen. Schnell kamen ihr Bilder, wie sie zum ersten Mal mit Albrecht in der Laube gewesen war, kurz nachdem ihr ein Kollege die Hütte überlassen hatte. Sie war wohl früher einmal die Unterkunft des Totengräbers gewesen, der lange für die Anstalt gearbeitet hatte.

Mariannes Kollege hatte sie sich zu einer Freizeitlaube ausgebaut, die er immer dann besucht hatte, wenn er Zeit hatte, dem Irrenhaus von Dalldorf zu entkommen.

Sie war damals sehr glücklich über diese Hütte gewesen, weil sie Albrecht ungern mit auf ihr Zimmer genommen hätte, schließlich lagen auf dem Flur die Privaträume von Schwestern und Ärzten so dicht nebeneinander, dass es nicht wirklich eine Privatsphäre gegeben hatte. Sowohl Marianne als auch Albrecht waren nach Kräften bemüht gewesen, ihr Verhältnis vor den anderen zu verbergen. Denn sowohl Müller selbst als auch seine Frau, die ein großes Vermögen mit in die Ehe gebracht hatte, stammten aus den sogenannten besseren Kreisen. Scheidung war für ihren Geliebten nicht infrage gekommen. In der Hinsicht hatte er Marianne auch niemals falsche Hoffnungen gemacht.

Doch dann versuchte sie, die Bilder von Albrecht und ihr, wie sie sich in der Hütte hemmungslos vergnügt hatten, wieder abzuschütteln, denn eigentlich hatte sie damit gerechnet, dass das zerstörte Gesicht ihre Gedanken an den lebendigen Albrecht Müller endgültig vertreiben würde. Nach seinem gewaltsamen Tod, so hatte sie irrtümlich geglaubt, würden sich die Erinnerungen an ihn von allein verflüchtigen, aber das Gegenteil war der Fall. Sie klebten regelrecht an ihr, die Erinnerungen daran, wie sie sich manches Mal beide freigenommen und einen ganzen Tag in der Hütte geliebt hatten. Immer und immer wieder bis zur völligen Erschöpfung.

Sie zündete mehrere Kerzen an, weil es schon recht dunkel in der Hütte geworden war, um Licht zum Putzen zu haben, bevor sie einen Besen nahm und versuchte, die Staubschicht zu entfernen, die sich in den drei Jahren wie ein grauer Teppich über den Holzfußboden gelegt hatte. Als sie etwas Metallisches auf dem Boden liegen sah, bückte sie sich, hob es auf und erstarrte. Es war eine der Blechmarken, die sie vor drei Jahren übersehen haben musste. Ihr Herz raste, weil alles wieder präsent war, als wäre es gestern gewesen. An jenem Tag, an dem sie sich nur ein paar Stunden in der Hütte hatte ausruhen wollen, um dem Schrecken in der Klinik zu entgehen. Die vielen verhungerten Leiber, die Karren vor dem Haus, auf denen sie gestapelt wurden, die vielen Patienten mit den schrecklichen Kriegsverletzungen … der Krieg war zwar vorüber gewesen, nicht aber das Sterben. Nur ein paar Stunden hatte sie dem Elend entfliehen wollen und dann … Niemals würde sie die entsetzten Blicke aus den Augen der ausgemergelten Gestalten vergessen, aber eine von ihnen hatte ein Messer in der Hand gehabt, bereit, sie zu töten. Sie hatte ihnen geschworen, sie würde sie nicht verraten. Die Frauen hatten ihr nicht glauben wollen, dass der Krieg zu Ende war und sie nichts mehr zu befürchten hatten. Sie behaupteten, sie würden auf ein bestimmtes Zeichen warten, dass die Gefahr vorüber war, aber das sei noch nicht gekommen. Schließlich hatte Marianne sie überzeugen können, dass wirklich Frieden herrschte, Berlin aber einer Trümmerwüste glich, und sie aufgefordert, die Hütte sofort zu verlassen. Doch sie hatten ihr versichert, dass sie auf jemanden warteten, und sie angefleht, in der Hütte bleiben zu dürfen, bis man sie abholte. Marianne war das zwar merkwürdig vorgekommen, aber was war in diesen Tagen schon normal? Also hatte sie ihr Wort gegeben, dass sie bleiben durften, und sogar versprochen, dass sie ihnen frische Kleidung aus der Klinik bringen würde, weil die Sachen der Frauen vor Dreck starrten. Ihre Bitte nach etwas Essbarem konnte sie ihnen allerdings kaum erfüllen, denn das war auch in der Klinik rar. So rar, dass die geschwächten Patienten wie die Fliegen starben.

Das Wort hatte die große schlanke Blonde geführt, die auf Station als besonders gefährlich gegolten hatte, weil es hieß, sie habe einst einen Mann angegriffen und lebensgefährlich verletzt. Schizophrenie, lautete ihre Diagnose. Sie war es auch, die das Messer in der Hand hielt. Ihr Name war Marianne entfallen, aber sie konnte sich an ihr Gesicht erinnern. Und dass diese Frau besonders skeptisch gewesen war, ob Marianne wirklich die Wahrheit sagte und nicht doch noch die anderen holte. Schließlich war Marianne mit auf dem Lkw gewesen, der sie zum Bahnhof bringen sollte, aber sie waren nicht weit gekommen. Die Patientinnen hatten den Halt an einer Straßensperre genutzt, um zu fliehen. Die Soldaten hatten Braunke befohlen umzukehren, doch die Frauen waren danach wie vom Erdboden verschluckt gewesen.

Bis Marianne in der Hütte Wochen später auf sie getroffen war. Es hatte einige Überredungskunst gekostet, die Anführerin davon zu überzeugen, dass sie keinem verraten würde, wo sie sich versteckten, obwohl sie immer wieder versicherte, die Gefahr wäre vorüber, der Krieg vorbei. Sie hatte es einfach nicht glauben wollen. Marianne hatte bis zuletzt um ihr Leben gebangt und befürchtet, die Blonde würde doch noch zustechen. Schließlich hatten sie ihr vertraut und sie unversehrt gehen lassen, und Marianne war daraufhin zur Klinik zurückgeeilt. Wenn sie geahnt hätte, dass ihr jemand gefolgt war und alles durch ein kleines Fensterchen von außen beobachtet hatte, sie hätte den Frauen geraten, um ihr Leben zu laufen, weil dieser Jemand viel zu verlieren gehabt hätte, wenn die Torturen bekannt geworden wären, die sie über sich hatten ergehen lassen müssen. Allein, mit welcher Begeisterung Weber seiner Arbeit nachgekommen war, damit das Ganze auch bürokratisch seine Richtigkeit hatte … Und die Frauen hatten bestimmt geahnt, was sie erwartete. Schließlich war vor ihnen noch niemand von der Verlegung in eine andere Klinik je zurückgekehrt.

Marianne wurde so übel, dass sie es gerade noch vor die Tür schaffte. Als sie sich schließlich mit einem Taschentuch den Mund abwischte, hörte sie wieder dieses Rascheln. Mittlerweile war es dunkel geworden, aber der Mond leuchtete fahl über dem Wald.

Angespannt starrte sie zu den Bäumen hinüber, aber es bewegte sich nichts.

Es konnte ihr doch nichts geschehen, redete sie sich selbst gut zu, denn eigentlich müsste Stein jeden Augenblick kommen.

Kaum war sie zurück in der Hütte und hatte die Tür hinter sich abgeschlossen, schweiften ihre Gedanken wieder zu jenem Tag, an dem sie von der Hütte in die Klinik zurückgekehrt war. Es war ein Sonntagmorgen gewesen. Merkwürdig, dass sie sich daran noch so genau erinnerte, aber von irgendwoher war das Läuten von Kirchenglocken gekommen. Sie wusste es deshalb so genau, weil ihr dieses Geräusch die Tränen in die Augen getrieben hatte, denn sie hatte das Gefühl gehabt, wenigstens eine winzig kleine Wiedergutmachung geleistet zu haben, indem sie diesen Frauen ermöglichte, ein neues Leben anzufangen, soweit das auf den Trümmern von Berlin überhaupt möglich sein würde. Es war ein kurzer Augenblick des inneren Friedens gewesen, den sie an jenem Tag hatte erleben dürfen, denn wenig später war Albrecht wie ein Wahnsinniger in ihr Zimmer gestürmt und hatte sich vor ihr aufgebaut. »Wo bist du heute Morgen gewesen?«, hatte er in einem Ton gefragt, der sie hatte erzittern lassen.

»Spazieren.«

»Und hast du etwas gesehen auf deinem Spaziergang?«

»Ein paar Kaninchen«, hatte sie entgegnet, doch sie hatte es noch gar nicht ganz ausgesprochen, als sie den heftigen Schmerz an ihrer Wange fühlte. Er hatte ihr mit voller Wucht ins Gesicht geschlagen.

»Willst du mich vernichten? Warum? Was habe ich dir getan? War ich nicht immer gut zu dir?«

Er hatte die Hand unter ihr Kinn gelegt und sie aus hasserfüllten Augen angefunkelt. »Ich höre nichts!«

»Du warst immer gut zu mir.«

»Und deshalb wirst du mir jetzt sagen, was du heute Morgen gesehen hast! Ich will es aus deinem Mund hören!«

»Ich habe nichts gesehen«, hatte sie erwidert, fest entschlossen, ihm ihr Geheimnis selbst auf die Gefahr hin, dass er sie umbringen wollte, nicht zu verraten. Er hatte die Hand erhoben, aber sie, statt sie erneut zu schlagen, in eine Ecke gestoßen.

»Miststück! Verräterin! Aber du wirst mir meine Zukunft nicht zerstören. Ich werde dafür sorgen, dass die Sache aus der Welt geschafft wird!«

Sie hatte fieberhaft überlegt, ob er bluffte oder wirklich etwas wusste, doch dann hatte sie die Gewissheit, als er aus dem Fenster sah und eiskalt sagte: »Da sind sie ja schon.« Am ganzen Körper bebend, hatte Marianne einen Blick riskiert und Braunke und Weber aus einem Lkw springen sehen.

»Pfeif deine Kettenhunde zurück«, hatte sie ihn angefleht, aber er hatte nur gelacht.

Sie hatte in ihrer Verzweiflung, ohne nachzudenken, blitzschnell die Pistole aus der Schublade gegriffen und auf ihn gezielt, doch er hatte immer noch gelacht. Da hatte sie die Waffe mit den Worten: »Bitte, tu ihnen nichts!«, fallen gelassen, aber er war grußlos aus dem Zimmer geeilt. Oben vom Fenster aus hatte sie dann beobachten können, wie die drei Männer wild gestikulierend miteinander sprachen.

Marianne hatte nur noch einen Ausweg gesehen und sich mit der Waffe aufs Bett gesetzt, doch gerade als sie sich die Pistole in den Mund hatte stecken wollen, war Albrecht zurückgekehrt, hatte ihr die Waffe aus der Hand geschlagen und sie wüst beschimpft.

Marianne war wie versteinert, während sie an das alles dachte und auch daran, wie Albrecht ein paar Tage später noch einmal bei ihr vorbeigekommen war, als wäre nichts geschehen. Sie hatte sich gewehrt, und das hatte ihn nur noch mehr erregt. Und dieses alles wollte sie nun Stein erzählen, um endlich ihr eigenes Gewissen zu erleichtern. Und noch viel mehr. Ja, sie war fest entschlossen, ihm alles zu sagen.

Ein Klopfen an der Tür riss sie aus ihren Gedanken. Sie war beinahe erleichtert, dass es nun ein Ende haben würde, selbst auf die Gefahr hin, dass sie dann ihre Arbeit verlor oder vor ein Gericht gestellt wurde. Alles war besser, als weiter mit dieser Last zu leben, die sie schier erdrücken wollte.

Dann bin ich endlich frei, dachte Marianne, als sie die Tür aufschloss, doch kaum hatte sie den Schlüssel im Schloss umgedreht, kamen ihr Bedenken.

»Stein? Sind Sie das?«, rief sie laut, doch sie bekam keine Antwort. Ohne auch nur eine Sekunde zu überlegen, wandte sie sich um und rannte zum Schlafraum. Sie schaffte es gerade noch, den Riegel dieser Tür vorzuschieben, als sie im Wohnraum Schritte vernahm.

»Stein?«, rief sie noch einmal mit bebender Stimme, doch seine ersehnte Antwort blieb aus.

55

Die Befragung von Martha Müller zog sich schier endlos in die Länge. Die Witwe war nämlich überaus höflich ihnen gegenüber und bot Stein und Wuttke sogar einen Weinbrand an, den die Kommissare jedoch freundlich ablehnten. Stein meinte zu durchschauen, dass das alles nur dazu diente, ihnen keine unangenehmen Fragen zu beantworten. Und er war sicher, dass Krüger von dieser Vernehmung umgehend aus ihrem Mund erfahren würde.

Stein war allerdings ein wenig überrascht, dass die betrogene Ehefrau von Albrecht Müller eine äußerst aparte Erscheinung war. Er hatte sich eine steife Dame der Gesellschaft vorgestellt, die sie arrogant abblitzen ließ mit Hinweis auf ihre verwandtschaftlichen Beziehungen zum Kriminalrat. Aber nichts dergleichen brachte die schlanke dunkelhaarige Dame vor, sondern nötigte ihnen schließlich einen Kaffee und Schokolade auf. Diesen seltenen Luxus konnten die beiden Kommissare beim besten Willen nicht ablehnen. Das ganze Drumherum kostete sie allerdings viel Zeit. Und auch als sie endlich vor ihrer Tasse echten Bohnenkaffees saßen, klärte die Hausherrin die beiden erst einmal stolz darüber auf, warum sie solche Schätze servieren konnte. Im Gegensatz zu den Nachbarn hatten sie nicht nur Schmuck und Weinvorräte im Garten vergraben, um sie vor den Russen zu verstecken, sondern auch eine Kiste mit Kaffee und lange haltbarer Schokolade.

Stein und Wuttke ließen diese Konversation freundlich über sich ergehen, weil sie sich erhofften, dass die Witwe auch so offen plaudern würde, wenn es um ihren Mann ging, aber es war gar nicht einfach, die entscheidenden Fragen zu platzieren, ohne den netten Kaffeeplausch abrupt zu beenden.

Als dann der Zeitpunkt gekommen war, an dem Stein sich in Hinblick auf seine Verabredung mit der Keller entschloss, die erste Frage zu stellen, kippte die Stimmung. Die höfliche und zugewandte Dame kniff die Augen gefährlich zusammen, als er sie fragte, ob sie etwas von einem Drohbrief wisse, den ihr Mann kurz vor seinem Tod erhalten hatte.

»Wer hat Ihnen davon erzählt?«, zischte sie.

»Das tut uns leid, aber wir geben keine Informanten preis. Wir wissen eben von diesem Brief.«

»Hat Ihnen das eine seiner Huren erzählt?«

Stein wand sich. »Frau Müller, bitte, ich stelle die Fragen, und sagen Sie mir nun, ob Sie von dem Drohbrief wussten?«

»Nein, keine Ahnung, obwohl mich das nicht wundert!«

»Was wundert Sie nicht?«

»Dass Albrecht Drohungen erhalten hat!«

»Hatte er denn Feinde?«

Martha Müller verzog das Gesicht zu einem verächtlichen Grinsen. »Ich würde die Frage anders stellen. Hatte mein Mann überhaupt Freunde?«

»Und könnten Sie uns eventuell Namen nennen von Menschen, die ihn so hassen könnten, dass sie ihm den Tod wünschten?«

Die Witwe zuckte mit den Schultern. »Nein, ich kenne die Menschen, mit denen er beruflich zu tun hatte, kaum.«

»Sie meinen also, diese Botschaft käme aus seinem beruflichen Umfeld?«, mischte sich Wuttke ein.

»Das liegt nahe. Albrecht hat für seine Karriere stets alles getan. Und sicher auch Dinge, die seiner Treue dem Führer gegenüber geschuldet waren!« Das klang spöttisch.

»Und Sie wissen nichts Näheres?«

»Sagen wir mal so. Ich wollte nichts wissen! In Albrechts Familie waren sie alle Hundertprozentige. Seine Schwester und auch sein Schwager, dieser Emporkömmling. Hat er sie geschickt? Dann können Sie ihm gern weitergeben, was ich da eben von mir gegeben habe. Er weiß, was ich von ihm halte. Ich komme aus einem musischen, feingeistigen Haus. Wir hätten uns den Kaiser zurückgewünscht statt dieser ungebildeten Braunhemden.«

»Nein, Kriminalrat Krüger weiß nichts davon, dass wir Sie vernehmen«, entgegnete Stein wahrheitsgemäß.

»Und er hat es auch nicht so gern, wenn wir seine Familie belästigen«, fügte Wuttke eifrig hinzu.

»Von mir erfährt er es nicht, denn wir sprechen schon seit Jahren nicht mehr miteinander. Er ist ein Speichellecker und hat Albrecht stets glühend bewundert. Der kam für ihn gleich nach dem Führer …« Sie lachte. »Wahrscheinlich war sein Schwager eine weitere Trophäe auf seinem gesellschaftlichen Aufstieg«, fuhr sie fort.

»Das ist allein Ihre Entscheidung, ob Sie dem Kriminalrat von unserem Besuch berichten oder nicht. Wir sind allein unseren Ermittlungen verpflichtet und nicht dem Kriminalrat«, entgegnete Stein kühl. Er konnte den Kerl wirklich nicht leiden, aber er hatte auch kein Vergnügen daran, mit dessen angeheirateter Schwägerin über ihn zu lästern. Auch wenn das, was sie sagte, sein Bild von dem Mann nur bestätigte. Nach oben buckeln und nach unten treten!

»Aber gibt es wirklich niemanden, der mit Ihrem Mann einen schlimmen Streit hatte?«

Martha Müller überlegte. »Doch, da fällt mir einer ein. Warten Sie, ich hole den Brief, den er meinem Mann geschrieben hat.«

Und schon war die Dame des Hauses aus dem Zimmer geschwebt.

»Das ist ja starker Tobak«, stöhnte Wuttke. »Ob sie wirklich nichts von der Arbeit ihres Mannes gewusst hat?«

»Gewusst nicht, aber etwas geahnt, genauso wie von den Frauen, mit denen er sie betrogen hat. Ich glaube nicht, dass sie etwas von Lena oder seinem Verhältnis zur Keller gewusst hat. Nur geahnt hat sie es!«, murmelte Stein und wollte Wuttke gerade erklären, dass sich auch solche Menschen schuldig gemacht hatten, die ihre Ahnung vom Grauen verdrängten, als Martha Müller mit einem Brief in der Hand zurückkam, den sie Stein wortlos reichte.

»Ich lese mal laut vor, Wuttke«, murmelte Stein und vertiefte sich in den Text:

Sehr geehrter Herr Kollege Müller, Ihr Anliegen, dass ich vor einem Ausschuss aussagen möge, Sie hätten mit den Verlegungen der Patienten von Neuruppin nach Brandenburg und später Bernburg nichts zu tun gehabt, lehne ich entschieden ab. Das habe ich Ihnen bereits bei unserem Treffen in dem Café deutlich gemacht, und ich wiederhole es hiermit. Ich werde, sollte ich als Zeuge vor einen Ausschuss geladen werden, der über Ihre Entnazifizierung entscheidet, die ganze Wahrheit sagen, werter Kollege. Sie sind einer von denen, denen es stets an ernsthafter Überzeugung gefehlt hat. Ihnen ging es bei allem ganz allein um Ihre Karriere. Keinen einzigen Gedanken haben Sie je daran verschwendet, dass wir einen schweren Dienst für das Vaterland geleistet haben, indem wir uns des Problems der Ballastexistenzen angenommen hatten. Und ich würde, wenn ich dazu gezwungen würde, auch aussagen, dass Sie dem damaligen Landesinspektor Beifall gespendet haben, als er mit seinen Neuerungen in dem Prozess vorstellig wurde. Sie waren der Einzige von uns Kollegen, der den Vorschlag von Qu., den Patienten in Zukunft ihre Namen mit rotem Stift zwischen die Schulterblätter zu schreiben, gutgeheißen hat, was Ihnen sofort ein großes Lob von höchster Stelle eingebracht hat. Das aber diente nicht dem Ziel, das Problem zu lösen, sondern hat diese Kreaturen nur unnötig verängstigt und ihnen, obwohl sie ihres Verstandes nicht mächtig waren, womöglich auf der Basis eines tierischen Instinkts vor Augen geführt, was sie erwartet. Zudem hat das dem Personal vor Ort nur unnötige Arbeit bereitet. Und sollten Sie es noch einmal wagen, mich zu erpressen oder dies zu versuchen, werden Sie mich kennenlernen! Bader

»Und Sie wollen nicht gewusst haben, was Ihr Mann dort getrieben hat?«, fragte Stein die Witwe, nachdem er den Brief zu Ende vorgelesen hatte.

»Wenn ich Ihnen das doch sage! Wollen Sie es schriftlich?«, entgegnete sie schnippisch.

»Und der Begriff ›Ballastexistenzen‹, was sagt der Ihnen?«, hakte Stein nach.

»Noch nie gehört!«

»Dann werde ich Ihnen auf die Sprünge helfen! Das sind Patienten der Klinik Neuruppin, in der Ihr Mann tätig war, die man loswerden wollte, und zwar für immer!«, herrschte Stein sie an.

Martha Müller zog nur verächtlich die Augenbraue hoch. »Mehr kann ich Ihnen nicht sagen, meine Herren. Ich würde Sie jetzt bitten, mein Haus zu verlassen!«

Stein sah ein, dass bei dieser Person nichts mehr zu holen war. Und dass sie sich den Besuch bei der Witwe auch hätten sparen können, denn sie waren nicht schlauer als vorher. Gut, nun wussten sie, dass Bader Müller gedroht hatte. Aber die Wahrscheinlichkeit, dass die Drohung: *»Sie werden mich kennenlernen!«*, gleichbedeutend mit einer Morddrohung war, hielt er für gering. Und vor allem, was hatte Bader mit den anderen beiden Toten zu tun? In den Wittenauer Heilstätten war er jedenfalls nicht tätig gewesen; das hatten die Ermittlungen bislang ergeben. Natürlich würden sie ihn dazu noch einmal befragen müssen.

»Ich nehme diesen Brief mit«, kündigte Stein an. Er war sehr gespannt, was Bader sagen würde, wenn er ihm dieses Schriftstück präsentierte. Das kleine *r* bestätigte, was er ohnehin schon vermutet hatte. Bader war offenbar nicht der Verfasser der Mordankündigungen!

Mit einem Blick auf seine Sturmanskie mahnte er Wuttke, der wie angewurzelt dastand und den Eindruck machte, als wolle er sich dem Rausschmiss der Witwe widersetzen, zur Eile.

»Wir müssen schnell weiter«, erklärte er mit Nachdruck.

Wuttke folgte ihm zögernd. Stein spürte regelrecht, dass der Kollege unter großer Anspannung stand.

Kaum saßen sie im Wagen, platzte Wuttke der Kragen. »Die feingeistige Dame macht sich das aber verdammt einfach. Nur weil sie die Augen verschließt, ist sie nicht besser als wir, die wir im Krieg zu Dingen gezwungen waren, mit denen unser Gewissen ein Leben lang belastet ist …« Er unterbrach sich hastig.

»Wollen Sie reden, Wuttke?«, fragte Stein.

»Nicht mit Ihnen! Sie sind ja ein Guter! Nur weil Ihr Vater aus

Deutschland abgehauen ist, mussten Sie nicht durch die Hölle gehen so wie all die anderen, die für das Land in den Krieg geschickt wurden!«, stieß er zornig hervor.

»Sie zerfließen ja vor Selbstmitleid, Mann! Aber ich gebe Ihnen völlig recht. Diese Frau hat davon profitiert, dass ihr Mann höchstwahrscheinlich ein Schwein gewesen ist, aber ein hoch dotiertes Schwein! Nur weil sie auf dem Klavier die Götterdämmerung gespielt hat, während ihr Gatte Kranke für den Gnadentod aussortiert hat, glaubt sie, sich aus der Verantwortung stehlen zu können«, erklärte Stein mit Nachdruck, während er in Gedanken bereits ganz woanders war. Sie hatten mittlerweile fast eine Dreiviertelstunde Verspätung, und draußen war die finstere Nacht hereingebrochen. Je weiter sie sich dem Gelände der Wittenauer Heilstätten – dieses Mal von einer anderen Seite – näherten, desto größer wurden seine Bedenken, ob es richtig gewesen war, die Keller mutterseelenallein an diesen gottverlassenen Ort gehen zu lassen.

Nachdem er den Wagen geparkt hatte, warf er noch einen Blick auf die Zeichnung. Danach befand sich der Treffpunkt nur wenige Schritte von der Straße entfernt. Allerdings ging es sofort in einen verwilderten dunklen Park. Immerhin erhellte der volle Mond ihnen den Trampelpfad durch das dichte Gebüsch.

Trotzdem war Stein froh, als er die Holzhütte vor ihnen auftauchen sah. Sie wirkte anheimelnd durch den Schein der Kerzen, die im Inneren flackerten.

Dieser Anblick entspannte Stein etwas.

»Sie warten hier!«, wies er Wuttke an, bevor er gegen die marode Eingangstür pochte. »Und wenn ich Sie rufe, kommen Sie sofort!«

Wuttke nickte müde.

Als auf sein wiederholtes Klopfen niemand öffnete, drückte Stein die Klinke herunter, stieß die Tür auf und betrat vorsichtig das Innere der Hütte. Er schreckte zusammen, als die Tür hinter ihm von allein ins Schloss fiel. Mit einem Mal spürte er eine drohende Gefahr. Er rief nach Wuttke und griff nach seiner Waffe, aber in dem von den Kerzen hell erleuchteten Raum war niemand außer ihm und dem herbeigeeilten Wuttke.

»Hoffentlich ist das keine Falle«, murmelte Stein und sah sich noch einmal prüfend in dem Raum um. Plötzlich fiel sein Blick auf eine Tür, die von Löchern übersät war. Das war jedenfalls sein erster Gedanke, bis er begriff, dass es sich um Einschusslöcher handelte und jemand diese Tür brutal durchsiebt hatte. Mit einem Satz war er bei der Tür, doch sie war verschlossen. Bei näherem Hingucken war es eher eine rohe Brettertür, wie man sie in einem Stall benutzte, um einen Verschlag abzutrennen, doch einmal abgesehen davon, dass der Abstand der Bretter zu gering war, um in den anderen Raum zu linsen, war es stockduster hinter der Tür.

Wuttke war schwer atmend neben ihn getreten und bückte sich.

»Neun Millimeter«, stöhnte er, als er das Projektil in seiner Hand betrachtete.

»Frau Dr. Keller?«, rief Stein, doch alles blieb still.

Dann meinte er, ein leises Stöhnen zu hören.

»Wuttke, hören Sie das auch? Sie lebt.« Und schon hatte er sich vor der Tür aufgebaut und sich mit voller Wucht dagegengestemmt, doch er schaffte es nicht, sie auf diese Weise aufzubrechen.

»Lassen Sie mich mal versuchen«, bat Wuttke.

Stein ließ ihm den Vortritt und sah dabei zu, wie der kräftige Kollege Schwung nahm und die Bretter beim ersten Anlauf zum Bersten brachte.

Nun war es ein Leichtes, den Riegel von innen aufzuschieben. Stein hatte eine Kerze geholt, um ins Innere zu leuchten, doch was er da im flackernden Kerzenlicht erblickte, ließ selbst den hartgesottenen Kommissar erschaudern. Auf dem Bett lag die blutüberströmte Ärztin, von Kugeln regelrecht durchsiebt. Das Gesicht war das Einzige, das völlig unversehrt geblieben war. Die Augen waren geschlossen. Stein hielt sie für tot, doch dann öffnete sie plötzlich die Augen und stöhnte laut auf. Sie schien ihn zu erkennen, denn ihre Lippen formten lautlos seinen Namen, während sie versuchte, ihren Arm zu heben. Doch bevor Stein ihre Hand nehmen konnte, erschlaffte ihr Arm, und ihr Kopf sackte leblos zur Seite.

Stein war zu spät gekommen, um sein Versprechen einzulösen, Marianne Keller vor dem Mörder zu beschützen.

3. TEIL

56

Die Bierstube *Alt Berlin* an der Münzstraße hatte den Krieg überlebt. Trotz eines Bombenschadens war die Kneipe schon 1945, wenn auch etwas verkleinert, wiedereröffnet worden. Hans-Joachim Stein hatte sich dort in seiner Zeit bei der Markgraf-Polizei hin und wieder mit seinem Vater getroffen. Meist endeten solche Abende damit, dass entweder Vater oder Sohn das Lokal vorzeitig und verärgert verließ.

Das war allerdings nicht der Hauptgrund, warum er den von seinem Vater vorgeschlagenen Treffpunkt nicht guthieß. Ihm war grundsätzlich nicht wohl dabei, sich im Sowjetsektor aufzuhalten. Es hatte in letzter Zeit immer wieder Fälle gegeben, in denen Stummpolizisten bei ihren Aufenthalten im Osten verhaftet und verhört worden waren.

Das bezeichnete sein Vater allerdings als Propaganda, und er konnte seinem Sohn gleich mehrere Beispiele nennen von Übergriffen auf Vopos und auf Kommunisten im Westen.

Schließlich hatte Hans-Joachim nachgegeben und die S-Bahn bis zum Alexanderplatz genommen. Von dort war er zu Fuß gegangen.

Schon als er die Kneipentür öffnete, sah er das breite Kreuz seines Vaters, der im Schankraum an der Theke vor seinem Bier saß. Zögernd näherte er sich. Er war immer noch nicht gänzlich davon überzeugt, dass dieses Treffen eine gute Idee war. Doch es schien ihm das kleinere Übel im Vergleich dazu, weiter im Dunkeln zu stochern, was die Vorgänge an den Wittenauer Heilstätten betrafen. Jetzt, nachdem Marianne von ihrem Mörder zum Schweigen gebracht worden war, musste er sich seine Informationen auf anderem Wege besorgen. Er hatte seinem Vater am Telefon nicht gesagt, was er von ihm wollte, nur, dass er dringend mit ihm sprechen musste.

Bei dem Gedanken an Marianne wurde ihm unwohl zumute.

Obwohl Wuttke ihm gebetsmühlenartig versicherte, dass er sich nichts hatte zuschulden kommen lassen, fühlte Stein sich mitverantwortlich für ihren Tod. Er hätte sie einfach nicht allein in die Hütte gehen lassen dürfen. Wahrscheinlich wäre es wesentlich vernünftiger gewesen, sie zur Vernehmung mit in die Friesenstraße zu nehmen, so, wie Wuttke es an jenem Tag vorgeschlagen hatte. Doch Wuttke war der Meinung, dann hätte es die Keller eben zu einem späteren Zeitpunkt erwischt.

Trotzdem war Stein unzufrieden mit sich und dem Stand der Ermittlungen. Zu seiner eigenen Verdrossenheit kam noch der tägliche Druck hinzu, den Krüger auf sie ausübte. Der Kriminalrat hatte inzwischen erfahren, dass sie die Witwe seines Schwagers vernommen hatten, und daraufhin einen seiner legendären Wutausbrüche bekommen, in dessen Verlauf er Wuttke und Stein als »unfähige Idioten« bezeichnet hatte.

Daran dachte Hans-Joachim, als er seinen Vater begrüßte und sich auf den Barhocker neben ihn setzte. Ihm fiel sofort auf, dass das Gesicht seines Vaters ungesund rot und aufgedunsen war. Entweder litt er unter zu hohem Blutdruck oder er trank zu viel, mutmaßte er.

»Da bist du ja endlich«, fuhr Hermann Stein seinen Sohn zur Begrüßung an.

»Tut mir leid, aber die Bahn hatte Verspätung, und ich dachte, ich wäre schneller zu Fuß vom Alexanderplatz hier«, erklärte Hans-Joachim entschuldigend.

»Willi, mach mal noch zwei Mollen«, rief sein Vater dem Wirt zu, von dem man schon damals gemunkelt hatte, dass er zur Berliner Unterwelt gehörte, der aber immer noch in Freiheit war.

»Klar, Herr Kommissar«, sagte Willi und stellte ihnen zwei frisch gezapfte Bier hin.

Hermann Stein musterte seinen Sohn prüfend.

»Du bist blass um die Nase, Junge! Gefällt es dir nicht mehr bei Stumm? Musste nur einen Ton sagen. Ich bringe dich sofort in meiner Abteilung unter!«

Für diesen Vorschlag hatte Stein nur ein müdes Lächeln übrig, und er bereute es bereits ein wenig, seinen Vater angerufen zu haben. Der würde ihm wahrscheinlich nicht helfen wollen, sondern die Gelegenheit nutzen, auf der Westpolizei herumzuhacken.

»Was könntest du für die Sache des Sozialismus alles bewegen! Und im Herzen bist du doch ein Guter. Wer so für seine Truppe einsteht wie du im Stadthaus!«

»Danke, Vater, aber ich denke, jetzt hast du mich genug gelobt. Und nein, ich spiele nicht einmal annähernd mit dem Gedanken, zu Markgrafs Polizei zurückzukehren. Wie ich hörte, habt ihr bei uns neulich wieder einen Mann auf offener Straße entführt und nach Sachsenhausen gebracht!«

Hermann Stein verdrehte die Augen. »Du glaubst wohl alles, was der Tagesspiegel verbreitet, oder?«

»Und deine Bibel ist das *Neue Deutschland*. Ich weiß. Aber selbst du als Genosse kannst doch nicht ernsthaft glauben, was der heutige Aufmacher eurer Parteizeitung behauptet: dass in den Westsektoren der Hitlerkrieg gegen die Sowjetunion fortgesetzt wird, oder?«, erwiderte Hans-Joachim spöttisch.

»Wie soll man die Spaltungsbestrebungen und die Aggression der Westmächte denn sonst nennen? Und was heute noch zu lesen war, dass der Stumm eine politische Abteilung aufbaut, was er vehement bestreitet. Bist du schon für einen Posten in dieser neuen Gestapo vorgesehen?«, gab der alte Stein bissig zurück.

»Ich weiß nichts von einer neuen Abteilung. Ich bin voll und ganz damit beschäftigt, einen Mehrfachmörder zu finden. Und ich würde es begrüßen, wenn wir unsere politischen Differenzen für einen Augenblick vergessen könnten.«

»In Ordnung, mein Junge, aber an den Tatsachen kommst du nicht vorbei. Euer guter Friedensburg hat versucht, aus dem Stadthaus eine Schreibmaschine stehlen zu lassen!«

»Vater! Das war sein Büro, aus dem ihr ihn gewaltsam vertrieben habt. Die gehörte ihm …«

»Sie gehört unserem Volk!«

»Wie kann man nur so verblendet sein!«

»Das frage ich mich auch! Du glaubst wohl immer noch, die

Westmächte wollen das Beste für Berlin, oder? Und was sagst du dazu, dass die feine SPD in Spandau alle Kommunisten entlässt? Was sind das für Methoden? Haben wir doch gerade alles erlebt!«

»Haben wir beide zum Glück nicht. Du bist in der Weltgeschichte herumgefahren und hast mich bei Tante Claire und Onkel John gelassen, weil ich dich bei deinen wichtigen Aufgaben gestört habe.«

Hermann Stein funkelte seinen Sohn wütend an. »Ich habe dich in Sicherheit gebracht. Schon vergessen?«

»Nein, Vater, das werde ich dir immer zugutehalten, dass du mich nicht in Hitlerdeutschland zurückgelassen hast!«

»Was willst du denn nun eigentlich von deinem Rabenvater?« Das klang zutiefst gekränkt.

Hans-Joachim ärgerte sich, dass er seinen Mund nicht halten oder sich zumindest nicht etwas taktischer verhalten konnte. Ein gegen ihn aufgebrachter Informant war das Letzte, was er gebrauchen konnte.

»Auf keinen Fall streiten!« Während Stein das sagte, blieb sein Blick an der Oberlippe seines Vaters hängen. Die Narbe! Ein erkennbares Fanal, dass es so weit nie mehr kommen durfte.

»Dann erst mal Prost!«

»Zum Wohl!«

Hans-Joachim registrierte, dass sein Vater das Bier in einem Zug hinunterstürzte. Als Trinker hatte er ihn bislang nicht wahrgenommen, aber was wusste er schon über diesen Mann. Privates hatten sie selbst in den Monaten nicht geteilt, in denen sie zusammengearbeitet hatten. Im Grunde ist dieser Mann ein Fremder für mich, stellte Hans-Joachim emotionslos fest.

»Was weißt du über Verbrechen von Medizinern, besonders von Psychiatern, in der Nazizeit?«, fragte er nun ganz direkt.

Hermann Stein dachte nach. »Wenig, um ehrlich zu sein. Ich denke, der Nürnberger Ärzteprozess war ein dürftiges Tribunal. Zwanzig Angeklagte, wovon nur sieben zum Tode verurteilt worden sind, das ist typisch für die amerikanischen …«

»Vater! Jetzt hör schon auf mit deiner Propaganda! Der Sachsenhausen-Prozess unter sowjetischer Leitung war auch kein Ruhmesblatt. Die Angeklagten haben gestanden und ihr Sprüchlein vom todbringenden Kapitalismus abgespult. Mich interessiert, was wirklich in den Heilanstalten geschehen ist.«

»Ich habe das Filmmaterial gesehen, das die Sowjets im Februar 45 in der Zelle einer Pflegerin aus Obrawalde gemacht haben. Sie hat vorgeführt, wie sie Patienten eigenhändig umgebracht hat. Eine Spritze in den Oberschenkel mit Scopolamin, und fertig waren sie damit. Die kranken Menschen sind in diese Anstalt nur zum Töten gebracht worden! Am Anfang wurden sie noch in extra dafür gebauten Wagen vergast.«

Hans-Joachim sah seinen Vater erschrocken an. »Das mit dem Wagen ist mir nicht bekannt, aber dass diese Kranken getötet worden sind, das habe ich im Rahmen meiner Ermittlungen erfahren müssen. Jedenfalls, was die Landesanstalt Neuruppin betrifft.«

»Das mit den grauen Bussen, das haben sie wohl nur kurze Zeit praktiziert, weiß ich aus einem der Vernehmungsprotokolle der Pfleger aus Obrawalde.«

»Aber zu den Wittenauer Heilstätten hast du keine Informationen?«

»Leider nein, aber ich denke mal, jede Irrenanstalt hat sich ihrer Kranken irgendwie entledigt …«

»Aber wie? Haben sie dort selbst gemordet?«

Der alte Stein zuckte die Schultern. »Ich denke, das hat es auch gegeben. Aber aus den Protokollen konnten wir schließen, dass es jede Menge Transporte gegeben hat. Von einer Anstalt in die andere. Die Patienten wurden ständig verlegt, um Spuren zu verwischen. Denn eines ist sicher: Überlebt hat das keiner von ihnen!«

Hans-Joachim horchte auf. Hatte Marianne nicht mehrfach die Verlegung der Patientinnen in andere Häuser erwähnt? Ihn grauste vor der Vorstellung, dass sie davon gewusst hatte, was die Frauen erwartete. Doch das waren bislang alles nur Mutmaßungen seines Vaters. Hans-Joachim benötigte handfeste Beweise, dass Braunke, Weber, Müller und die Keller gemeinsam an derartigen Verbrechen beteiligt gewesen waren. Wenn er diesen Zusammenhang herstellen konnte, dann, so glaubte er, war auch das Motiv des Täters darin zu finden.

»Das ist alles unvorstellbar«, murmelte er.

»Und das wird nun systematisch im Westen verharmlost«, knurrte sein Vater.

Hans-Joachim schluckte die Erwiderung, die ihm auf der Zunge lag, dass auch im *Neuen Deutschland* nur spärlich über die Ärzteprozesse berichtet worden war, lieber herunter, denn mit einem Satz wären sie wieder inmitten ihres ganz persönlichen Ost-West-Konflikts angelangt.

»Warte mal! Da fällt mir was ein«, bemerkte sein Vater aufgeregt. »Wir haben vor ein paar Wochen einen Anruf aus dem Westen bekommen. Da wollte uns jemand für viel Geld Informationen verkaufen über die Wittenauer Heilstätten …«

»Wer war das, Vater? Erinnerst du dich an einen Namen?«

»Nein, leider nicht. Er hat uns den am Telefon nicht genannt. Das wollte er bei einem persönlichen Treffen nachholen. Wir sind auf die unverschämte Forderung des Kerls nicht eingegangen …«

»Fällt dir noch irgendetwas zu dem Mann ein? Überlege noch einmal ganz in Ruhe!«

»Ich habe nicht persönlich mit ihm telefoniert. Das war Abel …«

»Den kann ich wohl kaum fragen!«, murmelte Hans-Joachim mehr zu sich selbst.

»Ich meine, der Informant hat angegeben, dass er Transportunternehmer war und gar nicht wusste, zu welchem Zweck er die Patienten mit der Ärztin und dem Pfleger zum Bahnhof Grunewald gefahren hat, aber dass er uns die Namen der Verbrecher nennen könnte …«

Mit der Ärztin? Mit Marianne? Hatte sie die Todgeweihten in die Tötungsanstalten begleitet? Stein verspürte eine leichte Übelkeit in sich aufsteigen.

»Transportunternehmer? Das war mit Sicherheit Braunke, der auch noch daraus Geld schinden wollte!«, stieß er hervor.

»Und wer ist das?«, hakte sein Vater nach.

»Das erste Mordopfer von vier Toten, die alle erschossen worden sind, nachdem ...« Stein stockte. Er wollte seinen Vater ungern in die konkreten Ermittlungen einweihen.

»Junge, vertraust du mir wirklich so wenig? Dieses Gespräch bleibt unter uns! Verstanden?«

Hans-Joachim wollte ihm ja glauben. Sein Vater war zwar ein ideologisch verbohrter Kommunist, aber dass er doch so etwas wie Vatergefühle besaß, hatte er ihm neulich im neuen Stadthaus zur Genüge bewiesen.

»Danke übrigens, Vater, dass du mir neulich geholfen hast!«

Der alte Stein musterte seinen Sohn durchdringend. »Ist mir nicht leichtgefallen, nachdem ihr euch so zum Narren gemacht habt mit eurer sogenannten Schutztruppe, die bis an die Zähne bewaffnet war. Mehrere meiner Kollegen sind durch Schlagringe verletzt worden. War gar nicht einfach, Abels Denunziation bei Markgraf aus der Welt zu schaffen. Aber ich habe einfach den besseren Stand beim Chef als der Genosse Abel.«

»Also, wenn du es für dich behältst. Die Opfer wurden bis auf eine Ausnahme mit rotem Kopierstift auf dem oberen Rücken beschriftet.«

»Was heißt das?«

»Auch den abtransportierten Patienten dieser Anstalten wurden wohl ihr Name und ihr Geburtsdatum zwischen die Schulterblätter geschrieben. Und so einen Stift sahen wir auch in der Hand eines mittlerweile Ermordeten auf einem Foto.«

»Womöglich hat einer der Patienten diese Tortur überlebt und rächt sich nun an den Peinigern«, bemerkte der alte Stein nachdenklich.

»Konnte man das wirklich überleben?«

»Sicherlich, es hat immer und überall im Krieg Menschen gegeben, die sich durch Flucht ihrem drohenden Schicksal entzogen haben. Wir haben da einen neuen Genossen, der hat sich fast ein halbes Jahr hinter den sowjetischen Linien aus dem Osten bis nach Berlin durchgeschlagen, bis ihm klar wurde, dass die Russen gar nicht unsere Feinde sind.«

»Wenn ich nur die Krankenakten einsehen könnte, aber die sind wohl im Krieg verbrannt!«

»Junge, natürlich sind die verschwunden. Das hat man überall dort gemacht, wo es belastendes Material gab. Dort wurden die Archive ausgeräumt, dann unten im Hof ein Scheiterhaufen errichtet wie bei der Bücherverbrennung und die Unterlagen dann im großen Stil vernichtet, damit sie den Befreiern nicht in die Hände fallen.«

Hans-Joachim kämpfte gerade mit sich, ob er seinen Vater in die Dalldorf-Akte einweihen sollte, als Hermann Stein gefährlich seine Augen zusammenkniff. Hans-Joachim entdeckte den Grund mit einem Blick: Abel! Er kam direkt auf sie zu.

»Wen haben wir denn da?«, begrüßte er Hans-Joachim lauernd, während er sich ungefragt zu ihnen gesellte und ein Bier bestellte.

Hans-Joachim wollte sofort fluchtartig die Bierstube verlassen, aber sein Vater hielt ihn am Ärmel seines Trenchcoats fest.

»Abel, erinnerst du dich noch an diesen Spinner, der uns Informationen verkaufen wollte über die Machenschaften in den Wittenauer Heilanstalten?«, fragte der alte Stein.

Kommissar Abel sah verunsichert zwischen ihm und seinem Sohn hin und her. Ihm war anzumerken, dass er mit sich kämpfte, ob er in Gegenwart des Feindes überhaupt über Interna sprechen durfte.

»Abel, nun reden Sie schon«, sagte Hans-Joachim. »Ich denke, Sie kommen nicht gleich in ein Lager, wenn Sie einem Westkollegen Hinweise im Zusammenhang mit einem Mordfall geben«, fügte er spöttisch hinzu.

Abel schnappte nach Luft wie ein Fisch auf dem Trockenen.

»Dass du deinem Sohn nicht endlich mal sein impertinentes Maul stopfen kannst, Hermann!«, schnauzte er den alten Stein an.

»Keine Sorge, Genosse, er wird es noch bitter bereuen, den Kapitalistenknechten zu dienen! Aber das mit dem Kerl, der uns Informationen verkaufen wollte, dient wirklich der Aufklärung einer Mordserie.«

»Was soll ich sagen? Der Kerl rief eines Tages bei mir an und meinte frech, wir würden doch gern mal Leute in den Osten entführen und dort vor Gericht stellen. Er hätte da ein paar Namen aus den Wittenauer Heilstätten, die interessant für uns sein könnten …«

»Und er hat seinen Namen nicht genannt?«

»Nein, aber er wollte sich unbedingt mit uns treffen, aber nur gegen Bares. Das haben wir abgelehnt. Warum fragst du?«

»Ich glaube, er ist Opfer in einem Mordfall, in dem ich ermittle, und alles führt zu den Wittenauer Heilstätten. Deshalb muss ich herausfinden, was die Opfer dort getrieben haben.«

»Mehr sage ich auch nicht. Ich bin doch nicht bekloppt und verhelfe euch Stupos zum Erfolg!«, knurrte Abel. »Und dich kriegen wir auch noch dran«, zischte er Hans-Joachim so leise ins Ohr, dass der alte Stein es nicht hören konnte.

Hans-Joachim warf einen Blick auf seine Sturmanskie und rutschte von seinem Barhocker. Es war allerhöchste Zeit, den Rückweg anzutreten. Davon abgesehen hatte er auch keinerlei Interesse, den weiteren Abend mit Abel zu verbringen.

»Ich werde mich besser sputen, damit ich vor Beginn der offiziellen Sperrstunde wieder drüben bin.« Stein klopfte seinem Vater kurz auf die Schulter, bevor er schnellen Schrittes in die dunkle Nacht hinauseilte. Die Sorge, die letzte Bahn zu versäumen, lenkte ihn davon ab, dass er sich unbehaglich bei dem Gedanken fühlte, um die Zeit allein in diesem Teil der Stadt zu sein. Er war froh, als er die verlassenen Straßen mit ihren finsteren Ruinengerippen hinter sich gelassen hatte und den Bahnhof betrat. Und noch größer war seine Erleichterung, als Minuten später der Zug einfuhr, der ihn in den Westteil der Stadt zurückbrachte.

57

Wuttke zuckte zusammen, als jemand seine Bürotür unsanft aufriss. Er war schreckhafter als sonst an diesem Tag, denn er hatte am gestrigen Abend reichlich Hochprozentiges durch seine Kehle rinnen lassen. Nach einem Theaterabend mit Fräulein Krause. Ihre Mutter hatte von ihrem amerikanischen Bekannten in Tempelhof Eintrittskarten für die legendäre Aufführung der *Fliegen* von Jean Paul Sartre bekommen. Wuttke, der sich nicht sonderlich für die Bühne interessierte und dem der Dichter auch nur deshalb ein Begriff war, weil um die Premiere im Februar herum kein einziger Tag vergangen war, ohne dass man über ihn geschrieben hatte, war lediglich aus Dankbarkeit mitgegangen. Diese Kammer bei Mutter Krause war nämlich purer Luxus für ihn. Natürlich hatte er mitbekommen, dass er nicht die erste Wahl gewesen war, sondern Fräulein Krause zunächst Stein gefragt hatte, doch der Kollege hatte angeblich einen wichtigen Termin. Wuttke hatte so getan, als wüsste er nicht, dass er zweite Wahl war, und hatte zugesagt. Dabei hätten sie die Karten sogar noch vor dem Theater teuer verkaufen können. Es gab einen Liebhaber, der ihnen tatsächlich dreihundert Mark geboten hatte, aber Lore Krause schien das nicht sonderlich zu beeindrucken. Sie wollte unbedingt die seit Monaten ausverkaufte Vorstellung sehen. Wuttke war schwer beeindruckt, was Fräulein Krause alles über diese Aufführung wusste. Zu später Stunde gestand sie ihm, dass ihre erste und, wie sie betonte, bislang einzige große Liebe ein sterbender Soldat gewesen war, der aus Frankreich an die Ostfront versetzt worden war und der ihr in seinen letzten Stunden im Lazarett von Paris von der französischen Lebensart vorgeschwärmt hatte. »Wenn der Krieg vorüber ist, werde ich mit Ihnen auf den Eiffelturm steigen, Schwester Lore«, waren seine letzten Worte gewesen.

Die Schreibkraft hatte Tränen in den Augen gehabt, als sie Wuttke von Johann erzählt hatte. Und Wuttke hatte versucht, ohne Tabletten auszukommen, und stattdessen getrunken. Jetzt hatte er einen mörderischen Brand.

»Wuttke, darf ich Ihnen Kriminalassistent Robert Klinger vorstellen? Er kommt aus Hamburg und beginnt heute seinen Dienst bei uns in Berlin.«

Müde sah Wuttke auf und betrachtete den Neuen prüfend. Es war Abneigung auf den ersten Blick. Seine Augen mahnten Wuttke zur Vorsicht, diesem Burschen zu vertrauen. Listig und verschlagen. Und das in einem rundlichen, eher harmlos wirkenden Gesicht.

»Der Kriminalassistent wird Stein und Ihnen zur Seite gestellt. Bitte weihen Sie ihn sorgfältig in die Fälle ein, geben Sie ihm die Akten, lassen Sie ihn bei Befragungen zuhören und nehmen Sie ihn zu Ermittlungen mit!«, befahl Krüger. »Ich werde gleich veranlassen, dass ihm ein Schreibtisch in Ihr Büro gestellt wird!«

Wuttke rümpfte die Nase. »Hier passt keine Briefmarke mehr rein!«

»Ach, Wuttke, Sie wissen doch, dass ich alles möglich machen kann!« Krügers Stimme klang bedrohlich.

Noch vor gar nicht langer Zeit hätte Wuttke diese Anspielung auf ihre gemeinsame Zeit im Krieg erzittern lassen, und ihm wäre übel geworden, aber dieser Spuk war glücklicherweise vorüber. Seitdem er Lena die Geschichte gebeichtet hatte, fühlte er sich merkwürdig erleichtert. Natürlich machte es ihm zu schaffen, dass sie ihm daraufhin ihr Verhältnis aufgekündigt hatte, aber trotzdem erdrückte ihn die Last nicht mehr auf gleiche Weise wie zuvor. Und für Krüger hatte er inzwischen nichts als Verachtung übrig.

Das schmächtige Bürschchen von Assistent hielt ihm jetzt seine Hand entgegen. »Klinger. Ich denke, wir beide werden gut miteinander auskommen.« Seine Stimme war unangenehm schrill. Eher hell und kieksend. Ganz anders als die von Krüger, wenn er durchdrehte. Doch an Selbstbewusstsein schien es dem Burschen nicht zu fehlen.

»Ich werde mich an Ihre Fersen heften und hoffe, ich kann Ihnen in dem Fall, an dem Sie bislang ergebnislos arbeiten, weiterhelfen. Ich hatte in Hamburg die beste Ausbildung, die man sich überhaupt denken kann«, erklärte er vollmundig.

Wuttke zog es vor zu schweigen. Die Bemerkung, die ihm auf der Zunge lag, dass sie keine Angeber gebrauchen konnten, schluckte er lieber herunter. Stattdessen hoffte er, dass Stein gleich auftauchen würde. Der verstand es besser als er, Spitzen in einer süffisanten Art und Weise abzufeuern, aus der man ihm keinen Strick drehen konnte. Und Wuttke war sich sicher: Stein würde Klinger auch nicht leiden können. Außerdem drängte sich Wuttke der Verdacht auf, dass der Junge von Krüger auf Stein und ihn angesetzt worden war. Offenbar wollte der Kriminalrat über jeden Schritt informiert werden, den sie in ihrem Mordfall machten, nachdem er mit seinem Versuch, Wuttke und Stein gegeneinander auszuspielen, gescheitert war. Das hatte er zwar nie offen gesagt, aber es war ihm seit dem Tod der Ärztin anzumerken, dass er seine Kommissare durchschaut hatte.

Wuttke schüttelte die Hand des Kriminalassistenten und rang sich zu einem Lächeln durch. »Wir werden schon miteinander auskommen«, log er.

»Setzen Sie sich doch erst einmal an den Schreibtisch von Kommissar Stein«, ordnete Krüger an. »Ich kümmere mich um Ihren Schreibtisch. Und tun Sie sich keinen Zwang an. Sie dürfen die Akten auf dem Schreibtisch gründlich studieren.«

Wuttke kochte innerlich. Dieser Fatzke sollte ungehindert in Steins Akten schnüffeln? Unfassbar!

»Leider wird der Kollege gleich wiederkommen. Er ist nur kurz im Haus unterwegs und wird Sie sofort wieder aufscheuchen. Also, warten Sie einfach, bis der Kriminalrat Ihnen einen Arbeitsplatz hat einrichten lassen.« Wuttke versuchte, freundlich zu klingen, was ihm nur halbwegs gelang.

Jedenfalls hatte er sein Ziel erreicht: Der Assistent traute sich nicht, Steins Stuhl zu besetzen.

»Gut, dann nehmen Sie jetzt den da und warten!«, ordnete Krüger an und deutete auf den neuen Besucherstuhl. Wie ein Schuljunge nahm der Neue dort artig Platz.

Wuttke feixte sich einen, dass er den kleinen Schnüffler derart ausgebremst hatte. Auch als Krüger ihn mit einem drohenden Blick maß, blieb Wuttke ruhig. *Gewissensbisse sind etwas für Feiglinge.* Das war keine Drohung mehr, die ihn zum Kotzen brachte!

»Gut, Klinger, Sie bleiben auf jeden Fall hier im Büro und warten auf Ihren Schreibtisch.«

»Aber selbstverständlich, Herr Kriminalrat, ich verlasse den Posten nicht!«, erwiderte der Kriminalassistent in militärischem Ton.

Wuttke rechnete insgeheim nach. Wenn dieser Kerl knapp über zwanzig war, war er vielleicht sogar noch als blutjunger Soldat im Krieg gewesen. Oder zumindest beim Volkssturm.

»Gut, dann lasse ich die Herren jetzt mal allein.« Mit diesen Worten verließ Krüger das Dienstzimmer.

Wuttke vertiefte sich nun demonstrativ in eine Akte und ignorierte den Burschen auf dem Besucherstuhl.

In seinem verkaterten Schädel wirbelten die Gedanken wild durcheinander: Lena, der gestrige Abend, wieder Lena und dann der Tod der Ärztin. Auch er zermarterte sich das Hirn, ob sie nicht umgehend nach Kenntnis des Drohbriefes an die Keller eine Rundumbewachung hätten stellen müssen.

In diesem Moment klopfte es an der Tür.

»Herein!«, rief Wuttke.

Lore Krause streckte ihren Kopf durch die Tür. »Herr Kommissar, ich habe da eine Zeugin für Sie.«

Wuttke fand, dass die junge Frau blendend aussah, obwohl Fräulein Krause und er bis weit über die Sperrstunde hinaus in diversen Bars getrunken hatten, wobei sie sich vorwiegend an Limonade gehalten hatte.

Da sah er hinter ihr Margot Schöller auftauchen. Er erkannte sie sofort, obwohl sie ungeschminkt war und in ihrem Blümchenkleid wie eine seriöse Berlinerin wirkte. Das Haar war ordentlich frisiert und mit einem Kamm festgesteckt.

»Guten Tag, Herr Kommissar, ich hätte da eine Aussage zu machen.«

Wuttke warf einen prüfenden Blick auf den Kriminalassistenten.

»Ob Sie einmal draußen nachsehen könnten, was Ihr neuer Schreibtisch macht?«, fragte er ihn lauernd.

»Auf keinen Fall, Herr Kommissar! Ich bleibe hier. Das ist eine Anordnung!«, bellte der Assistent zurück.

»Nun gut«, knurrte Wuttke. Es war ihm zutiefst unangenehm, dass er Margot in Anwesenheit des Assistenten befragen sollte. »Aber es gibt keinen Platz für Sie. Sie müssen stehen!«

Margot Schöller benahm sich zu seiner Überraschung allerdings völlig distanziert, so als wären sie einander noch niemals zuvor privat begegnet.

»Herr Kommissar, ich möchte eine Aussage machen«, wiederholte Margot sachlich.

Wuttke bat Fräulein Krause, im Büro zu bleiben, um die Aussage der Hure zu protokollieren. Er wies ihr Steins Schreibtisch zu.

»Frau Schöller, was haben Sie uns zu sagen?«, fragte Wuttke und war dankbar, dass Margot es ihm so leicht machte, indem sie nicht die Spur von Vertraulichkeit zeigte.

»Es geht um Lena«, begann sie zögernd. Allein bei Nennung ihres Namens beschleunigte sich Wuttkes Herzschlag.

»Gut, dann sagen Sie, was Sie wissen.«

»Verstehen Sie mich nicht falsch, Herr Kommissar, ich will keine Petze sein, aber ich quäle mich schon die ganze Zeit damit rum …«

Eine gewisse Skepsis stieg in Wuttke bei diesen Worten auf. Warum betonte sie, dass sie keine Petze sein wollte? Wollte sie Lena bewusst schaden? Denn dass das, was sie zu sagen hatte, Lena belasten würde, war sonnenklar.

»Fräulein Schöller, bitte, nun sagen Sie schon, was Sie wissen!«, herrschte er sie ungeduldig an, was ihm einen irritierten Blick Lores einbrachte.

»In jener Nacht, in der Braunke ermordet wurde, ist Lena ja, wie ich Ihnen bereits sagte, früher gegangen, aber sie ist noch einmal zurückgekommen …« Sie stockte.

Wuttke sah Margot durchdringend an. Er fröstelte.

»Und weiter!«

»Ich habe sie durch ein Flurfenster gesehen. Sie huschte draußen im Garten vorbei.«

»Und Sie sind sich sicher, dass es sich um Lena Kowalke gehandelt hat?«

»Es gibt keinen Zweifel. Sie hatte keinen Hut mehr auf. Ihr blondes Haar leuchtete hell im Mondlicht, aber das muss ja gar nichts zu bedeuten haben. Ich wollte es nur endlich loswerden.«

Wuttke rang mit seiner Fassung.

»Vielen Dank, Fräulein Schöller, das haben Sie richtig gemacht. Sie können dann gehen.«

Margot erhob sich und schenkte dem Kommissar ein Lächeln, das er nicht erwiderte.

Kaum hatte die Schöller das Büro verlassen, hob der Assistent wie in der Schule den Finger.

Wuttke wollte das ignorieren, aber Klinger hatte sich wieder auf den Besucherstuhl gesetzt, nachdem er der Vernehmung im Stehen gefolgt war. Verschwörerisch beugte er sich zu Wuttke hinüber. »Jetzt ist doch die Frage. Hat diese Lena ein Motiv den, den … wie heißt er noch?«

»Braunke, das Opfer heißt Braunke«, bemerkte Lore.

»Hat sie ein Motiv, diesen Braunke zu töten? Sie sollten diese Dame dringend vorladen. Am besten unter einem Vorwand und dann Überraschungsangriff mit dieser Aussage …«

»Hat dich hier irgendeiner um deine Meinung gefragt?«, schnauzte Wuttke den übereifrigen Kriminalassistenten an.

Das verschlug ihm die Sprache, und als Wuttke aus den Augenwinkeln sah, wie Fräulein Krause mit einem Grinsen kämpfte, hatte er die Gewissheit, dass der Kerl nicht nur ihm auf die Nerven ging. Vor allem störte der Jungspund ihn beim Grübeln, denn so ganz unrecht hatte der Bursche ja gar nicht. Natürlich sollten sie Lena dringend mit dieser Aussage konfrontieren, denn damit hatte sie kein Alibi mehr für die Mordnacht. Wuttke war es gar nicht lieb, dass Margot diese belastende Aussage vor Zeugen gemacht hatte, wobei ihn Fräulein Krauses Gegenwart weit weniger störte als die Klingers. Der würde doch sofort zum Chef rennen und ihm brühwarm davon berichten. Und der Kriminalrat wiederum war so erpicht darauf, endlich den Mörder seines Schwagers zu fassen, dass er sich mit Freuden auf eine Hure als potenzielle Täterin stürzen würde, um von den Wittenauer Heilstätten abzulenken. Und wenn er überdies erfuhr, dass sein Schwager Lenas Freier gewesen war, dann gäbe es für den Mann keinen Zweifel mehr an Lenas Schuld. Wobei er natürlich verlangen würde, dass die Verbindung zwischen Müller und Lena Kowalke diskret behandelt werden müsse.

Steins Ankunft im Büro riss ihn aus seinen trüben Gedanken.

»Morgen, Wuttke, wer hat Sie denn schon so früh geärgert? Sie haben diesen gewissen Blick, bei dem man in Deckung gehen sollte«, scherzte er. »Guten Morgen, Fräulein Krause. Hat sich der Theaterbesuch gelohnt?«

»Und wie! Sie haben wirklich etwas verpasst!«

»Das glaube ich Ihnen aufs Wort. Alles ist besser als ein abendlicher Besuch im Osten«, stöhnte er.

»Sie waren drüben bei den Kommunisten?«, mischte sich Klinger ein.

»Und wer sind Sie, wenn ich mal fragen darf?«

»Kriminalassistent Klinger. Ich habe den Auftrag, Ihnen nicht von der Seite zu weichen, und darf Sie bitten, mich in den Fall des Mehrfachmordes einzuweisen, wenn wir unseren Täter nicht schon haben. Besser gesagt, die Täterin!«, erklärte er triumphierend.

»Sie sind mir ja ein ganz Schlauer, aber ich befürchte, Sie sind nicht ganz im Bilde.«

»Margot Schöller war gerade hier und hat ausgesagt, dass sie in der Mordnacht Lena Kowalke draußen am Haus hat vorbeihuschen sehen, und zwar nachdem sie angeblich schon fort war«, mischte sich Lore Krause hastig ein.

Stein warf Wuttke einen beinahe mitleidigen Blick zu.

»Das sind ja mal Neuigkeiten«, brummte Stein und wollte seinen Mantel ausziehen.

»Behalten Sie das gute Stück ruhig an. Ich denke, wir sollten dringend eine Vernehmung durchführen«, raunte Wuttke.

»Gut, wenn Sie das gleich erledigen wollen. Ich komme mit«, erwiderte Stein.

Die beiden Kommissare waren bereits an der Tür, als Klinger sich zu Wort meldete. Dieses Mal, ohne wie ein Schuljunge den Finger zu heben. »Halt! Sie müssen mich mitnehmen, hat der Kriminalrat gesagt!«

Stein drehte sich zu dem Assistenten um. »Sagen Sie dem Kriminalrat, dass wir leider keinen Platz für einen dritten Mann im Wagen haben. Aber Fräulein Krause kann Ihnen vielleicht die Adresse geben. Dann kommen Sie mit der Bahn nach.«

Klingers Antwort war ein wütendes Schnauben.

Kaum waren sie aus der Tür, machte Stein seiner Abneigung gegen den Neuen Luft.

»Wie verzweifelt muss unser Chef sein, dass er so ein Milchgesicht auf uns ansetzt!«

»Tja, aber der Bursche wird ihm brühwarm berichten, dass Lena für die Mordnacht kein Alibi mehr hat«, seufzte Wuttke.

»Wuttke, lassen Sie mal nicht gleich den Kopf hängen. Das heißt doch noch gar nichts! Und was hat sie mit den Opfern außer mit Braunke und Weber zu tun?«

»Schon vergessen, dass Sie Müllers Hure war?«

»Gut, aber was hat sie mit Marianne Keller zu schaffen?« Stein klopfte Wuttke auf die Schulter. »Wird sich schon alles aufklären!«, murmelte er.

58

Stein setzte alles daran, Wuttke von dem Gedanken abzulenken, Lena könne die von ihnen fieberhaft gesuchte Mörderin sein. Schließlich hatte er diesen Gefühlssturm selbst durchlebt, als er sich mit der Frage hatte herumschlagen müssen, ob Marianne wohl die Täterin sein könnte. Doch während er den Kollegen eifrig zu beruhigen versuchte, musste er sich eingestehen, dass ihn insgeheim der Gedanke, Lena Kowalke könne die Mörderin sein, merkwürdig fesselte. Eines aber sprach entschieden gegen ihre Täterschaft: Sie kannte Dr. Keller nicht. Oder aber Wuttke und ihm war eine solche Verbindung nicht bekannt. Das musste er unbedingt herausbekommen.

Als sie vor der Wohnung ankamen, wirkte Wuttke wie versteinert. Als hätte er seine Gefühle gänzlich eingemauert, um gegen böse Überraschungen gefeit zu sein.

Stein pochte gegen die Tür, aber es rührte sich nichts.

»Vielleicht ist sie bei der Arbeit«, murmelte Wuttke.

Stein warf einen Blick auf seine Sturmanskie. »Um diese Zeit? Ich denke eher, sie schläft noch.« Er wiederholte das Klopfen.

Schließlich öffnete sich die Tür, aber es war nicht Lena, die ihnen öffnete. Stein war nicht ganz sicher, aber diese bieder aussehende Hausfrau ähnelte entfernt dem Dienstmädchen aus Braunkes Edelbordell.

»Fräulein Schöller?«, hörte er da Wuttke bereits verwundert fragen. »Was machen Sie denn hier? Ich meine, Sie waren doch eben noch in der Friesenstraße.«

»Ich habe Lena einen kleinen Besuch abgestattet, um ihr zu verraten, was ich in jener Nacht gesehen habe …«, sie zögerte einen Moment und fuhr dann fort, »… und um ihr zu versichern, dass ich sie nicht für eine Mörderin halte. Und dass ich befürchte, dass Sie gleich hier aufkreuzen werden, weil Sie die falschen Schlüsse aus meiner Zeugenaussage ziehen. Ich bin nämlich keine Petze!«, erklärte ihnen die Schöller, ohne Anstalten zu machen, sie in die Wohnung zu lassen.

»Verlangen Sie einen Orden dafür?«, fragte Wuttke, während Stein sich an der Schöller vorbei in die Wohnung drängte.

»Wollen Sie verreisen?« Lena Kowalke war gerade dabei, Kleidung in einem Koffer zu verstauen. Und zwar mit einer Hand, weil die andere einen Verband trug. Stein nahm sich vor, sie später zu fragen, was für eine Verletzung sie erlitten hatte, aber erst einmal musste er ihr klarmachen, dass sie unter diesen Umständen nicht würde verreisen können.

»Das habe ich Ihnen doch beim letzten Mal erzählt, dass ich in den Osten nach Köpenick zu meiner Nichte gehe!«, erwiderte sie schnippisch.

»Ich glaube, Sie erzählten uns von Ihrem Plan, aber merkwürdig, dass Sie gerade jetzt packen, nachdem Fräulein Schöller Ihnen brühwarm berichtet hat, dass sie Sie in der Mordnacht durch Braunkes Garten hat huschen sehen. Warum haben Sie uns belogen?«

Lena zog die Augenbraue hoch. »Warum wohl? Weil Sie mich dann fälschlicherweise verdächtigt hätten.«

»Und?«

»Was und?

»Was haben Sie in Braunkes Garten gemacht?«

»Ich hatte meinen Mantel vergessen. Und ich wollte ihn holen. Aber es hat mir keiner geöffnet. Daraufhin habe ich versucht, über die Terrasse ins Haus zu gelangen, aber die Tür war verschlossen. Also bin ich unverrichteter Dinge wieder gegangen.« Lena warf nun Wuttke, der stumm neben Stein stand, einen abschätzigen Blick zu.

»Und das sollen wir Ihnen glauben?« Stein deutete auf den Koffer. »Sie müssen doch selbst zugeben, dass das ziemlich unglaubwürdig ist. Kaum erfahren Sie, dass Ihr Alibi geplatzt ist, wollen Sie schon die Biege machen.«

»Das eine hat mit dem anderen gar nichts zu tun. Meine Nichte ist krank, müssen Sie wissen, und deshalb hat meine Tante mich darum gebeten, rasch zu kommen.«

»Gut, das lässt sich ja überprüfen. Die Adresse!« Stein weidete sich ein wenig an Lenas erschrockenem Blick, denn sie hatte schließlich davon ausgehen müssen, dass die Stupos keine Zeugen in Köpenick befragen könnten.

»Sie können da nicht einfach hinspazieren«, bemerkte sie beinahe trotzig.

»Ich kenne jemanden bei den Vopos, der das für mich erledigen würde. Natürlich fahren wir nicht selbst rüber«, fügte Stein genüsslich hinzu, was seine Wirkung nicht verfehlte.

»Meine Tante wird auf keinen Fall mit der Polizei reden«, erklärte sie mit Nachdruck.

»Die Adresse bitte«, wiederholte Stein und reichte ihr das Schreibgerät. Widerwillig notierte sie die Adresse mit der linken Hand.

»Sind Sie Linkshänderin?«, fragte Stein.

Die Kowalke nickte.

»Fräulein Kowalke, erzählen Sie uns doch einfach, was Sie an jenem Abend in Braunkes Garten getrieben haben. Vielleicht gibt es ja eine ganz simple Erklärung«, mischte sich nun Wuttke eifrig ein. Stein warf ihm einen warnenden Blick zu. Er konnte durchaus verstehen, dass Wuttke auf die Unschuld der Dame hoffte, aber das durfte keinesfalls seinen ermittlerischen Biss trüben.

»Habe ich Ihnen bereits gesagt. In der Hektik hatte ich meinen Mantel vergessen.«

Stein wandte sich an Margot Schöller, die sich nun im Hintergrund hielt. »Haben Sie Fräulein Kowalkes Mantel im Haus gesehen?«

Er beobachtete aus den Augenwinkeln, wie die Kowalke die Schöller flehend ansah, doch Margot Schöller schlug die Augen nieder. »Nein, von einem vergessenen Mantel weiß ich nichts, aber ich war ja auch schon auf dem Weg ins Bett, wie ich Ihnen bereits bei der ersten Vernehmung sagte.«

»Was auch nicht gerade ein handfestes Alibi ist, weil Sie keine Zeugen haben«, knurrte Wuttke.

»Ich muss doch sehr bitten, Herr Kommissar. Wenn das dabei

herauskommt, wenn ich der Polizei die Wahrheit sage, werde ich nie wieder freiwillig aussagen! Außerdem war Lena bereits am Kofferpacken, als ich kam«, entgegnete sie in beleidigtem Ton.

»Fräulein Kowalke, Sie dürfen übrigens wieder auspacken. Sie werden vorerst nicht verreisen!«, befahl Stein.

»Das können Sie mir doch nicht verbieten«, herrschte Lena Kowalke ihn an.

»Doch, ich kann sogar noch viel mehr. Sie werden den Westsektor nicht verlassen, solange wir Ermittlungen gegen Sie führen. Und wir können Sie auch mitnehmen und in die Lehrter Straße bringen lassen. Ich denke, einen Haftbefehl gibt man uns mit Kusshand, denn auch die Justiz wartet fieberhaft darauf, den Mehrfachmörder endlich vor ein Gericht zu bringen.«

»Sie verdächtigen mich doch nicht allen Ernstes, Braunke umgebracht zu haben, oder?«, schnaubte Lena Kowalke, doch dann verdrehte sie plötzlich die Augen und stöhnte auf.

»Oh, Gott, was ist mit d… –Ihnen?«, fragte Wuttke erschrocken. Sie ignorierte diese Frage, aber die Blässe in ihrem Gesicht verriet, dass es ihr nicht sonderlich gut ging.

»Ich ziehe es jedenfalls ernsthaft in Erwägung, Sie für die Täterin zu halten.« Steins Unterton war süffisant. »Solange wir keine Gewissheit haben, dass Sie mit den Morden nichts zu tun haben, wird Ihre Nichte wohl auf Sie warten müssen. Und was haben Sie eigentlich mit Ihrer Hand gemacht?«

»An der Kochplatte verbrannt«, entgegnete sie knapp. »Aber ich glaube, Sie sind verdammt auf dem Holzweg mit Ihrem Verdacht gegen mich.« Lena Kowalke kramte nun mit der gesunden Hand einen Zettel aus ihrer Manteltasche und reichte ihn Stein.

Der nahm ihn skeptisch entgegen, doch als er sah, um was es sich handelte, holte er tief Luft und gab ihn Wuttke weiter. Einen Zettel mit roten Buchstaben, der ein Kreuz enthielt … und den Namen von Lena Kowalke mit ihrem Geburtsdatum. Kein Todesdatum!

»Mist! Verdammter Mist«, stammelte Wuttke. »Wann haben Sie den bekommen?«

»Er wurde vorhin unter meiner Tür durchgeschoben«, entgegnete die Kowalke ohne jeglichen Anflug von Aufregung, wie Stein irritiert feststellte.

»Haben Sie jemand gesehen? War das, bevor Fräulein Schöller bei Ihnen auftauchte?«

»Kurz vorher! Und bemerkt habe ich niemand!«, entgegnete Lena Kowalke.

Stein hielt der Schöller den Zettel hin. »Haben Sie den schon einmal gesehen?« Margot Schöller schüttelte den Kopf. »Nein, was soll das bedeuten?«

»Dass jemand Ihrer Freundin androht, sie umzubringen. Und da Sie Fräulein Kowalke so spontan besucht haben, um sie vor Ihrer eigenen Zeugenaussage zu warnen, wäre es ja möglich, dass Sie ihr diesen Zettel vorher unter der Tür durchgeschoben haben«, hakte Stein nach.

Die Schöller schien ernsthaft empört, oder sie war eine verdammt gute Schauspielerin, dachte er, als Braunkes Dienstmädchen sich an die Stirn tippte und zischte: »Das ist doch verrückt! Warum sollte ich Lena bedrohen?«

»Vielleicht weil Sie die Mörderin von Braunke, Weber, Müller und Marianne sind?«

»Marianne? Noch nie gehört!«

Stein hatte den Eindruck, dass die Frau wirklich nicht wusste, von wem die Rede war. Außerdem war es ihm peinlich, dass er die Ärztin aus Versehen beim Vornamen genannt hatte, doch das hatte wohl keiner mitbekommen.

»Und welcher Müller?«, fügte die Schöller sichtlich verärgert hinzu.

»Der Freier von Lena Kowalke, der ihr eine Perlenkette geschenkt hat und sich Ihrer Freundin gegenüber auch sonst als spendabel erwiesen hat, wie Sie mir berichtet haben«, erklärte ihr Wuttke lauernd.

»Du redest mit der Polizei über meine Freier? Von dir wissen sie das also!«, fuhr Lena Kowalke die Schöller an. »Schöne Freundin!«

»Ich habe ihm doch nur gesagt, dass du sehr großzügige Kunden hast«, versuchte Margot Schöller, sich herauszureden.

»Petze!«, fauchte die Kowalke.

»Bevor Sie beide sich jetzt die Köpfe einschlagen, ja, Fräulein Schöller, wir sprechen von dem Müller, den Sie meinem Kollegen gegenüber als Freier von Fräulein Kowalke erwähnt haben! Sie haben sicher nichts dagegen, wenn wir später Ihre Wohnung oder Ihr Zimmer durchsuchen, nicht wahr?«, erkundigte sich Stein höflich.

»Was wollen Sie bei mir finden?«

»Das lassen Sie mal unsere Sorge sein! Aber wie wäre es mit einem roten Kopierstift?«

»Tun Sie sich keinen Zwang an! Wollen Sie gleich mitkommen? Ich wohne ganz in der Nähe! Und Kopierstifte besitze ich nicht!«

»Danke, aber wir haben hier noch etwas zu erledigen.« Stein wandte sich wieder Lena Kowalke zu.

»Warum haben Sie uns den Zettel eigentlich nicht gleich gezeigt, als wir gekommen sind?«

»Weil ich nicht glaube, dass Sie mir helfen können. Sie kamen doch auch bei den anderen Opfern zu spät!«

»Aber Sie scheinen gar keine Angst vor dem Täter zu haben«, fügte er lauernd hinzu.

Lena Kowalke zuckte die Schultern. »Doch, deshalb will ich ja auch so schnell wie möglich nach Köpenick. Jetzt kennen Sie den wahren Grund, warum ich es so eilig habe. Nun müssen Sie nicht mehr bei meiner Tante rumschnüffeln lassen! Kann ich jetzt fahren?«

»Ganz sicher nicht«, erwiderte Stein. »Denn erst einmal brauche ich eine Schriftprobe von Ihnen!«

»Muss das sein? Aber sie ist doch selbst bedroht worden! Außerdem hat sie eben die Adresse aufgeschrieben«, knurrte Wuttke.

Stein reichte ihm seinen Block und zeigte auf das, was die Kowalke notiert hatte. Wuttke nickte leise. Er hatte verstanden. Die Adresse enthielt kein kleines *r*.

»Nur zur Sicherheit.« Stein holte erneut seinen Block hervor und reichte ihn Lena zusammen mit einem Stift.

»Schreiben Sie bitte den Namen: Marianne Keller!«

Lena Kowalke zeigte bei diesem Namen keinerlei Reaktion. Stein hatte wenigstens auf irgendeine winzige Irritation in ihrer Miene gehofft.

»Kennen Sie übrigens eine Person, die so heißt?«, hakte er nach.

Lena runzelte die Stirn. »Nein, da klingelt bei mir gar nichts.«

Stein registrierte, wie sie geschickt mit links schrieb, denn mit klarer Schrift notierte sie den Namen des vierten Opfers. Ohne kunstvoll geschwungenes *r*, wie auf den Mordandrohungen. Und im Schriftbild völlig anders als der Mörder. Jedenfalls für seinen ungeschulten Blick. Er fasste in diesem Moment den Entschluss, alle Schriftproben einem Fachmann vorzulegen. Im Yard hatte es jedenfalls diverse Schriftgutachter gegeben. Er hoffte, auch in der Friesenstraße einen kompetenten Fachmann zu finden.

Stein meinte, Wuttke neben sich aufatmen zu hören. Auch das konnte er gut verstehen, so wie er gebangt hatte, dass die Keller hoffentlich kein kleines geschwungenes *r* malen würde. Trotzdem hatte Stein das dumpfe Gefühl, dass an diesem ganzen Szenario etwas nicht stimmte. Er wusste nicht einmal, welche der beiden Frauen ihm merkwürdiger erschien, aber normal verhielten sie sich beide nicht.

»Haben Sie vielleicht noch ein altes von Ihnen verfasstes Schriftstück oder Dokument?«, hörte er sich da fragen.

»Jetzt ist aber gut«, zischte ihm Wuttke zu.

»Tut mir leid, Briefe pflege ich abzuschicken und …« Sie stockte. »Warten Sie, ich habe noch unterschriebene Lebensmittelkarten.«

»Lassen Sie nur. Wir glauben Ihnen das auch so«, mischte sich Wuttke eifrig ein.

»Also, wenn Sie die Karten parat haben, würde ich zumindest einen Blick darauf werfen wollen«, widersprach Stein ganz sachlich, was ihm einen finsteren Blick des Kollegen einbrachte.

Die Unterschrift auf der Karte half Stein allerdings nicht weiter, denn ihr Name enthielt kein verräterisches kleines *r*. Trotzdem bat er darum, sie mitnehmen zu dürfen.

Ohne zu zögern, überließ die Kowalke sie ihm.

»Kann ich jetzt gehen?«, fragte Margot Schöller.

Stein reichte auch ihr seinen Block und einen Stift. »Schreiben Sie uns bitte Ihren Namen auf.«

Die Schöller lief knallrot an. »Ich, nein, das geht nicht, ich kann nicht …«

Stein horchte auf. Das war höchst verdächtig, aber dann brach Margot Schöller in Tränen aus. »Ich kann nicht lesen und schreiben«, gab sie weinend zu.

Stein war ehrlich schockiert und hegte kaum Zweifel daran, dass sie die Wahrheit sagte. Kein Mensch würde wohl freiwillig zugeben, dass er Analphabet war. Trotzdem würde er sie nicht gänzlich von der Liste der Verdächtigen streichen.

»Und wie unterschreiben Sie gewöhnlich?«, wollte Wuttke wissen.

»Wollen Sie es wirklich sehen?«

Wuttke nickte, woraufhin die Schöller den Stift ungeschickt in die Hand nahm und unter größter Anstrengung, wobei sie die Zunge zunächst zwischen die aufeinandergepressten Lippen schob und schließlich nach einem leichten Öffnen des Mundes ein Stück herausstreckte, etwas Unleserliches aufs Papier kritzelte. Mit hochrotem Kopf sah sie auf.

»Entschuldigen Sie bitte, aber wir wollen Sie nicht bloßstellen, wir suchen nur einen Mörder«, erklärte Stein freundlich. »Sie können jetzt gehen. Wir kommen gleich zur Durchsuchung vorbei, wenn Sie nichts dagegen haben.«

»Muss das wirklich sein?«

»Sicher ist sicher, aber jetzt brauchen wir Sie nicht mehr.«

Margot Schöller nannte widerwillig ihre Adresse, die Stein auf einen Zettel schrieb, bevor sie hektisch die Wohnung verließ.

»Ich würde mich jetzt gern vor dem Verrückten in Sicherheit bringen«, stöhnte Lena Kowalke.

»Keine Sorge, wir werden ab sofort zwei Schupos vor Ihrem Haus abstellen. Und so lange bleibt der Kollege Wuttke bei Ihnen«, versprach Stein.

»Kommt gar nicht infrage. Ich brauche keinen Aufpasser!«, rief Lena Kowalke entschieden.

In diesem Augenblick pochte es laut an der Tür, gefolgt von einem lauten Ruf »Aufmachen! Polizei!«.

Stein meinte, Krügers Stimme zu erkennen, und öffnete die Tür. Und tatsächlich, dort standen der Kriminalrat, der neue Assistent und zwei Schupos, die sogleich in die Wohnung stürmten, nachdem Krüger mit dem Wort: »Festnehmen!« auf die Kowalke gedeutet hatte.

Aus Klingers Augen blitzte die pure Schadenfreude, als die beiden Polizisten sich auf die junge Frau stürzten.

Wuttke machte Anstalten einzugreifen, aber Stein hielt ihn am Ärmel fest. Stattdessen trat er einen Schritt auf den Kriminalrat zu und händigte ihm den Zettel aus. »Das hat Fräulein Kowalke heute bekommen. Offenbar ist sie die Nächste auf der Liste!«

Krüger warf einen finsteren Blick auf das Papier und lief rot an. »Das ist doch … verdammt, Klinger, warum haben Sie mir das nicht gesagt?«

Der gescholtene Kriminalassistent versuchte, dem Chef zu erklären, dass er keine Kenntnis von diesem Drohbrief hatte, aber das wollte Krüger gar nicht hören. Eine Schimpftirade fegte über den jungen Man hinweg wie ein Orkan. Obwohl Stein für den Assistenten wirklich nichts übrighatte, tat er ihm fast leid.

»Kommen Sie, meine Herren, wir haben hier nichts mehr zu suchen«, brüllte Krüger, nachdem er Klinger unter anderem als »Schwachkopf« bezeichnet hatte, und wollte den Rückzug antreten, aber Stein hielt ihn auf.

»Chef, Sie sollten die Schupos zum Schutz von Fräulein Kowalke vor dem Haus Wache halten lassen. Und einer von uns wird im Wechsel die Wohnung beobachten. Dieses Mal entkommt er uns nicht!«

»Ihr Wort in Gottes Ohr!«, zischte der Kriminalrat. Er wandte sich an die Schupos. »Sie beide bewachen das Haus …« Er stockte. »Und Sie, Klinger, bleiben bei Frau Kowalke und weichen ihr nicht von der Seite!«

»Ich würde aber lieber nach Köpenick zu meiner Nichte reisen. Dort bin ich in Sicherheit. Darf ich?«, bat die Kowalke ihn nun mit zuckersüßer Stimme.

»Kommt gar nicht infrage«, bellte er zurück. »Sie sind unser Lockvogel!« Mit dieser erschreckenden Offenbarung verschwand Krüger.

Der Mann war an Tölpelhaftigkeit nicht zu überbieten, dachte Stein, denn die Kowalke war bei seinen Worten sehr blass geworden.

»Ihnen kann nichts geschehen!«, versuchte er sie zu beruhigen. »Wir passen auf Sie auf.«

»Ich will den da aber nicht in meiner Wohnung«, zischte die Kowalke, während sie mit dem Finger auf Klinger deutete.

»Aber das ist ein Befehl!«, sagte der Kriminalassistent.

»Nein, Sie nehmen bitte Ihren Posten vor der Tür im Treppenhaus ein«, teilte ihm Stein unmissverständlich mit. »Und zwar so, dass Sie nicht jeder, der die Treppen hochsteigt, gleich sieht, aber dass Sie mit einem Sprung bei der Tür sind. Und keine Sorge, einer von uns beiden wird immer in Ihrer Nähe bleiben.«

»Und wenn ich mal nach draußen will?«, fragte die Kowalke sichtlich verärgert.

»Dann folgen Ihnen die Polizisten unauffällig!«

»Und wenn ich das nicht möchte?«

»Sie haben keine andere Wahl«, stellte Stein klar. »Kommen Sie, Wuttke, wir gehen die Wohnung Schöller durchsuchen. Und Sie, Klinger, kommen mit in den Flur. Wiedersehen, Fräulein Kowalke!«

Klinger missfiel dieser Auftrag, allein in einem düsteren Treppenhaus auszuharren, ganz offensichtlich »Wie lange soll ich mir denn hier die Beine in den Bauch stehen?«, erkundigte er sich unwirsch.

»Bis Ihre Ablösung kommt«, erwiderte Stein ungerührt.

Kaum hatten sie das Haus verlassen, fragte Stein Wuttke, was er von dem Zettel an Lena hielt.

»Was soll ich davon halten? Ich mache mir Sorgen um Fräulein Kowalke. Der Klinger ist doch völlig unfähig, sie zu beschützen.«

»Deshalb schlage ich vor, dass Sie ihn gleich nach unserem Besuch bei der Schöller ablösen.«

»Gut, ich habe immer schon davon geträumt, an Lenas Türschwelle zu lauern!«

Stein klopfte ihm freundschaftlich auf die Schulter.

»Und Sie glauben, der Täter wird es versuchen, auch wenn er begreift, dass Fräulein Kowalke von der Polizei bewacht wird?«, fragte Wuttke zweifelnd.

»Ich bin mir nicht sicher«, entgegnete Stein nachdenklich, denn er hatte immer noch ein merkwürdiges Gefühl bei der ganzen Sache. Etwas stimmte nicht, aber er wusste nicht, was. Noch nicht, denn er würde die Angelegenheit so lange hin- und herwälzen, bis er Klarheit hatte.

59

Margot Schöllers Wohnung befand sich in der Hardenbergstraße in der Nähe des zerstörten UFA-Kinos unter dem Dach. Stein registrierte, dass der Kollege beim Aufstieg nach oben ordentlich ins Schwitzen geriet.

Trotz mehrmaligen energischen Klopfens rührte sich im Inneren der Wohnung nichts. Auf der Etage gab es noch zwei weitere Türen, aber nur an dieser war ein ordentliches Türschild befestigt mit ihrem Namen: Margot Schöller.

»Nicht dass sie abgehauen ist«, stöhnte Wuttke, bevor er noch einmal energisch klopfte und rief: »Aufmachen, Polizei!«

Ihre Tür öffnete sich nicht, aber hinter ihnen klappte eine Tür zu, und bevor die beiden Kommissare sich umdrehen konnten, war eine Gestalt bereits auf die Treppe zugestürzt und losgerannt. Wuttke schaffte es noch, von oben einen Blick auf den Schatten im Treppenhaus zu ergattern, aber er sah ihn nur von hinten. Männlich, Schiebermütze, dunkle Kleidung.

»Da hat einer geglaubt, wir wollten ihn holen«, lachte Wuttke. »Na, der kommt so schnell nicht wieder nach Hause.«

In dem Augenblick öffnete sich die Tür, und Margot Schöller stand im Bademantel im Türrahmen. »Meine Güte, ich wollte mich noch ein bisschen frisch machen für den Herrenbesuch.« Sie klang nicht mehr so kleinlaut wie vorhin bei Lena Kowalke und warf Wuttke einen lasziven Blick zu, der Stein nicht entging. Offenbar sollte das seinem Kollegen gegenüber signalisieren, dass sie sich für ihn hübsch machte, aber was hatte der mit der Schöller zu schaffen? »Ich habe Sie so schnell nicht erwartet«, fügte Margot Schöller hinzu und ließ sie eintreten.

Ihre Unterkunft war ein winziges Zimmer, in dem Bett, Kommode mit Waschtisch und ein Kleiderschrank Platz fanden. Stein versprach sich mittlerweile kaum noch etwas von dieser Aktion, vor allem, nachdem sie in der Kommode nichts Verdächtiges gefunden hatten. Er wollte sich schon wieder zurückziehen, zumal er den Gedanken nicht loswurde, dass Fräulein Schöller die ganze Zeit versuchte, seinen Kollegen mit Gesten wie einem zufällig beiseitegerutschten Morgenmantel zu provozieren, doch Wuttke blieb davon tatsächlich unbeeindruckt und bestand darauf, auch noch den Kleiderschrank zu öffnen. Daraufhin vibrierte Margot Schöller förmlich vor Aufregung, sodass auch Stein neugierig wurde. Sie aber versuchte, das zu verhindern, indem sie sich vor den Schrank stellte.

»Ich möchte nicht, dass Sie in meiner Kleidung wühlen. Brauchen Sie nicht einen Durchsuchungsbefehl?«

»Nicht für Ihren Kleiderschrank«, erklärte Wuttke entschieden, schob sie sanft zur Seite und warf einen Blick hinein. Es hingen tatsächlich lediglich ihre Kleidungsstücke in diesem Schrank, sodass er die Tür schon wieder schließen wollte, als er eine Schachtel am Boden entdeckte, die er hastig hervorzog.

»Das sind meine Privatsachen. Verdammt!«, stieß sie zornig hervor, aber da hatte Wuttke bereits den Deckel hochgehoben und stieß einen Pfiff aus.

»Briefe. Ich denke, Sie können nicht schreiben.«

»Na ja, Wuttke, man bewahrt wohl kaum Briefe auf, die man selbst geschrieben hat«, entgegnete Stein.

»Ach so, und warum ist dieser Umschlag an Carl Braunke adressiert?« Triumphierend holte er einen kleinen Packen Briefe hervor, der mit einer Schleife wie Liebesbriefe zusammengebunden war, und reichte ihn dem Kollegen. Stein sah aus den Augenwinkeln, wie die Schöller mit ihrer Fassung rang. Offenbar schienen sie auf etwas gestoßen zu sein, das sie gern vor ihnen verborgen hätte. Stein zog den Umschlag hervor, holte den Brief heraus und überflog ihn. Er war kurz, in ungelenker Schrift verfasst und wimmelte nur so von Rechtschreibfehlern, aber er war unterschrieben mit *Margot Schöller*. Es war eine Aufforderung, ihr bitte endlich das wertvolle Schmuckstück seiner Frau zu geben, das er ihr für ihre besonderen Dienste versprochen hatte. Stein reichte den Brief an Wuttke weiter.

»Na sieh mal einer an! Da hat uns aber jemand an der Nase herumführen wollen.« Mit diesen Worten nahm er den zweiten Brief zur Hand und vertiefte sich in den Inhalt. »Das wird ja immer bunter«, bemerkte er und gab Stein den Brief.

In diesem Schreiben ging es härter zur Sache. Es wurde nicht mehr höflich angefragt, ob Braunke der Schöller endlich die goldene Brosche geben könnte, sondern ihm wurden Unannehmlichkeiten angedroht für den Fall, dass er seiner Verpflichtung nicht zügig nachkäme.

»Frau Schöller. Haben Sie das verfasst?«, fragte Stein.

Margot Schöller kaute schweigend auf ihren Lippen herum, während Wuttke den dritten Brief studierte.

»Und das ist jetzt aber eine glatte Erpressung. Wenn sie das Schmuckstück nicht bis morgen bekäme, dann …« Er stutzte. »Das Datum! Der Brief ist einen Tag vor seinem Tod verfasst worden. Frau Schöller, Sie haben nicht nur kein Alibi, sondern Sie haben sogar ein Motiv. Er hat Ihnen das Schmuckstück nicht freiwillig gegeben, oder?« Wuttke trat drohend einen Schritt auf die mittlerweile völlig eingeschüchtert wirkende Schöller zu.

»Haben Sie ihn umgebracht?«

Statt ihm zu antworten, brach die Schöller in Tränen aus.

»Fräulein Schöller, wollen Sie nicht zugeben, dass Sie diese Briefe geschrieben haben, und uns bitte erklären, womit Sie Braunke erpressen wollten?«, fragte Stein freundlich.

Margot Schöller aber schluchzte nur laut auf. Als Wuttke etwas dazu bemerken wollte, gab Stein ihm ein Zeichen, lieber zu schweigen. Er schätzte nämlich, dass die Wahrheit binnen der nächsten Minuten aus der aufgelösten Schöller förmlich herausbrechen würde. Und er hatte recht. Während sie mühsam ihre Tränen kontrollierte, sah sie die Kommissare aus großen verheulten Augen an.

»Braunke hat wahrscheinlich einen Mann auf dem Gewissen«, raunte sie schließlich.

»Und woher wissen Sie das? Sind Sie Zeugin eines Mordes geworden?«, hakte Wuttke fassungslos nach.

Sie schüttelte den Kopf. »Nein, ich habe mich auf seinen Befehl hin mit dem Mann in der Villa getroffen. Sollte ihm versprechen, dass ich für Geld alles mache. Das war mir sehr unheimlich, weil ich gehört habe, dass der Kerl schon mal eine Frau fast zu Tode gewürgt hatte. Braunke hat mir viel Geld geboten …«

»… und die Brosche nicht zu vergessen!«, fügte Wuttke spöttisch hinzu. »Wie heißt der Mann?«

»Hartmut Lehmann«, erwiderte die Schöller, ohne zu zögern.

»Hehler-Lehmann!«, entfuhr es Wuttke. »Das ist ja ein Ding. Ist unser Fall gewesen. Man hat ihn aus dem Grunewaldsee gefischt. Mit einem Loch im Kopf. Und Sie waren Zeugin?«

»Nein, ich habe ihn nur in die Villa gelockt und ihm erlaubt, mich zu würgen, aber dazu ist es nicht gekommen. Braunke und Weber kamen rechtzeitig hinzu und haben ihn mitgenommen.«

»Und Sie wussten, was die mit ihm vorhatten, oder?«

»Nein, ich hatte keine Ahnung.«

Wuttke lachte spöttisch auf. »Die haben ihn also höflich gebeten, Ihr Bett zu verlassen, und er ist ihnen dann freiwillig gefolgt. Fräulein Schöller, Sie haben doch geahnt, dass das eine Falle ist!«

»Nein, sie haben eine Waffe auf ihn gerichtet. Aber das habe ich doch vorher nicht gewusst. Und dass er tot ist, das hat mir mein Bruder aus der Zeitung vorgelesen …«

»Und dann haben Sie Braunke mit Ihrem Wissen erpresst? Hatten Sie keinerlei Sorge, dass Sie die Nächste sein könnten, die mit dem Kopf nach unten im See schwimmt?«

»Natürlich hatte ich Angst. Deshalb habe ich die Briefe ja auch nicht abgeschickt, sondern ihn an dem Abend des Mordes ganz vorsichtig auf die Brosche angesprochen und da …«, wieder schimmerte es in ihren Augen feucht, »… da hat er mir ins Gesicht gesagt, ich solle die Brosche am besten schnellstens vergessen, wenn ich weiter für ihn arbeiten möchte. Wenn ich ihn wirklich erpresst hätte, nicht auszudenken! Der hätte mich eiskalt aus dem Weg geräumt, obwohl ich doch immer alles für ihn getan habe. Ach, ich hätte die Briefe längst vernichten sollen.«

»Da haben Sie uns vorhin aber mächtig einen Bären aufgebunden. Von wegen Sie könnten nicht schreiben«, bemerkte Wuttke.

»Das ist die Wahrheit. Ich habe Lesen und Schreiben niemals gelernt«, sagte sie leise.

»Fräulein Schöller, was reden Sie denn da? Die Briefe tragen Ihre Unterschrift«, widersprach ihr Stein mit Nachdruck.

Fräulein Schöller senkte den Kopf. »Ich habe sie doch gar nicht selbst geschrieben«, stöhnte sie.

»Haben Sie sie jemandem diktiert?«

»Auch das nicht. Ich habe meinem Bruder unter dem Siegel der Verschwiegenheit erzählt, was ich gesehen habe und auch, dass sich Braunke geweigert hat, mir die versprochene Brosche zu besorgen. Da hat er gesagt, das sei unsere Chance. Wir fangen mit der Brosche an und fordern dann Geld von ihm, wir hätten ihn in der Hand, aber ich habe mich nicht getraut, die Briefe abzuschicken.«

»Haben Sie Braunke gemeinsam mit Ihrem Bruder ermordet?«

»Aber nein!« Das klang verzweifelt.

»Wo ist Ihr Bruder jetzt?«, wollte Stein wissen.

Fräulein Schöller zuckte die Schultern.

»Wenn Sie uns nicht freiwillig verraten, wo er sich aufhält, werden wir nach ihm fahnden lassen.«

Sie schlug sich erschrocken die Hand vor den Mund, bevor sie die Kommissare anflehte, das bitte nicht zu tun, da Helmut gerade auf Bewährung draußen war.

»Was hat er denn verbrochen?«, wollte Wuttke wissen.

»Wie oft habe ich ihm ins Gewissen geredet, nicht zu stehlen. Das war das Schlimmste, als wir Kinder waren. Die Sprüche der Leute. Die Asozialen, aus denen wird nie was. Die klauen wie die Raben. Deswegen haben sie uns auch ins Heim gesteckt …« Margot Schöller stockte.

»Sie sind im Heim aufgewachsen?« Wuttke musterte sie beinahe mitleidig.

»Ja, nach dem frühen Tod meiner Mutter hat mein Vater nur noch getrunken, hat uns nicht mehr zur Schule geschickt, und wir waren auf uns selbst gestellt. Da haben sie uns abgeholt. Mein Bruder ist aus dem Heim abgehauen, und mir haben sie gesagt, dass ich schwachsinnig bin. Dabei war ich doch nur ein armes mutterloses Kind, und unser Vati hat nur aus lauter Kummer getrunken. Aber das war denen da oben doch egal, für die war ich hier oben nicht ganz richtig.« Die Schöller tippte sich an die Stirn.

»Und dann wurde ich gezwungen, mich da unten operieren zu lassen, und mein großer Bruder ist eben auf die schiefe Bahn geraten, nachdem er sich hat verstecken müssen. Ich will Ihnen ja verraten, wo er ist, aber bitte hängen Sie ihn wegen der Briefe nicht hin. Braunke hat sie doch nie bekommen …«

»Und warum haben Sie sie nicht vernichtet?«, fragte Stein skeptisch. Mit einem Seitenblick nahm er wahr, dass Wuttke intensiv über etwas nachzugrübeln schien.

»Ach, ich war mir nicht sicher, ob ich sie nicht doch noch abschicken sollte …«

»Fräulein Schöller, woher kennen Sie Albrecht Müller?«, wollte Wuttke nun wissen.

»Ich, ja, ich habe ihn mit Lena gesehen«, stammelte sie.

»Das meine ich nicht. Woher *Sie* ihn kennen, möchte ich wissen!«

Sie presste trotzig die Lippen aufeinander.

»Woher?«

»Ich habe ihn nur ein einziges Mal außerhalb des *Pandora* und der Villa gesehen.«

»Wo haben Sie ihn gesehen?«

Die Schöller senkte den Kopf.

»Vor Gericht!«, erwiderte sie kaum hörbar.

»Was haben Sie dort gemacht? Sie haben mir im *Pandora* gesagt, er hat Frauen zu etwas gezwungen. Wozu?«

»Dazu, dass wir unfruchtbar werden«, stöhnte sie gequält.

Stein war beeindruckt, was für gute Arbeit sein Kollegen gerade leistete, auch wenn er lieber nicht wissen wollte, wie Wuttke zu diesen Informationen gekommen war, doch an der Reaktion der Schöller war unschwer zu erkennen, dass er ins Schwarze getroffen hatte. Müller und die Schöller verband etwas, an das die Frau um keinen Preis erinnert werden wollte. Er schob die Frau sanft zu einem Stuhl, weil er befürchtete, sie würde ohnmächtig, so blass, wie sie geworden war.

»Was sollen wir uns darunter genau vorstellen, Fräulein Schöller?«, fragte er mitfühlend.

»Schwachsinnige sollten keine Kinder bekommen.« Ihre Stimme klang bitter. »Aber ich wollte nicht ins Krankenhaus. Nicht dafür! Aber es hat alles nichts genützt. Ich musste zu dem Gericht, und da waren alle gegen mich. Auch Müller, der den Richtern bestätigt hat, dass ich kein Recht auf Kinder habe.«

»Albrecht Müller war also Gutachter in einem Prozess, in dem man Sie zur Sterilisation gezwungen hat?« Stein fasste das ganz sachlich zusammen, während er sich in diesem Augenblick nichts mehr wünschte, als in seinem ehemaligen Büro in London zu sitzen und nichts mehr über all das zu erfahren, was im Nationalsozialismus möglich gewesen war. Denn davon, dass man sogenannte Schwachsinnige gezwungen hatte, sich unfruchtbar machen zu lassen, hörte er hier zum allerersten Mal.

»Oh, mein Gott«, stieß Wuttke hervor, woraus Stein schloss, dass dies auch für den Kollegen neu war, aber sie waren hier, um ein ganz anderes Verbrechen aufzuklären. Den Mord an vier Menschen. Und selbst wenn die Schöller Gründe gehabt hätte, Braunke, Weber und auch Müller zu töten, was war mit Marianne?

Wuttke hatte sich offenbar schnell wieder gefangen.

»Wusste Ihr Bruder davon?«

Die Schöller nickte.

»Und haben Sie Müller in den Tiergarten gelockt, damit Ihr Bruder Rache üben konnte für das, was Ihnen widerfahren ist?« Das war wieder eine dieser direkten Fragen, die Stein so nie über die Lippen gekommen wären.

»Wovon reden Sie?« Die Schöller schien ernsthaft irritiert.

»Sie wissen doch, dass Müller an der Löwenbrücke ermordet wurde, oder?«

»Keine Ahnung.«

»Aber es hat doch in der Zeitung gestanden«, insistierte Wuttke.

»Ich lese keine Zeitungen, Herr Kommissar«, zischte die Schöller.

»Aber haben Sie Ihrem Bruder vielleicht davon erzählt, dass Sie den Gutachter, der über Ihr Schicksal bestimmt hat, im *Pandora* wiedergesehen haben?«

Die Schöller zuckte mit den Schultern. »Ich weiß es nicht.«

»Dann sollten wir Ihren Bruder dringend dazu befragen. Name?«

»Helmut Schöller.«

»Kennt Ihr Bruder Lena Kowalke?«

»Und ob! Für die schwärmt er seit Jahren, aber sie lässt ihn abblitzen. Nicht mal als Freier lässt sie ihn ran«, erwiderte die Schöller eifrig.

Wuttke und Stein warfen einander einen wissenden Blick zu.

»Gut, dann geben Sie uns bitte einmal seine Adresse!«

»Sie verdächtigen ihn doch nicht etwa, dass er Müller umgebracht oder dass er Lena diesen Brief geschrieben hat? Er würde ihr nie etwas antun! Bitte, verhaften Sie ihn nicht!«, flehte die Schöller.

»Fräulein Schöller. Wenn er nichts verbrochen hat, werden wir ihm auch keinen Strick aus den Briefen drehen.« Stein streckte die Hand aus. »Aber Sie müssen sie uns aushändigen. Wir sollten sie mitnehmen.«

Zögernd stand die Schöller auf und überreichte Stein mit zitternder Hand die Briefe.

»Und nun nennen Sie uns bitte die Adresse!«

»Er wohnt im Zimmer gegenüber«, stieß sie schließlich widerwillig hervor.

»Dann hat er den Braten gerochen …«

»… und der Vogel ist bereits ausgeflogen«, ergänzte Stein.

Die Schöller blickte fragend von einem zum anderen.

»Ihr Bruder ist abgehauen, während wir bei Ihnen geklopft haben!«, knurrte Wuttke. »Haben Sie deshalb so lange gebraucht, um uns zu öffnen? Um Ihren Bruder zu warnen?«, fügte er in scharfem Ton hinzu.

»Nein, er hat doch gar nichts zu verbergen!« Ihre Stimme hatte jetzt einen für Steins Ohren unangenehm schrillen Klang bekommen.

»Das sehen wir aber ganz anders. Allein diese Briefe könnten ihn schnell zurück ins Gefängnis bringen«, bemerkte Wuttke. »Also, wo kann er sein?«

»Ich weiß es wirklich nicht!«

»Wenn er unser Mörder ist, dann weiß ich jedenfalls, was oder besser gesagt, wer sein Ziel ist«, stieß Stein aufgeregt hervor und war mit einem Schritt an der Tür. »Kommen Sie, bevor es wieder zu spät ist.«

»Verdammt, verdammt! Lena! Sie haben recht! Wir dürfen nicht wieder zu spät kommen. Wie bei der Keller!«

Mit diesen Worten stürzte Wuttke an Stein vorbei ins Treppenhaus.

60

Müdigkeit war für Wuttke dank seiner Pillen kein Problem. Er tat, wenn er richtig rechnete, bereits fast vierundzwanzig Stunden Dienst auf der Treppe zum Dachboden vor Lenas Wohnung. Immer die Tür im Auge. Klinger hatte er sofort nach der Durchsuchung der Wohnung von Margot Schöller im Treppenhaus abgelöst. Ja, er hatte sich geradezu auf den Assistenten gestürzt und diesen mit Fragen überfallen, ob er im Flur einen Mann gesehen habe und so weiter. Klinger hatte das verneint, aber das hatte Wuttke nicht überzeugt. Er hatte bei Lena geklopft und sich von ihr beschimpfen lassen, was ihm eigentlich einfiele, sie zu stören. Das war Wuttke ziemlich gleichgültig gewesen. Hauptsache, sie hatten nicht ihre von Kugeln durchsiebte Leiche in der Wohnung gefunden! Die Frage, ob er sie vielleicht zu einem Arzt begleiten sollte, war ihm nicht über die Lippen gekommen, obwohl es ihm angebracht erschien, denn sie sah hundeelend aus. Es war ihm gelungen, Stein, der ihn abends hatte ablösen wollen, wieder nach Hause zu schicken, worüber der Kollege allerdings nicht besonders erfreut gewesen war. Im Gegenteil, er war sichtlich erbost darüber und hatte ihn ganz offen auf die Wachmacher angesprochen und ihm geschworen, dass er ihn bei der nächsten Ablösung notfalls mit Gewalt aus Lenas Treppenhaus entfernen würde. Immerhin war er so kollegial gewesen, ihm einen *Tagesspiegel* dazulassen, aber in dem Schummerlicht konnte Wuttke nicht lange am Stück lesen, ohne dass ihm die Zeilen vor den Augen verschwammen.

So hing Wuttke seinen Gedanken nach, die sich abgesehen von der Frage, ob Helmut Schöller tatsächlich der lang gesuchte Mörder war, auch immer wieder darum drehten, warum Lena ihn derart kalt abserviert hatte. Stein und er hatten entschieden, nicht nach Schöller fahnden zu lassen, weil damit die Chance, ihn zu erwischen und befragen zu können, eher schwand. Keine Frage, dass Krüger mit seinem neuen Adlatus die Vernehmung an sich reißen würden, um endlich einen Schuldigen präsentieren zu können. Krüger brannte schließlich darauf, einen Erfolg zu verkünden.

Jedenfalls hatte sich in den vergangenen vierundzwanzig Stunden im fünften Stock des Hauses nichts gerührt. Weder war ein Besucher aufgetaucht, noch hatte Lena ihre Wohnung verlassen, geschweige denn, dass der Mörder vor ihrer Tür gestanden hätte. Wuttke vermutete, dass ihn der Polizeiwagen vor dem Haus davon abhielt, sich Lena zu nähern.

Und immer wieder zermarterte er sich das Hirn darüber, ob sie mit Helmut Schöller endlich eine heiße Spur hatten. Wenn nicht, fragte er sich fieberhaft, was sie womöglich Gravierendes bei ihren Ermittlungen übersehen hatten, und er ließ auch immer wieder den Gedanken zu, der Täter könne doch aus dem Umfeld des Sparvereins Zoo stammen.

Er schreckte hoch, als er eine Tür klappen hörte. Lena verließ ihre Wohnung. Mit einem Satz war er bei ihr. Er erschrak, als er in ihr leichenblasses Gesicht blickte. Sie sah noch elender aus als am Tag zuvor. Ihre Augen glänzten fiebrig, ihre Haut schimmerte feucht, doch sie schien zu frieren.

»Ist dir nicht gut?«, erkundigte er sich besorgt.

»Bitte lass mich vorbei!«

Auch ihre Stimme klang belegt. Sie war krank. Keine Frage!

»Wohin willst du? Zum Arzt? Dann begleite ich dich.«

»Was geht dich das an?«

Wuttke stieß einen tiefen Seufzer aus. »Ich beschütze dich. Schon vergessen?«

»Bei einem Kerl, der auf unschuldige flüchtende Menschen schießt, fühle ich mich nicht gut aufgehoben«, gab sie zurück.

»Lena! Bitte! Ich hätte dir das nicht anvertrauen dürfen. Und wenn du mich deshalb nicht mehr treffen willst, muss ich das so hinnehmen. Aber jetzt bin im Dienst und habe den Auftrag, dich nicht aus den Augen zu lassen.«

»Max. Es ist Mittagszeit. Da wird mich schon keiner auf offener Straße erschießen! Bitte lass mich in Ruhe. Ich habe gerade ganz andere Probleme.«

»Andere Probleme? Nimm das nicht auf die leichte Schulter. Müller ist auch am helllichten Tage umgebracht worden!«

»Aber doch nicht auf der Straße!«

Wuttke horchte auf. »Woher weißt du das?«

»Das stand groß und breit in der Presse. Der Tote aus dem Tiergarten.« Mit diesen Worten drehte sie sich auf dem Absatz um und eilte die Treppen hinunter.

Wuttke folgte ihr. »Lena, sei vernünftig! Ich akzeptiere doch, dass es vorbei ist.«

Sie blieb auf dem Treppenabsatz stehen. »Was ist vorbei?«

»Unsere Beziehung«, stöhnte er gequält.

»Wir beide hatten keine Beziehung. Du warst ein Freier. Mehr nicht!«

»Aber ich habe dich nicht bezahlt. Ich habe dich nicht gekauft!«

Lena verdrehte die Augen. »Nein, ich habe eben ein großes Herz. Du hast kein Geld und wirktest so verloren. Das hat mich irgendwie angerührt. Und du hast mich an meinen Verlobten erinnert. Gerhard. Wir wollten heiraten, sobald er von der Front zurück war, aber er kam nie mehr aus Russland wieder.«

Wuttke sah, wie sie mit den Tränen kämpfte. Es rührte ihn, dass sie zugeben konnte, an wen er sie erinnerte.

»Ich habe dich wirklich gern, Lena!«

»Und ich dachte, du bist kein Schwein, bis ich begriffen habe, dass du genauso verstrickt bist wie die vielen anderen, die ›Heil Hitler‹ gebrüllt und für den Führer alles getan haben.«

»Ich war nie in der Partei!«, widersprach er empört.

»Mir egal. Wenn du mir schon folgst, dann halt wenigstens Abstand. Ich will nicht weiter mit dir reden. Außerdem lass mich endlich in Frieden. Ich brauche meine Kraft. Bitte!« Das klang flehentlich.

»Lena, noch eine Frage … Ich war nie etwas Besonderes für dich, oder?«

Sie blieb ihm eine Antwort schuldig. Stattdessen stöhnte sie auf, offenbar vor Schmerz, wandte sich ab und eilte aus dem Haus. Wuttke konnte ihr kaum folgen, aber er durfte sie auf keinen Fall aus den Augen verlieren. Dann blieb sie plötzlich abrupt stehen und stützte sich gegen eine Häuserwand. Er wagte es nicht, sich ihr zu nähern, sondern beobachtete mit gebührendem Abstand, wie sie nach einem kurzen Moment weiterging in Richtung einer Straßenbahnhaltestelle. Dort blieb sie stehen.

Er stieg wie sie kurz darauf ein. Sie setzte sich offenbar ganz bewusst neben eine fremde Frau, sodass er sich nicht neben sie setzen konnte. Am Hohenzollerndamm sprang sie so spät auf und verließ die Bahn, dass es ihm nur mit Mühe gelang, die Straßenbahn ebenfalls zu verlassen. Langsam wurde er wütend. Er holte sie ein.

»Jetzt ist Schluss mit den Kinderspielchen! Sonst hör ich auf, dir hinterherzulaufen!«

»Ich bitte darum«, erwiderte Lena und beschleunigte ihren Schritt erneut.

Wuttke spielte ernsthaft mit dem Gedanken, die Bewachung abzubrechen, aber dann dachte er wieder an den Mörder, und ihm war klar, dass er das nicht verantworten konnte. Es half alles nichts. Er musste sich wohl oder übel schlecht von ihr behandeln lassen, um sie zu beschützen. Also straffte er die Schultern und nahm die Verfolgung wieder auf.

Als sie auf den Eingang des Martin-Luther-Krankenhauses zusteuerte, stutzte er. Unangenehme Erinnerungen an die Braunke überfielen ihn. Trotzdem ging er ihr nach bis in den fast leeren Warteraum der Notaufnahme. Was wollte sie denn hier? Für den Bruchteil einer Sekunde vergaß er ihren Zwist und trat auf sie zu.

»Lena? Was hast du? Ist es etwas Schlimmes?«

Bevor sie ihm antworten konnte, kam ein Arzt aus der Tür, der Wuttke mit bösem Blick anfunkelte. Es war ausgerechnet jener Doktor, der ihn der Lüge überführt hatte, als er behauptet hatte, Ilse Braunkes Neffe zu sein. Er näherte sich den beiden.

»Als was schleichen Sie sich denn heute hier ein, Herr Kommissar? Als Ehemann?«, fragte er spöttisch.

»Nein, Herr Doktor, der Herr Kommissar verfolgt mich, und ich wäre sehr dankbar, wenn ich ihn endlich loswürde! Ich habe große Schmerzen und hohes Fieber«, verriet Lena ihm hastig.

»Moment mal, ich bin zum Schutz der Dame da. Sie hat eine Morddrohung erhalten!«

»Aber ich möchte nicht auf Schritt und Tritt verfolgt werden. Vor allem nicht hier, denn es geht die Polizei nichts an, was mich in die Notaufnahme führt. Ich bin hier als Patientin. Bitte, helfen Sie mir!« Sie stöhnte laut auf und biss sich auf die Lippen. Offenbar litt sie wirklich unter starken Schmerzen.

Wuttke hätte nur zu gern erfahren, was ihr fehlte, aber er befürchtete, man würde ihm keinerlei Auskunft geben.

»Kommen Sie bitte mit. Allein!«, forderte der Arzt Lena auf und fügte fürsorglich hinzu: »Wo tut es Ihnen weh?«

Lena deutete auf Wuttke. »Das würde ich Ihnen gern unter vier Augen sagen«, erwiderte sie gequält.

Kaum war Lena einen Schritt gegangen, stöhnte sie erneut laut auf. »Es schmerzt so schrecklich!« Sie kam ins Wanken. Der Arzt fing sie auf und wandte sich im Gehen verärgert an Wuttke. »Sie verschwinden jetzt, und zwar sofort!«, schnauzte er.

Wuttke wollte widersprechen, aber dann besann er sich eines Besseren und verließ grußlos den Warteraum. In der Klinik war Lena sicher, vermutete er, aber er würde die zwei Polizisten vor ihrem Haus abziehen und sie vor dem Krankenhaus Posten beziehen lassen.

Je weiter er sich von der Klinik entfernte, desto mehr drängte sich ihm ein ganz anderer Gedanke auf, den er vorerst nicht mit Stein teilen sollte …

61

Stein hatte es nur mit Mühe geschafft, im Krankenhaus überhaupt eine Auskunft über die Patientin Lena Kowalke zu erhalten. Der Chefarzt hatte Steins Warnung, dass sich die Kranke womöglich in Lebensgefahr befand, ernst genommen und erlaubt, dass vor ihrem Krankenzimmer ein Polizist zu ihrem Schutz abgestellt wurde. Eine konkrete Auskunft über ihr Leiden hatte er ihm allerdings nicht gegeben. Nicht mal den kleinsten Hinweis. Der Arzt hatte ihm lediglich lapidar verkündet, sie müsse bestimmt eine Zeitlang in der Klinik bleiben, weil womöglich eine Operation erforderlich sei, aber man werde Stein informieren, sobald sie die Klinik verließ. Wuttke machte diese Ungewissheit allerdings wesentlich nervöser als ihn. Er schien wie besessen davon, zu erfahren, was der Kowalke fehlte. Ständig präsentierte er ihm neue absurde Vorschläge, wie sie das herausbekommen könnten. Als er sich sogar in die Idee verstiegen hatte, sich als Krankenpfleger zu verkleiden, hatte Stein ihm vorgeschlagen, zu warten, bis die Patientin entlassen würde.

Stein wunderte sich, dass der Kollege noch nicht auf das Naheliegende gekommen war, dass es sich womöglich um eine Geschlechtskrankheit oder eine Fehlgeburt handelte, aber er wollte Wuttke mit einem solchen Verdacht nicht noch stärker belasten. Seit der vierundzwanzigstündigen Bewachung von Kowalkes Wohnung war er überaus reizbar und entsetzlich aufgedreht. Ein klares Anzeichen, dass er wieder seine Pillen nahm.

Deshalb hatte er sich immer noch nicht mit ihm beraten, ob sie Krüger nicht doch in den Verdacht gegen den immer noch flüchtigen Helmut Schöller einweihen sollten, selbst auf die Gefahr hin, dass der Mann dann in der Vernehmungsmühle des Kriminalrats landen würde. Stein hatte Bedenken, ob er es aufgrund dieser Sorge verantworten konnte, ihn weiter frei herumlaufen zu lassen. Auf diese Weise würden Wuttke und er – statt anständig zu ermitteln –

ein eigenes Ränkespiel betreiben, aber das sollte doch eigentlich Krügers Passion bleiben.

Als Wuttke, der zum wiederholten Mal an diesem Vormittag nervös von seinem Stuhl aufgesprungen und zur Tür hinausgeschossen war, das Büro wieder betrat, weihte Stein ihn in seine Überlegungen ein. Dieser Vorschlag trug nicht gerade zur besseren Stimmung seines Kollegen bei. Im Gegenteil, Wuttkes Miene verfinsterte sich merklich.

»Ich weiß nicht. Lieber stellen wir noch einen Schupo vor die Hardenbergstraße, falls der Schöller bei Nacht zurückkommt, zumindest, um sich ein paar Sachen zu holen.«

»Mir gefällt das auch nicht, den Kriminalrat jetzt mit ins Boot zu holen«, brummte Stein. »Trotzdem, wir sollten vernünftig sein. Ihr Vorschlag, einen Mann vor der Hardenbergstraße zu platzieren, ist gut.«

»In Ordnung, dann bringen wir es hinter uns. Oder wollen Sie allein in die Höhle des Löwen?«

»Um Gottes willen, nein! Vier Ohren hören mehr als zwei. Man sollte niemals mit Krüger ohne Not ein Vieraugengespräch führen«, lachte Stein.

Gemeinsam verließen sie ihr Büro. Vor der Tür zögerten sie beide kurz, dann klopfte Wuttke.

Zu Steins großer Verwunderung öffnete ihnen Lore Krause die Tür und bat sie höflich, draußen zu warten. Allerdings schloss sie flugs die Tür von außen und machte den beiden Kommissaren ein Zeichen, ihr zu folgen. Ein Stück von Krügers Büro entfernt blieb sie stehen und sah aufgeregt von einem zum anderen.

»Sie vernehmen schon seit heute früh einen Verdächtigen«, stieß sie aufgewühlt hervor.

»Wer sind *sie?*«, fragte Stein.

»Na, der Chef und dieser Stiefel…– ich meine der, der …!« Ihre Stimme bebte vor Zorn.

»Stiefellecker, Fräulein Lore. Nennen Sie das Kind ruhig beim Namen«, bemerkte Wuttke.

Fräulein Lore, aha, da war man sich wohl am Theaterabend etwas nähergekommen, dachte Stein amüsiert, aber dann fragte er sich, wie das angehen konnte, dass Krüger von Helmut Schöller wusste. Noch hatten sie doch gar keinen Schupo vor die Hardenbergstraße geordert.

»Und wen haben sie da in der Mangel?«, hakte er nach.

»Schulz. Er heißt Schulz.«

»Also doch. Ringverein.«, seufzte Wuttke.

»Nur weil Krüger ihn vernimmt, heißt das noch lange nicht, dass er unser Mörder ist. Ich würde sagen, eher das Gegenteil. Schulz hat in Moabit gesessen, als Braunke erschossen wurde. Und meiner Meinung nach sitzt der immer noch.«

»Schon, aber vielleicht hat es dieser Kerl, der in der Villa verbrannt ist, im Auftrag des Alten getan«, sinnierte Wuttke.

»Genau, und dann als verkohlter Geist weiter sein Unwesen getrieben.«

Lore sah fragend von einem zum anderen. »Ich weiß nicht, von wem Sie gerade sprechen, aber alt ist der Mann nicht, den die beiden in der Mangel haben.«

»Dadrin ist Schulz junior?«, stieß Wuttke fassungslos hervor. »Der kann doch keiner Fliege was zuleide tun.«

»Er hat wohl ein Geständnis abgelegt«, sagte Fräulein Krause. »Aber ich muss jetzt wieder rein. Ich sollte Ihnen nur mitteilen, dass keiner die Vernehmung stören darf.«

»Das werden wir ja mal sehen«, bemerkte Wuttke kämpferisch. »Da ist doch was oberfaul.« Mit diesen Worten steuerte Wuttke auf das Büro des Kriminalrats zu und wäre wohl, ohne anzuklopfen, in die Vernehmung geplatzt, wenn Stein ihn nicht am Ärmel festgehalten hätte. »Lassen Sie mich mal machen.«

»Aber klar, Chef, Sie können ja so besonders gut mit unserem Kriminalrat.« Das klang spöttisch, aber auch eine Spur erleichtert.

Als Stein klopfte und, ohne eine Antwort abzuwarten, das Zimmer des Kriminalrats betreten wollte, jammerte Lore, dass sie das ihre Stellung kosten könne.

»Keine Sorge«, erwiderte Stein und zwinkerte ihr zu, bevor er die Tür aufriss und, ohne zu zögern, lospolterte.

»Was wird hier gespielt? Wir mussten Fräulein Krause, die diese Tür eisern bewacht hat, zur Seite schieben, um an einer Vernehmung in unserem Fall teilzunehmen. Das geht zu weit, Herr Kriminalrat!« Stein hatte sich des cholerischen Tons bemächtigt, der sonst Krüger vorbehalten war. Das verfehlte seine geplante Wirkung nicht. Dem Kriminalrat hatte es schier die Sprache verschlagen.

Das Bild, das sich ihm im Büro ihres Vorgesetzten bot, bestätigte ihn in seinem Entschluss, den jungen Mann aus den Klauen des Kriminalrats zu retten. Ein halbes Kind hing mehr, als dass es saß, wie ein Häufchen Elend auf einem Vernehmungsstuhl. Der Delinquent nahm das Geschehen kaum mehr wahr, sondern jammerte unartikuliert vor sich hin. Vor ihm in der Pose eines Großinquisitors der Assistent. Steins Blick blieb an der Oberlippe des Verdächtigen hängen, insbesondere an einer frischen Wunde, die leicht blutete …

Da wurde aus Steins Machtspiel blutiger Ernst. Es begann überall in seinem Körper zu kribbeln, und er konnte in diesem Augenblick nicht garantieren, dem Schuldigen keine aufs Maul zu geben.

»Wer verdammt noch mal hat den Jungen geschlagen?«, brüllte er und trat bedrohlich einen Schritt auf Klinger zu.

»Er wollte, er wollte … sein Geständnis widerrufen, er hat uns frech ins Gesicht gelogen, und er wollte die Hand gegen mich erheben«, stammelte Klinger.

»Nun beruhigen Sie sich doch, Stein, ich habe den jungen Mann für diesen Ausrutscher bereits gerügt«, sagte Krüger beinahe entschuldigend.

»Sie haben gesagt, dass ich ruhig ein bisschen …«, versuchte sich der Assistent zu verteidigen, aber ein warnender Blick des Kriminalrats brachte ihn zum Schweigen.

»Ich beruhige mich aber nicht! Was sind denn das für Methoden? Haben Sie die noch von der Gestapo mitgebracht?«, herrschte Stein Krüger an.

»Das werden Sie bereuen, Stein«, zischte der Kriminalrat. »Und jetzt raus! Alle beide! Der Täter hat bereits ein Geständnis abgelegt. Der Fall ist geklärt! Sie haben in dieser Sache jämmerlich versagt!«

»Jetzt hören Sie mir mal zu! Wir bleiben hier und vernehmen den jungen Mann. Und wenn ich noch ein einziges Wort von Ihnen höre, dann gehe ich zu Stumm und muss ihm leider mitteilen, dass Sie Gestapo-Methoden von Polizeiassistenten dulden …« Stein legte eine Pause ein und musterte Klinger. »Tut mir leid, junger Mann, damit wäre Ihre Zeit bei uns dann sehr kurz gewesen!«

Die Gesichtsfarbe des Polizeiassistenten wechselte von Rot zu Grau. Stein hatte Sorge, dass der Mann sich übergeben müsste. »Ich wollte das nicht! Wirklich nicht! Ich habe doch nur getan …«

Stein hob die Hände. »Mehr wollte ich gar nicht wissen. Ich werde dem Präsidenten Bericht erstatten, dass Sie nicht nur unseren Kriminalassistenten zu so etwas anstiften, sondern auch, dass Sie meine Ermittlungen aus privaten Gründen behindert haben, weil Sie Sorge hatten, dass ans Licht käme, was Ihr feiner Schwager auf dem Kerbholz hat!«

Bei diesen Worten war auch Krüger leichenblass geworden.

»Also? Können wir diese Vernehmung jetzt fortsetzen?«

Krüger senkte den Kopf. »Ja«, knurrte er.

Aus den Augenwinkeln konnte Stein die Bewunderung in Wuttkes Gesicht lesen.

»Dann darf ich die Herren bitten, uns allein mit dem Verdächtigen zu lassen«, sagte er nun mit Nachdruck und deutete auf die Tür. Einen Augenblick lang rührte sich Krüger nicht vom Fleck. Stein befürchtete schon, er hätte das Spiel verloren und der Kriminalrat würde sich doch nicht auf diese Weise einschüchtern lassen, wie er es gehofft hatte, doch dann zischte er: »Eine halbe Stunde gebe ich Ihnen!« Er wollte sein Büro verlassen, während Klinger verschüchtert stehen blieb.

»Herr Kriminalrat, bitte nehmen Sie den Assistenten mit!«, rief ihm Stein hinterher.

»Klinger, wo bleiben Sie denn!«, brüllte Krüger, woraufhin der ihm mit gesenktem Kopf folgte.

Kaum war die Tür hinter den beiden zugeklappt, klopfte Wuttke Stein auf die Schulter und murmelte: »Knorke!«

In dem Moment stöhnte Schulz junior laut auf. »Ich war das wirklich nicht. Das müssen Sie mir glauben!«

Stein schob Wuttke vor. »Machen Sie das. Sie kennen ihn schon.« Das ließ sich Wuttke nicht zweimal sagen. Er näherte sich dem jungen Mann und legte ihm die Hand auf die Schulter. Dann schnupperte er und verzog das Gesicht.

»Der Kerl ist besoffen«, stellte Wuttke fest.

»Habe nicht getrunken«, sagte Schulz junior. »Ich war das nicht.«

»Ganz ruhig, Junge. Schauen Sie mich an!«

Schulz junior hob den Kopf, und seine Miene erhellte sich. »Lenas Kommissar, der Wuttke. Wo sind die anderen?«

»Haben eben den Raum verlassen. Jetzt führen mein Kollege Kommissar Stein und ich die Vernehmung.« Er deutete auf Stein, der Schulz junior freundlich zunickte. »Und Sie müssen keine Angst haben. Sie werden hier zu nichts gezwungen. Wir wollen nur erfahren, warum man Sie des Mordes verdächtigt. Und ob Sie es tatsächlich waren.«

»Nein, Herr Kommissar, ich war es nicht. Warum glaubt mir denn keiner?«

»Offenbar haben Sie ein Geständnis abgelegt.«

In dem Moment klopfte es, und Lore Krause trat ein. »Ich soll die Vernehmung protokollieren. Und danke, dass Sie mich nicht reingeritten haben.«

»Das ist doch selbstverständlich. Ich würde meinen ärgsten Feind nicht an Krüger verraten«, bemerkte Wuttke im Brustton der Überzeugung.

»Na, darauf kann ich mir ja etwas einbilden«, erwiderte die Krause mit einem leichten Grinsen, während sie sich an eine Schreibmaschine setzte.

»So war das nicht gemeint, aber sagen Sie mal, ist die neu?« Er deutete auf die Maschine.

»Eine Vorkriegs-Triumph-Adler, aber immerhin muss ich nicht

mehr mit der Hand schreiben. Hat mir der Kriminalrat heute früh besorgt für diese Vernehmung. Ich würde sie nur ungern wieder hergeben!«

»Keine Sorge, die behalten Sie«, mischte sich Stein eifrig ein.

»Ich war es nicht«, wiederholte Schulz junior.

»Wuttke, ich gehe mal mit ihm in die Waschräume. Vielleicht hilft ein bisschen Wasser, damit er ausnüchtert. Sie können sich währenddessen ein Bild machen, was hier eigentlich Sache ist«, bot ihm Stein an und hakte den jungen Burschen mit einem geschickten Griff unter und zog ihn vom Stuhl. Arm in Arm wie zwei Zechbrüder verließen sie das Büro.

62

Der Duke is schon 'n Juter«, murmelte Wuttke.

»Ja, er ist wirklich ein feiner Kerl«, bemerkte Lore Krause daraufhin versonnen. So wie sie dabei verzückt die Augen verdrehte, gab es für Wuttke keine Zweifel mehr, dass Stein es der Schreibkraft mächtig angetan hatte.

»Dann erzählen Sie mal, Fräulein Lore. Wie ist Schulz junior zum Tatverdächtigen geworden?«

»Dieser Klinger saß schon heute Morgen um sechs Uhr bei Krüger im Büro und hat einen Anruf entgegengenommen von einer Dame namens Karin aus dem *Pandora*. Die Frau behauptete, Schulz junior hätte gerade ein Mordgeständnis abgelegt.«

»Das kann ja jeder behaupten«, empörte sich Wuttke. »Und hat Krüger sie herbestellt?«

»Ja, schon, aber erst einmal haben sie sich den betrunkenen Mann zur Vernehmung geholt. Direkt aus dem *Pandora*. Der wusste nicht mal seinen Namen. Das geht jetzt schon so seit Stunden. Und …« Sie zögerte. »Klinger hat ihn ganz schön hart angepackt, wahrscheinlich, um dem Kriminalrat zu imponieren.«

»Und für wann hat er die Frau geladen?«

»Ein Uhr. Die wird schon draußen warten.«

Wuttke atmete tief durch. Auch wenn er immer noch an seiner Theorie hing, die Morde könnten aus dem Umfeld des Sparvereins Zoo begangen worden sein, für das Bürschchen würde er seine Hand ins Feuer legen.

Als Stein und Schulz junior ins Büro zurückkehrten, konnte der junge Mann schon wieder auf eigenen Beinen stehen und sah wesentlich frischer aus.

»Wir haben uns mal das Gesicht gewaschen«, erklärte Stein, und Schulz junior pflichtete ihm mit einem schiefen Grinsen bei.

Wuttke informierte Stein flüsternd über das angebliche Geständnis und die Zeugin.

»Ach, die habe ich eben auf dem Flur sitzen sehen. Soll ich mit der Dame reden, während Sie versuchen, unseren Freund hier zu einer halbwegs verwertbaren Aussage zu animieren?«

Wuttke nickte eifrig, bevor er sich erneut Schulz junior zuwandte. Immerhin konnte er ihm jetzt sogar seinen Vornamen nennen. Fritz. Und er versicherte Wuttke wiederholt, dass er nicht einen einzigen Mord begangen hätte.

»Das glaube ich Ihnen ja gern, aber erinnern Sie sich an Ihr Geständnis?«

Fritz Schulz legte die Stirn in Falten. »So ganz genau nicht mehr. Ich weiß nur, dass eins der Mädchen gemeint hat, ich kann meinem Ollen nicht das Wasser reichen. Chorknabe hat sie mich genannt. Und ich weiß noch, dass ich es denen mal richtig zeigen wollte, und da muss ich wohl erzählt haben, ich hätte Braunke und Weber das Hirn weggepustet … das war ziemlich dumm von mir, oder? Komm ich jetzt ins Gefängnis?« Er sah Wuttke mit einem bemitleidenswerten Blick an.

»Ich befürchte nein! Sie werden wohl auf andere Art beweisen müssen, dass Sie ein richtiger Mann sind.«

Plötzlich kam Leben in den Junior, und er sah forsch in Lore Krauses Richtung. »Puppe, verdienst du hier bei den Polypen genug? So was wie dich, das können wir im *Pandora* gut gebrauchen.«

Wuttke wollte ihm gerade über den Mund fahren, weil er seine Ermutigung so ganz bestimmt nicht gemeint hatte, aber die Schreibkraft kam ihm zuvor.

»Kleiner, das nimm mal schön zurück. Sonst nehmen die Kollegen dein Geständnis für bare Münze, und du wanderst in den Bau. Und zwar für immer!«

Wuttke musste sich sehr beherrschen, um nicht laut loszulachen, denn der Junior war bei ihren Worten merklich zusammengezuckt.

»Entschuldigen Sie bitte«, raunte er.

»Ich würde Ihnen dringend empfehlen, den Dienst bei Ihrem Vater zu quittieren und ein anständiges Leben zu beginnen. Sonst gestehen Sie im Suff noch, der Kopf der Gladow-Bande zu sein, und mit Ihrem Maßanzug und der weißen Krawatte nimmt man Ihnen das glatt ab und knallt Sie auf der Stelle nieder.«

»Aber ich habe mir noch nie etwas zuschulden kommen lassen«, jammerte der Junior.

»Sage ich doch. Stehen Sie mal auf!«

Fritz Schulz erhob sich langsam von seinem Stuhl.

»Und nun wandern Sie mal zum Fenster.«

Auch das schaffte er, ohne zu wanken.

»Ich denke, wir können Sie jetzt nach Hause zum Ausnüchtern schicken und müssen Sie dazu nicht in unsere Zelle …«

Er wurde unterbrochen, als die Tür aufflog und Krüger in sein Büro trat, gefolgt von Klinger.

»So, die halbe Stunde ist um! Haben Sie jetzt endlich ein verwertbares Geständnis?«, bellte er.

»Er ist unschuldig«, widersprach Wuttke entschieden.

»Reden Sie keinen Unsinn, Mann! Der Staatsanwalt ist bereits informiert, dass wir unseren Täter haben. Jetzt brauchen wir nur noch einen Termin mit den Vertretern der Presse.«

»Halten Sie inne, Herr Kriminalrat. Sehen Sie nicht, dass sich der Mann vor Angst fast in die Hosen macht? Er hat Braunke, Weber und die anderen genauso wenig erschossen wie Sie und ich!«

»Wuttke, Sie haben wohl zu viel Panzerschokolade genossen. Das höre ich mir nicht länger an. Sie sind fristlos …«

In diesem Moment kam Stein zurück. Er musterte den Kriminalrat mit finsterer Miene. »Wie konnten Sie einem solchen Geständnis Glauben schenken?«, fragte er vorwurfsvoll.

»Weil wir eine Zeugin haben, die das mit eigenen Ohren gehört hat!«, schrie er.

»Ach ja? Erstens hätten Sie diese Frau nie vor Gericht bekommen, weil sie mir eben kleinlaut mitteilte, dass sie wohl zu betrunken gewesen wäre und keinesfalls gegen den Junior aussagen werde. Und zweitens: Das Geständnis ist nicht einen Pfifferling wert. Nachdem ich ihr versichert hatte, dass der Vater des jungen Mannes nichts davon erfahren würde, hat sie mir berichtet, wie es heute Morgen im *Pandora* zu diesem Geständnis gekommen ist. Die Mädchen haben sich über den jungen Mann lustig gemacht, und da hat er geprahlt, er hätte Braunke und Weber das Hirn weggepustet. Herr Kriminalrat! Das Hirn weggepustet! Der Mann hat keinen Schimmer davon, wie die Opfer umgebracht worden sind!«

Krüger lief knallrot an und schnaufte so laut, dass Wuttke schon Sorge hatte, er würde einen Herzanfall erleiden, doch dann wandte er sich zornentbrannt an Klinger. »Sie Idiot, wie kommen Sie darauf, mir zu erzählen, Schulz junior hätte die Morde im Detail geschildert, wie es nur ein Täter könnte.«

»Ich habe bei der Zeugin doch nur nachgefragt, ob er wohl erzählt hat, dass er den Braunke von hinten erschossen habe, und das hat sie bejaht. Sie war ja auch ganz aufgeregt und fest davon überzeugt, dass er die Wahrheit gesagt …«

»Raus! Wir sprechen uns noch!«

Klinger verließ wie ein geprügelter Hund Krügers Büro.

»Und jetzt?« Das klang ungewöhnlich verzagt aus Krügers Mund.

»Nun schicken Sie Fritz Schulz in einem Polizeiwagen nach Hause, und wir kümmern uns um den wahren Täter, der möglicherweise …«, erwiderte Stein, doch da warf ihm Wuttke einen warnenden Blick zu. Es war kein guter Zeitpunkt, Krüger in den Verdacht gegen den flüchtigen Schöller einzuweihen. Stein verstand die Botschaft auch ohne große Worte.

»Wir informieren Sie, sobald es bei uns Neuigkeiten gibt«, log Stein nun, ohne rot zu werden. »Und wenn Sie uns bitte mit diesem übereifrigen Assistenten verschonen würden! Ich befürchte, der Polizeidienst ist nicht das Richtige für ihn.«

»Was brauchte man denn für eine Schulausbildung, um sich bei der Polizei zu bewerben?«, hörte Wuttke daraufhin Fritz Schulz fragen. Er fuhr verwundert herum. Genau wie die anderen.

»Ein guter Realschulabschluss ist schon von Vorteil, wenn man hier weiterkommen will«, erwiderte Krüger irritiert.

»Den habe ich. Vielleicht melde ich mich mal. Und danke, Herr

Kommissar Wuttke. Sie haben einen bei mir gut. Wenn Sie wollen, könnte ich Ihnen das nächste Mal wieder eins unserer Mädchen …«

»Auf Wiedersehen, Herr Schulz!«, unterbrach Wuttke ihn schroff.

63

Schon seit drei Nächten bewachten Wuttke und Stein die Hardenbergstraße im Wechsel. Einer blieb bis ein Uhr nachts, der andere bis sieben Uhr morgens. Am Tag stand dann ein Schupo vor dem Haus, den die Kommissare unter dem Vorwand dort abgestellt hatten, dass man Margot Schöller im Auge behalten müsse. Krüger hatte sofort von ihnen wissen wollen, was sie gegen die Frau in der Hand hatten, aber Stein hatte ihm etwas von einem angeblich dubiosen Freier berichtet, der im *Pandora* und auch im Edelbordell Villa Braunke ein und aus gegangen war, dessen Namen sie aber nicht kannten. Der Kriminalrat hatte sich mit dieser Geschichte zufriedengegeben, aber Stein gegenüber betont, er wolle endlich den Mörder seines Schwagers bluten sehen. Auf Steins süffisanten Einwand hin, dass es ja insgesamt vier Opfer gäbe, hatte Krüger seine persönlichen Rachefantasien natürlich sofort zurückgenommen.

Dass Stein an diesem Abend tatsächlich einen dubiosen Freier ins Haus hatte gehen sehen, stand auf einem ganz anderen Blatt. Er war jedenfalls äußerst gespannt, was wohl Wuttke bei der Ablösung sagen würde, wenn er ihm gleich berichtete, dass Richter Langner mit Margot vor vier Stunden im Haus verschwunden und eine Stunde später wiederaufgetaucht und im Dunkel der Nacht verschwunden war. Ob die Schöller ihre Gelegenheit beim Schopf gepackt hatte, die solventen Kunden der Kowalke abzugreifen, jetzt, wo die Kollegin ausgefallen war? Denn eines war auch für ihn, der Lena Kowalke als Frau nicht besonders viel abgewinnen konnte, offensichtlich. Die Kowalke hatte von den Damen im *Pandora* das meiste Format. Er konnte sich gut vorstellen, dass die Kunden, die auf einen gewissen Stil Wert legten, keine andere wollten. Aber wahrscheinlich würde Margot Schöller bei ihrem Verwandlungstalent in Zukunft als geheimnisvolle Circe in Lena Kowalkes Fußstapfen treten. Er verspürte mit dieser Frau ein gewisses Mitgefühl, seit er von ihrem tragischen Schicksal erfahren hatte. Ihn fröstelte allein bei dem Gedanken, sie würde sich gegen entsprechende Bezahlung nun freiwillig Kippen auf ihrem Körper ausdrücken lassen.

Er hatte den Gedanken noch nicht ganz zu Ende geführt, als er spürte, wie sich ihm von hinten zwei Hände um den Hals legten. Und zwar eindeutig Männerhände, die ihn zu würgen versuchten. Nach einer Schrecksekunde holte Stein tief Luft, fuhr mit dem Kopf nach vorn und dann mit einem Ruck zurück. Das hatte er beim Yard gelernt.

Mit einem Aufschrei ließ der Angreifer von ihm ab. Stein fuhr herum, und bevor der kräftige Kerl mit der Schiebermütze sich besinnen konnte, hatte Stein ihn mit einem gezielten Griff zu Boden geworfen und sich auf seinen Brustkorb gesetzt.

»Sie tun mir weh«, wimmerte der Bursche, den Stein auf Ende zwanzig schätzte und der unverfälschtes Berlinisch sprach.

»Was erwarten Sie? Sie wollten mich hinterrücks erwürgen! Wer sind Sie?«

»So kann ich nicht sprechen.«

Stein aber ließ nicht von ihm ab, sondern betrachtete ihn im Mondlicht prüfend. Obwohl sein Gesicht schmerzverzerrt war, war eine gewisse Ähnlichkeit mit Margot Schöller nicht zu leugnen. Der schmale Mund und die breite Nase.

»Helmut Schöller?«, fragte Stein.

Statt ihm eine Antwort zu geben, japste der Mann nach Luft.

»Warum wollten Sie mich umbringen?«

Nun begann er so heftig zu husten, dass Stein seinen Brustkorb freigab.

»Ich habe Asthma«, keuchte der Mann, nachdem der Husten abgeebbt war.

Stein reichte ihm die Hand. »Und warum wollten Sie mich erwürgen?«

»Ich wollte Sie nicht töten, sondern nur außer Gefecht setzen. Denn Sie sind doch ein Schupo, oder?«

»So was Ähnliches«, entgegnete Stein, während er den Mann vom Boden hochzog, ihn dann aber geschickt am Arm umklammert hielt. »So, Bürschchen, jetzt müssen wir uns mal intensiv unterhalten. Am besten, Sie kommen mit in die Friesenstraße.«

»Bitte nicht zum Präsidium. Die behalten mich gleich dort«, jammerte er.

»Wen haben wir denn da?«, ertönte in dem Moment die Stimme von Wuttke, der soeben zum Schichtwechsel eintraf und sichtlich erfreut war. »Wenn das mal nicht der Schöller ist.«

»Bitte lassen Sie mich gehen. Ich habe nichts Unrechtes getan. Und man hat mich dazu gezwungen, vor dem Laden Schmiere zu stehen. Das müssen Sie mir glauben.«

»Gut, dann unterhalten wir uns vorerst in Ihren vier Wänden«, sagte Stein.

Wuttke und er ließen Schöller auf der Treppe vorgehen.

»Ist der so blöd oder tut der nur so?«, raunte Wuttke Stein schnaufend zu.

»Das frage ich mich auch«, gab Stein zurück und fügte leise hinzu: »Wuttke, das Zeug bringt Sie früher ins Grab, als Sie denken können!«

Wuttke blieb stehen und atmete einmal tief durch, um dann ohne Schnauben und Schnaufen die Treppen bis unter das Dach emporzusteigen.

Schöller öffnete die Tür und ließ sie in seine Kammer, die mehr einem Loch ähnelte. Es gab außer einer am Boden liegenden fleckigen Matratze kein einziges Möbelstück. Das Einzige, das daran erinnerte, dass hier jemand wohnte, waren ein Haufen schmutziger Kleidungsstücke und ein Berg Zeitungen. Dagegen war das, was seine Schwester aus so einem Raum gemacht hatte, der reine Luxus, dachte Stein.

»Setzen Sie sich doch«, forderte er Schöller auf. Der ließ sich zögernd auf sein Lager fallen.

»Keine langen Vorreden mehr! Ihre Schwester Margot hat uns erzählt, sie wurde gegen ihren Willen sterilisiert. Das ist Ihnen bekannt, oder?«

Schöller sah die beiden Kommissare irritiert an. »Wat sollen denn die ollen Kamellen?«

»Sie wissen auch, dass Ihre Schwester im *Pandora* den Gutachter wiedergesehen hat, der sie zu der Operation gezwungen hat?«

»Gut, dass das Schwein tot ist!«

»Sie wissen, dass Dr. Müller ermordet wurde?«

»Stand ja in der Zeitung!«

»Und wo waren Sie am 9. September am späten Nachmittag?«

Während Schöller überlegte, wurde er sichtlich nervös.

»Ist es Ihnen wieder eingefallen? Löwenbrücke, Tiergarten?«, hakte Wuttke nach.

»Unsinn, ich stand Schmiere vor diesem Laden!«

»Und woher wissen Sie das so genau? Ich meine, mit Datum?«

»Na, weil ganz Berlin bei der Kundgebung war. Und keiner einen Einbruch bei einem Schuster bemerkt hätte!«

»Wo genau war der Einbruch?«

Schöller wand sich. »Ich liefere mich doch nicht selbst ans Messer!«

»Der Einbruch interessiert uns nicht. Genauso wenig wie die Erpresserbriefe, die Sie Ihrer Schwester geschrieben haben.«

»Da können Sie mir keinen Strick mehr draus drehen. Braunke wurde ermordet, bevor er meiner Schwester wegen der Briefe die Brosche geben konnte!«

»Aus dieser Sache sind Sie fein raus, denn Ihre Schwester hat sich gar nicht getraut, diese Briefe überhaupt an Braunke zu schicken«, erklärte Stein Schöller, der erleichtert aufatmete.

»Haben Sie Zeugen dafür, dass Sie am 9. September Schmiere gestanden haben?«, fragte Stein.

»Herr Wachtmeister, das könnte ich Ihnen doch nicht sagen, selbst wenn ich das wollte. Die machen mich kalt!«

»Dann sagen Sie uns bitte, welcher Laden am 9. September von Ihren Komplizen …«

»Die haben mich gezwungen. Das sind nicht meine Komplizen! Ich bin keiner von ihnen.«

»Gut, in welchen Laden sind denn diese Jungs eingestiegen?«

»Schuster Eberhart«, presste Schöller widerwillig hervor.

»Das werden wir überprüfen«, entgegnete Stein. »Aber dazu

kommen Sie mit uns in die Friesenstraße. Wenn Sie nämlich lügen, dürfen wir Sie nur wieder von hinten sehen, weil Sie dann nämlich die Biege machen.«

»Aber, wenn die Kommissare mich dort sehen, bin ich fällig«, sagte Helmut Schöller ängstlich. »Warten Sie. Ich kann es beweisen.« Er erhob sich von seinem Lager und ging zu dem Zeitungsberg, aus dem er gezielt einen *Abend* vom 10. September hervorzog. Er blätterte hektisch von Seite zu Seite, die sich alle nur mit der Rede Reuters vor dem Reichstag beschäftigten. Doch dann deutete er aufgeregt auf einen Artikel, der bestätigte, dass ein paar Kriminelle die Gunst der Stunde genutzt und in der leer gefegten Stadt ihr Unwesen getrieben hatten. Ein Schuster Eberhart wurde dort sogar namentlich erwähnt. »Jetzt können Sie mich doch gehen lassen, oder?«

»Erstens ist das kein Beweis, dass Sie bei diesem Überfall Schmiere gestanden haben, und außerdem haben wir noch eine Menge Fragen an Sie! Setzen Sie sich doch ruhig wieder!«

Schöller zog es allerdings vor, stehen zu bleiben. Dabei stellte er sich auffällig nahe an die Tür, aber Wuttke schob ihn weg und nahm selbst den Platz dort ein.

»Und nun würde ich gern wissen, wann Sie Lena Kowalke das letzte Mal gesehen haben.«

»Das ist lange her«, erwiderte er prompt. »Im August, um es genau zu sagen!«

»Und wieso wissen Sie das so genau?«

»Weil sie mir einen Kuss auf die Wange gegeben hat und ich mich seitdem nicht mehr gewaschen habe«, erklärte er grinsend.

Wuttke wollte etwas erwidern, aber Stein kam ihm zuvor, denn er befürchtete, dass dem Kollegen nach diesem Geständnis nichts Sachdienliches auf der Zunge lag.

»Wie stehen Sie zu Lena Kowalke?«

»Ich finde sie knorke, aber sie lässt sich privat grundsätzlich nicht von Männern rumkriegen. Das hat sie mir an dem Tag ganz deutlich gemacht. Und dass das mit dem Kuss nur war, weil ich so ein guter Lehrer war!«

»Lehrer? Was haben Sie ihr denn beigebracht? Und überhaupt, was haben Sie denn an dem Tag gemacht?«

»Wir hatten da so eine geheime Badestelle am Groß Glienicker See …« Er stockte.

»Und? Lassen Sie sich doch nicht jedes Wort einzeln aus der Nase ziehen!«, bellte Wuttke.

»Ich war da mit einigen der Mädchen, und nach dem Baden, da hat die Margo …« Er unterbrach sich erneut.

Stein legte Wuttke beschwichtigend den Arm auf die Schulter.

»Reden Sie ruhig weiter«, forderte Stein den Befragten höflich auf, während er unter seiner Hand die Vibrationen spürte. Wuttke war aufs Äußerste angespannt. »Und ich nehme mal an, Margo ist Ihre Schwester, oder?«, erkundigte sich Stein.

Er nickte eifrig. »Ja, und die Margo hatte eine Pistole dabei.«

»Ihre Schwester besitzt eine Pistole?«, hakte Stein nach und versuchte, nach außen gelassen zu klingen, während ihn diese Nachricht in Aufregung versetzte.

»Ja, also, ich habe sie dazu angestiftet, nachdem sie mir von Braunkes Waffenlager erzählt hat. Nimm dir doch einfach eine davon mit …«

»Sie hat also in Ihrem Auftrag … lassen Sie mich raten … Braunke eine Waffe gestohlen?«

»Nein, das kann man so auch nicht sagen. Ich wollte, dass sie sich im Notfall damit schützen kann. Sie glauben ja gar nicht, was Braunke ihr für Kunden zugemutet hat. Und ich habe immer gesagt: Margo, du musst dich wehren können, wenn es zu schlimm kommt!«

»Und diese Waffe hat sie am See hervorgeholt und allen gezeigt? Oder wie darf ich mir das vorstellen?«

»Nun ja, wir hatten auch ein paar Flaschen Schnaps, die sie dem Braunke stibitzt hat, dabei, und sie hat einen ordentlichen Zug.«

Wuttke verdrehte genervt die Augen. »Jetzt kommen Sie mal auf den Punkt, Mann! Was hat Ihre Schwester mit der Waffe gemacht? Kann sie überhaupt schießen?«

»Das war ja das Problem. Sie konnte sie nicht mal richtig halten.

Und dann habe ich eine leere Flasche aufgestellt und den Mädchen beigebracht, wie man schießt.«

»Und woher konnten Sie das? Waren Sie denn Soldat? Ich denke, Sie haben sich im Krieg versteckt?«

»Zusammen mit einem Deserteur. Wir haben das Kriegsende im Wald in einer Höhle überlebt, aber nur, weil er mir das Schießen beigebracht hat und wir uns so unser Essen besorgt haben. Er sagte immer: *Mann, Helmut, an dir ist ein guter Schütze verloren gegangen!* Leider haben sie ihn in den letzten Kriegstagen erwischt und 'ne schöne Buche für ihn ausgesucht. Ich konnte noch abhauen, aber das war knapp, sonst hätte ich neben ihm gebaumelt ...«

»Und weiter! Ich meine, mit dem, was am See passiert ist!« Wuttke fuhr sich vor lauter Ungeduld ständig durch das Haar.

»Die meisten Mädchen konnten die Waffe nicht einmal halten, nur Margo hat es schließlich kapiert. Und auch gar nicht so schlecht gezielt.«

»Und Lena?«

»Lena war ein Naturtalent. Wie diese zarte Frau mit der Wumme umgegangen ist. Alle Achtung. Sie konnte gar nicht genug bekommen. Sie hat erst aufgehört, als sie die zweite Flasche getroffen hat«, schwärmte er.

»Und dann haben Sie zum Dank einen Kuss bekommen?«, hakte Wuttke grimmig nach.

»Diese Frage müssen Sie meinem Kollegen nicht beantworten, weil Sie für unseren Fall völlig irrelevant ist. Allerdings muss ich Sie jetzt bitten, Ihrer Schwester mit uns zusammen einen Besuch abzustatten.«

»Aber es ist doch mitten in der Nacht«, widersprach Schöller. »Sie hasst es, wenn man sie aus dem Schlaf holt. Da wird sie mächtig böse.«

»Sie haben die Wahl: den Zorn Ihrer Schwester oder den der Kollegen von der Einbruchs-Inspektion in der Friesenstraße!«, sagte Stein ungerührt.

»Gut, dann müssen wir sie wohl wecken.«

Während sie Schöllers Kammer verließen, raunte Stein Wuttke zu, er möge ein wenig sachlicher an die Sache herangehen.

»Das sagt ja der Richtige«, zischte Wuttke zurück.

Das Dumme war, dass Stein ihm nichts entgegensetzen konnte. Der Fehltritt mit Marianne Keller würde wohl fortan seine Achillesferse bleiben. Kein schöner Gedanke für Hans-Joachim Stein, der schon immer der Meinung gewesen war, dass Kontrollverlust der Anfang vom Ende war.

64

Helmut Schöller hatte nicht zu viel versprochen, was den Zorn seiner Schwester anging, als sie mitten in der Nacht geweckt wurde. Kaum hatte sie die Tür aufgerissen, begann sie bösartig zu fluchen, bis ihr Wuttke energisch über den Mund fuhr.

»Schluss mit dem Geplärre. Wir kommen mitten in der Nacht ganz gewiss nicht aus Spaß!«

Kaum hatten sie das kleine Zimmer betreten und die Tür hinter sich zugezogen, fragte Wuttke nach ihrer Waffe.

Margot Schöller wollte sich gerade empören, als ihr Bruder ihr bedauernd erklärte, dass Leugnen zwecklos wäre, da er die Polizei von der Existenz der Walther P.38 in Kenntnis gesetzt hatte.

»Wo haben Sie die Waffe versteckt?« Und schon machte sich Wuttke daran, ihre Bettdecke wegzureißen. »Unter der Matratze?«

»Sie ist nicht hier«, räumte die Schöller zögernd ein und sprang mit einem Satz auf ihn zu, um ihn daran zu hindern, das Bett auseinanderzunehmen. Dabei öffnete sich ihr Bademantel ein Stück – dieses Mal unabsichtlich – und gab den Blick auf eine frische Brandwunde an ihrem Oberschenkel frei.

»Wer war das?«, fragte er in scharfem Ton.

Margot schwieg, aber Stein klärte ihn darüber auf, dass Langner ihr in dieser Nacht einen Besuch abgestattet hatte, woraufhin Helmut Schöller sich furchtbar aufregte. »Sag bloß, du hast diesen Richter rangelassen? Ich denke, den hat außer Lena keiner bedient?«

»Das ist meine Sache«, schnaubte Margot und ließ hastig ein paar Scheine, die auf ihrer Kommode lagen, in der Tasche ihres Bademantels verschwinden.

»Schluss jetzt! Wo ist die Waffe?«, fragte Wuttke.

»Ich habe sie in meiner Garderobe im *Pandora* versteckt«, gab Margot schließlich gequält zu.

»Gut, dann begleiten Sie uns jetzt dorthin!«

»Aber, ich, ich …«

»Ziehen Sie sich an. Sie haben zehn Minuten. Wir warten draußen. Und falls das Bordell schon geschlossen sein sollte, bitte vergessen Sie den Schlüssel nicht!«

Helmut Schöller machte eine abwehrende Geste. »Im *Pandora* schläft man nie. Von außen sieht es irgendwann tot aus, aber drinnen tobt das Leben, je später es wird. Wir haben heute Freitag, da brummt der Laden.«

»Sie kennen sich ja gut aus«, bemerkte Stein, während er ihn vor sich aus der Tür in den Flur trieb.

»Ich habe mal eine Zeitlang als Mädchen für alles in dem Freudenhaus gearbeitet. Am Wochenende konnte ich gar nicht so viele Flaschen in den Keller schleppen, wie die da oben ausgesoffen haben.«

»Sie kennen den Keller des *Pandora?*«, fragte Wuttke und versuchte, seine Erregung zu verbergen. Die Erwähnung seines dunklen und feuchten Gefängnisses erinnerte ihn ganz unangenehm an die Qualen, die er dort erlitten hatte.

Helmut Schöller sah ihn ziemlich verblüfft an. »Natürlich, das gehörte ja zu meiner Arbeit, den Flaschenvorrat zu bewachen.«

»Kein schöner Ort, oder?«, hakte Wuttke lauernd nach.

»Sie stellen vielleicht Fragen! Welcher Keller ist schon schön?«, erwiderte er kopfschüttelnd.

»Wann waren Sie das letzte Mal dort unten?«

Schöller überlegte. »Das war so im Mai. Da hat mich Braunke an die Luft gesetzt, weil ich eine Flasche beiseitegeschafft habe, der alte Geizkragen! Und ich wollte die doch nur ausborgen!«

»Im Mai? Und danach sind Sie nie wieder da unten gewesen? Auch nicht, um dort jemanden einzusperren?«

Schöller tippte sich an die Stirn. »Sind Sie meschugge?«

Das klang so aufrichtig, dass Wuttke Ruhe gab. Vorerst jedenfalls. Der Mann war für ihn noch nicht aus der Schusslinie, auch wenn er mit einer nahezu entwaffnenden Ehrlichkeit seine Gaunerehre zu verteidigen versuchte.

Über ihnen im Flur hing eine nackte Glühbirne, die ganz plötzlich ausging.

»Das war es erst mal wieder mit dem Strom«, stellte Schöller fest, während Wuttke nach seinem Arm griff, um ihn am Türmen zu hindern. Doch in diesem Moment kam auch schon Margot Schöller aus der Wohnung, in der Hand eine Kerze. Sie war fast ungeschminkt, hatte sich ein Tuch um das Haar gebunden und sah damit aus wie eine Trümmerfrau.

Schweigend ging die kleine Gruppe wenig später durch die düsteren Charlottenburger Straßen. Auch das *Pandora* wirkte von außen dunkel und abweisend, doch nachdem Margot ein Klopfzeichen gegeben hatte, öffnete sich vorsichtig die Tür, und ein scheinbar verschlafener junger Mann stand in der Tür. »Was stören Sie mich …« Er stutzte. »Ach, du bist das, Margot, und wer sind deine Begleiter?« Plötzlich war er hellwach und nahm die Haltung eines Türstehers ein. Er ließ seinen Blick prüfend von einem zum anderen schweifen. Bei Helmut Schöller blieb er hängen. »Ach, nein. Du hast Hausverbot, du Langfinger du! Daran ändert auch der Umstand nichts, dass der Laden nicht mehr Braunke gehört. Also hau ab!«

Das ließ sich Helmut nicht zweimal sagen, aber Wuttke packte ihn am Ärmel. »Der kommt mit!« Jetzt schien der Mann auch Wuttke zu erkennen. »Für die Gesetzeshüter stehen wir doch rund um die Uhr zu Diensten. Aber Lena arbeitet nicht mehr bei uns!«

»Wir sind dienstlich hier«, klärte Stein ihn auf und bat ihn mit Nachdruck, sie ins Haus zu lassen. Um diese Zeit konnte man vor blauem Dunst kaum mehr bis zur Tanzfläche sehen.

»Haben Sie einen Durchsuchungsbefehl?«, fragte der Türsteher.

»Brauchen wir nicht. Frau Schöller wird uns freiwillig in ihre Garderobe führen«, erwiderte Wuttke, während er suchend zum Tresen hinübersah. »Ist der Junior gar nicht da?«

»Der kommt auch nicht mehr. Hat seinem Ollen fristlos gekündigt. Aber da ist das letzte Wort noch nicht gesprochen. Lass mal Schulz nach Hause kommen«, erwiderte er feixend.

Wuttke fixierte nun den Vorhang im Hintergrund und sah vor

seinem inneren Auge, wie Lena mit ihrer atemberaubenden Ausstrahlung dahinter hervortrat, doch der Stoff bewegte sich erst, als er ihn beiseiteschob, um in den Garderobenbereich zu gelangen. Dort hinten war es still. Die Mädchen waren um diese Zeit alle in der oberen Etage bei der Arbeit, vermutete Wuttke.

Eine schwache Deckenlampe beleuchtete den Flur, was Wuttke ein wenig verwunderte. Normalerweise wurde der Strom im ganzen Stadtteil an- oder abgestellt. Aber im *Pandora* gab es überall Licht, wenn auch nur gedämpftes.

Margot Schöller steuerte nun zielstrebig auf die Garderobe zu. Ihr Spiegel war direkt neben dem von Lena, was ihm wiederum schmerzhaft bewusst machte, dass die Zeit mit ihr unwiederbringlich vorüber war.

Die Schöller fasste zielsicher in eine Schublade unter dem Spiegel. Nachdem sie diverse Puderquasten herausgeholt und achtlos auf den Schminktisch gelegt hatte, zog sie eine Holzschachtel hervor. Wuttke beobachtete mit Spannung, wie sie diese öffnete und dann hektisch in dem Zeitungspapier, das die Schachtel enthielt, zu wühlen begann. Schon in dem Moment ahnte Wuttke, dass sie umsonst gekommen waren. Umsonst oder zu spät, fügte er in Gedanken hinzu.

»Sie ist weg«, jammerte Margot.

»Und ich habe dir noch gesagt: Gib sie bloß mir zum Aufbewahren!«, schimpfte ihr Bruder.

»Seien Sie mal ganz froh, dass Sie keine Knarre besitzen. Das könnte bei Ihrem Pech, von den bösen Buben zum Schmierestehen gezwungen zu werden, ein paar Jahre Knast mehr bedeuten!«, bemerkte Stein spöttisch. »Wer wusste denn noch von der Waffe in Ihrer Schublade?«, fragte er, während sein Blick an dem Foto an dem Nebenspiegel hängen blieb. »Wissen Sie etwas über Lena Kowalkes Familie?«

Sie schüttelte energisch den Kopf. »Ich glaube, das ist ihre Schwester«, erwiderte sie.

»Stein, das erzähle ich Ihnen später«, versuchte Wuttke, ihn von weiteren Fragen abzuhalten.

»Kann ich das mitnehmen?«, fragte Stein mehr an Wuttke gewandt als an Margot Schöller, während er, ohne eine Antwort abzuwarten, das Foto vom Spiegel nahm und einsteckte. Er hatte dabei einen Gesichtsausdruck, der Wuttke zutiefst beunruhigte. So als wüsste er genau, was er mit dem Foto anfangen würde. Stein tat bei seinen Ermittlungen selten etwas ohne Absicht. Und tief im Inneren ahnte Wuttke, dass der Kollege auf einer Spur war, die er gern aus seinem Hirn streichen würde, obwohl sie dort längst wie wild herumspukte.

»Wer außer Ihnen hat gewusst, dass Sie hier eine Waffe aufbewahren?«, fragte er Margot Schöller nun, um seine düsteren Gedanken abzuschütteln.

»Alle, die diese Garderobe benutzt haben. Und die mit am See waren, als Helmut uns …«

»Die Herren wissen Bescheid, dass ich mit euch geübt habe!«

»Ja, aber die Frauen haben sich doch eher davor gegruselt und hätten sie nie freiwillig angefasst bis auf …« Margot stockte.

»Bis auf Lena Kowalke, nicht wahr?«, hakte Stein mit einschmeichelnder Stimme nach.

Margot stieß einen tiefen Seufzer aus. »Sie war ganz wild nach der Pistole. Zunächst hatte ich sie in dieser Schublade.« Sie deutete auf eine Art Geheimfach im Garderobentisch. »Aber ich habe Lena ein paarmal dabei erwischt, wie sie die Waffe in der Hand gehalten hat …«

»Haben Sie ihr von dem neuen Versteck erzählt?«, mischte sich Stein ein.

»Nein, ich habe ihr vorgeschwindelt, ich hätte sie in meiner Kammer versteckt.«

»Und das hat sie Ihnen geglaubt?«, insistierte Stein.

Margot nickte. »Sie hat jedenfalls nie wieder nach der Pistole gefragt.«

»Und Sie, wann haben Sie das letzte Mal in dem Versteck nachgeschaut?«

»Ich hatte die Waffe völlig vergessen. Bis Sie mich heute daran erinnert haben.«

»Aber Sie konnten, wie Ihr Bruder uns mitteilte, auch ganz gut mit der Pistole schießen?« Wuttkes Stimme hatte etwas Lauerndes, das auch Margot Schöller nicht entgangen war.

»Falls Sie mir unterschieben wollen, ich hätte die drei umgebracht, muss ich Sie enttäuschen. Dafür waren meine Schießkünste nicht ausreichend.«

Wuttke wandte sich an Schöller. »Können Sie das bestätigen?«

Helmut Schöller wand sich. »Das kann ich so nicht beurteilen. Ich bin ja auch kein ausgebildeter Schütze. Ich weiß nur, dass Margot kein Blut sehen kann. Schon deshalb hätte sie keinen Menschen erschossen, einmal davon abgesehen, dass sie ein friedliches Gemüt hat …«

»Wenn man sie nicht gerade mitten in der Nacht weckt …«, bemerkte Wuttke süffisant.

»Gut, das war es dann erst einmal für heute Nacht«, beendete Stein die Vernehmung, bevor er sich an Wuttke wandte und ihn bat, ihm vor die Garderobe zu folgen.

»Hören Sie endlich auf damit, Fräulein Schöller in die Enge zu treiben.«

»Ich denke, das ist unsere Aufgabe«, knurrte Wuttke.

»Aber nicht, dass wir einseitig ermitteln!«, widersprach Stein.

»Das tun Sie gerade selbst, mein Lieber! Sie wollen jetzt auch endlich Ihren Täter, und da kommt die schießwütige Lena gerade recht!«

»Wuttke! Ich will Ihrer Lena nichts anhängen, was sie nicht getan hat, aber Sie wissen genauso gut wie ich, dass es eine Möglichkeit gibt, wie wir uns Klarheit darüber verschaffen können, ob Lena Kowalke die Pistole der Schöller an sich gebracht hat oder nicht!«

»Dann können wir Lena gleich Krüger zum Fraß vorwerfen, wenn wir jetzt für ihre Wohnung einen Durchsuchungsbefehl erwirken, um dort die mögliche Tatwaffe zu suchen!«

»Muss denn Krüger alles wissen?«, fragte Stein listig.

»Ich weiß nicht. Und was machen wir mit Brüderlein und Schwesterlein so lange? Mitnehmen? Gehen lassen?«

»Ich würde vorschlagen: Wir lassen sie gehen und platzieren einen Schupo vor der Hardenbergstraße, der uns über jeden Schritt der beiden berichtet!«

»Gut, aber lassen Sie mich wenigstens zum Abschluss noch ein bisschen Schrecken verbreiten, damit sie nicht übermütig werden«, bat Wuttke grinsend.

»Sie haben das letzte Wort!«

Das ließ Wuttke sich nicht zweimal sagen. Er ging mit festem Schritt zurück in die Garderobe und verkündete den beiden, dass sie gehen, aber die Westsektoren nicht verlassen dürften und sich für weitere Vernehmungen bereitzuhalten hätten.

»Und was ist mit dem, äh … also dem Einbruch?«, fragte Schöller zaghaft.

»Bleibt unter uns. Vorerst jedenfalls! Sollten Sie allerdings versuchen abzuhauen, sind Sie neben Werner Gladow der meistgesuchte Verbrecher Berlins. Verstanden?«

Schöller schob seine Schwester daraufhin förmlich aus der Garderobe in den Flur. »Wir halten uns bereit«, versprach er vollmundig.

Margot drehte sich in der Tür noch einmal um und warf Wuttke zum Abschied einen leicht verängstigten Blick zu.

Wie gern hätte Wuttke einen der beiden Schöllers für den Täter gehalten, aber seine Gedanken gingen in eine ganz andere Richtung. Und er konnte gar nichts dagegen tun.

65

Stein wurde langsam ungeduldig. Vor nunmehr zwei Tagen hatte er Wuttke das Angebot gemacht, Lena Kowalkes Wohnung mit ihm gemeinsam zu durchsuchen, ohne rechtliche Legitimation und ohne Krüger einzuweihen. Aber der Kollege wechselte jedes Mal hektisch das Thema, wenn er darauf zu sprechen kommen wollte.

Er gab dem Kollegen noch bis zum heutigen Dienstschluss Gelegenheit, sich eine Meinung zu bilden. Wenn er sich bis dahin nicht geäußert hatte, würde Stein Krüger in den Verdacht einweihen, dass die Tatwaffe möglicherweise in Lena Kowalkes Wohnung zu finden sei. Dass er überhaupt so lange wartete, lag in der Tatsache begründet, dass er die Kowalke sicher in der Klinik wähnte. Sollte sie die gesuchte Täterin sein, würde im Moment keinerlei Gefahr von ihr ausgehen, sodass er diese Verzögerung verantworten konnte. Ein flüchtiger Blick in Wuttkes Richtung bestätigte ihn in seiner Einschätzung, dass er wieder verstärkt seine Pillen konsumierte. Er wirkte unkonzentriert, machte fahrige Bewegungen und rannte ständig wie ein aufgescheuchtes Huhn im Büro hin und her. Kurz, Wuttke war ein ausgemachtes Nervenbündel!

Eigentlich hatte Stein sich vorgenommen, kein Wort mehr über die Angelegenheit zu verlieren, sondern einfach seine Konsequenzen zu ziehen, doch da hörte er sich bereits sagen: »So, Kollege Wuttke, jetzt hören Sie mir mal gut zu. Wenn Sie sich nicht zu meinem Angebot äußern, dass wir beide uns mal ganz unverbindlich bei der Kowalke umsehen, dann bleibt mir nichts anderes übrig …«

»Gut, gut, wann?«

Stein überlegte kurz. »Jetzt?«

»Mitten am Tag?«

»Ja, denken Sie, dass es nachts unauffälliger ist?«

»Dann kommen Sie. Aber ich muss mir noch kurz das Werkzeug besorgen, damit wir da, ohne Spuren zu hinterlassen, rein und vor allem wieder rauskommen.«

An die Technik hatte Stein keinen Gedanken verschwendet, und ihm imponierte Wuttkes Sinn für das Praktische. Der schien seinen bewundernden Blick bemerkt zu haben.

»Tja, das erledigt der Mann fürs Grobe. Sie sind das Hirn und ich das Werkzeug.« Das klang bissig.

Stein zog es vor, die Bemerkung unkommentiert zu lassen. »Ich warte unten am Eingang.«

Auf dem Flur begegnete ihm Krüger. Stein versuchte, mit einem knappen Gruß an ihm vorbeizueilen, aber der Kriminalrat blieb demonstrativ stehen.

»Sind Sie in Sachen Freier der Schöller weitergekommen?«

»Ja, aber das führt leider in unserem Fall zu nichts. Fräulein Schöller scheint die Kunden von Fräulein Kowalke zu übernehmen.«

»Namen?«

Stein zögerte, aber dann gab er den Namen des Richters preis und grinste in sich hinein, als Krügers Gesichtszüge entgleisten, zumal er unter dem Siegel der Verschwiegenheit hinzufügte, dass es sich bei dem Freier um einen angesehenen Strafrichter handele.

»Dass diese Kerle ihre Hosen nicht anbehalten können«, schimpfte der Kriminalrat.

»Ja, das ist wirklich die Krux«, pflichtete Stein ihm scheinheilig bei.

Das brachte ihm einen warnenden Blick seines Vorgesetzten ein. »Das muss unter uns bleiben! Verstanden?«

»Aber selbstverständlich, Herr Kriminalrat, wenn bekannt wird, dass ein Richter Huren quält, nicht auszudenken!«

»Stein, ich warne Sie!«, zischte Krüger.

Stein hob mit gespielter Unschuld die Hände. »Von mir erfährt das keiner! Ich hätte es selbst Ihnen nicht gesagt, wenn Sie nicht derart nachgebohrt hätten. Aber Sie sind schließlich mein Vorgesetzter. Da bin ich doch quasi verpflichtet, Ihnen auch derart unappetitliche Einzelheiten anzuvertrauen.«

Es war dem Kriminalrat anzumerken, dass er nicht so recht einschätzen konnte, ob sein Kommissar das ernst meinte oder ihn schlichtweg hochnahm.

»Gute Arbeit, Stein, wenn Sie mir auch noch zügig den Täter liefern könnten.«

»Bin auf dem besten Weg«, entgegnete Stein. »Aber jetzt entschuldigen Sie mich, die Arbeit ruft!« Mit diesen Worten eilte er weiter.

»Was hatten Sie denn so Wichtiges mit Krüger zu bereden?«, fragte Wuttke skeptisch, als er Stein auf dem Flur einholte.

»Ich musste ihm unbedingt anvertrauen, dass Richter Langner Freier von Margot Schöller ist.«

Wuttkes Antwort war ein breites Grinsen.

Sie nahmen den Polizeiwagen, um ihre illegale Durchsuchung hinter sich zu bringen. Stein war fasziniert von Wuttkes professionellem Einbrecherwerkzeug und vor allem von der Tatsache, dass er mit einem dieser Dietriche problemlos Lenas Wohnungstür öffnen konnte. Er spürte den Widerstand Wuttkes, in diese Wohnung einzudringen, beinahe körperlich, doch der versuchte offenbar, seine Emotionen durch besonderen Eifer zu überspielen. Mit Todesverachtung durchsuchte er die Kommode und auch das Bett, doch eine Waffe fand er nicht. Stein hielt sich zurück und überließ es Wuttke, die Wohnung seiner Geliebten zu durchforsten. Er hatte den Eindruck, Wuttke wolle mit seinem Eifer beweisen, dass er nicht einseitig ermittelte. Sogar in eine Abseite führte er Stein, die ihm wahrscheinlich verborgen geblieben wäre. Nachdem sie alles auf den Kopf gestellt und wieder so hergerichtet hatten, als wären sie niemals in dieser Wohnung gewesen, ließ sich Wuttke erschöpft auf das Bett fallen und strich gedankenverloren über die Bettwäsche.

»Ich nehme zurück, was ich da behauptet habe«, erklärte Stein. »Sie ermitteln in alle Richtungen und nicht etwa einseitig!«

»Das wollte ich Ihnen aber auch geraten haben«, knurrte Wuttke, doch dann erhellte sich seine Miene. »Wir haben alles durchsucht, aber keine Waffe gefunden. Ist der Verdacht gegen Lena Kowalke damit aus der Welt?«

»Aus der Welt würde ich nicht sagen, aber in die Ferne gerückt«, entgegnete Stein nachdenklich. »Außerdem haben wir hier dasselbe Problem wie zuvor bei allen anderen Verdächtigen. Dr. Keller passt nicht ins Bild. Oder wissen Sie, ob die Kowalke die Ärztin gekannt hat?«

»Mir ist nichts Derartiges bekannt und wenn, dann hätte ich es Ihnen längst weitergegeben.«

»Und noch etwas anderes spricht dagegen, dass die Kowalke diese Morde begangen hat. Dass sie auf Sie, Wuttke, geschossen hat«, sinnierte Stein.

In Wuttkes Miene spiegelte sich wider, dass ihm dazu etwas eingefallen war, aber er gab den Gedanken nicht preis. Dass der Kollege kleine Geheimnisse Lena Kowalke betreffend für sich behalten wollte, daran würde sich wohl auch dadurch nichts ändern, dass die Kowalke in den Fokus ihrer Ermittlungen geraten war, mutmaßte Stein.

»Wir sollten herausbekommen, warum sie so lange im Krankenhaus liegt«, murmelte Wuttke.

»Warum besuchen Sie sie nicht als alter Bekannter?«, schlug Stein vor.

»Sie wird mich rauswerfen lassen. Unser Verhältnis ist, um es einmal vorsichtig zu sagen, nicht mehr so eng, wie Sie vielleicht glauben, aber das mit dem Besuch ist gar keine schlechte Idee …«

»Was haben Sie vor?«, hakte Stein neugierig nach.

»Auch Sie müssen nicht immer alles wissen!«

»Machen Sie keinen Unsinn, Wuttke!«

»Schlimmer als ohne Durchsuchungsbefehl in die Wohnungen tatverdächtiger Personen einzubrechen kann das gar nicht werden!«, erwiderte er listig und mahnte zum Aufbruch.

»Je eher wir die Wohnung wieder hinter uns abgeschlossen haben, desto weniger laufen wir Gefahr, dass uns doch noch jemand ertappt.«

Wuttke hatte perfekte Arbeit geleistet, stellte Stein anerkennend fest, denn als er sich noch einmal auf dem Treppenabsatz umdrehte, war nicht der geringste Hinweis darauf zu erkennen, dass sie gerade in diese Wohnung eingebrochen waren. Stein kämpfte mit sich, ob er Wuttke in die von ihm erbetene familiäre Amtshilfe aus der Sowjetzone einweihen sollte, aber er entschied sich dagegen. Er wollte selbst erst einmal horchen, was die Befragung in Köpenick ergeben hatte.

66

Stein litt unter einem latent schlechten Gewissen, weil er hinter Wuttkes Rücken in Lena Kowalkes Leben herumschnüffelte, aber er hatte keine andere Wahl. Es war zu verlockend gewesen, dass sein Vater der Tante in Köpenick auf den Zahn fühlen lassen konnte. Obwohl sie die Waffe in ihrer Wohnung nicht gefunden hatten, war Stein nicht von der Unschuld der Kowalke überzeugt. Im Gegenteil, was ihn am meisten umtrieb, war die Frage, warum es keine Morde mehr gab, seit sie im Krankenhaus war. Natürlich konnte das ein Zufall sein, aber Stein befremdete dieser Umstand, zumal die Morde zuvor Schlag auf Schlag erfolgt waren. Oder war der Mörder einfach fertig mit seinen Taten?

Stein hatte sich zunächst entschieden dagegen gesperrt, ein Treffen im Ostsektor durchzuführen, aber als Hermann Stein seinem Sohn angeboten hatte, ihn mit einem Wagen abholen, zum Künstlerklub *Die Möwe* in der Luisenstraße und von dort wieder sicher zurück in die Kantstraße bringen zu lassen, hatte Hans-Joachim eingewilligt. An diesen Ort, an dem er während seiner kurzen Zeit bei Markgrafs Polizei manchen freien Abend in der Gesellschaft von interessanten Menschen verbracht hatte, zurückzukehren, reizte ihn sogar. Er liebte die imposante Einrichtung mit ihren Kaminsimsen, dem Marmor und den Holzeinbauten. Hier war die Zeit stehen geblieben, und nichts deutete darauf hin, dass die Pracht dieser Stadt mit den Nazis so gut wie untergegangen war.

Die Vopos, die ihn in den Sowjetsektor chauffierten, blieben stumm. Jedenfalls ihm gegenüber. Das Einzige, was sie ihm mitteilten, als sie vor dem klassizistischen Gebäude parkten, war, dass sie dort auf ihn warten würden, um ihn in einer Stunde zurückzubringen.

Als er das Restaurant betrat, sah er seinen Vater mit einem schlanken Herrn, der eine Baskenmütze trug, vor einem Tisch stehen und reden. Stein wartete etwas abseits, weil er nicht in das angeregte Gespräch hineinplatzen wollte, doch als der Vater ihn erblickte, winkte er ihn heran.

»Darf ich dir den Genossen Busch vorstellen. Einer unserer großen Schauspieler und Sänger.«

Stein reichte ihm die Hand. Natürlich wusste er sofort, wen er da vor sich hatte. Sein Vater bewunderte den Künstler und hatte seinen Sohn mehrfach mit ins Kino genommen, wenn alte Filme wie »Kuhle Wampe« oder »Die Dreigroschenoper« in den Astra-Lichtspielen gezeigt wurden. Er erinnerte sich deshalb so gut daran, weil er seinen Vater selten irgendwohin begleitet hatte. Zudem mochte er Hans-Joachim Buschs Art zu spielen, vor allem seine prägnante Stimme. Aber er konnte mit der proletarischen Kunst, der sich sein Vater auch als Leiter eines Arbeiterchors in seiner Freizeit verschrieben hatte, nicht allzu viel anfangen. Aus London war er vorwiegend die leichte Muse der Westend-Musiktheater gewohnt. Als kleiner Junge hatte er allerdings sämtliche Kampflieder mitschmettern können. Doch als er dann zur Polizei nach Berlin gekommen war und sein Vater ihn für den Chor hatte gewinnen wollen, hatte er dankend abgelehnt.

Der Schauspieler hatte einen kräftigen Händedruck und verabschiedete sich mit den Worten: »Sie hätten zur Aufführung Ihres Vaters kommen sollen. Es war ein großer Erfolg!«

»Was für ein Urgestein«, schwärmte Hermann Stein und sah ihm voller Wertschätzung hinterher. »Setz dich, mein Junge, das ist unser Tisch.«

Eine Weile musterten Vater und Sohn einander schweigend.

»Du siehst müde aus, Vater«, begann Hans-Joachim das Gespräch.

»Viel Arbeit, wenig Schlaf, aber du könntest auch frischer aussehen in deinem Alter«, gab Hermann Stein zurück.

»Tja, der Fall zehrt an meinen Kräften«, gab er seufzend zu.

»Gut, dann will ich dich nicht länger als unbedingt nötig aufhalten. Magst du auch ein Omelett? Das steht heute auf der Karte. Mit Schinken!«

»Da sage ich nicht Nein. Frische Eier sind drüben immer noch Mangelware.«

»Mein Reden, du lebst im falschen Sektor.«

Stein verdrehte die Augen. Dass sein Vater das Sticheln nicht lassen konnte! Einmal davon abgesehen, dass die Mangelversorgung in seinen Augen der Blockade geschuldet war. Aber er war nicht in der Verfassung, sich mit ihm zu streiten, zumal er die wertvolle Zeit nicht mit fruchtlosen Debatten vergeuden wollte.

»Was haben deine Leute über die angebliche Verwandtschaft der Kowalke in Köpenick herausbekommen?«

»Wir sollten erst einmal bestellen«, schlug sein Vater vor. »Auch ein Bier?«

Hans-Joachim nickte, obwohl er auch auf das Drumherum verzichtet hätte, wenn sein Vater ihm nur endlich vom Besuch seiner Leute bei Lena Kowalkes Tante berichten würde. Doch der alte Stein ließ sich Zeit. Hans-Joachim war sich nicht sicher, ob er das nicht absichtlich tat, um ihn auf die Geduldsprobe zu stellen. Er beschloss mitzuspielen.

Erst nachdem der Kellner ihnen das Bier gebracht hatte, war sein Vater bereit, über das zu sprechen, was er herausgefunden hatte.

»Diese Ursula ist ein überaus aufgewecktes Mädchen. Aber leider bekommt sie kaum Förderung. Ihre Großtante ist bettlägerig und braucht ihre Hilfe. Das Mädchen versorgt sie, kocht, putzt … Die alte Dame hat große Sorge, was aus dem Uschi-Kind, wie sie das Mädchen nennt, wird, wenn sie mal nicht mehr ist …«

»Vater, das hört sich so an, als wärst du persönlich dort gewesen«, unterbrach Stein ihn.

»Ja, ich hielt das für besser. Wie sollte ich meinen Mitarbeitern erklären, dass wir den Stupos helfen wollen? Nein, die Aufgabe musste ich wohl oder übel selbst übernehmen. Und ich finde es ehrlich schade um das Kind. Sie wird nach dem Tod der Tante ins Heim kommen, und da werden ihre Talente sicher nicht besonders gefördert. Sie sollte eigentlich eine Oberschule besuchen …«

In dem Moment kam das Omelett, das Hermann Stein wieder

schweigend genoss. Hans-Joachim war beinahe der Appetit vergangen vor lauter Anspannung, aber der erste Bissen Omelett aus echtem Ei statt dieser Pulverpampe ließ ihn für einen Augenblick seinen Fall vergessen. Doch kaum hatte er den letzten Bissen heruntergeschluckt, war seine professionelle Neugier wieder präsent.

»Vater, was hast du herausgefunden?«

»Die alte Dame hat mir unter Tränen vom Schicksal Monikas erzählt. Sie hat im Nazibordell einen Angreifer krankenhausreif geschlagen. Nur dumm, dass es ein hohes Tier in der Partei war, woraufhin man sie erst ins Gefängnis und dann in die Wittenauer Heilstätten gebracht hat …«

»Und das sagst du mir erst jetzt?«, stieß Hans-Joachim fassungslos hervor.

»Ich hatte Sorge, du würdest das Omelett nicht würdigen, wenn ich gleich mit der Tür ins Haus falle.«

»Vater!«, sagte Stein in tadelndem Ton. »Das könnte uns in der Sache einen gehörigen Schritt nach vorn bringen!«

»Lenas Schwester war demnach forensische Patientin in Wittenau. Also kannte sie höchstwahrscheinlich Dr. Keller. Und was weiß man über ihr Schicksal? Wurde sie womöglich in eine dieser Anstalten verlegt, wo der sichere Tod auf sie wartete?«, murmelte er.

»Das wohl eher nicht. Offenbar hat sie bei Kriegsende noch gelebt. Die Tante hat das leider nicht mehr so genau zusammenbekommen, aber sie erinnert sich dunkel, dass in den letzten Kriegstagen eine todkranke junge Frau in Köpenick aufkreuzte, die wenig später vor Erschöpfung zusammengebrochen und gestorben ist und die Lena etwas von einem Versteck berichtete und sie bat, sobald der Krieg endgültig vorüber wäre, ihre Schwester und die vier anderen zu holen.«

Die fünf Frauen, durchfuhr es Stein eiskalt, Lenas Schwester könnte eine von ihnen gewesen sein … Fallschirmseide, war sein zweiter Gedanke, ob sie so einen Rock getragen hatte? Das würde sich wohl kaum mehr klären lassen.

»Und? Hat Lena ihre Schwester gefunden?«

»Die alte Dame hatte erhebliche Probleme mit dem Atmen. Ich konnte sie kaum mehr verstehen, weil sie nur noch gekeucht hat, aber so, wie ich herausgehört habe, ist Lena damals zu spät gekommen. Die Schwester war schon tot.«

»Und hat Lena ihrer Tante irgendetwas erzählt?«

»Nein, offenbar nicht, aber Lena war nach ihrer Rückkehr nach Köpenick wohl nicht mehr die alte. Ihre Tante schwärmte davon, was für ein anständiges und fröhliches Mädchen Lena früher gewesen wäre, während Monika schon früh auf die schiefe Bahn gekommen wäre. Lena aber hätte sich dann völlig verschlossen und wäre von einem Tag auf den anderen in den Westsektor gezogen. Aber sie hätte Ursula so oft besucht, wie ihr das möglich gewesen wäre. Das Mädchen würde sehr an Lena hängen. An dieser Stelle war die alte Dame ganz klar, obwohl ihr die ganze Zeit Tränen über das Gesicht gelaufen sind … und dann bekam sie einen schrecklichen Hustenanfall, und ich musste aufhören, sie zu löchern«, schilderte der alte Stein die Begegnung mit Bedauern in der Stimme.

»Und meinst du, dass diese Kowalke mal nach Ursula schauen kann?«

»Ich befürchte, sie wird ihre Nichte niemals wiedersehen«, sagte Stein leise und wünschte sich in diesem Augenblick, in dem er der Wahrheit so nahe war wie nie zuvor, er möge sich irren.

»Würdest du dich um das Mädchen kümmern, wenn die Tante stirbt, Vater?«

»Ich werde zumindest mit der Heimleiterin sprechen und ihr meinen Eindruck von Ursula schildern. Vielleicht hat man dann ein besonderes Auge auf das Mädchen … Er stockte. »Ist denn diese Kowalke die Täterin, die du suchst?«

»Ich bin mir nicht ganz sicher. Dass Monika Kowalke als Patientin in den Wittenauer Anstalten gewesen ist und das Kriegsende in einem Versteck überlebt hat, ist ein Indiz, dass sie eine der fünf toten Frauen von Dalldorf ist. Lena Kowalke könnte zumindest der Schlüssel zur Lösung dieses Falls sein.«

»Du machst das schon, mein Junge.« Der alte Herr klopfte seinem Sohn ermutigend auf die Schulter. »Und die alte Dame hat mir erlaubt, sie noch einmal zu besuchen. Meinst du, ich sollte versuchen, noch mehr herauszubekommen?«

»Noch habe ich ein paar Tage Zeit, Vater, aber sobald Lena Kowalke aus dem Krankenhaus entlassen werden soll, brauche ich die Gewissheit!«, vertraute Hans-Joachim seinem Vater an, als wären sie ein Team und keine erbitterten Gegner aus unterschiedlichen Lagern.

»Vater, ich habe noch eine Bitte, die dir sicher seltsam vorkommt. Wenn du die Tante noch einmal besuchst, kannst du sie ganz beiläufig fragen, ob Monika je einen Rock aus Fallschirmseide besessen hat?«

»Das ist in der Tat seltsam, aber ich bin in den nächsten Tagen sowieso in der Nähe. Dann erledige ich das.«

»Danke, Vater, du hast mir sehr geholfen.«

»Sieh es als Wiedergutmachung dessen, was ich alles bei dir versäumt habe. Aber glaube mir, wo ich auch immer war, ich habe dich immer vermisst.«

»Vater, lass gut sein«, erwiderte Stein schroff und machte sich zum Gehen bereit. Das war in diesem Moment zu viel Emotion für ihn. Er hasste seinen Vater nicht mehr, aber ob er ihn je lieben würde, das stand in den Sternen, die an diesem Abend über dem Himmel von Berlin glitzerten, als wäre die Stadt weiterhin jener Ort, an dem das Leben ein einziger Rausch gewesen war.

Bevor Stein zum Wagen zurückging, warf er einen weiteren nachdenklichen Blick nach oben und musste plötzlich an Mary denken. Sie fehlte ihm. Immer noch. Wie gern würde er sie fragen, was sie darüber dachte, dass die Lösung des Falls womöglich zum Greifen nahe war, aber ein Teil von ihm eine so starke Abwehr dagegen verspürte, das Ende der Geschichte zu erfahren.

67

Lore Krause stand unschlüssig vor dem Eingang des Martin-Luther-Krankenhauses, in der Hand einen mickrigen Strauß Kamillenblumen, den Wuttke ihr in die Hand gedrückt hatte. Es war nicht der Auftrag, etwas für ihn zu ermitteln, der sie zögern ließ. Im Gegenteil, das reizte sie ungemein, aber die Tatsache, dass sie Stein nicht einweihen durfte, ging ihr gegen den Strich. Der Duke war immer noch insgeheim ihr Held, und der Gedanke, etwas hinter seinem Rücken zu tun, behagte ihr gar nicht. Dass sie nun dennoch versuchte, für Wuttke etwas über Lena Kowalkes Krankheit herauszubekommen, lag daran, dass er ein schlagendes Argument vorgebracht hatte: Stein würde niemals erlauben, dass sich die Schreibkraft noch einmal als Ermittlerin betätigte.

Also straffte Lore Krause die Schultern und ließ sich mit dem Besucherstrom in das Gebäude treiben.

Am Empfang gab man ihr bereitwillig Auskunft über die Station und die Zimmernummer, wo sie Fräulein Kowalke finden konnte. Chirurgie. Das war die erste Information, die sie sich unbedingt merken musste, um Wuttke davon zu berichten.

Vor der Zimmertür haderte sie noch einmal mit ihrem Gewissen, doch dann siegte ihr Drang, die Ermittlerin zu spielen. Sie hatte sich fest vorgenommen, sich nicht noch einmal so stümperhaft zu verhalten wie im *Café Wien*. Als sie die Tür öffnete, erschrak sie allerdings, denn es handelte sich um einen großen Raum, in dem sich mindestens acht Betten befanden. Sie grüßte freundlich in die Runde und ließ ihren Blick schweifen. Bis auf eine alte Dame lagen dort vorwiegend jüngere Frauen. In dem Augenblick fiel ihr siedend heiß ein, dass sie gar nicht wusste, wie Lena Kowalke in Wirklichkeit aussah. Sie hatte so viel über sie gehört und in den Akten gelesen, dass sie glaubte, diese Frau zu kennen, aber wenn sie sich so umsah, kamen mindestens zwei der Patientinnen infrage. Sie konnte ja schlecht fragen: »Und wer von Ihnen ist denn nun Lena Kowalke?«

»Suchen Sie jemanden?«, sprach sie in dem Moment eine der Patientinnen direkt an.

Was sollte sie tun? Sie musste sich auf die Schnelle etwas überlegen, doch ihr wollte partout nichts Kluges einfallen.

»Ich wollte Lena Kowalke besuchen!«, sagte sie und rechnete damit, dass jede Sekunde eine der Frauen fragen würde: »Und wer sind Sie? Was wollen Sie von mir?«

Aber stattdessen winkte die junge Frau, die sie angesprochen hatte, Lore an ihr Bett.

»Sind Sie eine Verwandte?«

Lore nickte.

Die fremde Frau deutete auf das leere Bett neben ihr. »Das arme Ding ist gerade beim Doktor, weil sie dringend nach Hause will. Das sollten Sie ihr unbedingt ausreden. Sie ist doch beinahe gestorben. Sind Sie eine jüngere Schwester?«

»Cousine«, erwiderte Lore rasch.

»Das wäre jedenfalls sehr unvernünftig«, insistierte die Bettnachbarin der Kowalke.

Lore war überfordert. Wie sollte sie Informationen von der Frau bekommen, wenn die Frau glaubte, sie wisse Bescheid?

»Entschuldigen Sie, aber ich habe Lena länger nicht gesehen. Meine Mutter schickt mich. Ich weiß gar nicht, was meiner Cousine fehlt. Das wissen wir alle nicht, weil das so plötzlich kam.«

Die Bettnachbarin machte Lore ein Zeichen, dass sie mit ihrem Ohr näher kommen sollte. Und dann berichtete sie ihr flüsternd, dass Lena wohl eine kaputte Hand habe. Was da genau wäre, das wisse man nicht, weil Lena kein Wort gesprochen habe. Mit niemandem auf Station.

»Und Sie haben keine Ahnung, was mit ihrer Hand ist?«, hakte Lore nach.

»Jedenfalls hat Ihre Cousine mit keinem von uns geredet. Wir haben erst vermutet, sie hält sich für was Besseres, aber das waren wohl die Schmerzen. Nachts hat sie manchmal geschrien, dass es einem angst und bange werden konnte. Die Schwester hat so etwas angedeutet, dass ihr ein Finger amputiert werden musste, aber sie hat die Hand ja immer noch im Verband …«

Lore fröstelte bei dem Gedanken. Sie hatte genug gehört. Außerdem hatte sie Sorge, die Kowalke könnte jeden Moment zur Tür hereinkommen und sie dabei ertappen, wie sie sich als ihre Cousine ausgab. Der Plan war alles andere als gut durchdacht, stellte sie verärgert fest. Denn Wuttke hatte ihr auf Nachfrage lediglich erklärt, sie müsse eben erfinderisch sein, um in der Klinik an Informationen zu kommen. Hauptsache, man schickte sie nicht weg und sie könnte sich in Ruhe umhören.

Ziemlich überstürzt verließ Lore das Krankenzimmer mitsamt ihrer Kamillen, die schon die Köpfe hängen ließen. Als ihr auf dem Flur eine finster dreinblickende Patientin mit einer verbundenen Hand begegnete, die wutschnaubend aus einem der Zimmer gestürzt kam, war sie heilfroh, dass sie diese Frau nicht im Krankenbett angetroffen hatte. Sie hegte nämlich keinen Zweifel daran, dass es sich bei der Person um Lena Kowalke handelte. Doch dann nahm sie all ihren Mut zusammen, blieb stehen und sprach sie an.

»Fräulein Kowalke?«

Die Angesprochene wollte wortlos an ihr vorbeigehen, aber Lore sagte: »Ich soll Sie von Kommissar Wuttke grüßen. Er lässt fragen, wie es Ihnen geht. Wie er erfahren hat, haben Sie einen Finger verloren …«

»Woher, verdammt noch mal, weiß er das?« Aber nun war sie wenigstens stehen geblieben. »Die Ärzte haben absolute Schweigepflicht. Na warte!«

Lore zuckte die Schultern. »Ich weiß es nicht. Meine Aufgabe ist es nur, Ihnen diese Blumen zu überreichen mit den besten Genesungswünschen.«

Lena Kowalke lächelte schief. »Entschuldigen Sie, dass ich so unwirsch bin, aber ich werde noch verrückt zwischen all diesen Kranken. Bestellen Sie Wuttke einen schönen Gruß. Da er wohl nicht lockerlassen wird, ja, ich habe eine Verbrennung erlitten, die sich entzündet hat, und es musste mir ein Finger entfernt werden. Werden Sie ihm das bitte ausrichten?«

Lore nickte eifrig.

»Und sagen Sie ihm bitte auch, das ginge ihn einen feuchten Kehricht an und er soll mich in Ruhe lassen!« Mit diesen Worten eilte Lena Kowalke davon.

Lore blickte ihr fassungslos hinterher und sah mit an, wie die Frau die Kamillen achtlos auf eine Bank pfefferte und dort zurückließ.

»Sie hat darauf bestanden, dass der Polizist seinen Platz räumt«, hörte Lore nun eine männliche Stimme. Sie kam aus dem Zimmer, aus dem die Kowalke eben gestürmt war.

Lore näherte sich mit klopfendem Herzen der halb geöffneten Tür und lauschte.

»Wir müssen dem Kommissar Bescheid sagen. Nachher schleicht sich noch einer hier im Krankenhaus ein, um ihr etwas anzutun, und wir haben dann die Probleme«, knurrte eine zweite männliche Stimme.

»Ich befürchte, sie schert sich nicht um unsere Meinung und wird ohnehin entgegen unserer medizinischen Anordnung die Klinik verlassen.«

»Gut, ich werde mich darum kümmern, dass die Polizei erfährt …«

In dem Moment spürte Lore einen heftigen Schmerz an der Stirn, weil einer der beiden Männer ihr die Tür an den Kopf gehauen hatte.

»Was fällt Ihnen denn ein, an der Tür zu lauschen?«, fuhr der Arzt Lore an, aber die konterte geistesgegenwärtig, sie wäre Schreibkraft bei der Mordinspektion Friesenstraße und geschickt worden, um sich zu erkundigen, warum der Schupo zur Bewachung der Kowalke weggeschickt worden wäre.

Zu ihrer Erleichterung nahm der Arzt ihr das tatsächlich ab. »Die Patientin hat darauf bestanden, und wir können die Postierung einer Wache nicht gegen ihren Willen erlauben. Sie ist ja keine Gefangene.«

»Gut, dann werden wir sehen, was wir zu ihrem Schutz unternehmen«, erklärte Lore. »Wie lange wird sie denn noch in Ihrer Klinik bleiben?«

»Wenn es nach mir ginge, bestimmt noch eine Woche, aber sie behauptet, sie würde ohnehin in den Sowjetsektor übersiedeln und sich dort sofort in Behandlung begeben. Das halte ich für riskant, denn wir haben zwar das nekrotische Gewebe durch die Amputation vollständig entfernen können, aber wir wissen nicht sicher, was das Gift in tieferen Schichten noch angerichtet hat.«

Lore schaffte es, sich nicht anmerken zu lassen, wie schockiert sie aufgrund der Erwähnung des Giftes war.

»Gut, dann werde ich das umgehend meiner Abteilung melden, und dann finden wir eine Lösung«, bemerkte Lore.

»Aber machen Sie schnell. Ich befürchte, die Patientin ist auf dem Sprung«, erwiderte der Arzt. »Und bitte nennen Sie mir doch Ihren Namen, damit ich weiß, mit wem ich gesprochen habe …«, hörte Lore noch sagen, doch da hatte sie sich bereits auf dem Absatz umgedreht und war Richtung Ausgang geeilt.

Der Rückweg zum Präsidium kam ihr endlos vor. Sie konnte es kaum erwarten, Wuttke von ihren Ermittlungen zu berichten, doch auf dem Flur traf sie zunächst auf Stein, der sie freundlich grüßte und fragte, ob der Bericht des Schriftgutachters schon gekommen wäre. Sie versprach ihm, sofort nachzusehen, und eilte mit gesenktem Kopf und einem schlechten Gewissen weiter.

Ohne anzuklopfen, stürzte sie in das Büro der Kommissare und begann, Wuttke atemlos zu schildern, was ihr im Krankenhaus widerfahren war. Er wurde sehr blass, als sie das Gift erwähnte, und murmelte: »Ich habe es geahnt. Die Braunke hat es uns doch gesagt: *Diese Stifte sind lebensgefährlich. Wissen Sie das?*«

Darauf konnte sich Lore Krause allerdings keinen Reim machen.

Als Wuttke von Lore erfuhr, dass die Ärzte vermuteten, dass Lena Kowalke im Begriff stand, das Krankenhaus zu verlassen, griff er umgehend zum Telefon und rief in der Klinik an. Als er endlich den behandelnden Arzt in der Leitung hatte, wurde er leichenblass und blickte ein paar Sekunden starr gegen eine Wand, bevor er aufsprang und Anstalten machte, das Büro verlassen. Doch bevor er ging, drehte er sich noch einmal zu Lore Krause um.

»Bitte behalten Sie das für sich. Erst, wenn ich heute Abend nicht zurück bin, sagen Sie Stein, was Sie wissen. Und noch etwas. Sagen Sie ihm: Lena Kowalke hat sich höchstwahrscheinlich an der Mine eines Kopierstiftes verletzt …«

Nun dämmerte es auch Lore Krause, was das zu bedeuten hatte.

68

Wuttke verspürte nicht den leisesten Anflug von Kurzatmigkeit, als er an diesem Nachmittag die Stufen bis in den fünften Stock emporeilte. Da er nicht damit rechnen konnte, dass Lena ihm die Tür freiwillig öffnen würde, hatte er sein Werkzeug mitgenommen.

Trotzdem versuchte er es erst einmal mit Klopfen. Er war auf alles vorbereitet, auch darauf, dass sie ihn bereits mit vorgehaltener Waffe begrüßen würde, aber stattdessen öffnete sie ganz normal die Tür.

»Du?«, fragte sie. »Ich habe doch deiner kleinen Spionin gesagt, dass du mich in Ruhe lassen sollst«, fauchte sie.

Wuttke ignorierte ihre Worte und verschaffte sich Einlass in die Wohnung, indem er sich ungefragt an ihr vorbeidrückte.

»Bitte geh!«, flehte sie.

Er warf einen Blick auf ihren gepackten Koffer und näherte sich ihm. Mit einem Griff hatte er den Inhalt auf dem Boden ausgekippt.

»Was tust du da?«

»Meine Arbeit«, zischte er.

»Bitte, Max, lass mich ungehindert fahren. Meine Nichte braucht mich. Ich habe doch nichts Unrechtes getan!«

»Hast du nicht?«, fragte er trocken und entschied sich, die Taktik zu ändern. Was hatte er davon, wenn er sie der Morde beschuldigte und keinen weiteren Beweis dafür hatte als eine mögliche Verletzung mit einem Kopierstift, wenngleich das ein erdrückendes Indiz für ihre Schuld sein würde? Wäre es nicht besser, er würde sie im Glauben lassen, dass er ein Auge zudrücken und sie in den Sowjetsektor flüchten ließe?

»Und was macht die Hand? Du hast dich verbrannt, sagte unsere Schreibkraft. War es Langner mit seinen Zigaretten?«

»Nein, ich bin seit Wochen nicht mehr im *Pandora* gewesen und habe hier auch keine Kunden mehr empfangen. Das war eine Kochplatte. Ein dummes Missgeschick.«

»Und warum hast du das Krankenhaus gegen den Willen der Ärzte verlassen?«

»Ich muss zu meiner Nichte. Drüben gehe ich gleich zum Arzt. Versprochen.«

Sie war nun ganz nahe an ihn herangetreten. Er spürte ihren Atem und den Impuls zurückzuweichen, denn er ahnte, was sie vorhatte und dass er sich, wenn er sich darauf einließ, in große Gefahr begab.

»Und wenn ich dir zum Abschied noch einmal jeden Wunsch erfülle?«, gurrte sie.

Genau das hatte er vorausgesehen. Er wusste, es würde nicht einfach, seine Lust im entscheidenden Moment zu zügeln, denn allein bei ihren Worten reagierte sein Körper. Doch wenn er sich wie ein Schaf zur Schlachtbank führen ließe, wäre er schnell ein toter Mann. Nein, er musste sie in der Gewissheit wiegen, dass er keinerlei Argwohn gegen sie hegte. Denn nur so würde er je erfahren, ob sie ihr Werk an ihm vollenden wollte.

Statt einer Antwort führte er ihre Hand zu der Stelle, die ihr beweisen sollte, dass er ihr immer noch verfallen war.

»Zieh dich aus!«, befahl sie ihm.

Er zögerte, und sein Blick blieb an ihrer verletzten Hand hängen.

»Ich weiß, was du denkst. Ob ich das wohl mit einer Hand schaffe, oder?« Mit einem Griff hatte sie den Rohrstock hervorgezogen und knallte damit auf den Boden. Wuttke hatte keinen Zweifel mehr, dass sie ihm auch mit links das geben konnte, was er so schmerzlich vermisst hatte, dem er sich aber jetzt nicht mehr schutzlos ausliefern durfte. Sein einziger Gedanke galt dem Augenblick, in dem sie zur Waffe griff, aber zum wiederholten Male fragte er sich, wo sie die Pistole versteckt haben könnte, um sie von einer Sekunde zur anderen gegen ihn zu richten.

Zögernd entledigte er sich seiner Hose und legte sich mit dem Bauch auf das Bett, so wie er es immer getan hatte. Als sie begann, ihm mit ihrer tiefen, rauen Stimme seine Verfehlungen vorzuhalten, vergaß er für einen Augenblick seine Mission. Dann folgten so unvermittelt die brennenden Schläge auf seinen Hintern, dass er gar nichts mehr denken konnte außer, dass er sie haben wollte. Wenigstens noch das eine Mal. Er wand sich vor Lust, bereit, für diesen Augenblick zu sterben, doch dann ließ sie von ihm ab und legte sich neben ihn. So wie immer. Und er lebte noch. Sie hatte seine Unterwerfung nicht ausgenutzt, um ihn zu töten. Für einen Augenblick überkamen ihn Zweifel, ob sie wirklich die gesuchte Mörderin war und, vor allem, ob sie der Mensch war, der auf ihn geschossen hatte.

Wie in ihren schönsten Liebesstunden bot sich Lena Wuttke an. Ohne nachzudenken, rollte er sich über sie, aber er war so erregt, dass es nur ein kurzes Aufbäumen war.

Schließlich lagen sie schweigend nebeneinander. »Lässt du mich jetzt gehen?«, fragte sie nach einer Weile.

»Das kann ich nicht allein entscheiden. Ich muss es mit Stein besprechen. Von mir aus würde ich dich gehen lassen, aber dazu musst du endlich die Wahrheit sagen. Woran hast du dich vergiftet?«

Abrupt fuhr sie hoch. »Wie kommst du denn darauf?«

»Ich weiß es. Und wenn es kein Kopierstift war, was war es dann?«

»Ach, Max, ich weiß es doch nicht. Es war eine Blutvergiftung, weil sich die Brandwunde infiziert hat. Magst du eine Pille?«

Wuttke überlegte und nickte.

»Du kannst die ganze Rolle haben, wenn du magst.«

»Eine genügt«, lachte er, denn langsam machte sich die Erleichterung breit. Lena hatte ihn nicht eiskalt erschossen, während er ihr hilflos ausgeliefert gewesen war.

Sie reichte ihm eine Tablette und ein Glas Wasser. Schon als er die Pille herunterschluckte, hatte er für einen Moment das Gefühl, dass sie sich schneller in seinem Mund auflöste als sonst, aber das war nur eine winzige Irritation.

»Ich will dir etwas zeigen«, sagte sie nach einer Weile, reichte

Wuttke die Hand und half ihm aus dem Bett. Ihm war plötzlich ganz merkwürdig zumute, aber er ließ sich von ihr willenlos in Richtung der Abseite ziehen.

Als sie ihn auf das Feldbett zog, verspürte er einen inneren Widerstand. Außerdem hatte er nicht mehr das geringste Bedürfnis nach körperlichen Zärtlichkeiten, sondern wurde immer müder. Und doch ließ er es zu, dass sie sich neben ihn legte und ihm liebevoll über das Haar strich. Das hatte er sich immer gewünscht, aber hier und jetzt fühlte es sich irgendwie falsch an.

Eine bleierne Müdigkeit ergriff von ihm Besitz. Wie aus der Ferne hörte er ihre Stimme flüstern: »Ich konnte dich nicht erschießen, Max. Ja, du warst immer mehr, als ein Mann für mich sein sollte. Leb wohl!«

Das waren die letzten Worte, die an sein Ohr drangen, bevor sich die Dunkelheit über ihn legte.

69

Die Ereignisse in der Friesenstraße überschlugen sich an diesem Tag, und Stein fragte sich, wo Wuttke abgeblieben war, denn langsam zog sich die Schlinge um Lena Kowalkes Hals immer enger zu. Und der Kollege sollte unbedingt der Erste sein, der es erfuhr.

Nicht nur, dass der Schriftgutachter zu erkennen glaubte, dass es sich beim Verfasser der an Lena Kowalke und an Emil Weber gerichteten Todesdrohungen, die er miteinander verglichen hatte, um ein und dieselbe Person handelte und zudem um einen Linkshänder, der ganz offensichtlich seine Schrift verstellt hatte, war auch die Tatwaffe aufgetaucht. Im Augenblick wurde sie noch auf Spuren untersucht. Ein Junge hatte sie beim Spielen am Ufer des Koldischteichs gefunden, ganz in der Nähe der Hütte, in der Marianne Keller erschossen worden war. Offenbar hatte der Täter die Walther P.38 ins Wasser werfen wollen, sie war aber im Gebüsch hängen geblieben. Das erklärte, warum sie in ihrer Wohnung keine Waffe gefunden hatten. Es war wohl doch kein Zufall, dass es danach keinerlei Morde mehr gegeben hatte. Nein, aus dem dringenden Verdacht gegen Lena Kowalke wurde langsam Gewissheit.

Stein wurde zunehmend nervöser, weil er dringend mit Wuttke sprechen wollte, denn lange konnten sie das Ergebnis ihrer Ermittlungen nicht mehr zurückhalten. Er stand auf und suchte das Schreibzimmer auf. Vielleicht wusste Fräulein Krause, wo sich der Kollege gerade aufhielt. Nicht dass er noch irgendwelchen Blödsinn anstellte und jetzt auf eigene Faust in der Klinik ermittelte, wie er Stein ja durch die Blume angekündigt hatte.

Die Schreibkraft zuckte regelrecht zusammen, als er in ihr Büro trat.

»Störe ich Sie gerade?«, erkundigte sich Stein höflich.

»Ja, ich, ich muss was fertigstellen«, stammelte Fräulein Krause und wandte den Blick ihrer neuen Maschine zu.

Sie wollte etwas vor ihm verbergen, keine Frage, mutmaßte Stein.

»Ich wollte Sie nur fragen, ob Sie zufällig wissen, wo sich Wuttke herumtreibt. Der ist schon seit Stunden verschwunden …«

Weiter kam er nicht, denn nun sprudelte es förmlich aus Fräulein Krause heraus: »Kommissar Stein, ich habe ihm versprochen, bis heute Abend zu warten, aber ich kann das nicht. Nachher passiert was, und ich bin schuld!«

»Ganz ruhig, Fräulein Krause. Wenn Wuttke gerade irgendetwas auf eigene Faust unternimmt, könnte das gefährlich für ihn sein. Deshalb erzählen Sie mir alles.« Stein versuchte, nach außen Gelassenheit auszustrahlen, während er innerlich vor Anspannung vibrierte.

Wenn er nicht wüsste, dass die Kowalke im Krankenhaus nichts anrichten konnte, wenngleich man ihm vorhin mitgeteilt hatte, dass der Schupo vor ihrem Zimmer weggeschickt worden war, er würde sich ernsthaft Sorgen um Wuttke machen.

»Er hat mich um einen Gefallen gebeten …« Fräulein Krause berichtete ihm nun aufgeregt, was sie in Wuttkes Auftrag in der Klinik getrieben und dabei erfahren hatte. Stein wurde innerlich immer unruhiger, und als sie ihm schließlich erzählte, dass Wuttke offenbar von ihrer eigenmächtigen Entlassung aus dem Krankenhaus erfahren und dann Hals über Kopf das Präsidium verlassen hatte, spürte er die Gefahr für den Kollegen beinahe körperlich. Er befürchtete, Wuttke war in dem Glauben, dass Lena Kowalke unschuldig war, zu ihrer Wohnung gefahren, doch dann sagte Fräulein Krause: »Ich soll Ihnen ausrichten, dass sich die Kowalke höchstwahrscheinlich an der Mine eines Kopierstifts verletzt hat.«

»Wenigstens weiß er Bescheid«, stöhnte Stein, während er bereits den Türgriff in der Hand hatte. »Wen nehme ich bloß mit, ohne dass Krüger das erfährt?«, murmelte er mehr zu sich selbst.

»Kommissar Stein, bitte nehmen Sie mich mit!«, bat ihn die Krause und sah ihn flehend an.

Er überlegte kurz, aber dann entschied er sich, es zu riskieren, die ihm treu ergebene Schreibkraft mitzunehmen statt womöglich Krügers Adlatus Klinger.

»Beeilen Sie sich. Ich habe ein ungutes Gefühl!«

Das ließ sich Fräulein Krause nicht zweimal sagen. Sie sprang auf, griff nach ihrer Jacke und folgte Stein, der aus dem Büro noch seinen Mantel holen wollte. Das Büro stand offen, und es waren gerade zwei Männer dabei, einen Schreibtisch in das Zimmer zu hieven. Und der Assistent gab Kommandos, wo er ihn gern stehen haben wollte. Stein stürzte grußlos ins Büro und nahm seinen Mantel.

»Ich begleite Sie, Herr Kommissar. Der Kriminalrat hat gesagt, ich soll jetzt wieder Ihnen assistieren!«

Stein ignorierte diese Bitte und eilte in Begleitung von Fräulein Krause zu dem Parkplatz, auf dem die Dienstwagen standen.

»Sie halten sich im Hintergrund. Verstanden? Sie müssen mir nichts beweisen. Dass Sie mehr Zeug zur Polizistin haben als manche andere, das weiß ich auch so!«, ermahnte Stein Lore Krause auf dem Weg zu Lenas Wohnung.

Nachdem sich auf Steins Klopfen hin nichts gerührt hatte, bedauerte er, dass Wuttke nicht dabei war. Der hätte diese Tür wie von Zauberhand geöffnet. Stein nahm sich fest vor, sich diese Einbruchtricks von seinem Kollegen erklären zu lassen, sobald dies alles vorüber war.

»Aufmachen, Polizei!«, rief Stein nun. »Wenn Sie nicht freiwillig öffnen, werden wir uns gewaltsam Einlass verschaffen!«

»Und wenn sie wirklich nicht da ist? Und vom Krankenhaus aus gleich in den Osten gegangen ist?«, gab Lore Krause zu bedenken, während sie sich eine Haarnadel aus der hübsch aufgesteckten Tolle holte, sie vorn umbog und in die Tür steckte.

»Sie glauben doch nicht, dass man auf diese Weise die Tür öffnen kann?«, knurrte Stein irritiert, aber da sprang sie schon auf, und Fräulein Krause sah ihn triumphierend an. Kaum war sie offen, baute sich Lena Kowalke kämpferisch im Türrahmen auf.

»Was wollen Sie denn schon wieder?«, fragte sie genervt.

»Wo ist Wuttke?«, erwiderte er, schob sie zur Seite und betrat die Wohnung.

»Suchen Sie ihn nur. Vielleicht habe ich ihn ja unter dem Bett versteckt«, bemerkte Lena Kowalke provozierend.

Stein machte sich daran, die am Boden liegenden Kleidungsstücke zu durchsuchen, aber es war nichts dabei, was auf Wuttkes Anwesenheit hinwies. Offenbar war er doch nicht zu Lena Kowalke gefahren, wofür Stein seine Hand ins Feuer gelegt hätte.

»Wollen Sie nicht endlich gestehen?«, fragte er die Kowalke.

»Ich wüsste nicht, was«, gab sie zurück.

»Die Morde an Braunke, Weber, der Keller und an Müller und den Mordversuch an Wuttke!«

»Warum sollte ich so etwas getan haben?«

»Und warum haben Sie sich an einem roten Kopierstift verletzt?«

»Wer behauptet denn so etwas? Das war eine Verbrennung, die sich entzündet hat.«

»Das werden wir bald wissen, denn die Staatsanwaltschaft wird das Krankenhaus von seiner Schweigepflicht entbinden, sobald wir einen Haftbefehl gegen Sie erwirkt haben!«

»Nur zu! Sie vergessen den Brief, der an meine Adresse gegangen ist!«

»Von einem Linkshänder und mit verstellter Schrift verfasst! Ein ganz alter Trick: vorzuspiegeln, dass man selbst in Gefahr ist.«

»Sie müssen sehr verzweifelt sein, dass Sie Ihren Mörder nicht finden, Herr Kommissar!« Mit diesen Worten bückte sich die Kowalke nach ihren am Boden verstreuten Kleidungsstücken und fing an, sie wahllos in den Koffer zu stopfen.

»Und was ist mit Ihrer Schwester in den Wittenauer Heilstätten geschehen, Fräulein Kowalke? Was ist mit Monika passiert? Offenbar hat sie das Kriegsende überlebt, nicht wahr?«

Lena Kowalke erstarrte. Ihre eben noch trotzige Miene verwandelte sich in ein trauerndes Gesicht. Keine Spur von Zorn mehr. Doch dann straffte sie die Schultern, sah Stein durchdringend an, drehte sich blitzartig um und rannte zur Tür. Stein war derart perplex, dass er nicht sofort reagierte, aber da hörte er Lena Kowalke schreien: »Lassen Sie mich los!«

Stein fuhr herum und sah, dass Fräulein Krause Lena Kowalke in den Schwitzkasten genommen hatte und nicht lockerließ, obwohl die Kowalke ihr kräftig gegen das Schienbein trat.

Stein warf der Schreibkraft einen anerkennenden Blick zu, als er ihr die wutschnaubende Lena Kowalke abnahm.

»Haben Sie mir jetzt etwas zu sagen?«, fragte Stein.

»Ich will zu meiner Nichte nach Köpenick! Bitte lassen Sie mich gehen. Sie braucht mich doch«, jammerte sie.

»Um Ihre Nichte wird sich gekümmert. Warum haben Sie Braunke, Weber und Müller erschossen? Und vor allem, warum Frau Dr. Keller? Woher kannten Sie die Ärztin?«

»Ich kannte sie gar nicht«, entgegnete die Kowalke ungerührt.

»Und Sie haben sie trotzdem erschossen? Warum?«

Lena Kowalkes Miene war mit einem Mal vollkommen ausdruckslos, als habe man jedes Leben dahinter ausgelöscht. Sie zuckte die Schultern. »Sie war genauso schuldig wie die drei anderen!«

»Woran trug sie die Schuld?«, hakte er nach.

»Am Tod meiner Schwester.«

»Ist das ein Geständnis, Fräulein Kowalke?«

»Lassen Sie uns gehen.« Sie blickte sich um. »Den Koffer lasse ich hier. Die Sachen brauche ich wohl nicht mehr.«

Stein war zwar erleichtert, doch hinterließ dieses schnell erreichte Geständnis auch einen leicht schalen Nachgeschmack. Er fühlte tief im Inneren, dass er diesen Fall noch nicht zu den Akten legen konnte.

70

Wuttke erwachte vom Geräusch einer zuklappenden Tür, das aus der Ferne an sein Ohr drang. Er riss die Augen auf. Zunächst wusste er nicht, wo er war, denn es war stockdunkel. Wuttke versuchte, sich aufzurichten, aber er konnte sich nicht bewegen. Sein Herzschlag beschleunigte sich. Panik überfiel ihn. Nackte Panik. Schlimmer als in dem Verlies in Polen, schlimmer als im Keller des *Pandora*. Er wollte schreien, aber er konnte nicht. Jemand hatte ihm einen Knebel in den Mund gestopft. Er konnte sich an nichts erinnern. Wo befand er sich? Wie war er hergekommen? Wer hatte ihm das angetan? Mühsam überlegte er, was er als Letztes getan hatte, bevor er hier gelandet war. Er war im Präsidium gewesen, zusammen mit Fräulein Lore. Ihm war übel. Die Panik wurde zur Todesangst, denn er stellte sich vor, was geschehen würde, wenn er sich übergeben musste. Dann würde er elend am eigenen Erbrochenen ersticken. Zu seiner Beruhigung trug der plötzliche Gedanke an einen Mordfall, bei dem ein Raubopfer, auch ohne sich zu übergeben, allein an dem Knebel erstickt war, nicht gerade bei.

Er spürte, wie ihm der Angstschweiß aus allen Poren lief. Und er fühlte einen Schmerz an Hand und Fußgelenken, je mehr er gegen die Bewegungslosigkeit ankämpfte. Er war an Händen und Füßen mit Mullbinden gefesselt. Mullbinden wie bei Lenas Verband. In dem Moment fiel ihm alles wieder ein. Sein Spiel auf Messers Schneide, seine Erleichterung, dass sie seine Unterwerfung nicht ausgenutzt hatte, und dann … die Pille. Jetzt war ihm alles klar. Deshalb war diese Tablette ihm so seltsam schnell auf der Zunge zergangen. Weil es gar kein Pervitin gewesen war, sondern irgendein Gift, das ihn außer Gefecht hatte setzen sollen. Mit Erfolg!

Plötzlich gewann sein Zorn über den traumatischen Zustand des Ausgeliefertseins die Oberhand, und er war fest entschlossen, nicht in dieser verdammten Abseite zu krepieren. Er würde hier lebend wieder rauskommen, er wusste nur noch nicht, wie.

Ganz leicht versuchte er, seine Beine zu bewegen. Bei dieser Gelegenheit registrierte er, dass er seine langen Hosen trug. Wenigstens hatte sie ihn nicht mit bloßem Unterleib in diesem Gefängnis abgelegt. Ob sie wollte, dass man ihn fand? Ob sie längst über alle Berge war und vielleicht sogar jemanden davon in Kenntnis setzte, dass sie ihn auf diese Weise daran gehindert hatte, ihr nachzustellen, wohin auch immer sie ging. Aber sollte er bis dahin ausharren und hoffen, es käme jemand, um ihn zu retten wie aus dem Keller des *Pandora*? Es dauerte den Bruchteil einer Sekunde, bis er begriff, wer ihm das damals angetan hatte. Lena! Sie hatte ihn dorthin gelockt, und sie hatte die schwere Kellertür hinter ihm zugeschlagen. Er hätte schreien mögen, wenn er nur gekonnt hätte! Warum hatte er das nicht gleich begriffen? Das Glas Wasser, das sie bei seiner Rettung zur Hand gehabt hatte, hatte sie verraten. Aber wenn er sich recht entsann, hatte sie gleich eine passende Erklärung vorgebracht.

In diesem Augenblick fielen ihm ihre letzten Worte wieder ein, bevor er weggedämmert war. *Ich konnte dich nicht erschießen, Max. Ja, du warst immer mehr, als ein Mann für mich sein sollte. Leb wohl!* Wie sehr hatte er sich danach gesehnt, endlich einmal aus ihrem Mund zu hören, dass er ihr doch etwas bedeutete. Doch jetzt ließ ihn der Gedanke kalt. Was sie ihm angetan hatte, war unverzeihlich. Nein, er hatte ihre Bestrafungen nur im Liebesspiel genossen, im übrigen Leben hatte sie kein Recht, ihm das anzutun.

Während er diesen Gedanken nachhing, hatte er nicht aufgehört, seine Beine ganz leicht hin und her zu bewegen. Und tatsächlich, das Material schien sich zu dehnen und seinen Knöcheln immer mehr Spielraum zu geben.

Nun begann er, auch seine Arme zu bewegen. Er rieb die Gelenke aneinander und versuchte, jedes Mal eine kleine Dehnung zu erreichen. Er hatte das Gefühl, dass Stunden vergangen waren, als er es wagte, mit voller Kraft die Gelenke nach außen zu reißen. Er hätte weinen mögen vor Glück, als die Mullbinde am Rand nachgab und er die berechtigte Hoffnung hatte, dass er es schaffen würde. Es dauerte dennoch eine halbe Ewigkeit, bis er über das Material gesiegt hatte. Die Binde war zwar nicht gänzlich gerissen, aber derart ausgeleiert, dass er seine Hände aus der Fessel befreien konnte. Dann ging alles ganz schnell.

Mittlerweile hatten sich auch seine Augen an die Dunkelheit gewöhnt, und dank des Nachtlichts, das von außen in die Abseite drang, konnte er wenigstens schemenhafte Umrisse erkennen. Als seine Hände befreit waren, schüttelte er sie kurz, bevor er sich an dem Knebel zu schaffen machte. Er atmete tief durch, nachdem er das Taschentuch aus seinem Mund entfernt hatte. Nun musste er nur noch die Beinfesseln lösen.

Vorsichtig erhob er sich, gelangte in gebückter Haltung zur Tür und stieß sie stöhnend auf.

Das Zimmer lag in völliger Dunkelheit. Keine Frage, Lena war über alle Berge. So zornig er auch auf sie war, er verspürte keinen Impuls, sich für das zu rächen, was sie ihm angetan hatte. Er wollte eigentlich nur eines wissen: Warum?

71

Nur eine einzige Schreibtischlampe brannte zu dieser nachtschlafenden Zeit im ersten Stockwerk des Polizeipräsidiums in der Friesenstraße. Schon seit Stunden versuchte Stein, Lena Kowalke zum Reden zu bringen, aber sie schwieg eisern. Erst als der Kommissar damit drohte, Kriminalrat Krüger, der den Kopf des Mörders seines Schwagers Albrecht Müller forderte, wie er ihr eindrücklich schilderte, aus dem Bett zu klingeln und ihn sein Glück bei ihr versuchen zu lassen, machte sie Anstalten, ein vollständiges Geständnis abzulegen. Allerdings nicht, ohne vorher einen Preis dafür einzufordern.

»Wenn ich Ihnen alles sage, darf ich dann zu meiner Nichte?«

Stein schüttelte den Kopf. »Fräulein Kowalke, Sie haben vier Menschen auf dem Gewissen! Sie sind nicht in der Position, Bedingungen zu stellen.«

»Sie hatten alle den Tod verdient!«, stieß sie trotzig hervor.

»Was hat Ihnen beispielsweise Dr. Keller getan? Sie kannten sie doch gar nicht!«, bemerkte Stein.

»Das ist eine lange Geschichte!«

»Fräulein Krause und ich haben die ganze Nacht Zeit, wenn es sein muss, aber morgen früh sollten wir fertig sein, denn dann muss ich meinen Vorgesetzten davon in Kenntnis setzen, dass wir die gesuchte Mörderin haben, und Sie dem Arm der Justiz überlassen.«

Lore Krause nickte eifrig.

»Ich bin Zeugin eines brutalen Mordes geworden …« Lena unterbrach sich, als die Tür des Büros aufflog und Wuttke im Türrahmen stand. Grußlos blickte er von einem zum anderen.

»Wolltest du mich in der Abseite krepieren lassen?«, fragte er die Kowalke in scharfem Ton.

»Nein, ich hätte Stein schon noch verraten, wo ich dich versteckt halte.« Lena grinste schief.

Wuttke aber wandte sich an Stein. »Gut, dass Sie ihre Flucht verhindert haben. Ich habe schon befürchtet, sie sei über alle Berge.«

»Dank Fräulein Krause ist ihr das nicht gelungen«, bemerkte Stein anerkennend.

»Gut, dann werde ich mich ganz still hinsetzen und nur zuhören, was Fräulein Kowalke zu sagen hat!«, sagte Wuttke und fiel erschöpft auf einen Stuhl.

»Versprechen Sie nicht zu viel, Wuttke«, lachte Stein vor lauter Erleichterung, dass der Kollege die Sache heil überstanden hatte, bevor er wieder ganz ernst wurde und sich Lena Kowalke zuwandte.

»Sie sind also Zeugin eines Mordes geworden. Wo und wann?«

Lena hielt den Kopf gesenkt, während sie ihm die lang ersehnte Antwort gab. »Ein paar Tage vor Kriegsende kam eine Frau zu uns nach Köpenick, die mir eine unglaubliche Geschichte erzählte, die ich ihr erst nicht glauben wollte. Man hatte noch im April versucht, meine Schwester Monika und fünf weitere Frauen aus den Wittenauer Anstalten in eine Anstalt nach Obrawalde zu bringen, aus der noch kein Patient je zurückgekehrt war. Ich wollte ihr nicht glauben, aber dann hat sie mir ihren Rücken gezeigt. In roter Schrift war zwischen ihren Schulterblättern ihr Name und das Geburtsdatum geschrieben …« Lena stockte und brach in Schluchzen aus.

Wie Stein aus den Augenwinkeln beobachten konnte, kämpfte auch Fräulein Krause mit den Tränen.

»Wollen wir eine Pause machen?«, fragte Stein.

Lena Kowalke schüttelte den Kopf und fuhr mit ihrem Bericht fort: »Sie erzählte mir, dass sie in einen Lastwagen verfrachtet worden waren. In Begleitung eines Fahrers, eines Pflegers und einer Ärztin …«

In diesem Moment hatte Stein die Gewissheit, dass Marianne mit alledem mehr zu tun hatte, als er jemals hätte erfahren wollen.

»Der Fahrer sei besonders brutal gewesen, der Pfleger nur lüstern und Dr. Keller sehr menschlich. Sie habe sogar dafür gesorgt, dass sie Wasser hatten. Doch sie seien nicht einmal bis zum Bahnhof gekommen. An einer Straßensperre sei Schluss der Reise gewesen. Meine Schwester Monika habe begriffen, dass es ihre letzte Chance war, lebend zu entkommen. Sie haben es in den Wirren schließlich geschafft, mit den anderen Frauen zusammen zu entkommen. Allerdings waren sie noch nicht weit weg vom Klinikgelände, und überall waren Soldaten und die Russen schon ganz in der Nähe. Da sind sie zurück auf das Klinikgelände und haben sich in einer Hütte versteckt. Monika wollte sich nach Köpenick durchschlagen, aber das wäre viel zu gefährlich gewesen. So hat sich Agnes bereit erklärt, die wusste, dass sie nicht mehr lange zu leben hatte. Und sie hat uns nach einer irrsinnigen Reise durch Berlin tatsächlich gefunden und ist in meinen Armen gestorben, nachdem sie mir verraten hatte, wo das Versteck der Frauen ist. Und nachdem sie mich gebeten hatte, mich gleich nach Kriegsende zu der Hütte aufzumachen. Sie würden ihr Versteck erst verlassen, wenn ich käme. Das sollte ein Zeichen sein, dass ihnen nichts mehr geschehen könne.« Lena legte eine Pause ein und wischte sich die Tränen aus dem Gesicht.

»Ich habe mich gleich nach dem 8. Mai aufgemacht, ihnen zu sagen, dass alles vorbei sei, aber ich bin unterwegs vergewaltigt und so schwer verletzt worden, dass die mich für tot gehalten und auf der Straße liegen gelassen haben. Aber eine Frau hat mich gefunden und auf einem Handwagen mit in ihre Baracke genommen. Eines Tages kam sie nicht wieder, aber ich habe überlebt. Da war es bereits Juli. Ich habe, kaum dass ich wieder bei Kräften war, die Hütte gefunden, aber sie war leer. Da bin ich sie suchen gegangen und habe mit ansehen müssen, wie man sie ermordet hat.« Sie schlug die Hände vors Gesicht.

Es war so still im Raum, dass man eine Nadel hätte fallen lassen können. Selbst Lore Krause hatte aufgehört zu tippen.

»Und damals haben Sie beschlossen, sich an den Tätern zu rächen?«, fragte Wuttke mit belegter Stimme nach einer Weile.

»Nein, das war später. Ich arbeitete schon ein paar Wochen bei Braunke, als sich eine seiner Frauen weigerte, einen Freier zu bedienen. Da hat er uns zusammengerufen, um ihr, wie er sagte, eine

Lektion zu erteilen. Er hielt ihr eine Pistole mit den Worten ›Das wirst du bereuen, räudige Hündin!‹ an die Schläfe, und in dem Augenblick war alles wieder präsent, was ich in der Tiefe meiner Seele vergraben hatte. Ich wusste, dass er der Kahlschädelige war, der meiner Schwester die Waffe mit denselben Worten an den Kopf gehalten hatte, aber er hatte nicht abgedrückt. Nicht in diesem Augenblick, sondern erst, als die Frauen um ihr Leben gelaufen sind, da haben Weber und er sie hinterrücks abgeknallt wie flüchtendes Wild …« Sie unterbrach sich und atmete ein paarmal tief durch, bevor sie mit einem intensiven Blick auf Wuttke sagte: »Es gibt nichts Feigeres, als Menschen von hinten zu erschießen. Solche Feiglinge verdienen den Tod!«

Stein entging weder der flackernde Blick Lena Kowalkes in Richtung seines Kollegen noch dessen wachsweißes Gesicht bei diesen Worten, und er ahnte mit einem Mal, dass sie etwas über Wuttke wusste, was ihren Versuch erklärte, auch auf ihn zu schießen. Natürlich konnte er jetzt nachbohren, warum sie auch auf Wuttke gezielt und ihn schließlich verfehlt hatte, aber eine innere Stimme hielt ihn davon ab. Wenn Wuttke ihm etwas zu sagen hatte, würde er das zu einem späteren Zeitpunkt schon von allein tun. Und wenn nicht, dann blieb es das Geheimnis von Lena Kowalke und Max Wuttke …

»Aber Sie haben nur Braunke von hinten erschossen. Die anderen nicht. Warum?«, fragte Stein schließlich.

»Ich hätte auch ihn von Angesicht zu Angesicht gerichtet, aber er wollte fliehen. Ich habe ihm vorgespielt, dass er mich haben kann und dass ich nur deshalb über die Terrassentür zurückgekommen bin. Ich habe gezögert, als er mir den Rücken zugedreht hat, aber als Ilse Braunke, die plötzlich aus dem Nichts aufgetaucht war, mich anflehte: ›Lass ihn nicht entkommen. Schieß doch endlich!‹, habe ich es getan!«

»Aber Ihr Rachebedürfnis war noch nicht befriedigt, oder?«

»Nein, Herr Kommissar, Weber musste auch dafür büßen.«

»Und Müller? Was hatte er damit zu tun?«

Sie lächelte plötzlich versonnen. »Ihn hat mir das Schicksal zugeführt. Er wurde mein Freier, und eines Tages hat er geplaudert. Mir erklärt, dass er Macht über Menschen brauche und ihn dies zutiefst befriedige. Und da erzählte er mir von seiner Macht, zu entscheiden, ob Patienten sterben oder leben durften. Und er brüstete sich damit, dass er solche Macht über eine Frau besitze, dass sie die von ihm ausgewählten Frauen sogar begleitete auf die Reise ohne Wiederkehr, obwohl das für sie eine Seelenqual war …«

»Frau Dr. Keller«, stöhnte Stein.

Die Kowalke aber reagierte gar nicht darauf, sondern redete wie in Trance weiter. »Ich habe Müller vorgespielt, dass mich seine Macht erregt, und nach Einzelheiten gefragt. Er hat immer mehr ausgeplaudert, immer mehr, immer mehr, hat mir von den Frauen erzählt, die glaubten, ihm entkommen zu können, aber dass er das nicht zugelassen hat. Manchmal dachte ich, ich müsste sterben, aber er hat nichts gemerkt …«

»Warum ins Gesicht?«

Lena Kowalke schluckte, und dann spiegelte ihre Miene den nackten Hass wider.

»Er hat mich ausgelacht, als ich mit der Waffe vor ihm stand, nachdem ich ihn zur Löwenbrücke gelockt hatte. Er behauptete, es habe schon mal eine Frau versucht, ihn zu erschießen, aber er sei stärker. Stärker als sie, stärker als ich … Da habe ich abgedrückt. Gleich mehrmals! Ich wollte ihn augenblicklich zum Schweigen bringen.«

»Und warum Dr. Keller?«, fragte Wuttke leise aus dem Hintergrund.

»Sie war dabei, als Weber meine Schwester und die anderen gezwungen hat, sich zu bücken, um ihre Rücken zu beschriften, ganz abgesehen davon, dass sie die Transporte begleitet hat.«

»Wer sagt das?«, stieß Stein in scharfem Ton hervor.

»Agnes. Sie hat gesagt, dass die Ärztin dabei war.«

»Aber es hätte eine andere sein können als sie«, widersprach Stein.

»Nein, es war Frau Dr. Keller!«

Stein hatte Mühe, die Contenance zu wahren. Er fing einen mitfühlenden Blick Wuttkes auf, in dem er zu lesen glaubte, er solle es damit auf sich beruhen lassen.

»Gut, dann werden wir jetzt veranlassen, dass man Sie nach Moabit bringt«, sagte Stein müde. Er spürte rein nichts von jenem Hochgefühl, das ihn sonst jedes Mal überkam, wenn er einen Fall erfolgreich abgeschlossen hatte.

72

Der Kriminalrat schien, seit die Kommissare ihm die Mörderin präsentiert hatten, in allerbester Stimmung. Natürlich ließ er sich für den Erfolg seiner Kommissare gebührend feiern, was Stein nicht sonderlich störte.

Doch als Krüger ihn an diesem Tag in sein Büro hatte bitten lassen und er der Einladung nun nachkam, schien er sehr angespannt zu sein. Zu Steins Überraschung waren der Staatsanwalt, der Richter und Lore Krause zum Protokollieren anwesend.

»Stein, ich falle gleich mal mit der Tür ins Haus«, begann der Kriminalrat das Gespräch. »Wir haben uns heute mit der Beschuldigten länger unterhalten. Und wollten Ihnen als ermittelndem Kommissar das Ergebnis mitteilen.«

Stein stutzte. Was wollte Krüger wirklich von ihm? Ihn freundlicherweise einzubeziehen, weil das sein Fall gewesen war, konnte kaum sein Motiv sein. Das wäre allzu untypisch für den Kriminalrat.

»Der Herr Staatsanwalt wird keine Todesstrafe für Lena Kowalke fordern. Im Gegenzug wird die Beschuldigte ein vollständiges Geständnis ablegen, allerdings ohne die nicht bewiesenen Vorgänge in den Wittenauer Anstalten anzusprechen und den Fall der fünf Frauen. Die Beweise reichen nicht aus, um das vor Gericht als gesichert anzusehen. Sie wird sich dahingehend äußern, dass Braunke und Weber sie schlecht behandelt hätten. Zu den anderen beiden Morden wird sie sich nicht weiter einlassen …«

Stein wurde heiß und kalt. Er warf dem Richter einen fragenden Blick zu. Wie konnte er zulassen, dass die Wahrheit einfach unter den Tisch gekehrt werden sollte?

»Haben Sie das schon dem zuständigen alliierten Beobachter vorgestellt?«, fragte er.

»Aber Stein, natürlich wird er informiert. Darüber zerbrechen Sie sich mal nicht Ihren Kopf. Das ist nicht Ihre Aufgabe«, entgegnete der Richter in scharfem Ton. Stein musterte den Mann daraufhin ungläubig und konnte sich nicht helfen. Der Mann machte auf ihn den Eindruck eines waschechten Nazis. In Steins Augen waren das nicht irgendwelche blonden und blauäugigen Hünen, sondern eher solche Männer wie der Richter, auf deren Stirn »Herrenmensch« zu stehen schien.

»Kommissar Stein hat trotzdem recht. Wir sollten das absegnen lassen«, widersprach ihm der Staatsanwalt.

»Das ist überhaupt kein Problem«, verkündete der Richter in einer überheblichen Attitüde. »Ich kenne den Mann seit Langem und werde das selbstverständlich eingehend mit ihm besprechen. Aber ich gehe davon aus, dass er meiner Meinung ist und wir auf keinen Fall Staub aufwirbeln sollten mit einer Geschichte, die der Osten unnötig für seine Propagandazwecke ausnutzt.«

»War es das?«, fragte Stein und stand auf. Er hatte das Bedürfnis, dieses Büro auf dem schnellsten Weg zu verlassen.

»Nicht ganz, lieber Stein, es gibt noch einen kleinen Haken an der Sache ...«

Er will also doch etwas von mir, dachte Stein.

»Die Beschuldigte lässt sich nur unter einer Bedingung auf unseren Handel ein: Sie möchte ihre Nichte noch einmal sehen. Und nun dachten wir, Sie könnten, ich meine, Sie haben doch noch recht enge Beziehungen zu Markgrafs Leuten ...«

»Nicht dass ich wüsste«, stieß Stein schroff hervor.

»Na ja, vielleicht könnten Sie trotzdem dafür sorgen, dass wir eine Begegnung der beiden auf dem kurzen Dienstweg zustande bringen können. Wir dachten daran, dass das Mädchen von Vopos zum Bahnhof Zoo gebracht wird und sich die Beschuldigte von dem Mädchen verabschieden kann. Nur bezweifeln wir, dass die Herren da drüben uns diesen Gefallen tun, und da dachten wir ... ich meine. Ihr Vater könnte da vielleicht ...«

»Ich soll ihn also bitten, dass er das Mädchen zum Bahnhof Zoo bringen lässt?«

»Genau, Stein, dann wären doch alle zufrieden«, bekräftigte Krüger.

Stein überlegte. Er würde es nicht für Krüger tun und schon gar nicht, um diese unfassbare Vereinbarung zwischen dem Gericht und Lena Kowalke zu gewährleisten, sondern für die kleine Ursula.

»Gut, ich kümmere mich darum«, knurrte er. »Kann ich jetzt gehen?«

»Ja, sicher, und geben Sie uns gleich Bescheid«, bemerkte Krüger eifrig.

Grußlos und missmutig verließ Stein das Büro des Kriminalrats. Er fühlte sich mitschuldig daran, dass das Unrecht an den Frauen von Dalldorf nun doch nicht aufgedeckt werden sollte.

73

Welche Laus ist Ihnen denn über die Leber gelaufen?«, fragte Wuttke, kaum dass Stein in sein Büro zurückgekehrt war.

Stein berichtete Wuttke von den unlauteren Absprachen, doch Wuttke schien nur eines wichtig: dass Lena Kowalke nicht unter der Guillotine endete.

»Deshalb werde ich ja auch meinen Vater um den Gefallen bitten«, erwiderte Stein, während er zum Hörer griff, doch in dem Augenblick stürzte Lore Krause zur Tür herein. Sie wirkte so durcheinander, dass Stein den Hörer wieder auflegte.

»Fräulein Krause, was ist passiert?«

»Ich, nein, das darf ich Ihnen ja gar nicht sagen, das kostet mich … ach, das ist nun auch schon egal, es ist so grausam, Sie müssen etwas unternehmen«, stammelte sie.

»Wenn Sie mir endlich verraten, was geschehen ist. Nun setzen Sie sich erst mal!« Stein schob die völlig aufgelöste Schreibkraft auf einen Stuhl.

Sie blickte mit großen Augen von Stein zu Wuttke und zurück. »Als der Staatsanwalt austreten musste, haben Krüger und der Richter …«

»Fräulein Lore, es frisst Sie keiner, wenn Sie uns die Wahrheit sagen«, versuchte Wuttke, sie zu beruhigen.

»Der Richter wird sie zum Tode verurteilen!«, stieß sie entsetzt hervor. »Aber der Staatsanwalt ahnt davon nichts. Krüger und der Richter haben wohl vergessen, dass ich auch noch da bin. Sie waren stolz darauf, wie sie den Staatsanwalt hintergangen haben und dass Sie auch nach ihrer Pfeife tanzen. Wissen Sie, was der Richter gesagt hat. Das ist er seinem Freund Ferdinand schuldig …«

»Moment mal, Ferdinand, Ferdinand …«

»Langner! Er meinte Langner«, ergänzte Wuttke.

»Dann haben die beiden Herren bemerkt, dass ich auch noch da bin, und mich aufgefordert, sie allein zu lassen. Ich sollte zu Ihnen gehen und nachfragen, ob Sie schon eine Antwort haben.«

»Diese Schweine. Ich …« Wuttke war aufgesprungen und wollte aus dem Raum stürmen, doch Stein ermahnte ihn, Ruhe zu bewahren.

»Das kann ich nicht! Verdammt! Sie wird sterben!«, stöhnte er.

»Wird sie nicht! Auf keinen Fall!«, gab Stein unwirsch zurück. »Vertrauen Sie mir. Nur dieses eine Mal!«, bat er den Kollegen und gab den beiden die Anweisung, ihn allein zu lassen.

Kaum war die Tür hinter Fräulein Krause und Wuttke zugefallen, griff Stein erneut zum Hörer.

74

Den ganzen Morgen schon hatte Stein auf diesen Augenblick gewartet. Jetzt war es so weit: Krüger platzte wutschnaubend in sein Büro und trat bedrohlich auf ihn zu.

»Sie, Sie, ich kriege Sie, Sie Lump, Sie!«, brüllte er.

»Herr Kriminalrat!«, stieß Wuttke, der Zeuge dieses Auftritts war, empört hervor.

»Schnauze!«, schrie der Kriminalrat und packte Stein am Revers seines Jacketts.

Stein aber zuckte nicht einmal zurück, sondern suchte in aller Seelenruhe den Blick des wütenden Stiers. Er musterte ihn abschätzig.

»Was wollen Sie mir sagen, Herr Kriminalrat?«

»Sie stecken dahinter! Geben Sie es zu! Dann waren Sie die längste Zeit in der Mordinspektion Friesenstraße tätig.«

»Wenn Sie bitte Ihre Hände von meiner Jacke nehmen würden«, bat Stein ihn höflich.

»Das ist Ihre Handschrift!« Krügers Stimme kippte vor Erregung.

»Wovon reden Sie in Gottes Namen?«

»Sie haben Lena Kowalke entführen lassen!«

»Sind Sie verrückt geworden? Ich bin Polizist und kein Krimineller!«

Stein beobachtete aus den Augenwinkeln, wie Wuttke diesem Disput mit offenem Mund lauschte.

»Und wie erklären Sie sich, dass Lena Kowalke und ihre Nichte aus unserem Polizeifahrzeug gezerrt und verschleppt worden sind? Von Vopos!«

»Von denen, die sie zum Zoo gebracht haben?«, hakte Stein nach.

»Nein, die waren doch selbst überrascht und haben den Fluchtwagen dann sogar verfolgt.«

»Und woher wissen Sie, dass das Vopos waren?«

»Wer sollte es denn sonst sein!?«

»Das ist ja entsetzlich, aber was habe ich damit zu tun? Mein Vater hat das Mädchen zum Treffpunkt bringen lassen und sie zu unseren Leuten und der Kowalke in den Wagen einsteigen lassen. Und wenn es seine Vopos gar nicht waren … Herr Kriminalrat, entschuldigen Sie, aber ich glaube, wegen dieser ungeheuerlichen Unterstellung, ich hätte eine Mörderin entführen lassen, bin ich gezwungen, mich an Stumm zu wenden. Das geht entschieden zu weit!«

Krüger öffnete den Mund, als wolle er noch etwas sagen, doch dann drehte er sich schnaubend auf dem Absatz um und verschwand.

Stein wollte weiterarbeiten, als wäre nichts geschehen, doch da hörte er Wuttke stammeln: »Mensch, Wahnsinn, Sie, Sie sind eine Wucht! Dann ist sie doch noch nach Köpenick gekommen.«

»Köpenick? Eher nicht. Der Osten ist weit, Wuttke!«

»Dass Sie immer alles besser wissen müssen, Duke!«, konterte Wuttke.

Die Antwort versagte sich Stein, obwohl ihm noch einiges dazu eingefallen wäre. Doch eines hatte er seit seiner Rückkehr nach Berlin gelernt: Schweigen betrachtete man hier als eine Tugend. An den Verzicht auf das letzte Wort konnte er sich gewöhnen, aber niemals an das Verschweigen im großen Stil.

Nachwort

Die Verbrechen an Patienten psychiatrischer Krankenhäuser im Nationalsozialismus, begangen von Ärzten und Ärztinnen, Pflegern und Schwestern, die in unserem Roman eine Rolle spielen, wurden lange verschwiegen. Zwar legten bereits Alexander Mitscherlich und Fred Mielke 1948 die konkreten Ereignisse des sogenannten Euthanasieprogramms in der Dokumentation über den Nürnberger Ärzteprozess unter dem Titel *Wissenschaft ohne Menschlichkeit* in einer Auflage von zehntausend Exemplaren auf über fünfzig Seiten dar. Doch waren diese Exemplare lediglich für die westdeutschen Ärztekammern bestimmt, die diese Bücher weitgehend unter Verschluss hielten. So wurde das Wissen darüber kaum in der Öffentlichkeit bekannt, zumal die Presse nur spärlich über den Ärzteprozess berichtete. Im April 1960 wurde eine erste große Auflage dieser Dokumentation unter dem Titel *Medizin ohne Menschlichkeit* im Fischer Taschenbuchverlag veröffentlicht.

Vereinzelt nahmen sich 1970 Fachleute des Themas »Medizin im Nationalsozialismus« an, so zum Beispiel auf einem Symposium, bei dem der Medizinhistoriker Gunter Mann aus Mainz einen Vortrag über Rassenhygiene und Sozialdarwinismus hielt. Doch erst in der zweiten Hälfte der 1970er-Jahre begann eine umfangreiche und systematische Aufarbeitung des Themas, getragen von Historikern, Medizinhistorikern und Ärzten, später auch von Initiativen einzelner Kliniken. In verschiedensten Vorträgen wurde das Thema anlässlich des »Gesundheitstags Berlin 1980« abgehandelt und in dem Band *Medizin und Nationalsozialismus. Tabuisierte Vergangenheit – ungebrochene Tradition?* (herausgegeben von Gerhard Baader und Ulrich Schultz) publiziert.

Der Beginn der konkreten Aufarbeitung der Berliner Verhältnisse und damit auch der Wittenauer Heilstätten, der späteren Karl-Bonhoeffer-Nervenklinik, fiel ebenfalls in diese Zeit. Als Ergebnis entstanden 1988 eine Ausstellung und ein Buch mit dem Titel *Totgeschwiegen 1933–1945. Die Geschichte der Karl-Bonhoeffer-Nervenklinik,* herausgegeben von einer Arbeitsgruppe zur Erforschung der Geschichte dieser Anstalt, die von Götz Aly wissenschaftlich beraten wurde. Ein weiteres Werk mit dem Titel *Die Patienten der Wittenauer Heilstätten in Berlin. 1919–1960* (herausgegeben von Thomas Beddies und Andrea Dörries) erschien 1999. Es handelt sich um eine computergestützte Analyse der Patientenakten aus dem angegebenen Zeitraum, der auch die Zeit des Nationalsozialismus mit einschließt. All diese Arbeiten lieferten das entscheidende Hintergrundmaterial, ohne das der Roman nicht hätte geschrieben werden können. Den Wissenschaftlern, die das ermöglicht haben, gilt unser Dank.

Die Informationen zur Spaltung der Polizei im Jahre 1948 und ihrer Arbeit im behandelten Zeitraum stammen vorwiegend aus der Polizeihistorischen Sammlung Berlin, unterstützt von Jens Dobler, dem Leiter dieser Sammlung. Nur durch diese Informationen konnte das Polizeipräsidium Friesenstraße mit fiktivem Leben erfüllt werden.

Unser Dank gilt auch Steffen Haselbach, Michaela Kenklies und allen Mitarbeitern des Droemer Knaur Verlags, die an uns und unsere Geschichte geglaubt haben, sowie unserem Agenten Roman Hocke. Wir freuen uns sehr, dass wir uns noch nicht von unseren Kommissaren und den anderen Protagonisten trennen müssen, sondern sie nun mit ihrem nächsten Fall betrauen können.

Liv Amber & Alexander Berg